레 미제라블

1

빅또르 위고

레 미제라블 1

이형식 옮김

펭귄클래식코리아

레 미제라블 1

1판 1쇄 발행 2010년 10월 25일
1판 17쇄 발행 2021년 7월 20일

지은이 | 빅또르 위고 옮긴이 | 이형식
발행인 | 이재진 단행본사업본부장 | 신동해 편집장 | 김경림
마케팅 | 이현은 문혜원 홍보 | 최새롬 권영선 최지은
제작 | 정석훈 국제업무 | 김은정

브랜드 펭귄클래식코리아
주소 경기도 파주시 회동길 20 웅진씽크빅 단행본사업본부 펭귄클래식코리아
문의전화 02-3670-1024(영업)
홈페이지 www.wjbooks.co.kr
페이스북 www.facebook.com/wjbook
포스트 post.naver.com/wj_booking
발행처 ㈜웅진씽크빅
출판신고 1980년 3월 29일 제406-2007-000046호

Penguin Classics Korea is the Joint Venture with Penguin Random House Ltd.
Penguin and the associated logo are registered and/or unregistered trademarks of
Penguin Random House Limited. Used with permission.
펭귄클래식코리아는 펭귄랜덤하우스와 제휴한 ㈜웅진씽크빅 단행본사업본부의 브랜드입니다. 펭귄 및 관련 로고는 펭귄랜덤하우스의 등록 상표입니다. 허가를 받아야만 사용할 수 있습니다.

이 책은 저작권법에 따라 보호받는 저작물이므로 무단 전재와 무단 복제를 금지하며, 책 내용의 전부 또는 일부를 이용하려면 저작권자와 ㈜웅진씽크빅의 서면 동의를 받아야 합니다.

한국어판 ⓒ웅진씽크빅, 2010

ISBN 978-89-01-11458-3 04800
ISBN 978-89-01-08204-2 (세트)

• 잘못된 책은 구입하신 곳에서 바꾸어 드립니다.
• 책값은 뒤표지에 있습니다.

차례

작가 서문 · 9

1부 팡띤느

1편 의인 · 13
2편 전락 · 100
3편 1817년에 · 180
4편 신뢰가 때로는 투항이다 · 225
5편 추락 · 244
6편 쟈베르 · 303
7편 샹마튜 사건 · 321
8편 반격 · 423

옮긴이 주 · 450

〈2권 차례〉

2부 꼬제뜨 · 9

1편 워털루 / 2편 전함 '오리온' / 3편 죽은 여인에게 한 약속의 이행
4편 고르보의 누옥 / 5편 어둠 속 사냥에 나선 벙어리 사냥개 떼

6편 쁘띠-삑쀠스 / 7편 여담 / 8편 묘지들은 주는 대로 받는다
옮긴이 주 · 391

〈3권 차례〉

3부 마리우스 · 9

1편 빠리를 구성하는 원자 / 2편 상류 부르주와 / 3편 할아버지와 손자

4편 아베쎄(ABC)의 친구들 / 5편 불운의 미덕들 / 6편 두 별의 만남

7편 빠트롱-미네뜨 / 8편 못된 가난뱅이

옮긴이 주 · 357

〈4권 차례〉

4부 쁠뤼메 거리의 목가와 쌩-드니 거리의 영웅전 · 9

1편 역사의 몇 페이지 / 2편 에뽀닌느 / 3편 쁠뤼메 거리의 집

4편 지상의 도움이 천상의 도움 / 5편 끝이 시작을 닮지 않은 것

6편 소년 가브로슈 / 7편 은어 / 8편 환희와 절망

9편 그들은 어디로 가는가? / 10편 1832년 6월 5일

11편 원자가 폭풍과 친해지다 / 12편 코린토스

13편 마리우스가 어둠 속으로 들어가다

14편 절망의 위대함 / 15편 롬므-아르메 로

옮긴이 주 · 510

〈5권 차례〉

5부 장 발장 · 9

 1편 시가전 / 2편 레비아탄의 내장 / 3편 진흙탕, 그러나 영혼

 4편 궤도를 이탈한 쟈베르 / 5편 손자와 할아버지

 6편 불면의 밤 / 7편 성배의 마지막 한 모금

 8편 낙조 / 9편 최후의 어둠, 최후의 여명

옮긴이의 말 · 424

작가 연보 · 428

옮긴이 주 · 430

작가 서문

법률과 관습의 작희로 인하여, 문명 세계 한가운데서 인위적으로 지옥을 만들며, 인간적 불행으로 신성한 생애를 불가해한 것으로 변질시키는 사회적 저주가 존재하는 한, 빈곤으로 말미암은 인간 존엄성의 훼손과 기아로 인한 여인의 추락과 무지로 인한 아이의 지적 발육 부진 등, 금세기의 이 세 문제가 해결되지 않는 한, 몇몇 지역에서 사회적 질식 상태가 발생할 수 있는 한, 다시 말해, 그리고 더 넓은 관점에서 말하거니와, 이 지상에 무지와 가난이 존재하는 한, 이 책과 같은 성격의 책들이 무용지물일 수는 없을 것이다.

오뜨빌-하우스, 1862년 1월 1일.

▶ 일러두기
1. 모든 외래어는 현지 발음에 가깝도록 표기하고, 라틴어는 고전 라틴어 발음 규범을, 고대 그리스어는 에라스무스의 발음 체계를 따랐다.
2. [f]음은 우리의 음운 체계에 존재하지 않는지라, 혼동 여지의 유무 및 인접한 철자와의 관련을 고려하여 [ㅎ]음이나 [ㅍ]음으로 표기했다.
3. 특정 교단들이 변형시켜 사용하는 어휘들(수단, 가톨릭, 그리스도, 모세 등)은 원래의 발음대로 적었다.(소따나, 카톨릭, 크리스토스, 모쉐 등)
4. 우리말 어휘들 중 많은 것들은 실제로 통용되는 형태를 취했다.(숫소, 생울타리, 우뢰 등)
5. 인(人), 어(語), 족(族), 해(海), 도(島), 산(産) 등처럼, 우리말 체계에서 독립적으로 사용되지 않는 말은 붙여 썼다. 반면, 강(江), 산(山), 섬[島], 길[路] 등처럼 독립적 활용이 가능한 말들은 떼어 썼다.

1부

팡떤느

1편 의인

1. 미리엘 씨

1815년, 샤를르-프랑수와-비앵브뉘-미리엘 씨는 디뉴 지역 주교였다. 나이 일흔다섯가량의 노인으로, 그는 1806년부터 디뉴의 주교직을 맡고 있었다.

다음의 지엽적인 사실들이 우리가 할 이야기와 실제로는 하등의 관련이 없더라도, 그리고 다만 모든 것을 정확히 해두려는 뜻에 불과하지만, 그가 교구로 부임하던 무렵 떠돌던 소문과 이런저런 말들을 여기에서 간략히 소개하는 것이 아마 부질없지는 않을 것이다. 그것이 사실이건 거짓이건, 어떤 사람들에 대해 하는 이야기들이, 실제 그들의 행위에 못지않게 그들의 삶에, 특히 그들의 운명에 영향을 끼친다. 미리엘 씨는 엑스 지방법원 판사의 아들이었다. 즉, 법복귀족이었다. 소문에 의하면, 그의 부친이 자기의 직책을 그에게 물려주기로 마음을 정하고, 그의 나이 열여덟인지 스물 되던 해에 일찌감치 그를 혼인시켰는데, 법조인 가문들 사이에 흔한 관례였다고 한다. 역시 소문이지만, 샤를르 미리엘이, 비록 결혼을 했음에도 불구하고, 숱한 이야기의 진원이 되었다고 한다. 신장이 상당히 작은 편이었으되, 품위 있고 우아하며 기지 넘치는 멋쟁이였던 그는, 자기의 인생 초기를 사교와 난봉질에 몽땅 바쳤다고 한다. 그러다 어느 날 문득 대혁명이 발발하였고, 사태가 급전직하로 돌변하여, 법조인 가문들이 도륙당하고, 추방당하고, 사냥감 짐승들처럼 몰리고, 결국 뿔뿔이 흩어졌다. 샤를르 미리엘 씨는 혁명 초기에 이딸리아로 망명하였다. 그의 아내는 오래전부터 앓던 폐병으로 그곳에서 세상을 떠났다. 두 내외 사이에는 소생이 없었다. 그 이후 미리엘 씨의 삶에 어떤 일이 일어났을까? 프랑스 전통 사회의 붕괴, 자기 가문의 몰락, 93년의 비극적 정경들,[1] 점증되는 공포감에 사로잡혀 멀리에서 바라보는 망명객들에게는 아마 더 무시무시해 보였을 그 정경들이, 그의 내면에 체념과 은둔의 사념을 배태시켰을까? 그의 일상생활을 점하고 있던 온갖 오락과 사랑에 빠져 있던 중, 문득 그 신비하고 무시무시한 충격을 받은 것일까? 그러한 충격이 가끔은, 공공의 재앙들 앞에서도 삶과 행운에 도취되어 끄떡도 하지 않던 사람의 심장을 가격하여, 그를 무너뜨리지 않는가? 하지만 아무도 그렇다고 단언할 수는 없었을 것이다. 다만 사람들이 아는 분명한 사실은, 이딸리아로부터 돌아왔을 때 그가 사제였다는 것뿐이다.

1804년에 미리엘 씨는 B.(브리뇰) 교구의 주임사제였다. 그는 이미 늙었고, 한적한 은둔지에 살고 있었다.

대관식이 있던 무렵,[2] 그것이 무엇이었는지는 알 수 없으되, 여하튼 그의 직무에 관련된 하찮은 일 때문에 그가 빠리에 가게 되었다. 그는 자기의 교구민들을 위하여 세력가들에게 무슨 부탁을 하려 하였는데, 그가 찾아간 사람이 추기경 훼슈[3] 씨였다. 그날 마침 황제가 자기의 숙부를 방문하였고, 그 의연한 사제가 공교롭게도 대기실에 있다가 폐하와 마주치게 되었다. 그 늙은이가 호기심 어린 눈으로 자기를 응시함을 느낀 나뽈레옹이 돌아서더니 불쑥 물었다.

"나를 바라보는 저 착한 사람은 누구인가?"

"폐하, 폐하께서는 착한 사람 하나를 바라보시고, 저는 위대한 사람 한 분을 바라보고 있나이다. 우리가 각자 서로에게 끼치는 바가 있을 것입니다." 미리엘 씨의 대꾸였다.

황제는 그날 저녁 추기경에게 그 사제의 이름을 물었고, 얼마 후

미리엘 씨는 자신이 디뉴의 주교로 임명되었다는 소식에 크게 놀랐다.

한편, 미리엘 씨의 생애 초기에 대한 사람들의 이야기 중 진실은 얼마나 될까? 그것을 아는 이 아무도 없었다. 대혁명 이전에 미리엘 가문과 알고 지내던 가문은 극히 드물었다.

미리엘 씨 역시, 말하는 입은 많고 생각하는 머리는 적은 소도시에 새로 온 모든 사람들의 운명을 감수해야 했다. 비록 주교였어도, 그리고 주교였기 때문에, 감수할 수밖에 없었다. 하지만 결국, 그의 이름을 뒤섞어 하던 말들이 아마 그저 말일 뿐이었을 것이다. 아니 소음, 단어들, 지껄임이었을 것이다. 프랑스 남부 지방의 강렬한 표현을 빌리자면, 말 축에도 들지 못하는 '장광설'이었을 것이다.

그러나 어찌 되었건, 디뉴에 살면서 주교직을 수행한 지 아홉 해가 지나자, 초기에 지방 소도시의 보잘것없는 사람들을 사로잡았던 대화 주제, 그 수다거리들이 깊은 망각 속으로 잦아들었다. 더 이상 아무도 감히 그런 이야기를 할 수 없었고, 감히 뇌리에 떠올리지도 못하였을 것이다.

미리엘 씨가 처음 디뉴에 올 때 그를 따라온 사람은 노처녀 바띠스띤느 아씨였는데, 그보다 십 년 연하인 그의 누이였다.

그들 두 남매가 부리던 사람이라곤 바띠스띤느 아씨와 동갑인 마글르와르라고 하는 하녀 하나뿐이었다. 그녀가 전에는 '주임사제님의 하녀'라는 직함만을 가지고 있었으되, 이제는 '아씨의 침실 시녀' 및 '주교 예하의 가정부'라는 이중 직함을 갖게 되었다.

바띠스띤느 아씨는 키가 크고 창백하며 몸매 가냘프고 온화한 사람이었다. 그녀는 '존경할 만한'이라는 단어가 함축하고 있는 것의 이상형이었다. '숭배할 만하다'고 하려면 그 여인이 하나의 어머니여야 하니, 존경할 만하다고밖에 할 수 없다. 그녀는 평생 예쁜 모습을 띈 적이 없었다. 성스러운 과업으로 일관한 그녀의 전 생애가 결국 그녀 위에 일종의 순백색과 맑음을 남겼다. 그리하여, 나이가 들어감에 따라, 그녀는 흔히들 착함의 아름다움이라고 하는 것을 지니게 되었다. 젊은 시절의 파리함이었던 것이, 원숙기에 이르러서는 투명함이 되었다. 또한 그 반투명성이 천사의 모습을 드러내고 있었다. 그것은 순결한 처녀이기보다 하나의 영혼이었다. 그녀는 그림자로 형성된 사람 같았다. 몸뚱이라고 해야 고작 남녀를 구분할 수 있을 정도였다. 빛을 함축하고 있는 약간의 질료였고, 그녀의 커다란 두 눈은 항상 아래를 향하고 있었다. 하나의 영혼이 지상에 남아 있기 위한 하나의 구실에 불과하였다.

마글르와르 부인은 키가 작고 피부가 희며 살집 좋고 뚱뚱한 데다 항상 분주하여 헐떡거렸는데, 우선은 그녀가 하는 일 때문이었고, 또 다른 원인은 천식이었다.

미리엘 씨가 처음 그곳에 도착하였을 때, 주교를 여단장 바로 다음 서열에 배치한 황제의 칙령에 따라, 그를 주교궁에 기거케 하였다. 그곳 시장과 법원장이 먼저 그를 예방하였고, 그는 그 지역 사령관과 도지사를 예방하였다.

그가 주교궁에 자리를 잡자, 도시 전체가 자기네 주교의 집무 개시를 기다렸다.

2. 미리엘 씨, 비앵브뉘 예하가 되다

디뉴의 주교궁은 병원에 인접해 있었다. 주교궁은 지난 세기 초에, 빠리 대학의 신학 교수였으며 시모르의 수도원장을 지낸 앙리 쀠제 주교가, 1712년에 디뉴의 주교로 부임하였을 때 석재로 건축한 널찍하고 아름다운 저택이었다. 그 궁은 진정 영주의 거처였다. 주교의 침소, 거실, 침실들, 매우 넓고 휘렌체의 옛 유행에 따라 회랑을 두른 안마당, 거대한 나무들을 심은 정원 등, 그곳에 있는 모든 것들은 웅장해 보였다. 일 층에 있어 정원으로 통하는 길고 웅장한 갤러리 형태의 식당에서, 앙리 삐제 주교가 1714년 7월 29일, 앙브렁 대공이며 대주교였던 샤를르 브륄라르 드 장리스 예하와, 성 프란체스코회 수도사이며 그라쓰의 주교였던 앙뚜완느 드 메그리니 예하, 몰타 기사단의 일원이며 쌩또노레 드 레랭스 수도원장이었던 필립 드 방돔 예하, 방스 남작이며 주교였던 프랑수와 드 베르똥 드 크리용 예하, 글랑데브의 영주이며 주교였던 쎄자르 드 싸브랑 예하, 오라토리오 수도회 사제였고 국왕의 설교사였으며 스네즈의 영주이며 주교였던 쟝 쏘낭 예하 등에게 성찬을 대접하였다. 그 존귀하신 일곱 분들의 초상화가 그 식당을 치장하고 있었으며, 1714년 7월 29일이라는 그 잊지 못할 날짜가 하얀 대리석 테이블 위에 황금 글자로 새겨져 있었다.

병원은 비좁고 낮은 이 층 건물이었으며, 작은 정원이 잇닿아 있었다.

부임한 지 사흘 후, 주교가 병원을 방문하였다. 방문을 마친 다음 그는 사람을 보내어 병원장을 자기의 처소로 불렀다. 그리고 물었다.

"병원장님, 현재 환자의 수가 얼마나 됩니까?"

"스물여섯입니다, 주교님."

"내가 헤아려보니 그렇더군요."

병원장이 다시 아뢰었다.

"병상들 사이가 너무 비좁습니다."

"내가 보기에도 그러하오."

"병실들이 모두 침실에 불과한지라 환기가 잘 되지 않습니다."

"그런 것 같소."

"또한 회복기 환자들이 햇볕을 쬐려 해도 정원이 너무 좁습니다."

"내가 생각한 바라오."

"올해는 티푸스가 유행하였고, 두 해 전에는 전염성 속립진(粟粒疹)이 돌았는데, 전염병이 돌 때에는 환자의 수가 일백을 돌파합니다. 그럴 때에는 속수무책입니다."

"나의 뇌리에 문득 떠오른 생각이오."

"어찌하겠습니까, 주교님? 체념해야지요."

그러한 대화가 웅장한 갤러리 모양의 식당에서 이어지고 있었다. 주교가 잠시 침묵하더니 불현듯 병원장을 바라보며 말하였다.

"병원장님, 이곳에 침대를 몇이나 들여놓을 수 있다고 생각하십니까?"

"주교님의 식당에?" 병원장이 어이가 없다는 듯 목소리를 높였다.

주교가 식당 안을 이리저리 둘러보며 목측을 하고 계산을 하더니, 혼잣말처럼 중얼거렸다.

"침대 스물은 충분히 들여놓을 수 있겠군!"

그러더니 다시 말하였다.

"보시오, 병원장님, 한 말씀 드리겠습니다. 분명히 잘못되었소. 당신네는 스물여섯 사람이 작은 침실 대여섯을 나누어 쓰고 계시오. 반면 내 식구는 겨우 셋인데, 육십여 인의 자리를 차지하고 있소. 다시 말씀드리지만, 잘못된 일이오. 당신이 나의 거처를 사용하시고, 내가 당신의 것을 차지하겠소. 나의 집을 돌려주시오. 이곳은 당신의 집이오."

다음 날, 가엾은 사람들 스물여섯이 주교궁에 편안히 자리를 잡고, 주교는 병원 건물로 옮겨 갔다.

대혁명으로 인하여 가문이 몰락한지라 미리엘 씨에게는 재산이 전혀 없었다. 그의 누이는 종신연금 오백 프랑을 받았는데, 사제관에 살면서 개인적 용도로 쓰기에 충분한 금액이었다. 미리엘 씨는 국가로부터 주교의 연봉 일만오천 프랑을 받았다. 병원 건물로 이사하던 날, 미리엘 씨는 그 금액의 지출 계획을 다음과 같이 수립하였다. 그의 손으로 직접 쓴 쪽지를 그대로 옮겨 적는다.

우리 집 지출 계획서

카톨릭 중학교를 위해	일천오백 리브르
선교회	일백 리브르
몽디디에의 성 라자리우스회	일백 리브르
빠리 외방 선교회 신학교	이백 리브르
성신 기사단 회의	일백오십 리브르
성지의 종교기관들	일백 리브르
산모 구호단체들	삼백 리브르
아를르의 산모 구호단체	오십 리브르
감옥 개선 사업	사백 리브르
죄수 위로 및 석방 사업	오백 리브르
빚 때문에 투옥된 가장들 석방 사업	일천 리브르
교구 내 가난한 교사들의 급료 보충금	이천 리브르
오뜨-알쁘 지방 구휼 곡물창고	일백 리브르
극빈 가정 딸들의 무상교육을 위한 디뉴, 마노스끄, 시스트롱 지역 부인회	일천오백 리브르
가난한 사람들을 위하여	육천 리브르
나의 개인적 지출	일천 리브르
합계	일만오천 리브르

디뉴의 주교직을 맡고 있던 기간 내내, 미리엘 씨는 지출 형태를 거의 바꾸지 않았다. 그는 그것을 자기 집의 지출이라고 하였다.

바띠스띤느 아씨는 그 지출 계획을 일언반구의 이의도 제기하지 않고 받아들였다. 그 성처녀에게는 디뉴 공[4]이 자기의 오라비이며 동시에 자기의 주교였고, 자연의 법칙에 입각해 보면 자기의 친구이 되, 교회의 법칙에 따르면 자기의 상전이었다. 그녀는 그를 사랑했고 무조건 숭배하였다. 그가 무슨 말을 하면 고개를 숙여 동의하였고, 어떤 일에 착수하면 협력하였다. 오직 하녀인 마글르와르 부인만 조금 군소리를 하였다. 이미 우리가 보았듯이, 주교님께서는 자기의 몫으로 일천 리브르밖에 책정하지 않았고, 그것을 바띠스띤느 아씨의 연금과 합치면, 연간 사용할 수 있는 금액이 일천오백 프랑[5]이었다. 그 일천오백 프랑을 가지고 두 늙은 여인과 늙은 남자가 살아갔다.

그렇건만 전원 지역으로부터 어떤 마을 사제가 디뉴에 오면, 주교님께서 그를 대접하곤 하였다. 마글르와르 부인의 엄격한 절약과 바띠스띤느 아씨의 슬기로운 살림 솜씨 덕분이었다.

어느 날,—그가 디뉴에 부임한 지 석 달쯤 된 무렵이었다—주교가 중얼거렸다.

"지출 계획을 보니 정말 난처하군!"

그러자 마글르와르 부인이 맞장구를 쳤다.

"저의 생각도 그래요! 주교님께서는, 시내에 나가실 때나 교구 이곳저곳을 순방하실 때 타실, 사륜 포장마차 임대 비용조차 도청에 요청하지 않으셨어요. 전에는 주교들에게 그 비용을 지불하는 것이 관례였어요."

"그렇지! 마글르와르 부인, 당신의 말씀이 옳아요."

주교는 그렇게 대답하고 즉시 마차 임대 비용을 청구하였다.

얼마 후 도의회는 그 요청을 심의한 끝에, 다음과 같은 예산 항목으로 연 삼천 프랑의 지출을 승인하였다. '포장 사륜마차의 임대료, 역마차 비용 및 순방 비용을 주교님에게 책정'.

그 일이 알려지자 그 지역 부르주와들이 아우성을 쳤다. 또한 제국의 상원의원이며, 오백인 의회⁶⁾의 한 의원으로서 무월(霧月) 18일 사건⁷⁾을 지지했던 사람이고, 디뉴 시 근처에 상원의원의 세습재산권을 행사할 수 있는 엄청난 토지를 소유한 사람이, 종교성 장관 비고 드 프레아므느⁸⁾ 씨에게 몹시 신경질적인 어투로 비밀 서한을 보냈다. 그 편지에서 몇 줄을 발췌하여 소개한다.

포장 사륜마차라니요? 주민 사천도 아니 되는 도시에서 그것을 무엇에 쓴답니까? 역마차와 순방 비용이라니요? 우선, 그 순방이 무슨 소용입니까? 그리고, 산악 지방에서 무슨 수로 역마차가 굴러가게 한답니까? 도로가 없습니다. 말을 타고 다닐 수밖에 없습니다. 뒤랑스와 샤또-아르누를 잇는 다리조차도 소가 끄는 수레를 겨우 감당할 정도입니다. 그 사제라는 것들은 모두 그러합니다. 게걸스럽고 인색합니다. 이 작자도 처음에는 좋은 사도인 척하였습니다. 이제는 그 역시 다른 자들처럼 처신합니다. 자기에게도 화려한 사륜 포장마차와 역마차가 있어야 한다는군요. 옛날의 주교들처럼 그 역시 호화로움이 필요하다는 것입니다. 오! 저 사제 나부랭이들! 백작님, 황제께서 우리들을 빵모자들⁹⁾로부터 해방시켜 주셔야만 모든 일이 순탄해질 것입니다. 교황을 타도합시다!(로마와의 관계가 악화되고 있었다.)¹⁰⁾ 저에게는 오직 카이사르¹¹⁾뿐입니다. 등등.

반면, 그 일이 마글르와르 부인에게는 큰 기쁨이었다. 그녀가 바띠스띤느에게 말하였다.

"그래요, 주교님께서 다른 사람들의 일부터 시작하셨지만, 이제 드디어 당신의 일에 눈을 돌리시게 된 거예요. 마음에 두고 계신 모든 자선 활동 비용을 이미 다 책정하셨어요. 그러니 삼천 리브르는 우리들 몫이에요. 드디어!¹²⁾"

그날 저녁, 주교는 다음과 같은 쪽지를 자기의 누이에게 건넸다.

사륜마차 및 순방 비용
병원의 환자들에게 고깃국을 주기 위하여 ······ 일천오백 리브르
엑스의 산모 구호단체를 위하여 ············ 이백오십 리브르
드라기냥의 산모 구호단체를 위하여 ········· 이백오십 리브르
유기아들을 위하여······················· 오백 리브르
고아들을 위하여························ 오백 리브르
합계········ 삼천 리브르

 이상이 미리엘 씨가 작성한 가계(家計)의 지출안이었다. 결혼 허가증, 특별 관면(寬免), 약식 영세, 특별 설교, 교회당이나 예배소를 위한 축도(祝禱), 혼례식 등을 계기로 들어오는 부정규적인 수입을, 주교는 부자들로부터 사정없이 거둬들여 가난한 이들에게 아낌없이 주었다.

 얼마 아니 되어 헌금이 쏟아져 들어왔다. 가진 사람들과 가난한 사람들이 모두 미리엘 씨 집 대문을 두드렸으니, 동냥을 하러 오는 사람들과 보시(布施)를 하러 오는 사람들이었다. 주교는 한 해가 채 지나지 않아 모든 은혜를 관장하는 재무관이며 동시에 모든 빈궁함을 어루만지는 출납관이 되었다. 상당한 거금이 그의 손을 거쳤다. 하지만 그의 생활에는 추호의 변화도 없었고, 그가 아무리 적은 잉여금도 자기의 개인 용도로 지출하는 일이 없었다.

 정반대였다. 높은 곳에 있는 박애보다는 낮은 곳에 있는 가난이 항상 더 많은지라, 말하자면, 모든 것을 받기도 전에 이미 주어버렸다. 마른 땅에 부은 물과 같았다. 그가 아무리 돈을 받아도 헛일, 그에게는 한 푼도 남아 있지 않았다. 그리하여 자신을 털었다.

주교들이 교서나 기타 편지 머리에 자기들의 세례명을 적는 것이 관례인지라, 그 고장의 가엾은 사람들은 일종의 애정 어린 본능에 이끌려, 주교의 여러 이름들과 성씨 중, 자기들에게 어떤 의미를 전하는 이름을 골라, 그를 단지 비앵브뉘 예하[13]라고만 불렀다. 우리들 또한 그들처럼 경우에 따라서는 그를 비앵브뉘라고 부르자. 게다가, 그 호칭이 그의 마음에 들었다. 그리하여 이렇게 말하곤 하였다.

"나는 그 이름이 좋아. 비앵브뉘가 예하의 버르장머리를 고쳐주거든.[14]"

이 책에 그리는 인물이 실제 있음 직하다고 주장하지는 않겠다. 다만 비슷하다고 할 뿐이다.

3. 좋은 주교에 거친 주교구

주교님께서는 자기의 마차 비용을 적선금으로 쓰셨으되, 그렇다고 해서 교구 순방을 줄이지는 않았다. 디뉴의 교구는 정말 사람을 지치게 하는 교구이다. 평지가 극히 적고 오직 산투성이인지라, 앞에서 이야기한 바와 같이, 도로는 거의 없다. 그러한 지역에 주임사제 관할구 서른둘, 보좌신부 관할구 마흔하나, 그리고 분회당(分會堂) 이백여든다섯이 있다. 그 모든 곳을 방문한다는 것이 이만저만한 일이 아니다. 하지만 주교님께서는 그 일을 해냈다. 가까운 곳은 걸어서 다녔고, 평지는 짐수레를 타고 다녔으며, 산악 지역에서는 길마 지운 당나귀를 탔다. 두 늙은 여인들이 그와 동행하곤 하였다. 길이 그녀들에게 너무 벅찰 듯하면 그 홀로 갔다.

어느 날 그가, 옛날에 주교좌가 있던 스네즈에 당나귀를 타고 도착하였다. 그 무렵, 그의 주머니가 텅 비어 있었던지라, 다른 여행 수단은 엄두도 낼 수 없었다. 시장이 옛 주교궁 문 앞에서 그를 영접하는데, 당나귀에서 내리는 그를 못마땅한 듯한 눈으로 바라보았다. 그의 곁에 있던 몇몇 시민은 웃음을 터뜨렸다. 그러자 주교가 그들에게 말하였다.

"시장님, 그리고 시민 여러분, 무엇을 못마땅해하시는지 알겠습니다. 여러분께서는, 일개 가난한 사제가 구세주 예수님께서 타시던 것과 같은 짐승을 타고 온 것이, 오만에서 비롯되었다고 생각하실 것입니다. 그러나 저는 필요에 이끌려 그랬을 뿐, 결코 자만심 때문에 그런 것이 아닙니다."

순방하는 동안 그는 시종 너그럽고 온화하였으며, 설교를 하기보다는 오순도순 이야기하는 편을 택하였다. 그는 어떠한 덕목도 사람들이 오를 수 없는 고원에 올려놓지 않았다. 자기의 논리나 본보기를 멀리까지 가서 찾는 일은 결코 없었다. 어느 지역의 주민들에게 이야기를 하든, 인근 지역의 예를 들곤 하였다. 가난한 이들에게 무심한 사람들이 많은 지역에 가면 그가 이렇게 말하였다.

"브리앙송 사람들을 보십시오. 그들은 빈곤한 이들과 과부들과 고아들에게, 다른 사람들보다 사흘 먼저 공동 목초지에서 풀을 벨 권리를 주었습니다. 또한 빈곤한 사람들의 집이 낡아서 무너질 경우, 무상으로 집을 다시 지어줍니다. 그래서인지, 진정 신의 축복을 받은 고장입니다. 지난 한 세기 백 년 동안, 그곳에는 살인자가 단 하나도 없었습니다."

돈벌이와 수확에 악착스러운 마을에 가면 이렇게 말하였다.

"앙브렁 사람들을 보십시오. 어떤 가장이, 아들들은 군에 가 있고 딸들은 도시에 일하러 갔는데, 수확기에 덜컥 병에 걸려 곤경에 처하면, 마을 사제가 설교 도중에 그를 사람들에게 부탁합니다. 그러면 일요일 미사가 끝난 후, 남자 여자 아이 할 것 없이, 마을의 모든 사람들이 그 가엾은 사람의 밭으로 몰려가 수확을 한 후, 짚과 낱알을 가져다 그의 곳간에 넣어줍니다."

금전과 유산 문제로 분열된 집안이 있을 경우, 그는 다음과 같이 말하였다.

"드볼뤼 산악 지방에 사는 사람들을 보십시오. 어찌나 황량한지, 오십 년에 나이팅게일 소리 한 번 들어보기 어려운 지역입니다. 그런데, 어떤 가정의 아버지가 세상을 떠나면, 아들들은 즉시 돈을 벌기 위하여 외지로 떠납니다. 재산을 몽땅 딸들에게 양보하여, 그녀들이 남편감을 찾을 수 있도록 하기 위해서입니다."

소송질을 좋아하여 농사꾼들이 인지(印紙) 붙인 종이 속에 묻혀 가산을 탕진하는 지역에서는 이렇게 말하였다.

"께라스 골짜기의 착한 농사꾼들을 보십시오. 그곳 주민의 수는 삼천에 불과합니다. 정말이지! 작은 공화국과 같습니다. 그곳 사람들은 판사니 집달리니 하는 것이 무엇인지조차 모릅니다. 시장이 모든 일을 처결합니다. 그가 세금을 할당하여 양심적으로 과세하고, 다툼이 생길 경우 무료로 판결을 내려주며, 사례금을 받지 않고 유산을 분배해 주는가 하면, 무비용으로 합당한 판정을 해줍니다. 그러면 모두들 그에게 승복하는데, 그가 그 순박한 사람들 사이에서 공정한 사람으로 알려졌기 때문입니다."

학교 선생이 없는 마을에 갈 경우, 그는 다시 께라스 지역 주민들 이야기를 하였다.

"그들이 어떻게 하는지 아십니까? 열두 가구 혹은 열다섯 가구밖에 살지 않는 작은 마을에서 교사 한 사람을 먹여 살리기가 그리 쉽지 않은지라, 골짜기 주민 전체가 교사들을 고용하여, 여러 마을들을 순회하며 가르치되, 어떤 마을에서는 여드레 그리고 다른 마을에서는 열흘 동안을 머물게 합니다. 장터에 온 그 교사들을 제가 본 적이 있습니다. 모자의 장식 테두리에 꽂은 깃털 펜을 보고 그들이 교사임을 알 수 있습니다. 읽기만을 가르치는 교사는 깃털 펜 하나를 꽂았고, 읽기와 산수를 가르치는 교사는 둘을, 그리고 읽기와 산수와 라틴어를 가르치는 교사는 셋을 꼽았습니다. 교사들 모두 매우 유식한 사람들입니다. 무지하다는 것이 얼마나 큰 수치입니까! 께라스 지역 주민들처럼 하십시오."

그는 항상 그렇게, 엄숙하되 부정(父情) 넘치는 어조로 말하였으며, 합당한 본보기가 없을 경우에는 비유적 우화를 지어내되, 말은 짧게 하고 비유를 많이 사용하여 곧바로 핵심을 찔렀다. 그것이 곧, 자신감 넘치고 설득력 강하던, 구세주 예수의 웅변이었다.

4. 언사를 닮은 행위들

그의 대화는 사근사근하고 명랑하였다. 그는 자기의 곁에서 살아가는 두 늙은 여인의 수준에 자신을 맞추었다. 그의 웃는 모습을 바라보노라면 초등학생의 웃음 같았다.

마글르와르 부인은 그의 호칭 보트르 그랑되르(Votre Grandeur, 예하)를 즐겨 사용하였다. 그런데 어느 날, 그가 안락의자에서 일어나 자기의 책장으로 책 한 권을 뽑으러 갔다. 그 책은 위쪽 칸에 꽂혀 있었다. 주교의 키가 작은 편이라 그의 손이 책에 닿지 않았다. 그가 소리쳤다.

"마글르와르 부인, 의자 하나 가져다주시오. 나의 그랑되르(ma Grandeur)[15]가 저 선반까지는 이르지 못하오."

그의 먼 친척들 중 하나인 로 백작 부인은, 기회가 있을 때마다 그것을 놓치지 않고, 그의 앞에서 자기 세 아들의 '소망'이라고 하던 것을 즐겨 나열하곤 하였다. 그녀에게는 몹시 늙어 죽음을 코앞에 둔 직계 존속이 여럿 있었는데, 그녀의 세 아들이 그들의 당연한 상속자들이었다. 셋 중 막내는 한 대고모로부터 십만여 리브르의 연금을 상속하게 되어 있었고, 둘째는 숙부의 공작 작위를 물려받을 예정이었으며, 맏이는 자기 조부의 **뻬리**[16] 신분을 계승하게 되어 있었다. 평소에 주교는 한 어미의 그러한 순진하고 나무랄 수 없는 자랑을 묵묵히 듣곤 하였다. 그런데 어느 날, 로 부인이 그 상속재산과 '소망들'을 또다시 세세히 나열하고 있는데, 주교가 평소보다 더 깊은 몽상에 잠겨 있는 것 같았다. 그녀가 약간 역정이 난 듯 이야기를 중단하며 그에게 말하였다.

"어머나, 오라버니! 도대체 무슨 생각을 그토록 골똘히 하세요?"

"내가 알기로는 아마 성 아우구스티누스의 책에 있는 말인데, 그것이 하도 기이하여 그 생각을 하는 중이라네. 이런 구절이지. '아무도 계승할 수 없는 이에게 당신의 소망을 거시오.'"

언젠가는 그 고장의 어느 귀족이 타계하여 부고가 왔는데, 부고장에는 망자의 관작록뿐만 아니라 모든 친척들의 봉건적 지위 및 작위 등이 한 페이지를 가득 채우고 있었다. 그것을 받아 들고 주교가 한마디 하였다.

"죽음의 등판이 실하기도 하군! 멋진 작위 보따리를 신나게 지고 다니도록 하였군! 이렇게 무덤을 거드름 피우는 데 사용하다니, 기지가 뛰어난 사람들이야!"

그가 때로는 부드럽게 빈정거리기도 하였는데, 그 빈정거림 속에는 거의 항상 심각한 의미가 감추어져 있었다. 사순절 기간 동안, 어느 젊은 보좌신부 하나가 디뉴에 왔고, 그가 주교구 대성당에서 설교를 하였다. 그는 상당히 능변이었다. 그의 설교 주제는 자선 행위였다. 그는 부유한 사람들에게 권하기를, 궁핍한 이들에게 베풀라고 하였다. 그것이 지옥을 피하여 낙원에 들어가는 방편이라고 하며, 지옥을 최대한 무시무시하게 묘사하고, 낙원은 매력적이고 욕심을 낼 만한 곳처럼 그렸다. 청중 사이에 제보랑이라는 부유한 상인이 있었는데, 그는 은퇴하여 고리대금업에 조금이나마 손을 대고 있었다. 그가 서지, 까디, 가스께 등 거친 모직물을 생산하여[17] 오십만 프랑을 벌었다고 하는데, 그는 평생 동안 단 한 번도 불쌍한 사람에게 적선을 한 적이 없었다. 하지만 그 설교 이후, 성당 정문 앞에서 구걸하는 노파들에게 그가 1쑤[18]를 일요일마다 주는 광경이 사람들 눈에 띄었다. 그것을 나누어 가질 노파들의 수는 여섯이었다. 어느 날 주교가 그렇게 적선하는 그를 보고 미소를 지으며 자기의 누이에게 말하였다.

"저기서 제보랑 씨가 1쑤어치 낙원을 사고 있군."

자선 행위에 관련된 일에 있어서는, 비록 누가 거절을 하더라도, 주교의 용기가 꺾이는 경우가 없었다. 그럴 때마다 그는 상대방으로 하여금 반성케 할 만한 말을 던지곤 하였다. 어느 날 그가 시내에 있는 사교계 살롱에서 가난한 이들을 위해 적선금을 모으고 있었다. 마침 그곳에 늙고 부유하며 인색한 샹뗴르씨에 후작이 있었는데, 그는 재주가 좋아 과격왕정주의자이며 동시에 과격볼뗴르주의자를 자처하는 사람이었다.[19] 그러한 변종(變種)[20]이 실제로 존재하였다. 주교가 그의 곁에 이르러 그의 팔을 툭 치며 말하였다.

"후작님, 저에게 무엇이나마 좀 주셔야겠습니다."

후작이 고개를 돌려 주교를 바라보며 냉랭하게 대답하였다.

"주교님, 저에게도 제가 돌보아야 할 가난뱅이들이 있습니다."

그러자 주교가 간략하게 대꾸하였다.

"그 가난뱅이들을 저에게 주시지요."

어느 날 그가 주교구 대성당에서 다음과 같은 강론을 하였다.

"나의 지극히 귀하신 형제들이여, 나의 착하신 벗님들이시여, 프랑스에는 구멍 셋만 뚫린 농가가 일백삼십이만 채이고, 구멍 둘 뚫린, 즉 출입문과 창문 하나뿐인 농가의 수가 일백팔십일만칠천이며, 출입문이라는 구멍 하나만 뚫린 오두막이 삼십사만육천 채입니다. 그러한 현상이 생긴 것은 흔히들 출입문세와 창문세[21]라고 하는 것 때문입니다. 가엾은 가족들과 늙은 여인들과 어린아이들이 그러한 집에 살도록 해보십시오. 그리고 열병과 기타 질병이 얼마나 창궐할지 보십시오! 아! 신께서 인간에게 공기를 주셨건만, 법이 그것을 사람들에게 팝니다. 제가 법을 나무라는 것은 아닙니다. 하지만 신을 찬양합니다. 이제르, 바르, 두 알프스 지역, 즉 높은 알프스와 낮은 알프스[22] 등의 지역에 사는 농사꾼들에게는 외바퀴 손수레 하나 없어, 퇴비를 등에 져 나릅니다. 그들에게는 양초가 없어, 관솔이나 송진 먹인 밧줄 토막 등으로 불을 밝힙니다. 도피네 북쪽의 모든 지역 사정 또한 마찬가지입니다. 그곳 주민들은 반년치 빵을 한꺼번에 굽는데, 말린 쇠똥을 태워 빵을 익힙니다. 그리고 겨울이면, 그것을 도끼로 깨뜨려 스물네 시간 동안 물에 담가두어야 겨우 먹을 수 있습니다.

나의 형제들이여, 자비심을 가지시오! 그대들 주위에서 사람들이 얼마나 고통을 받는지 좀 보시오."

프로방스 지방 태생인지라 그는 남부 프랑스의 모든 방언을 쉽게 익혔다. 랑그도끄 지방 남부에서처럼 "Eh bé! moussu, sès sagé?"[23] 라고 하기도 하고, 남부 알프스 지역 사람들처럼 "Onté anaras passa?"[24]라고 말하는가 하면, 도피네 지방 북부에서처럼 "Puerte un bouen moutou embe un bouen froumage grase."[25]라고 유창하게 말하기도 하였다. 그것이 사람들 마음에 들었고, 그가 모든 이들의 마음 가까이로 다가가는 데 끼친 바 적지 않다. 그는, 어느 초가에 들어가건 산골에 가건, 마치 자기의 집에 있는 것 같았다. 그는 가장 거친 방언으로도 가장 위대한 것들을 이야기할 수 있었다. 모든 지역 방언을 구사할 수 있는지라, 모든 영혼들 속에 들어갈 수 있었다.

게다가 사교계 인사들이건 일반 백성들이건 여일하게 대하였다.

그가 주변 정황을 고려하지 않은 채 서둘러 단죄하는 일은 결코 없었다. 그는 이렇게 말하곤 하였다. "그 잘못이 어느 길로 왔는지 좀 봅시다."

그가 미소를 지으며 자주 스스로를 가리켜 '과거의 죄인'이라고 하던 만큼, 그의 엄격함에는 각박함이 전혀 없었다. 표독스러운 도덕군자들처럼 눈살을 찌푸리지는 않되, 상당히 큰 목소리로 그가 설파하던 가르침은 대략 다음과 같이 요약될 수 있을 것이다.

'인간은 무거운 짐이며 동시에 유혹인 육신을 짊어지고 있다. 인간은 그것을 질질 끌고 다니며 그것의 뜻에 따른다.

인간은 육신을 감시하고 억누르고 제압해야 하며, 오직 극단에 몰렸을 때에만 그것에 복종해야 한다. 그러한 복종 속에도 물론 잘못이 있을 수 있다. 그러나 그러한 잘못은 신의 은총을 막지 않는 가벼운 죄이다. 그것은 한 번의 추락일 뿐이다. 하지만 기도로 귀착되는 무릎 위로의 추락이다.

성자가 된다는 것은 하나의 예외이다. 그러나 의인이 되는 것은 반드시 지켜야 할 규율이다. 방황하라, 죄를 지으라, 무너지라, 그러나 의인이 되라.

죄를 최소화하는 것, 그것이 인간의 법률이다. 죄를 전혀 짓지 않는 것, 그것은 천사의 꿈이다. 지상에 있는 모든 것은 죄의 지배하에 놓여 있다. 죄라는 것은 일종의 중력이다.'

모든 사람들이 고함을 쳐대며 급히 분개하면, 그가 미소를 지으며 이렇게 말하곤 하였다.

"오! 오! 모든 사람들이 저지르는 중죄인 것 같군. 질겁한 위선들이 서둘러 항의하고 몸을 숨기는군."

그는 인간 사회의 무게에 짓눌리는 여인들과 가난한 이들에게 너그러웠다. 그가 말하곤 하였다.

"여인들과 아이들과 하인들과 약한 이들과 궁핍한 사람들과 무지한 이들의 잘못은 곧, 남편들과 아버지들과 상전들과 강자들과 부자들과 유식한 이들의 잘못이다."

또한 이렇게도 말하였다.

"무지한 이들에게는 당신의 능력껏 가르쳐주시오. 사회가 무상교육을 시행하지 않으면 죄를 짓는 것이오. 사회는 자기의 소산인 어둠에 대하여 책임을 져야 하오. 영혼 속에 암흑이 가득하면 그 속에서 죄가 저질러지오. 진정한 죄인은 그 어둠 속에서 잘못을 저지르는 사람이 아니라, 그 영혼 속에 어둠을 만들어놓은 사람이오."

보다시피, 그는 모든 사물을 판단함에 있어, 자기 고유의 기이한 방법을 가지고 있었다. 추측하거니와, 그러한 방법을 복음서에서 취한 것 같다.

어느 날 그는 어느 사교장에서, 한창 심리가 진행 중이며 곧 선고가 이루어질 형사재판에 관한 이야기를 들었다. 어떤 불쌍한 남자 하나가, 어느 여인 및 그녀와의 사이에서 태어난 아이에 대한 사랑 때문에, 생계가 막막해지자 위조화폐를 만들었다는 것이다. 그 시절에만 해도 위폐범은 사형으로 다스렸다. 여인은 남자가 주조한 첫 위폐를 사용하다가 체포되었다. 그녀를 구금하였으나, 그녀만을 처벌할 수 있는 증거밖에 없었다. 사실대로 자백하여 죄를 연인에게 전가하고 그를 파멸시킬 수 있는 사람은 그 여인뿐이었다. 그녀는 부인하였다. 그녀를 집요하게 추궁하였다. 그녀가 끈질기게 부인하였다. 그러자 검찰관이 묘안 하나를 찾아냈다. 그는 남자의 실절(失節)을 상상해 낸 다음, 서신 쪽지들을 그럴듯하게 뒤섞어 여인에게 보여 주어, 그녀로 하여금 자기가 시앗을 보았으며 남자가 자기를 속였다고 확신토록 하는 데 성공하였다. 질투심을 주체하지 못한 여인이 자기의 연인을 고발하며 모든 사실을 털어놓았고, 범행 일체가 입증되었다. 그리하여 남자는 이제 끝장났다고들 하였다. 머지않아 엑스에서 가담자와 함께 마지막 심판을 받을 것이라 하였다. 그 이야기를 하면서 모두들 검찰관의 교묘한 솜씨에 탄복하였다. 질투를 동원하여, 진실이 노여움에 떠밀려 솟아 나오게 하였으며 복수로부터 정의가 출현토록 하였다는 것이다. 주교는 그 모든 이야기를 묵묵히 듣고 있었다. 사람들의 이야기가 끝나자 그가 물었다.

"그 남자와 여자를 어디에서 심판할 예정이오?"

"중죄 재판소에서요."

그가 다시 물었다.

"그 검찰관은 어디에서 심판할 예정이오?"

디뉴에서 비극적인 사건 하나가 터졌다. 남자 하나가 살인 혐의로 사형 언도를 받았다. 대단히 유식하지도 않고 까막눈도 아니어서, 장터의 곡예사로서 그리고 대서인으로 그럭저럭 살아가는 불쌍한 사람이었다. 그 재판으로 도시 전체가 떠들썩하였다. 예정되었던 사형 집행일 전날, 감옥의 부속 사제가 병으로 자리에 누웠다. 최후의 순간에 사형수를 도와줄 사제 하나가 필요했다. 어느 교구의 주임사제를 부르러 갔다. 그 사제가 거절하면서 다음과 같이 말했다고 한다.

"그것은 내 일이 아닐세. 그 잡역과 그따위 곡예사는 나와 아무 상관이 없네. 나 또한 몸이 불편하다네. 게다가 그곳이 내가 갈 자리는 아니야."

주임사제의 그러한 대답을 전해 들은 주교가 말하였다.

"주임사제님의 말씀이 옳아. 그곳이 그의 자리는 아니야. 나의 자리지."

그는 즉시 감옥으로 갔고, 곡예사가 갇혀 있던 독방으로 내려가, 그의 이름을 다정하게 부르고, 그의 손을 잡으며 말을 건넸다. 그는 먹는 것도 자는 것도 잊은 채, 사형수의 영혼을 위하여 신에게 기도하고 또 자신의 영혼을 위하여 사형수에게 간청하며, 그날 낮과 밤을 그의 곁에서 보냈다. 그는 사형수에게 가장 단순하되 가장 훌륭한 진리들을 이야기해 주었다. 그는 하나의 아버지였고 형제였고 친근한 벗이었으며, 오직 신의 가호를 빌기 위해서만 주교였다. 그는 사형수를 안심시키고 위로하면서 모든 것을 가르쳐주었다. 그 남자는 절망 속에서 죽을 판이었다. 죽음이 그에게는 하나의 심연이었다. 그 음산한 문지방 위에 서서 전율하던 그는, 공포감에 사로잡혀 뒤로 물러서려 하였다. 죽음 앞에서 완전히 무관심하기에는 그가 충분히 무지하지 못하였다. 사형선고가, 그 깊숙한 동요가, 뭇 사물의 신비로부터 우리들을 격리시키는 칸막이, 우리가 삶이라고 부르는 그 칸막이 여기저기에 일종의 균열을 초래하였다. 그는 그 숙명적인 틈을 통하여 이 세상 너머의 밖을 끊임없이 바라보았고, 그곳에서 오직 암흑만을 보고 있었다. 그런데 주교가 그에게 한 줄기 빛을 보여 주었다.

다음 날, 사람들이 그 가엾은 사람을 끌어내기 위하여 들이닥쳤을 때, 주교는 여전히 그곳에 있었다. 주교가 사형수의 뒤를 따랐다. 그가 군중 앞에 나타났을 때, 그는 보랏빛 짧은 외투를 법의 위에 걸치고 주교의 십자가를 목에 건 채, 밧줄로 결박한 그 가엾은 사람과 나란히 서 있었다.

그는 사형수와 함께 수레에 올랐고, 그와 함께 처형대 위로 올라갔다. 전날에는 그토록 침울하고 처절하던 사형수의 얼굴에 밝은 빛이 감돌았다. 그는 자신의 영혼이 용서를 받았다고 느꼈으며 신을 소망하고 있었다. 주교가 그를 포옹하였고, 단두구의 날이 떨어지기 직전, 그에게 말하였다. "인간이 죽이는 사람은 신께서 부활시켜 주시며, 형제들이 추방하는 사람은 아버지께서 데려오신다네. 기도하게, 믿게, 그리고 생명 속으로 들어가게. 아버지께서 그곳에 계시다네." 그가 처형대에서 다시 내려왔을 때, 그의 시선에는 사람들로 하여금 일제히 물러서게 할 만한 그 무엇이 있었다. 그의 창백함과 그의 평온한 기색 중 어느 것이 더 찬탄할 만한지 선뜻 단언할 수 없었다. 그가 항상 웃으며 자기의 '궁전'이라고 하던 그 소박한 거처로 돌아오더니, 누이에게 말하였다. "내가 조금 전에 정말 주교처럼 제식을 집행하였다네."

가장 숭고한 일들이 가장 이해되지 못하는 경우가 빈번한지라, 시내에는 주교의 그러한 행동을 두고 이렇게 말하는 사람들이 있었다. "부자연스러운 허식이야!" 하지만 그것은 사교계에서나 하던 말이었다. 거룩한 행동 속에 교활함이 있다고 생각하지 않는 백성들은, 감동을 받고 찬탄하였다.

주교의 경우, 기요띤느라는 단두구를 본 것이 그에게는 하나의 충격이었으며, 그 충격에서 벗어나는 데 오랜 시간이 걸렸다.

사실이지, 우뚝 서 있는 처형대에는 사람들에게 환각을 일으키는 그 무엇이 있다. 누구든 사형이라는 것에 대하여 얼마만큼은 무관심할 수 있으며, 자신의 눈으로 기요띤느를 직접 보기 전에는, 찬성이건 반대건 사형에 대한 자기의 견해를 드러내지 않을 수 있다. 그러나 기요띤느를 하나 보고 나면, 그 충격이 하도 심하여, 찬성이나 반대 중 어느 한편에 서지 않을 수 없다. 어떤 이들은 메트르[26]처럼 그것을 찬양하고, 또 어떤 이들은 베까리아[27]처럼 그것을 몹시 증오한다. 기요띤느는 법률의 구체적 표현이다. 그것의 다른 이름은 '뱅딕뜨'[28]이다. 따라서 그것은 중립적이지 않으며, 누구든 중립적인 입장에 머무는 것을 허락지 않는다. 그것을 목격하는 사람은 가장 불가사의한 전율에 휩싸여 후들거린다. 모든 사회적 의문들이 그것의 예리한 날 주위에 자기들의 의문부호를 제시한다. 처형대는 단순한 축조물이 아니다. 처형대는 단순한 기계가 아니다. 처형대는 목재와 철과 밧줄로 만든 무기력한 기계장치가 아니다. 그것은 어떤 알 수 없는 침울한 결단력을 가진 일종의 살아 있는 존재 같다. 그 축조물이 보고, 그 기계가 들으며, 그 기계장치가 이해하고, 그 나무와 철과 밧줄이 원한다고 할 수도 있을 것 같다. 그것이 나타나 영혼을 끔찍한 몽상 속에 던져 넣으면, 그곳에서는 처형대가 자신이 하는 일과 뒤섞이면서 더욱 무시무시하게 보인다. 처형대는 망나니의 공모자이다. 그것은 게걸스럽게 삼켜버린다. 그것은 살을 먹고 피를 마신다. 처형대는 판사와 목수에 의해 제조된 일종의 괴물이며, 그것이 야기한 일체의 죽음으로 이루어진 일종의 무시무시한 생명을 자양으로 삼아 살아가는 듯한 유령이다.

남겨진 인상 또한 끔찍하고 깊었다. 그리하여, 처형 다음 날, 그리고 여러 날 후에도, 주교는 무엇에 짓눌린 듯한 모습이었다. 그 음산한 순간에 그가 보여 주었던 거의 포악스럽다고 할 만한 평온함이 자취를 감추었다. 사회적 정의의 유령이 그의 뇌리를 떠나지 않았다. 평소에 무슨 활동을 하고 돌아오든, 그토록 밝은 만족감을 표시하던 그가, 이제는 자신을 비난하는 것 같았다. 가끔 그는 자신에게 무슨 말을 하기도 하고, 음산한 독백을 나지막하게 웅얼거리기도 하였다. 다음은 그의 누이가 어느 날 저녁에 우연히 듣고 기록해 둔 그 독백들 중 하나이다.

"나는 그것이 그토록 흉악하리라고는 생각하지 못하였어. 인간의 율법이 어떤 것인지 눈치채지 못할 정도로 신성한 율법에만 몰두해 있는 것은 잘못이야. 죽음은 오직 신에게만 속해 있어. 도대체 무슨 권리로 사람들이 그 미지의 것에 손을 댈까?"

세월이 흐름에 따라 그러한 인상들이 완화되었고, 아마 지워졌을 것이다. 하지만 그 이후부터는 주교가, 처형이 이루어지곤 하는 광장으로 지나가기를 회피하는 기색이 역력하였다.

어느 시각이든 환자나 죽어가는 사람의 머리맡으로 미리엘 씨를 부를 수 있었다. 자기의 가장 큰 의무와 가장 큰 일이 그곳에 있음을 그는 잊지 않았다. 과부나 부모 없는 여자아이들은 그를 부를 필요조차도 없었다. 그 스스로 왔다. 그는 사랑하는 아내를 잃은 남자나 아이를 잃은 엄마 곁에 앉아서 장시간 동안 침묵을 지킬 줄 알았다. 그는 침묵해야 할 순간을 아는지라 말해야 할 순간도 알았다. 오! 찬탄할 만한 위안자였다! 그는 망각이라는 방법으로 슬픔을 지우려 하지 않았다. 반대로 그것을 중대시켜 소망으로 그것에 품위를 부여하였다. 그가 자주 말하곤 하였다. "죽은 이들을 돌아보는 방법에 주의하시오. 썩는 것에 대해서는 생각하지 마시오. 뚫어지게 바라보시오. 당신이 사랑하던 고인의 살아 있는 빛이 하늘 깊숙한 곳에서 반짝이는 것을 볼 수 있을 것이오." 그는 믿음이 이롭다는 사실을 잘 알고 있었다. 그는 절망한 사람에게 체념한 사람을 손가락으로 가리켜 보여 주면서, 그에게 조언도 하고 마음을 다독거려 주려 하였고, 무덤을 응시하는 슬픔에게 별 하나를 응시하고 있는 슬픔을 보여 주며, 그 슬픔을 변형시키려 노력하였다.

5. 비앵브뉘 주교님의 너무 낡은 소따나[29]

　미리엘 씨의 가정생활은 그의 공적인 생활을 채우고 있던 것과 같은 사념들로 가득 차 있었다. 그를 가까이에서 누가 볼 수 있었다면, 그에게는 디뉴의 주교님께서 스스로 선택하신 가난한 삶이 하나의 엄숙하고 매력적인 정경으로 보였을 것이다.
　모든 노인들처럼, 그리고 대부분의 사상가들처럼, 그는 잠을 별로 자지 않았다. 하지만 그 짧은 잠이 깊었다. 아침이면 한 시간 동안 명상에 잠겼다가, 대성당이나 자기의 기도실에서 미사를 올렸다. 미사를 마친 후, 자기의 암소에서 짠 우유에 호밀빵을 적셔 조반 요기를 하였다. 그런 다음 일을 하였다.
　주교란 매우 다사한 사람이다. 일반적으로 대성당 참사원을 겸직하는 주교구 사무총장을 매일 접견하고, 거의 날마다 부주교들을 인견해야 한다. 또한 그에게는, 통제해야 할 수도회나 종교단체들, 허락해야 할 특전, 세심하게 살펴야 할 교회 도서관, 교구민들, 주교구의 문답식 교리 교육, 각종 기도서 등, 게다가 신자들에게 보내야 할 교서, 허가해야 할 선교 활동, 중재해야 할 각 교구 주임사제들과 읍·면장들, 교회와 관련된 서신, 행정관청에 보내야 할 서신, 다시 말해 국가 쪽의 일들과 교황청 쪽의 일들, 그 수천 건의 일들이 맡겨져 있었다.

그 수천 가지 일들과 제식(祭式) 등 성무일과(聖務日課)를 마치고 남는 시간은, 가난한 사람들과 환자들과 상을 당한 유족들에게 우선적으로 할애하였다. 유족들과 환자들과 가난한 사람들에게 바치고 남은 시간은 자기의 일에 썼다. 때로는 정원에서 삽질을 하고, 때로는 책을 읽거나 글을 썼다. 그는 그 두 종류의 일을 지칭하는 데 같은 단어를 사용하였다. 그 두 일을 모두 가리켜 '정원 가꾸기'라고 하였다. "영혼도 일종의 정원이지." 그가 자주 하던 말이다.

그는 정오에 점심 식사를 하였다. 점심으로 먹는 것도 조반으로 먹는 것과 비슷하였다.

오후 두 시경, 날씨가 좋을 경우, 그는 거처를 나서서 촌 지역이나 시내를 산책하며, 오막살이들을 자주 방문하였다. 솜을 두툼하게 넣어 따뜻한 보랏빛 긴 외투를 입고, 보랏빛 양말에 투박한 신발을 신은 데다, 세 귀퉁이에 시금치 꽃타래 모양의 금빛 술이 매달린 납작한 삼각모를 쓴 채, 자기의 긴 지팡이에 의지하여 홀로 걸으며, 아래로 향한 시선으로 자기만의 사념에 잠겨 있는 그의 모습이 사람들의 눈에 띄곤 하였다.

그가 나타나는 곳마다 축제가 벌어진 것 같았다. 그가 지나가면 어떤 훈훈함 반짝이는 빛이 감돈다고 말할 수 있었을 것이다. 아이들과 노인들은 마치 햇볕을 쬐려는 듯, 문간 앞으로 나와서 주교를 환영하였다. 그는 사람들을 위하여 신의 은총을 빌었고, 사람들 또한 그를 위하여 신의 은총을 빌었다. 누구든 무엇이 필요하다고 하면 모두들 그의 거처를 가리켰다.

그는 가끔 걸음을 멈추고 어린 소년들과 소녀들에게 말을 건네며, 그들의 엄마들에게 미소를 짓곤 하였다. 자기의 주머니에 돈이 있을 때에는 가난한 사람들을 방문하고, 주머니가 비었을 때에는 부자들을 방문하였다.

그의 소따나가 너무 낡은지라, 또한 사람들이 그 사실을 알아챌까 저어하여, 그가 시내로 외출할 때에는 오직 두툼한 보랏빛 외투만을 입었다.[30] 그리하여 여름철에는 조금 불편하였다.[31]

저녁 여덟 시 반에 그는 누이와 함께 저녁 식사를 하였는데, 그동안 마글르와르 부인은 두 남매의 뒤에 서서 시중을 들었다. 비할 데 없이 간소한 식사였다. 하지만 주교가 교구 주임사제들을 저녁 식사에 초대할 때에는, 마글르와르 부인이 그 기회를 이용하여, 호수에서 잡은 물고기나 산에서 잡은 귀한 사냥감을 자기의 나리께 올리곤 하였다. 어떤 사제든 그녀에게는 좋은 식사를 마련하는 구실이 되었고, 주교도 자기에게 그러한 대접을 하도록 내버려 두었다. 그 이외의 평상시 식사는 삶은 야채와 비곗국으로 그쳤다. 그리하여 시내에 사는 사람들 사이에 이런 말이 떠돌았다. "주교가 교구사제들에게 성찬을 대접하지 않을 때에는 트라삐스뜨 수도사의 성찬을 즐기신다."[32]

저녁 식사 후에는, 바띠스띤느 아씨와 마글르와르 부인을 상대로 반 시간쯤 대화를 나누다가, 자기의 침실로 들어가 중단하였던 글을 다시 쓰기 시작하였다. 어떤 때에는 묶지 않은 쪽지에 쓰기도 하고, 2절판 책의 여백에 쓰는 경우도 있었다. 그는 교양 있는 사람이었고, 어느 정도 학식을 갖추었다고도 할 수 있었다. 그가 상당히 기이한 원고 대여섯 편을 남겼는데, 그것들 중 하나가 「창세기」의 다음 구절에 대하여 쓴 글이다. "태초에 신의 영(혼)이 물 위를 떠다니고 있었다." 그는 이 구절을 다른 세 글과 비교하고 있다. 그것들 중 아랍어판은 이러하다. "신의 바람이 불고 있었다." 홀라비우스 요세푸스의 글은 이러하다. "저 높은 곳에서 일어난 바람이 땅 위로 곤두박질하고 있었다." 그리고 온켈로스의 칼데어(語) 주석에서는 다음과 같이 말하였다. "신으로부터 온 바람 한 줄기가 수면 위로 불었다." 다른 원고에서는 프톨레마이스의 주교였던 위고의 신학적 저술들을 세밀히 분석하고 있는데, 위고는 지금 이 책을 쓰고 있는 사람의 증조부와 형제간이었던 분이다. 원고에서 그는, 지난 세기에 바를리꾸르라는 가명으로 발표되었던 여러 소논문들을 그 주교의 것으로 보아야 한다고 주장한다.

가끔 그는 독서를 중단하고, 손에 들고 있는 책이 어떤 종류이든, 문득 깊은 명상에 잠겼다가, 다시 정신을 차리기가 무섭게 그 책의 여백에다 몇 줄을 긁적거리곤 하였다. 그 몇 줄 글이 대개는 그의 손에 들려 있던 책과 아무 관련이 없었다. 그는, 「저면 경이 클린턴 장군, 콘월리스 장군, 그리고 아메리카의 해양 경비수역에 있는 해군 제독들과 주고 받은 편지」(베르사이유, 뿌왱쏘 출판사. 빠리, 께 데 오귀스땡,[33] 삐쏘 출판사.)라 제한 4절판 규격 책의 여백에, 다음과 같은 글을 긁적거려 놓았다.

"오! 존재하시는 당신이시여!

「전도서」는 당신을 가리켜 전능함이라 하고, 「마카베오」는 당신을 가리켜 창조자라 하고, 「에페소인들에게 보낸 편지」에서는 당신을 자유라 부르고, 바릭[34]은 당신을 광대무변함이라 하고, 「잠언」은 당신을 가리켜 지혜와 진리라 하고, 요한[35]은 당신을 빛이라 하고, 「열왕기」는 당신을 주님이라 부르고, 「출애굽기」는 당신을 가리켜 섭리라 하고, 「레위기」는 당신을 가리켜 신성함이라 하고, 「에즈라」는 당신이 정의라 하고, 창조[36]는 당신을 가리켜 신이라 하고, 인간은 당신을 아버지라 부릅니다. 그러나 솔로몬은 당신을 가리켜 자비라고 합니다. 그런데 그것이 당신의 모든 이름들 중 가장 아름답습니다."[37]

저녁 아홉 시쯤에는 두 여인이 이 층에 있는 자기들의 침실로 물러가고, 그를 다음 날 아침까지 아래층에 홀로 남겨 두었다.

이제 디뉴의 주교가 살던 거처에 대해 정확한 개념을 갖는 것이 필요할 듯하다.

6. 그는 누구로 하여금 자기의 집을 지키게 하였는가

그가 살던 집은, 이미 말했듯이, 아래층과 위층만으로 이루어져 있었다. 아래층은 세 공간으로 나뉘어져 있었고, 위층에 방 셋이 있었으며, 그 위에 다락방이 있었다. 집 뒤에는 사분의 일 아르빵[38]쯤 되는 정원이 있었다. 두 여인이 이 층에 기거하였다. 주교는 아래층을 사용하였다. 길 쪽으로 통하는 공간을 식당으로 사용하였고, 두 번째 공간은 침실, 나머지 공간은 그의 기도실이었다. 그의 침실을 통하지 않고는 기도실에서 나올 수 없었고, 식당을 통하지 않고는 그의 침실에서 나올 수 없었다. 기도실 안쪽 끝 벽에 움푹 들어간 협실 하나가 있었는데, 손님을 위한 공간이었으며, 그 안에 침대 하나를 들여놓고, 평소에는 문을 닫아두었다. 주교는 그 침대를, 사적인 일이나 교구에 관련된 일 때문에 디뉴에 오는 시골 사제들에게 제공하곤 하였다.
집에 잇대어 정원에 지은 작은 부속 건물은, 전에 병원의 의약품 조제실로 사용되던 것으로, 이제는 부엌과 식품 창고로 개조하였다.
그 이외에 정원에는 외양간 하나가 있었는데, 옛날에 구호소의 부엌으로 사용하던 건물로서, 주교가 암소 두 마리를 그곳에서 기르고 있었다. 그 암소들에게서 짠 젖의 양이 얼마건, 주교는 매일 아침 그 반을 병원 환자들에게 보냈다. 그러면서 말하였다. "십일조를 바치는 거야."
그의 침실은 상당히 큰지라, 날씨가 좋지 않은 계절에는 난방에 어려움이 적지 않았다. 디뉴에서는 땔나무 가격이 매우 비싸서, 그는 소 외양간 한구석에 판자를 이용하여 방 한 칸을 꾸미게 하였다. 그리고 날씨가 몹시 추울 때에는 그 속에서 저녁 시간을 보냈다. 그러면서 자기의 '겨울철 살롱'이라고 하였다.

그 겨울철 살롱에는, 식당이 그러하듯, 정방형의 전나무 탁자 하나와 방석을 짚으로 엮은 의자 넷 이외에, 다른 가구가 없었다. 물론 식당에는 분홍색 데트랑쁘 물감을 칠한 낡은 식탁 하나가 더 있었다. 비슷한 다른 식탁 하나는, 흰색 보자기를 씌우고 모조 레이스로 쓸 만하게 꾸민 다음, 주교가 자기의 기도실 제단으로 사용하였다.

디뉴에 살며 그에게 고해하는 부유한 여인들과 신심 깊은 여인들이, 주교님의 기도실에 아름다운 제단을 설치해 드리겠노라고 금전을 갹출하기 여러 차례였으나, 그는 번번이 돈을 받아 가난한 사람들에게 주어버렸다. 그러면서 이렇게 말하였다.

"제단들 중 가장 아름다운 것은, 위로를 받고 신께 감사드리는 가엾은 사람의 영혼입니다."

그의 기도실에는 짚으로 바닥을 엮은 기도용 의자 둘이 있었고, 역시 짚으로 엮은 팔걸이 있는 안락의자 하나가 그의 침실에 있었다. 그리하여 우연히, 도지사나 지역 사령관, 혹은 그곳에 주둔하는 연대의 참모장이나 카톨릭 중학교 학생 몇몇 등, 손님 칠팔 명을 한꺼번에 접견해야 할 경우, 외양간의 겨울철 살롱에 있는 의자 둘과 기도실에 있는 기도용 의자 둘, 그리고 그의 침실에 있는 안락의자를 가져올 수밖에 없었다. 그런 식으로, 방문객들을 위하여 좌석을 열한 개까지는 마련할 수 있었다. 손님을 맞을 때마다 모든 방들이 가구를 빼앗겼다.

때로는 방문객의 수가 열둘인 경우도 있었다. 그러면 주교가, 겨울에는 벽난로 앞에 서 있고, 여름에는 정원을 거닐자고 제안하여, 난감한 처지를 감추곤 하였다.

기도실의 협실에도 의자 하나가 있었지만, 짚이 반은 닳아 없어졌고 다리가 셋뿐인지라, 벽에 기대어놓고 사용할 수밖에 없었다. 바띠스띤느 아씨의 침실에도, 목재 부분을 황금색으로 칠한 지 오래되었고, 꽃무늬 비단 천으로 감싼, 넓고 깊숙한 커다란 안락의자 하나가 있었다. 그러나 그것을 이 층으로 올릴 때, 층계가 너무 좁아서, 창문을 이용할 수밖에 없었다. 따라서 그것은 비상용 가구로 사용할 수 없었다.

바띠스띤느 아씨의 열망은, 장미꽃 문양이 있는 위트레호트산 노란색 벨벳과 백조의 목처럼 휜 마호가니를 사용하여 만든 거실 장식용 가구를, 등받이 있는 긴 의자를 곁들여 구입하는 것이었다. 하지만 그 비용이 적어도 오백 프랑은 되었고, 그것을 사기 위하여 오 년 동안 저축을 하였지만, 모은 돈은 고작 사십이 프랑 십 쑤에 불과했던지라, 결국 포기하고 말았다. 어디 그녀뿐이랴! 자기의 이상에 도달하는 자 누구란 말인가?

주교의 침실이 어떻게 생겼을지 상상하기란 그 무엇보다도 간단하다. 정원 쪽으로 뚫린 문을 겸한 창문 하나, 그것을 마주하고 있는 침대 하나, 초록색 닫집이 있는 병원용 철제 침대이다. 침대에 가려 어둑한 곳 커튼 뒤에는 화장 도구들이 있는데, 사교계 사나이의 멋부리던 옛날의 버릇을 폭로하는 물건들이다. 문이 둘인데, 하나는 벽난로 옆에 있으며 기도실로 통하는 문이고, 다른 하나는 책장 옆으로 해서 식당으로 통하는 문이다. 책장은 유리를 끼운, 그리고 책들로 가득한 일종의 커다란 찬장이다. 대리석 무늬로 칠한 목재로 장식한 벽난로에는 불이 없는 것이 일상이다. 벽난로 속에는, 지난날 은가루로 도금했던 홈이 파이고 꽃다발 모양을 한 기둥머리 장식 둘이 달린, 철제 장작받이 한 쌍이 있는데, 그것도 주교들이 누리던 호사의 하나였다. 일반적으로 거울을 놓는 벽난로 위에는, 금박이 벗겨진 목재 그림틀의 해진 검정색 벨벳 위에, 은박이 사라진 구리 십자가 하나를 고정시켜 놓았다. 문을 겸한 창문 근처에는 잉크병과 함께, 뒤엉클어진 종이들과 두툼한 책들이 쌓여 있는 커다란 탁자 하나가 놓여 있다. 그 탁자 앞에 짚으로 엮은 안락의자가 있다. 침대 앞에는 기도실에서 가져다 놓은 기도용 의자(기도대) 하나가 있다.

침대 양쪽 벽에는 달걀 모양의 타원형 그림틀 속에 넣은 초상화 둘이 걸려 있다. 화폭의 얼굴 옆, 색 바랜 여백에, 황금색 잔글씨로 적어 넣은 글자들이, 그 인물들 중 하나는 생-끌로드의 주교였던 샬리오 사제이고, 다른 한 사람은 샤르트르 주교구에 있는 씨또회 수도원 그랑-샹의 원장이며 아그드의 부주교였던 뚜르또 사제임을 알려 주고 있다. 병원 환자들로부터 그 방을 인계받은 주교는, 그 방에 이미 걸려 있던 두 초상화를 그대로 내버려 두었다. 그 두 인물이 모두 사제들이었고, 필시 기증자들이었을 것이다. 주교가 그들을 예우한 두 가지 동기였다. 그 두 인물에 대하여 그가 알고 있었던 것은, 두 사람 모두, 같은 날, 즉 1785년 4월 27일에, 그리고 왕명에 의해, 한 사람은 주교직에, 다른 한 사람은 수도원장직에 임명되었다는 사실뿐이었다. 마글르와르 부인이 먼지를 털기 위하여 두 초상화를 고리에서 벗겨 내려놓았을 때, 그랑-샹 수도원 원장의 초상화 뒷면에 봉인용 반죽 네 덩어리로 붙여 두었던, 세월이 흘러 노랗게 변색된 작은 정방형 쪽지에 흐릿한 잉크로 적어놓은 내용을 보고, 주교가 그러한 사실을 알게 되었다.

그의 침실 창문에는 두꺼운 모직으로 마름질한 옛 커튼 하나가 걸려 있었는데, 그것이 어찌나 낡았던지, 그러나 새것을 구입하기 위한 지출을 피하려고, 마글르와르 부인이 그 한가운데를 상당 부분 감치며 꿰매지 않을 수 없었다. 그 감치어 꿰맨 자국이 십자가 형상이었다. 주교가 자주 그것을 바라보며 말하였다.

"정말 보기 좋군!"

그 집의 모든 방들은, 아래위층 막론하고, 예외 없이 회반죽으로 희게 칠하였다. 병영의 막사와 병원 건물을 그렇게들 칠하였다.

하지만 훗날, 뒤에 가서 알게 되겠지만, 그 새로 칠한 벽지 밑에서, 마글르와르 부인이 바띠스띤느 아씨의 처소를 단장한 그림들을 다시 찾아내었다. 그 건물이 병원으로 사용되기 전에는 시청 회의실이었다. 그림으로 단장한 것은 그러한 연유 때문이었다. 모든 방들의 바닥에는 붉은 벽돌을 깔았는데, 짚을 엮어 만든 수세미로 매주 씻고 닦았다. 게다가 집안을 두 여인이 건사하는지라, 위층부터 아래층까지 정갈하기 이를 데 없었다. 그 정갈함이 주교가 허용하던 유일한 사치였다. "그것은 가난한 이들로부터 아무것도 빼앗지 않지." 주교가 하던 말이었다.

하지만 주교가 옛날에 가지고 있던 물건들 중 은제 식기 여섯 벌과 커다란 국자 하나가 남아 있었다는 사실만은 시인해야겠다. 마글르와르 부인은, 하얀 천으로 만든 식탁보 위에서 화려하게 번쩍이는 그것들을 날마다 바라보며, 행복해하였다. 또한, 우리가 지금 디뉴의 주교를 모습 그대로 묘사하고 있으니, 그가 가끔 하던 말도 덧붙여 소개해야겠다. "은식기로 식사하기를 포기하기는 어렵겠어."

그 은식기들에다가 주교가 자기의 대고모로부터 물려받은 커다란 은제 촛대 둘을 추가해야겠다. 평소에는 그 촛대에 양초 둘을 꽂아 주교의 벽난로 위에 놓아두곤 하였다. 그리고 저녁 식사에 누구를 초대할 경우, 마글르와르 부인이 양초 두 가락에 불을 붙인 다음, 촛대 둘을 모두 식탁에 올려놓곤 하였다.

주교의 침실에는, 그의 침대 머리맡에 작은 벽장 하나가 있었고, 마글르와르 부인이 저녁마다 여섯 벌 은제 식기와 국자를 그 속에 가지런히 보관하였다. 하지만 벽장 열쇠를 치우는 일은 결코 없었다는 점도 말해 두어야겠다.

앞에서 이야기한 상당히 보기 흉한 건물로 인하여 모양이 망가진 정원에는, 유수조(溜水曹)로부터 십자 모양으로 뻗어 나간 오솔길들이 있었다. 다른 오솔길 하나가, 울타리 역할을 하는 하얀 벽을 따라가며 정원을 둘러싸고 있었다. 그 오솔길들이 가장자리에 회양목을 심은 정방형 화단 넷을 사이사이에 만들었다. 화단 셋에다가는 마글르와르 부인이 채소를 심었고, 나머지 하나에는 주교가 꽃을 가꾸었다. 그리고 정원 여기저기에 과일나무들이 있었다.

언젠가 마글르와르 부인이 주교에게 부드러우나 짓궂게 말하였다.

"주교님, 모든 것을 유용하게 쓰시면서, 화단 하나는 무용지물이 되었네요. 저곳에 꽃다발을 심느니 샐러드를 심는 것이 더 좋겠어요."

"마글르와르 부인, 잘못 생각하시는 것이오. 아름다움 또한 유용한 것만큼 유익하다오."

그리고 잠시 침묵하다가 덧붙였다.

"아마 더."

주교님께서는 서너 조각으로 나뉘어진 그 네 번째 화단에다, 책들에 쏟는 것에 못지않는 정성을 기울였다. 그는 잡초를 베거나 뽑으면서, 혹은 여기저기에 작은 구멍을 내어 씨앗을 심으면서, 기꺼이 한두 시간을 보내곤 하였다. 그는 어느 정원사들과는 달리, 벌레들에게 적대적이지 않았다. 또한 식물학에 조예가 깊다고 자부하지도 않았다. 식물의 유형이라든지 특질 불변론[39]이라든지 하는 것들은 전혀 몰랐다. 뚜른느포르[40] 방법과 '자연적 분류 방법' 중 어느 편을 택할지를 추호도 생각해 보지 않았다. 씨방을 감싸고 있는 포(胞)가 떡잎보다 중요하다고 주장하지도 않았고, 린네[41]를 반대하여 쥐씨유[42] 편을 들지도 않았다. 그는 식물들을 연구하지 않았다. 다만 꽃들을 좋아하였다. 그는 학자들을 매우 존경하였고, 무지한 사람들은 더욱 존경하였으며, 그 두 존경심을 소홀히 하는 일은 결코 없었으되, 여름이면 매일 저녁, 초록색 페인트칠한 물조리로 자기의 꽃밭에 물을 주었다.

집에는 자물쇠 달린 문이 하나도 없었다. 이미 이야기한 바대로 대성당 앞 광장과 수평으로 통하는 식당의 문에, 전에는 감옥의 문처럼 자물쇠와 빗장이 설치되어 있었다. 그런데 주교가 그 문의 철물들을 모두 제거토록 한지라, 밤이건 낮이건, 문은 걸쇠 하나만으로 닫았다. 누구든, 그리고 어느 시각이든, 그곳에 들어오려는 사람은, 문을 밀기만 하면 그만이었다. 초기에는 두 여인이, 결코 걸어닫지 않는 그 문 때문에 몹시 괴로워하였다. 그러자 디뉴 공께서 그녀들에게 말하였다. "원하면 자네들 침실에 빗장을 설치해 달라고 하시게." 그녀들도 결국에는 그의 신뢰를 공유하게 되었다. 혹은 적어도 공유하는 것처럼 처신하였다. 오직 마글르와르 부인만이 가끔 두려움에 사로잡히곤 하였다. 주교에 대하여 말하자면, 그가 『구약』 한 권의 여백에 써놓은 다음 세 줄의 글이 그의 생각을 설명해 주거나, 적어도 시사해 준다. "미묘한 차이는 이러하다. 의사의 집 출입문은 결코 닫혀 있으면 아니 된다. 사제의 집 문은 항상 열려 있어야 한다."

『의학 철학』이라는 다른 책에는 그가 다음과 같이 긁적거려 놓았다. "나도 그들처럼 의사 아닌가? 나 또한 나의 환자들이 있다. 우선 그들이 환자라고 하는 사람들이 나의 환자들이다. 그리고 그 환자들 말고도 나의 환자들이 있는데, 나는 그들을 불행한 사람들이라고 부른다."

다른 곳에는 이렇게도 써놓았다. "잘 곳을 청하는 사람에게 그 이름을 묻지 마시오. 피신처가 필요한 사람에게는 특히 그의 이름이 거추장스럽습니다."

어느 점잖은 교구사제 하나가, 그것이 꿀루브루의 사제였는지 혹은 뽕삐에리의 사제였는지 기억이 희미하지만, 아마 마글르와르 부인의 선동에 넘어가, 어느 날 주교에게 묻기를, 누구든지 원하면 들어올 수 있도록 밤이나 낮이나 문을 열어놓는 것이 상당히 경솔한 조치가 아니라고 확신할 수 있느냐고 하면서, 덧붙여 묻기를, 그토록 경비가 허술한 집에서 어떤 불행한 일이 생기지 않을까 두렵지 않느냐고 하였다. 그러자 주교가 교구사제의 어깨를 툭 치면서 부드럽되 엄숙하게 말하였다. "주님께서 몸소 집을 지키시지 않으면, 그것을 지키는 사람들이 헛되이 밤을 지새울 것이오(Nisi Dominus custodierit domum, in vanum vigilant qui custodiunt eam)." 그리고 화제를 바꾸었다.

그는 즐겨 이렇게 말하곤 하였다. "용기병(龍騎兵) 연대장의 용맹함이 있듯이, 사제의 용맹함이 있다." 그리고 잠시 후 다시 덧붙이곤 하였다. "다만 우리들의 용맹함은 조용해야 한다."

7. 크라바뜨

빼놓지 말아야 할 이야기를 지금 해야겠다. 디뉴의 주교가 어떤 사람인지를 가장 여실하게 드러나도록 해줄 사람들 중 하나에 관한 이야기이기 때문이다.

올리울르 협곡에 자주 출몰하던 가스빠르 베스 휘하의 산적들이 소탕된 후, 그의 부장들 중 하나인 크라바뜨가 산악 지역으로 도피하였다. 그는 가스빠르 베스의 잔당을 이끌고 니쏘 백작령에 은신해 있다가 삐에몬떼로 넘어갔는데, 문득 바르슬로네뜨 쪽으로 해서 다시 프랑스에 나타났다. 처음에는 조지에 모습을 드러내더니, 다음에는 뗼르에 나타났다. 그는 쥬그들레글르 지역 동굴에 숨어 있다가, 그곳으로부터 위바이와 위바이예뜨 협곡을 따라 내려와 촌락들에 이르렀다. 그는 감히 앙브렁까지 진출하여, 어느 날 밤, 대성당 안으로 침입하여 의식 용구실을 털었다. 그의 약탈 행위로 인하여 그 고장 일대가 황폐해질 지경이었다. 경찰을 동원하여 뒤를 쫓았으나 헛일이었다. 그는 번번이 빠져나갔고, 때로는 격렬히 저항하기도 하였다. 과감한 녀석이었다. 그렇게 공포감이 만연해 있을 때 주교가 그곳에 도착하였다. 그가 교구를 순방하는 중이었다. 샤뗄라르에 도착하였을 때, 읍장이 그를 찾아와 발길을 돌리라고 권하였다. 크라바뜨가 아르슈까지, 아니 그 너머까지, 산악 지역을 장악하고 있다는 것이었다. 경호대와 함께 간다 하여도 위험하다고 하였다. 가엾은 경찰관 서너 사람을 부질없이 위험에 내던지는 일이라고 하였다. 그러자 주교가 읍장에게 말하였다.

"그래서 경호원 없이 갈 생각이오."

"그러실 생각이십니까, 주교님?" 읍장이 기겁한 듯 소리쳤다.

"내 생각은 변함없소. 그래서 경찰관들은 극구 사양하며, 한 시간 이내에 출발할 것이오."

"출발하신다구요?"

"출발하겠소."

"단신으로요?"

"단신으로."

"주교님, 제발 그러지 마십쇼."

그러자 주교가 다시 설명하였다.

"저기 산간에, 크기가 이곳만 한 소박하고 작은 읍 하나가 있는데, 내가 그곳에 가지 못한 지 세 해가 되었소. 그곳 주민들은 모두 나의 좋은 친구들이오. 마음씨 착하고 정직한 목동들이오. 그들이 돌보는 염소들 중 서른 마리당 한 마리씩만 그들의 소유라오. 그들은 털을 꼬아 예쁘고 색깔 다양한 줄들을 만든다오. 또한 구멍 여섯 뚫린 작은 플루트로 산간 지역의 곡조들을 연주한다오. 가끔이나마 그들에게 누가 신에 대한 이야기를 해주는 것이 필요하오. 주교가 무엇을 두려워한다면 그들이 뭐라 하겠소? 만약 내가 그곳에 가지 않는다면 그들이 뭐라 하겠소?"

"하지만 주교님, 산적들이 있는데! 만약 산적들을 만나시면!"

"물론 그 생각도 하오. 옳은 말씀이오. 내가 그들과 마주칠 수도 있지요. 그들에게도 누가 선하신 신에 대하여 이야기해 줄 필요가 있소."

"주교님! 하지만 그들은 산적들입니다! 늑대 떼입니다!"

"읍장님, 아마 예수께서 저를 바로 그 늑대 떼의 목자로 삼으셨을 것입니다. 섭리의 길을 누가 헤아릴 수 있겠습니까?"

"주교님, 그들이 약탈을 자행할 것입니다."

"나는 아무것도 가진 것이 없소."

"주교님을 살해할 것입니다."

"아이들의 유치한 소리나 중얼거리면서 지나가는 보잘것없는 사제 늙은이를? 쳇! 자기들에게 무슨 유익함이 있겠소?"

"아! 제발! 만약 저들과 마주치신다면!"

"내가 돌보는 가난한 사람들을 위해서 적선금을 좀 내라고 하겠소."

"주교님, 제발 가지 마십시오! 목숨을 내놓으시는 일입니다."

"읍장님, 고작 그런 일에 불과합니까? 내가 이 세상에 있는 것은 나의 목숨을 부지하기 위해서가 아니라 영혼들을 돌보기 위해서입니다."

그가 하는 대로 내버려 둘 수밖에 없었다. 그는 자청하여 길을 안내하겠다고 나선 아이 하나만을 대동하고 떠났다. 그의 고집이 순식간에 그 지역 일대에 알려졌고, 소문을 들은 사람들은 몹시 두려워하였다.

그는 자기의 누이와 마글르와르 부인도 데려가지 않았다. 그는 노새를 타고 산을 넘었고, 중도에 그 누구와도 마주치지 않았으며, '좋은 친구들'인 목동들의 마을에 무사히 도착하였다. 그는 설교도 하고 성사를 베풀고 가르치고 교화하면서 그곳에 두 주 동안을 머물렀다. 마을을 떠날 때가 가까워졌을 때, 그는 주교의 위의에 맞춰 성대하게 찬양과 감사의 예배(Te Deum)를 드리기로 작정하였다. 그가 자기의 의중을 마을 사제에게 털어놓았다. 하지만 어찌한단 말인가? 주교에게 합당한 제의 등 의식 용구가 없었다. 그가 사용할 수 있었던 것은 그 마을 예배당의 제의 및 의식 용구 보관실에 있는 것이 전부였는데, 그곳에 있던 것이라고는 다마스쿠스 천으로 지었고 모조 장식 줄이 달린 낡은 제의 몇 벌뿐이었다. 마을 사제로부터 사정을 들은 주교가 말하였다.

"할 수 없지요! 주임사제님, 그렇더라도 우리의 찬양과 감사 예배 계획을 일요 설교 때 사람들에게 알립시다. 해결책이 생기겠지요."

인근의 모든 예배당을 샅샅이 뒤졌다. 그 가난한 교구들에서 모아들인 가장 화려한 제의들 중에는, 주교좌 대성당의 성가대원에게 입힐 만한 것조차 하나 없었다.

그렇게 난감한 처지에 놓여 있는데, 말을 탄 낯선 사나이 둘이 커다란 궤짝 하나를 가져와, 사제관에 놓고 돌아가며 주교님께 드리라고 하였다. 궤짝을 열고 보니, 그 속에는 황금 실로 수놓은 제의 한 벌과, 많은 다이아몬드가 박힌 삼각 주교관 하나, 대주교의 십자가 하나, 화려한 주교용 지팡이 하나, 그리고 한 달 전에 앙브렁 대성당의 보물 창고에서 약탈해 가져갔던 주교의 제의들이 들어 있었다. 또한 쪽지 한 장도 함께 넣었는데, 다음과 같이 적혀 있었다. '크라바뜨가 비앵브뉘 예하께.' 그것들을 보고 주교가 말하였다.

"내가 해결책이 생길 거라고 했더니!" 그리고 미소를 지으며 덧붙였다.

"사제의 거친 외투 한 벌로 만족해야 할 사람에게 신께서 대주교의 제의 한 벌을 보내시는군."

그러자 마을 사제가 얼굴에 미소를 띤 채 고개를 갸우뚱하며 중얼거렸다.

"주교님, 신께서…… 혹은 마귀가."

주교가 잠시 사제를 뚫어지게 바라보더니, 위엄 있게 다시 말하였다.

"신께서!"

그가 샤뗄라르에 돌아왔을 때, 그리고 돌아오는 길을 따라, 많은 사람들이 호기심에 이끌려 그를 구경하러 몰려들었다. 그는 자기를 기다리고 있던 누이와 마글르와르 부인을 샤뗄라르의 사제관에서 다시 만났다. 그가 누이에게 말하였다.

"그래, 내가 옳았지? 가난한 사제가 가난한 산사람들에게 빈손으로 갔다가, 잔뜩 가지고 왔어. 신에 대한 믿음만 가지고 떠났는데, 어느 대성당의 보물을 몽땅 가지고 돌아왔어."

그날 저녁, 잠자리에 들기 직전, 그가 다시 말하였다.

"우리 모두, 도둑들이나 살인자들을 두려워하는 일이 결코 없도록 합시다. 그것은 모두 외부의 위험, 즉 작은 위험들이오. 우리들 자신을 두려워하고 경계합시다. 각종 선입견들, 그것이 도둑들이오. 각종 못된 버릇, 그것이 살인자들이오. 큰 위험들은 우리들 내부에 있소. 우리의 목숨이나 돈주머니를 노리는 것들이 뭐 그리 대단한가! 우리의 영혼을 노리고 있는 것을 조심합시다."

그리고, 자기의 누이를 바라보며 말을 계속하였다.

"누이, 사제는 결코 이웃을 경계해서는 아니 된다네. 이웃이 하는 것은 신께서 허락하신 것이니까. 우리에게 위험이 닥친다고 생각될 때에도 신께 기도하는 것으로 그쳐야 한다네. 그분께 기도하되, 우리 자신을 위해서가 아니라, 우리의 형제가 우리들로 말미암아 죄를 짓는 일이 없도록 해주십사 빌어야 하네."

그 이외에, 그의 삶에 이렇다 할 사건이 닥치는 경우는 드물었다. 이 책에서는 우리가 아는 이야기들을 하고 있지만, 보통 그는 언제나 같은 때에 같은 일을 하면서 살아갔다. 그의 한 해 중 한 달은 그의 하루 중 한 시간과 같았다.

앙브렁 대성당의 '보물'이 그 이후에 어찌 되었느냐고 묻는다면, 대답하기가 좀 거북하다. 진정 아름답고 사람을 유혹하는 물건들이었으며, 불행한 사람들을 위하여 훔치면 좋을 것들이었다. 그것들은 이미 다른 곳에서 절도를 당한 바 있었다. 사건의 절반은 이미 이루어졌으니, 절도의 방향을 바꾸어 가난한 사람들 쪽으로 조금만 더 걸어가게 하는 일만 남았었다. 그 일에 대해서는 어떠한 사항도 확인해 줄 수 없다. 다만, 주교가 대강 긁적거려 놓은 쪽지에서, 아마 그 사건과 관련되었을 것으로 보이는 모호한 구절이 하나 발견되었는데, 내용은 대략 이러하다. "그것이 대성당으로 돌아가야 할지 혹은 병원[43]으로 가야 할지를 판단하는 것이 문제이다."

8. 음주 후의 철학

훨씬 앞에서[44] 이야기한 그 상원의원은 약삭빠른 사람으로, 양심이니 신의니 정의니 의무니 하는 것들, 즉 장애가 되는 그 모든 것들은 아예 거들떠보지도 않고, 추호의 빗나감 없이 정확히 자기의 길을 걸어온 사람이었다. 그는 자기의 목표를 향하여 곧바로 걸었고, 출세와 이권이라는 진로에서 단 한 번도 발을 헛디디지 않았다. 성공한 덕분에 너그러워진 전직 검찰관으로, 자기의 아들들과 사위들과 친척들과 심지어 친구들에게도 능력껏 자질구레한 온갖 도움을 주고, 삶에서는 좋은 측면과 좋은 기회와 좋은 횡재만 현명하게 취하는, 전혀 심술궂지 않은 사람이었다. 그런 것들 이외의 나머지 모든 일들이 그에게는 멍청이 짓으로 보였다. 그는 재치가 있었고, 실제로는 아마 삐고-르브렁[45]의 퇴물에 불과했을지 모르지만, 자신을 에피쿠로스의 제자[46]로 믿을 만큼은 유식하였다. 그는 즐겨, 그리고 재미있게, 무한하고 영원한 것들과 '주교 늙은이의 헛소리'를 조롱하곤 하였다. 때로는 미리엘 씨가 듣고 있는 자리에서도 친절한 권위를 부려가며 그것들을 조롱하였다.

조금은 공식적인 어느 행사를 계기로, 아무개 백작(그 상원의원)과 미리엘 씨가 도지사의 저택에서 함께 점심 식사를 하게 되었다. 후식을 먹던 중, 여전히 위엄 있는 풍모는 견지하였으되 조금 쾌활해진 상원의원이 큰 소리로 말하였다.

"젠장, 주교님, 우리 이야기 좀 합시다. 하나의 상원의원과 하나의 주교가 눈을 가늘게 뜨지 않고는 서로를 바라보기가 어렵습니다.[47] 우리 두 사람은 두 점괘[48]입니다. 주교님께 고백하겠습니다. 저에게는 저의 철학이 있습니다."

"옳은 말씀입니다." 주교가 대꾸하였다. "사람은 각자 자기의 철학 하듯 잠도 그렇게 잡니다. 의원님, 그래서 의원님은 주홍빛[49] 침대 위에 누우십니다."

의기양양해진 상원의원이 다시 말하였다.

"우리 착한 아이들이 됩시다."[50]

"착한 마귀들도 좋지요." 주교가 대꾸하였다.

"주교님께 천명하건대, 아르장스 후작과 퓌론, 홉스, 네종 씨 등은 불량배가 아닙니다.[51] 저는 저의 서가에, 제가 좋아하는 철학자들의, 단면에 금박 입힌 책들을 모두 비치해 놓았습니다."

"백작님, 공께 금박 입히듯……." 주교가 한마디 끼워 넣었다.

상원의원이 계속하였다.

"저는 디드로를 증오합니다. 그는 관념론자이고, 미사여구나 늘어놓으며, 혁명적인 척하지만 실제로는 신을 믿고, 볼떼르보다 더 열성 신도입니다. 볼떼르가 니드험을 비웃었는데, 잘못을 저지른 것입니다. 왜냐하면 니드험의 뱀장어들이 신의 무용성을 증명하기 때문입니다.[52] 한 숟가락 분량의 밀가루 반죽 속에 넣은 식초 한 방울이 휘아트 룩스[53]를 대신합니다. 더 큰 식초 방울과 더 큰 숟가락을 가정해 보십시오. 세상은 당신의 것입니다. 인간은 곧 뱀장어입니다. 그렇다면 영원한 아버지를 무엇에 쓴답니까? 주교님, 야훼를 가정하는 것이 저를 피곤하게 만듭니다. 그러한 가정은 공상에 잠기는 비쩍 마른 사람들을 만들어내는 데에나 유용합니다. 저의 머리를 지끈거리게 하는 그 위대한 전체[54]는 타도해야 합니다! 저를 편안히 내버려 두는 제로(Zéro) 만세! 저의 마음속을 털어놓기 위하여, 그리고 저의 목자에게 제대로 고해하기 위하여, 주교님께 고백하거니와, 저에게는 사려 분별이 있습니다. 저는, 어디에서나 포기와 희생을 역설하는 주교님의 그 예수에게는 미치지 않았습니다. 거지들에게 늘 어놓는 탐욕스러운 자의 권고입니다. 포기라니! 왜? 희생이라니! 무엇을 위해? 다른 늑대를 위하여 자신을 희생시키는 늑대는 없습니다. 그러니 우리도 자연 속에 얌전히 머뭅시다. 우리들은 정상에 올랐습니다. 그러니 상층부의 철학을 가집시다. 다른 사람들의 코끝보다 더 멀리 보지 못한다면, 높은 곳에 있다는 것이 무슨 소용입니까? 명랑하게 삽시다. 삶, 그것이 전부입니다. 인간이 저 위에, 저 아래에, 어딘가에, 여하튼 다른 곳에, 또 다른 하나의 미래를 가지고 있다는 말을, 저는 한마디도 믿지 않습니다. 아! 사람들이 저에게 포기와 희생을 권합니다. 제가 하는 모든 짓을 조심해야 한다고들 합니다. 선과 악이라는 것, 정의와 불의, 화쓰(fas)와 네화쓰(nefas)[55]라는 것을 앞에 놓고 머리가 터지도록 고민해야 한다고들 합니다. 무엇 때문에요? 제가 행한 짓들에 대하여 장차 보고해야 할 것이기 때문이랍니다. 언제요? 제가 죽은 후에랍니다. 그 무슨 백일몽이란 말인가! 제가 죽은 후에 저를 붙잡는 자가 있다면, 그는 여간내기가 아닐 것입니다. 차라리 유령의 손 하나로 하여금 재 한 줌을 움켜쥐라고 하지요. 이미 딱지를 떼었고 이시스 여신의 스커트도 처들어 본 우리들이니, 이제 사실대로 말합시다. 이 세상에는 선이라는 것도 악이라는 것도 없습니다. 오직 생장 작용이 있을 뿐입니다. 사실을 찾읍시다. 완전히 파봅시다. 젠장, 밑바닥 깊숙이 들어갑시다! 코를 킁킁거려 탐색하고 땅을 후벼 파서 진실을 붙잡읍시다. 그러면 진실이 우리 모두에게 매혹적인 기쁨을 줄 것입니다. 그러면 또한 우리 모두 강해지고, 그리하여 웃을 것입니다. 저는 밑바탕이 명확합니다. 주교님, 인간의 불멸성이란, 비가 내리지 않아 절망한 방앗간 주인을 조롱하기 위하여, 혹시 비가 오는지 잘 들어보라고 하는 농담과 같습니다. 오! 매력적인 약속입니다! 그 약속을 믿으십시오. 아담이 가지고 있는 신용할 만한 어음입니다! 우리는 영혼, 장차 천사가 될 것이고, 그러면 우리의 견갑골에 푸른 날개들이 돋아날 것입니다. 저의 기억이 확실치 않은데, 저를 좀 도와주시죠, 신의 축복을 받은 이들은 이 별에서 저 별로 옮겨 다닐 것이라고 말한 사람이 테르툴리아누스 아닙니까? 그렇다 하지요. 그러면 우리들은 별들 사이를 오가는 메뚜기들이 되겠군요. 그리고 신도 보겠군요. 쳇! 미련한 소리! 그 천국들이라는 것은 객쩍은 이야기에 불과해요. 신이란 객쩍은 괴물입니다. 그런 말을 《세계신보》[56]에는 쓰지 않겠습니다, 젠장! 친구들끼리만 속삭이는 겁니다. 인테르 포쿨라.[57] 이 지상의 세계를 천국에 희생물로 바치는 짓은, 그림자를 잡기 위해 사냥감을 놓아버리는 것과 같습니다. 무한한 것에 속다니! 저는 그렇게 미련하지 않습니다. 저는 태허(太虛)입니다. 저의 이름은 태허 백작이며, 상원의원입니다. 제가, 태어나기 전에 존재했던가요? 아닙니다. 제가, 죽은 후에도 존재할까요? 아닙니다. 저는 무엇입니까? 어떤 형성체에 의해 집합된 약간의 먼지입니다.[58] 제가 이 지상에서 할 일이 무엇이지요? 저에게 선택권이 있습니다. 고통스러워하거나 즐기는 것 중 하나입니다. 고통은 저를 어디로 이끌어 가지요? 태허로. 하지만 저는 고통스러워한 것입니다. 즐거움은 저를 어디로 이끌어 가지요? 태허로. 하지만 저는 즐긴 것입니다. 저의 선택은 확고합니다. 먹는 자가 되거나 먹히는 자가 되어야 합니다. 저는 먹습니다. 목초이기보다는 이빨이 낫습니다. 그것이 저의 현명함입니다. 그다음에는 사람들이 밀어 넣는 곳으로 갑니다. 무덤 구덩이 파는 사람들은 언제나 대기하고 있습니다. 우리들만은 물론 빵떼옹[59]으로 가지만, 여하튼 예외 없이 커다란 구멍 속으로 떨어집니다. 그러면 끝입니다. 휘니쓰 (Finis).[60] 깨끗한 결산입니다. 그것이 곧 소멸 지점입니다. 장담합니다만, 죽음도 죽어버립니다.[61] 그런 다음에도 저에게 할 말이 있는 어떤 자가 존재한다니, 생각만 하여도 실소를 금할 수 없습니다. 유모들이 꾸며낸 이야기에 불과합니다. 아이들에게 유령 이야기 해주듯 어른들에게는 야훼 이야기를 해주지요. 아닙니다, 우리의 다음날은 암흑일 뿐입니다. 무덤 저 너머에는 누구에게나 평등한 태허뿐입니다. 생전에 사르다나팔로스[62]였건 뱅쌍 드 뽈[63]이었건, 같은 허무로 귀착합니다. 그것이 진실입니다. 그러니 그 무엇보다도 먼저 열렬히 사십시오. 당신의 자아를 수중에 쥐고 있는 동안, 그것을 한껏 이용하십시오. 주교님, 진실로 말씀드리거니와, 저에게는 저의 철학이 있고, 제가 좋아하는 철학자들이 있습니다. 저는 허튼소리들[64]이 저에게 화환 걸어주는 것을 결코 허용하지 않습니다. 그 화환을 목에 걸고 나면, 저 밑바닥에 있는 자들, 맨발로 다니며 구걸이나 하는 불쌍한 자들에게 무엇인가를 주어야 하기 때문입니다. 흔히들, 그 불쌍한 자들에게 온갖 전설과 환상들과 영혼과 불멸성과 낙원과 별들을 주면서, 그것들을 삼키라고 합니다. 그들은 그것들을 씹습니다. 그것들을 말라비틀어진 빵에 얹어 먹기도 합니다. 아무것도 없는 사람에게는 선하다는 신이 있습니다. 최소한의 재산이지요. 그것에 반대하지는 않지만, 저는 저의 몫으로 네종 씨를 차지하겠습니다. 선한 신은 백성들에게나 어울립니다."

주교가 박수를 쳤다. 그러면서 감탄한 듯 말하였다.

"말씀을 잘하시는군요! 그 유물론이라는 것이 정말 탁월하고 경이롭군요! 유물론이 싫은 사람은 그만두라지. 아! 누구든 유물론에 의지하면 더 이상 속지 않겠군요. 그러면 카토[65]처럼 멍청하게 추방 당하거나 에띠엔느[66]처럼 돌에 맞아 죽거나 쟌느 다르끄처럼 산 채 로 불에 타 죽는 일은 없겠군요. 그 찬양할 만한 유물론을 수중에 넣 는 데 성공한 이들은, 자신들에게 책임이 없다고 느끼는 즐거움을 누릴 뿐만 아니라, 한직이건 고위직이건 모든 자리와, 정당하게 얻 었건 부당하게 얻었건 모든 권력과, 이윤을 가져다주는 변절과, 유 용한 배신과, 양심의 감미로운 항복 등을 모두 꿀꺽해 버릴 수 있다 고 생각하는 즐거움, 그리고 그러한 것들을 소화한 다음에는 무덤 속으로 들어갈 것이라 생각하는 즐거움도 누립니다. 그 얼마나 기분 좋은 일인가! 제가 의원님을 두고 하는 말은 아닙니다. 하지만 의원 님께 축하 인사를 드리지 않기란 불가능하군요. 의원님과 같은 지체 높은 나리들께서는, 조금 전에 말씀하신 바처럼, 나리들 고유의, 그 리고 나리들만을 위한, 향기 그윽하고, 세련되고, 오직 부자들만 접 근할 수 있고, 모든 종류의 소스에 어울리고, 삶의 관능적 쾌락에 기 막힌 양념을 가미해 주는, 하나의 철학을 가지고 계십니다. 그 철학 은 땅속 깊은 곳에서 취한 것이며, 특별한 채굴꾼들이 그것들을 파 내었습니다. 그러나 공들께서는 착한 군후들이십니다. 따라서 착한 신에 대한 신앙이 백성들의 철학이 되는 것을 언짢게 여기지는 않으 실 것입니다. 그것은 대략, 밤을 넣어 요리한 거위가, 가난한 사람들 에게는, 송로(松露) 곁들여 요리한 칠면조인 것과 같은 이치입니다."

9. 누이가 이야기한 오라비

디뉴의 주교께서 영위하시던 가정에서의 생활이 어떠했고, 성스 러운 두 여인이 자신들의 행동과 생각과 겁 많은 여인들의 본능까지 도, 주교의 습관과 그가 명시적으로 표현하지조차 않은 의중에 어떻게 종속시켰는지를 짐작게 하려면, 바띠스띤느 아씨가 소녀 시절의 친구인 부와셰브롱 자작 부인에게 보낸 편지를 옮겨 적는 것이 가장 좋은 방법일 듯하다. 그 편지를 우리가 가지고 있다.

디뉴, 18··년 12월 16일

다정하신 부인, 저희들이 부인 이야기를 하지 않는 날은 단 하루도 없답니다. 그것이 저희들에게는 거의 습관이 되었는데, 하지만 다른 이유가 하나 더 있습니다. 마글르와르 부인께서 천장과 벽들을 닦고 먼지를 터시다가 대단한 것들을 발견하셨답니다. 이제, 회반죽을 하얗게 칠한 낡은 종이로 도배하였던 우리들의 두 방이, 부인께서 살고 계시는 것과 유사한 어느 저택에 가져다 놓아도, 그 저택의 미관을 해치지는 않을 것입니다. 마글르와르 부인께서 종이를 몽땅 뜯어냈습니다. 그 밑에 그 대단한 것들이 있었습니다. 가구를 들여놓지 않아 빨래를 펼쳐서 너는 데 사용하는 저의 거실은, 높이가 십오 삐에[67]이고, 넓이가 사방 십팔 삐에인데, 천장은 부인께서 사시는 저택처럼 옛날 방식대로 금가루를 칠하였고, 장선(長線)도 있습니다. 집이 병원으로 사용되던 시절에는 천장이 천으로 덮여 있었습니다. 그리고 작은 목재 부분들은 우리들의 할머니들 시절 것 그대로였습니다. 하지만 저의 침실을 한번 보아야 합니다. 마글르와르 부인이, 적어도 열 겹은 되는 종이 밑에서 그림들을 발견하였는데, 비록 좋다고 할 수는 없어도 그런대로 볼 만은 합니다. 미네르바에 의해 기사로서임된 텔레마코스를 그린 것입니다.[68] 그가 다른 여러 정원에 있는 장면도 보이는데, 그 이름은 모르겠으나, 로마의 귀부인들이 어느 날 밤에 갔던 정원 풍경입니다. 부인께 어떻게 말씀드려야 할지? 제가 로마 남자들과 귀부인들 및 그들의 수행원들을 거느리게 되었습니다 (이 부분에 있는 단어 하나는 판독할 수 없다). 마글르와르 부인이 모든 것을 깨끗이 닦았고, 올 여름에는 손상된 부분들을 손질한 다음,

전체를 바니시로 칠할 예정입니다. 그러면 방이 손색없는 미술관으로 변할 것입니다. 그녀는 또한 다락방에서 옛날식으로 만든 목제 협탁 둘도 발견하였습니다. 그것들을 다시 금색으로 칠하려고 하였더니, 비용으로 십이 리브르를 달라고 합니다. 차라리 그 돈을 가난한 사람들에게 주는 것이 낫겠습니다. 게다가 협탁의 모양이 몹시 흉합니다. 마호가니 재목으로 짠 원탁이 더 제 마음에 듭니다.

저는 여전히 행복하게 지냅니다. 저의 오라버님께서는 한결같이 착하십니다. 가지고 계신 것들을 몽땅 궁핍한 사람들과 환자들에게 주십니다. 저희들 모두 마음이 편치 못합니다. 이 지방의 겨울 날씨가 매우 혹독하여, 없는 이들을 위하여 대비책을 세워야 하기 때문입니다. 저희들은 그럭저럭 난방도 하고 밤에 불을 켤 수도 있습니다. 그것만으로도 큰 즐거움 아니겠습니까.

저의 오라버님에게는 그분만의 버릇이 있습니다. 말씀하실 때마다, 주교라면 누구든 자기처럼 해야 한다고 하십니다. 집의 대문을 절대 닫지 않는다고 상상해 보십시오. 누구든 원하면 오라버님의 집에 즉시 들어올 수 있습니다. 그분은 아무것도 두려워하시지 않습니다, 심지어 밤에도. 항상 말씀하시듯이, 그것이 당신의 용맹이랍니다.

그분은 저나 마글르와르 부인이 당신 걱정 하는 것을 싫어하십니다. 어떠한 위험 앞에도 자신을 내던지시며, 저희들이 그것을 눈치채는 기색을 보이는 것조차 싫어하십니다.

그분은 비가 쏟아지는 겨울에도 집을 나서서, 질퍽거리는 길을 따라 물속을 걸으며 이곳저곳을 방문하십니다. 어두운 밤도, 위험한 길도, 못된 사람들과 마주치는 것도 전혀 두려워하시지 않습니다.

지난해에는 산적들이 우글거리는 지역을 단신으로 방문하셨습니다. 저희들 두 사람조차 데려가지 않으셨습니다. 사람들은 그분이 목숨을 잃으셨을 것이라 생각하였으나, 무사히 돌아오셨을 뿐만 아니라, 더욱 정정해지셨습니다. 그리고 저희들에게 말씀하셨습니다.

"나를 이렇게 털었다네!" 그러시면서 커다란 여행 가방을 여시는데, 그 속에는 앙브렁 대성당의 보물들이 가득하였습니다. 산적들이 그 분에게 드린 것들이었습니다.

그날은, 그분의 다른 친구분들과 함께 이십 리쯤 마중을 나갔다가 돌아오는 길에, 제가 오라버님을 조금 나무라지 않을 수 없었습니다. 물론, 다른 사람들이 듣지 못하도록, 수레 소리가 요란한 틈을 타서 말씀을 드렸습니다.

초기에는 제가 이렇게 생각하였습니다. '그분을 막을 위험은 없어. 무서운 분이야.' 그러나 이제는 저도 익숙해졌습니다. 그리하여, 제가 마글르와르 부인에게 눈짓을 하여, 그분의 뜻에 거역하지 말라는 신호를 보내기도 합니다. 그분께서는 당신의 뜻대로 모든 위험을 감당하십니다. 저는 마글르와르 부인을 이끌어 위층으로 올라가, 저의 침실로 들어가서 그분을 위해 기도를 한 다음 잠이 듭니다. 저는 이제 태평스럽습니다. 만약 그분에게 불행한 일이 닥치면, 그것이 곧 저의 최후라는 것을 잘 알기 때문입니다. 저의 오라버님과 함께, 저의 주교님과 함께, 저 역시 너그러우신 신 곁으로 갈 것입니다. 마글르와르 부인은 그녀가 경솔함이라고 부르던 것에 저보다 더 어렵게 익숙해졌습니다. 하지만 이제는 주름이 잡혔습니다. 저희들 두 사람은 함께 기도하고 함께 두려워하며, 같은 시각에 잠듭니다. 마귀가 집에 들어온다 해도 내버려 둘 것입니다. 무슨 일이 닥친들 이 집 안에서 저희들이 무엇을 두려워하겠습니까? 가장 강한 그 어떤 이가 항상 이곳에 저희들과 함께 계십니다. 마귀가 이곳을 지나갈 수는 있습니다. 그러나 신께서 이곳에 계십니다.

저는 그렇게 만족해합니다. 이제는 오라버님께서 단 한마디 말씀도 저에게 하실 필요가 없습니다. 아무 말씀 하시지 않아도 저는 그분의 의중을 헤아리며, 저희들 두 남매는 스스로를 전적으로 섭리에 맡겨 버립니다.

영혼 속에 위대함을 간직한 사람과 함께 살려면 그렇게 할 수밖에 없습니다.

포 가문에 대해 알아봐 달라고 하신 요청에 따라 저의 오라버님께 여쭈어보았습니다. 오라버님은 모든 것을 알고 계셨고, 많은 것들을 기억하고 계십니다. 여전히 한결같은 왕당파이시기 때문입니다. 그 가문은 깡 조세 구역에 뿌리를 둔 진정 유구한 노르망디 가문입니다. 오백 년 전에 라울 드 포, 쟝 드 포, 토마스 드 포라고 하는 분들이 그 지역 귀족이셨고, 그분들 중 한 분이 로슈포르의 영주셨다고 합니다. 마지막 영주가 기-에띠엔느-알렉상드르라는 분인데, 브르따뉴 지역 경기병 연대의 연대장이셨다고 합니다. 그분의 따님 마리-루이즈는 아드리앵-샤를르 드 그라몽과 혼인하였는데, 그는 프랑스의 뻬르이고 왕실 친위대 대령이셨으며 프랑스 육군 소장이셨던 루이 드 그라몽 공작의 아드님이라고 합니다. 가문 이름 '포'를 Faux, Faug 혹은 Faoucg 등으로 적습니다.

자애로우신 부인, 부인의 신성하신 친척 추기경님께, 저희들을 위해 기도해 주십사 부탁드려 주세요. 부인의 사랑스러운 쎌바니가 저에게 편지를 쓰지 않은 것은 잘한 일입니다. 부인 곁에서 보내는 짧은 시간을 편지 쓰는 데 할애하지 않았으니까요. 그녀는 건강하고 부인의 뜻에 어긋남 없이 공부 잘하며 저를 한결같이 좋아한답니다. 저의 소망은 그것이 전부입니다. 그녀의 추억이 부인의 편지에 실려 저에게 도달하였습니다. 덕분에 저는 행복감에 젖습니다. 저의 건강은 과히 나쁘지 않으나, 날이 갈수록 몸이 야윕니다. 안녕히 계십시오. 종이가 모자라 이만 하직 인사 드릴 수밖에 없습니다. 수천 가지 좋은 일 기원합니다.

바띠스띤느

추신―시누이께서는 아끼시는 젊은 내외의 가족과 함께 아직 여기에 계십니다. 조카분의 아드님이 아주 매력적입니다. 머지않아 아이의 나이 다섯 살이 된다는 것을 아십니까? 어제는 무릎 싸개를 감은 말이 지나가는 것을 보고 이렇게 말하더군요. "무릎에 도대체 무슨 일이 생긴 거야?" 아이가 어쩌면 그리도 다정한지! 그의 동생은 아파트 안에서 빗자루를 끌고 다니며 소리를 지릅니다. 위!

편지를 보아 알 수 있듯이, 그 두 여인은 주교의 살아가는 방식에 능숙하게 순응하였던 바, 남자가 자신을 이해하는 것보다 더 깊이 남자를 이해하는 여인 특유의 천부적 특성 덕분이었다. 디뉴의 주교는, 결코 변하지 않는 온화하고 천진난만한 기색을 띤 채, 때로는 위대하고 과감하며 찬연한 일을 감행하였지만, 그 사실을 의식조차 못하는 듯하였다. 두 여인이 두려워 벌벌 떨기도 하였지만, 그러나 그가 하는 대로 내버려 두었다. 가끔 마글르와르 부인이 사전에 조언을 드리려 시도해 보기는 했지만, 중도에 혹은 사후에 무슨 소리를 하는 일은 결코 없었다. 그가 어떤 일을 시작한 연후에는 절대 그를 방해하지 않았다. 가벼운 신호조차 보내지 않았다. 어떤 순간에는, 그가 구태여 말을 하지 않아도, 또한 그의 순박함이 하도 완벽하여 그 자신조차도 의식하지 못하였겠지만, 그가 주교로서 행한다는 사실을 두 여인이 막연히나마 느끼곤 하였다. 그 순간 그녀들은 집 안에 있는 두 그림자에 불과하였다. 그녀들은 수동적으로 그를 도왔고, 사라지는 것이 복종하는 것이라 판단되면, 지체하지 않고 사라졌다. 그녀들은 본능의 찬탄할 만한 섬세함 덕분에, 어떤 염려들은 오히려 그에게 장애가 될 수 있다는 사실을 잘 알고 있었다. 그리하여, 그가 위험에 처해 있다고 확신하여도, 그의 생각은 말고도 그의 천성을 이해하는지라, 그녀들은 그의 주위를 더 이상 감시하지 않았다. 그녀들은 그를 신에게 맡겼다.

게다가, 편지에서 읽은 바와 같이, 바띠스띤느는 자기 오라비의 최후가 곧 자기의 최후라고 하였다. 마글르와르 부인이 말은 하지 않았지만, 그녀 역시 그 사실을 알고 있었다.

10. 미지의 빛과 마주한 주교

앞에서 인용한 편지의 발신일로부터 얼마 아니 된 무렵, 그가, 사람들의 말에 의하면, 강도들이 우글거리는 산악지역을 어슬렁거리는 것보다 더 위험한 일을 감행하였다.

디뉴 근교 촌 지역에 홀로 사는 사나이 하나가 있었다. 그 사람은, 거창한 말로, 왕년의 프랑스 혁명의회[69] 의원이었다. 그의 이름은 G.라고 하였다.

디뉴에서는 사람들이 모이기만 하면, 일종의 혐오감과 공포에 사로잡혀 혁명의회 의원 G.에 대한 이야기들을 하였다. 혁명의회 의원이라는 것이 무엇인지 상상하실 수 있는가? 누구에게나 말을 놓으며, 상대가 누구이든 서로를 '씨뚜와이앵'[70]이라고 호칭하던 시절이 있었다. 사람들은 그 사나이가 괴물과 별반 다르지 않다고 하였다. 그가 국왕의 사형 언도에 찬성표를 던지지는 않았지만 던진 거나 마찬가지라고들 하였다.[71] 반쯤은 시역죄인이라는 것이다. 무시무시한 자였다는 것이다. 합법적인 왕족들이 복귀하였을 때 그를 왜 임시 즉결재판에 회부하지 않았는지 모르겠다고들 하였다. 관용을 베풀어야 하니 그의 목은 치지 않았다 하더라도, 영영 추방해 버릴 수는 있었다는 것이다. 본보기로! 게다가, 다른 그 부류 사람들처럼, 그 역시 무신론자라는 것이다.—한마디로 거위들이 모여 독수리에 관해 쑥덕거리는 꼴이었다.

하지만 G.라는 사람이 정말 독수리였을까? 그의 고독한 삶 속에 있는 표독스러움을 근거로 판단한다면 그렇다고 할 수도 있었다. 그는 국왕의 사형 언도에 찬성표를 던지지 않은 덕에, 추방자들 명단에 포함되지 않았고, 계속 프랑스에서 살 수 있었다.

그는 디뉴 시가지로부터 사십오 분가량 걸리는 곳, 인근에 마을이나 외딴 인가 하나 없는, 몹시 황량한 골짜기의 어느 은밀한 곳에 살고 있었다. 사람들의 말로는, 그가 그곳에 밭뙈기 비슷한 것과 자기의 소굴 혹은 은신처를 가지고 있다고 하였다. 이웃은 물론, 그 근처를 지나가는 행인조차 없다고 하였다. 그가 그 골짜기에 정착한 이후에는, 그곳으로 이어져 있던 오솔길마저 잡초에 묻혀 버렸다고 하였다. 사람들은 그곳에 대해 말하기를 마치 어느 망나니의 집 이야기하듯 하였다.

하지만 주교는 가끔 멀리 나무들이 수북한 곳을 바라보며 깊은 생각에 잠기곤 하였다. 늙은 혁명의회 의원이 살고 있던 골짜기가 그곳이었다. 그러면서 중얼거리곤 하였다. "저곳에 외로운 영혼 하나가 있어."

그리고 내심 깊숙한 곳에서 이러한 사념이 추가되었다. "그를 방문하는 것이 내 의무야."

그러나 솔직히 말하자면, 처음에는 지극히 당연해 보이던 그 생각이 잠시 숙고한 끝에 다시 보니, 기이하고 불가능하며 심지어 혐오감을 일으키기도 하였다. 왜냐하면 사실 그는 사람들의 일반적인 느낌에 동조하고 있었으며, 다른 한편으로는, 그 자신도 그러한 사실을 명료하게 의식하지는 못하였지만, 혁명의회 의원이 그의 내면에 증오의 끝자락과 같은 감정을, 고립이라는 단어가 그토록 웅변적으로 표현하고 있는 그 감정을, 불러일으켰기 때문이다.

하지만 암양의 몸을 뒤덮고 있는 옴 때문에 목동이 물러서서야 되겠는가? 게다가 그 어떤 암양인가!

착한 주교는 난처했다. 가끔 그는 오락가락하였다.

그러던 중 어느 날, 그 더러운 돼지우리 속에서 혁명의회 의원의 시중을 들고 있는 목동 비슷한 아이가 의사를 찾으러 왔다는 소문이, 도시 전체에 퍼졌다. 그 늙은 악당이 죽어가고 있는데, 몸이 마비되기 시작하여, 그날 밤을 넘기지 못할 것이라고들 하였다. "천만다행이야!" 그렇게 한마디 하는 사람들도 있었다.

주교는, 이미 말한 바와 같이 그의 소따나가 너무 낡은지라, 또한 저녁 바람이 곧 불기 시작할 것 같아, 외투를 걸친 다음 주교 지팡이를 짚고 길을 떠났다.

주교가 그 파문당한 장소에 이르렀을 때, 해는 이미 기울어 지평선에 닿아 있었다. 자신이 그 소굴 가까이에 당도하였음을 느끼는 순간, 그의 가슴이 조금 두근거렸다. 그는 골창 하나를 건너고 울타리를 지나 가로 막대 하나를 쳐들어 황폐한 작은 뜰로 들어섰다. 마음을 다져 먹고 몇 걸음 앞으로 나아가자, 버려진 뜰 끝에 있는 수북한 가시덤불 뒤로 문득 소굴이 모습을 드러냈다.

몹시 낮고 초라하며 작되 정갈한 오두막이었는데, 정면에는 못을 박아 고정시킨 시렁 하나가 걸려 있었다.

오두막 출입문 앞에는, 농사꾼들의 안락의자인 바퀴 달린 의자에 백발 성성한 노인 하나가 앉아서, 태양을 바라보며 미소를 짓고 있었다.

앉아 있는 노인 곁에 소년 하나가 서 있는데, 그 어린 목동이었다. 소년이 우유 담긴 사발 하나를 노인에게 내밀었다. 주교가 그들을 유심히 바라보고 있는데 노인의 음성이 들려왔다. "고맙다, 이제 더 이상 필요한 것이 없다." 그러면서 태양을 향하던 미소를 아이에게로 돌려 멈추었다.

주교가 앞으로 나섰다. 그의 발걸음 소리에 노인이 앉은 채로 고개를 돌렸다. 긴 생애를 살아온 사람이건만, 그의 얼굴에는 놀라움이 그득하였다. 그가 먼저 말을 하였다.

"내가 이곳에 와서 살기 시작한 이후 처음으로 손님이 우리 집에 들어서시는 군요. 누구이신지?"

"저의 이름은 비앵브뉘 미리엘입니다."

"비앵브뉘 미리엘이라! 그러한 이름을 들은 적이 있습니다. 혹시 사람들이 비앵브뉘 예하라고 부르는 분이 당신입니까?"

"저입니다."

노인이 잔잔한 미소를 지으며 다시 말하였다.

"그렇다면 당신이 저의 주교님이십니까?"

"조금은 그렇지요."

"들어오십시오."

혁명의회 의원이 주교에게 악수를 청하였다. 하지만 주교는 그에 응하지 않고 다만 이렇게 말하였다.

"사람들이 저에게 거짓 소문을 들려주었음을 알게 되어 기쁩니다. 이렇게 뵈오니 환후 중에 계시지 않은 것 같습니다."

"곧 치유될 것입니다."

그리고 잠시 멈추었다가 다시 말하였다.

"세 시간 후에는 죽을 것입니다."

그러더니 다시 말을 계속하였다.

"제가 약간은 의사입니다. 그래서 최후의 순간이 어떤 식으로 닥치는지를 압니다. 어제는 두 발만 차가워지더니 오늘은 냉기가 무릎까지 도달했고, 지금 그것이 허리까지 올라오고 있음을 느낍니다. 냉기가 심장에 이르면 저는 멈출 것입니다. 태양이 아름답습니다. 그렇지 않습니까? 사물들을 마지막으로 한 번 더 보기 위하여 이 의자를 밖으로 굴려 내달라고 하였습니다. 저에게 개의치 마시고 말씀을 하셔도 괜찮습니다. 조금도 피곤하지 않습니다. 곧 죽을 사람을 보러 오셨으니, 잘하신 일입니다. 이러한 순간에 중인들이 있으면 좋지요. 우리들에게는 여러 가지 괴벽이 있습니다. 그래서 저도 새벽까지 버틸 수 있기를 원했습니다. 하지만 저에게는 겨우 세 시간밖에 없습니다. 곧 밤이 될 것입니다. 사실 그것이 무슨 상관이겠습니까! 끝난다는 것은 단순한 일입니다. 그것을 위해 아침이 필요한 것은 아닙니다. 그렇다 치지요. 여하튼 저는 아름다운 별빛 아래에서 죽을 겁니다."

노인이 목동 소년을 돌아보며 말하였다.

"너는 가서 잠자리에 들거라. 지난밤을 꼬박 새웠으니 고단하겠구나."

아이가 오두막 안으로 들어갔다.

노인이 아이의 뒷모습을 바라보며 독백처럼 나지막하게 중얼거렸다.

"저 아이가 자는 동안 나는 죽겠지. 두 잠이 좋은 이웃을 이루겠군."

주교는 자기가 예상했던 것만큼 감동을 느끼지 못하였다. 그러한 임종 태도에서 그는 신을 느낄 수 없다고 생각하였다. 위대한 심정들 속에 있는 작은 모순점들도 나머지 다른 것들처럼 설명되어야 하니, 모든 것을 말해 두자. 예하라는 호칭을 들을 때마다 그 말을 즐겨 비웃던 그였건만, 노인이 자신을 일상적인 호칭인 '몽세뉘에르'[72]라고 부르지 않는 것에 조금은 충격을 받았고, 그리하여 '씨뚜와이앵'이라고 응수하고 싶은 충동까지 느꼈다. 의사들이나 사제들에게서 흔히 발견할 수 있는 상스러울 만큼 무람없는 언사, 하지만 그에게만은 익숙하지 않은 언사를 사용하고 싶은 어렴풋한 욕망까지 꿈틀거렸다. 누가 뭐라 하든, 백성의 대변자를 자처하던 그 혁명의회 의원, 그 사나이는 이 지상의 세력가들 중 하나 아니었던가. 아마 그의 생애에서 처음 생긴 일이었겠으나, 주교는 자신의 내면에서 냉정한 기운이 일어나고 있음을 느꼈다.

그러는 동안에도 혁명의회 의원은 겸허한 온정 어린 눈으로 바라보고 있었는데, 그 시선에서 누구든, 먼지로 돌아가기 직전에 처한 사람에게 어울리는 겸손함을 간파할 수 있었을 것이다.

한편 주교는, 무례함에 인접해 있다고 여기는 호기심을 평소 극도로 경계하는 사람이지만, 그 혁명의회 의원을 주의 깊게 관찰하지 않을 수 없었는데, 그 관심이 호의에서 비롯되지 않은지라, 만약 다른 사람을 상대로 그렇게 하였다면 아마 깊은 가책감을 느꼈을 것이다. 혁명의회 의원이라는 사실이 주교로 하여금 그를 조금은 법률의 보호를 받지 못하는 사람, 심지어 자비심으로부터도 외면당한 사람으로 여기게 하였던 것이다.

고요하되 상체 꼿꼿하고 음성 찌렁찌렁한 G.라는 사람은, 생리학자들에게 놀라움을 안겨 주는 위대한 팔순 노인들 중의 하나였다. 대혁명이 시대에 걸맞는 그러한 사나이들을 많이 배출하였다. 그 노인에게서는 어떠한 시련에도 굴하지 않는 인간이 느껴졌다. 종말에 그토록 가까이 다가와 있었건만, 건강한 사람의 몸짓을 고스란히 간직하고 있었다. 그의 맑은 시선과 단호한 억양 및 어깨의 다부진 움직임 속에는 죽음을 혼비백산케 할 그 무엇이 있었다. 마호메트 교도들이 죽음을 관장한다고 믿는 천사 이즈라일이 왔다가, 집을 잘못 찾았다고 생각하며 발길을 돌렸을 것이다. G.라는 사람은 자신이 간절히 원해서 죽는 것 같았다. 그의 임종에는 자유가 있었다. 오직 두 다리만 움직이지 않았다. 암흑세계가 그 부분을 잡고 있었다. 두 발은 이미 죽어 차가웠으되, 머리는 생명의 기운을 한껏 발산하며 살아 있었고, 빛으로 가득한 듯하였다. 그 순간 G.라는 사람은, 동방의 옛날이야기에 등장하는, 상체만 살아 있는 육신이고 하체는 대리석이었던 그 왕과 유사하였다.

그의 곁에 커다란 돌 하나가 있었다. 주교가 그 위에 앉았다. 그리고 극도로 무뚝뚝하게 말머리를 꺼냈다.

"치하드립니다. 귀하께서는 어쨌든 왕의 죽음에 찬성표를 던지지 않으셨습니다."

 주교의 말에는 나무라는 듯한 어조가 섞여 있었다. 왕년의 혁명의회 의원은 '어쨌든'이라는 단어 속에 숨겨져 있던 신랄한 함의를 알아채지 못한 것 같았다. 그가 주교의 말에 대꾸하였다. 그의 얼굴에서 미소가 완전히 자취를 감추었다.

 "제가 한 일을 치하하실 것까지는 없습니다. 저는 폭군의 종말에 찬성표를 던졌습니다."

 냉정한 어조 앞에 나타난 준엄한 어조였다. 주교가 그러자 다시 물었다.

 "무슨 뜻으로 하시는 말씀입니까?"

 "인간에게는 무지라는 폭군이 있다는 뜻입니다. 저는 바로 그 폭군의 종말에 찬성표를 던졌습니다. 그 폭군이 왕권을 잉태하였는데, 왕권이란 거짓에서 건져 올린 권위임에 반해, 학문은 진실에서 건져 올린 권위입니다. 인간은 오직 학문에 의해서만 다스려져야 합니다."

 "그리고 양심에 의해서도……." 주교가 덧붙였다.

 "그 둘은 같은 것입니다. 양심이란 우리가 내면에 가지고 있는 선천적인 학식의 양(量)입니다."

 비앵브뉘 주교는, 조금 놀란 기색으로, 자기에게는 매우 새로운 그 언어에 귀를 기울였다.

 혁명의회 의원이 말을 계속하였다.

 "루이 16세에 대해서는 제가 반대 의사를 분명히 표현하였습니다. 저에게 어떤 사람을 죽일 권한이 있다고는 믿지 않습니다. 그러나 악을 박멸해야 할 의무감은 느끼고 있습니다. 저는 폭군의 종말에 찬성표를 던졌습니다. 다시 말해, 여자를 위해서 매춘의 종말에, 남자를 위해서 노예제도의 종말에, 아이들을 위해서 암흑의 종말에 찬성표를 던졌습니다. 공화체제에 찬성표를 던짐으로써 그러한 것들에 찬성표를 던진 것입니다. 저는 박애와 화합과 여명에 찬성표를 던졌습니다! 저는 편견과 오류의 몰락을 도왔습니다. 온갖 오류와 편견들의 와해가 빛을 만들어냅니다. 우리들은, 우리 동지들은, 낡은 세상을 몰락시켰고, 비참함을 담아두었던 그릇인 그 낡은 세상이 인류 위로 엎어지면서 기쁨의 항아리로 변하였습니다."

"불순물 섞인 기쁨이겠지요." 주교가 덧붙였다.

"흐려진 기쁨이라 말씀하실 수 있을 것입니다. 그런데 오늘, 흔히들 1814[73]라고 칭하는 과거의 숙명적인 회귀 후에, 기쁨이 자취를 감추었습니다. 애석하게도 일이 불완전하였습니다. 저도 그 사실을 인정합니다. 우리들은 구체제를 그 외형만 무너뜨렸지, 그 이념까지 완전히 소멸시키지 못하였습니다. 악습을 타파하는 것만으로는 충분하지 않습니다. 풍습을 변화시켜야 합니다. 풍차는 더 이상 없으나 바람은 아직도 같은 자리에 있습니다."

"당신들은 무너뜨렸습니다. 무너뜨리는 것이 이로울 수도 있습니다. 그러나 저는 노여움이 끼어든 파괴를 경계합니다."

"권리는 자기 고유의 노여움을 가지고 있습니다, 주교님, 그리고 권리의 노여움이 진보의 한 요소입니다. 여하튼, 그리고 누가 뭐라고 하든, 프랑스 대혁명은 구세주[74]의 강림 이후 인간이 내디딘 가장 힘찬 한 걸음입니다. 그것이 불완전하다 치지요. 그러나 숭고합니다. 대혁명은 숨겨져 있던 모든 사회적 요소들을 백일하에 드러냈습니다. 대혁명은 사람들의 정신을 부드럽게 해주었습니다. 즉, 진정시키고 다독거리고 밝혀 주었습니다. 대혁명은 이 지상에 문명의 물결이 굽이쳐 흐르도록 하였습니다. 대혁명은 착하였습니다. 프랑스 대혁명은 인류의 존엄함을 선포하는 축성식입니다."

주교는 불만스럽게 중얼거리지 않을 수 없었다.

"그렇습니까? 93년의 일들은!"

혁명의회 의원이 거의 음산할 만큼 엄숙하게 의자 위에서 상체를 일으켜 세웠다. 그리고 죽어가는 사람의 남은 힘을 다하여 언성을 높였다.

"아! 드디어 그 이야기를 꺼내시는군! 93년이라! 그 단어를 기다리고 있었소! 거대한 구름 한 덩이가 일천오백 년 동안 계속 짙게 뭉쳐지고 있었습니다. 그러다가 열다섯 세기 후에 그 구름 덩이가 푹 꺼졌습니다.[75] 그런데 당신네들은 그 순간에 발생한 천둥을 비난합니다."

주교는, 아마 스스로에게조차 그 사실을 고백하지는 않았으되, 자기 내면에 있는 무엇이 문득 꺼짐을 느꼈다. 하지만 태연자약하였다. 그리고 반격하였다.

"판사는 정의의 이름으로 말하지만, 사제는 자비의 이름으로 말합니다. 또한 자비란 더욱 승화된 정의일 뿐 다른 것이 아닙니다. 또한 벼락이 표적을 혼동해서는 아니 됩니다."

그리고 나서 혁명의회 의원을 뚫어지게 바라보며 덧붙였다.

"루이 17세[76]의 일에 대해서는 어찌 생각하시는지요?"

혁명의회 의원이 손을 내밀어 주교의 팔을 잡았다.

"루이 17세라! 어디 한번 생각해 봅시다. 당신은 누구를 위해 눈물을 흘리십니까? 아무것도 모르는 무고한 어린애를 위해서입니까? 그렇다면 좋습니다. 저 또한 당신처럼 눈물을 흘립니다. 왕실의 아이를 위해 눈물을 흘리십니까? 그렇다면 좀 더 숙고해 보시기를 바랍니다. 저에게는, 오직 까르뚜슈[77]의 동생이라는 죄 때문에, 무고한 아이가 그레브 광장에서 겨드랑이가 묶인 채 목숨이 끊어질 때까지 매달려 있었다는 사실이, 루이 15세의 손자[78]라는 유일한 죄 때문에 무고한 아이가 성당 기사단 본부 탑 속에서 순교한 것 못지않게 슬픕니다."

"저는 그 이름들을 나란히 놓고 비교하는 것이 마음에 들지 않습니다."

"까르뚜슈와 루이 15세 두 사람 중, 누구 때문에 그런 말씀을 하십니까?"

잠시 침묵이 흘렀다. 주교는 그곳에 온 것을 조금은 후회도 하였다. 그렇건만 자신이 모호하게 또 기이하게 흔들리고 있음을 느꼈다.

혁명의회 의원이 말을 계속하였다.

"아! 사제님, 진실의 노골성을 좋아하시지 않는군요. 구세주께서는, 그분만은, 그것을 좋아하셨습니다. 그분은 회초리를 손수 집어 드시고 사원의 먼지를 털어내셨습니다. 광채 가득한 그분의 채찍이 곧 진실을 말하는 거친 입이었습니다. 그분께서 씨니테 파르불로스[79]라고 외치실 때, 그분께서는 이런저런 아이들을 구태여 구별하지 않으셨습니다. 그분께서는 바라바의 장자와 헤롯 왕의 장자를 나란히 놓으시기를 주저하지 않으셨을 것입니다. 주교님, 순결함은 그 자체가 그것을 치장하는 왕관입니다. 순결에게는 군주의 지위가 무용지물입니다. 순결이 누더기를 걸치건 프랑스 왕족의 가문(家紋)으로 치장하건, 숭고하기는 마찬가지입니다."

"옳은 말씀입니다." 주교가 나지막한 음성으로 대꾸하였다.

혁명의회 의원이 다시 말을 이었다.

"다시 강조합니다만, 당신은 저에게 루이 17세의 경우를 이야기하셨습니다. 좋습니다. 우리 모두, 순진한 사람들과 모든 순교자들과 모든 아이들과 모든 지체 낮은 사람들과 지체 높은 사람들을 위하여 눈물을 흘리지요? 저는 그러합니다. 하지만, 이미 말씀드렸듯이, 93년 훨씬 이전으로 거슬러 올라가야 합니다. 그리고 우리의 눈물을 루이 17세 이전부터 시작해야 합니다. 주교님께서 저와 함께 백성들의 어린것들을 위해 눈물을 흘리실진대, 저 또한 당신과 함께 국왕들의 자식들을 위해 눈물을 흘릴 것입니다."

"저는 모든 이들을 위하여 눈물을 흘립니다."

주교의 그 대꾸에 G.라는 사람이 언성을 높였다.

"대등하게! 그리고 저울이 한쪽으로 기울어야 한다면, 백성들 쪽으로 기울어야 합니다. 그들이 더 오래전부터 고통을 받았기 때문입니다."

다시 침묵이 흘렀다. 그 침묵을 깨뜨린 사람은 혁명의회 의원이었다. 그가 팔꿈치에 기대어 상체를 조금 일으켜 세우더니 엄지와 구부린 인지로 자기 볼의 살을 가볍게 조금 쥐었다. 누구를 신문하거나 심판할 때 기계적으로 취하는 자세였다. 그러더니, 단말마적인 기운을 몽땅 집중시킨 눈으로 주교를 바라보며 추궁하듯 말하였다. 거의 폭발에 가까웠다.

"그래요, 백성들이 고통 속에서 사는 지 오래되었습니다. 그리고 참, 저에게 질문이나 던지고 루이 17세에 관한 이야기나 하자고 오신 것은 아니지요? 저는 당신을 전혀 모릅니다. 이 고장에 온 이래, 저는 이 울타리 안에서 홀로 살아가면서 일체 바깥 출입을 하지 않았고, 저의 시중을 드는 저 아이 이외의 다른 사람은 아무도 만나지 못하였습니다. 사실 당신의 이름이 저에게까지 어렴풋이 들려왔으며, 솔직히 말씀드리거니와, 평판이 그리 나쁘지 않았습니다. 하지만 그것은 별 의미가 없습니다. 능수능란한 사람들은 우직하고 착한 백성들로 하여금 거짓을 참인 것처럼 믿게 하는 다양한 방법을 가지고 있습니다. 그런데 참, 타고 오신 마차 소리를 듣지 못하였습니다. 그것을 저 아래, 덤불숲 뒤에 있는 갈래길에 놓아두신 모양입니다. 다시 말씀드리지만, 저는 당신을 모릅니다. 당신이 주교라고 말씀은 하셨지만, 그 직함이 당신의 내면적 실체에 대해서는 저에게 아무것도 가르쳐주지 못합니다. 그러니 질문을 반복하겠습니다. 당신은 누구이십니까? 당신은 주교입니다. 즉 교회의 군후들 중 하나입니다. 온통 황금빛에 감싸여 가문으로 장식하고, 연금을 받으며, 거액의 성직록을 받는 사람들 중의 하나입니다.—디뉴의 성직록은 고정액 일만오천 프랑에 부정규적인 수입 일만 프랑, 도합 이만오천 프랑에

달하지요—그리하여 당신은, 요리사들과 하인들을 거느리고, 질탕하게 잔치를 벌이고, 금요일에는 쇠물닭 고기를 먹고, 정복 입은 구종배(驅從輩)가 앞뒤에서 호위하는 화려한 대형 사륜마차에 몸을 맡긴 채 으스대고, 저택에 살고, 맨발로 걸어다니던 구세주 예수의 이름으로 사륜 포장마차를 굴리는 사람들 중의 하나입니다! 당신은 고위직 사제입니다. 따라서 연금, 저택, 말, 하인, 기름진 식탁 등, 모든 육감적 즐거움을 보장해 주는 것들을 다른 이들과 마찬가지로 소유하고 있으며, 그들처럼 그것들을 마음껏 향유합니다. 여하튼 좋습니다. 하지만 그러한 사실이 너무 많은 것들을 말해 주기도 하고 때로는 충분히 말해 주지 못하기도 합니다. 한마디로, 그러한 것들이, 아마 저에게 지혜를 가져다주겠다고 오셨을 당신의 내재적이고 본질적인 가치를 드러내 보여 주지는 못합니다. 지금 제가 어떤 분에게 말을 하고 있는 것입니까? 당신은 누구입니까?"

주교가 고개를 숙이며 대답하였다.

"베르미스 숨(Vermis sum, 지렁이입니다)."

"사륜 포장마차를 탄 지렁이라!" 혁명의회 의원이 중얼거렸다.

혁명의회 의원이 인정 많은 사람의 입장에 놓이고, 주교가 보잘것없는 존재가 되었다.

주교가 부드러운 음성으로 말을 이었다.

"그렇다 치지요. 하지만, 지금 저 아래 나무들 뒤 두어 걸음 되는 곳에 있는 저의 사륜 포장마차나, 저의 기름진 식탁 및 제가 금요일마다 먹는 쇠물닭, 제가 받는 연금 이만오천 프랑, 제가 살고 있는 주교궁, 저를 호위하고 다니는 구종배 등이, 어떤 면에서 자비가 미덕이 아니고, 너그러움이 의무가 아니며, 93년의 일들이 냉혹하지 않았다고 입증할 수 있는지 저에게 설명해 주십시오."

혁명의회 의원이 구름 한 조각을 옆으로 밀어젖히려는 듯, 손을 이마로 가져가며 말하였다.

"답변 드리기 전에 먼저 저를 용서하십사 간청드립니다. 제가 조금 전에 결례를 범했습니다. 선생께서 저의 집에 오셨으니, 당신은 저의 손님이십니다. 따라서 저는 합당한 예의를 갖춰야 할 의무를 가지고 있습니다. 선생께서 저의 생각을 문제로 삼으시니, 저로서는 당신의 논리를 반박하는 선에서 그치는 것이 예의일 듯합니다. 당신의 부와 당신이 누리는 일체의 즐거움이, 당신을 상대로 벌이는 논쟁에서는 모두 저에게 유리한 요소들이나, 그것들을 이용하지 않는 것이 우아한 취향의 발로일 듯합니다. 그 요소들을 더 이상 야비하게 입에 올리지 않겠노라 약속드립니다."

"감사합니다."

G.라는 사람이 말을 이었다.

"당신이 저에게 요청한 설명에 대해 이야기해 봅시다. 우리가 무슨 이야기를 하고 있었지요? 당신이 저에게 무슨 말씀을 하셨던가? 93년이 냉혹했다고 하셨던가?"

"예, 냉혹했습니다. 단두대 앞에서 박수를 치는 마라[80]에 대하여 어떻게 생각하십니까?" 주교가 말하였다.

"용기병들의 신교도 박해[81] 행위를 보고 감사의 노래(Te Deum)를 부르는 보쒸에[82]에 대해서는 어떻게 생각하십니까?"

답변은 가혹하여 강철 송곳처럼 표적에 가서 꽂혔다. 그 충격에 주교가 몸서리를 쳤다. 그는 아무 반격도 하지 않았다. 그러나 보쒸에의 이름을 그러한 식으로 들먹이는 것에 기분이 상하였다. 가장 탁월한 지성들도 각자의 숭배 대상을 가지고 있으며, 따라서 때로는 논리가 저지르는 결례에 자신들이 상처를 입었다고 어렴풋이 느끼곤 한다.

혁명의회 의원이 숨을 헐떡거리기 시작하였다. 마지막 숨결에 섞인 임종의 천식증이 그의 목소리를 자주 끊었다. 하지만 그의 눈에서는 아직도 영혼의 완벽한 명철함이 반짝였다. 그가 말을 계속하였다.

"이런저런 이야기를 더 합시다. 그러고 싶군요. 그 전체를 보면 거대한 인간적 주장인 대혁명에서 파생된 93년 사건은, 애석하게도, 하나의 항변이었습니다. 당신은 그것이 냉혹하다고 하십니다만, 군주제도 전반은 어떻습니까? 까리에르[83]가 무뢰한이라면 몽르벨[84]에게는 어떤 이름을 붙여 주시렵니까? 후끼에-땡빌[85]이 망나니라고 합시다. 하지만 라무와뇽-바빌[86]에 대해서는 어떠한 견해를 가지고 계십니까? 마이야르[87]가 소름 끼치는 사람이었습니다. 하지만 쏘-따반느[88]는 어떠했습니까? '뒤셴느 신부'[89]가 무자비하였습니다. 하지만 르뗄리에 신부[90]에게는 어떤 수식어를 붙여 주면 좋겠습니까? 쥬르당-꾸쁘-떼뜨[91]가 괴물이지만 루부와 후작[92]보다는 덜합니다. 선생, 선생, 저는 대공비[93]이며 왕비인 마리-앙뚜와네뜨를 측은히 여깁니다. 그러나 저는 또한, 루이 대왕 치세기였던 1685년에, 상체를 허리까지 벌거벗긴 채, 자기의 젖먹이 아이와 약간의 거리를 두고 말뚝에 묶여 있던, 그 가엾은 위그노파[94] 여인도 측은히 여깁니다. 그녀의 젖가슴은 고이는 젖으로, 심장은 극도의 괴로움으로 부풀고 있었습니다. 어린것은 굶주려 창백해진 얼굴로 어미의 젖가슴을 바라보며 죽어갔고 아우성을 쳤습니다. 그러나 아이의 유모이며 생모인 그 여인에게, 망나니가 태연히 말하였습니다. '개종해!' 아기의 죽음과 양심의 죽음 중 하나를 선택하라는 것이었습니다. 한 어미에게 가해진 그 탄탈로스의 형벌에 대해 무슨 말씀을 하시겠습니까? 선생, 유념해 두시오, 프랑스 대혁명에게는 나름대로의 이유가 있었습니다. 그것이 드러낸 노여움은 미래에 의해 사면받을 것입니다. 또한 그 결과는 더 나은 세상입니다. 그것의 가장 무시무시한 주먹으로부터 인류를 위한 애무가 하나 나옵니다. 저의 말을 줄이겠습니다. 이만 멈추겠습니다. 제가 좋은 패를 잡았습니다. 게다가 저는 죽어가고 있습니다."

그러고는 주교에게서 시선을 떼며 혁명의회 의원이 다음 몇 마디를 태연히 중얼거리며 자기의 생각을 가다듬었다.

"그렇습니다, 진보의 난폭성을 일컬어 혁명이라고 합니다. 혁명이 끝났을 때 사람들은, 인류가 학대받았으나 계속 걸었음을 깨닫습니다."

혁명의회 의원은 자신이 주교의 내면에 있던 방어 진지들을 하나하나 연속적으로 파괴하였음을 짐작조차 하지 못하였다. 하지만 방어 진지들 중 하나가 아직 남았고, 비앵브뉘 예하의 최후 저항 수단인 그 진지로부터 다음 말이 돌출하였는데, 그 말 속에, 두 사람이 대화를 시작하던 순간의 무뚝뚝함이 몽땅 다시 모습을 드러냈다.

"진보는 신을 믿어야 합니다. 선은 불경한 하인을 거느릴 수 없습니다. 무신론자는 인류의 못된 지도자입니다."

백성의 늙은 대변자는 아무 대답도 하지 않았다. 그의 몸이 잠시 떨렸다. 그가 하늘을 응시하는데, 그 시선 속에 눈물 한 방울이 서서히 고였다. 눈꺼풀이 가득 차자, 눈물이 창백한 뺨을 따라 흘러 내렸고, 그가 하늘 깊숙한 곳에 시선을 던져버린 채, 웅얼거리듯, 나지막하게, 독백처럼 말하였다.

"오! 그대! 오! 이상이여! 오직 그대만이 존재하도다!"

주교는 그 순간 형언할 수 없는 일종의 격정을 느꼈다.

잠시 침묵이 흐른 후, 노인이 손가락으로 하늘을 가리키며 말하였다.

"무한이 있습니다. 그것은 저기에 있습니다. 만약 무한에게 자아가 없다면, 그 자아가 무한의 한계일 것입니다. 그럴 경우 그것은 무한이 아닙니다. 다시 말해 그것은 없을 것입니다. 그런데 그것이 있습니다. 따라서 무한에게는 자아 하나가 있습니다. 무한에게 있는 그 자아, 그것이 신입니다."

죽어가는 사람이 그 마지막 말을, 마치 어떤 이가 보이는 듯, 큰 소리로 그리고 황홀함에 전율하면서 외쳤다. 그 말을 마쳤을 때 그의 두 눈이 감겼다. 말하는 데 쏟은 노고가 그를 소진시켰던 것이다. 그가 자기에게 남아 있던 몇 시간의 삶을 일 분 동안에 살아버린 것이 분명했다. 그가 말한 것이 그를 죽음 속에 있는 이 가까이로 이끌어 간 것이다. 최후의 순간이 다가오고 있었다.

주교가 그 사실을 깨달았다. 그 순간이 급박하게 다가오고 있었다. 그가 그곳에 온 것은 사제로서였다. 그는 극도의 냉정함으로부터 출발하여 여러 단계를 거쳐 극도의 감동에 이르러 있었다. 그는 감긴 두 눈을 응시하다가 주름지고 차가운 그 늙은 손을 잡더니, 죽어가는 사람 쪽으로 상체를 구부리며 속삭였다.

"이 시각이 신의 시각입니다. 우리가 헛되이 만난 것이라면 애석한 일이라 생각하시지 않습니까?"

혁명의회 의원이 다시 눈을 떴다. 그늘 어린 장중함이 그의 얼굴에 선명히 새겨지고 있었다. 그가 천천히 말하였다. 그 느림은 기력의 상실 때문이라기보다는 영혼의 존엄함에서 비롯된 것 같았다.

"주교님, 저는 사색과 탐구와 명상으로 살아가고 있었습니다. 제 나이 육십이 되었을 때 조국이 저를 불렀고, 조국의 일에 참견하라는 명령을 내렸습니다. 저는 그 명령에 따랐습니다. 악습들이 있었습니다. 그것들과 맞서 싸웠습니다. 폭정들이 있었습니다. 그것들을 타파하였습니다. 권리와 원칙들이 있었습니다. 그것들을 널리 선포하였습니다. 조국의 강역이 침공을 받았습니다. 제가 그것을 방어하였습니다. 프랑스가 위협을 받았습니다. 저의 가슴팍을 프랑스에 바쳤습니다. 저는 부유하지 못했고 지금도 가난합니다. 저는 국가의 지배자들 중 하나였습니다. 국고금 저장 지하실에는 주화가 넘쳐, 금과 은의 무게에 짓눌려 무너질 지경에 있던 벽들을 지주로 떠받쳐야 했습니다. 하지만 저는 아르브르-쎅끄 로에서 한 사람분에 이십이 쑤 하는 점심을 먹었습니다. 저는 압제에 신음하는 사람들을 구출하였고, 고통에 시달리는 이들을 위로하였습니다. 제가 예배당 제단을 덮고 있던 보자기를 찢은 것은 사실입니다.[95] 하지만 그것은 조국의 상처를 감싸기 위해서였습니다. 저는 항상 인류가 광명을 향하여 전진하는 것을 지지하였으나, 때로는 무자비한 진보에 저항하기도 하였습니다. 어떤 경우에는 저의 적들을, 즉 당신네 사제들을 보호하기도 하였습니다. 그리하여, 플랑드르 지방 페테그헴 시에, 옛 메로빙거 왕조의 여러 왕들이 사용하던 여름철 궁전 터에, 제가 1793년에 구출해 낸 우르바누스파 수녀원 쌩뜨-끌레르-앙-볼리유가 있습니다. 저는 저의 힘이 허락하는 한 의무를 수행하였고, 저의 능력 한도 내에서 선을 행하였습니다. 그다음 저는 쫓기고, 몰리고, 추격당하고, 박해받고, 음해당하고, 조롱당하고, 모욕당하고, 저주받고, 추방당하였습니다. 이미 여러 해 전부터, 저의 머리 백발이 되었건만, 저는, 많은 사람들이 자기네들에게 저를 멸시할 권한이 있다고 믿으며, 무지하고 가엾은 군중이 저의 얼굴을 저주받은 얼굴로 여김을 분명히 느끼고 있습니다. 하지만, 제가 그 누구도 증오하지 않는지라, 증오에서 비롯된 저의 고립을 받아들입니다. 이제 제 나이 여든여섯이며, 곧 죽을 것입니다. 저에게 무엇을 청하러 오셨지요?"

"당신이 내려주실 축복을."

주교는 그렇게 대답하면서 무릎을 꿇었다.

주교가 다시 머리를 쳐들었을 때, 혁명의회 의원의 얼굴은 더욱 엄숙해져 있었다. 그가 숨을 거둔 것이다.

주교는 알 수 없는 사념에 잠겨 집으로 돌아왔다. 그는 기도를 하며 밤을 새웠다. 다음 날, 몇몇 호기심 많은 사람들이 혁명의회 의원 G.씨에 대한 이야기를 꺼내려 하였다. 그는 하늘을 가리킬 뿐이었다. 그 이후, 주교는 어린아이들과 고통받는 이들에게로 향한 자애로움과 사랑을 한층 더 증대시켰다.

누가 그 '늙은 악당 G.'에 대하여 무슨 농담을 하건, 그는 매번 기이하게도 골똘히 생각에 잠기곤 하였다. 그의 영혼 앞으로 지나간 그 영혼과 그의 양심 위로 던져졌던 그 위대한 양심의 반사광이, 그가 자신의 완성 쪽으로 가까이 다가가는 데 어떤 역할을 하지 않았다고는, 아무도 장담할 수 없을 것이다.

그 '주교의 방문'을 계기로 사람들이 모이기만 하면 자연히 웅성거리게 되었다. "그따위 작자가 죽는데, 그 머리맡이 주교의 자리란 말인가? 회개를 기대할 수 없음이 뻔한데. 그 혁명꾼들이란 모두 이교를 부인했다가 그것에 다시 빠진 자들이야. 그런데 그곳엘 왜 갔지? 무엇을 보러 갔을까? 마귀가 영혼을 어떻게 채가는지 몹시 궁금했음에 틀림없어."

어느 날, 지체 높은 미망인이되, 자신이 기지 넘치는 사람이라고 믿는 맹추류에 속하는 여자 하나가, 재치를 뽐낸답시고 그에게 한마디 던졌다.

"주교님, 모두들 언제쯤 예하께서 붉은 빵모자[96]를 얻게 되실지 궁금해합니다."

그러자 그가 즉각 응수하였다.

"오! 호! 그것은 아주 진한[97] 색깔이라오. 다행히, 빵모자에 있는 그 색을 경멸하는 사람들도, 그것이 추기경의 모자에 있으면 그것에 경배하지요."

11. 하나의 한계

만약 그러한 사실들만 보고 비앵브뉘 주교가 하나의 '철학자 주교'라든가 혹은 '혁명파 사제'라고 결론을 내린다면 오해에 빠질 위험이 매우 크다. 혁명의회 의원과의 만남이, 아니 그와의 결합이라고도 할 수 있을 그 만남이, 그에게 일종의 놀라움을 남겼고, 그 놀라움으로 인하여 그가 더욱 온화해졌다. 하지만 그것이 전부이다.

비앵브뉘 주교가 비록 정치적인 사람일 리 만무하지만, 그가 혹시 어떤 태도를 취할까 생각해 보았을지도 모른다는 가정하에, 당시의 사건들을 대하는 그의 몸가짐이 어떠했는지 여기에서 간략하게 언급하는 것이 아마 적절할 듯하다.

따라서 몇 해 전으로 거슬러 올라가 보자.

미리엘 씨를 주교직에 올려놓은 지 얼마 후, 황제는 다른 여러 주교들과 함께 그를 제국의 남작에 봉하였다. 모두들 알다시피 교황[98]을 체포한 사건이 1809년 7월 5일과 6일 사이의 밤에 일어났다. 그 사건을 계기로 빠리에서 열린 프랑스와 이딸리아의 주교회의에 참석하라고, 미리엘 씨가 나뽈레옹의 호출을 받았다. 그 공의회가 노트르-담므 대성당에서 열렸는데, 첫 모임은 1811년 6월 15일에 훼슈 추기경의 주관으로 이루어졌다. 미리엘 씨는 그 모임에 참석한 95인의 주교들 중 하나였다. 하지만 그는 단 한 번의 회합과 서너 차례의 특별 강연회에만 참석하였다. 산악 지역 교구의 주교로서, 투박함과 궁핍 속에 파묻혀 자연과 밀접해 살던 그가, 고매하신 인사들 사이에 모임의 온도를 바꾸어놓은 생각들을 유포시켰던 것 같다. 그는 일찌감치 디뉴로 돌아왔다. 왜 그토록 서둘러 돌아왔느냐고 사람들이 묻자 그가 이렇게 대답하였다.

"내가 그들을 불편하게 했어요. 나로 인하여 바깥공기가 그들에게 밀어닥쳤어요. 그들에게는 내가, 열린 문 같았어요."

또 한번은 이렇게 대답하였다.

"어쩌겠소? 그 예하들께서는 모두 군후들이신데, 나는 가난한 촌뜨기 주교에 불과하니."

분명한 사실은 그가 사람들을 화나게 하였다는 것이다. 다른 기이한 일들 중 하나이지만, 어느 날 저녁 그가 가장 탁월한 동직자들 중

한 사람의 거처에서, 다음과 같이 무심결에 지껄였다고 한다.

"아름다운 벽시계들이군! 아름다운 융단이군! 하인들의 제복이 아름답군! 무척이나 성가시겠군! 오! 나는, 끊임없이 나의 귀에다 대고 소리를 질러대는 저 모든 사치품들을 갖고 싶지 않아! 배고픈 사람들이 널렸어! 추위에 떠는 사람들이 널렸어! 가난한 사람들이 널렸어! 가난한 사람들이!"

지나는 길에 이것만은 말해 두자. 사치에 대한 증오는 현명한 증오가 아닐 듯하다. 그러한 증오가 예술에 대한 증오를 내포할 수 있기 때문이다. 그런데, 교회에 종사하는 사람들에게는, 그림이나 조각 등 표현물들과 의식들을 제외한 모든 사치가 죄이다. 사치는 별로 자비롭지 못한 습관을 드러내는 것으로 간주될 수 있다. 부유하고 호사스러운 사제는 이치에 어긋난 그 무엇이다. 사제는 가난한 사람들의 곁을 지켜야 한다. 그런데, 끊임없이, 그리고 밤이나 낮이나, 그 모든 절망과 그 모든 불운과 그 모든 궁핍과 접촉하면서, 일할 때 먼지 뒤집어쓰듯, 그 신성한 비참함을 조금이나마 자신의 몸으로 감당하지 않을 수 있겠는가? 화로 곁에 있으면서 뜨거움을 느끼지 못하는 사람을 상상할 수 있겠는가? 도가니 앞에서 지속적으로 일하면서, 머리카락 한 가닥 태우지 않고 손톱 하나 검게 변하지 않은, 그리고 땀 한 방울 흘리지 않고 얼굴에 재 한 알갱이 묻히지 않는 노동자를 상상할 수 있겠는가? 사제에게 있어서 자비의 첫째 증거는, 특히 주교의 경우, 그것은 가난이다.

디뉴의 주교님께서 생각하시던 것은 의심할 나위 없이 바로 그것이었다.

하지만 몇몇 민감한 사항들에 대한 '그 세기의 사상'이라고들 하던 것에 그가 동조하였으리라 믿어서는 아니 될 것이다. 그는 당시의 신학적 입씨름에 휩쓸리는 일이 거의 없었고, 교회와 국가 간에 타협이 이루어진 문제들에 대해서는 입을 다물었다. 그러나 혹시 누가 그에게 압박을 가하며 끈질기게 물었다면, 그가 프랑스 교회 독립파이기보다는 교황지상권론자임을 알게 되었을 것이다. 기왕 한 인물의 모습을 그리게 되었고, 따라서 그 무엇도 감추지 말아야 하는 바, 그가 쇠퇴기의 나뽈레옹에 대하여 얼음처럼 차가웠다는 사실도 추가하지 않을 수 없다. 특히 1813년부터는, 나뽈레옹에 적대적인 모든 의사 표현에 합세하거나 박수갈채를 보냈다. 그는 엘바 섬에서 돌아와 자기의 교구를 지나가는 나뽈레옹을 보지 않겠다고 하였으며, 백일천하 기간 중에도, 황제를 위한 대중기도회를 개최하라는 명령을 자기의 교구에 내리지 않았다.

그에게는 누이 바띠스띤느 이외에 형제 둘이 있었다. 하나는 장군이었고 다른 하나는 도지사였다. 그는 두 형제와 서신도 자주 주고받는 편이었다. 그러나 한동안 장군 형제를 용서하지 않았다. 왜냐하면, 황제가 깐느에 상륙하던 무렵,[99] 그 장군이 프로방스 지역에서 지휘권을 행사하고 있었는데, 군사 일천이백을 거느리고 황제를 추격하겠노라 나선 그가, 마치 황제에게 도주할 길을 열어주려는 사람처럼 처신하였기 때문이다. 그의 다른 형제에게 보낸 서신들은 더 다정했다. 그 형제는 도지사직에서 물러나 빠리의 까세뜨 로에 사는, 정직하고 품위 있는 사람이었다.

따라서 비앵브뉘 주교 역시, 나름대로 당파심에 사로잡힌 때도 있고, 쓰라림을 맛본 때도 있으며, 불화에 휩쓸린 때도 있었다. 시대의 격정이 드리운 그늘이 영원한 것들에 골몰해 있던 그 온화하고 위대한 영혼을 통과하였다. 분명 그러한 사람은 하등의 정치적 견해를 갖지 않을 만했다. 하지만 오해하는 일이 없기를 바란다. 흔히들 '정치적 견해'라고 하는 것을 진보에 대한 위대한 열망이나 애국적이고 민주적이며 인간적인 숭고한 믿음 등과 혼동하는 것은 아니다. 오늘날에는 그 열망과 믿음이 모든 고결한 지성의 초석이 되어야 한다. 이 책의 주제와 간접적으로만 관련되어 있는 문제들을 더 깊이 파고들지 않고 다음 말만 해두자. 비앵브뉘 주교님께서 왕당파가 아니셨더라면, 그리고 뭇 인간사의 파란만장한 부침 저 너머에서 선명하게 반짝이는 진리와 정의와 자비라는 세 줄기 순수한 빛이 보이는 그곳으로부터, 즉 고요한 그 명상으로부터, 단 한순간도 고개를 돌리지 않으셨다면, 참으로 아름다웠을 것이다.

신께서 비앵브뉘 주교를 창조한 것이 어떤 정치적 역할을 위해서가 아니었음을 비록 인정한다 할지라도, 권리와 자유의 이름으로 감행한 항의와 의연한 반대 및 막강한 나뽈레옹을 상대로 한 위험스럽고 정당한 저항을 우리는 이해하고 찬미할 수 있었을 것이다. 그러나, 한창 상승세에 있는 이들과 마주했을 때 우리 마음에 들던 것이, 추락하는 이들과 마주했을 때에는 별로 우리 마음에 들지 않는 법이다. 우리가 전투를 좋아하는 것은 위험이 수반될 때뿐이다. 그리고 어떤 전투에서든, 전투 초기에 참전한 전사들만이 마지막 전투에서 적을 박멸할 권리를 갖는다. 융성할 때 끈덕지게 규탄하지 못한 자는 몰락 앞에서 입을 다물어야 한다. 성공을 고발한 사람만이 전락의 유일한 합법적 심판자이다. 우리들의 경우를 보자. 섭리가 개입하여 타격을 가하는데, 우리는 수수방관하였다. 그리고 1812년이 우리의 무장을 해제하기 시작하였다.[100] 또한 1813년, 침묵을 고수하던 입법체[101]가 대재앙에 고무되어 비겁하게도 침묵을 깨뜨린 일은 우리를 분개시키는 짓에 불과하며, 박수갈채를 보낸 것은 잘못이었다. 1814년, 배반하는 그 대원수들[102] 앞에서, 이 진창 저 진창으로 옮겨 다니면서[103] 신격화하다가는 다시 모독하는 그 상원 앞에서, 버티다 물러가며 자기네 우상에 침을 뱉는 그 우상숭배자들 앞에서, 우리가 혐오감 때문에 고개를 돌리는 것은 하나의 의무였다. 1815년, 극도의 재난들이 대기에 가득할 때, 그것들이 음산하게 다가오는 것을 보고 프랑스가 전율할 때, 나뽈레옹의 앞에서 아가리를 벌리고 있는 워털루를 희미하게 분별할 수 있게 되었을 때, 그 시절에는, 운명의 단죄를 받은 이에게 군대와 백성이 보내던 고통스럽고 슬픈 환호[104]에 우스꽝스러운 점은 전혀 없었으며, 비록 전제군주를 전혀 인정하지 않았다 하더라도, 디뉴의 주교와 같은 가슴을 소유한 사람은, 위대한 국민과 하나의 위대한 개인이 심연의 가장자리에서 나누던 애절한 포옹에서 발견되는 장엄하고 감동적인 것을 모르는 체하지는 말았어야 할 것이다.

그 점만을 제외하고, 그는 모든 일에서 의로웠고, 진실했고, 공평했고, 지혜로웠고, 겸허했으며 당당하였다. 또한 자비롭고 호의적이었는데, 호의 역시 또 다른 자비이다. 그는 사제였고 하나의 현자였으며 하나의 인간이었다. 심지어, 조금 전에 우리가 비난하였고 또 가혹하게 비판할 수도 있는 그의 정치적 견해에 있어서도, 이 점은 말해 두어야겠다, 그는 관대했고 너그러웠다. 이 말을 하고 있는 우리들보다 아마 더 그러했을 것이다. 그 한 예를 보자. 그곳 시청의 문지기는 황제가 직접 임명한 사람이었다. 그는 옛 근위대의 늙은 하사관이었는데, 슬라브코프[105]에서 레지옹도뇌르 훈장을 받았으며, 참수리처럼, 나뽈레옹으로부터 떼어놓을 수 없는 보나빠르뜨파였다. 그 가엾은 녀석의 입에서 가끔 무심코 내뱉는 말이 튀어나오곤 했는데, 당시의 법[106]이 '불온한 언사'로 규정짓던 말이었다. 황제의 옆모습이 레지옹도뇌르 훈장에서 사라진 이후에는, 그가 항상 말하듯, 훈장을 달아야 하는 처지를 면하기 위하여, 제복을 절대 입지 않았다. 그는 스스로, 전에 나뽈레옹이 자기에게 주었던 훈장에서, 황제의 초상을 경건하게 떼어내었고, 그리하여 훈장에 구멍이 하나 생겼지만 그는 그 자리를 다른 그 무엇으로도 메우려 하지 않았다. 그러면서 자주 말하곤 하였다. "가슴팍에 두꺼비 세 마리[107]를 달고 다니느니 차라리 죽겠어!" 그는 큰 소리로 루이 18세를 즐겨 야유하기도 하였다. "잉글랜드[108] 각반을 두른 늙은 통풍 환자! 그 선모(仙茅)[109]를 매달고 프러시아로나 가버리지!" 그는 한마디 저주 속에 자기가 가장 싫어하는 두가지, 즉 프러시아와 잉글랜드를 포함시키며 흐뭇해하였다. 그러한 언동으로 인하여 그는 결국 자기의 직책을 잃었다. 그리하여 먹을 것도 없이 처자를 데리고 길바닥에 나앉게 되었다. 주교가 그를 불러 부드럽게 나무란 다음, 대성당의 경비 및 각종 의식을 준비하는 직무를 맡겼다.

미리엘 씨는 교구의 진정한 목자였고, 모든 사람들의 친구였다.

아홉 해 동안 그가 행한 성스러운 일들과 그의 온화한 거조 덕분에, 디뉴 시에는 다정하고 우애 감도는 일종의 존경심이 가득하였다. 그리하여, 나뽈레옹에 대한 그의 태도 역시, 자기네 황제를 숭배하면서도 자기네 주교를 좋아하던 착하고 나약한 가축 떼, 즉 그곳 백성들에 의해 용인되었고 암암리에 용서되었다.

12. 비앵브뉘 예하의 고독

하나의 장군 주위에 새 떼처럼 몰려드는 젊은 장교들이 있듯이, 하나의 주교 주위에는 거의 항상 신참 사제들의 분대가 형성된다. 매력적인 프랑수와 드 쌀 성자가 어느 글에선가 '부리 하얀 사제들'[110]이라고 한 말이 바로 그들을 가리킨다. 모든 경륜에는 그 분야를 열망하는 이들이 있어, 그들이 먼저 도달한 이들을 수행하며 행렬을 이룬다. 측근 거느리지 않은 세력 없으며, 추종자 없는 행운 없다. 미래를 탐색하는 자들은 광휘로운 현재의 둘레를 선회한다. 모든 대주교는 자기의 참모진을 거느린다. 조금이나마 영향력 있는 주교라면, 예외 없이 케루빈[111] 같은 신학생들로 구성된 순찰대를 가까이에 두며, 그들이 주교궁을 순시하면서 궁 내부의 질서를 유지하고, 주교의 미소 주위에서 보초를 선다. 주교의 마음에 든다는 것이 일개 차부제(次副祭)에게는 발을 이미 등자에 걸친 것이나 다름없다. 확고

한 지반을 굳혀야 한다. 사도의 직이 성당 참사원직을 무시하는 법이 아니다.

마찬가지로, 세속에 세력가들이 있듯이, 교회 내부에도 큰 주교관(主教冠)[112]들이 있다. 부유하고, 연금 두둑하고, 수완 좋고, 세속이 환대하고, 기도할 줄 알되 물론 청원도 할 줄 알고, 아무 가책감 없이 주교구 전체로 하여금 자기를 기다리게 하고, 성당 제의실과 사교계 사이의 가교 역할을 하고, 사제이기보다는 신부님이며, 목자로서의 주교이기보다는 고위직 사제로서의 주교인 사람들이 모든 이들의 총애를 받는다. 그러한 주교들 가까이로 다가가는 이 복되도다! 그러한 주교들은 두터운 신망과 세력을 얻은지라, 자기들 주위에, 즉 열성적이어서 자기들의 총애를 얻은 이들 위로, 호감을 살 줄 아는 젊은이들 위로, 기름진 소교구들과, 성직록들과, 부주교직들과, 보시물자 분배 담당 사제직과, 주교구 성당의 요직들을 빗물처럼 뿌리며, 그들로 하여금 주교직을 기다리게 한다. 그들은 자기들만 앞으로 나아가는 것이 아니라, 자기들의 위성들도 함께 전진토록 한다. 그야말로 항진 중인 태양계이다. 그들이 발산하는 빛이 자기들의 수행자들을 진홍색으로 물들인다. 그들의 융성이 작은 부스러기들을 무대 뒤나 측면으로 뿌리면, 그것들이 소소하되 쓸 만한 승차의 형태로 바뀐다. 주교에게 큰 주교구가 돌아갈수록 그의 총애를 받는 이에게도 그만큼 더 큰 주임사제 교구가 돌아간다. 그러면 로마는 바로 저기에 있다. 대주교가 될 줄 아는 주교, 그리고 추기경으로 승차할 줄 아는 대주교는, 자기의 총아를 공식 수행원으로 삼아 교황 선거 회의장에 데리고 들어가며, 그러면 그 총아가 어느덧 로마의 성직자 법원에 들어가, 어깨에 팔리움[113]을 걸치고 피의자의 진술을 청취하는가 하면, 교황청 재무관이나 교황청 성직자가 된다. 그리고 주교와 추기경 사이의 거리는 한 걸음밖에 아니 되고, 추기경과 성하(聖下) 사이에는 투표소에서 나오는 연기 한 가닥밖에 없다.[114] 어느 빵모자든 티아라[115]를 꿈꿀 수 있다. 사제는 오늘날 정상적으로 왕이 될 수 있는 유일한 사람이다. 게다가 어떤 왕인가? 그야말로 지존이다. 그리하여 하나의 신학교란 어떤 열망들이 자라고 있는 묘판인가! 수줍어 얼굴 붉히는 성가대 아이들 중, 그리고 젊은 사제들 중, 얼마나 많은 사람들이 머리에 뻬레뜨의 우유 단지[116]를 이고 있는가! 야망이 얼마나 서슴지 않고 스스로를 사명이라 칭하며(누가 아냐? 혹시 선의일지), 스스로를 속이면서 믿음 두터운 척하는가!

겸허하고 가난하며 특이했던 비앵브뉘 예하께서는 세력 있는 주교모(帽)들 축에 들지 못하였다. 그의 주변에 젊은 사제들이 얼씬도 하지 않는 것으로 보아 알 수 있는 일이었다. 그가 빠리에서 '인기를 끌지 못했다'는 사실은 이미 말한 바 있다. 단 하나의 미래도 그 고독한 늙은이에게 접목될 꿈을 키우지 않았다. 단 한 줄기 야망의 싹도 그의 그늘 아래에 와서 푸르게 우거질 망상은 하지 않았다. 주교좌 성당의 참사원들과 부주교들은 착한 늙은이들로서, 그처럼 그 주교구에 갇힌 채, 추기경직으로 통하는 길이 막힌 사람들이었으며, 그들이 자기들의 주교를 닮았으되, 그들이 끝장난 사람들이었다면, 그들의 주교는 완성된 사람이었다는 약간의 차이가 있었다. 비앵브뉘 예하 근처에서는 성장할 수 없음을 모두들 잘 알고 있었던 터라, 그로부터 사제 서품을 받은 젊은이들은 신학교를 졸업하기가 무섭게, 엑스나 오슈의 대주교들에게 자신들을 추천해 달라고 하여 서둘러 그곳을 떠났다. 왜냐하면, 다시 말하거니와, 모두들 누가 자신들을 뒤에서 밀어주기를 바랬기 때문이다. 지나친 자기희생 속에서 살아가는 성자는 위험한 이웃이다. 그가 치유될 수 없는 가난과, 출세에 유용한 관절들의 경직 증세, 그리고, 한마디로, 자기가 원하는 만큼 이상의 포기 습관 등을 전염시킬 수 있기 때문이다. 그리하여 모두들 그 옴 같은 미덕을 멀리한다. 비앵브뉘 예하의 고립은 그것에서 비롯되었다. 우리들은 암울한 사회에 살고 있다. 앞으로 불쑥 나와 절벽 꼭대기에 위험스럽게 걸려 있는 부패로부터 방울방울 떨어지는 가르침, 그것이 성공이라는 것이다.

지나는 길에 말해 두거니와, 성공이란 상당히 흉측스러운 것이다. 그것이 띠고 있는 공덕과의 거짓 유사성이 사람들을 속인다. 재능과 쌍둥이처럼 닮은 성공에 속아 넘어가는 것이 있으니, 그것이 역사이다. 오직 유베날리스[117]와 타키투스[118]만이 그 현상을 보고 투덜거린다. 오늘날에는 거의 공식적인 철학 하나가 하인의 신분으로 그것의 집에 들어가 하인의 제복을 입고 부속실에서 시중을 든다. 성공하라, 그것이 학설이다. 융성이 곧 능력이다. 복권에 당첨되라. 그러면 당신은 재간 있는 사람이다. 승리하는 사람이 존경받는다. 근사한 모자를 쓰고 태어나라. 모든 것이 거기에 있다. 다시 말해, 운 좋게 태어나라. 나머지 모든 것을 수중에 넣으리라. 행운아가 되라. 모두들 그대가 위대하다고 생각할 것이다. 한 세기에서 대대적으로 소란을 피우는 대여섯의 경우를 제외하고는, 당대의 찬양이라는 것이 대개는 근시안이다. 금박 입힌 것이 금덩이 행세를 한다. 졸지에 성공만 하면, 그것이 누구이든 흠이 되지 않는다. 천민이란, 스스로를 찬미하고 또 천민에게 박수갈채를 보내는 늙은 나르키소스이다. 군중은, 모쉐나 아이스퀼로스, 단떼, 미켈란젤로 혹은 나뽈레옹 등, 그들이 그들이게끔 해준 그 탁월하고 장엄한 능력을, 무슨 일에서건 목표를 달성하기만 하면 그 누구에게나 선뜻 부여하며 환호한다. 어떤 공중인이 국회의원으로 변모한다든가, 어떤 사이비 꼬르네이유[119]가 「띠리다뜨」라는 작품을 쓴다든가, 어떤 내시가 하렘 하나를 수중에 넣는 데 성공한다든가, 프뤼돔[120] 같은 군인 하나가 세기의 운명을 결정짓는 전투에서 사고처럼 우연히 승리를 거둔다든가, 어느 약사가 쌍브르-에-뫼즈의 군대[121]를 위하여 판지로 만든 구두창을 고안하고, 가죽이라고 속여서 팔아먹은 그 판지 덕분에 연 수입 사십만 리브르를 거두어들인다든가, 어떤 행상인이 고리대금업과 혼인하여 그것으로 하여금 칠팔백만 리브르를 분만케 한 다음, 자기는 그 돈의 아비가 되고 고리대금업은 어미가 되도록 한다든가, 어떤 설교사가 꽥꽥거리는 오리 소리 덕분에 주교로 승차한다든가, 어느 명문가의 집사가 한밑천 거머쥐고 나온 덕에 재무부 장관직에 천거된다든가 하는 등, 그 모든 것들을 가리켜 사람들은 천재적 재능이라 부르는데, 그것은 무스끄똥[122]의 얼굴을 미(美)라 하고 클라우디우스의 우람한 목덜미를 존엄성이라 하는 것과 같다.[123] 그들은 오리들의 발바닥이 진창의 물컹물컹한 개흙 위에 남긴 별 모양의 자국들을 창천의 성좌들과 혼동한다.

13. 그가 믿던 것

정통 교리의 관점에서 볼 때 디뉴의 주교님에게서는 구태여 조사해 볼 것이 전혀 없다. 그러한 영혼 앞에서는 경외스러운 마음이 생길 뿐이다. 의로운 사람의 의식은 그의 말 그대로를 믿어야 한다. 게다가, 우리에게는 어떤 특정한 천성이 주어진지라, 우리는 우리의 것과 다른 신앙 속에서도 인간적 미덕의 모든 아름다움이 발육할 수 있음을 인정한다.

이런 교리나 저런 비의(秘義)에 대해 그가 어떤 생각을 하였을까? 마음속 깊은 곳에 있는 그러한 비밀들은 영혼들을 알몸으로 받아들이는 무덤만이 알 수 있다. 우리가 확실히 알 수 있는 것은, 그에게 있어서 어떠한 신앙적 어려움도 결코 위선으로 귀착되지 않았다는 사실이다. 다이아몬드는 어떠한 형태로도 썩지 않는다. 그는 자기의 능력껏 믿었다. 그는 크레도 인 파트렘[124]을 자주 외쳤다. 그러면서 자기가 행하는 선행으로부터 자기의 양심에 충분한 만족감을 퍼 올리기도 하였던 바, 그 만족감이 사람들에게 속삭이는 말은 이러하다. "그대는 신과 함께 있느니라."

그 이외에, 다시 말해 그의 신앙 범주 밖에서, 지적해 두어야 할 것은, 주교의 사랑이 지나쳤다는 점이다. 바로 그러한 점 때문에, 즉 그가 너무 사랑했기 때문에, '진지한 사람들'이나 '엄격한 분들' 그리고 '합리적인 이들'로부터 그가 불완전하다는 평가를 받았다. 이 기주의가 현학적인 태도의 명령을 받는 우리의 서글픈 세상에서 즐겨 사용하는 표현들이다. 그 지나친 사랑이란 것이 무엇이었던가? 그것은, 이미 설명한 바와 같이, 사람들에게 넘쳐흐르는, 그리하여 경우에 따라서는 사물들에게까지 미치는 잔잔한 호의였다. 그는 멸시하는 것을 모르고 살았다. 그는 신의 창조물들에 대하여 너그러웠다. 모든 사람은, 비록 가장 훌륭한 이라 할지라도, 짐승에게로 향한 무의식적인 가혹성을 내면에 간직하고 있다. 특히 많은 사제들의 특성인 그 가혹성이 디뉴의 주교에게는 전혀 없었다. 그가 브라만교를 신봉하는 경지에까지 이르지는 않았으되, 「전도서」의 다음 말을 깊이 음미하였던 것 같다. "짐승들의 영혼이 어디로 가는지 알 수 있겠는가?" 외양의 추함과 본능의 기이함 등이 그의 평정을 뒤흔들지도 않았고 그의 역정을 돋우지도 않았다. 그는 다만 감동하고, 때로는 측은함마저 느끼곤 하였다. 그는 깊은 생각에 잠겨, 눈에 보이는 삶 저 너머로 가서, 그 원인과 해명 혹은 변론을 찾으려는 것 같았다. 그리고 때로는 신에게 형벌의 경감을 요청하는 것 같았다. 그는 아무 노여움 없이, 그리고 양피지에 흐릿하게 나타나는 글을 해독하려 애쓰는 언어학자의 눈으로, 아직도 자연 속에 있는 혼돈들을 유심히 검토하곤 하였다. 그러한 몽상으로 인하여 가끔 그의 입에서 기이한 말들이 흘러 나오기도 하였다. 어느 날 아침 그가 정원에 있었다. 그는 자신이 홀로 있다고 생각했으나, 실은 그의 누이가 그의 눈에 띄지 않게 그의 뒤를 따르고 있었다. 그가 문득 걸음을 멈추더니 땅바닥에 있는 무엇인가를 유심히 들여다보았다. 커다란 거미 한 마리였다. 검고 털투성이인 징그러운 거미였다. 그가 중얼거리는 말이 그의 누이에게까지 들렸다. "가엾은 짐승! 그의 잘못이 아니야."

 거의 신성하다고 할 만한 그 어린애다움을 어찌하여 착함이라 하지 않는가? 유치함이라 하자. 그러나 그 숭고한 유치함이 바로 아씨시의 프란체스코 성자나 마르쿠스 아우렐리우스의 유치함이었다. 또 어떤 날은, 그가 개미 한 마리를 밟지 않으려 피하다가 몸 한 부분을 접질리기도 하였다.

 그 의로운 사람의 삶이 그러했다. 그는 가끔 정원에서 잠이 들기도 하였는데, 그렇게 잠든 그의 모습보다 더 존경스러운 것은 없었다.

 그의 젊은 시절과 그의 남성다움에 관련된 이야기들이 사실이라면, 비앵브뉘 예하께서 옛날에는 매우 열정적일 뿐만 아니라 아마 과격하기까지 하였던 모양이다. 널리 알려진 그의 너그러움은, 그의 천성이라기보다, 살아오는 동안 그의 가슴속에 스며들었고, 사념들이 한 가닥 한 가닥 천천히 그의 내면에 떨어져 쌓여 형성한, 하나의 위대한 신념의 결과였다. 하나의 성격에도, 한 덩이 암석에처럼, 물방울로 말미암은 구멍들이 있을 수 있기 때문이다. 그렇게 파인 구멍들은 지워질 수 없으며, 그렇게 형성된 것들은 파괴될 수 없다.

 이미 말한 것으로 알지만, 1815년에 그의 나이 칠십오 세에 달해 있었다. 하지만 그의 외모는 나이 육십도 넘기지 않은 것 같았다. 신장은 크지 않았으되 약간 뚱뚱한 편이었다. 그 비만증을 극복하기 위하여 그는 기꺼이 먼 거리를 걸어서 다녔다. 그의 걸음걸이는 씩씩했고 몸도 거의 굽지 않았다. 물론 그러한 작은 특징들로부터 어떤 결론을 이끌어내자는 것은 아니다. 그레고리아 16세는 나이 여든에도 몸매가 꼿꼿하였고 얼굴에 미소가 감돌았으되, 그렇다 해서 그가 못된 주교가 아니었던 것은 아니다. 비앵브뉘 예하께서도 백성들이 흔히 '아름다운 머리통'[125]이라고 하는 것을 가지고 있었으나, 그가 하도 친절하여 사람들은 그것이 아름답다는 사실조차 망각하였다.

 그가 어린아이처럼 명랑하게 이야기를 할 때면—그의 우아함들 중 하나이며 또 이미 언급한 사실이지만—그의 곁에 있는 것이 편안했으며, 그의 전신에서 기쁨이 발산되는 것 같았다. 그의 발그레하고 싱싱한 안색과, 잘 관리되어 하얗고 웃을 때마다 드러나는 치아가, 그에게 명랑하고 서글서글한 기색을 드리워주어, 어떤 사람을 두고 하는 다음 말들이 저절로 나올 지경이었다. "착한 아이야." "호인이야." 또한 우리가 기억하는 바와 같이, 그가 처음 나뽈레옹에게 준 것도 그러한 인상이었다. 그를 처음 대하면, 그리고 그를 처음 보는 사람에게는, 사실 그는 일개 호인에 불과하였다. 하지만 몇 시간 동안 그의 곁에 머물러 있으면, 그리고 비록 그가 생각에 잠겨 있는 것을 바라보고만 있어도, 그 호인이 조금씩 변모하여, 무엇인지 모를 근엄한 것이 감돌곤 하였다. 백발로 인하여 위엄 있는 그의 넓고 진지한 이마가, 깊은 명상으로 인하여 더욱 엄숙해졌다. 그 특유의 어짊으로부터 장엄함이 서서히 모습을 드러내되, 그로 인해 어짊이 빛을 발산하기를 멈추지는 않았다. 어떤 미소 띤 천사가 천천히 날개를 펴는데, 그러면서도 미소를 멈추지 않는 모습을 본다면 느낄 수 있을 법한 감동과 유사한 그 무엇을 모두들 느끼곤 하였다. 존경심이, 형언할 수 없는 존경심이, 조금씩 사람들 속으로 침투하여 심장으로 올라갔고, 그러면 모두들, 숱한 시련을 겪어 너그러워진 영혼, 그리고 그 속에서는 사념이 하도 위대하여 온화할 수밖에 없는, 그러한 영혼과 마주하고 있음을 느끼곤 하였다.

 이미 말한 바와 같이, 기도와, 종교적 의식 집전과, 보시와, 절망한 사람들 위로하기와, 땅 한 귀퉁이 가꾸기와, 박애와, 검소한 식사와, 사람들 대접과, 포기와, 신뢰와, 연구와, 일 등이 그가 살아가던 나날을 채우고 있었다. '채우고 있었다'는 말이 정확한 표현인 바, 분명 주교의 각 하루는, 착한 생각과 착한 말과 착한 일로 형성된 그

언저리까지 가득 차 있었다. 하지만 그러한 하루도, 혹시 춥거나 비가 오는 날씨로 인하여, 두 여인이 자기들의 침소로 물러간 후 저녁마다 정원으로 가서 잠자리에 들기 전 한두 시간씩 보내는 일이 방해를 받을 경우, 완전하다 할 수 없었다. 밤하늘의 웅대한 광경 앞에서 명상에 잠기며 잠들 준비를 하는 것이, 그에게는 일종의 제식(祭式)과 같은 것이었던 모양이다. 때로는 밤이 상당히 이슥한 시각에, 그가 오솔길을 천천히 걷는 소리를 두 늙은 여인이 듣기도 하였다. 그는 오직 자신과 함께 홀로 그곳에서 명상에 잠겨 평화롭게 찬미하고, 자기 심정의 잔잔함을 창천의 잔잔함에 비교하며, 별자리들의 가시적인 찬란함과 신의 보이지 않는 찬연함에 감동된 채, 그 미지의 존재로부터 떨어지는 사념들을 향하여 자기의 영혼을 활짝 열었다. 그러한 순간이면, 밤에 피는 꽃들이 자신들의 향기를 바치는 그 시각에 자기의 심장을 바치면서, 그리고 별들이 흩뿌려진 밤의 한가운데에 있는 램프처럼 불이 밝혀진 채, 삼라만상의 범우주적인 반짝임 속에서 한껏 황홀경에 사로잡혀, 그 자신도 아마 자기의 영혼 속에서 일어나는 일들을 알 수 없었을 것이다. 다만 그는, 자기로부터 어떤 무엇이 날아오르고, 동시에 어떤 무엇이 자기 속으로 내려오는 것을 느낄 뿐이었다. 영혼의 심연과 우주의 심연 사이에서 이루어진 신비한 교환이었다!

 그는 신의 위대함과 임재(臨在)에 대하여 막연히 생각해 보았다. 그리고 뒤이어, 기이한 신비인 미래의 영원, 더욱 기이한 신비인 과거의 영원, 자기의 눈앞에서 모든 방향으로 끝없이 처박히는 모든 무한들에 대해서도 생각해 보았다. 그리고 불가해한 것을 애써 이해하려 하지 않고, 그저 응시하기만 하였다. 그는 신을 관찰하지 않고 다만 그 앞에서 경탄할 뿐이었다. 그는, 질료에게 뭇 면모를 부여하고, 원자들을 확인하여 각종 힘들을 드러내며, 통일성 속에 개체들을, 연장성(延長性) 속에 비율을, 무한 속에 무수함 등을 창조할 뿐만 아니라, 빛을 이용하여 아름다움을 생산해 내는 주체, 즉 원자들의 장려한 조우들에 대해 골똘히 생각하곤 하였다. 그러한 조우들이 끊임없이 이루어졌다가는 매듭이 풀리는데, 삶과 죽음은 그것에서 비롯된다.[126]

그는 낡은 포도 덩굴 시렁에 기대어놓은 목제 장의자에 앉아, 여리고 구루병 걸린 과일나무들의 앙상한 윤곽들 사이로 별들을 바라보곤 하였다. 심어놓은 나무들, 초라하며 오막살이와 헛간들이 어지러운 그 사분의 일 아르빵의 땅뙈기가, 그에게는 귀중하고 또 충분하였다.

거의 전무하다시피한 여가를, 낮에는 정원 가꾸기에 그리고 밤에는 명상에 할애하던 그 노인에게 더 이상 무엇이 필요했겠는가? 하늘을 천장으로 삼은 그 울타리 두른 좁은 땅이면, 가장 매력적인 작품들과 가장 숭고한 작품들을 번갈아 완상하며 신을 찬양하기에 족하지 않았겠는가? 사실 그것이 전부 아닌가? 그 이상 무엇을 원하겠는가? 산책할 작은 정원과 바라보며 꿈꿀 광대함이면 족하였다. 그의 발치에는 가꾸고 거둘 것이 있었고, 그의 머리 위에는 응시하고 명상할 것이 있었으니, 땅 위에 핀 몇 송이 꽃들과 하늘에 있는 모든 별들이 그것들이었다.

14. 그가 생각하던 것

마지막으로 한마디만 해두자.

앞에서 이야기한 성격의 세부사항들이, 특히 우리가 살고 있는 현 시점에서는, 현재 유행하고 있는 표현을 빌려, 디뉴의 주교에게 '범신론자' 비슷한 모습을 부여할 수도 있는지라, 그리고 또, 그를 비난하기 위해서건 혹은 그를 칭송하기 위해서건, 그의 내면에, 고독한 영혼들 속에서 가끔 싹이 터서 스스로 형체를 이루어 성장한 후 종교들을 대체하기도 하는, 우리 세기의 특징적인 개인적 철학 하나가 있다고 믿게 할 수도 있는지라, 극구 강조해 두는 바, 비앵브뉘 예하를 잘 아는 사람들 중 그에게서 그러한 점을 발견한 이는 하나도 없다는 사실을 밝혀 둔다.

어떠한 사유 체계도 없었던 반면, 실행이 많았다. 알쏭달쏭한 사변(思辨)들은 혼미함을 내포한다. 그런데 그가 자기의 영혼을 「계시록」[127] 속에서 헤매도록 내버려 둔 흔적은 전혀 없다. 사도(使徒)는 과감할 수 있으되, 반면 주교는 소심해야 한다. 그는 아마, 어떤 면에서는 무시무시한 재사(才士)들의 몫인 특정 문제들을 자신이 너무 깊이 파고드는 것에 가책감을 느꼈을 것이다. 수수께끼의 출입문 아래에는 공포가 있다. 그 어두운 출입구가 휑하게 열려 있으되, 무엇인지 모를 것이 우리에게 생명을 건네주면서 말하기를, 그곳에는 들어오지 말라고 한다. 그곳에 침입하는 자에게 재앙이 닥칠 것이로다! 천재들은 추상과 순수사변의 유례없는 심오함 속에서, 말하자면 일체의 교리 위에 있는 그 심오함 속에서, 자신들의 생각을 신에게 제안하듯 내놓는다. 그들의 기도는 방약무인하게도 토론을 제의한다. 그들의 찬양은 곧 심문(審問)이다. 그것은 불안과 책임으로 가득한 직접 신앙[128]이며, 그것을 시도하는 이 앞에는 급경사가 가로놓여 있다.

인간의 명상은 한계를 모른다. 자기에게 닥칠 모든 위험을 무릅쓰고 자신의 경탄 자체를 분석하고 후벼 판다. 그리하여, 명상이 일종의 찬연한 반작용으로 경탄의 본질을 현혹시킨다고도 할 수 있을 지경이다. 우리를 둘러싸고 있는 신비한 세계는 자신이 받은 것을 돌려주는 바, 관조하는 이가 관조될 수 있을 법도 하다. 여하튼 이 지상에는, 몽상의 지평선 끝에 있는 절대라는 언덕들을 선명히 보고, 무한대한 산의 무시무시한 모습을 발견하는 사람들이—그들이 사람일까?—있다. 비앵브뉘 예하께서는 그런 사람들 축에 들지 않았으며, 비앵브뉘 예하께서는 천재가 아니었다. 그는 그러한 지고의 경지를 아마 두려워하였을 것인 바, 그 경지로부터 몇몇 사람들이, 게다가 스베덴보리와 빠스깔처럼 매우 위대한 사람들이, 미끄러져 정신착란증에 빠지기도 하였다.[129] 물론 그 강력한 몽상들이 나름대로의 윤리적 효용성을 가지고 있으며, 또한 그 고달픈 길을 통하여 이상적인 완벽에 접근할 수 있을지도 모른다. 하지만 그는 단축된 오솔길을 택하였던 바, 그 길이 '복음'이었다.

그는 자기의 제례복에 엘리야의 외투에 있던 주름이 잡히도록[130] 하려 애쓰지 않았고, 숱한 사건들의 암흑 같은 요동질 위로 미래의 빛을 단 한 가닥도 던지지 않았으며, 사물들의 희미한 빛들을 횃불로 응집시키려 하지도 않았다. 그에게는 선지자나 점성술사와 같은 점이 추호도 없었다. 그 겸허한 영혼은 그저 사랑하였을 뿐, 그것이 전부였다.

그가 초인적인 열망까지 내포하는 기도를 하였을지는 모른다. 있을 법한 일이다. 하지만 사랑하는 것 이상으로 기도를 할 수는 없다. 또한 기도서에 적힌 것 이상으로 기도하는 행위를 이단이라 한다면, 테레사 성녀와 히에로니무스 성자 또한 이단자들일 것이다.

그는 신음하고 죽어가는 것에 상체를 숙여 관심을 표하였다. 삼라만상이 그에게는 광막한 질병으로 보였다. 그는 사방에 열병이 만연함을 느꼈고, 사방에 고통이 있음을 감지하였으며, 그리하여, 그 수수께끼를 풀려고 하는 대신, 상처를 싸매어 주는 일에 진력하였다. 피조물들이 펼치는 무시무시한 정경들이 그의 내면에 측은히 여기는 마음을 증대시켰다. 그리하여, 자신을 위해, 그리고 다른 이들에게도 암시하기 위해, 위로하고 고통을 덜어주는 가장 좋은 방법들을 찾는 일에만 골몰하였다. 그 착하고 희귀한 사제에게는, 존재하는 모든 것이, 위로해 주려고 노력해야 할 언제나 슬픈 대상이었다.

황금 캐내는 일에 종사하는 사람들이 있다. 그는 연민 캐내는 일에 종사하고 있었다. 온 세상의 비참함이 그의 광산이었다. 어디에서건 고통이라는 것이 그에게는 항상 착함을 드러내는 계기였다. "서로 사랑하시오." 그는 완전한 형태[131]로 그 말을 외쳤다. 그것 이상 아무것도 희구하지 않았다. 또한 그것이 그의 교리 전부였다. 어느 날, 스스로 '철학자'라고 믿던 그 사람, 즉 이미 앞에서 거명했던 그 상원의원이, 주교에게 말하였다.

"당신이 항상 말씀하시는 '서로 사랑하라'는 말은 어리석은 말입니다."

그러자 비앵브뉘 예하께서 담담하게 대답하였다.

"좋습니다. 그것이 만약 어리석은 말이라면, 진주가 굴 속에 스스로 갇히듯이, 영혼도 그 속에 갇혀야 할 것입니다."

그는 스스로 그 속에 갇혔고, 그 속에서 살았으며, 그것으로 온전히 만족하였다. 그러면서, 사람들의 시선을 끌거나 사람들을 놀라게 하는 어마어마한 문제들, 추상의 불가사의한 관점들, 형이상학의 심연들 등, 사도들이 보기에는 신에게로 수렴되고 무신론자가 보기에는 허무로 수렴되는, 그 모든 심오함은 옆으로 밀쳐 두었다. 그 심오함들이란, 운명, 선과 악, 존재들 사이의 다툼, 인간의 의식, 짐승의 생각에 잠긴 듯한 몽유병, 죽음으로 인한 변형, 무덤이 내포하고 있는 삶의 요약, 항존하는 자아에 들러붙는 연속적인 사랑들의 불가해한 접지(接枝), 진수, 본질, 무(無)와 존재, 영혼, 본성, 자유, 필요 등, 깎아지른 듯한 벼랑 아래에 있는 문제들, 즉 인간 오성(悟性)의 거대한 천사장들이 상체를 숙여 들여다보고 있는 음산하고 어두운 심층이다. 루크레티우스와 마누[132]와 파울루스 성자와 단떼가 번개 같은 눈으로 응시하는 어마어마한 심연인데, 그 눈이 무한을 뚫어지게 응시하면서, 그 속에 별들이 부화하게 하는 것 같다.

비앵브뉘 예하는, 신비한 문제들을 캐내려 하거나 뒤흔들거나 그것들로 인하여 자신의 영혼이 혼란스러워지는 일 없이, 그것들을 밖에서 확인하는 데 그치고, 현묘한 것에 대한 엄숙한 존경심을 영혼에 간직한, 하나의 평범한 인간일 뿐이었다.

2편 전략

1. 온종일 걸은 끝에 맞은 저녁

1815년 10월 초순 어느 날, 해가 지기 한 시간 전 쯤, 걸어서 먼 길을 온 듯한 남자 하나가 작은 도시 디뉴로 들어섰다. 그 순간, 창문이나 대문간에 있던 몇 아니 되는 그곳 주민들은, 그 나그네를 일종의 불안감에 사로잡혀 바라보고 있었다. 외양이 그보다 더 가엾은 행인은 만나기 어려웠을 것이다. 중간 키에, 땅딸막하고 건장한 체구인데, 한창나이인 것 같았다. 그의 나이 마흔여섯이나 마흔여덟쯤 되어 보였다. 앞으로 푹 내려진 가죽 차양 달린 모자가, 햇볕과 바람에 타고 땀 때문에 번쩍거리는 그의 얼굴 한 부분을 가리고 있었다. 깃을 작은 은제 고리로 부착시켰고, 거친 황색 천으로 지은 셔츠 앞자락 사이로, 털이 수북한 가슴팍이 드러나 있었다. 넥타이는 밧줄처럼 꼬여 있었고, 푸른색 양달령으로 지은 바지는 낡고 해져, 한쪽 무릎 부분은 하얗게 바랬고, 다른 쪽 무릎 부분에는 구멍이 나 있었다. 넝마가 다 된 회색 작업복 상의 한쪽 팔꿈치에는, 초록색 천 한 조각을 대어 가는 끈으로 꿰매었다. 등에는 군용 배낭 하나를 짊어졌는데, 무엇이 가득 들어 있는 듯했고, 고리를 단단히 죄었으며 아주 새 것이었다. 손에는 옹이가 많은 굵은 막대기 하나를 들었고, 양말도 없이 맨발로 징 박은 구두를 신고 있었으며, 머리는 짧게 깎았는데 수염은 길었다.

땀과 열기와 도보 여행과 먼지 등이, 그 황폐한 덩어리에 무엇인지 모를 불결함을 더해 주었다.

머리카락은 짧게 깎았으되 삐죽삐죽 솟아 있었다. 조금씩 다시 자라기 시작했기 때문이다. 최근에 자른 머리 같지 않았다.

그를 아는 이 아무도 없었다. 분명 일개 행인에 불과하였다. 그가 어디에서 왔느냐고? 남쪽에서 왔다. 아마 해변 지역에서 왔을 것이다. 일곱 달 전, 황제 나뽈레옹이 깐느로부터 빠리로 가기 위하여 지나갔던, 바로 그 길을 따라 디뉴 시로 들어섰기 때문이다. 온종일 걸었던 모양이다. 몹시 피곤해 보였다. 도시 아래쪽에 있는 옛 읍 지역 여인들은, 그가 가쌍디 대로의 나무들 밑에서 걸음을 멈추고, 그 산책로 끝에 있는 샘터에서 물을 마시는 것을 보았다. 갈증이 심했음이 틀림없다. 그의 뒤를 따르던 아이들이 보자니, 이백 보쯤 되는 곳에 있는 장마당 샘터에서 그가 다시 걸음을 멈추더니, 또 물을 마셨다.

뿌와슈베르 로 끝에 이르러 그가 왼쪽으로 방향을 바꾸더니 시청으로 향하였다. 시청 안으로 들어가더니 십오 분쯤 후에 다시 나왔다. 헌병 한 사람이 정문 가까이에 있는 긴 돌의자 위에 앉아 있었다. 지난 3월 4일, 드루오 장군이 그 돌의자 위로 올라가, 놀란 디뉴 시민들 앞에서 쥐앙 포구 포고문을 낭독한 바 있다.[1] 남자가 모자를 벗고 헌병에게 공손히 인사를 하였다.

헌병은 그의 인사에 아무 대꾸도 하지 않고, 그를 유심히 바라보며 한동안 눈으로 그의 뒤를 따르더니, 시청 안으로 들어갔다.

그 시절 디뉴에는 깔끔한 여인숙 하나가 있었는데, '라 크롸-드-꼴바'라는 간판이 걸려 있었다. 그 여인숙의 주인은 쟈껭 라바르라는 사람이었는데, 그 도시에서는 상당히 명망이 높았다. 대혁명 시절, 기병대원으로 복무하였고, 그 이후 그르노블에서 '트롸-도팽'이라는 여인숙을 경영하고 있던 또 다른 라바르라는 사람과 인척 관계였기 때문이다. 황제가 엘바 섬을 탈출하여 깐느에 상륙한 이후,

그 '트롸-도팽'이라는 여인숙에 관한 많은 소문이 그 고장에 퍼졌다. 사람들의 이야기에 의하면, 마차꾼으로 변장한 베르트랑 장군[2]이 그해 1월에 그 여인숙에 자주 드나들었고, 그 지역 군인들에게 훈장을 수여하는가 하면, 일반인들에게는 나뽈레옹 금화[3]를 뿌렸다고 한다. 실제로 황제가 그르노블 시에 입성하였을 때, 그는 도청 청사에 머물기를 사양하고, 그곳 시장에게 고맙다고 하면서 이렇게 말했다고 한다. "내가 잘 아는 선량하고 충직한 사람의 집으로 가겠소." 그러면서 여인숙 '트롸-도팽'으로 갔다고 하다. '트롸-도팽'의 주인 라바르가 얻은 그 광영이 이백오십 리 밖에 있던 '라 크롸-드-꼴바' 여인숙 주인 라바르에게까지 비쳤던 것이다. 그 도시 사람들은 그에 대하여 이렇게 말하였다. "그르노블에 있는 라바르의 사촌이야."

나그네가 그 여인숙으로 향하였다. 그 고장에서 가장 좋은 여인숙이었다. 그가 부엌으로 들어섰다. 출입문은 도로와 수평을 이루고 있었다. 모든 요리용 화덕에 불이 지펴져 있었고, 벽난로에서 활활 치솟는 불길이 경쾌하였다. 주방장이기도 한 여인숙 주인은, 이 화덕 저 화덕을 오가며, 곁에 있는 방에서 소란스럽게 웃으며 이야기를 하고 있던 짐마차꾼들에게 대접할 저녁거리를 살피느라고 몹시 분주하였다. 누구든 여행을 해본 사람이라면, 아무도 짐마차꾼들처럼 질탕하게 먹지 못한다는 사실을 잘 안다. 통통한 마르모트 한 마리가, 흰 자고새와 들꿩들과 함께 기다란 꼬챙이에 꿰여, 불 앞에서 천천히 돌고 있었다. 그리고 화덕들 위에서는, 로제 호수에서 잡은 커다란 잉어 두 마리와 알로즈 호수에서 잡은 송어 한 마리가 익고 있었다.

문이 열리고 새로운 손님이 들어서는 소리를 들은 여인숙 주인이, 화덕에서 눈을 떼지 않은 채 물었다.

"무엇을 원하십니까?"

"식사를 하고 숙박을 하려 하오."

"그보다 더 쉬운 일은 없습니다."

여인숙 주인이 그렇게 대답하며 나그네에게 고개를 돌려 그를 한눈에 훑어보더니, 한마디를 덧붙였다.

"……경비는 지불해야 합니다."

나그네가 작업복 상의 주머니에서 가죽으로 만든 불룩한 돈주머니를 꺼내며 대답하였다.

"나에게 돈이 있소."

"그렇다면 모시겠습니다."

나그네가 돈주머니를 작업복 상의 주머니에 다시 넣은 다음, 배낭을 벗어서 출입문 곁 바닥에 내려놓고, 막대기는 손에 든 채, 벽난로 가까이로 가서 팔걸이와 등받이가 없는 낮은 걸상에 앉았다. 디뉴 시는 산악 지방에 있다. 그리하여 10월에도 저녁이면 날씨가 춥다.

여인숙 주인은 분주히 오가면서도 나그네를 유심히 살폈다.

"곧 저녁 식사를 할 수 있소?" 나그네가 물었다.

"잠시 후면 가능합니다."

새로 온 그 손님이 주인에게 등을 돌린 채 불을 쬐고 있는 동안, 명망 높은 여인숙 주인 쟈껭 라바르가 주머니에서 연필을 꺼냈다. 그러더니, 창문 곁에 있는 작은 탁자 위에 아무렇게나 내버려져 있던 오래된 신문 한 귀퉁이를 찢어냈다. 그리고 여백에 무슨 말을 한두 줄 쓰더니, 쪽지를 접어서, 봉인은 하지 않고, 설거지꾼 겸 심부름꾼으로 부리는 듯한 아이에게 주었다. 그가 아이에게 귓속말 한마디를 하자, 아이는 즉시 여인숙을 나서더니 시청 쪽으로 달음박질을 하였다.

나그네는 주인의 그 모든 거조를 전혀 보지 못하였다.

나그네가 다시 물었다.

"저녁 식사를 곧 할 수 있소?"

"잠시 후면 됩니다."

아이가 돌아왔다. 그가 쪽지를 다시 가져왔다. 여인숙 주인이, 어떤 회답을 기다리는 사람처럼, 서둘러 쪽지를 폈다. 쪽지를 유심히 읽는 것 같았다. 그러더니 머리를 설레설레 흔들면서 잠시 생각에 잠겼다. 드디어, 별로 편안치 못한 상념에 잠겨 있는 듯한 나그네 쪽으로 한 걸음 다가가며 말하였다.

"손님, 당신을 받을 수가 없습니다."

나그네가, 앉아 있던 자리에서 반쯤 일어섰다.

"그 무슨 소리요! 내가 돈을 내지 않을까 염려되오? 선불하기를 바라오? 다시 말씀드리지만, 나에게 돈이 있소."

"그런 뜻이 아닙니다."

"그러면 무엇이란 말이오?"

"손님께서는 돈을 가지고 계시지만······."

"그렇소." 나그네가 재차 말하였다.

"하지만 방이 없습니다."

주인의 그 말에 나그네가 태연스럽게 대꾸하였다.

"나를 외양간에 재워주시오."

"그럴 수 없습니다."

"무슨 연유요?"

"말들이 모든 자리를 차지하였습니다."

"좋소. 그러면 헛간 한구석이라도. 짚 한 단만 있으면 족하오. 그 이야기는 식사 후에 합시다."

"저녁거리도 드릴 수 없습니다."

또박또박 그러나 단호하게 한 그 말이 나그네에게는 심각하게 들렸던 모양이다. 그가 벌떡 일어섰다.

"아! 젠장, 시장하여 죽을 지경이오. 해 뜰 무렵부터 쉬지 않고 걸었소. 일백이십 리 길을 걸었소. 돈을 내겠소. 몹시 시장하오."

"드릴 것이 없습니다."

주인의 그 말에 나그네가 웃음을 터뜨리더니, 벽난로와 화덕 쪽으로 돌아서며 말했다.

"아무것도 없다고! 그러면 저것들은 다 무엇이오?"

"모두 예약된 것입니다."

"누구에 의해?"

"짐마차꾼 나리들입니다."

"그들이 도합 몇 사람이오?"

"열두 명입니다."

"음식이 스무 사람분은 될 것이오."

"그분들이 예약을 했고, 이미 선금을 지불하셨습니다."

나그네가 다시 앉더니 차분하게 말하였다.

"나는 여인숙에 이미 들어왔고, 또 시장하니, 이곳에 머물겠소."

여인숙 주인이 상체를 숙이더니, 그를 전율케 하는 억양으로 그의 귀에다 소곤거렸다.

"꺼지시오."

나그네는 그 순간 몸을 구부린 상태였고, 그러한 자세로, 끝을 쇠로 감싼 자기의 막대기로 숯덩이 몇을 불꽃 속으로 밀어 넣고 있었다. 그가 상체를 격렬하게 돌렸다. 그리고 대꾸를 하려고 입을 열려는 찰나, 여인숙 주인이 그를 노려보며 변함없이 나지막한 음성으로 말하였다.

"이보시오, 더 이상 군소리하지 마시오. 당신에게 내가 당신의 이름을 가르쳐주기 바라시오? 당신의 이름은 쟝 발쟝이오. 이제 당신이 누구인지 내가 당신에게 설명해 주기를 바라시오? 당신이 이곳에 들어오는 것을 보고 무엇인가 짐작되는 것이 있어, 시청으로 사람을 보냈고, 그쪽에서 보낸 회답이 여기 있소. 글을 읽을 줄 아시오?"

그러면서, 여인숙을 떠나 시청으로 갔다가 되돌아온 쪽지를 펴서 나그네에게 내밀었다. 나그네가 쪽지를 한 번 힐끗 바라보았다. 여인숙 주인이 잠시 침묵하다가 다시 말하였다.

"모든 사람들을 깍듯한 예의로 대하는 것이 나의 버릇이오. 떠나시오."

나그네가 고개를 숙이더니, 바닥에 내려놓았던 배낭을 집어 든 다음, 그곳을 떠났다.

그는 큰 거리로 접어들었다. 앞만 보고 무작정 걸었으나, 모욕당하고 슬픈 사람처럼, 사람들의 눈에 띌까 두려운 듯, 건물들을 스칠 듯 지나갔다. 그러면서 단 한 번도 뒤로 고개를 돌리지 않았다. 그가 만약 고개를 돌렸다면, '라 크롸-드-꼴바' 여인숙 주인이 출입문 앞에서, 자기 여인숙의 모든 투숙객들과 길에 있던 모든 행인들에 둘러싸인 채, 그를 손가락으로 가리키며 열변을 토하는 장면이 보였을 것이며, 그렇게 모여 있던 사람들의 의구심 가득한 시선을 보면서, 자기가 그곳에 온 사실이 머지않아 그 도시의 커다란 사건이 될 것임을 짐작할 수 있었을 것이다.

하지만 그는 아무것도 보지 못하였다. 극도로 짓눌린 사람들은 뒤를 돌아보지 않는다. 항상 액운이 자기들을 따라다닌다는 것을 너무나 잘 알기 때문이다.

그는 낯선 길들을 따라 무턱대고 쉬지 않고 걸으며 한동안을 떠돌았다. 피곤함조차 잊었다. 슬픔에 잠겼을 때 생기는 현상이다. 그런데 문득 심한 시장기가 느껴졌다. 밤이 다가오고 있었다. 그는 어떤 숙소를 발견할 수 있을까 하여 주위를 살폈다.

쓸 만한 여인숙은 그에게 문을 열어주지 않을 것이다. 그리하여 아주 허술한 선술집이나 극도로 초라한 매음굴 같은 곳을 찾았다.

마침 그가 따라가던 길 끝에 등불 하나가 켜졌다. 쇠말뚝 끝 까치발에 걸려 있는 소나무 가지 하나가, 황혼 녘의 하얀 하늘에 선명한 윤곽을 그리고 있었다. 그는 그곳으로 갔다.

정말 선술집이었다. 쇼포 로에 있는 선술집이었다.

나그네는 잠시 멈추어 서서, 천장이 낮은 선술집 안을 유리창을 통해 들여다보았다. 실내는 탁자 위에 놓인 작은 등불 하나와 벽난로에서 활활 타고 있는 불길이 밝혀 주고 있었다. 남자 몇이 술을 마시고 있었다. 주인은 불을 쬐고 있었다. 갈고리에 걸려 있는 무쇠솥이 벽난로의 불길에 감싸여 부르르 소리를 내고 있었다.

일종의 여인숙이기도 한 그 선술집에는 출입문이 둘 있었다. 하나는 길 쪽으로 나 있었고, 다른 하나는 퇴비가 가득 쌓인 작은 마당으로 통하였다. 나그네는 감히 길 쪽으로 난 문을 통해 들어갈 생각을 하지 못하였다. 그는 마당으로 미끄러지듯 살그머니 들어가, 다시 한 번 잠시 멈추었다가, 조심스럽게 걸쇠를 쳐들고 문을 밀었다.

"누구요?" 주인이 물었다.

"저녁 식사를 하고 하룻밤 유숙하려는 사람이라오."

"좋소. 식사도 할 수 있고 잠도 잘 수 있소."

그가 안으로 들어섰다. 술을 마시고 있던 사람들이 일제히 그에게로 고개를 돌렸다. 등불이 그의 얼굴 한쪽 편을 비췄고, 벽난로의 불이 다른 쪽 편을 비췄다. 그가 배낭을 벗는 동안 사람들이 잠시 그를 유심히 살폈다.

주인이 그에게 말을 건넸다.

"불을 쬐시오. 저녁거리는 냄비 속에서 익고 있소. 불 가까이로 오시오, 동무."

나그네가 벽난로 곁으로 가서 앉았다. 극도로 지쳐 상처투성이가 된 두 발을 불 앞으로 뻗었다. 좋은 냄새가 냄비로부터 새어 나왔다. 푹 눌러쓴 모자 밑으로 보이는 그의 얼굴에서 식별할 수 있던 모든 것이, 고통에 익숙해진 습관에서 비롯된 그 폐부를 찌르는 듯한 모습과 섞인 편안함을 희미하게 드러내주고 있었다.

게다가 그의 얼굴 윤곽은 단호하고 힘차며 구슬펐다. 그 용모는 기이하게 구성되어 있었다. 처음에는 매우 겸허해 보이지만, 한동안 바라보노라면 근엄한 것 같았다. 덤불 밑에 있는 불[4]처럼, 눈썹 밑에서 안광이 번쩍였다.

그런데, 탁자 앞에 앉아 있던 남자들 중 하나가 생선 장수였고, 그는 쇼포 로에 있는 선술집에 오기 전에, 자기의 말을 라바르의 여인숙에 있는 외양간에 매어두러 갔었다. 또한 그날 아침나절, 브라 다 쓰와……(지명을 잊었다. 아마 에꾸블롱인 것 같다.)의 중간 지점에서 길을 걷고 있던 그 인상 고약한 나그네를 우연히 만났다. 그런데, 그를 보자, 이미 몹시 지친 듯한 나그네가 그에게 부탁하기를, 말의 꽁무니에 자기를 태워달라고 하였다. 생선 장수는 아예 못 들은 체하고 아무 대꾸 없이 걸음을 재촉하였다. 그 생선 장수 또한, 반 시간 전에 쟈깽 라바르 주위에 몰려 있던 사람들 중의 하나였으며, 자기가 아침나절에 겪었던 불쾌한 일을 '라 크롸-드-꼴바'의 투숙객들에게 이야기해 주었다. 그가 자리에 앉은 채 선술집 주인에게 은밀한 신호를 보냈다. 선술집 주인이 그에게로 왔다. 그들이 나지막한 음성으로 몇 마디를 나누었다. 나그네는 깊은 상념에 잠겨 있었다.

선술집 주인이 벽난로 곁으로 돌아오더니 나그네의 어깨에 손을 거칠게 얹으면서 말하였다.

"꺼져줘야겠어."

나그네가 고개를 돌리며 조용히 대꾸하였다.

"아! 알고 계셨소……?"

"그래."

"저쪽 여인숙에서 나를 내쫓았소."

"그래서 여기에서도 자네를 내쫓네."

"어디로 가란 말이오?"

"다른 곳으로."

나그네가 막대기와 배낭을 집어 들고 선술집을 떠났다.

그가 나서자, '라 크롸-드-꼴바' 여인숙으로부터 따라와 그를 기다리고 있었던 듯한 아이들이 그에게 돌을 던졌다. 그가 발길을 돌려, 화를 내며 막대기로 때리려는 시늉을 하자, 아이들이 새 떼처럼 흩어졌다.

감옥 앞을 지나게 되었다. 출입문에 종으로부터 늘어뜨린 쇠사슬 한 가닥이 걸려 있었다. 그가 종을 쳤다.

쪽문 하나가 열렸다. 그가 모자를 공손히 벗으면서 말하였다.

"간수님, 하룻밤만 재워주시겠습니까?"

어떤 음성 하나가 들려왔다.

"감옥은 여인숙이 아니오. 범행을 저질러 체포당하시오. 그러면 문을 열어드리겠소."

쪽문이 다시 닫혔다.

그는 채마밭들이 많은 좁은 길로 들어섰다. 몇몇은 허술한 생울타리만 둘러져 있어서 길에 생기를 더하였다. 채마밭들과 울타리들 사이에 있는 작은 단층집 한 채가 그의 눈길을 끌었다. 창문으로 불빛이 보였다. 선술집 앞에서 그랬듯이, 그는 유리창을 통하여 안을 들여다보았다. 석회를 칠해 하얀 방이었다. 날염한 무명으로 덮어놓은 침대 하나와, 구석에 놓인 요람 하나, 목제 의자 몇 개, 벽에 걸려 있는 쌍연발 총 한 자루가 보였다. 방 중앙에 식탁이 차려져 있었다. 구리 램프 하나가, 올 굵은 백색 천으로 만든 식탁보와, 은처럼 반짝이며 포도주 가득한 주석 병, 그리고 김이 모락모락 피어오르는 갈색 국그릇을 밝게 비춰주고 있었다. 그 식탁 앞에 나이 사십줄에 들어선 남자 하나가 앉아 있었는데, 명랑하고 시원스러운 얼굴이었으며, 어린아이 하나가 그의 무릎 위에서 깡충깡충 뛰고 있었다. 그의 곁에서는 한창 피어나는 젊은 여인이 다른 아이에게 젖을 먹이고 있었다. 아버지가 큰 소리로 웃었다. 아이도 큰 소리로 웃었다. 엄마는 미소를 짓고 있었다.

나그네는 그 온화하고 편안한 정경 앞에서 잠시 몽상에 잠겼다. 그의 내면에서 어떤 일이 일어났을까? 오직 그만이 알 수 있을 것이다. 그 즐거운 가정이 자기를 환대해 주리라고, 또 그토록 행복 넘치는 곳이니, 약간의 동정이나마 얻을 수 있으리라고 생각하였을 법도 하다.

그가 유리창을 약하게 또 조심스럽게 두드렸다.

아무도 그 소리를 듣지 못한 것 같았다.

다시 두드렸다.

여인의 목소리가 들려왔다.

"여보, 누가 문을 두드리는 것 같아요."

"아니야." 남편의 대답이었다.

세 번째로 다시 두드렸다.

남편이 램프를 집어 들고 일어서더니 출입문으로 가서 문을 열었다.

키가 큰 남자였는데 농사꾼이면서 동시에 장인(匠人)인 듯하였다. 널찍한 가죽 앞치마를 걸치고 있었는데, 그 윗자락이 왼쪽 어깨에까지 올라가 있었으며, 망치 한 자루, 붉은 수건 하나, 화약통 하나, 그리고 기타 허리띠에 매달린 온갖 물건들이 배처럼 불룩했다. 그가 고개를 뒤로 젖혔다. 그의 셔츠 앞자락이 훤히 열리고 깃이 축 처져, 황소 목덜미 같은 그의 목이 드러났다. 희고 털이 없었다. 짙은 눈썹, 검고 실한 구레나룻, 툭 튀어나온 눈, 개의 주둥이 같은 하관(下觀) 등, 그 모든 것 위에, 자기 집에 있다는 의기양양함이 어려 있었다. 형언할 수 없는 그 무엇이었다. 나그네가 먼저 입을 열었다.

"죄송합니다. 돈을 지불하겠으니, 국 한 접시만 요깃거리로 주시고, 저쪽 채마밭에 있는 헛간 한 귀퉁이에서 하룻밤 쉬어 가도록 해 주시겠습니까? 제발, 허락해 주시겠습니까? 돈을 드릴 테니?"

그러자 집주인이 물었다.

"당신 누구요?"

"뾔무와쏭에서 오는 길입니다. 하루 종일 걸었습니다. 일백이십 리를 걸었습니다. 허락해 주시겠습니까? 돈을 드리면?"

"돈을 지불하겠다는 정직한 사람을 재워드리기를 마다하지는 않겠소. 하지만 무슨 연유로 여인숙으로 가시지 않는 것이오?"

"빈자리가 없답니다."

"쳇! 말도 아니 되는 소리요. 오늘이 장날도 아닌데. 라바르의 여인숙에는 가보셨소?"

"예."

"그런데?"

나그네가 당황한 기색으로 대답하였다.

"무슨 연유인지는 모르나, 저를 받아주지 않았습니다."

"쇼포 로에 있는 그 구석에도 가보셨소?"

나그네가 더욱 난처해하는 기색이었다. 그가 겨우 우물거렸다.

"그곳에서도 받아주지 않았습니다."

농사꾼의 얼굴에 의심하는 빛이 역력해졌다. 그가 다시 나그네를 머리끝부터 발끝까지 훑어보더니, 문득 경련하듯 소리쳤다.

"당신 혹시 그 사람……?"

그러면서 나그네를 한 번 더 힐끗 바라보더니 세 걸음을 물러선 다음, 램프를 식탁 위에 올려놓고 벽에 걸려 있던 총을 집어 들었다.

농사꾼이 한 말, 즉 "당신 혹시 그 사람……?"이라는 말에 여인이 벌떡 일어서더니 두 아이를 품에 안고 서둘러 남편 뒤로 피하였다. 그리고 젖가슴을 드러낸 채, 질겁한 눈으로, 낯선 남자를 두려운 듯 바라보며 나지막하게 중얼거렸다. "쵸-마로드."[5]

그 모든 일이 정신을 가다듬을 틈도 없이 순식간에 일어났다. 마치 독사를 바라보듯 그 '남자'를 잠시 뚫어지게 응시하다가, 집주인이 다시 출입문으로 다가와 말하였다.

"가시오."

"제발, 물 한 모금만 주십시오."

"총 한 방 먹여 주지!" 농사꾼의 대꾸였다.

그러더니 문을 난폭하게 닫아버렸다. 굵은 빗장 둘을 지르는 소리가 나그네의 귀에 들려왔다. 잠시 후, 창의 덧문이 닫혔고, 그것의 빗장으로 사용하는 쇠막대 소리가 밖에까지 들렸다.

밤이 계속 내려앉고 있었다. 알프스의 찬 바람이 불어댔다. 잦아드는 낮의 희미한 잔광 덕분에, 나그네는, 길과 잇닿아 있는 어느 채마밭 가운데에, 뗏장을 쌓아 지은 오두막 같은 것 하나가 있음을 발견하였다. 그는 성큼 목책을 넘어 채마밭으로 들어섰다. 오두막으로 다가갔다. 출입구는 몹시 낮았으며, 도로 보수하는 인부들이 자신들을 위하여 도로변에 설치해 놓은 축조물과 비슷하였다. 나그네는 그 오두막이 실제 인부들의 임시 휴식처라 생각하였다. 그는 추위와 시장기에 시달리고 있었다. 시장기를 달랠 길은 없다 치더라도, 적어도 그 오두막이 추위를 막아줄 피신처는 되리라 생각하였다. 그런 임시 휴식처들이 보통 밤에는 비어 있다. 그는 배를 땅바닥에 깔고 오두막 속으로 미끄러져 들어갔다. 상당히 따뜻했고, 지푸라기도 두툼하게 깔려 있었다. 그는 잠시 그 푹신한 지푸라기 위에 몸을 쭉 펴고 꼼짝도 하지 않았다. 하도 지쳐서 조금도 움직일 수 없었다. 그렇게 쉬었다가, 등에 지고 있던 배낭이 거추장스럽기도 하고 또 그것을 베개로 삼을 요량으로, 배낭 띠의 조임쇠를 풀기 시작하였다. 바로 그 순간, 사납게 으르렁거리는 소리가 들렸다. 그가 숙이고 있던 얼굴을 쳐들었다. 오두막 입구에 커다란 개의 머리 하나가 어둠 속에서 윤곽을 드러냈다.

그 오두막은 개집이었다.

그 자신도 무시무시한 용력을 가지고 있었으나, 막대기를 움켜쥐고 배낭을 방패 삼아 어렵게 개집에서 빠져나왔다. 그 서슬에 입고 있던 넝마들의 구멍이 더 커졌다.

그리고 채마밭에서도 뒷걸음질을 하며 밖으로 나왔다. 또한 개가 함부로 달려들지 못하도록, 검술 지도사들이 흔히 '덮인 장미'라고 칭하는 방법으로 막대기를 휘둘렀다.

그러한 고역을 치르며 목책을 다시 넘어 길 한가운데에 이르렀을 때, 그 초라한 개집의 지푸라기 침상으로부터도 쫓겨난 그는, 잘 곳도 지붕도 피신처도 없는 외톨이였다. 그는 어느 돌덩이 위에 무너지듯 털썩 주저앉았다. 어느 행인의 귀에 그의 탄식 소리가 들려왔다. "나는 개만도 못하다!"

그가 이내 다시 일어나 걷기 시작하였다. 들판에서 소복이 자란 나무나 건초 더미를 발견하면 그곳을 피신처로 삼을 생각을 하며 도시를 벗어났다.

그렇게 한동안 고개를 숙인 채 걸었다. 인가로부터 멀리 떨어진 곳에 도달하였다고 느꼈을 때, 고개를 쳐들어 주위를 살펴보았다. 어느 밭 한가운데에 와 있었다. 그의 앞에는 농작물의 짧은 그루터기로 덮인 나지막한 동산 하나가 있었다. 수확이 끝난 후에는 그러한 동산들이 모두 삭발한 머리들과 같은 법이다.

지평선이 온통 새까맣게 변해 있었다. 밤의 어둠 때문만은 아니었다. 동산에 기대어 위로 올라가며 하늘을 가득 채우는 낮은 구름 덩이들이었다. 하지만 달이 막 뜨려 하고, 천정점(天頂點)에는 아직 황혼 녘의 잔광이 희미하게 남아 있었던지라, 그 구름 덩이들이 하늘의 높은 곳에 희끄무레한 일종의 천장을 형성하고 있었는데, 그것으로부터 한 줄기 미광이 지상으로 떨어지고 있었다.

그리하여 땅이 하늘보다 더 밝아졌으며, 그것은 기이하게 음산한 장면을 연출하였다. 그리고 동산은, 초라하고 연약한 윤곽으로, 암흑 같은 지평선 위로 희미하고 창백한 형체를 그리고 있었다. 그 모든 풍경이 흉하고, 왜소하고, 음산하고, 편협해 보였다. 밭에도 동산에도 보이는 것이라곤 아무것도 없고, 나그네로부터 몇 걸음 떨어진 곳에서, 보기 흉한 나무 한 그루가 바스락 소리를 내며 바람에 뒤틀리고 있었다.

사물들의 신비한 면모에 민감하게 해주는 지성과 영혼의 섬세한 습관이 그 나그네와 거리가 멀었음은 분명했다. 그러나 그 하늘에, 그 동산에, 그 벌판에, 그 나무에, 어찌나 깊은 황량함이 서려 있었던지, 잠시 꼼짝도 하지 않고 어떤 몽상에 잠겨 있던 나그네가 불현듯 발길을 돌려, 오던 길로 되돌아갔다. 자연이 적대적으로 보이는 순간들이 있다.

그가 도시로 되돌아왔다. 디뉴의 성문들이 닫혀 있었다. 종교전쟁 시절에, 여러 차례 포위 공격을 받으면서도 꿋꿋하게 견딘 디뉴 시는, 1815년까지도 정방형 보루들을 거느린 옛 성벽으로 둘러싸여 있었다. 그 이후에 사람들이 성벽을 허물었다. 나그네는 성벽의 틈 하나를 발견하였고, 그것을 통하여 시내로 돌아왔다.

저녁 여덟 시쯤 되었을 법하였다. 그는 도시의 길들을 모르는지라, 또다시 이리저리 무작정 걷기 시작하였다.

그렇게 도청이 있는 곳까지 이르렀다가, 다시 신학교 근처로 갔다. 주교구 대성당 앞 광장을 지나가며 그가 예배당을 향하여 주먹질을 하였다.

그 광장 한구석에 인쇄소 하나가 있었다. 나뽈레옹이 직접 구술하여 엘바 섬으로부터 가져온, 프랑스 전군에 내려진 황제 및 친위대의 포고문이, 그 인쇄소에서 처음으로 인쇄되었다.

피로에 기진하고 또 아무 희망도 없어, 나그네는 인쇄소 앞에 있는 커다란 돌의자 위에 벌렁 누웠다.

마침 그때 늙은 여인 하나가 예배당에서 나왔다. 어둠 속에 누워 있는 그를 보고 여인이 물었다.

"다정한 양반, 그곳에서 무얼 하고 계시오?"

그가 퉁명스럽게 화가 난 듯 대꾸하였다.

"착하신 여인이여, 보시다시피 잠을 자려고 하오."

'착하신 여인'이라는 말이 정말 어울리는 그 여인은 R. 후작 부인이었다.

"그 의자 위에서요?" 그녀가 다시 물었다.

"저는 십구 년 동안 목제 요만 깔고 잤는데, 오늘은 석제 요를 깔고 자려 하오."

"군인이셨나요?"

"예. 착한 여인이여, 군인이었소."

"왜 여인숙으로 가시지 않나요?"

"수중에 돈이 없기 때문이오."

"애석하게도 제 돈주머니에는 사 쑤밖에 없군요."

"그거라도 주시오."

나그네가 사 쑤를 받아 들었다. R.부인이 다시 그에게 말하였다.

"그 적은 돈으로는 여인숙에 묵을 수 없어요. 하지만 다른 방도는 찾아보지 않았나요? 그 돌 위에서 밤을 지새우기는 불가능해요. 춥고 시장하실 텐데. 딱하게 여겨 당신을 재워줄 사람도 있을 거예요."

"모든 집 문을 두드려보았소."

"그런데요?"

"어디에서든 나를 내쫓았소."

그러자 '착한 여인'이 나그네의 팔을 툭 치면서, 광장 건너편 주교궁 옆에 있는 작은 집을 가리켰다. 그리고 다시 말하였다.

"모든 집 문을 두드려보았다 하셨지요?"

"그렇소."

"저 집 문도 두드려보았어요?"

"아니요."

"저 집 문을 두드려보세요."

2. 지혜로움에게 권고된 신중함

그날 저녁, 디뉴의 주교님은, 일상 하는 시내 산책을 마치고, 상당히 늦게까지 자기의 방에 들어앉아 있었다. 그는 '의무들'에 관한 방대한 저술 작업에 골몰해 있었다. 불행하게도 그것이 완성되지 않은 상태로 남아 있었기 때문이다. 그는 초기 교회의 교부(敎父)들이나 저명한 신학자들이 그 중대한 문제에 대해 언급한 것들을 면밀히 검토하고 있었다. 그가 저술하려는 책은 두 부분으로 나뉘어 있었다. 첫 부분에서는 모든 사람들의 공통적인 의무들을, 그리고 두 번째 부분에서는 신분에 따른 각 개인의 의무들을 다루게 되어 있었다. 모든 사람들의 공통적인 의무는 큰 의무들이었다. 그 의무에는 네 가지가 있다. 마태오 성자가 그것들을 명시하고 있다. 신에 대한 의무들(「마태오」, 6장), 자신에 대한 의무들(「마태오」, 5장 29절, 30절), 이웃에 대한 의무들(「마태오」, 7장 12절), 피조물들에 대한 의무들(「마태오」, 6장 20절, 25절). 다른 의무에 관해서는 다른 책들에 명시되거나 규정된 것들을 찾아내었다. 군주들과 신민들의 의무는 「로마인들에게 보낸 편지」 속에 명시되어 있다. 관리들과 아내들과 어머니들과 젊은이들의 의무에 관해서는 베드로 성자가 언급한 것이 있다. 남편들과 아버지들과 자식들과 하인들의 의무에 관해서는 「에페소스인들에게 보낸 편지」에 언급되어 있다. 신자들의 의무는 「히브리인들에게 보낸 편지」에, 그리고 처녀들의 의무는 「코린토스인들에게 보낸 편지」에 제시되어 있다. 그는 그 모든 규칙들과 명령들을 하나의 조화로운 통합체로 만들어 영혼들에게 제시하려고, 부지런히 저술에 임하고 있었다.

그는 두꺼운 책 한 권을 펴서 무릎 위에 올려놓은 채, 상당히 불편한 자세로 작은 규격의 종이에 글을 쓰며, 저녁 여덟 시가 되었건만 아직도 일을 계속하고 있었다. 그때, 평소의 습관대로, 마글르와르 부인이 침대 옆 벽장에 있는 은제 식기들을 꺼내러 들어왔다. 잠시 후, 식탁이 차려졌을 것이고 또 누이가 자기를 기다리고 있으리라 생각한 주교는, 책을 덮고 책상에서 일어나 식당으로 들어갔다.

식당은 벽난로가 있는 기다란 방으로, 출입문은 길과 맞닿아 있었고(이미 한 말이다), 창문은 정원 쪽에 있었다.

나와 보니 마글르와르 부인이 정말 식탁 위에 식기들을 거의 다 놓았다.

그녀는 일을 하면서 바띠스띤느 아씨와 이야기를 하고 있었다.

식탁 위에 램프 하나가 놓여 있었고, 식탁은 벽난로 근처에 있었다. 벽난로의 불길이 상당히 좋았다.

나이 예순을 넘긴 그 두 여인의 모습을 뇌리에 그려보기란 쉬운 일이다. 마글르와르 부인은 체구가 작고 살집이 좋으며 활기가 넘쳤다. 조신하고 날씬하며 가냘픈 바띠스띤느 아씨의 키는 오라비보다 약간 컸고, 다갈색 비단 드레스를 입고 있었는데, 1806년에 유행하던 색깔로, 그해에 빠리에서 산 것을 아직도 입고 있었다. 표현하려면 한 페이지로도 오히려 모자랄 생각을 단 한 단어로 말할 수 있다는 장점을 가진 상스러운 표현들을 빌리거니와, 마글르와르 부인은 '촌여자' 티가 났고, 바띠스띤느 아씨는 '귀부인' 티가 났다. 마글르와르 부인은 주름이 멋진 하얀 헝겊 모자를 쓰고, 그 집에 있는 유일한 여인용 패물이라 할 수 있는 작은 황금 십자가를 목에 걸었으며, 거친 검정색 모직물로 지은 소매가 짧고 헐렁한 드레스로 인해 눈에 잘 띄는 매우 하얀 숄을 어깨에 걸쳤고, 붉은색과 초록색 격자무늬 면직으로 지은 앞치마를, 초록색 띠로는 허리 부분을 졸라매고 동시에 같은 천으로 이루어진 흉부(胸部)는 핀 둘을 이용하여 양쪽 어깨에 고정시켰으며, 마르세이유의 여인들처럼 투박한 신발과 노란색 스타킹을 신고 있었다. 바띠스띤느 아씨의 드레스는 1806년 모형으로 재단되었는데, 길이가 짧고 통이 좁으며, 긴 소매의 어깨심에는 작은 혀 모양으로 접어 감친 천 조각과 단추가 달려 있었다. 그녀는 자기의 회색 머리카락을, 당시 '아이답다'고들 하던 곱슬곱슬한 가발로 가렸다. 마글르와르 부인의 기색은 총명하고 활기 넘치며 선량하였다. 불균등하게 치켜 올려진 입의 양쪽 귀퉁이와 아랫입술보다 더 두툼한 윗입술이, 그녀의 얼굴에 퉁명스럽고 명령적인 그 무엇이 감돌게 하였다. 주교 예하께서 침묵하는 동안에는, 그녀가 존경심과 무람없음이 뒤섞인 어조로 그에게 과감히 말을 건넸으되, 예하께서 말씀을 시작하기가 무섭게, 이미 보았듯이, 그녀 또한 주인아씨처럼 맹목적으로 복종하였다. 바띠스띤느 아씨는 아예 말을 하지 않았다. 그녀는 복종하고 비위를 맞추는 것으로 일관하였다. 그녀는 젊었던 시절에도 아름답지 못하였던 바, 크고 푸른 눈은 툭 튀어나왔고 코는 길고 매부리처럼 구부러져 있었다. 하지만 그녀의 얼굴과 온몸에서는, 이야기를 시작하며 말한 바와 같이, 형언할 수 없는 착함이 발산되고 있었다. 그녀는 너그러움을 숙명적으로 타고났으며, 인간의 영혼을 조용히 덮혀 주는 세 가지 미덕, 즉 믿음과 자비와 소망이 그 너그러움을 차츰차츰 신성함으로 승화시켰다. 자연은 어린 암양 하나를 만들었을 뿐인데, 신앙이 그 암양을 천사로 변화시켰다. 가엾은 성녀! 사라진 아름다운 추억!

그 이후, 바띠스띤느 아씨가 그날 저녁 주교구에서 일어난 일들을 어찌나 자주 이야기했던지, 아직까지 생존한 몇몇 사람들은 아주 세세한 것들까지 기억하고 있다.

주교님이 식당으로 들어서던 순간, 마글르와르 부인의 어조가 조금 격앙되어 있었다. 그녀는, 자기의 관심사이며 주교도 자주 들어 익숙해진 문제를, 아씨에게 다시 제기하는 중이었다. 출입문의 걸쇠 문제였다.

저녁거리를 사러 나갔다가, 마글르와르 부인이 여러 곳에서 사람들이 하는 이야기를 들었던 모양이다. 험상궂은 떠돌이 하나를 두고 하는 이야기였다. 수상한 방랑자 하나가 도시로 들어와 시내 어디엔가 있을 것이며, 따라서 그날 밤 늦게 귀가하는 사람들은 자칫 좋지 않은 일을 당할 수도 있다는 것이었다. 또한 도지사와 시장이 서로 반목하는 고로, 어떠한 사건이든 터지게 하여 서로에게 해를 끼치게 할 궁리만 하며, 따라서 치안이 엉망이라고도 하였다. 그리하여 결국, 현명한 사람들이라면, 스스로 치안을 확보하고 자신을 지키며, 빗장을 지르고 방책을 세우는 등 집을 잘 봉해야 한다는 것이었다. 즉, '출입문들을 잘 닫아야' 한다는 것이었다.

마글르와르 부인은 그 마지막 말에 힘을 주었다. 그러나 자기의 방에서 추위에 시달리던 주교는 곧장 벽난로 앞으로 와 앉아서 불을 쬐며 다른 생각에 잠겼다. 그는 마글르와르 부인이 강조하여 발설한 말에 아무 대꾸도 하지 않았다. 그녀가 그 말을 반복하였다. 그러자 바띠스띤느 아씨가, 오라비의 심기를 건드리지 않고 마글르와르 부인을 흡족하게 해주려는 생각으로, 조심스럽게 한마디 하였다.

"오라버님, 마글르와르 부인이 하시는 말씀을 알아들으시겠어요?"

"나도 어렴풋이나마 들은 바가 있다네." 주교의 대답이었다.

그러더니, 의자의 방향을 반쯤 돌리고 두 손을 자기의 무릎 위에 얹은 다음, 불빛이 아래쪽으로부터 밝혀 주고 있던 다정하고 명랑한 얼굴을 늙은 하녀에게로 돌리며 말하였다.

"그래, 무슨 일이오? 무슨 일이 생긴 것이오? 그래서 우리가 무슨 큰 위험에 직면해 있는 것이오?"

그러자 마글르와르 부인이, 자신도 모르게 조금은 과장까지 하면서, 이야기를 처음부터 다시 시작하였다. 일종의 위험스러운 동냥꾼인 가난뱅이 떠돌이 하나가 그 도시에 들어와 있다고 하였다. 그자가 쟈껭 라바르의 여인숙에 가서 투숙하려 하였으나 거절당했다고 하였다. 그가 해 질 무렵에 가쌍디 대로를 따라 걷다가 이 거리 저 거리로 배회하는 것을 사람들이 보았다고 하였다. 얼굴이 험악하게 생긴 극악무도한 자라고도 하였다.

"그게 사실이오?" 주교가 물었다.

질문을 던질 만큼 동감하는 듯한 주교의 말에 마글르와르 부인이 용기를 얻었다. 주교 또한 놀랐다는 징후처럼 보였기 때문이다. 그녀가 의기양양하여 이야기를 계속하였다.

"예, 나리. 사실 그대로입니다. 이 도시에서 오늘 밤에 불행한 일이 생길 것이라고들 해요. 모두들 그래요. 그런데 치안은 엉망이래요. 산악 지방에 사는데, 거리에 야등조차 없다니! 외출들을 하는데! 그것도 곤드레만드레가 되어서! 그래서 말씀인데요, 나리, 아씨께서도 저처럼 말씀하시기를……."

그 순간 누이가 그녀의 말을 끊었다.

"저는 아무 말도 하지 않아요. 저는 오라버님이 하시는 일이 옳다고 생각해요."

마글르와르 부인은 그러한 반론을 못 들은 체하며 이야기를 계속하였다.

"제가 말씀드리는 것은 이 집이 전혀 안전하지 못하다는 사실이에요. 그래서 제가 자물쇠공 뽈랭 뮈즈부와에게 가서, 이 집의 출입문에 있던 빗장을 다시 설치해 달라고 하겠어요. 빗장들이 저기 있으니 단 일 분이면 충분해요. 그리고 다시 말씀드리지만, 나리, 오늘 밤만이라도 빗장은 필요해요. 왜냐하면, 아무나 밖에서 열 수 있는 걸쇠밖에 달리지 않은 출입문처럼 무서운 것은 없기 때문이에요. 게다가 나리께서는 항상 누구에게나 들어오라고 말씀하시는 것이 습관이셔서, 심지어 한밤중에도, 오! 맙소사! 누구든 허락을 기다릴 필요조차 없으니……."

바로 그때, 누가 출입문을 상당히 거세게 두드렸다.

"들어오시오." 주교가 말하였다.

3. 맹목적인 복종의 용맹성

출입문이 열렸다.

누가 그것을 힘차게 그리고 단호하게 밀기라도 한 듯 급작스럽게 활짝 열렸다.

어떤 남자 하나가 들어섰다.

그 남자를 우리는 이미 안다. 우리가 조금 전에 본, 잠자리를 찾아 헤매던 그 나그네이다.

그가 들어와서 한 걸음 내딛더니, 자기 뒤에 있는 문을 열린 채 내버려 두고 우뚝 멈추었다. 배낭을 메고 막대기를 손에 들었는데, 두 눈에는 거칠고 과감하고 피곤하고 맹렬한 표정이 가득하였다. 벽난로의 불빛이 그의 얼굴을 비추었다. 모습이 흉측스러웠다. 문득 나타난 음산한 유령이었다.

마글르와르 부인에게는 비명을 지를 기운조차 없었다. 몸서리를 치며 멍하니 바라볼 뿐이었다.

바띠스띤느 아씨도 고개를 돌렸다. 들어서는 남자를 보고 질겁을 하며 흠칫 상체를 일으켰다. 그러더니 다시 고개를 벽난로 쪽으로 천천히 돌려, 오라비를 유심히 바라보기 시작하였다. 그녀의 얼굴이 다시 지극히 고요하고 평안해졌다.

주교가 평온한 시선으로 남자를 쳐다보았다.

그가, 낯선 남자에게 원하는 것이 무엇이냐고 물으려 입을 여는데, 남자가 두 손으로 막대기를 짚고 서서 노인과 여인들을 번갈아 바라보더니, 주교가 무슨 말을 하기도 전에, 자기가 먼저 큰 소리로 말을 하기 시작하였다.

"저를 소개하겠습니다. 저의 이름은 쟝 발쟝입니다. 저는 도형수입니다. 저는 도형장에서 십구 년을 보냈습니다. 저는 나흘 전에 풀려나, 저의 목적지인 뽕따를리에로 가는 중입니다. 뚤롱을 출발하여 걷기 시작한 지 나흘 되었습니다. 오늘은 일백이십 리를 걸었습니다. 오늘 저녁, 이 고장에 도착한 직후, 어느 여인숙에 들어갔습니다. 제가 시청에 보여 준 황색 통행증 때문에 저를 받아주지 않았습니다. 시청에 저의 황색 통행증을 보여 주어야 했습니다. 저는 다른 여인숙으로 갔습니다. '꺼져!' 저에게 그렇게 말하였습니다. 이 집에서나 저 집에서나, 아무도 저를 받아주려 하지 않았습니다. 저는 감옥으로 갔습니다. 간수가 문을 열어주지 않았습니다. 그다음 개집으로 들어갔습니다. 그곳의 개가, 마치 자기가 사람인 양, 저를 물고 내쫓았습니다. 그 개도 제가 누구인지를 아는 것 같았습니다. 저는 별들 아래에서 자려고 들판으로 나갔습니다. 그런데 별이 없었습니다. 저는 곧 비가 내릴 것이라 생각하였습니다. 하지만 비가 내리지 못하게 막아줄 착한 신은 없다고 생각하였습니다. 그래서 어느 대문의 움푹 들어간 구석이나마 찾을 수 있을까 생각하며 시내로 다시 돌아왔습니다. 저쪽 광장에 있는 돌 위에서 자려고 하였습니다. 어느 착한 여인이 댁의 집을 가리키며 저에게 말하였습니다. '저 집 문을 두드려보세요.' 그래서 두드렸습니다. 여기는 뭐 하는 곳입니까? 여인숙입니까? 저에게 돈이 좀 있습니다. 제가 모은 재산입니다. 십구 년 동안 도형장에서 일하여 번 일백구 프랑 십오 쑤입니다. 숙박비를 지불하겠습니다. 그것이 저에게 무슨 문제가 되겠습니까? 저에게 돈이 있는데. 몹시 피곤합니다. 일백이십 리를 걸었습니다. 몹시 배가 고픕니다. 제가 이곳에 머물러도 되겠습니까?"

"마글르와르 부인, 식기 한 벌 더 놓으시오." 주교가 말하였다.

남자가 세 걸음을 더 옮겨, 식탁 위에 있던 램프 가까이로 다가왔다. 그리고 주교가 한 말의 뜻을 이해하지 못한 듯, 다시 말하였다.

"잘 들어보십시오, 그것이 아닙니다. 제대로 알아들으셨습니까? 저는 도형수입니다. 강제 노동을 한 죄수입니다. 저는 도형장에서 왔습니다."

그가 호주머니에서 커다란 황색 종이 한 장을 꺼내어 펴면서 말하였다.

"이것이 저의 통행증입니다. 보시다시피 황색입니다. 제가 어디를 가나 쫓겨나는 데 유용합니다. 읽어보시겠습니까? 저도 읽을 줄 압니다. 도형장에서 배웠습니다. 그곳에도 원하는 사람들을 위해 세운 학교 하나가 있습니다. 보세요, 통행증에 이렇게 쓰여 있습니다. '쟝 발쟝, 석방된 강제 노역수, 출생지······.' 어디든 댁과는 상관없는 일이지요······. '도형장에 십구 년 동안 있었음. 절도 및 가택 침입으로 오 년. 도주 미수 네 번, 십사 년. 이 사람은 매우 위험함.' 보세요! 모든 사람들이 저를 밖으로 내던졌습니다. 댁은 저를 받아주시겠습니까? 여기 여인숙입니까? 먹을 것과 잠잘 곳을 주시겠습니까? 이 댁에 외양간 있습니까?"

"마글르와르 부인, 협실에 있는 침대에 하얀 시트들을 깔아두시오." 주교가 말하였다.

두 여인이 주교에게 어떻게 복종하는지는 이미 설명한 바 있다.

마글르와르 부인이 그의 지시를 받들기 위하여 나갔다.

주교가 다시 남자를 바라보며 말하였다.

"공(公)[6]이시여, 앉아서 불을 쬐시오. 잠시 후에 함께 식사를 합시다. 그리고 식사를 하시는 동안, 주무실 잠자리를 보아드릴 것이오."

그제서야 남자가 일의 실상을 완전히 깨달았다. 그때까지 음울하고 굳어 있던 그의 표정에, 경악과 의혹과 기쁨이 뒤섞여 어리며, 그의 모습이 기이하게 변하였다. 그는 실성한 사람처럼 더듬거리기 시작하였다.

"정말입니까? 아니! 저를 받아주십니까? 저를 내쫓지 않으십니까? 도형수인데! 저를 '공'이라고 부르시다니! 저에게 반말도 하지 않으시다니! '꺼져, 개야!' 항상 저에게 그렇게들 말하였습니다. 저는 당신이 저를 쫓아낼 것이라 생각하였습니다. 제가 누구인지 즉시 말씀드렸으니까요. 오! 저에게 이곳을 일러준 마음씨 착한 여인! 제가 저녁을 먹다니! 침대까지! 매트와 시트를 갖춘 침대까지! 다른 모든 사람들처럼! 침대에서 자지 못한 지 십구 년인데! 제가 꺼져버리기를 원하지 않으시다니! 고상한 분들이십니다! 게다가 저에게는 돈이 있습니다. 비용을 정직하게 지불하겠습니다. 참, 여인숙 주인 나리, 존함을 가르쳐주시겠습니까? 요구하시는 대로 지불하겠습니다. 정말 친절한 분이십니다. 여관 주인이시죠? 그렇지 않습니까?"

"저는 이곳에 사는 사제입니다." 주교가 대답하였다.

"사제라! 오! 인품 좋은 사제! 그러면 저에게 돈을 요구하지 않으시겠지요? 주임사제, 그렇지 않아요? 이 커다란 교회당의 사제? 이런! 그래 맞아, 내가 멍청이지! 당신의 빵모자를 미처 못 보았어요!"

그렇게 계속 지껄이면서 그가 자기의 배낭과 막대기를 한구석에 내려놓았다. 그런 다음 통행증을 주머니에 다시 넣고 자리에 앉았다. 바띠스띤느 아씨가 온화한 눈길로 그를 찬찬히 뜯어보았다. 그가 계속 지껄였다.

"주임사제님, 정말 인정이 많으십니다. 사람을 멸시하지 않으시는군요. 사제란 정말 좋은 거군요. 그래, 제가 돈을 낼 필요가 없다는 겁니까?"

"그러실 필요 없소. 당신의 돈은 잘 간직해 두시오. 가지고 계신 것이 얼마라고 하셨지요? 일백구 프랑이라고 하지 않으셨던가요?"

"그리고 십오 쑤." 남자가 얼른 덧붙였다.

"일백구 프랑 십오 쑤라. 그런데 그것을 버는 데 얼마가 걸렸다 하셨지요?"

"십구 년."

"십구 년!"

주교가 깊은 한숨을 지었다.

남자가 말을 이었다.

"아직 그 돈이 고스란히 남아 있습니다. 지난 나흘 동안 이십오 쑤밖에 쓰지 않았는데, 그 돈은 그라쓰에서 마차꾼들의 짐 내리는 일을 도와주고 번 것입니다. 당신이 신부님이시니 말씀드리는데, 도형장에도 저희들의 부속 사제가 있습니다. 그리고 어느 날 저는 주교 하나를 보았습니다. 모두들 그를 나리라고 불렀습니다. 마르세이유에 있는 마조르 성당의 주교라고들 하였습니다. 사제들 위에 있는 사제라고도 하였습니다. 죄송합니다, 제가 그런 이야기는 할 줄 몰라서, 하지만 너무 낯선 이야기인지라! 이해하시겠지만, 우리들 같은 사람들은! 그가 도형장 가운데에 있는 제단 위에서 미사를 드렸는데, 그는 금으로 만든 뾰족한 것을 머리에 쓰고 있었습니다. 정오의 쨍쨍한 햇볕을 받아 그것이 눈부시게 반짝거렸습니다. 우리들은 열을 지어 서 있었고, 우리들을 삼면에서 대포가 겨누고 있었는데, 군인들은 심지에 불을 당겨서 들고 있었습니다. 우리들에게는 주교가 잘 보이지 않았습니다. 그가 무슨 말을 하였지만, 너무 멀리 떨어져 있어서, 우리들은 아무것도 듣지 못하였습니다. 제가 아는 주교라는 것이 그러했습니다."

그가 말을 하는 동안, 활짝 열려 있던 문을 주교가 밀어서 지치었다.

마글르와르 부인이 돌아왔다. 가지고 온 식기 한 벌을 식탁 위에 차려놓았다. 주교가 그녀에게 말하였다.

"마글르와르 부인, 그 식기들을 불 가장 가까운 쪽에 놓으시오."

그리고 다시 객을 돌아보며 한마디 하였다.

"알프스 지역의 밤바람은 혹독합니다. 공께서도 무척 추우시죠?"

주교가 온화하되 엄숙하고 친근감 넘치는 음성으로 '공'이라는 말을 할 때마다, 남자의 얼굴에 화기가 돌았다. 도형수에게 '공'이라니, 그것은 난파선 메뒤즈 호의 승객들에게 주는 물 한 잔과 같았다.[7] 치욕은 예우를 목말라하는 법이다. 주교가 다시 말하였다.

"램프의 불빛이 너무 어둡군."

마글르와르 부인이 그 말의 뜻을 즉각 알아들었다. 그녀는 주교의 침실 벽난로 위에 있던 은촛대 둘을 가져와, 불을 켠 다음 식탁 위에 올려놓았다.

남자가 말하였다.

"주임사제님, 당신은 좋은 분이십니다. 당신은 저를 멸시하지 않으십니다. 당신은 당신의 집에 저를 받아들이십니다. 당신은 저를 위하여 촛불을 켜십니다. 하지만 저는 이미 당신에게, 제가 어디에서 왔는지를, 그리고 제가 불운한 사람임을 감추지 않고 털어놓았습니다."

그의 곁에 앉아 있던 주교가 그의 손을 부드럽게 건드리면서 말하였다.

"당신은 자신이 누구인지 저에게 밝히지 않으실 수도 있었습니다. 이곳은 저의 집이 아니고, 구세주이신 예수님의 집입니다. 저 문은, 저곳으로 들어오는 사람에게 이름이 무엇이냐고 묻지 않고, 혹시 어떤 괴로움이 있느냐고 묻습니다. 당신은 고통스러워하십니다. 즉, 배고픔과 목마름에 시달리십니다. 잘 오셨습니다. 그리고 저에게 고맙다고 하지 마십시오. 또한 제가 당신을 저의 집에 받아들였다는 말씀도 하지 마십시오. 피신처를 필요로 하는 사람 이외에는, 아무도 이곳을 자기의 집이라 할 수 없습니다. 이곳을 지나가시는 당신에게 말씀드리거니와, 이곳은 저의 집이기보다 당신의 집입니다. 이곳에 있는 모든 것은 당신의 것입니다. 제가 당신의 이름을 알아야 할 하등의 필요가 있습니까? 게다가, 당신이 그것을 저에게 알려 주시기 전부터 이미 당신은 제가 아는 이름 하나를 가지고 계셨습니다."

남자가 놀란 듯 눈을 휘둥그레 떴다.

"사실입니까? 저의 이름을 벌써 알고 계셨습니까?"

"그렇습니다. 당신의 이름은 저의 형제라 합니다."

"보세요, 주임사제님!" 남자가 외쳤다. "이곳에 들어올 때는 몹시 시장하였습니다. 하지만 당신이 어찌나 좋은 분으로 보이던지, 어찌된 영문인지는 모르지만, 시장기가 사라졌습니다."

주교가 그를 그윽하게 바라보면서 말하였다.

"고초가 크셨지요?"

"오! 붉은 죄수복, 발목에 매달린 쇠공, 취침용 널빤지, 더위, 추위, 노동, 간수들, 몽둥이세례! 걸핏하면 채우는 두 겹 쇠사슬. 한마디 삐끗하면 들어가야 하는 지하 감방. 병들어 누워도 쇠사슬. 개들이 오히려 운수가 더 좋습니다! 십구 년! 제 나이 마흔여섯입니다. 이제는 황색 통행증까지! 이 꼴입니다."

"그래요, 당신은 슬픈 곳으로부터 빠져나오셨습니다. 제가 드리는 말씀 잘 들어보세요. 의인 일백 인의 하얀 옷보다는, 뉘우치는 한 죄인의 눈물에 젖은 얼굴을 위해, 하늘에서는 더 큰 기쁨을 준비해 두었습니다. 만약 당신이, 그 고통스러운 곳으로부터 나오시면서, 인간에 대한 증오와 노여움을 품으셨다면, 당신은 정말 가련한 분입니다. 반면, 만약 당신이 그곳으로부터 나오시면서 호의와 온화함과 마음의 평정을 품으셨다면, 당신은 우리들 중 그 누구보다도 귀한 분이십니다."

그동안 마글르와르 부인이 저녁상을 다 차렸다. 물과 기름과 빵과 소금을 넣은 수프, 약간의 비계, 양고기 한 조각, 무화과, 신선한 치즈, 커다란 호밀빵 한 덩이 등이었다. 그녀는 주교님의 평소 식단에다, 오래된 모브산 포도주 한 병을 임의로 추가하였다.

문득 주교의 얼굴에 손님 접대를 좋아하는 이들 특유의 즐거운 표정이 스쳤다. 그가 쾌활한 어조로 말하였다.

"자, 식탁으로!"

방문객과 함께 식사를 할 때의 평소 습관대로, 그는 나그네를 자기의 오른쪽에 앉혔다. 바띠스띤느 아씨는 고요하고 자연스럽게 오라비의 왼쪽에 앉았다.

주교가 식사 전 기도를 올린 다음, 평소의 습관대로 손수 수프를 떠서 돌렸다. 남자가 게걸스럽게 먹기 시작하였다.

문득 주교가 한마디 하였다.

"그런데 식탁에서 한 가지가 빠졌군."

마글르와르 부인이 필요한 식기 세 벌만 놓은 것은 사실이었다. 주교가 어떤 사람을 저녁 식사에 초대할 경우, 식탁 위에 은제 식기 여섯 벌을 놓는 것이 그 집의 관례였음에도 말이다. 물론 천진스러운 과시에 불과하였다. 그 정중한 사치의 가장(假裝)은, 가난을 고결함으로 승화시키는 온화하고 엄숙한 그 집에서만 볼 수 있는, 매력적인 일종의 어린애 장난이었다.

마글르와르 부인이 그 지적을 즉각 알아차리고 말없이 식당 밖으로 나갔다. 잠시 후, 식사를 하고 있던 세 사람 앞에, 주교가 요청한 식기 세 벌이 대칭을 이루며 놓여 반짝거렸다.

4. 뽕따를리에의 치즈 제조소 이야기

이제, 그 식탁에서 일어난 일들을 짐작하게 해줄 수 있는 방편으로, 바띠스띤느 아씨가 부와셰브롱 부인에게 보낸 편지의 일부를 여기에 옮겨 적는 것이 최선이라 여기는 바, 그 편지에는 도형수와 주교간의 대화가 우직하리만큼 상세하게 기록되어 있다.

......그 남자는 아무에게도 전혀 신경을 쓰지 않았습니다. 그는 굶주린 사람처럼 맹렬히 먹기만 하였습니다. 하지만 수프를 먹고 난 다음 그가 이렇게 말하였습니다.

"착한 신의 사제님, 이 모든 것이 저에게는 과분하리만큼 너무 좋습니다. 그러나, 저와 함께 먹기를 거부하던 그 짐마차꾼들이, 이 댁에서보다 더 질탕하게 먹는다는 점만은 말씀드려야겠습니다."

터놓고 드리는 말씀이지만, 그의 지적이 저에게는 약간 충격적이었습니다. 오라버님이 그 말에 대꾸하셨습니다.

"그들은 저보다 더 큰 노고를 감당합니다."

그러자 그 남자가 말하였습니다.

"아닙니다. 그들에게 돈이 더 많기 때문입니다. 당신은 가난합니다. 제가 보기에도 뻔합니다. 아마 당신은 주임사제도 아닐지 모르겠습니다. 주임사제이기나 하십니까? 아! 젠장, 그 착한 신이 공정하다면 당신은 마땅히 주임사제서야 합니다."

"착하신 신께서는 공정하신 것 이상이십니다."

그리고 잠시 후 오라버님이 덧붙이셨습니다.

"쟝 발쟝 씨, 뽕따를리에로 가신다고 하셨던가요?"

"정해 준 길로 가야 합니다."

그 남자가 그렇게 말한 것 같습니다. 그러면서 다시 말하였습니다.

"내일 새벽에 저는 다시 길을 떠나야 합니다. 여정이 몹시 힘듭니다. 밤에는 춥고 낮에는 덥습니다."

그 말에 오라버님이 말씀하셨습니다.

"좋은 고장으로 가십니다. 대혁명이 터져 저의 집안이 몰락하였을 때, 저는 프랑슈-꽁떼 지방으로 피신하여 한동안 노동을 하며 살았습니다. 저는 성실하였습니다. 그곳에서 일거리를 얻었습니다. 마음에 드는 일을 고르기만 하면 됩니다. 그곳에는 제지 공장, 피혁 공장, 알코올 증류소, 시계 공장, 강철 제품 공장, 구리 제품 공장 이외에, 철물 공장이 적어도 이십여 개는 있는데, 특히 로와 샤띠용 및 오댕꾸르에 있는 넷이 상당히 큽니다……."

오라버님이 말씀하신 지명들을 제가 잘못 들었다고는 생각하지 않습니다. 오라버님이 그렇게 말씀하시다 말고 저에게 물으셨습니다.

"누이, 그 고장에 우리의 친척들이 없는가?"

제가 오라버님께 말씀드렸습니다.

"전에는 있었어요. 구왕조 시절에 뽕따를리에의 관문 책임자였던 뤼쓰네 씨도 그들 중 한 분이에요."

"그렇지, 93년에는 더 이상 친척들이 없었지. 나에게 있었던 것은 두 팔뿐이었지. 나는 노동을 하였어. 쟝 발쟝 씨, 가신다고 하는 뽕따를리에 지역에는 태곳적이면서 매력적인 산업 하나가 있습니다. 그 것은 치즈 제조업인데, 누이도 들어봐요, 그 지역 사람들은 '낙농품 제조 조합'이라고 부르기도 합니다."

그러더니 오라버님께서는, 그 남자가 식사를 하는 도중이건만, 뽕따를리에의 '낙농품 제조 조합'이라는 것이 무엇인지를 상세히 설명하셨습니다.

"그것은 두 종류가 있습니다. 우선 '큰 헛간'이라고 하는 것이 있는데, 그것은 부자들의 소유로, 젖소의 수가 사오십에 이르며, 한여름 동안에 치즈 칠팔천 개를 생산합니다. 그리고 '협동 제조소'라는 것은 가난한 사람들의 것입니다. 그들은 산악 중간 지역에 사는 농사꾼들인데, 젖소를 공동으로 먹여 그 산물을 분배합니다. 그들은 치즈 제조 기술자를 공동으로 고용하는데, 그 지방 말로 '그뤼랭'[8]이라 하며, 그뤼랭은 조합원들로부터 매일 세 차례씩 우유를 받아, 그 양을 나무 두 조각[符木]에 새겨 기록합니다. 치즈 제조소의 일은 4월 말 경에 시작되고, 6월 중순 경에는 치즈 제조 기술자들이 그들의 소를 몰고 산속으로 들어갑니다."

나그네는 식사를 하면서 활기를 되찾았습니다. 오라버님은, 값이 비싼 포도주라고 하시며 마시지 않던 모브 지역 포도주를, 그 남자에게 대접하셨습니다. 오라버님은 치즈 제조에 관한 상세한 이야기를, 부인께서도 잘 아시는 그분 특유의 편안하고 쾌활한 어투로, 그 사람에게 들려주셨으며, 저에게 하시는 말씀도 간간이 우아하게 섞으셨습니다. 그러시면서 '그뤼랭'이라는 그 좋은 직업에 대해 특별히 자주 말씀을 하셨습니다. 마치 그 남자가, 직설적으로 또 딱딱하게 권하지 않더라도, 그 직업이 자기에게 좋은 안식처가 될 수 있음을 깨닫기 바라시는 것 같았습니다. 저를 놀라게 한 것이 하나 있습니다. 그 남자는 제가 말씀드린 그런 사람이었습니다. 그렇건만! 저녁을 먹는 동안에도, 그리고 그 이후에도, 오라버님께서는 우연히 말이 나온 예수에 관한 몇 마디 언급 이외에는, 그 남자로 하여금 자신의 모습을 상기하게 할 말이나, 오라버님이 누구인지를 눈치채게 할 말은 단 한마디도 하지 않으셨습니다. 언뜻 보기에는, 약간의 설교를 한다든가, 혹은 그렇게 하여 도형수 위에 주교라는 인장을 눌러, 지나간 흔적을 남기기에 좋은 기회이기도 하였습니다. 다른 사람들에게는 아마 그렇게 보였을 것입니다. 그 불운한 사람이 수중에 들어와 있으니, 육신의 양식을 주는 동시에 영혼의 양식을 주면서, 훈계와 조언으로 양념한 나무람이나, 앞으로는 더 나은 처신을 하라고 하는 격려와 연민을 곁들일 좋은 기회라고들 여겼을 것입니다. 하지만 오라버님은 그의 고향조차 묻지 않으셨습니다. 그의 과거를 묻지 않으셨음은 물론입니다. 그의 과거 속에 그의 죄가 있기 때문인 것 같았고, 오라버님은 그로 하여금 자신의 과거를 회상하게 해줄 위험이 있는 것은 피하려 하시는 것 같았습니다. 오라버님의 그러한 노력이 어느 정도였는가 하면, 어느 순간에는, '하늘 가까이에서 조용한 일에 종사하며, 죄를 짓지 않아 행복한' 뽕따를리에 산골 사람들에 관하여 말씀하시다가 문득 멈추시기도 하였습니다. 당신의 입에서 나온 그 말에 혹시 나그네의 마음을 상하게 할 만한 것이 있을까 염려하셨기 때문입니다. 그 일을 곰곰이 생각해 보니, 오라버님의 심정을 스친 것이 무엇인지 이해할 수 있었습니다. 오라버님은 분명, 쟝 발쟝이라는 사람이 자신의 비참함을 너무나 뇌리에 생생하게 간직하고 있기 때문에, 그를 그것으로부터 해방시키고, 비록 잠시 동안만이라도 그를 평범한 사람처럼 대하여, 그가 자신도 다른 이들과 다름없는 사람이라고 믿도록 해주는 것이 최선이라고 생각하셨을 것입니다. 자비라는 것을 진정 올바르게 깨달은 분의 거조 아니겠습니까? 너그러우신 부인, 설교와 훈계와 빗댄 이야기 등을 삼가는 그러한 섬세함 속에 진정 복음과 같은 그 무엇이 있지 않겠습니까? 또한 가장 좋은 위로란, 어떤 사람이 고통스러워하는 부분을 절대 건드리지 않는 것 아니겠습니까? 오라버님의 심중에 있던 생각이 그러했던 것 같습니다. 제가 말씀드릴 수 있는 것은, 어떠한 경우에도, 오라버님은 그러한 생각을, 심지어 저에게도, 전혀 내색하지 않으셨다는 사실입니다. 오라버님은 처음부터 끝까지 다른 날 저녁과 같으셨으며, 사제장 제데옹 씨나 주임사제님과 함께 저녁 식사를 하실 때와 다름없는 태도와 기색으로 그 쟝 발쟝과 함께 식사를 하셨습니다.

  식사가 끝나갈 무렵, 무화과를 먹고 있는데, 누가 문을 두드렸습니다. 아이를 안고 온 제르보 아주머니였습니다. 오라버님이 아이의 이마에 입을 맞추신 다음, 저에게서 십오 쑤를 빌려 제르보 아주머니에게 주셨습니다. 그러는 동안 낯선 남자는 아무것에도 별 신경을 쓰지 않았습니다. 더 이상 말도 없었고, 몹시 피곤해 보였습니다. 가엾고 늙은 제르보 아주머니가 돌아가자, 오라버니가 식후의 기도를 올린 후, 나그네를 돌아보며 그에게 말씀하셨습니다. "침대 생각이 절실하겠소." 마글르와르 부인이 서둘러 식탁을 치웠습니다. 저는, 나그네가 잠자리에 들도록 우리들이 물러가야 한다는 것을 깨달았고, 그래서 저희들 두 여인은 위층으로 올라갔습니다. 하지만 잠시 후, 저의 침실에 있던 슈바르츠발트산 노루 모피를 마글르와르 부인에게 건네며, 그것을 나그네의 침대에 깔아주라고 하였습니다. 밤의 날씨가 차가워도 그것이 온기를 가두어줍니다. 그 모피가 낡아 유감입니다. 털이 빠지기 시작하였습니다. 오라버님이 알라마니아에 계실 때,

다뉴브 강 발원지 근처인 토틀링겐에서, 지금도 제가 식탁에서 사용하는 손잡이를 상아로 만든 작은 칼과 함께 그것을 사셨습니다.

　마글르와르 부인은 내려가기가 무섭게 다시 올라왔고, 빨래 너는 데 사용하는 거실에서 저희들은 함께 기도를 한 후, 서로에게 아무 말도 하지 않고 각자의 침실로 들어갔습니다.

5. 평온함

　누이에게 잘 자라고 인사를 한 후, 비앵브뉘 예하께서는 식탁에 놓여 있던 은촛대 둘 중 하나를 집어 들고, 다른 하나는 손님에게 건네면서 말하였다.

　"공이시여, 제가 침실로 안내해 드리겠습니다."

　나그네가 그의 뒤를 따랐다.

　훨씬 앞에서 이야기한 바와 같이, 그 집의 내부 구조 때문에, 협실이 있는 예배실로 들어가거나 그곳에서 나오려면, 주교의 침실을 거쳐야 했다. 그들이 주교의 침실을 가로지르는 동안, 마글르와르 부인은 침대 머리맡에 있는 벽장에 은제 식기들을 다시 정돈해 넣고 있었다. 그녀가 매일 저녁 잠자리에 들기 전에 하는 마지막 일이었다.

　주교가 손님을 협실로 들여보냈다. 하얗고 깨끗한 잠자리가 마련되어 있었다. 나그네가 촛대를 작은 탁자 위에 놓았다. 주교가 그에게 말하였다.

　"안녕히 주무시오. 내일 아침, 떠나시기 전에, 우리의 젖소에서 짠 따뜻한 우유 한잔 드시오."

　"고맙습니다, 사제님." 나그네의 답례였다.

　그런데, 평온함 가득한 그 말을 하는가 했더니, 문득 그리고 대번에, 그가 기이한 거조를 보였다. 그 성스러운 두 여인이 그 장면을 보았다면 아마 두려움에 얼어붙었을 것이다. 그 순간 도대체 그가 무엇에 이끌렸었는지, 오늘날에 이르러서도 짐작하기 어렵다. 어떤 경고를 하려 했던 것일까 혹은 위협하려 했던 것일까? 자신에게도 모호한 본능적 충동에 단순히 복종한 것이었을까? 그가 노인을 향해 획 돌아서더니 천천히 팔짱을 끼었다. 그리고 사나운 시선으로 주인을 쏘아보면서 탁한 음성으로 내뱉듯이 말하였다.

"여봐! 정말로! 당신이 나를 당신의 집에, 당신 곁에, 이렇게 재워 준다는 말이지!"

그가 잠시 멈추었다. 그리고 괴물 같은 그 무엇이 느껴지는 웃음을 터뜨리며 덧붙였다.

"신중히 생각해 보셨소? 내가 이미 살인을 하지 않았다고 누가 당신에게 장담할 수 있겠소?"

주교가 천천히 천장을 바라보며 대답하였다.

"그것은 착하신 신의 일이라오."

그런 다음, 엄숙하게, 또 기도하는 사람이나 독백하는 사람처럼 입술을 우물거리며, 오른손의 손가락 둘을 세워 나그네를 위해 신의 가호를 빌었다. 남자는 그러나 몸을 낮추지 않았고, 주교는 그러고 나서 뒤를 돌아보지도 않고 자기의 침실로 돌아갔다.

협실에 누가 있을 경우에는, 서지로 마름질한 커다란 커튼 두 폭을 당겨서 예배실의 제단을 가려두었다. 주교가 지나는 길에 커튼 앞에서 무릎을 꿇으며 짧은 기도를 올렸다.

잠시 후 그는 정원으로 나와, 밤이면 신께서 아직도 열려 있는 눈들에게 보여 주시는 위대하고 신비한 것들에 영혼과 사념을 몽땅 기울여, 명상하고 꿈꾸며 거닐고 있었다.

한편 나그네는, 진정 너무나 지친 나머지, 편안하고 하얀 이부자리를 음미할 겨를도 갖지 못하였다. 그는 도형수들의 방법대로 촛불을 콧바람으로 끈 다음, 옷을 몽땅 입은 채 침대 위에 쓰러져 이내 깊은 잠 속으로 빠져들었다.

주교가 정원에서 다시 돌아왔을 때 자정을 치는 소리가 들렸다.

몇 분 후, 그 작은 집 안에 있는 모든 것들이 잠들었다.

6. 쟝 발쟝

한밤중에 쟝 발쟝이 잠에서 깨어났다.

쟝 발쟝은 브리 지방의 어느 가난한 농사꾼 가정에서 태어났다. 어린 시절에 그는 글을 배우지 못하였다. 성인이 되자 그는 화브롤에서 나무의 곁가지 치는 일을 하였다. 그의 모친 이름은 쟌느 마뜌였고, 부친의 이름은 쟝 발쟝이었는데, 때로는 블라 쟝이라고 부르기도 하였다. 블라 쟝은 아마 '부왈라 쟝'[9]의 축약형인 모양이었고, 그의 별명이 되었다.

쟝 발쟝은 구슬프지는 않으나 자주 생각에 잠기는 성품이었다. 다정한 천성의 특징이다. 하지만 쟝 발쟝은 한마디로, 최소한 겉보기에는, 상당히 둔하고 개성이 없었다. 그는 아주 어린 나이에 아버지와 어머니를 잃었다. 그의 어머니는 제대로 치료하지 못한 젖몸살로 세상을 떠났다. 그처럼 나무의 곁가지 치는 일을 하던 그의 아버지는 나무에서 추락하여 목숨을 잃었다. 쟝 발쟝에게 남은 혈육이라곤 손위 누이 하나뿐이었는데, 그녀는 훗날 남녀 아이들 일곱을 거느린 과부가 되었다. 그 누이가 쟝 발쟝을 길렀고, 남편 생존 시에는 어린 남동생을 먹이고 돌보는 데 어려움이 없었다. 그런데 그녀의 남편이 문득 세상을 떠났다. 그 당시 큰 아이의 나이가 여덟 살이었고, 막내는 한 살이었다. 쟝 발쟝의 나이 스물다섯 되던 해였다. 그가 아이들의 아버지를 대신하게 되었고, 자기를 길러준 누님의 버팀목이 되었다. 그러한 일은 하나의 의무처럼 자연스럽게 이루어졌고, 쟝 발쟝이 그 역할을 조금은 퉁명스럽게 받아들였다. 그의 젊음은 그렇게 거칠고 보수 적은 노동 속에서 소진되어 갔다. 그 고장 사람들 중에서 그에게 '착한 여자 친구'가 있다는 말을 들은 사람은 아무도 없다. 그에게는 연정에 빠질 여가가 없었다.

그는 저녁이면 지친 몸으로 돌아와 아무 말 없이 자기 몫의 음식을 먹었다. 그의 누님 쟌느 아주머니는, 그가 먹는 동안에도, 그의 그릇에서 고깃덩이나 비계 조각 혹은 양배추 고갱이 등, 가장 맛있는 것들을 집어다가 아이들 중 하나에게 주는 일이 잦았다. 하지만 그는, 얼굴이 그릇에 처박힐 정도로 상체를 식탁 위로 숙인 채, 긴 머리카락이 식기를 감싸 덮고 그의 눈을 가리도록 내버려 둔 채, 묵묵히 계속 먹기만 하면서, 아무것도 못 본 체하며 그대로 내버려두었다. 화브롤에는, 발쟝이 살던 초가로부터 멀지 않은 곳에, 좁은 길 건너편에, 마리-끌로드라고 하는 농사꾼 여인이 살고 있었다. 발쟝이 돌보던 아이들은, 항상 배가 고팠던지라, 가끔 마리-끌로드에게 가서 엄마의 이름을 팔아 우유 한 뺑뜨[10]를 꾸어서, 어느 생울타리 뒤나 오솔길 후미진 곳에서 그것을 마셨고, 우유 그릇을 서로 빼앗으며 어찌나 허겁지겁 마셨던지, 우유를 앞치마나 실개천에 흘리기도 하였다. 만약 아이들의 엄마가 그러한 행각을 알았다면, 그 가벼운 잘못을 가혹하게 다스렸을 것이다. 평소에 무뚝뚝하고 퉁명스러워 보이는 쟝 발쟝이 아이들의 엄마 모르게 마리-끌로드에게 우유값을 지불하였고, 그 덕에 아이들은 벌을 면하곤 하였다.

곁가지 치는 계절에 그가 받는 일당은 이십오 쑤였다. 그 계절이 끝나면 수확을 돕는 일꾼이나 목축업자의 잡역부로 품을 팔았으며, 어떠한 중노동도 마다하지 않았다. 무슨 일이든 닥치는 대로 하였다. 그의 누님 또한 일을 하였다. 그러나 일곱 아이들을 데리고 있으니 어찌하랴? 빈곤이 둘러싸고 조금씩 조이는 서글픈 인간 집단이었다. 그러던 중 어느 해 겨울이 유난히 혹독했다. 쟝에게는 일거리가 없었다. 집에는 빵이 없었다. 글자 그대로 입에 넣을 빵이 없었다. 그런데 아이는 일곱이었다!

어느 날 저녁, 화브롤의 교회당 광장 주변에 있는 빵집 주인 모베르 이자보가 막 잠자리에 들었는데, 쇠창살과 유리창으로 두른 진열대에서 요란한 소리가 들렸다. 그가 한순간도 놓치지 않고 달려가 보니, 주먹질에 뚫린 창살과 유리 구멍으로 팔 하나가 들어와 있었다. 그 팔이 빵 하나를 집어 가져갔다. 이자보가 서둘러 밖으로 나왔다. 도둑은 가랑이가 찢어져라 도망을 치고 있었다. 이자보가 따라가 도둑을 잡았다. 도둑은 이미 빵을 버렸으나, 그의 팔은 아직도 피투성이였다. 그는 쟝 발쟝이었다.

그 일이 1795년[1]에 일어났다. 쟝 발쟝은 '절도 및 야간 가택 침입'이라는 혐의를 받아 당시의 법정에 서게 되었다. 그에게는 총 한 자루가 있었는데, 그것을 합법적이지 못한 일에 사용하고 있었다. 그는 일종의 밀렵꾼이었다. 그 사실이 그에게 불리하게 작용하였다. 밀렵꾼들에 대해서는 합법적인 편견이 존재한다. 밀렵꾼은 밀수꾼처럼 산적들과 매우 근접해 있다. 하지만, 이 점만은 지나는 길에 지적해 두자, 그러한 족속의 사람들과 도시에 있는 흉악스러운 살인자들 사이에는 심연이 가로놓여 있다. 밀렵꾼은 숲 속에 산다. 밀수꾼은 산이나 바다에 산다. 도시는 인간을 잔인하게 만든다. 인간을 부패시키기 때문이다. 산과 바다와 숲은 인간을 야성적으로 변모시킨다. 그것들은 인간의 사나운 측면을 신장시키지만, 대개의 경우 인간적 측면을 파괴하지는 않는다.

쟝 발쟝은 유죄판결을 받았다. 법조문은 단호하였다. 우리의 문명 속에는 무시무시한 순간들이 있다. 형법 제도가 파선(破船)을 언도하는 순간들이다. 사회가 사유하는 한 존재의 돌이킬 수 없는 유기 행위를 단행하고 그로부터 멀리 가버리는 순간, 그 얼마나 구슬프고 음산한 순간인가! 쟝 발쟝은 오 년간의 도형(徒刑)을 언도받았다.

1796년 4월 22일, 빠리는 이딸리아 원정군 사령관이 몬떼노떼에서 거둔 승전보로 온통 떠들썩하였다.[12] '집정관 정부'가 공화국 4년 화월(花月) 2일[13]에 '오백인 의회'에 보낸 전언에서는, 그 장군의 이름을 부오나-빠르떼[14]라고 하였다. 바로 같은 날 비쎄트르 감옥에서는 도형장으로 떠나는 대규모의 죄수들을 쇠사슬로 엮었다.[15] 쟝 발쟝 역시 그 죄수들 중 하나였다. 한때 그 감옥의 간수였으며, 이제 나이 아흔을 바라보는 어떤 이는, 그 가엾은 죄수가 네 번째 쇠사슬 끝에 엮인 채 감옥 안마당 북쪽 귀퉁이에 서 있던 모습을 아직도 생생히 기억하고 있다. 그 죄수 역시 다른 모든 죄수들처럼 땅바닥에 앉아 있었다. 그는 자기의 처지가 끔찍하다는 것 이외에, 그 처지가 무엇을 뜻하는지 전혀 이해하지 못하는 것 같았다. 모든 것에 무지한 그 가엾은 사람의 희미한 상념들 속에는, 무엇인지 모를 지나친 점이 있다는 한 가닥 생각도 아마 섞여 있었을지 모른다. 그에게 씌워진 쇠굴레의 이음쇠를 구부리기 위한 거센 망치질 소리가 뒤통수에서 들려오는 동안, 그는 줄곧 울었고, 눈물이 그의 호흡을 막아 말을 하지 못하였는데, 그러면서도 가끔 겨우 한마디씩 하였다. "나는 화브롤에서 곁가지 치는 사람이에요." 그리고 다시 흐느끼면서 오른손을 위로 치켜들더니, 서로 키가 다른 아이들의 머리를 연속적으로 쓰다듬듯이, 일곱 단계로 나누어 밑으로 내렸다. 그 몸짓을 보고 사람들은, 그가 무슨 짓을 저질렀건, 그것이 어린것들 일곱을 입히고 먹이기 위해서였음을 짐작하였다.

그는 뚤롱을 향해 떠났다. 그는 짐수레에 실려 이십칠 일 만에 목에 쇠사슬을 건 채 목적지에 도착하였다. 뚤롱에 도착하자 소매가 헐렁한 붉은 옷이 그에게 입혀졌다. 그 이전에 그의 삶이었던 모든 것이, 심지어 그의 이름마저 깨끗이 지워졌다. 그는 더 이상 쟝 발쟝도 아니었다. 그는 단지 24601번이었다. 그의 누님은 어찌 되었을까? 일곱 아이들은 어찌 되었을까? 누가 그 모든 것을 돌본단 말인가? 밑동 잘린 어린 나무의 한 줌밖에 아니 되는 잎들이 어찌 되겠는가?

언제나 변함없는 이야기이다. 더 이상 의지할 곳도, 안내자도, 피신처도 없는 그 가엾은 생명체들, 그 신의 창조물들이, 무턱대고 길을 떠나 뿔뿔이 미지의 곳으로 흩어져, 외로운 운명들을 삼키는 차가운 안개 속으로, 인류의 음울한 행진 도중, 불운한 그 무수한 머리들이 연속적으로 사라지는 서글픈 암흑 속으로, 모두 깊숙이 처박혔다. 그들은 모두 고향을 떠났다. 그들의 마을이라고 하던 것의 종각도 그들을 잊었고, 그들의 밭이라고 하던 것의 두렁도 그들을 잊었다. 도형장에서 몇 해를 보낸 후에는, 쟝 발쟝조차 그들을 잊었다. 상처가 있던 그 심장 속에 어느덧 딱지가 져 있었다. 그것이 전부이다. 그가 뚤롱에서 보낸 세월 동안 누님에 대한 이야기를 어렴풋이 들은 것은 단 한 번뿐이다. 그가 영어(囹圄)의 몸이 된 지 네 해가 되던 연말 무렵이었다. 그 소식이 어떻게 그에게까지 이르렀는지는 모른다. 그들과 고향에서 알고 지내던 어떤 사람이 그의 누님을 보았다고 하였다. 그녀가 빠리에 있다고 하였다. 쌩-쉴삐쓰 성당 근처에 있는 누추한 거리, 쟁드르 로에 살고 있다는 것이다. 막내인 어린 남자아이 하나만을 데리고 산다고 하였다. 다른 여섯 아이들은 어디에 있느냐고? 아마 그녀도 모를 것이라고 하였다. 그녀는 매일 아침 싸보로 3번지에 있는 인쇄소로 출근을 하는데, 그곳에서 종이 접기와 가제본 일을 한다고 하였다. 아침 여섯 시까지는 출근을 해야 하는데, 겨울에는 해가 뜨기 훨씬 전이다. 인쇄소 건물 안에 학교가 하나 있는데, 그녀는 일곱 살 된 아들을 그 학교에 데리고 간다고 하였다. 다만, 그녀는 인쇄소 안으로 여섯 시에 들어가는데 학교는 일곱 시에 문을 열기 때문에, 아이는 안마당에서 학교의 문이 열릴 때까지 한 시간을 기다려야 한다고 하였다. 겨울철에 한데서 한 시간이라니! 아이가 인쇄소 안으로 들어오는 것을 막는 이유는 걸리적거리기 때문이라고 하였다. 아침이면 그 가엾은 어린것이 포석 위에 앉아 졸음을 이기지 못해 꾸벅꾸벅하고 있거나, 자기의 바구니 위에 상체를 기댄 채 오그리고 있는 모습을, 고용원들이 지나가면서 자주 보았다고 하였다. 비가 오는 날이면, 건물 수위인 늙은 여인이 아이를 가엾이 여겨 자기의 누추한 살림집 안으로 불러들이곤 하였는데, 그 집에는 허름한 침대 하나와 물레 하나 그리고 나무 의자 둘밖에 없었고, 아이는 한구석에서, 조금이나마 추위를 덜 느끼려고, 고양이를 꼭 껴안고 잠들곤 한다는 것이었다. 그러다 일곱 시에 학교가 열리면 학교로 들어간다고 하였다. 누군가가 쟝 발쟝에게 들려준 이야기는 대략 그러하였다. 어느 날 누가 그에게 그러한 이야기를 해 주었으되, 그것은 한순간의 섬광이었고, 그가 사랑하던 사람들의 운명을 보여 주기 위하여 불시에 잠시 열렸던 창문과 같았다. 그다음에는 모든 것이 다시 닫혔다. 그는 그들에 관한 이야기를 다시 듣지 못하였다. 그것이 마지막이었다. 그들로부터는 더 이상 아무것도 그에게 전해지지 않았다. 그는 그들을 영영 다시 보지 못하였고, 만나지 못하였다. 따라서 이어지는 이 슬픈 이야기 속에서 우리 역시 그들을 다시는 만나지 못할 것이다.

그 네 번째 해가 끝나 갈 무렵, 쟝 발쟝이 탈출할 차례가 돌아왔다. 그 서글픈 곳의 관행에 따라 동료들이 그의 탈출을 도왔다. 그가 탈출에 성공하였다. 그는 이틀 동안을 들판에서 자유롭게 배회하였다. 물론, 추적당하고, 매 순간 고개를 돌려 두리번거리고, 지극히 작은 소리에도 몸서리치고, 연기 피어오르는 지붕과 행인과 짖는 개와 굽을 모아 달리는 말과 시각을 알리는 종소리와 잘 보이는 낮과 아무것도 보이지 않는 밤과 도로와 오솔길과 덤불과 졸음 등 모든 것을 두려워하는 것 등을 가리켜 자유롭다고 할 수 있다면 말이다. 탈출한 지 이틀 되던 날 저녁에 그는 다시 잡혔다. 서른여섯 시간 동안 그는 먹지도 자지도 못하였다. 해군 법정이 탈출 미수 혐의에 대하여 복역 기간 삼 년 연장 선고를 내렸다. 그의 복역 기간은 도합 팔 년이 되었다. 여섯 해를 복역하였을 때 그가 탈출할 차례가 다시 돌아왔다. 그러나 시도는 하였지만 변변히 도망쳐 보지도 못하였다. 그가 점호에 나타나지 않자 대포를 쏘아 비상령을 내렸고, 그날 밤, 순찰 대원들이, 건조 중인 선박의 용골 밑에 숨어 있던 그를 발견하였다. 그를 체포하려는 간수들에게 그가 잠시 저항하였다. 탈출 및 반항 죄가 적용되었다. 그러한 혐의에 대해서는 복역 기간 오 년 연장이라는 조항이 특별 법규에 명시되어 있었다. 그리고 두 해 동안은 겹줄 쇠사슬에 묶여서 지내야 했다. 형기가 십삼 년으로 연장되었다. 십 년 되던 해에 그의 차례가 다시 돌아왔고, 그는 그 기회를 놓치지 않았다. 전과 다름없이 성공하지 못하였다. 그 탈출 시도에 대하여 삼 년이 추가되었다. 도합 십육 년이 되었다. 그리고 마지막으로 탈출을 시도한 것이 십삼 년 되던 해였는데, 겨우 네 시간 만에 다시 잡혔다. 그 네 시간으로 인하여 삼 년이 추가되었다. 도합 십구 년이 되었다. 그는 1815년 10월에 석방되었다. 그는 유리창 한 장을 깨뜨리고 빵 하나를 손에 쥔 죄로 1796년에 그곳에 들어갔다.

짧은 여담 한마디 추가하겠다. 형벌의 문제와 법률에 의한 저주에 대하여 연구하던 중, 한 운명이 파멸하는 시발점이 된 빵 절도 사건을 이 책의 저자가 만나게 된 것은 이번이 두 번째이다. 끌로드 그[16]도 빵 하나를 훔쳤고, 쟝 발쟝도 빵 하나를 훔쳤다. 잉글랜드에서 작성된 어느 통계에 의하면, 런던에서 발생하는 절도사건들 다섯 중 넷의 직접적인 동기는 배고픔이라고 한다.

쟝 발쟝은 흐느끼고 덜덜 떨면서 도형장에 들어갔고, 무감각한 사람처럼 흔들림 없는 모습으로 그곳에서 나왔다. 절망한 상태로 그곳에 들어갔다가, 침울해져서 나왔다.

그 영혼 속에서 무슨 일이 생겼던 것일까?

7. 절망의 이면

그 질문에 답변해 보도록 하자.

사회는 그러한 문제들을 세심하게 살펴야 하는 바, 그것들을 만들어내는 주체가 사회이기 때문이다.

이미 말한 바와 같이 그는 무지하였다. 그러나 바보는 아니었다. 선천적인 빛이 그의 내면에 밝혀져 있었다. 나름대로의 빛을 가지고 있는 그의 불행이, 그 영혼 속에 있던 적은 빛을 증대시켜 주었다. 몽둥이세례 아래에서, 쇠사슬 밑에서, 지하 감방에서, 피로 속에서, 도형장의 이글거리는 태양 아래에서, 도형수들의 널빤지 침대 위에서, 그는 자신의 의식 속으로 스스로를 웅크리고 곰곰 생각하였다.

그는 자신 속에 재판정을 설치하였다.

그는 먼저 자신을 단죄하였다.

그는 자기가 부당하게 처벌을 받은 무고한 사람이 아님을 시인하였다. 그는 자기가 극단의 그리고 규탄받을 짓을 저질렀음을 스스로에게 고백하였다. 그리고, 만약 그가 간청했다면 그 빵을 아마 거절하지 않았을 거라고, 여하튼 자비심으로부터건 노동으로부터건 빵이 오기를 기다리는 것이 나았다고, '배가 고픈데 기다릴 수 있단 말인가?' 하는 주장이 반박할 수 없을 만큼 정당한 이유는 되지 못한다고, 우선 배가 고파서만 죽는 일은 매우 드물다고, 그리고 불행인지 다행인지는 모르지만 인간은 심정적으로 그리고 육체적으로 오랜 기간 엄청난 고통을 감내하면서도 죽지 않게끔 만들어졌다고, 따라서 참았어야 했다고, 가엾은 아이들을 위해서도 그것이 나았을 것이라고, 자기와 같이 가냘프고 불쌍한 사람이 사회 전체의 멱살을 사납게 움켜잡으면서 절도라는 수단으로 가난에서 벗어나려 생각한 것이 미친 짓이었다고, 어떠한 경우에도 비열한 짓 속으로 통하는 문이란 가난에서 빠져나오는 데 적합한 문이 아니라고, 결국 자기가 잘못을 저질렀다고, 자신에게 고백하였다.

그런 다음 자신에게 물었다.

자기를 파멸로 이끈 그 사건에서 잘못을 범한 사람은 자기뿐이었을까? 우선, 노동자였던 자기에게 일거리가 없었고, 근면하였던 자기에게 빵이 없었다는 것이 중대한 일 아니었던가? 그다음, 잘못을 저질렀고 그것을 시인하였는데, 처벌이 무자비하고 지나치지 않았는가? 잘못을 저지른 범죄자의 잘못보다, 형벌을 가한 법률의 잘못이 더 크지는 않았는가? 두 저울판 중에서 속죄를 올려놓은 쪽의 무게가 심하게 초과하지는 않았는가? 형량의 과중함이 곧 죄의 말소는 아닌가? 또한 그것이 상황을 뒤엎고, 경범죄의 잘못을 탄압의 잘못으로 대체하고, 죄인을 희생자로 탈바꿈시키고, 채무자를 채권자로 만들어놓고, 권리를 유린한 사람에게 결정적으로 권리를 부여하는 등의 결과를 초래하지는 않을까? 일련의 탈출 시도 때문에 연속적으로 가중되어 복잡해진 그 형벌이, 결국에는 최강자의 최약자에 대한 일종의 위해(危害), 개인에게 저지르는 사회의 범행, 매일 다시 시작되는 범행, 십구 년 동안 지속되던 그 범행으로 귀착되지 않는가?

그는, 인간 사회가 자기의 구성원들에게 사회가 저지른 부조리한 부주의와 무자비한 용의주도함을 똑같이 받아들이라고 요구하며, 하나의 결여와 하나의 과도함 사이에 있는, 즉 일거리의 결여와 처벌의 과도함 사이에 놓인 가엾은 사람을, 구속할 권리를 가지고 있는지 스스로에게 물었다. 또한 사회가, 우연에 의해 이루어진 재산의 분배에 있어 가장 변변찮은 몫을 받은 자기의 구성원들, 그리하여 가장 동정을 받아야 할 그 구성원들을, 그렇게 다루는 것이 지나치지 않는지 자문하였다.

그렇게 제기된 계쟁점(係爭點)들이 해결되자, 그는 사회를 심판하고 단죄하였다.

그는 자신의 증오심에 이끌려 사회를 단죄하였다.

그는 자기가 감내하고 있는 운명의 책임이 사회에 있다고 하였으며, 언젠가는 사회에게 그 책임을 묻는 데 아마 망설이지 않을 것이라 하였다. 그는 자신에게 천명하기를, 자기가 끼친 해와 사람들이 자기에게 끼친 해 사이에 균형이 이루어지지 않았다고 하였다. 그리고 결론 내리기를, 자기에게 가해진 형벌은 기실 단순한 부당함이 아니라, 분명 하나의 불의라고 하였다.

노여움이란 광적이고 부조리할 수도 있다. 그리하여 누구든 부당하게 화를 낼 수 있다. 하지만 분개한다는 것은 어딘가에 옳은 측면이 있을 때에만 가능하다. 쟝 발쟝은 자신이 분개하고 있음을 느꼈다.

그리고 인간 사회는 그에게 해를 입히기만 하였다. 그가 인간 사회에서 발견한 것은, 인간 사회가 '정의'라고 부르면서 타격을 가할 사람들에게 드러내는, 그것의 노한 얼굴뿐이었다. 사람들이 그에게 손을 댄 것은 오직 상처를 주기 위해서였다. 사람들과의 어떠한 접촉도 그에게는 하나의 타격이었다. 단 한 번도, 어린 시절에도, 엄마로부터도, 누나로부터도, 단 한마디 다정한 말을 듣지 못하였고, 호의적인 시선을 받지 못하였다. 거듭되는 고통을 하나하나 감내하면서, 그는 삶이 하나의 전쟁이라는 확신에 차츰차츰 도달하였다. 또한 그 전쟁에서 자기가 패하였다고 확신하였다. 그에게는 증오심 이외의 다른 무기가 없었다. 그는 도형장에서 그것을 날카롭게 벼려, 그곳을 떠날 때 가지고 가리라 결심하였다.

뚤롱에는 무식꾼 수도사들[17]이 도형수들을 위하여 운영하는 학교 하나가 있었는데, 그곳에서는 그 불운한 사람들 중 진정 뜻이 있는 이들에게 필요한 최소한의 것들을 가르쳤다. 그도 그 뜻이 있는 사람들 중 하나였다. 그는 나이 마흔에 비로소 학교에 가서, 읽기와 쓰기와 셈하는 법을 배웠다. 그는 자기의 지능을 강화하는 것이 곧 증오심을 굳건히 하는 것이라고 막연히 생각하였다. 경우에 따라서는, 지식과 지혜가 악의 보족판(補足板) 역할을 할 수도 있다.

차마 말하기 슬픈 일이지만, 그는 자기의 불행을 초래한 사회를 심판한 다음, 그 사회를 만든 섭리를 심판하였다.

그리고 섭리를 단죄하였다.

그렇게, 고문과 노예 생활로 점철된 그 십구 년 동안, 그 영혼은 상승과 추락을 병행하였다. 그 영혼 한쪽으로는 빛이 들어갔고, 다른 한쪽으로는 암흑이 들어갔다.

이미 말한 바와 같이, 쟝 발쟝은 천성이 나쁜 사람이 아니었다. 그가 도형장에 처음 도착하던 무렵만 해도 그는 아직 착했다. 그곳에서 사회를 단죄하면서 자신이 냉혹해짐을 느꼈고, 섭리를 단죄하면서 자신이 반종교적으로 변함을 느꼈다.

이제 잠시 숙고해 보지 않을 수 없다.

인간의 천성이 머리끝부터 발끝까지 그렇게 완전히 변형되는가? 신에 의해 착하게 창조된 인간이 인간에 의해 악해질 수 있을까? 영혼이 운명에 의해서 통째로 개조될 수 있으며, 몹쓸 운명으로 인하여 악해질 수 있을까? 심정이, 너무 낮은 천장 밑에 사는 사람의 척추처럼, 균형 잡히지 않은 불행의 압력에 눌려, 기형으로 변하고 추함과 치유 불가능한 불구를 얻어 지닐 수 있을까? 모든 인간의 영혼 속에, 특히 쟝 발쟝의 영혼 속에, 이 세상에서 부패할 수 없고 저 세상에서 영원히 죽지 않으며, 선이 감싸 되살려 불꽃이 일어나 활활 타며 찬연히 빛나게 할 수 있는, 그리고 악이 결코 완전히 꺼버릴 수 없는, 최초의 불티, 그 신성한 요소가 없을까?

심각하고 불가해한 질문들이다. 특히 마지막 질문에는 어느 생리학자든, 뚤롱에서, 쟝 발쟝에게는 몽상의 시간이었던 휴식 시간에, 질질 끌리지 않도록 쇠사슬의 끄트머리를 호주머니에 깊숙이 처박고, 팔짱을 낀 채 권양기의 막대 위에 걸터앉은, 음울하고 심각하며 말없이 생각에 잠긴 도형수, 인간을 노한 얼굴로 바라보는 법률의 구박덩이, 하늘을 냉혹하게 바라보는 문명에 의해 단죄된 그 도형수를 보았다면, 예외 없이 부정적인 대답을 할 것이다.

분명, 또한 그 사실을 구태여 감추고 싶지 않은 바, 그를 관찰한 생리학자는 그에게서 회복할 수 없는 비참함을 보았을 것이고, 법률로부터 말미암은 병에 시달리는 그 환자를 불쌍히 여겼을 것이되, 그러나 치료는 엄두조차 내지 못하였을 것이다. 그는 그 영혼에게서 언뜻 본 캄캄한 동굴로부터 시선을 돌렸을 것이다. 또한, 지옥의 문 앞에 도달한 단떼처럼,[18] 신이 모든 사람들의 이마에 써놓은 '소망'이라는 단어를, 그 도형수의 삶에서 지워버렸을 것이다.

우리가 분석해 보려 했던 그 영혼의 상태가, 이 책을 읽는 이들에게 보여 주려 했던 만큼 명료하게 쟝 발쟝 자신에게도 완벽하게 보였을까? 쟝 발쟝이, 자신의 심리적 비참함을 구성하고 있던 요소들이 모여 형태를 이루어 가는 과정을, 그리고 형태가 완성된 후의 모습을, 명료하게 보았을까? 그 거칠고 배우지 못한 사나이가, 이미 그토록 여러 해 전부터 자기 영혼의 내면적 지평이었던 음산한 정경들까지 단계적으로 오르락내리락하던 과정을, 즉 숱한 사념들의 연속적인 생성과 소멸을, 선명하게 간파하였을까? 자기의 내면에서 일어나는, 그리고 그곳에서 꿈틀거리는 모든 것을 분명히 의식하고 있었을까? 감히 그렇다고 말할 수 없다. 아니, 도저히 믿을 수 없는 것이 그 점이다. 비록 그토록 엄청난 불행을 겪었지만, 그의 내면에 많은 모호함이 남아 있지 않았다고 추측하기에는, 그의 무지함이 너무 심하였다. 그는 가끔 자신이 느끼는 것조차 정확히 알지 못하는 경우도 있었다. 쟝 발쟝은 암흑 속에 있었다. 그는 암흑 속에서 고통스러워했고, 암흑 속에서 증오하였다. 심지어 자신까지 증오했지도 모른다. 그는 소경처럼 더듬거리면서 그리고 몽상꾼처럼, 습관적으로 그 그늘 속에서 살았다. 다만, 간헐적으로, 그 자신으로부터 혹은 외부로부터, 노기의 진동이나 고통의 증폭 현상 혹은 그의 영혼을 환하게 밝혀 주는 창백하고 신속히 사라지는 빛 등이 문득 그에게 닥쳐, 그의 주변 모든 곳에, 앞에도 뒤에도, 흉측스러운 낭떠러지와 자기 운명의 음산한 전경(前景)이 소름 끼치는 미광 아래 불쑥 모습을 드러내게 하곤 하였다.

섬광이 지나간 후에는 다시 어둠이 내려앉았고, 그는 자신이 어디에 있는지 알지 못하였다.

무자비한 것이, 즉 사람을 멍청하게 만드는 것이 지배하는 그러한 고통들의 속성은, 일종의 우둔한 변모 과정을 통해, 하나의 인간을 짐승으로 서서히 변화시킨다는 것이다. 때로는 사나운 짐승으로도 변화시킨다. 쟝 발쟝의 탈출 시도, 연속적이고 고집스러웠던 그 시도가, 인간의 영혼에 법이 야기한 그 기이한 변화 작용을 입증하기에 충분할 것이다. 쟝 발쟝은, 그토록 부질없고 무모한 탈출 시도를, 그것이 초래할 결과나 이미 겪은 것들에 대해서는 단 한순간도 생각해 보지 않고, 기회가 올 때마다 끊임없이 반복하였을 것이다. 우리가 열리면 늑대가 그러듯, 그는 맹렬한 기세로 내닫곤 하였다. "도망쳐!" 본능이 그에게 그렇게 말하였다. 추론은 이렇게 말하였을 것이다. "그대로 있어!" 하지만 그토록 격렬한 유혹 앞에서는 추론이 자취를 감추었다. 오직 본능만 남아 있었다. 오직 짐승만 움직였다. 그가 다시 붙잡혀 그에게 가해지던 가혹 행위가 그를 더욱 질겁하게 할 뿐이었다.

한 가지 빼놓지 말아야 할 이야기가 있는 바, 그의 용력이 도형장에 있던 어느 죄수도 따라올 수 없을 만큼 출중했다는 사실이다. 닻줄을 감아올리기 위해 권양기를 돌리는 등 힘든 일에서 쟝 발쟝은 네 사람의 몫을 감당하였다. 그는 엄청나게 무거운 것을 번쩍 들어 올려 등에 짊어지곤 하였는데, 그리하여 때로는 크릭[19]이라고들 부르는 기계를 그가 대신하는 경우도 있었다. 그 기계를 가리켜 전에는 사람들이 오르괴이유라고 하였는데, 여담이지만, 빠리의 레 알 시장 근처에 있는 길의 이름 몽또로괴이유는 그 기계 이름에서 유래하였다. 그의 동료들은 그에게 '쟝-르-크락'이라는 별명을 붙여 주었다. 언젠가는, 툴롱 시청의 발코니를 수리하는데, 뿌제의 작품인 아름다운 여인 조각상 기둥 하나가 주춧돌에서 뽑혀 쓰러지려 하였다. 마침 그곳에 있던 쟝 발쟝이 성큼 어깨로 그 육중한 기둥을 떠받쳤고, 그렇게 인부들이 도착할 때까지 기다렸다.

게다가 그의 유연성은 용력을 능가하였다. 끊임없이 탈출을 꿈꾸는 몇몇 도형수들은 힘과 유연성을 복합시켜 하나의 진정한 과학을 만들어내는 데 성공하기도 한다. 그것은 근육의 과학이다. 언제나 파리나 새들을 부러워하는 죄수들은 날마다 자기네들의 신비한 정역학(靜力學)[20]을 실험한다. 수직의 절벽을 기어오르고, 거의 보이지도 않는 돌출부를 받침점으로 이용하는 것이, 쟝 발쟝에게는 아이들의 장난에 불과하였다. 벽의 모서리만 있으면 등과 오금에 잔뜩 힘을 주고, 팔꿈치와 발뒤꿈치를 돌의 오톨도톨한 부분에 밀착시킨 후, 마치 마술을 선보이듯 순식간에 자신의 몸을 4층까지 밀어 올리기도 하였다. 그는 가끔 그러한 방법으로 감옥 건물의 지붕까지 올라가기도 하였다.

그는 거의 말을 하지 않았다. 웃지도 않았다. 악마의 웃음이 만드는 메아리 같은 도형수의 그 음산한 웃음도, 일 년에 겨우 한두 번 들을 수 있었는데, 그에게서 억지로라도 그것을 얻어 들으려면 그를 극도로 격동시켜야 했다. 그의 모습을 보면, 그는 끊임없이 어떤 무시무시한 것을 주시하는 데 몰두해 있는 것 같았다.

사실 그는 항상 무엇인가에 골몰해 있었다.

불완전한 천품과 짓눌린 지능의 병색 짙은 지각 기능을 통하여, 그는 괴물 같은 무엇이 자기 위에 있음을 막연히 느꼈다. 그가 기어 다니고 있던 칙칙하고 창백한 그 희미함 속에서, 고개를 돌려 시선을 애써 위로 쳐들 때마다, 그는 자기 위로 사물들과 법률들과 편견들과 사람들과 사건들이, 소름 끼치는 절벽을 만들면서 끝이 보이지 않을 만큼 층층이 쌓여 올라가는 것을 발견하고, 광기 섞인 두려움에 사로잡히곤 하였다. 그 층층이 쌓인 것의 윤곽은 그의 시야에서 벗어나 있었고, 그 거대한 덩어리가 그에게 공포감을 주었는데, 그것은 다름 아닌, 우리가 문명이라고 칭하는, 어마어마한 피라미드였다. 그는 굼실거리고 기형인 그 덩어리 여기저기에서, 때로는 가까이에서, 때로는 멀리에서, 그리고 접근이 불가능한 고지대에서, 어떤 무리를, 혹은 강렬한 빛을 받고 있는 미세한 어떤 반점을 발견하곤 하였는데, 이곳에는 몽둥이를 들고 있는 도형장의 간수가, 저쪽에는 검을 찬 헌병이, 저 멀리에는 삼각 주교관을 쓴 대주교가, 그리고 맨 꼭대기에는, 일종의 태양 속에서 황제관을 쓰고 눈부시게 번쩍이는 황제가 있었다. 그가 보기에는, 그 멀리 있는 광채들이, 어둠을 흩뜨려 없애기는커녕, 어둠을 더욱 음산하고 검게 만드는 것 같았다. 법률들과 사건들과 편견들과 사람들과 온갖 사물 등, 그 모든 것들이, 잔인함에서는 태평스럽게 그리고 무관심에서는 냉혹하게 그를 짓밟고 다니면서, 신이 문명에 최초로 부여한 복잡하고 신비한 운동 법칙에 따라 분주히 오가고 있었다. 불운의 밑바닥에 떨어진 영혼들, 아무도 더 이상 시선을 주지 않는 지옥의 변경 가장 깊은 바닥에서 길을 잃은 불행한 사람들, 법에 의해 영영 버림받은 그 사람들은, 밖에 있는 이들이 보기에는 그토록 굉장하고 그 밑에 있는 이들에게는 그토록 무시무시한 인간 사회가, 자기의 전 중량으로 자기들의 머리를 짓누르고 있음을 느낀다.

그러한 상황에서 쟝 발쟝은 생각에 잠기곤 하였는데, 그러니 그 몽상의 본질이 어떠하였겠는가?

만약 맷돌 밑에 있는 좁쌀이 생각을 할 수 있다면, 그 좁쌀은 의심할 나위 없이 쟝 발쟝이 한 생각을 할 것이다.

유령으로 가득한 현실들, 현실로 가득한 환상들, 그 모든 것들이 결국에는 거의 형언할 수 없는 일종의 내면 상태를 그에게 만들어주고야 말았다.

    도형장에서 노동을 하던 중 그는 가끔 일을 문득 멈추었다. 그리고 생각하기 시작하였다. 전보다 더 성숙해졌고 더 혼란스러워진 그의 이성이 반항을 하였다. 그에게 닥친 모든 일들이 어처구니없어 보였다. 그를 둘러싸고 있는 모든 것들이 있을 수 없는 일처럼 보였다. 그는 그것이 한 마당 꿈이라고 생각하였다. 그는 몇 걸음 떨어진 곳에 서 있는 간수를 물끄러미 바라보았다. 그에게는 간수가 유령 같았다. 별안간 그 유령이 그에게 몽둥이질을 가하였다.

    가시적인 자연이 그에게는 거의 존재하지 않는 것과 마찬가지였다. 쟝 발쟝에게는 태양도, 아름다운 여름날도, 빛나는 하늘도, 4월의 신선한 새벽도 없었다는 것이 거의 사실일 것이다. 어떤 채광창으로 들어오는 햇빛이 평소에 그의 영혼을 밝혀 주었는지 알 수 없다.

    마무리 지으며, 우리가 지적했던 모든 것들 중에서 확실한 결과라고 요약할 수 있고 해석할 수 있을 것을 간추려 말하거니와, 화브롤에서는 나무의 곁가지 치는 온순한 노동자였고 뚤롱에서는 무시무시한 도형수였던 쟝 발쟝이, 그를 담금질한 도형장의 특이한 방법 덕분에, 십구 년이 흐른 후에는, 두 종류의 못된 행동을 능히 할 수 있게 되었다는 사실만을 확인해 둔다. 그 첫 번째 종류는, 신속하고 경솔하고 경악스럽고 오직 본능에만 이끌리는, 감수한 악행에 대한 일종의 앙갚음 같은 못된 행동들이고, 두 번째 종류는, 양심적으로 따져보고, 그가 겪은 불행이 안겨 줄 수 있는 잘못된 사념을 동원하여 숙고해 본, 엄숙하고 진지한 못된 행동들이다. 그의 숙고는 특정 기질을 가진 천성들만이 따라갈 수 있는 연속적인 세 과정을 거쳤던 바, 그 세 과정이란 추론과 의지와 집요함이다. 그를 움직이던 원동력은 일상적인 분개, 영혼의 쓰라림, 자기에게 가해졌던 불의에 대한 깊은 자각, 선한 사람들이나 무고한 사람들, 그리고 존재하는지는 모르지만, 여하튼 의로운 사람들에게로 향한 반발심 등이었다.

그가 펼치던 모든 사념의 시발점은, 그 귀착점처럼, 인간의 법률에 대한 증오였다. 그 증오는, 어떤 천우신조의 사건이 그것의 증폭을 막지 못할 경우, 어느 때엔가는 사회에 대한 증오로 변하고, 그다음에는 인류에 대한 증오로 변하며, 급기야는 삼라만상에 대한 증오로 증폭되어, 아무에게나, 생명이 있는 그 무엇에게나, 해를 끼치고 싶은 막연하고 중단되지 않으며 난폭한 욕구로 표출된다. 이미 보았듯이, 황색 통행증에 쟝 발쟝이 '매우 위험스러운 사람'이라고 지칭해놓은 것은 무리가 아니었다.

   한 해 두 해 흐를수록 그 영혼은 서서히, 그리고 숙명적으로, 메말라 갔다. 메마른 심정에 메마른 눈이라는 말이 있다. 도형장에서 나올 때까지, 지난 십구 년 동안, 그는 눈물 한 방울 흘리지 않았다.

8. 물결과 그늘

   한 사람이 바다에 빠졌다!
   무슨 상관이야! 배는 멈추지 않는다. 바람이 거세게 불어대는데, 침울한 선박은 정해진 항로를 따라 계속 가야 한다. 배가 지나가 버린다.
   물에 빠진 사람은 사라졌다가 다시 나타나고, 물속으로 잠겼다가 다시 수면 위로 떠오른다. 그가 팔을 뻗어 흔들며 사람들을 부르지만, 아무도 그의 음성을 듣지 못한다. 폭풍 속에서 파르르 떨리는 선박은 온통 항해에만 전념하고, 선원들도 승객들도 사람이 물에 빠진 것조차 모른다. 물에 빠진 사람의 머리는 거대한 물결 속에 있는 점 하나에 불과하다.
   그가 심연에서 절망적으로 외친다. 멀어져 가는 돛이 그에게는 유령 같기만 하다! 그가 돛을 바라본다. 광란적으로 바라본다. 돛이 멀어져 가며 창백해지고 점점 작아진다. 그도 조금 전에는 그 선박 위에 있었다. 그도 선원들 중 하나였다. 다른 사람들과 함께 갑판 위를 오갔다. 자기 몫의 호흡과 태양을 누리며 살아 있었다. 그런데 도대체 무슨 일이 일어난 것일까? 그가 미끄러졌고, 그래서 바다에 빠졌으며, 이제 끝장이다.

그는 괴물 같은 물속에 있다. 그의 발밑에는 신속히 도망치고 무너지는 것밖에 없다. 바람에 의해 갈라지고 잘게 찢긴 물결들이 그를 흉측스럽게 에워싼다. 심해의 요동질이 그를 이끌어 간다. 넝마 조각 같은 물줄기들이 그의 머리 주변에서 광란을 벌인다. 천한 군상들 같은 파도가 그에게 마구 침을 뱉는다. 어수선한 틈새가 그를 반쯤 삼킨다. 그가 밑으로 처박힐 때마다 어둠 가득한 낭떠러지가 언뜻 보인다. 미지의 소름 끼치는 식물들이 그를 붙잡아 그의 두 발을 휘감아 묶는다. 그리고 자기들 쪽으로 당긴다. 그는 자신이 심해의 일부분이 되어감을 느낀다. 그는 물거품의 일부이다. 물결들이 그를 서로에게 던진다. 그가 쓴 물을 마신다. 비겁한 대양이 그를 물속에 처박으려고 악착스럽게 덤빈다. 거대함이 그의 죽음을 가지고 장난질을 한다. 그 물이 몽땅 증오로 이루어진 것 같다.

하지만 그가 투쟁을 벌인다. 자신을 방어하려 애를 쓴다. 자신을 부지하려 한다. 애를 쓴다. 헤엄을 친다. 보잘것없는 그의 힘이 즉시 고갈되건만, 그는 고갈될 수 없는 것을 상대로 투쟁을 벌인다.

도대체 배는 어디에 있는가? 저쪽에. 수평선의 창백한 어둠 속에서 가물거린다.

질풍이 불어닥친다. 포말들이 일제히 그를 겁박한다. 그가 눈을 쳐들어 살피지만, 보이는 것은 구름 덩이들의 창백함뿐이다. 그는 죽어가면서 바다의 거대한 광증 현장에 있다. 그 광기에 의해 고초를 당한다. 대지 저 너머로부터, 무엇인지 모를 무시무시한 외계로부터 오는, 인간에게는 낯선 소음들이 그의 귀에 들린다.

인간의 절망 위에 천사들이 있듯이, 구름 속에는 새들이 있다. 하지만 그것들이 그에게 무엇을 해줄 수 있겠는가? 그것들 모두 날고 노래하고 공중에서 떠도는 동안, 그는 질식할 듯 헐떡인다.

그는 대양과 하늘이라는 두 무한에 동시에 뒤덮여버림을 느낀다. 그 하나는 무덤이고 다른 하나는 시신을 덮는 천이다.

어둠이 내려온다. 그가 헤엄치기 시작한 지 여러 시간이 흘렀다. 그의 힘이 바닥났다. 선박은, 사람들이 있는 그 먼 것은, 자취를 감추었다. 그는 황혼빛 스며든 어마어마한 심연 속에 홀로 있다. 깊숙이 처박히며 몸이 뻣뻣해지고 뒤틀린다. 그의 밑에 있는 보이지 않는 것의 괴이한 파랑을 느낀다. 그가 부른다.

더 이상 사람들은 없다. 신은 어디에 있는가?

그가 부른다. 여기 보세요! 여기 좀 보세요! 계속 부른다. 수평선에는 아무것도 없다. 하늘에는 아무것도 없다.

그가 광막함에, 파도에, 해초에, 암초에 탄원한다. 그 모든 것들이 귀머거리이다. 폭풍에게 애걸한다. 하지만 끄떡하지 않는 폭풍은 오직 무한에게만 복종한다.

그의 주위에는 어둠과 안개와 고독과 사납고 무심한 동요와, 사나운 물의 형체 없는 습곡(褶曲)만이 있다. 그의 속에는 공포와 피로만이 있다. 그의 밑에는 추락뿐이다. 의지처가 없다. 그는 끝없는 어둠 속으로 굴러 떨어지는 시신의 암울한 여정을 뇌리에 떠올린다. 한없는 차가움이 그를 마비시킨다. 그의 두 손이 부르르 떨면서 무엇을 움켜쥔다. 그의 손이 잡은 것은 태허(太虛)이다. 바람도, 구름도, 소용돌이도, 질풍도, 별들도, 모두 소용없다! 어찌하랴? 절망한 사람은 스스로를 내버린다. 기진한 사람은 죽는 편을 택한다. 자신을 내맡기고, 될대로 되라 내버려 두고, 모든 것을 놓아버린다. 그리고 모든 것을 삼키는 심연의 음산한 밑바닥으로 굴러 떨어진다.

오! 인간 사회의 무심한 행진이여! 그 여정에서 얼마나 많은 사람들과 영혼들이 희생되는가! 법의 버림을 받은 모든 것들이 떨어져 가라앉는 대양이다! 구원의 음산한 사라짐! 오! 윤리적 죽음이여!

바다, 그것은 형법 제도가 자기에 의해 단죄된 모든 사람들을 처박는 냉혹한 사회적 밤이다. 바다, 그것은 광막한 비극이다.

영혼은 그 심연의 물결에 휩쓸려 하나의 시체로 변할 수 있다. 누가 그 영혼을 부활시킬까?

9. 새로운 피해

도형장에서 나올 시각이 도래하였을 때, '너는 이제 자유의 몸이야'라는 기이한 말이 쟝 발쟝의 귀에 들리던 순간! 그 순간은 있음 직하지 않고 놀라운 순간이었고, 한 가닥의 강렬한 빛줄기가, 살아 있는 이들의 진정한 빛줄기 한 가닥이, 순식간에 그의 내면으로 침투하였다. 하지만 그 빛줄기는 이내 창백해졌다. 쟝 발쟝은 자유라는 생각에 현혹되어 있었다. 그리하여 새로운 삶에 대한 믿음을 가지고 있었다. 하지만 황색 통행증을 받은 그 자유가 무엇인지를 즉시 깨달았다.

그리고 그것 주변에 다른 씁쓸한 것들도 있었다. 그는 도형장에 있는 동안, 자기의 노역 수당이 일백칠십일 프랑에 달할 것이라 예측하고 있었다. 물론, 십구 년 동안에 이십사 프랑가량의 삭감을 유발한 일요일 및 경축일 등의 강요된 휴식을, 그가 계산에 포함시키지 못했다는 점도 덧붙여 두는 것이 옳을 것이다. 여하튼 그 노역 수당이, 도형장에서 이런저런 명목으로 공제된 금액을 빼자, 일백구 프랑 십오 쑤에 그쳤다. 그가 석방될 때 그에게 지불된 것은 그 금액이었다.

그는 도무지 영문을 알 수 없었고, 자신이 피해를 입었다고 생각하였다. 노골적인 표현을 사용하자면, 도둑맞았다고 생각하였다.

그가 석방되던 다음 날, 그라쓰에서, 그는 어느 오렌지꽃 증류소 입구에서 사람들이 짐을 부리고 있는 것을 발견하였다. 그가 일을 하겠다고 나섰다. 일이 바빴던지라 그의 제안을 선뜻 수락하였다. 그가 일을 하기 시작하였다. 그는 영리하고 건장하며 민첩하였다. 그리고 열심이었다. 주인은 만족스러워하는 기색이었다. 그가 일을 하고 있는데, 헌병 하나가 지나가다가 그를 보더니, 그에게 신분증 제시를 요구하였다. 황색 통행증을 제시할 수밖에 없었다. 그런 다음 쟝 발쟝은 일을 계속하였다. 그는 조금 전에, 인부들 중 한 사람에게, 일당 얼마를 받느냐고 물은 바 있고, 인부가 그에게 대답하기를 '삼십 쑤'라고 하였다. 저녁나절이 되어, 다음 날 길을 떠나야 하는 처지인지라, 그가 증류소 주인에게 가서 노임을 지불해 달라고 하였다. 증류소 주인은 아무 말 없이 그에게 이십오 쑤를 건넸다. 그가 항의하였다. "너에게는 그것이면 충분해." 주인의 대꾸였다. 그가 다시 항의하였다. 그러자 주인이 그를 노려보며 말하였다. "감옥을 조심해!"

그곳에서도 그는 자신이 도둑을 맞았다고 생각하였다.

사회는, 즉 국가는, 그의 노역 수당을 깎으면서 그에게서 듬뿍 훔쳤다. 그리고 이번에는 개인이 그에게서 소소하게 훔쳤다.

석방은 해방이 아니다. 비록 도형장으로부터는 나오되 단죄로부터는 빠져나오지 못한다.

그가 그라쓰에서 당한 일이다. 그가 디뉴에서 어떤 대접을 받았는지에 대해서는 이미 이야기하였다.

10. 잠에서 깨어난 남자

대성당의 시계가 새벽 두 시를 쳤을 때 쟝 발쟝이 잠에서 깨어났다.

그가 잠에서 깨어난 것은 침대가 너무 안락했기 때문이다. 그가 침대에 누워보지 못한 지 거의 이십 년이나 되었고, 따라서 옷을 벗지는 않았지만, 느낌이 하도 새로워 잠을 설치지 않을 수 없었다.

그는 네 시간 이상을 잤다. 피곤이 깨끗이 풀렸다. 그는 많은 휴식 시간을 갖지 못하는 것에 익숙해져 있었다.

그가 눈을 떴다. 자기를 둘러싸고 있던 어둠을 응시하였다. 그리고 다시 잠들기 위해 눈을 감았다.

많은 다양한 느낌들에 의해 온종일 시달렸을 때, 많은 일들이 뇌리를 점령했을 때, 첫잠에는 빠져들 수 있으되, 깨었다가 다시 잠들지는 못한다. 첫잠 들기가 다시 잠들기보다 쉽다. 쟝 발쟝에게 생긴 것이 그러한 현상이다. 그는 다시 잠들 수 없었고, 그래서 생각에 잠기기 시작하였다.

그는 뇌리의 사념들이 혼란스러운, 그러한 순간에 처해 있었다. 그의 뇌수에서는 모호한 무엇이 오락가락하고 있었다. 그의 옛 추억들과 최근의 추억들이 그 속에서, 자기들의 형태를 잃기도 하고 혹은 터무니없이 커지다가, 문득 탁한 진흙탕 속으로 사라지면서, 뒤죽박죽 둥둥 떠다니고 혼돈스럽게 뒤섞였다. 많은 사념들이 그에게 밀어닥쳤지만, 지속적으로 모습을 드러내며 다른 모든 것들을 쫓아내는 사념 하나가 있었다. 그 사념이 무엇이었는지 즉시 말해 두자. 그는 마글르와르 부인이 식탁 위에 차려놓았던 은식기 여섯 벌과 국자를 눈여겨보아 두었다.

그 은식기 여섯 벌이 그의 뇌리를 떠나지 않고 있었다. 그것들이 몇 걸음 떨어진 곳에 있었다. 그가 지금 있는 방으로 오기 위하여 옆에 있는 방을 가로지르던 순간, 늙은 하녀가 그것들을 침대 머리맡에 있는 벽장에 넣고 있었다. 그가 그 벽장을 눈여겨보아 두었다. 식당으로부터 들어오자면 오른쪽에 있었다. 그것들 모두 묵직한 순은제였다. 게다가 고풍스러운 은식기였다. 국자까지 포함시키면 적어도 이백 프랑은 수중에 넣을 수 있다. 그가 십구 년 동안 번 금액의 배였다. 만약 '당국이 그에게서 절취하지 않았다면' 그가 더 많이 벌었을 것임은 사실이다.

그의 영혼은 약간의 저항이 섞인 망설임 속에서 한 시간여 동안 갈피를 잡지 못하였다. 새벽 세 시를 알리는 소리가 들렸다. 그가 다시 눈을 뜨고 잠자리에서 벌떡 몸을 일으킨 다음, 팔을 쭉 뻗어서, 협실 한구석에 내동댕이쳐 두었던 자기의 배낭을 손으로 더듬어 찾았다. 그런 다음 두 다리를 늘어뜨려 발이 바닥에 닿게 하였다. 그는 어느새, 자신도 모르는 사이에, 침대에 걸터앉아 있었다.

그는 한동안 그러한 자세로 몽상에 잠긴 듯 앉아 있었다. 모두 잠든 집 안에서 그렇게 어둠 속에 깨어 있는 것을 누가 보았다면, 불길한 무엇을 느꼈음 직한 자세였다. 문득 그가 상체를 숙이더니, 구두를 벗어 침대 곁에 있던 돗자리 위에 살그머니 올려놓았다. 그러고 나서 다시 몽상에 잠긴 듯한 자세를 취하더니 미동도 하지 않았다.

그 흉측한 심사숙고가 계속되는 동안, 조금 전에 이야기한 그 사념들이 쉬지 않고 그의 뇌리에서 꿈틀거렸고, 들락날락하면서 그에게 일종의 중압감을 주었다. 다음 순간, 그는 또한, 무슨 이유인지는 모르지만, 그리고 몽상의 기계적인 집요함으로, 도형장에서 만난 브르베라는 도형수에 대한 생각에도 잠겼다. 그 도형수는 면제 멜빵 한 가닥만으로 바지를 걸치고 다녔다. 그 멜빵의 장기판 무늬가 끊임없이 그의 뇌리에 떠올랐다.

그는 그런 상태로 앉아 있었고, 십오 분인지 혹은 반 시간인지를 알리는 한 번의 종소리가 들려오지 않았다면, 그렇게 해가 뜰 때까지 앉아 있었을 것이다. 종소리가 그에게는 이렇게 말하는 것처럼 들렸다. "어서!"

그가 일어섰다. 다시 잠시 머뭇거렸다. 그리고 귀를 기울였다. 집 안에 있는 모든 것이 침묵하고 있었다. 그가 희미하게 보이는 창문 쪽으로 곧장 그러나 종종걸음으로 걸었다. 밤이 몹시 어둡지는 않았다. 만월이었는데, 커다란 구름 조각들이 바람에 밀려가고 있었다. 그리하여 밖에는 어둠과 밝음이, 즉 숨었다 나타났다 함이, 교차되고 있었으며, 안에는 일종의 어슴푸레함이 감돌고 있었다. 앞뒤를 분간하기에 충분할 만큼 밝고, 구름 때문에 간헐적인 그 어슴푸레함은, 앞으로 행인들이 오가는 지하실의 채광창에서 떨어지는 창백함과 유사하였다. 쟝 발쟝은 창가에 도달하여 창문을 살펴보았다. 창살이 없었고, 정원으로 나 있었으며, 그 고장의 방식대로 작은 쐐기 하나만을 밀어 넣어 닫아두었다. 창문을 열었다. 그러나 맑고 쌀쌀한 공기가 방 안으로 와락 밀려드는지라, 즉시 다시 닫았다. 그는 바라본다기보다는 살피는, 집중된 시선으로 정원을 응시하였다. 정원은, 상당히 낮아서 넘기 쉬운 하얀 담장에 둘러싸여 있었다. 저쪽 끝, 담장 너머로, 일정한 간격을 이루고 있는 나무들의 끝이 보였다. 그것으로 보아 담장이 어느 대로나 가로수를 심은 골목길과 정원의 경계를 이루고 있는 것 같았다.

그렇게 한 번 흘낏 보고 나서, 그는 결단을 내린 사람처럼 움직이기 시작하였다. 그가 협실로 걸어갔다. 자기의 배낭을 잡더니 그것을 열었다. 배낭을 뒤져 무언가를 꺼내어 침대 위에 놓았다. 자기의 구두를 주머니에 넣은 다음, 모든 것을 다시 잠그고 배낭을 어깨에 걸쳤다. 모자를 쓰고 챙을 얼굴 위로 깊숙이 내리더니, 더듬더듬 자기의 막대기를 찾아서 창문 한 귀퉁이에 가져다 놓았다. 그리고 다시 침대로 돌아와 그곳에 놓아두었던 물건을 결연히 집어 들었다. 그것은 한쪽 끝을 창처럼 날카롭게 벼린 짧은 쇠막대 같았다.

어둠 속에서는 그 쇳덩이가 무슨 용도에 적합하도록 만들어졌는지 분별하기 어려웠을 것이다. 혹시 지렛대였을까? 아니면 곤봉이었을까?

밝은 대낮이었다면 그것이 광부들의 촛대였음을 쉽게 알아볼 수 있었을 것이다. 그 시절에는 뚤롱 인근의 높직한 동산에서 암석을 채취하는 일에 가끔 도형수들을 동원하였던지라, 도형수들이 광부들의 연장을 쉽게 손에 넣는 것은 드물지 않은 일이었다. 광부들의 촛대는 묵직한 쇠막대로 만들었으며, 그것을 바위 틈에 박아 세워두기에 편리하도록, 아래쪽 끝을 뾰족하게 깎았다.

그가 그러한 촛대를 오른손에 들고, 숨을 끊은 채, 발소리를 죽이며 옆방 문으로 다가갔다. 이미 알다시피 주교의 침실이다. 다가가서 보니 문이 살짝 열려 있었다. 주교가 문을 완전히 닫지 않은 것이다.

11. 그가 하는 짓

쟝 발쟝이 귀를 기울였다. 아무 소리도 들리지 않았다.

문을 밀었다.

안으로 들어오려는 고양이처럼 은밀하고 조심스럽게, 손가락으로 가볍게 밀었다.

문은 그러한 압력에도 밀렸고, 감지될 수 없을 만큼 조용히 움직여, 간격을 조금 더 넓혔다.

그는 잠시 기다렸다가 이번에는 더 과감하게 문을 밀었다.

문은 여전히 소리 없이 밀렸다. 이제 간격이 상당히 넓어져 그가 통과할 수 있을 만하였다. 하지만 문 가까이에 작은 탁자가 있었고, 그것이 문과 거추장스러운 각을 이루어 입구를 막고 있었다.

쟝 발쟝은 어려움을 알아차렸다. 어떠한 일이 있어도 간격이 더 넓어져야 했다.

그는 결단을 내려 세 번째로 문을 밀었다. 처음 두 번보다 더 세게 밀었다. 이번에는 기름칠이 제대로 되어 있지 않은 돌쩌귀 하나가 별안간 어둠 속에서 마찰음을 냈다. 탁하고 긴 소리였다.

장 발장은 몸서리를 쳤다. 그 돌쩌귀의 소리가, 최후의 심판정에서 들려오는 나팔 소리처럼,[21] 그의 귓속에서 터질 듯이 또 무시무시하게 울렸다.

소리가 환상적으로 크게 들리던 최초의 순간, 그는 그 돌쩌귀가 살아나서 무시무시한 생명을 얻었고, 그래서 모든 사람들에게 알리고 잠든 사람들을 깨우기 위하여 개처럼 짖는다고 생각하였다.

그는 멈춰 서서 오들오들 떨며 넋을 잃은 채, 발끝으로 걸으며 들었던 발뒤꿈치를 털썩 바닥으로 내렸다. 동맥들이 관자놀이 속에서 대장간의 두 망치처럼 두드리는 소리가 들렸다. 그의 숨결이, 깊은 동굴로부터 들려오는 바람 소리를 내며 허파로부터 나오는 것 같았다. 그 역정 난 돌쩌귀의 끔찍한 아우성이, 지진의 진동처럼 집 전체를 뒤흔들지 않을 수 없을 것 같았다. 자기에 의해 밀린 문이 깜짝 놀라서 구원을 요청한 것 같았다. 늙은이가 일어날 것이고, 두 늙은 여인이 비명을 지를 것이다. 그러면 그들을 도우러 사람들이 달려올 것이다. 단 십오 분이 지나지 않아 도시 전체가 떠들썩해질 것이고, 그러면 헌병들이 출동할 것이다. 잠시 그는 자기가 이제 끝장이라고 생각하였다.

그는 소금 조각상처럼 굳어져 그 자리에 머문 채,[22] 감히 꼼짝도 못하였다. 몇 분이 흘렀다. 문이 스스로 활짝 열려 있었다. 그가 무심히 방 안을 살펴보았다. 움직인 것이 없었다. 귀를 기울였다. 집 안에서는 아무것도 움직이지 않았다. 녹슨 돌쩌귀의 소음이 아무도 깨우지 않은 것이다.

첫 위험이 지나갔지만 그의 내면에는 아직도 끔찍한 동요가 있었다. 그러나 그는 물러서지 않았다. 자신이 끝장났다고 생각하던 순간에도 물러서지 않은 그다. 그는 오직 신속히 마쳐야 한다는 생각에만 골몰해 있었다. 한 걸음을 더 내디뎌 방 안으로 들어섰다.

그 방은 완벽한 정적 속에 잠겨 있었다. 방 안 여기저기에 뒤섞이고 희미한 형체들이 보였다. 밝을 때 보면 그것들이 책상 위에 흩어져 있는 종이, 펼쳐놓은 책들, 등 없는 걸상 위에 쌓아놓은 책들, 옷들로 뒤덮인 안락의자, 기도용 의자 등이겠으나, 그 시각에는 그저 컴컴한 구석 아니면 희끄무레한 공간으로만 보였다. 쟝 발쟝은 가구들에 부딪히지 않으려 조심하면서 앞으로 나아갔다. 침실 저쪽 안쪽으로부터, 잠든 주교의 고르고 평온한 숨소리가 들려왔다.

그가 문득 멈추어 섰다. 침대 가까이에 와 있었다. 그가 생각했던 것보다 일찍 그곳에 도달한 것이다.

자연이 때로는 자신의 작용과 풍경을, 말없이 그러나 지혜롭게, 적절한 순간에 우리의 행동과 뒤섞어 준다. 마치 우리로 하여금 숙고해 보도록 하려는 뜻인 것 같다. 거의 반 시간 전부터 거대한 구름 덩이가 하늘을 뒤덮고 있었다. 그런데 쟝 발쟝이 침대 곁에 멈추는 순간, 마치 의도라도 했던 것처럼, 구름 덩이가 찢어지더니 달빛 한 줄기가 기다란 창문을 통해 들어와, 주교의 창백한 얼굴을 갑자기 밝혔다. 그는 평화롭게 잠을 자고 있었다. 그는 남부 알프스 지역의 차가운 밤 날씨 때문에, 옷을 거의 다 입은 채 침대에 누워 있었다. 그가 입은 갈색 모직 상의가 그의 팔을 손목 부분까지 가리고 있었다. 그의 머리는 휴식을 취하는 자세로 베개 위에 뒤로 젖혀져 있었다. 주교의 반지를 낀, 그리고 그토록 많은 자선사업과 신성한 일들을 촉발시킨 그의 손은, 침대 변두리 밖으로 늘어져 있었다. 그의 얼굴 전체에 만족감과 소망과 유열의 어렴풋한 표정이 빛나고 있었다. 그것은 미소 이상의 것이었다. 오히려 반짝임에 가까웠다. 그의 이마에는 보이지 않는 빛의 형언할 수 없는 반사광이 어려 있었다. 의인들의 영혼은 그들이 잠든 동안에 어떤 신비한 하늘을 응시한다.

그 하늘의 반사광이 주교의 얼굴에 어려 있었다.

그것은 동시에 하나의 반짝이는 투명성이었으니, 그 하늘이 그의 내면에 있었기 때문이다. 그 하늘은 바로 그의 양심이었다.

달빛이 그 내면의 빛 위로 내려앉아 그것과 중첩되는 순간, 잠든 주교의 얼굴은 영광 속에 있는 듯이 보였다. 하지만 그 모든 것이 온화하였고, 형언할 수 없는 흐릿함에 감싸여 있었다. 하늘에 떠 있는 그 순간의 달, 잠든 자연, 미동조차 하지 않는 정원, 그토록 고요한 집, 그 시각, 그 순간, 정적 등 모든 것들이, 그 현자의 존경스러운 휴식에 장중하고 형언할 수 없는 그 무엇을 첨가하여 주고 있었으며, 그의 백발과 눈을, 온통 소망과 신뢰만으로 가득한 그의 안면을, 노인의 얼굴을, 그 아이의 티 없는 잠을, 일종의 장엄하고 평온한 후광으로 감싸고 있었다.

그렇게 자신도 모르는 거룩함을 지니고 있는 그 사람 속에는 신성함에 가까운 것이 있었다.

한편 쟝 발쟝은, 무쇠 촛대를 손에 든 채, 빛을 발하는 노인의 모습에 질겁하여, 꼼짝도 못하고 어둑한 곳에 서 있었다. 일찍이 그러한 것을 본 적이 없었다. 노인의 그 신뢰가 그에게 걷잡을 수 없는 두려움을 주었다. 동요되고 불안에 사로잡힌 양심이, 악행의 언저리에 도달해서 한 의인의 잠든 모습을 응시하는 장면, 윤리적 세계에서는 그것보다 더 큰 구경거리가 없을 것이다.

그 고립 상태에서, 게다가 자기와 같은 사람 곁에서 계속되는 노인의 잠에는, 그가 막연히 그러나 거역할 수 없이 느낄 수밖에 없는 숭고한 무엇이 있었다.

그의 내면에서 무슨 일이 생겼을지 아무도, 심지어 그 자신도, 알수 없었을 것이다. 그것을 짐작이나마 해보려면, 가장 온화한 것 앞에 헌신한 가장 난폭한 것을 상상해 보아야 할 것이다. 그의 얼굴에서도 무엇 하나 선명히 분별해 낼 수 없었을 것이다. 일종의 사나운 놀라움이 그의 얼굴에 어려 있었다. 그러한 상태로 그는 물끄러미 바라보고만 있었다. 하지만 그가 무슨 생각을 하고 있었을까? 그것을 짐작하기란 불가능했을 것이다. 분명했던 사실은, 그의 마음이 크게 흔들렸고 그가 아연실색하였다는 것이다. 하지만 그 마음의 동요가 어떤 종류의 것이었을까?

그의 눈이 노인으로부터 떨어지지 않았다. 그의 자세와 얼굴에서 선명하게 드러나는 것은 하나의 기이한 망설임이었다. 그는 두 심연 사이에서, 즉 파멸의 심연과 구원의 심연 사이에서 머뭇거리고 있었다. 그는 노인의 두개골을 부수거나 그의 손에 입을 맞출 준비가 되어 있는 것 같았다.

잠시 후, 그의 왼쪽 팔이 천천히 자기의 이마 쪽으로 올라갔다. 그가 모자를 벗었다. 그러더니 팔이 다시 천천히 내려왔다. 그리고 쟝 발쟝이 왼손에는 모자를 들고 오른손에는 곤봉을 든 채 다시 생각에 잠기는데, 그의 사나운 머리 위에는 머리카락이 삐죽삐죽 솟아 있었다.

그 무시무시한 시선 아래에서 주교는 깊은 평온에 감싸여 계속 잠을 자고 있었다.

달빛의 반사광으로 인하여 벽난로 위에 있는 십자가가 희미하게 보였다. 십자가는 그들을 향해 두 팔을 벌리고 있는 것 같았는데, 한 사람에게는 축복을, 다른 한 사람에게는 용서를 베푸는 듯하였다.

별안간 쟝 발쟝이 모자를 다시 이마 위에 얹더니, 주교는 쳐다보지도 않고 침대 옆을 따라 신속히 걸으며, 침대 머리맡에 있는 벽장으로 향하였다. 그가 자물쇠를 부수려는 듯 쇠촛대를 움켜잡아 쳐들었다. 그런데 열쇠가 꽂혀 있었다. 열쇠로 벽장을 열었다. 그의 눈에 제일 먼저 띈 것은 은제 식기를 담아놓은 바구니였다. 그가 바구니를 집어 들고 성큼성큼, 조심하는 기색도 없이, 소음 따위는 개의치 않는다는 듯, 침실을 다시 가로질러 출입문으로 향하였다. 다시 예배실로 들어가 창문을 열고 자기의 막대기를 집어 들더니, 창문의 문지방을 훌쩍 넘은 다음, 은식기들을 자기의 배낭에 쓸어 넣고 바구니를 던져버렸다. 그리고 정원을 가로질러 호랑이처럼 담장을 뛰어넘어 도망을 쳤다.

12. 주교가 일에 착수하다

다음 날 아침 일찍 비앵브뉘 예하께서는 정원에서 산책을 하고 계셨다. 마글르와르 부인이 아연실색한 모습으로 그에게 달려와 큰 소리로 여쭈었다.
"나리, 나리, 예하께서는 은식기 바구니가 어디에 있는지 아십니까?"
"알고 있어요." 주교의 대꾸였다.
"천만다행이에요. 그것이 어찌 되었는지 몰라서 걱정이었어요."
조금 전에 주교는 그 바구니가 화단에 있는 것을 발견하였다. 그가 바구니를 마글르와르 부인에게 건넸다.
"여기 있어요."
"이게 어찌 된 일이에요? 안에 아무것도 없어요! 그럼 은식기는?"
"아! 당신이 찾던 것이 은식기였어요? 그것들이 어디에 있는지 나는 모르겠어요."
"맙소사! 도둑맞았어요! 어제저녁에 온 남자가 훔쳐 갔어요!"
마글르와르 부인은 늙은 감시인의 열정을 다하여 예배실로 달려가 협실에까지 들어갔다가 눈 깜짝할 사이에 다시 주교 곁으로 돌아왔다. 마침 주교는, 바구니가 화단으로 떨어지는 바람에 부러진 기용 지방산 꼬클레아리아[23]의 어린 줄기를 들여다보며 한숨을 짓고 있었다. 마글르와르 부인이 외치는 소리를 듣고 그가 다시 일어섰다.
"나리, 그 남자가 떠났어요! 은식기들을 도둑맞았어요!"
그렇게 떠들면서 그녀가 우연히 정원 한구석을 보자니 기어 넘은 흔적이 완연하였다. 담장의 상단 갓돌 하나가 뽑혀 나가 없어졌다.

"보세요! 그가 저곳을 거쳐서 갔어요. 꼬슈휠레 골목으로 뛰어내렸어요! 아! 가증스러운 짓이에요! 그가 우리의 은식기를 훔쳐 갔어요!"

주교가 잠시 침묵하더니, 엄숙한 시선으로 마글르와르 부인을 바라보며 부드럽게 말하였다.

"우선, 그 은식기들이 우리들의 것인가요?"

마글르와르 부인이 어리둥절하였다. 다시 침묵이 이어졌다. 주교가 말을 이었다.

"마글르와르 부인, 내가 부당하게 오랫동안 그 은식기들을 손에 넣고 있었어요. 그것은 가난한 사람들의 것이었어요. 그 남자가 누구지요? 틀림없이 가난한 사람들 중의 하나예요."

"아! 예수님! 저나 아씨를 위해서 이러는 것이 아니에요. 저희들은 상관없어요. 나리를 위해서예요. 이제 나리께서는 음식을 어디에 담아 잡수셔야 하나요?"

주교가 그녀를 놀란 듯한 기색으로 바라보다가 대꾸하였다.

"그거야 뭐! 주석 식기가 있지 않아요?"

마글르와르 부인이 불만스럽다는 듯이 어깨를 으쓱하였다.

"주석은 냄새가 나요."

"그러면 철제 식기를 쓰지요."

마글르와르 부인이 얼굴을 찡그렸다.

"철제 그릇은 쇠맛이 심해요."

"그러면 목제 그릇을 쓰지요."

잠시 후 그는 전날 저녁에 쟝 발쟝이 앉았던 식탁에서 조반을 먹었다. 비앵브뉘 주교께서는 식사를 하면서, 아무 말 하지 않는 누이와 묵묵히 투덜거리는 마글르와르 부인에게, 빵 한 조각을 우유 한 잔에 적셔서 먹는 데는 나무로 깎은 숟가락이나 포크조차 필요치 않다고 쾌활하게 말하였다.
"그따위 인간을 받아들일 생각을 하시다니! 게다가 바로 곁에 재우시다니! 그가 물건만 훔쳐 갔으니 그나마 다행이지! 아! 맙소사! 생각만 해도 소름이 끼치네!" 마글르와르 부인이 오고 가면서 그렇게 홀로 중얼거렸다.

오라비와 누이가 식탁에서 일어서려는데 누가 문을 두드렸다.
"들어오시오." 주교가 말하였다.
문이 열렸다. 기이하고 난폭해 보이는 사람들 한 무리가 문간에 모습을 드러냈다. 세 남자가 다른 네 번째 남자의 목덜미를 잡고 있었다. 세 남자는 헌병들이었고, 나머지 하나는 쟝 발쟝이었다.

대원들을 인솔해 온 듯한 헌병 분대장이 문 가까이에 있었다. 그가 안으로 들어서더니 군례(軍禮)를 올리며 주교 앞으로 나섰다.
"예하……."
그 말에, 침울하고 낙담한 기색이었던 쟝 발쟝이, 고개를 처들며 아연실색한 표정을 지었다.
"예하라니!" 그가 중얼거렸다. "그러면 주임사제가 아니란 말인가?"
"조용히 해!" 헌병이 말하였다. "주교 예하시다."

그러는 동안 비앵브뉘 주교가 고령임에도 불구하고 서둘러 나서더니, 쟝 발쟝을 바라보며 소리쳤다.
"아! 드디어 나타나셨군! 당신을 다시 보게 되어 기뻐요. 그런데 영문을 모르겠군요! 내가 당신에게 촛대들도 드렸는데. 그것들도 다른 물건들처럼 은으로 만든 것이라, 팔면 이백 프랑은 받을 수 있을 것이오. 왜 은식기들과 함께 가져가시지 않았소?"

쟝 발쟝이 눈을 크게 뜨고 그 숭고한 주교를 바라보면서 얼굴에 드러낸 표정은, 그 어떤 인간의 언어로도 묘사할 수 없을 것이다. 헌병 분대장이 주교에게 물었다.

"예하, 이 사람의 말이 그러면 사실입니까? 저희들은 이 사람과 우연히 마주쳤습니다. 급히 길을 떠나는 사람 같았습니다. 그래서 그를 불러 세운 다음 조사를 해보니 이 은식기들이……."

"그래서 저 사람이 당신들에게 말하기를, 어떤 사제 영감이 은식기들을 주었고, 그 영감 집에서 하룻밤을 묵었다고 했지요? 어찌 된 일인지 알겠소. 또한 그래서 저 사람을 이곳으로 데려온 것이지요? 하지만 오해를 하셨소."

"그렇다면 저 사람을 놓아주어도 되겠습니까?" 헌병 분대장이 물었다.

"물론이오." 주교의 대답이었다.

헌병들이 쟝 발쟝을 놓아주었다. 그가 뒤로 물러섰다.

"저를 놓아준다는 것이 사실입니까?" 그가 마치 꿈을 꾸며 말하듯 얼버무렸다.

"그래, 자네를 놓아주네. 자네는 듣지도 못하는가?" 헌병 한 사람이 그에게 말하였다.

"벗이여, 떠나시기 전에, 여기에 당신의 촛대들이 있으니, 그것들도 챙기시지요."

그가 벽난로 위에 놓여 있던 은촛대 둘을 손수 쟝 발쟝에게로 가져왔다. 그동안 두 여인은 아무 말 없이 꼼짝도 하지 않고, 또한 주교를 거북하게 할 어떤 시선도 보내지 않으며, 그저 바라보기만 하였다.

쟝 발쟝은 사지를 벌벌 떨고 있었다. 그는 기계적으로, 또 넋을 잃은 듯한 기색으로 두 촛대를 받아 들었다. 주교가 그에게 말하였다.

"이제 편안히 가시오. 그리고 참, 벗이여, 다음에 오실 때에는 구태여 담장을 넘으실 필요가 없소이다. 길로 통하는 저 문으로 언제나 들어오시고 나가실 수 있소. 저 문은 낮이나 밤이나 걸쇠 하나만으로 닫혀 있다오."

그러더니 헌병들을 돌아보며 말하였다.

"귀관들께서는 물러가셔도 좋소."

헌병들이 떠났다.

쟝 발쟝은 곧 기절할 사람 같았다.

주교가 그에게 다가가서 나지막하게 말하였다.

"잊지 마시오, 그대가 이 은(돈)을 정직한 사람 되는 데 사용하겠노라 약속한 사실을 결코 잊지 마시오."

아무것도 약속한 기억이 없는 쟝 발쟝은 그저 아연하여 꿀 먹은 벙어리가 되었다. 주교가 그 말을 특히 힘주어 또박또박 하였기 때문이다. 주교가 조금은 엄숙하게 말을 계속하였다.

"쟝 발쟝, 나의 형제여, 이제 그대는 더 이상 악의 수중에 계시지 않고 선의 소유가 되셨소. 나는 그대로부터 당신의 영혼을 샀소. 내가 그것을 흉악한 사념과 멸망의 정령에게서 회수하여 신에게 드리겠소."

13. 쁘띠-제르베

쟝 발쟝은 도망치듯 도시를 빠져나갔다. 그는 들판으로 들어서자 서둘러 걷기 시작하였다. 신작로건 오솔길이건 닥치는 대로 따라 걸었고, 자기가 간 길을 번번이 되돌아온다는 사실을 깨닫지 못하였다. 그렇게 아침나절 내내 헤매었다. 조반을 먹지 못했지만 시장기도 느끼지 못하였다. 그는 무수한 새로운 느낌에 사로잡혀 있었다. 자신이 어떤 노기에 휩싸였음을 느꼈다. 하지만 그 노기가 누구를 향한 것인지 알 수 없었다. 자기가 감동을 받았는지 혹은 모욕을 당했는지, 그 자신조차도 알 수 없었을 것이다. 가끔 그의 마음이 기이하게 누그러지기도 하였지만, 최근 이십 년 동안 쌓인 모진 마음을 내세워 그것과 싸우게 하였다. 그러한 상태가 그를 지치게 하고 있었다. 그는 자기 불행의 부당성이 자기에게 안겨 주었던 그 소름 끼치는 고요함이 자신의 내면에서 흔들리는 것을 보고 불안감에 휩싸였다. 그는 무엇이 그 고요함 대신 들어설 것인지 의아해하였다. 이따금씩 그는, 자기가 헌병들과 함께 감옥에 있었더라면 더 좋았겠다고 생각하였다. 또 일이 그렇게 돌아가지 않았다면 자기를 그토록 뒤흔들지는 않았을 것이라는 생각도 하였다. 비록 계절이 막바지에 이르렀건만, 여기저기 생울타리에는 뒤늦게 몇 송이 꽃이 피어 있었고, 그가 걸으며 뚫고 지나가던 꽃향기가 그의 어린 시절 추억을 되살려 주었다. 그 추억들이 그에게는 거의 감당할 수 없을 지경이었다. 그것들이 그에게 나타나지 않은 지 그만큼 오래되었기 때문이다.

형언할 수 없는 사념들이 그렇게 온종일 그의 내면에 뭉게뭉게 쌓이고 있었다.

해가 작은 조약돌의 그림자까지 땅바닥에 길게 늘여 드리우며 서쪽으로 기울 때, 장 발장은 인적 없는 다갈색 광야에서 어느 덤불을 등지고 앉아 있었다. 지평선에 보이는 것은 알프스의 연봉들뿐이었다. 후미진 마을의 종각 하나 보이지 않았다. 장 발장은 디뉴로부터 삼십 리쯤 되는 곳에 있었다.

그렇게 깊은 생각에 잠겨 있는데, 그리하여 불시에 그와 마주친 사람에게는 그가 입고 있던 누더기가 더욱 무시무시해 보였을 텐데, 명랑한 소리 한 가닥이 그의 귀에 들려왔다.

그가 고개를 돌렸다. 나이 열 살쯤 되어 보이는 사부와 지방 소년 하나가, 비엘[24]을 옆에 끼고 마르모트 상자를 등에 진 채, 노래를 부르며 오솔길을 따라서 오는 것이 보였다. 무릎 부분이 닳아 구멍이 난 바지를 입고 이 고장 저 고장을 떠도는 유순하고 명랑한 아이들 중 하나였다.

아이는 계속 노래를 부르며 가끔 걸음을 멈추고 서서, 손에 들고 있던 주화 몇 닢을 가지고 공기놀이를 하였다. 아마 그의 전 재산이었을 것이다. 그 주화들 중 사십 쑤짜리 하나가 있었다.

아이가 쟝 발쟝을 미처 보지 못하고, 그가 앉아 있던 곳의 덤불 옆에서 걸음을 멈추었다. 그러더니 그때까지 손등으로 솜씨 좋게 몽땅 되받곤 하던 주화들을 다시 공중으로 던졌다.

이번에는 사십 쑤짜리 주화가 그의 손을 벗어나, 쟝 발쟝이 있던 덤불 쪽으로 굴러갔다.

쟝 발쟝이 그것 위로 발을 올려놓았다.

그동안 아이는 자기의 주화를 계속 눈으로 따라왔고, 쟝 발쟝의 행동을 보았다.

아이는 전혀 놀라는 기색 없이 낯선 남자에게로 곧장 걸어갔다.

인적 하나 없는 외딴 곳이었다. 눈이 닿을 수 있는 한 아무리 멀리 둘러보아도, 들판에도 오솔길에도, 사람의 모습은 보이지 않았다. 까마득히 높은 하늘을 지나가는 구름 같은 철새 무리들의 울음소리만이 희미하게 들려오고 있었다. 아이는 해를 등지고 있었던지라, 그의 머리카락들이 햇빛에 황금 실처럼 보였고, 사나운 쟝 발쟝의 얼굴은 석양빛을 받아 핏빛으로 붉게 변해 있었다.

"아저씨, 내 돈 어디 있어요?" 사부와 지방 소년이, 무지와 순진함으로 이루어진 아이들 특유의 자신감 넘치는 어투로 물었다.

"네 이름이 뭐지?" 쟝 발쟝이 물었다.

"쁘띠-제르베,[25] 아저씨."

"저리 가거라." 쟝 발쟝이 불쑥 말하였다.

"아저씨, 내 돈 돌려줘요."

쟝 발쟝이 아무 대꾸 하지 않고 고개를 숙였다.

아이가 다시 보챘다.

"내 돈, 아저씨!"

쟝 발쟝의 눈은 땅바닥만 응시하고 있었다.

"내 돈! 내 하얀 주화! 내 돈!" 아이가 고함을 쳐댔다.

쟝 발쟝은 아무 소리도 듣지 못하는 듯하였다. 아이가 그의 작업복 깃을 잡고 흔들어댔다. 그러면서, 자기의 보물 위에 놓인 징 박힌 투박한 구두를 한쪽으로 밀려고 애를 썼다.

"내 돈 내놔! 사십 쑤짜리 내 주화!"

아이가 울기 시작하였다. 쟝 발쟝이 다시 머리를 쳐들었다. 그는 여전히 앉아 있었다. 그의 시야가 흐릿해졌다. 그는 몹시 놀란 사람처럼 아이를 유심히 노려보았다. 그러더니 손을 뻗어 자기의 막대기를 움켜잡으며 무시무시한 음성으로 소리쳤다.

"거기 누구야?"

"나예요, 아저씨, 쁘띠-제르베! 나예요! 나! 제발 내 사십 쑤 돌려줘요! 제발 아저씨, 발 좀 저리 치워요!"

그러더니, 비록 어리지만 화가 났던지, 거의 위협적인 태도로 다시 졸라댔다.

"아! 정말 발 치우지 않겠어요? 이봐요, 발 치우라니까!"

"아! 아직도 너냐!" 그러면서 쟝 발쟝이 벌떡 일어섰고, 여전히 은화를 밟고 선 채 한마디를 덧붙였다.

"어서 가!"

아이가 질겁한 듯 그를 바라보더니, 머리끝부터 발끝까지 부들부들 떨었다. 그리고 잠시 넋을 잃은 듯하더니, 온 힘을 다하여 도망치기 시작하는데, 감히 고개조차 돌리지 못하고 비명 한 마디 지르지 못하였다.

하지만 어느 정도 거리를 달렸을 때 아이가 숨이 차서 걸음을 멈추었고, 몽상에 잠겨 있던 쟝 발쟝의 귀에 아이의 흐느낌 소리가 들려왔다.

잠시 후 아이가 사라졌다.

해는 이미 지평선 너머로 사라졌다.

쟝 발쟝 주위로 어둠이 몰려들고 있었다. 그는 온종일 아무것도 먹지 못하였다. 그가 아마 신열에 시달리고 있었을 것이다.

그는 우뚝 선 채, 아이가 도망친 이후 그 자세를 바꾸지 않았다. 그의 숨결에 그의 가슴팍이 길고 불규칙한 간격을 두고 부풀어 오르곤 하였다. 자기 앞 열두어 걸음 되는 지점에 멈춘 그의 시선은, 풀 속에 떨어져 있던 오래된 푸른색 사금파리 한 조각의 형태를 세심하게 살피고 있는 것 같았다. 문득 그가 온몸을 떨었다. 그제서야 비로소 저녁의 냉기를 느꼈던 모양이다.

그가 다시 모자를 푹 눌러썼고, 작업복 상의 자락을 여미며 단추를 잠근 다음, 한 걸음 움직여 땅바닥에 있던 막대기를 집으려 상체를 숙였다.

그 순간, 그의 발에 밟혀 흙 속에 반쯤 박힌 채 조약돌들 사이에서 반짝이던 사십 쑤짜리 주화가 그의 눈에 띄었다. 그것은 일종의 전기 충격 같았다.

"이것이 무엇일까?" 그가 혼자 중얼거렸다.

그는 자기의 발이 조금 전에 땅속에 처박은 그것으로부터 눈을 떼지 못한 채, 세 걸음 뒤로 물러나 멈춰 섰다. 어슴푸레함 속에서 아직도 빛을 발하고 있는 그것이, 마치 자기를 노려보고 있는 부릅뜬 눈 같았다.

잠시 후, 그가 발작적으로 은화를 향해 돌진하더니, 그것을 집어 들고 벌떡 일어서서, 피신처를 찾는 겁에 질린 야수처럼 벌벌 떨면서, 그리고 사방을 두리번거리면서, 벌판 먼 곳을 바라보기 시작하였다.

아무것도 보이지 않았다. 어둠이 내려앉고 있었다. 벌판은 차갑고 어스름하였다. 커다란 보랏빛 안개 자락들이 황혼 녘의 잔광 속으로 피어오르고 있었다.

"아!" 그렇게 한마디 한 후, 그는 아이가 사라진 쪽을 향하여 부지런히 걷기 시작하였다. 백여 걸음쯤 걷다가 걸음을 멈추고 유심히 살폈다. 아무것도 보이지 않았다.

그러자 그가 목청껏 소리를 질렀다.

"쁘띠-제르베! 쁘띠-제르베!"

입을 다물고 기다렸다.

대답이 없었다.

벌판은 황량하고 음울하였다. 그는 광막함에 둘러싸여 있었다. 그의 주위에는 아무것도 없었고, 그의 시선이 빠져들어 사라지는 어둠과 그의 음성이 잦아드는 고요뿐이었다.

한 자락 삭풍이 불어와, 그의 주위에 있는 것들에게 일종의 음산한 생명을 넣어주고 있었다. 키 작은 잡목들이 믿을 수 없을 만큼 맹렬하게 자기들의 야윈 가지들을 뒤흔들고 있었다. 그것들이 누군가를 겁박하며 뒤쫓는 것 같았다.

그가 다시 걷기 시작하였다. 그러다가 뛰기 시작하였다. 그리고 가끔 멈추면서, 그 적막함 속에서, 인간의 귀가 들은 그 어느 음성보다도 우렁차고 동시에 절망적인 음성으로 불렀다. "쁘띠-제르베! 쁘띠-제르베!"

분명, 아이가 그 소리를 들었다 하여도, 아이는 겁을 먹었을 것이고, 따라서 모습을 드러내지 않았을 것이다. 그러나 아이는 이미 멀리 가버렸음에 틀림없었다.

말을 타고 지나가는 사제 하나를 만났다. 그가 다가가서 물었다.

"사제님, 아이 하나 지나가는 것 보셨습니까?"

"못 보았소." 사제가 대답하였다.

"쁘띠-제르베라고 하는 아이 못 보셨어요?"

"아무도 보지 못하였소."

그가 오 프랑 주화 두 닢을 꺼내어 사제에게 건넸다.

"사제님, 돌보고 계신 가난한 사람들을 위해 쓰십시오. 사제님, 나이 열 살쯤 되어 보이고, 마르모트와 비엘을 가지고 있는 아이입니다. 그 아이가 이쪽으로 갔습니다. 떠돌이 사부와 사람들 중 하나일 것입니다. 사제님도 아시죠?"

"그 아이를 보지 못하였소."

"쁘띠-제르베를? 그 아이는 이 지방 마을에 살지 않지요? 그렇지요?"

"당신 말대로라면 외지에서 온 아이임에 틀림없소. 그런 것들이 가끔 이 지역으로 지나가오. 아무도 그들을 알지 못하오."

쟝 발쟝이 서둘러 오 프랑 주화 두 닢을 더 꺼내어 사제에게 주었다.

"돌보고 계신 가난한 사람들을 위해서 쓰십시오."

그리고 다시 넋 잃은 사람처럼 덧붙였다.

"사제님, 제가 체포되게 해주십시오. 저는 도둑놈입니다."

사제는 몹시 두려운 듯, 즉시 말에 박차를 가하여 줄행랑을 놓았다. 쟝 발쟝은 처음 자기가 향하던 쪽으로 다시 달리기 시작하였다.

그렇게 두리번거리고, 부르고, 고함을 지르면서 상당히 먼 거리를 갔으나, 아무도 만나지 못하였다. 벌판에 누워 있거나 웅크리고 있는 사람처럼 보이는 것을 발견하고 두세 번인가 달려가 보기도 하였다. 하지만 다가가서 보면 덤불이거나 지표면과 수평을 이루고 있는 바위였다. 드디어 세 갈래 오솔길이 교차하는 지점에서 그가 걸음을 멈추었다. 달이 높직하게 떠 있었다. 그는 먼 곳으로 시선을 이리저리 던지며 마지막으로 불러보았다. "쁘띠-제르베! 쁘띠-제르베!" 그의 고함은 안개 속으로 잦아들어 반향음조차 일으키지 않았다. 그가 다시 중얼거렸다. "쁘띠-제르베!" 그러나 약하고 거의 얼버무린 소리였다. 그것이 그의 마지막 시도였다. 꺼림칙한 마음의 무게로 어떤 보이지 않는 힘이 그를 짓누르기라도 하는 듯, 그의 오금이 별안간 힘을 잃고 휘었다. 그는 기진하여 커다란 돌 위에 털썩 주저앉았다. 그리고 두 손으로 머리를 움켜쥐고 얼굴을 두 무릎 사이로 처박은 채 절규하였다. "나는 불쌍한 놈이야!"

그러자 그의 가슴이 터졌고 그가 울기 시작하였다. 십구 년 만에 처음 흘리는 눈물이었다.

장 발장이 주교의 거처에서 다시 나왔을 때, 이미 보았듯이, 그는 그때까지 그의 생각이었던 모든 것 밖으로 벗어나 있었다. 그는 자신의 내면에서 무슨 일이 생겼는지 깨닫지 못하였다. 그는 그 노인의 천사와 같은 행위와 부드러운 말에 저항하였다. "그대는 정직한 사람이 되겠노라고 나에게 약속하셨소. 내가 당신의 영혼을 사겠소. 내가 그것을 사악한 정령으로부터 회수하여 착하신 신에게 드리겠소." 그 말이 끊임없이 그의 뇌리에 되살아났다. 그는 그 천상의 너그러움에 맞서, 우리의 내면에 있는 악의 요새와 같은 오만을 내세웠다. 그는, 그 사제의 용서가 자기를 뒤흔들 수 있을 가장 대대적이고 가장 강력한 공격이고, 자기가 그 관대함에 맞서 버틴다면 자기의 냉혹함이 확정적으로 굳어질 것이고, 만약 그 공격에 밀릴 경우, 다른 사람들이 그토록 여러 해 동안 그의 영혼에 가득 채워주었던, 그리고 그의 마음에 드는, 그 증오를 포기해야 할 것이고, 이번에는 그 적을 굴복시키든가 자신이 굴복해야 할 것이고, 자기의 사악함과 그 사람의 선함 사이에 대대적이고 결정적인 전투가 개시되었다는 것 등을, 희미하게나마 느끼고 있었다.

그 모든 어렴풋한 빛들 아래에서 그는 취한 사람처럼 가고 있었다. 초점 잃은 눈으로 그렇게 걷고 있는 동안, 자기가 디뉴에서 겪은 뜻밖의 사건으로부터 초래될 것이 그가 선명히 인지하였을까? 생애의 특정 순간에 경고도 하고 혹은 오성을 괴롭히는 그 신비한 웅성거림이 그의 귀에도 들렸을까? 그가 운명의 엄숙한 순간을 통과했다고, 그에게는 더 이상 중간 지대가 없다고, 이제부터는 그가 최선의 인간이 되지 못할 경우 최악의 인간이 될 것이라고, 따라서 이제 주교보다 더 높이 올라가거나 도형수보다 더 밑으로 떨어져야 한다고,

선한 사람이 되려 한다면 천사가 되어야 한다고, 사악한 사람으로 남고자 할 경우 괴물이 되어야 한다는 등의 말을, 어떤 음성이 그의 귀에다 속삭여 주었을까?

우리가 앞서 이미 던졌던 질문을 여기에서 다시 던져야 할 것 같다. 그 모든 것의 그림자나마 그리고 희미하게나마 그가 자기의 사념 속으로 거두어들였을까? 물론, 이미 지적했다시피, 불행이 지능을 양육한다. 하지만 쟝 발쟝이, 우리가 여기에 지적해 놓은 모든 것들을 분별할 만한 상태에 있었을지는 의문이다. 혹시 그러한 사념들이 그의 뇌리를 스쳤다 하더라도, 그가 그것들을 선명히 보기보다는 언뜻 보았을 것이고, 그것들은 기껏 그를 견딜 수 없는 그리고 거의 고통스러운 혼란 속으로 처넣는 데 그쳤을 것이다. 흔히들 도형장이라고 칭하는 그 흉측하고 검은 물건으로부터 빠져나왔을 때, 주교가 그의 영혼에 고통을 주었던 바, 그것은 암흑 속에 있던 눈이 그곳을 빠져나오는 순간 너무 강한 빛이 눈에 가하는 고통과 같았다. 이제부터 그의 앞에 주어진 온통 순결하고 온통 광휘로운 미래의 삶, 실현 가능한 그 삶이, 그를 전율과 불안으로 가득 채우고 있었다. 그는 자신이 어떤 처지에 있는지 정말 더 이상 알지 못하였다. 해가 뜨는 것을 불시에 보게 된 올빼미처럼, 그 도형수는 미덕에 눈이 부셔 눈이 먼 것 같았다.

분명했던 것은, 즉 그가 더 이상 의심하지 않았던 것은, 그가 더 이상 같은 사람이 아니고, 그의 내면에서 모든 것이 변했으며, 주교가 자기에게 말을 건네고 자기를 감동시키는 것을 막을 권능이 자기에게 없었다는 사실 등이었다.

그러한 상태에서 그가 쁘띠-제르베를 만났고 그에게서 사십 쑤를 훔쳤다. 왜 그랬을까? 그는 도저히 설명할 수 없었을 것이다. 그가 도형장으로부터 가져온 못된 사념들의 단말마적 노력과 같은 마지막 영향이었을까? 충동의 일부 잔여분, 동역학에서 '획득된 힘'이라고 칭하는 것의 결과였을까? 그거였다. 또한 아마 그것보다 더 미미한 것일 수도 있다. 더 단순 명료하게 말하자면, 도둑질을 한 주체는 그가 아니었다. 그 주체는 사람이 아니었다. 그의 뇌리를 떠나지 않는 그 숱한 전대미문의 새로운 일들 속에서 그의 지능이 몸부림치고 있는 동안, 습관과 본능에 이끌려 그의 발을 그 돈 위에 올려놓은 주체는 짐승이었다. 지능이 다시 깨어나서 짐승의 그러한 행동을 알게 되었을 때, 쟝 발쟝이 괴로워하며 뒤로 움찔 물러섰고 공포의 비명을 지른 것이다.

그것은 다시 말해, 기이하고 또 그가 처해 있던 상황에서만 가능한 현상이지만, 아이로부터 그 돈을 훔칠 때, 그가 이미 그에게는 불가능한 짓을 하였다는 것이다.

여하튼 그 마지막 못된 행위가 그에게 결정적인 결과를 초래하였다. 그 행위가, 그의 지능 속에 있던 혼돈을 거칠게 관통하면서 그것을 흩뜨려 버리고, 두터운 암흑과 빛을 각각 양쪽으로 갈라놓았으며, 특정 시약이 탁한 혼합물에 작용하여 하나의 물질을 침전시키고 다른 물질을 정화하듯이, 그의 영혼이 처해 있던 그 상태에서, 영혼에 강력하게 작용하였다.

그는 우선, 자신을 면밀히 관찰하고 숙고해 보기도 전에, 자기의 목숨을 구하려 미친 듯이 날뛰는 사람처럼, 돈을 돌려주려고 아이를 찾으려 애를 썼고, 그것이 부질없고 불가능함을 깨달았을 때, 절망하여 멈춰버렸다. "나는 불쌍한 놈이야!" 그가 그렇게 탄식하던 순간, 그는 자기의 있는 그대로의 모습을 본 것이고, 그는 이미 그러한 모습을 띤 자기와 분리되어 있어서 자신이 하나의 유령으로 보였던 것이며, 그 순간 그의 앞에 있었던 것은, 손에 막대기를 들고, 작업복을 걸치고, 훔친 물건들로 가득한 배낭을 등에 지고, 결의에 차고 음울한 얼굴에, 가증스러운 계획들이 뇌리에 가득한, 흉측한 도형수 쟝 발쟝의 살아 있는 육신이었다.

이미 지적한 바와 같이, 극도의 불행이 그를 일종의 환상가로 만들어놓았다. 따라서 그가 본 것은 환상과 같은 것이었다. 그는 정말, 음산한 얼굴이, 그 쟝 발쟝이, 자기 앞에 서 있는 것을 보았다. 그는 그 남자가 누구냐고 스스로에게 물을 지경에 거의 이르렀고, 오싹 소름이 끼침을 느꼈다.

그의 뇌수는, 격렬한 순간이되, 그러나 몽상이 하도 깊어 그 몽상이 현실을 몽땅 흡수해 버려 무시무시하도록 고요하기도 한, 그 순간에 진입해 있었다. 그러한 순간에는, 자기 주위에 있는 대상들을 더 이상 보지 못하며, 반면 자기의 생각 속에 있는 형상들이 마치 밖에 나와 있기라도 한 듯 그것들을 선명하게 본다.

따라서 그는 정면으로 마주하여 자신을 응시하면서, 동시에 그 환각을 통하여, 신비하게 깊은 곳에 있는 일종의 빛을 보고 있었는데, 처음에는 그것이 촛불이라고 생각하였다. 그리고 자기의 의식 앞에 나타나고 있던 빛을 더 주의하여 보던 중, 그 빛이 인간의 형태를 띠었으며, 촛불이라 여기던 것이 곧 주교임을 깨달았다.

그의 의식은 그렇게 자기 앞에 놓인 두 남자를, 즉 주교와 쟝 발쟝을, 번갈아 유심히 살폈다. 두 번째 남자를 녹여 버리기 위해서는 첫 번째 남자가 필수였다. 그러한 종류의 법열(法悅)에서만 발견되는 특이한 작용 때문에, 그의 몽상이 연장됨에 따라 주교는 점점 커져 찬연한 빛을 발산하는 반면, 쟝 발쟝은 차츰 작아지며 스스로 지워지고 있었다. 어느 순간에 이르자 그는 하나의 그림자에 불과하였다. 문득 그가 사라졌다. 주교만 홀로 남았다. 그리고 그 가엾은 자의 영혼을 찬란한 빛으로 가득 채웠다.

쟝 발쟝은 오랫동안 울었다. 뜨거운 눈물을 흘리며, 흐느끼며, 한 여인보다도 더 여린 마음으로, 어린아이보다도 더 두려워하며 울었다.

그가 우는 동안 그의 뇌수에는 밝은 빛이 드리워지고 있었는데,

경이로운 빛이었고, 매력적이면서 동시에 무시무시한 빛이었다. 지나간 그의 생애, 첫 범죄, 긴 속죄, 외적인 우둔화, 내적인 경직화, 숱한 복수 계획으로 인해 즐거웠던 석방, 주교의 거처에서 겪은 일들, 마지막으로 그가 저지른 짓, 즉 한 어린아이에게서 사십 쑤를 훔친 행각, 주교로부터 용서를 받은 후에 저질렀기 때문에 그만큼 더 비열하고 흉악스러운 범죄 등, 그 모든 것들이 그의 뇌수에 되살아나 선명히 모습을 드러냈으며, 그것들을 감싸고 있는 빛은 그가 일찍이 본 적이 없던 것이었다. 그는 자기의 생애를 응시하였다. 소름이 끼쳤다. 자기의 영혼을 응시하였다. 끔찍하여 차마 눈뜨고 볼 수 없었다. 하지만 온화한 빛 한 줄기가 그러한 생애와 영혼 위에 드리워져 있었다. 낙원의 빛을 받고 있는 사탄을 보는 것 같았다.

   그가 얼마 동안이나 그렇게 울고 있었을까? 그가 어디로 가고 있었을까? 아무도 그를 보지 못하였다. 다만, 바로 같은 날 밤, 당시 그르노블을 오가던 짐마차꾼이 새벽 세 시경에 디뉴에 도착하였는데, 주교궁 근처의 길을 건너던 중, 어떤 사람 하나가 비앵브뉘 예하의 거처 앞 포석 위에 무릎을 꿇고 기도하는 자세를 취하고 있는 것을, 어둠 속에서 보았다는 이야기만은 사실로 입증된 것 같다.

3편 1817년에

1. 1817년

1817년은 루이 18세가 자기의 치세 이십이 년이 되는 해라고, 자랑을 곁들여 뻔뻔스럽게 규정한 그런 해이다.[1] 브뤼기에르 조르숨 씨가 명성을 떨치던 해이다.[2] 모든 가발 상점들은 분가루 바른 극락조 모양의 가발[3]이 유행할 것이라 생각하여, 외벽을 하늘색과 나리꽃 문양[4]으로 장식하였다. 랭슈 백작이 프랑스 뻬르 복장을 입고, 자기의 붉은 훈장 리본과 긴 코를 뽐내며, 그리고 수훈을 세운 사람 특유의 위엄 갖춘 모습으로, 일요일이면 빠짐없이 쌩-제르맹-데-프레 교구 재산 관리위원 자격으로 재무위원회에 참석하던 순박한[5] 시절이었다. 랭슈 씨에 의해 '저질러진' 수훈이란 이러하다. 1814년 3월 12일에, 보르도 시장 자격으로 그 도시를 너무 일찍 앙굴렘므 공작에게 넘겼다.[6] 그가 뻬르 신분이 된 것은 그 일 덕분이다. 1817년에는 유행이, 너대여섯 살 소년들을, 모로코식으로 무두질한 가죽으로 만든 앞 챙이 넓은 모자로 몽땅 덮어버렸는데, 그 모자의 귀덮개는 에스키모인들이 쓰는 모자의 귀덮개와 유사하였다. 프랑스 군복은 오스트리아식으로 흰색이었고, 레지망(연대)을 레지옹(군단)이라 불렀으며, 각 레지옹 앞에는 숫자 대신 지역의 명칭을 붙였다. 나뽈레옹은 세인트 헬레나에 있었는데, 잉글랜드가 초록색 옷을 금했기 때문에, 그는 자기의 낡은 옷들을 뒤집어서 입었다. 1817년에 레그리니가 노래하였고, 비고띠니 아가씨가 춤을 추었다. 뽀띠에가 지배하였고 오드리는 아직 존재하지 않았다. 사끼 부인이 포리오소를 계승하였다.[7] 프랑스에는 아직도 프러시아 군인들이 잔류하고 있었다. 들랄로[8] 씨가 유명 인사였다. 쁠레니에, 까르보노, 똘르랑[9] 등의 손목을 자르고, 다시 그들의 목을 자른 덕분에, 합법성이 드디어 견고해졌다. 시종장 딸레랑 대공과 재무성 장관 지명자인 루이 사제가 서로를 바라보며 좋은 징조를 뜻하는 미소를 나누었는데, 그들 두 사람은 1790년 7월 14일, 빠리 대연병장의 국민연맹 축제에서 올린 미사를 함께 집전하였다. 딸레랑은 주교의 자격으로 미사를 집전하였고, 루이는 부제 자격이었다. 1817년에는, 같은 연병장 가장자리에서, 도금 벗겨진 참수리와 꿀벌 무늬 흔적이 남은 하늘색 칠한 원기둥이, 쓰러져 비를 맞고 잡초 속에서 썩어가는 것을 볼 수 있었다. 그 원기둥들은 두 해 전에 있었던 열병식 때 황제의 연단을 떠받치던 것들이었다. 그것들은 군데군데 검게 탔는데, 그로-까이유 근처에 주둔했던 오스트리아 군대가 야영 중에 피우던 불 때문이었다. 그 원기둥들 중 두세 개는 사라졌는데, 모닥불 속에 들어가 오스트리아 병사들의 커다란 손을 덥혀 주었다. 그 열병식(Champ de Mai: 5월의 들판)의 특이한 점은, 그것이 (5월이 아닌) 6월에 빠리의 대연병장(Champ de Mars: 3월의 들판)에서 거행되었다는 사실이다. 1817년에 유명했던 것 두가지가 있다. 하나는 볼떼르-뚜께[10]이고 다른 하나는 '코담뱃갑 헌장'이다. 빠리 사람들을 경악 속에 빠뜨린 사건은, 도떵이 자기 형을 죽여 그 머리를 마르셰-오-플뢰르 연못에 던진 일이다. 쇼마렉스[11]에게는 수치를 안겨 주고, 제리꼬[12]에게는 영광을 안겨 준, 그 운명적인 쾌속 범선 '메뒤즈'의 조난 사건에 대하여 해군성이 조사를 착수하였다. 쎌브 대령이 이집트로 가서 솔리만 파샤가 되었다. 아르쁘 로에 있는 떼름므 저택을 어느 술통 제조인이 상점으로 사용하고 있었다. 루이 16세 시절, 해군 소속 천문학자였던 메씨에가 천문 관측소로 사용하던, 끌뤼니 저택의 팔각탑 옥상에 널빤지로 꾸며놓은 작은 방이 아직도 남아 있었다. 뒤라스 공작 부인이 하늘색 새틴 천으로 치장한 자기의 내실에서, 아직 출판되지 않은 그녀의 작품 「우리카」를 친구 서너 사람에게 낭독해 들려주었다. 루브르 궁에서 모든 N자를 긁어서 없앴다. 오스떼를리츠 다리가 그 명칭을 '국왕의 정원'으로 바꾸었다. 오스떼를리츠 다리와 '식물원'을 동시에 가려 감추는 이중의 수수께끼이다. 스스로 황제가 되는 영웅들과 스스로 왕세자가 되는 나막신 제조인들에 몰두해 있던 루이 18세에게는 근심거리 둘이 있었다. 나뽈레옹과 마뛰랭 브뤼노[13]였다. 프랑스 한림원이 공모작의 제목으로 내건 것은 '학문이 가져다주는 행복'이었다. 벨라르 씨의 능변이 공인되었다. 그의 그늘에서, 장래의 검찰관이며 뽈-루이 꾸리에의 빈정거림을 약속받은, 부로에가 자라나고 있었다. 마르샹지라고 하는 가짜 샤또브리앙이 있었는데, 훗날 아를랭꾸르라고 하는 가짜 마르샹지가 나타났다. 『알바의 끌레르』와 『말렉-아델』이 걸작품들로 통하였다. 꼬땡 부인[14]이 그 시대 최고의 문인으로 꼽혔다. 프랑스 학사원이, 목록에서 한림원 회원 나뽈레옹 보나빠르뜨의 이름이 삭제되는 것을 묵인하였다. 국왕의 칙령 하나가 앙굴렘므에 해군 사관학교를 세우게 하였다. 앙굴렘므 공작이 위대한 해군 제독인지라, 앙굴렘므 시가 당연히 항구가 될 수 있는 모든 요건을 갖추고 있음이 명백하기 때문이다.[15] 만약 그렇지 않다면 국왕의 원칙이 손상을 입을 것이다. 각료 회의에서는, 프랑꼬니의 광고 벽지에 흥미를 가미시키는, 그래서 거리의 부랑아들을 불러 모으는, 마상 곡예 삽화를 허용할지 여부를 놓고 격론을 벌였다. 「아녜즈」의 저자이며, 볼에 무사마귀 하나가 있고, 얼굴 모양이 정방형인 빠에르 씨가, 빌-레베끄 로에서 사쓰네 후작 부인이 마련한 작은 실내악 연주를 지휘하였다. 소녀들이라면 누구나 「쌩-아벨의 은자」라는 노래를 불렀는데, 가사를 지은 사람은 에드몽 제로이다. 잡지 《노란 난쟁이》가 《거울》로 바뀌었다. 부르봉 왕가를 지지하는 까페 발루와에 맞서, 까페 랑블랭이 황제를 지지하고 있었다. 베리 공작을 시칠리아의 대공녀와 혼인시켰다. 베리 공작은 이미 루벨이 은밀히 주시하고 있었다. 스따알 부인이 일년 전에 작고하였다. 국왕의 호위병들이 여배우 마르스를 야유하였다. 유명 신문들의 지면 규격이 아주 작았다. 지면의 크기는 줄어들었지만 자유는 컸다. 신문 《입헌》은 입헌적이었다. 신문 《미네르브》는 샤또브리앙(Chateaubriand)의 마지막 철자 'd'를 't'로 썼다. 그 't' 덕분에 일반 사람들이 위대한 문인을 놓고 많이 웃었다. 매춘꾼 기자들이, 매수된 신문들의 지면에서, 1815년에 추방된 사람들을 모욕하였다. 다비드는 이제 더 이상 재능이 없고, 아르노는 더 이상 기지가 없고, 까르노는 더 이상 청렴하지 않고, 쑬트[16]는 어떤 전투에서도 승리하지 못하였고, 나쁠레옹에게 천부의 자질이 없는 것이 사실이라고 하였다. 우체국을 통해 추방자에게 보낸 편지가 제대로 전달되는 경우가 매우 드물다는 것을 모르는 이 없는데, 경찰관들이 그것들 가로채는 일을 종교적 의무처럼 여기기 때문이다. 그것은 전혀 새삼스러운 일이 아니다. 추방당했던 데까르뜨도 그 일을 두고 불평을 털어놓았다. 그런데, 다비드[17]가 자기에게 배달되어야 할 편지들을 받지 못하여, 벨기에의 어느 신문에 언짢은 심경을 토로하자, 왕당파 신문들에게는 그것이 재미있어 보였던지, 그들은 그 기회를 놓치지 않고 그 추방된 사람을 일제히 우롱하였다. '시역죄인', '찬성표 던진 사람',[18] '적들', '동맹국들', '나쁠레옹', '부오나-빠르떼' 등과 같은 말들 중 하나만 입에 담아도, 두 사람 사이의 간극은 즉시 심연보다 더 깊어졌다. 상식이 있다고 하는 사람들은 모두, 혁명의 시대가, "헌장의 불후한 창시자"로 칭송되던 국왕 루이 18세에 의해 영원히 막을 내렸다는 견해에 동의하였다. 뽕-뇌프 다리 위에서 앙리 4세의 조각상이 놓이기를 기다리고 있던 기단에는 '레디비부스'[19]라는 말이 새겨졌다. 뻬에떼 씨가, 떼레즈 로 4번지에서, 왕국을 공고히 하기 위한 목적으로 구수회의를 시작하였다. 우익의 지도자들은 심각한 사태를 맞을 때마다 이렇게 말하였다. "바꼬에게 서신을 보내야 하오." 까뉘엘, 오마오니, 샤쁘들렌느 씨 등이, 훗날 '물가에서의 음모'라 불리우게 될 것을, 왕제(王弟)[20]의 암묵적인 동의를 얻어 은밀히 착수하고 있었다. '검은 핀' 측에서도 음모를 꾸미고 있었다. 들라베르드리가 트로고프와 은밀히 만나고 있었다. 어떤 의미에서는 자유주의적인 정신을 가지고 있던 드까즈 씨가 주도하고 있었다. 샤또브리앙은 매일 아침, 발목까지 내려오는 긴 바지에 실내화를 신고 희끗희끗한 머리를 마드라스산 천으로 감싼 채, 쌩-도미니끄 로 27번지에 있는 거처의 창문 앞에 서서, 치과용 기구 가득한 가방 하나를 앞에 펼쳐놓고 거울을 응시하며, 자기의 매력적인 치아를 소제하곤 하였는데, 그러면서도 자기의 비서 뻴로르쥬 씨에게 「헌장에 따른 군주제」에 덧붙일 것들을 구술하곤 하였다. 권위를 휘두르던 평론이 딸마보다 라퐁을 더 추켜세웠다. 휄레즈 씨는 A라 서명하였고, 호프만 씨는 Z라 서명하였다. 샤를르 노디에가 「떼레즈 오베르」를 집필하고 있었다. 이혼이 금지되었다. 리쎄(중등학교)들이 스스로를 가리켜 꼴레쥬(학사원)라고 하였다. 꼴레쥬의 학생들이 깃을 황금빛 나리꽃 문양으로 장식하고 로마의 왕에 대하여 입씨름을 하였다. 왕제의 궁에서 부리는 비밀경찰들이, 사방에 유포되어 있던 오를레앙 공작의 초상화를 왕제비 전하께 보여 드리며 규탄하였다. 경기병 연대장의 제복을 입은 그림 속 인물의 얼굴이, 용기병 연대장 제복을 입은 베리 공작의 얼굴보다 더 나아 보였기 때문인데, 그것은 매우 큰 결례였다. 빠리 시가 시 예산으로 앵발리드의 원형 지붕에 다시 황금을 입혔다. 진지한 사람들은 트랭끌라그 씨가 이러저러한 중대 사안을 접할 경우 어떻게 할 것인지 궁금해하고 있었다. 끌로젤 드 몽딸 씨는 여러 측면에 있어서 끌로젤 꾸쎄르그 씨와 멀어지고 있었다. 그리하여 쌀라베리 씨가 불만스러워했다. 희극

배우 몰리에르는 들어가지 못했던 한림원에 들어간 희극배우 삐까르가, 오데옹 극장에서 「두 휠리베르」라는 작품을 공연케 하였는데, 극장 전면 상단의 글자들을 지웠건만, '황후의 극장'이라는 글자들의 흔적이 아직도 선명하였다.[21] 뀌네 드 몽따를로에 찬동하는 사람들도 있고 반대하는 사람들도 있었다. 화비에는 당파적이고 바부는 혁명적이라고들 하였다. 출판업자 리씨에가 볼떼르의 작품들을 새로 편집하여 출간하였다. '한림원 회원, 볼떼르의 작품'. "그랬더니 구매자들이 몰려들더군." 순진한 출판업자의 말이다. 샤를르 루와쏭씨가 세기의 천재라는 것이 일반적인 견해였다. 질투가 그를 깨물기 시작하였다. 영광의 징표였다. 그에 대하여 다음과 같은 글을 짓기도 하였다.

루와쏭이 날더라도, 그에게 발이 달렸음을 느끼네.

훼슈 추기경이 사임하기를 거부하는지라, 아마지의 대주교 뺑스씨가 리용의 교구를 관리하였다. 뒤푸르 대위의 보고서로 인하여 다쁘 계곡을 놓고 스위스와 프랑스 사이에 다툼이 시작되었다. 뒤푸르 대위는 그 사건 이후 장군이 되었다. 무명의 쌩-시몽[22]이 자기의 숭고한 꿈을 부지런히 쌓고 있었다. 한림원에는 후세가 까마득히 잊어버린 유명한 뒤푸르 하나가 있었고, 어느 헛간에는 후세가 기억할 무명의 뒤푸르 하나가 있었다. 로드 바이런이 솟아오르기 시작하였다. 밀부와가 어느 시에 대하여 쓴 간략한 한 구절이 그를 다음과 같은 말로 프랑스에 알렸다. "로드 바롱[23]이라고 하는 어떤 사람이……." 다비드 당제가 대리석 제조 시험을 하고 있었다. 까롱 사제가 훼이앙띤느 수녀원 한구석에서, 신학생들을 모아놓고, 휄리씨떼 로베르라는 무명의 사제를 칭송하였는데, 그 사제가 훗날의 라므네[24]이다. 연기를 내뿜고 꺼떡거리는 물건 하나가, 뛸르리 궁 창문 아래

쎈느 강 수면에서, 헤엄치는 개의 소리를 내면서 루와얄 다리와 루이 15세 다리 사이를 왔다 갔다 하고 있었다. 헛된 생각이나 하는 발명꾼의 몽상, 일종의 유토피아, 아이들의 장난감에 불과한, 아무짝에도 쓸모없는 장치라고들 하였다. 증기선이었다. 빠리 사람들은 그 무용지물에 무관심하였다. 프랑스 학사원을 재정비하고 가마에서 다시 구워내 꾸데따 감행하듯 혁신한 보블랑 씨가, 자기의 손으로 한림원 회원 여럿을 만들어내고도, 정작 자기는 한림원 회원이 되지 못하였다. 쌩-제르맹 구역과 마르상 저택은 경시청장 후보로 들라보 씨를 천거하였다. 그의 독실한 신앙 때문이었다. 뒤트랑과 레까미에가 의과대학 원형 강의실에서 심하게 다투며, 주먹으로 서로를 위협하기까지 하였는데, 구세주 예수의 신성 문제가 그 발단이었다. 한 눈으로는 「창세기」를 바라보고 다른 눈 하나로는 자연을 응시하던 뀌비에는, 화석들과 「창세기」의 글들을 서로 일치시키고, 고대의 거대 동물 마스토돈으로 모쉐의 환심을 사게 하여, 열성 신도들의 반발을 달래려 노력하였다. 빠르망띠에의 연구 업적들을 열심히 공부하고 있던 프랑수와 드 뇌프샤또 씨는, 사람들로 하여금 '뽐므 드 떼르(감자)'를 '빠르망띠에르'로 발음하도록 하기 위하여 엄청난 노력을 기울였으나, 결국 성공하지 못하였다. 지난날 주교였고, 혁명 의회 의원이었으며, 상원의원이었던 그레그와르 사제가, 왕당파들의 논쟁에서 '추악한 그레그와르'로 둔갑하였다. 지금 사용한 표현, '……로 둔갑하였다'라는 표현을, 루와이예-꼴라르 씨가 억지 신조어라고 규탄하였다. 예나 다리 세 번째 아치 밑에, 블뤼셔가 다리를 폭파하기 위하여 뚫어놓았던 폭약 설치용 구멍을, 두 해 전에 새로운 돌로 메꾸었는데, 그 돌의 하얀색이 아직도 선명히 구별되었다. 아르뚜와 백작이 노트르-담므 대성당으로 들어가는 것을 보고 큰 소리로 다음과 같이 말한 사람을 재판정에 세웠다. "제기랄! 보나빠르뜨와 딸마가 서로 팔을 끼고 함께 발-쏘바주 안으로 들어가는 모습을 보던 시절이 그립구나!" 불온한 언동이라고 하였다. 징역 육 개월 형이 선고되었다. 배신자들이 단추를 푼 채 모습을 드러내고 다녔다. 전투 전날 밤에 적진으로 넘어간 자들이, 보상으로 받은 것을 전혀 감추지 않은 채, 부귀의 개 같은 파렴치를 뒤집어쓰고, 밝은 태양 아래에서 추잡스럽게 활보하고 있었다. 리니와 까트르-브라[25)]에서 탈영했던 자들이, 매수된 치사함으로 지은 단정치 못한 옷차림으로, 군주제에 대한 충성심을 나신처럼 노골적으로 펼쳐 전시하고 있었다. 잉글랜드의 공중변소 내벽에 써놓은 다음과 같은 말을 까맣게 잊었던 모양이다. "나가시기 전에 드레스를 단정하게 여미세요."

오늘날에는 모두 잊혀졌지만, 1817년에 뒤죽박죽 혼란스럽게 떠돌던 것들의 모습이다. 역사학은 그 특이한 일들의 대부분을 고려치 않는다. 달리 어찌할 방법도 없다. 역사학이 무한에 의해 점령될 것이기 때문이다. 하지만 흔히들 작다고 하는 그 세부 사항들이 유용하다. 인간의 삶에는 작은 사건이라는 것이 없는 바, 식물 세계에 작은 잎이라는 것이 없는 것과 같다. 각 세기의 모습은 한 해 한 해의 용모들이 모여서 구성된다.

바로 그해에, 즉 1817년에, 젊은 빠리 녀석 넷이 '재미있는 익살극'을 벌였다.

2. 이중의 사중주

그 네 빠리 젊은이 중 하나는 뚤루즈 출신이었고, 다른 하나는 리모주, 세 번째 젊은이는 까오르, 그리고 네 번째는 몽또방 출신이었다. 하지만 그들은 학생이었고, 학생이라 하면 빠리 사람을 뜻하였다. 또한 빠리에서 공부를 한다 함은 곧 빠리 태생이라는 뜻이었다.

그 네 젊은이는 평범하였다. 그러한 얼굴들은 누구나 일상적으로 볼 수 있었다. 착하지도 못되지도, 유식하지도 무지하지도, 천재도 바보도 아닌, 전형적으로 평범한 사람들이었다. 다만, 흔히들 나이 이십 세라고 하는 매력적인 4월의 아름다움을 머금고 있었다. 그들은 평범한 네 오스까르였다. 그 무렵에는 아직 아르뛰르[26]가 존재하지 않았으니 말이다. "그를 위해 아라비아의 향을 피워요, 오스까르가 오고 있어요, 오스까르, 그를 보러 가겠어요!" 모두들 그러한 연가를 소리 높여 부르곤 하였다. 오씨언[27]의 영향이 아직 컸고, 모든 멋은 스칸디나비아나 칼레도니아[28]풍이었다. 순수 잉글랜드풍이 유행하려면 아직 멀었던 바, 아르뛰르들 중 첫 인물인 웰링턴이 이제 겨우 워털루 전투에서 승리를 거둔 때였다.

그 오스까르들 중 하나의 이름은 휄릭스 똘로미예스, 뚤루즈 출신이었다. 다른 하나의 이름은 리스똘리에, 까오르 출신이고, 리모주의 오스까르는 화뫼이유였고, 마지막 오스까르는 몽또방에서 온 블라슈벨이었다. 물론 네 사람 모두 각자의 여자가 있었다. 블라슈벨은 화부리뜨[29]를 좋아하고 있었는데, 그녀가 그러한 이름을 얻게 된 것은 잉글랜드에 간 적이 있기 때문이었다. 리스똘리에는 달리아를 열렬히 좋아하고 있었는데, 그녀는 자기의 가명을 꽃의 명칭에서 빌렸다. 화뫼이유는 제핀느를 우상 섬기듯 하였는데, 죠제핀느를 축약한 이름이다. 똘로미예스에게는 팡띤느가 있었다. 햇살처럼 아름다운 그녀의 머리카락 때문에 '금발의 여인'이라는 별명도 가지고 있었다.

화부리뜨와 달리아, 제핀느 그리고 팡띤느는, 바늘을 손에서 놓은 지 얼마 아니 되어 아직도 여직공의 면모를 간직하고 있으며, 일시적인 짧은 사랑들로 인해 약간의 흩어진 기색도 있으나, 노동이 주는 평온함의 흔적이 얼굴에 남아 있고, 최초의 추락 이후에도 여인 속에 살아남아 있는 순결의 꽃이 영혼 속에 있던지라, 네 사람 모두 향기 가득하고 눈부신 매혹적인 여자들이었다. 그 네 사람 중 하나를 어린것이라 불렀는데, 그녀의 나이가 제일 어렸기 때문이다. 그리고 또 하나는 늙은이라고 불렀다. 늙은이의 나이는 스물셋이었다. 아무것도 숨기지 않거니와, 연상인 세 여자는, 삶의 첫 환상 속에 있던 금발의 팡띤느에 비해, 경험이 더 많고 더 태평스러우며 삶의 소음에 더 익숙해져 있었다.

달리아와 제핀느 그리고 특히 화부리뜨는 팡띤느의 경우와 달랐다. 이제 막 시작한 그녀들의 소설 속에는 벌써 일화들이 한둘이 아니어서, 첫 장에서 아돌프라고 불리우던 연인이 2장에서는 알퐁스, 그리고 3장에서는 귀스따브로 변하였다. 가난과 교태는 운명을 가름하는 두 조언자이다. 하나는 꾸짖고 다른 하나는 비위를 맞춘다. 그런데, 백성들 사이에서 태어난 용모 아름다운 딸들은, 그 두 조언자를 모두 곁에 두고 있어서, 그 둘이 각각 그녀들의 양쪽 귀에다 나지막하게 속삭인다. 그러면 허술하게 간수된 그 영혼들이 귀를 기울인다. 그녀들이 추락하는 것은 그 때문이고, 사람들이 그녀에게 던지는 돌들도 그것에서 비롯된다. 사람들은 순결하고 범접할 수 없는 모든 것의 광채로 그녀들을 핍박한다. 애석한 일이다. 융프라우[30]가 굶주리면 어찌 될까?

화부리뜨는 잉글랜드에 갔었다는 사실 때문에 제핀느와 달리아가 그녀의 찬미자였다. 아주 어린 시절에는 그녀에게도 가정이 있었다. 그녀의 아버지는 성질 난폭하고 허풍이나 떠는 늙은 수학 선생이었다. 결혼은 하지 않고, 나이에도 불구하고 출장 교수를 하며 살았다. 그 선생이 젊었을 때, 어느 날, 화덕의 재받이에 걸려 있는 어느 침실 하녀의 스커트를 보게 되었다. 그리고 그 일로 인하여 사랑에 빠졌다. 그 사랑에서 화부리뜨가 태어났다. 그녀가 가끔 아버지와 마주쳤고, 그때마다 아버지는 고개를 끄덕여 인사를 하였다. 어느 날 아침, 기색이 베가르트 수녀 같은 늙은 여자 하나가 그녀의 거처로 들어서며 말하였다.

"아가씨, 나를 알아보겠어요?"

"아뇨."

"내가 네 엄마란다."

그러더니 노파가 찬장을 열고 한바탕 마시고 먹은 다음, 사람을 시켜 자기의 매트를 가져오게 하였다. 그리고 아예 그곳에 자리를 잡았다. 성마르고 열성 신도였던 그 엄마는, 화부리뜨에게 말을 건네는 일이 없었으며, 몇 시간 동안이고 아무 말 없이 앉아 있다가, 조반, 점심, 저녁을 마치 네 사람이 먹듯 게걸스럽게 해치운 다음, 건물 수위 남자의 거처로 내려가 죽치고 들어앉아서 딸의 흉을 보곤 하였다.

달리아를 리스똘리에 곁으로 이끌어 온 것은, 아마 다른 남자들 곁으로도 이끌어 갔겠지만, 여하튼 한마디로, 그녀를 한가한 삶 곁으로 이끈 것은, 그녀의 발그레한 손톱이 너무 예뻤다는 사실이었다. 그러한 손톱이 노동을 하도록 내버려 둘 수 있단 말인가? 미덕을 지키고자 하는 사람은 자기의 손을 불쌍히 여겨서는 아니 된다. 한편 제핀느는, "예, 선생님"이라고 말할 때 드러나는 짓궂고 쓰다듬는 듯한 어투로 화뙤이유를 사로잡았다.

그 젊은이들이 동료지간이었기 때문에 네 여자들 또한 친구가 되었다. 그러한 사랑들은 항상 그러한 우정으로 인하여 배로 증대되기 마련이다.

현명하다는 것과 철학자라는 것은 서로 다른 별개의 것이다. 그러한 사실을 입증하는 것은, 상규를 벗어난 여러 생활 형태들은 고려의 대상에서 제외하더라도, 화부리뜨와 제핀느와 달리아가 철학자 아가씨들이었던 반면, 팡띤느는 현명한 아가씨였다는 점이다.

현명하다고 말할 수 있을까? 그러면 똘로미에스는? 솔로몬이라면 사랑도 현명함의 일부라고 대답할 것이다. 여하튼, 팡띤느의 사랑은 첫사랑이었고, 유일한 사랑이었으며, 변함없는 사랑이었다는 점만을 이야기해 두자.

 오직 한 남자와만 말을 놓고 하는 사람은, 네 아가씨들 중 그녀뿐이었다.

 팡띤느는 이를테면 기층민 속에서 피어나는 사람들 중의 하나였다. 사회적 어둠의 탐조할 수 없는 심층부에서 나왔던지라, 그녀의 이마에는 익명성과 미지의 징후가 어려 있었다. 그녀는 몽트뢰이유-쉬르-메르에서 태어났다. 어떤 부모에게서? 그것을 누가 알 수 있으랴? 그녀의 아버지가, 엄마가, 누구인지 아는 사람은 아무도 없었다. 그녀는 자기의 이름이 팡띤느라고 하였다. 왜 팡띤느였을까? 그녀에게 다른 이름은 없었다. 그녀가 태어나던 무렵에는 아직 집정관 정부가 존속하고 있었다. 그녀의 이름에 성씨가 붙지 않았으니 그녀에게 가족이 없었다는 뜻이며, 세례명이 없으니 이미 교회도 없었다는 뜻이다. 아주 어린 시절에, 맨발로 거리를 헤매고 있을 때, 어느 행인이 멋대로 붙여 준 이름을 갖게 된 것이다. 그녀는 비가 올 때 구름에서 떨어지는 물을 이마로 받듯이 이름 하나를 받은 것이다. 사람들은 그녀를 꼬마 팡띤느라고 불렀다. 그녀에 대하여 그 이상 아는 사람은 아무도 없었다. 그 인간이라는 피조물이 그렇게 생의 영역으로 들어왔다. 나이 열 살이 되었을 때, 팡띤느는 도시를 떠나 인근 농가들을 전전하며 일을 하였다. 그러다가 열다섯 살이 되자 '행운을 찾아' 빠리로 왔다. 팡띤느는 용모 아름다웠고, 가능한 한 오랫동안 순결을 지켰다. 그녀는 아름다운 치아를 가진 귀여운 금발 소녀였다. 그녀의 지참금은 황금과 진주였으되, 그녀의 황금은 머리 위에 있었고, 진주는 입 속에 있었다.

 그녀는 살기 위해 일을 하였다. 그리고 역시 살기 위해, 가슴도 나름대로의 배고픔이 있는 바, 사랑을 하였다.

 그녀가 똘로미예스를 사랑하였다.

 그에게는 심심풀이 사랑이었으되, 그녀에게는 뜨거운 정염이었다. 학생들과 헤픈 의상실 아가씨들이 우글거리는 까르띠에 라땡의 거리들이, 그녀의 그 꿈이 시작되는 것을 목격하였다. 팡띤느는, 무수한 사랑들이 맺어지고 또 그 매듭이 풀리는, 빵떼옹 동산[31]의 미로들 속에서 한동안 똘로미에스를 피해 다녔지만, 그러나 항상 그와 마주칠 방도를 찾았다. 찾아나서는 태도를 방불케 하는 회피 방법도 있다. 결국 목가적 사랑이 태동하였다.

블라슈벨과 리스똘리에와 화뫼이유는 일종의 무리를 형성하고 있었는데, 똘로미에스가 우두머리였다. 기지를 발휘하는 사람은 그였다.

똘로미에스는 고물이 다 된 늙은 학생이었다. 그는 부자였다. 그는 연금 사천 프랑의 수혜자였다. 연금 사천 프랑은 쌩뜨-쥬느비에브 동산 위의 떠들썩한 그리고 화려한 이야깃거리였다. 똘로미에스는 나이 서른에 이른 망가진 방탕아였다. 얼굴에 주름살이 나타났고 이도 빠졌다. 대머리도 시작되었는데, 그것을 두고 그는 아무 구슬픈 기색 없이 말하곤 하였다. "서른 살의 두개골과 마흔 살의 무릎." 소화 기능이 형편없었고, 눈 하나는 항상 눈물을 찔끔거렸다. 하지만 젊음이 꺼져갈수록 그는 자기의 쾌활함에 더욱 불을 당겼다. 그는 빠진 치아를 익살로 대체하였고, 사라진 모발은 즐거움으로, 나빠진 건강은 빈정거림으로 대체하였으며, 눈물 찔끔거리는 그의 눈은 끊임없이 웃었다. 그는 온통 누더기로 변했지만, 그 누더기가 꽃처럼 보였다. 그의 젊음이 일찌감치 보따리를 싸서 질서 정연히 퇴각하며 호탕한 웃음을 터뜨리고 있었는데, 그에게서 발견할 수 있던 것은 불꽃뿐이었다. 그가 희곡 한 편을 써서 보드빌 극장에 보낸 적이 있는데 거절당했다. 또한 아무렇게나 시를 지어 여기저기에 보내기도 하였다. 또한 모든 것을 얕잡아 보며 의심하였다. 약한 사람들이 보기에는 위대한 힘이었다. 따라서, 즉 빈정거리기 좋아하고 대머리여서, 그가 두목이었다. Iron은 철을 뜻하는 영어 단어이다. 빈정거림(ironie)이라는 말이 그 단어에서 왔을까?[32]

어느 날 똘로미예스가 다른 세 사람을 한구석으로 부르더니, 중대한 단안이라도 내리는 듯한 몸짓을 해 보이며 그들에게 말하였다.

"팡띤느와 달리아, 제핀느, 그리고 화부리뜨가, 깜짝 놀랄 만한 선물을 해달라고 우리들에게 부탁한 지 거의 한 해가 다 되어가네. 우리들은 그러겠다고 호언장담을 하였지. 그녀들은 우리들에게, 특히 나에게, 자주 그 이야기를 하곤 하네. 나쁠리에서 늙은 여인들이 야누아리우스 성자를 향해 '노란 얼굴아, 어서 기적[33]을 일으켜!'라고 소리치듯, 우리의 아름다운 아가씨들도 나에게 끊임없이 이렇게 말한다네. '똘로미예스, 당신의 그 놀랄 만한 선물은 언제쯤에나 분만하실 거예요?' 게다가 우리들의 부모님들께서는 우리들에게 편지들을 보내시고 있네. 우리들은 양쪽에 톱날을 두고 있는 형국이야. 때가 된 것 같네. 우리 상의 좀 하세."

그러면서 똘로미예스가 목소리를 낮추어 무슨 말을 은밀하게 속삭였다. 그 말이 재미있었던지, 킥킥거리는 소리가 네 입에서 동시에 열광하듯 터져 나왔고, 블라슈벨이 큰 소리로 말하였다. "그거 좋은 생각이야!"

연기 자욱한 작은 까페 하나가 그들 앞에 나타났고, 그들이 안으로 들어간지라, 그들 사이에 오고 간 다른 말들은 모두 어둠 속으로 사라졌다.

그 어둠 속 구수회의에서 얻은 결과는, 일요일에 네 젊은이가 네 아가씨를 눈부신 파티에 초대하자는 것이었다.

3. 넷과 넷

학생들과 의상실 아가씨들이 어울린 야외 파티가 사십오 년 전에는 어떠했을지, 오늘날 그것을 뇌리에 떠올리기란 쉽지 않다. 빠리의 변두리가 더 이상 전과 같지 않다. 빠리 주변의 삶이라고 할 만한 것의 모습이 반세기 전과는 완전히 달라졌다. 두 바퀴 합승마차 꾸꾸가 있던 곳에 전차가 있고, 작은 돛배가 있던 곳에 증기선이 있다. 오늘날에는 훼깡 이야기를 옛날에 쌩-끌루 이야기하듯 한다. 1862년의 빠리는 프랑스 전역을 교외로 거느리고 있는 도시이다.

젊은이 네 쌍은 그 시절에 가능했던 온갖 전원적 미친 짓들을 열심히 수행하였다. 방학이 시작되던 무렵이었고, 뜨겁고 맑은 여름날이었다. 파티 전날 저녁에, 네 아가씨들 중 유일하게 글을 쓸 줄 알던 화부리뜨가, 네 사람을 대표하여 똘로미에스에게 다음과 같은 쪽지를 보냈다. 'C'est un bonne heure de sortir de bonheur[34](이른 시각에 나가는 것은 하나의 행복이에요).' 그리하여 그들은 모두 새벽 5시에 일어났다. 그리고 대형 합승마차를 타고 쌩-끌루로 가서, 물 없는 폭포를 바라보며 일제히 소리쳤다. "물이 있으면 굉장히 아름답겠어!" 그리고 까스땡이 아직 지나가지 않은 식당 '떼뜨-누와르'에서 조반을 먹은 다음, 커다란 연못가에서 고리 던지기를 하였고, '디오게네스의 초롱'에 올라갔고, 쎄브르 다리 위에서 룰렛 게임을 하였고, 쀼또에서 꽃을 꺾어 꽃다발 여러 개를 만들었고, 뇌이이에서 갈대 피리 몇 개를 샀고, 이곳저곳에 갈 때마다 사과 파이를 먹었으며, 모두들 아주 만족스러워했다.

아가씨들은 도망쳐 나온 꾀꼬리들처럼 끊임없이 속삭이며 수다를 떨었다. 일종의 광증이었다. 그녀들은 가끔 젊은이들을 가볍게 툭툭 쳤다. 인생의 아침나절 취기였다! 찬미할 만한 시절이었다. 잠자리의 날개가 파르르 떨고 있었다. 오! 그대가 누구이든, 기억하시는가? 그대의 뒤를 따르는 여인의 고혹적인 머리를 염려하여, 나뭇가지들을 옆으로 젖히며 덤불숲 속을 걸어보셨는가? 사랑하는 여인과 함께 빗물에 젖은 비탈에서 즐겁게 웃으며 미끄러진 적이 있는가? 그 여인은 그대의 손을 잡고 다급하게 소리쳤겠지! "아! 내 반장화! 새것인데! 이 꼴 좀 봐!" 화부리뜨가 떠나기 직전에 비록 단호하고 모성애 넘치는 어조로, "괄태충들이 오솔길에 어슬렁거리고 있어, 나의 아기들아, 그것은 비가 올 징조야."라고 말했지만, 즐거운 기분에 들떠 있던 그 젊은이들에게, 소나기와 같은 신 나는 장애물이 주어지지는 않았다.

네 아가씨 모두 황홀하게 아름다웠다. 당시 명성을 떨치고 있던 마음씨 너그러운 고전파 시인이며, 자기의 엘레오노르[35]를 가지고 있던 노인 라부이쓰 기사가, 쌩-끌루의 마로니에 숲을 거닐고 있다가, 아침 열 시경에 그들이 지나가는 것을 보고 탄식하듯 이렇게 말하였다. "하나가 더 많군!" 미의 세 여신을 생각하며 한 말이다. 블라슈벨의 연인이며 나이 스물셋으로 최연상인 화부리뜨가, 커다란 푸른 가지들 밑으로 달려가 도랑을 건너뛰고, 미친 듯이 작은 관목들을 성큼성큼 뛰어넘으며, 젊은 숲 속 요정의 활기로 즐거움을 주도하였다. 제핀느와 달리아는, 우연의 장난으로, 그녀들이 나란히 있을 때 아름다움이 더 돋보이고 서로를 보완해 주었는데, 우정보다는 교태 본능에 이끌려 한시도 서로 떨어지지 않았고, 서로의 몸에 의지하며 잉글랜드식 포즈를 취하였다. 최초의 장식용 책들이 출간되기 시작하던 때였던지라, 훗날 바이런이즘이 남자들 사이에서 그랬듯, 우수가 여인들 사이에서 유행하였고, 여인들의 머리카락이 수양버들처럼 구슬프게 늘어지기 시작하였다. 제핀느와 달리아는 땋은 머리였다. 자기네 교수들에 대하여 토론을 하고 있던 리스똘리에와 화꾀이유는, 델뱅꾸르 씨와 블롱도 씨의 차이를 팡띤느에게 설명해 주고 있었다.

블라슈벨은 일요일마다 화부리뜨의 숄을 자기의 팔에 걸치고 다닐 목적으로 특별히 창조된 사람 같았다.

똘로미에스는 무리 전체를 자기 시야에 놓고 뒤를 따랐다. 그 역시 매우 즐거워하였으나, 그에게서는 일종의 지배 의지를 느낄 수 있었다. 그의 쾌활함 속에는 독재가 섞여 있었다. 그의 주요 치장물은 난징(南京) 무명직으로 지은 코끼리 다리 바지였는데, 바지 끝에서 구두 밑으로 돌려 매는 띠는 구리를 꼬아 만들었다. 손에는 가격이 이백 프랑이나 하는 실한 등나무 지팡이를 들었고, 무슨 짓이든 서슴지 않는 그였던지라, 입에는 시가라고 하는 이상한 것을 물고 있었다. 그에게는 금기라는 것이 없었던지라, 담배도 피웠다. "저 똘로미예스는 정말 놀라워. 바지 좀 봐! 놀라운 정력이야!" 다른 사람들이 존경심을 감추지 않고 그렇게 말하곤 하였다.

팡띤느에 관해 말하자면, 그녀는 기쁨 그 자체였다. 그녀의 빛나는 치아가 신으로부터 하나의 역할을 부여받았으니, 그것은 웃는 일이었다. 그녀는, 여기저기 꿰매고 흰색 끈이 달린 작은 밀짚모자를, 머리에 얹기보다는 손에 들고 다니기를 더 좋아하였다. 펄럭이고 쉽게 풀리는 특질 때문에 끊임없이 다시 묶어야 하는 그녀의 실한 금발은, 수양버들 아래에서 도망치고 있는 갈라테이아에게 어울릴 듯하였다. 그녀의 장밋빛 입술은 황홀하게 지저귀었다. 에리고네의 태곳적 괴면상(怪面像)에서처럼[36] 관능적으로 위로 쳐들린 입의 양쪽 귀퉁이는, 보는 이의 과감성을 북돋아 주는 것 같았다. 그러나 음울함 가득한 속눈썹이, 얼굴 하반부의 화려한 소란을 정지시키려는 경고처럼, 은근히 내리깔리곤 하였다. 그녀의 옷차림은 온통, 노래하고 불꽃처럼 타오르는 그 무엇을 지니고 있었다. 그녀는 바레쥬 지방의 가벼운 보라색 모직 천으로 지은 야외용 드레스를 입고 있었고, 하얀 양말 위에 X자 문양을 선명하게 드리우는 리본이 달리고 굽이 약간 높은 금갈색 구두를 신고 있었으며, 모슬린으로 지은 스펜서 유형의 짧은 외투를 걸치고 있었는데, 마르세이유에서 최초로 고안된 그 외투의 이름 깐느주르 깽즈 우(8월 15일)를 깐느비에르[37] 식으로 잘못 발음하여 생긴 말로, 좋은 날씨나 더위 및 정오 등을 의미한다. 이미 말한 바와 같이, 훨씬 덜 수줍은 다른 세 아가씨는, 옷깃을 깊게 파서 가슴과 어깨를 훤히 드러내고 있었는데, 여름철에는, 꽃으로 뒤덮인 모자와 어울린 그러한 차림이 우아함과 교태를 한껏 두드러지게 한다. 그러나, 그 과감한 차림과 대조를 보이는 금발 아가씨 팡띤느의 깐느주는, 그 투명성으로 인하여, 조심성 없음과 망설임을 함께 갖추었고, 감추면서 동시에 보여 주고 있어서, 단정함이 애써 고안해 낸 도발적인 작품 같았으며, 따라서 바다의 청록색 눈을 가진 쎄뜨[38] 자작 부인이 주재하는 그 유명한 사랑의 궁정에서, 정숙함을 겨루기 위해 출연한 깐느주에게 아마 교태의 상을 수여하였음 직하였다. 가장 순진한 것이 때로는 가장 교묘하다. 그러한 일이 종종 생긴다.

눈부시게 빛나는 얼굴의 정면, 섬세한 옆모습, 깊은 푸른색 눈, 통통한 눈꺼풀, 활처럼 휘고 작은 발, 찬탄할 만하게 둥글려진 손목과 발목, 여기저기에 나뭇가지처럼 퍼진 하늘색 혈관을 드러내 보이는 하얀 피부, 천진스럽고 싱싱한 볼, 에기나 섬에서 발견된 헤라의 튼튼한 목, 힘차고 유연한 목덜미, 꾸스뚜가 조각했음 직한 어깨, 그 중앙에 관능적으로 움푹 파이고 모슬린 천을 통하여 은은히 드러나는 홈 등, 한마디로 깊은 몽상에 의해 얼어붙은 기쁨덩어리, 조각상 같고 섬세한 아가씨, 그것이 팡띤느의 모습이었다. 그리하여 그 천조각들과 리본들 밑에 숨어 있는 조각상을, 그리고 그 조각상 속에 있는 하나의 영혼을 능히 짐작할 수 있었다.

팡띤느는 아름다웠으되 자신은 그것을 알지 못하였다. 모든 것을 조용히 완벽함과 대조시켜 보는 신비한 미의 사제들, 매우 희귀한 그 몽상꾼들은, 빠리의 투명한 우아함을 통하여, 그 작은 노동자 아가씨 속에서 태곳적의 신성한 아름다운 음조를 언뜻 발견하였을 것이다. 그녀는 두 측면에서 아름다웠던 바, 그 한 측면은 자태였고 다른 한 측면은 리듬이었다. 자태는 이상의 형태이고, 리듬은 이상의 움직임이다.

팡띤느가 기쁨 그 자체라고 이미 말한 바 있다. 그러나 팡띤느는 또한 정숙함이기도 하였다.

누구든 그녀를 주의 깊게 관찰한 사람이라면, 젊은 나이와 그 계절 및 사랑 등의 도취 상태를 통해 그녀에게서 발산되던 것이, 조심성과 겸손함의 꺾일 수 없는 표현임을 간파하였을 것이다. 그녀는 조금 놀란 상태에 있었다. 그 정숙한 놀람이 프시케와 베누스를 갈라놓는 미묘한 차이이다. 팡띤느는 황금 집게로 신성한 불의 재를 뒤적이는 처녀, 아궁이의 여신 베스타에게 바쳐진 처녀의 희고 섬세한 손가락을 가지고 있었다. 차후에 누구나 분명히 알게 되겠지만, 그녀가 비록 똘로미에스에게 아무것도 거절하지 않았어도, 편안한 상태로 쉬고 있는 그녀의 얼굴에는 지고의 처녀성이 감돌았다. 어떤 순간에는, 단정하다 못해 거의 엄숙하기까지 한 일종의 존귀함이 문득 그녀를 휩쌌고, 기쁨이 그토록 신속하게 꺼지면서 평정(平靜)이 아무 중간 과정 없이 환희에 뒤이어 나타나는 현상이, 그 무엇보다도 기이하고 불안스러웠다. 때로는 가혹할 정도로 두드러지는 그 느닷없는 엄숙함이, 어느 여신의 경멸하는 모습을 방불케 하였다. 그녀의 이마와 코와 턱 등이, 비례적 균형과는 판이하게 다른 선들 간의 균형을 드러냈고, 그 균형으로부터 얼굴의 조화가 비롯되었다. 코의 뿌리와 윗입술 사이의 개성 뚜렷한 공간에는 거의 보이지 않는 매력적인 주름이 있었는데, 그것은 정숙함의 신비한 징표였고, 이코니움의 유적지에서 발견된 디아나의 조각상을 본 바르바로싸를 연정에 사로잡히게 한 것도 그 주름이다.

사랑은 하나의 과오라고들 한다. 그렇다 치자. 팡띤느는 그 과오 위에 떠 있는 순결함이었다.

4. 똘로미에스가 하도 기뻐서 에스빠냐의 노래 한 곡을 부르다

그 하루는 처음부터 끝까지 온통 여명이었다. 자연 전체가 휴가 중이고 웃는 것 같았다. 쌩-끌루의 모든 화단들이 향기를 발산하고 있었다. 쎈느 강에서 간간이 불어오는 바람결에 잎들이 조용히 흔들렸다. 바람 속에서 가지들이 손짓을 하였다. 꿀벌들이 재스민 꽃들에서 약탈을 자행하고 있었다. 방랑자 무리 같은 나비 떼가 아킬레아[39]와 클로버와 귀리로 날아들었다. 프랑스 국왕 소유의 존엄한 공원에 떠돌이들이 무수히 몰려들었다. 새들이었다.

네 쌍이 태양과 들판과 꽃들과 나무들에 뒤섞여 빛을 발산하고 있었다.

그리고 그 낙원의 공동체 속에서, 이야기하고 노래하고 뛰고 춤추고 나비들을 쫓아가고 메꽃을 따며, 싱싱하게 마구 자랐으되 못되지 않은 키 큰 잡초에 양말이 젖어도, 여기저기에서 모두들 입맞춤을 주고받는데, 진정 뜨거운 연정에 사로잡힌 팡띤느만이 예외였고, 그녀는 꿈꾸는 듯하고 표독스러운 막연한 저항 속에 자신을 가두고 있었다. "얘, 너는 항상 기운이 없어 보여." 화부리뜨가 그녀에게 말하였다.

그것들이 바로 기쁨이라는 것이다. 행복한 남녀들의 짝을 이룬 출현에는, 생명과 자연을 향한 심오한 부름이 있고, 그 행복한 짝들이 삼라만상으로부터 애무와 빛이 발산되도록 한다. 아주 먼 옛날에 요정 하나가 있었고, 그 요정이 특별히 연인들을 위하여 풀밭과 나무들을 만들었다. 연인들의 영원한 덤불 속 학교는 그렇게 해서 비롯되었고, 끊임없이 다시 시작되며, 덤불과 학생들이 존재하는 한 지속될 것이다. 사상가들 사이에 봄이 유행하는 것 또한 그러한 유래 때문이다. 로마 제국의 귀족도, 떠돌이 장사꾼도, 공작도, 국가의 중신도, 법관복 입은 이도, 궁정인도, 도시인도 모두, 옛 사람들이 말한 바와 같이, 그 요정의 종들이다. 모두들 웃고, 서로를 찾아 나서고, 대기에는 숭고한 극치의 빛이 눈부시다. 사랑이 촉발하는 변모의 위대함이여! 공중인 사무실의 서기들도 신들이다. 그리고 작은 비명, 풀 속에서의 추격, 재빨리 휘어잡은 허리, 모두 멜로디처럼 들리는 은어(隱語)들, 한 음절을 발음하는 방법 속에서도 터져 나오는 찬미, 한 입에서 다른 입으로 빼앗겨 건너가는 버찌들, 그 모든 것들이 불길처럼 타오르며 천상의 영광 속으로 들어간다. 아름다운 아가씨들은 자신들을 달콤하게 소모한다. 그것이 영영 끝나지 않으리라 믿는다. 철학자들, 시인들, 화가들은 그 유열을 그저 바라볼 뿐, 그것을 어디에 쓸지 모른다. 너무 눈이 부시기 때문이다. "퀴테라 섬으로의 출범!"[40] 바토는 그렇게 외친다. 평민들의 화가인 랑크레는 푸른 하늘로 비상하는 평민들을 응시한다.[41] 디드로는 그 모든 가벼운 사랑들에게로 손을 뻗는다.[42] 그리고 위르페는 그 유열에 드루이다교 사제들을 이끌어 들인다.[43]

조반 후에 젊은이 네 쌍은 당시 국왕의 화단이라고들 부르던 곳으로, 인도로부터 최근에 들여왔다는 식물을 보러 갔다. 그 식물의 명칭은 잊었지만, 그 시절, 그 식물이 모든 빠리 사람들을 쌩–끌루로 이끌었다. 그것은 기이하고 매력적이며 줄기가 높직한 관목이었는데, 잎이 없고 실처럼 가늘어서 머리털처럼 뒤엉킨 무수한 가지들은, 수백만 개의 희고 작은 꽃들로 뒤덮여 있었다. 그리하여 그 관목은 꽃들이 이처럼 들끓는 머리채 모양을 하고 있었다. 그 식물을 구경하려는 인파가 끊이지 않았다.

그 관목을 구경하고 나자 똘로미예스가 큰 소리로 말하였다. "내가 당나귀들을 빌리겠어!" 당나귀 대여인에게 대여비를 지불한 다음 그들은 방브와 이씨 쪽으로 방향을 잡았다. 이씨에서 약간의 말썽이 있었다. 원래 국가 소유였던 공원이 그 시절에는 군수품 납품업자였던 부르갱의 수중에 있었는데, 출입문이 우연히 활짝 열려 있었다. 그들은 철책 안으로 들어가, 동굴 속에 있는 은자 모형을 구경한 다음, 소문 자자하던 유리방에 들어가 약간의 신비한 체험을 하였다. 백만장자가 된 호색꾼 혹은 프리아포스[44]로 변신한 뛰르까레[45]에게 걸맞는 음탕한 함정이었다. 그들은 베르니스 사제가 찬미하며 노래한 두 그루 밤나무 사이에 걸린 그물 그네를 힘차게 흔들어댔다. 아름다운 아가씨들을 차례대로 하나씩 그네에 태워 흔들어주면서, 그뢰즈[46]가 보았으면 기뻐했을 부풀어 오르는 치마폭 때문에 모두들 깔깔거릴 때, 뚤루즈 출신인지라 다소간은 에스빠냐인이기도 한—뚤루즈는 똘로사[47]의 사촌이다—똘로미에스가, 아마 두 그루 나무 사이에 매어놓은 밧줄 위로 높이 던져 올려놓은 아름다운 어느 아가씨에게서 영감을 받았을 듯한, 옛 갈리시아 지방의 노래를 구슬프고 단조로운 가락으로 불렀다.

　　내 고향은 바다호스.
　　사랑이 나를 부르네.
　　나의 영혼 몽땅
　　나의 눈 속에 있으니
　　그대가 보여 주기 때문이라
　　그대의 다리를.

팡띤느는 그네를 타지 않겠다고 하였다. 그러자 화부리뜨가 못마땅하다는 듯이 중얼거렸다. "나는 우아한 척하는 사람들은 마음에 들지 않아."

당나귀들을 돌려준 후에도 놀이는 계속되었다. 쎈느 강을 배로 건넌 다음, 빠씨로부터 에뚜왈 근처 외곽까지는 걸어서 갔다. 모두 기억하다시피 그들은 새벽 다섯 시에 일어났다. 그러나 화부리뜨가 말하였다. "쳇! 일요일에는 피로라는 것이 없어. 일요일에는 피로도 일을 하지 않아." 오후 세 시경, 행복감에 넋을 잃은 젊은 네 쌍은 활주차(滑走車)를 타며 놀았다. 보종 공원 높직한 곳에 설치한 기이한 시설이었다. 그곳에서는 샹젤리제의 가로수들 상단이 뱀처럼 구불구불한 선을 이루고 있는 것이 보였다.

가끔 화부리뜨가 보챘다.

"그런데 그 뜻밖의 선물은?"

"기다려!" 똘로미예스의 대꾸였다.

5. 봉바르다 식당에서

활주차 놀이가 끝나자 점심 먹을 생각을 하였다. 그리하여, 행복감에 반짝이던 그 여덟 사람은, 마침내 나른해진 상태로 봉바르다 식당에 표착하였다. 유명한 요식업자 봉바르다가 샹젤리제에 낸 지점이었는데, 그 시절에는 리볼리 로의 들로름므 갤러리 옆에 간판이 걸려 있었다.

크지만 지저분하고 안쪽 협실에 침대가 있는 방으로 안내되었다(일요일에는 어느 음식점이건 만원인지라 그 구석이라도 차지할 수밖에 없었다). 창문 둘이 있었고, 그곳에서 느릅나무 가지들 사이로 선착장과 강을 내려다볼 수 있었다. 8월의 강렬한 햇살이 창문에 어른거렸다. 방 안에는 식탁 둘이 있었다. 한 식탁 위에는 꽃다발들과 남녀의 모자들이 뒤섞여 수북히 쌓여 있었다. 먹다 남은 음식과 접시들과 유리잔들과 병들이 멋대로 흩어져 있던 다른 탁자 주위에 젊은이들 네 쌍이 둘러앉았다. 손잡이 달린 작은 맥주 단지와 포도주 병들이 섞여 있었다. 식탁 위의 무질서 못지않게 식탁 밑에도 무질서가 있었다.

그들은 식탁 밑에서 소란을,
발로 무시무시한 탁탁 소리를 냈다.

몰리에르가 한 말이다.[48]

새벽 다섯 시에 시작한 목가적 방랑이 오후 네 시 반에 이르러 보인 양상이다. 해가 기울고 있었고 입맛도 감퇴되고 있었다.

햇빛과 군중으로 가득한 샹젤리제는 곧 빛과 먼지였다. 영광은 그 둘로 구성된다. 마를리의 말들, 힝힝거리는 그 대리석 덩이들이 황금빛 구름 속에서 뒷발로 서 있었다. 화려한 사륜 포장마차들이 오가고 있었다. 트럼펫을 앞세운 근위 기병중대가 뇌이 대로를 따라 내려오고 있었다. 석양빛을 받아 엷은 분홍색을 띤 백색 깃발이 뛸르리의 원형 지붕 위에서 펄럭이고 있었다. 다시 루이 15세 광장으로 개칭된 꽁꼬르드 광장으로,[49] 만족스러운 표정을 한 산책꾼들이 꾸역꾸역 몰려들었다. 많은 사람들이 물결무늬 천으로 만든 리본에 매달린 은제 나리꽃을 달고 있었다. 그것이 1817년에는 장식 단추 구멍에서 아직 완전히 자취를 감추지 않았다. 여기저기에서, 행인들에 둘러싸여 박수갈채를 받으며, 둥글게 둘러선 어린 소녀들이 당시 유행하던 부르보네 지방 민요를 불렀다. '백일천하'에 벼락을 치기 위하여 부르던 노래로, 그 후렴은 다음과 같다.

겐트에 계신 우리 아버지를 돌려주세요. 우리 아버지를 돌려주세요.

휴일 차림을 한, 심지어 시내에 사는 사람들처럼 나리꽃 장식까지 단 변두리 주민들이, 마리니의 커다란 공원 여기저기에 무더기로 흩어져서, 고리 던지기 놀이를 하거나 목마를 타고 있었다. 어떤 사람들은 술을 마시고 있었다. 몇몇 인쇄소 견습공들은 종이로 접은 모자를 쓰고 있었다. 그들의 웃음소리가 들렸다. 모든 것들이 찬연한 빛을 발산하고 있었다. 누구도 이의를 제기할 수 없는 평화와 왕정이 가져온 안정을 구가하던 시절이었다. 그 시절, 빠리의 시경 국장이었던 앙글레스가 빠리 변두리 지역에 관하여 국왕에게 올린 비밀 특별보고서의 마지막 몇 구절은 다음과 같다.

전하, 모든 것을 세밀히 검토하였던 바, 그 사람들에 관해서는 우려할 바가 전혀 없나이다. 그들은 고양이처럼 무심하고 태평스럽습니다. 지방의 하층민들은 활동적이지만, 빠리의 하층민들은 그렇지 않습니다. 그들은 게다가 모두 체구가 작습니다. 전하, 그들 둘을 이어야 겨우 전하 휘하의 척탄병 한 사람의 키와 같습니다. 도성의 하층민들 쪽에는 우려의 여지가 없나이다. 그 하층민들의 신장이 오십년 전보다 작아졌다는 사실은 괄목할 만한 점입니다. 그리고 빠리 변두리 백성들의 키는 대혁명 이전보다 더 작아졌나이다. 그들은 전혀 위험하지 않습니다. 한마디로, 착한 어중이떠중이들에 불과합니다.

고양이가 사자로 변할 수 있다는 것을 시경 국장들은 믿지 않는다. 하지만 그럴 수 있다. 또한 그것이 빠리 백성들이 행하는 기적이다. 뿐만 아니라, 앙글레스 백작이 그토록 경멸하는 고양이가, 여러 고대 공화국에서는 매우 귀한 대접을 받았다. 그들은 고양이를 자유의 화신으로 여겼고, 따라서 페이라이에우스에 있는 날개 없는 아테나 여신에 대응하여 코린토스의 대광장에다가 거대한 고양이 동상을 세우기도 하였다.[50] 복고왕조 시절의 순진한 경찰은 빠리의 백성을 낙관적인 눈으로만 바라보았다. 그들은, 사람들이 생각하듯, 그렇게 착하기만 한 어중이떠중이가 아니다. 빠리 사람과 프랑스인 사이에서 발견되는 대조는 아테네 사람과 그리스인 사이에 나타나는 그것과 같다. 어느 누구도 빠리 사람처럼 태평스럽게 잠자지 못하고, 어느 누구도 빠리 사람만큼 노골적으로 경솔하거나 게으르지 못하며, 어느 누구도 빠리 사람보다 잘 잊는 듯 보이지 않는다. 그러나 그 모든 것을 믿어서는 아니 된다. 빠리 사람은 무슨 일에서나 무심하지만, 영광이 달린 일에서만은 어떠한 형태의 열광에서도 찬탄할 만하다. 그에게 창 한 자루를 주어보라. (1792년) 8월 10일의 봉기를 감행할 것이다. 그에게 총 한 자루를 주어보라. 슬라브코프를 수중에 넣을 것이다. 그는 나뽈레옹의 받침점이고 당똥의 수단이다. 조국의 운명이 걸렸다고? 그는 즉시 병영으로 달려간다. 자유가 위협을 받는다고? 그는 서슴지 않고 도로의 포석을 뽑아 든다. 조심해야 한다! 노기 가득한 그의 머리카락들은 웅대한 영웅전과 같다. 그의 작업복 상의는 즉시 옛 그리스 전사들의 전포(戰袍)로 바뀐다. 조심하라. 그르느따[51]와 같은 길이 또 나타나면 그는 즉시 후르쿨라이 카우디나이 협곡에서 있었던 일[52]을 감행할 것이다. 때가 도래하면 그 변두리 남자가 커질 것이고, 그 작은 남자가 벌떡 일어나서 무시무시한 눈으로 바라볼 것이며, 그의 숨결은 태풍이 되어, 그 여리고 가엾은 가슴팍으로부터 알프스의 주름살들을 바꾸어놓을 만한 바람이 나올 것이다. 그 빠리 변두리 사람들 덕분에, 군대와 혼합된 혁명이 유럽을 굴복시켰다. 그가 노래를 부른다. 그의 기쁨일 뿐이다. 그의 노래를 그의 천성과 균형 잡히게 해보라. 그러면 알 수 있을 것이다! 부를 노래가 「까르마뇰」밖에 없을 때에는 루이 16세를 쓰러뜨리는 데 그친다. 하지만 그로 하여금 「라 마르세이예즈」를 부르게 해보라. 그가 온 세상을 해방시킬 것이다.

앙글레스의 보고서에 이상과 같은 각주를 붙여 주었으니, 네 쌍의 젊은이 곁으로 돌아가자. 말한 바와 같이 점심 식사가 끝나 가고 있었다.

6. 서로 열렬히 사랑하는 모임

식탁에서의 대화나 연인들 간의 대화 모두 서로 못지않게 불가해하다. 연인들 간의 대화는 구름 덩이들이고, 식탁에서의 대화는 연기이다.

화뫼이유와 달리아는 콧노래를 불렀다. 똘로미에스는 술을 마셨다. 제핀느는 소리 내어 웃었고, 팡띤느는 미소를 지었다. 리스똘리에는 쌩-끌루에서 산 목제 나팔을 불려고 입김을 힘차게 내불고 있었다. 화부리뜨가 정겨운 눈으로 블라슈벨을 바라보며 말하였다.

"블라슈벨, 너를 열렬히 사랑해."

그 말에 블라슈벨이 물었다.

"화부리뜨, 만약 내가 널 사랑하기를 멈춘다면 너는 어떻게 하겠니?"

"나!" 화부리뜨가 발끈하였다."아! 그런 말 하지 마, 우스갯소리라도! 만약 네가 날 사랑하기를 멈춘다면, 너에게 달려들어 손톱으로 움켜잡고 마구 할퀸 다음, 너에게 물을 끼얹고, 네가 체포되도록 하겠어."

블라슈벨은 자존심이 즐겁게 자극된 듯, 달콤한 자만심에 빠진 사람처럼 미소를 지었다. 화부리뜨가 계속하였다.

"그래, 야단법석을 떨 거야! 아! 내가 모든 이웃 사람들에게 피해를 주더라도! 악당 같으니!"

블라슈벨은 희열에 겨워 뒤로 상체를 젖히더니, 오만하게 두 눈을 감았다.

달리아가 먹기를 멈추지 않은 채, 소란스러운 틈을 타서 화부리뜨에게 속삭였다.

"너 정말 블라슈벨에게 반했구나?"

"나? 녀석을 싫어해." 화부리뜨가 자기의 포크를 집어 들며 다시 소근거렸다. "저 녀석 아주 인색해. 나는 우리 집 맞은편에 사는 꼬맹이를 좋아해. 그 젊은이 정말 괜찮아. 너도 그를 아니? 배우 같은 사람이야. 나는 배우들을 좋아해. 그가 집에 돌아오기가 무섭게 그의 엄마가 이렇게 말하지. '아! 맙소사! 나의 평온은 이제 끝이야. 저 녀석이 또 고함을 쳐댈 테니. 얘, 제발, 내 친구야, 네가 나의 머리를 아예 부수는구나!' 그는 집 안으로 들어가, 쥐가 우글거리는 다락방이건 컴컴한 구멍이건 가리지 않고, 가장 높은 곳을 찾아 올라가, 노래를 부르고 또 목청껏 낭독을 해. 그것이 무엇인지 내가 어찌 알겠어. 여하튼 그의 목소리가 아래까지 들려! 그는 벌써 소송 대리인 사무실에서 궤변 같은 글이나 긁적거리면서 하루에 20쑤씩 벌어. 그는 전에 쌩-쟈끄-뒤-오-빠의 성가대원이었던 분의 아들이야. 아! 정말 괜찮은 남자야. 그가 나에게 얼마나 반해 있던지, 어느 날 내가 크래쁘를 굽기 위해 반죽을 하고 있는데, 글쎄 나에게 이렇게 말하는 거야. '아가씨, 당신의 장갑으로 튀김을 해주세요. 제가 그것을 먹겠습니다.' 그렇게 말할 수 있는 사람들은 예술가들뿐이야. 아! 그는 정말 마음에 드는 사람이야. 나는 그 꼬맹이에게 미치기 시작했어. 상관없어, 블라슈벨에게는 내가 자기를 열렬히 좋아한다고 하겠어. 아! 나는 거짓말도 잘하지, 그렇지?"

화부리뜨가 잠시 멈추었다가 계속하였다.

"달리아, 보다시피, 나는 매우 슬퍼. 여름 내내 비만 내렸는데, 바람은 나의 신경을 더욱 날카롭게 할 뿐, 노기를 가라앉혀 주질 않아. 블라슈벨은 몹시 쩨쩨해. 시장에는 겨우 완두콩밖에 없으니 무엇을 먹어야 할지 모르겠어. 나는 잉글랜드 사람들이 말하는 그 간헐적인 우울증에 걸려 있어. 버터 가격은 왜 그리도 비싼지! 그리고 이곳을 좀 봐, 정말 끔찍해! 우리는 지금 침대가 있는 곳에서 점심을 먹고 있어. 사는 것이 역겨워."

7. 똘로미예스의 지혜

그러는 동안에도, 몇몇은 노래를 하는데, 나머지 사람들은 모두 한꺼번에 요란스럽게 이야기들을 하였다. 들리는 것은 소음밖에 없었다. 똘로미예스가 결국 나섰다.

"아무렇게나 또 너무 빠르게 말하지 맙시다. 우리가 눈부시게 멋지고 싶다면 숙고합시다. 지나친 즉흥적 발언이 정신을 멍청하게 비워 버립니다. 흐르는 맥주에는 거품이 생기지 않는 법입니다.[53] 신사 여러분, 서둘지 맙시다. 질탕하게 먹더라도 위엄을 섞읍시다. 명상에 잠긴 사람처럼 먹읍시다. 연회를 느릿느릿 즐깁시다. 서둘지 맙시다. 봄을 보십시오. 봄이 스스로를 재촉하면 불꽃에 휩싸입니다. 즉 얼어붙습니다. 지나친 열광이 복숭아나무와 살구나무들을 죽입니다. 지나친 열광이 우아함과 좋은 점심을 망칩니다. 신사분들, 열광은 금물입니다! 그리모 들 라 레니에르도 딸레랑과 같은 생각입니다.[54]"

무리 속에서 소리 없는 반발이 으르렁거렸다.

"똘로미예스, 우리들을 내버려 둬." 블라슈벨의 말이었다.

"폭군을 타도하라!" 화뫼이유가 내뱉었다.

"봉바르다는 곧 봉방스(대향연)와 방보슈(진수성찬)라는 뜻이야!" 리스똘리에가 언성을 높였다.

"일요일은 존재한다." 화뫼이유가 다시 한마디 하였다.

"우리는 절제하고 있어." 리스똘리에가 덧붙였다.

"똘로미예스, 나의 고요함이나 숙고해 봐." 블라슈벨이 쏘아붙였다.

"그래, 너는 고요함의 후작이시다." 똘로미예스의 대꾸였다.

그 보잘것없는 말장난이 연못에 던진 돌멩이의 효과를 냈다. 당시 몽깔름므[55] 후작은 유명한 왕당파였다. 모든 개구리들이 입을 다물었다. 그러자 똘로미예스가 좌중을 휘어잡는 사람의 어조로 다시 입을 열었다.

"친구들이여, 정신들 차리시오. 소리의 유사성을 이용한 말장난, 하늘에서 우연히 떨어진 그 신소리에 너무 놀라면 아니 되오. 하늘에서 떨어졌다고 해서 모두 열광과 숭앙의 대상은 아니오. 소리의 유사성을 이용한 말장난은 날아다니는 영혼이 배설하는 새똥과 같은 것이오. 익살 광대의 농담은 어디에나 떨어집니다. 그리고 영혼은 그 멍청한 신소리를 알 낳듯 떨어뜨린 다음 창공 속으로 처박힙니다. 암석 위에 희끄무레한 얼룩을 만들어놓고도 콘도르는 개의치 않고 하늘을 선회하며 아래를 굽어봅니다. 말장난을 모독하지 맙시다! 나는 그것의 가치에 따라 상응하는 존경심을 표합니다. 그 이상은 아닙니다. 인간 사회에서, 그리고 아마 그 이상의 영역에서도, 가장 엄숙하고 가장 숭고하며 가장 매력적인 것들조차 모두 말장난을 하였습니다. 구세주 예수는 베드로 성자를 놓고 말장난을 하였고,[56] 모쉐는 이사악을 놓고,[57] 아이스퀼로스는 폴뤼네이케스[58]에 대하여, 클레오파트라는 옥타비우스에 대하여 말장난을 하였습니다. 그리고 특히 클레오파트라는 그 말장난을 악티움 전투 직전에 하였으며, 그 말장난이 없었다면, 국자를 뜻하는 그리스식 도시 명칭인 토뤼네[59]를 아무도 기억하지 못했을 것이라는 것도 유념해 두십시오. 그 모든 것을 인정하신다면, 권고의 말씀을 다시 계속하겠습니다. 나의 형제들이여, 반복해 말씀드리거니와, 열광과 소란과 지나침을 경계하시오. 신랄한 말이나 명랑함, 환희, 말장난에서도 마찬가지입니다. 저의 말씀을 잘 들으시오. 저에게는 암피아라우스[60]의 신중함과 카이사르의 대머리가 있습니다. 한계가 있어야 합니다, 수수께끼 말놀이에도. 모든 일에는 절도가 있노라.[61] 한계가 있어야 합니다, 심지어 점심 식사에도. 부인들께서는 사과 파이를 좋아하십니다. 지나치게 잡숫지 마십시오. 사과 파이를 먹는 데 있어서도 상식과 기예가 필요합니다. 폭식이 폭식하는 사람을 벌합니다. 굴라(Gula)가 굴락스(Gulax)를 벌합니다.[62] 소화불량은 착한 신으로부터 위장의 버릇을 고쳐주라는 임무를 부여받았습니다. 그리고 이 점은 특히 잊지 마십시오. 우리의 어떤 열정이라도, 심지어 사랑도, 각자의 위장을 가지고 있는 바, 그것을 너무 가득 채워서는 아니 됩니다. 어떤 일에서나 제때에 '끝'이라는 단어를 써야 하고, 스스로를 제어해야 하며, 일이 급해질 경우에는 자신의 식욕에 빗장을 질러야 하고, 자신의 엉뚱한 생각을 유치장에 감금하였다가 경찰서로 스스로를 압송해야 합니다. 현자란 자신을 적시에 체포할 줄 아는 사람입니다. 약간이나마 저를 신뢰하십시오. 제가 법을 좀 공부하였기 때문이고, 저의 관찰이 저에게 말해 주는 것에 입각하여 명시적인 문제와 암묵적인 문제 간에 존재하는 차이를 알기 때문이고, 무나티우스 데멘스가 친모 살해자[63] 직속 사법관이었던 시절, 로마에서 자행되던 고문 방법에 관한 논문을 제가 발표했기 때문이고, 제가 곧 박사가 될 것이기 때문인데, 그렇다고 해서 제가 반드시 멍청이라고 해야 할 것 같지는 않습니다. 저는 여러분께 욕망의 절제를 간곡히 당부합니다. 저의 이름이 휄릭스[64] 똘로미예스인지라 제가 말을 잘하는 것은 사실입니다. 때가 이르렀음을 알고 영웅적인 결단을 내려 술라[65]나 오리게네스[66]처럼 스스로 물러나는 사람은 행복하도다!"

화부리뜨는 주의 깊게 그의 말을 듣고 있다가 한마디 하였다.

"휄릭스! 얼마나 예쁜 말이야! 나는 그 이름이 좋아. 라틴어식 이름이야. 프로스뻬르[67]라는 뜻이야."

똘로미예스가 계속하였다.

"퀴리테스,[68] 신사 여러분, 까바예로스,[69] 나의 친구들이여! 어떠한 유혹도 느끼지 않고, 이성과의 잠자리를 필요로 하지 않으며, 관능적 사랑을 대수롭지 않게 여길 수 있기를 바라시는가? 그보다 더 간단한 일은 없습니다. 그 처방은 이러합니다. 레몬즙, 과도한 운동,

강제 노동, 기진맥진하도록 애를 쓰시오, 덩어리들을 끌고 다니시오, 주무시지 마시오, 철야하시오, 질산이 함유된 음료와 수련 다린 물을 드시오, 양귀비와 마편초의 젖 같은 액체를 가끔 음미하시오. 이상의 모든 것들 외에, 굶어 죽을 지경으로 엄혹한 금식을 양념으로 첨가하시고, 그런 다음, 냉수욕과, 풀로 엮은 허리띠와, 몸에 접착시킬 납 조각과, 액화 납을 섞은 로션과, 초산 음료를 이용한 찜질 등을 더 보태시오."

"나는 여자가 더 좋아." 리스똘리에가 말하였다.

"여자!" 똘로미예스가 그 말을 받았다. "여자를 조심들 하시오. 여자의 변화무쌍한 가슴에 자신을 맡기는 이 불행을 피치 못하리라! 여자는 간특하고 교활하오. 여자가 뱀을 혐오하는 것은 직업상의 질투 때문이오. 여자에게는 뱀이 맞은편 상점과 같다오."

"똘로미예스, 너 취했어!" 블라슈벨이 언성을 높였다.

"아무렴!" 똘로미예스의 대꾸였다.

"그러면 즐기게." 블라슈벨이 말했다.

"좋아."

그러면서 똘로미예스가 자기의 술잔을 다시 채우더니 일어섰다.

"포도주에 영광을! 눈크 테, 바케, 카남!⁷⁰⁾ 죄송합니다, 아가씨들, 이건 에스빠냐 말입니다. 그리고, 쎄뇨라, 그 증거는 이러합니다. 그 백성에 그 술통이라는 말이 있습니다. 까스띠야 지방의 아로바는 16리터, 알리깐떼 지방의 깐따로는 12리터, 까나리아 제도의 알무드는 25리터, 발레아레스 제도의 꾸아르면은 26리터, 짜르 뻬쩨르의 장화는 30리터 용량에 해당합니다. 위대했던 짜르 만세! 더욱 위대했던 그의 장화 만세! 귀부인들, 친구의 조언 한마디입니다. 이웃 남자를 혼동하십시오.⁷¹⁾ 물론 좋으시다면. 사랑의 본질이란 방황하는 것입니다. 난봉질이란, 무르팍에 질긴 암퇘지 가죽이 두껍게 생긴 잉글랜드 하녀처럼, 한곳에 엎드려 멍청해지기 위하여 생긴 것이 아닙니다. 그렇게 하라고 생긴 것이 아닙니다. 달콤한 난봉질은 명랑하게 떠돕니다! 흔히들 이르기를, 실수는 인간의 속성이라고 합니다. 그러나 저는 단언합니다. 실수는 사랑의 속성입니다. 존귀하신 부인들, 저는 당신들 모두를 우상 섬기듯 합니다.

   오, 제핀느! 오, 죠제핀느, 심하게 구겨진 얼굴이여, 당신이 비뚤어지지만 않았으면 매력적일 것입니다. 당신의 귀여운 얼굴을 누가 무심코 깔고 앉았던 것 같습니다. 화부리뜨에 관해 말하겠습니다. 오, 뉨파들이여, 무사이들이여! 어느 날 블라슈벨이 게랭-부와쏘 길에 있는 도랑을 건너다가, 희고 말끔한 긴 양말을 신고 다리를 드러낸 아름다운 소녀 하나를 보았습니다. 그 전주곡이 마음에 들었고, 그리하여 그가 소녀를 사랑하게 되었습니다. 그 소녀가 화부리뜨였습니다. 오, 화부리뜨! 그대의 입술은 이오니아 여인의 입술이야! 일찍이 에위포리온이라고 하는 그리스 화가 하나가 있었는데, 입술의 화가라는 별명을 가지고 있었지. 오직 그 그리스인만이 그대의 입술을 그릴 자격을 누릴 수 있었을 거야. 잘 들어! 그대 이전에는 그런 이름을 가질 자격을 갖춘 계집이 없었지. 그대는 베누스처럼 사과를 받기 위하여, 혹은 하와처럼 사과를 먹기 위하여 만들어진 여자야. 그대가 미의 시발점이야. 나는 하와 이야기를 하였는데, 그녀를 창조한 사람은 그대야. 그대는 귀여운 여인을 고안해 낸 대가로 발명상을 받을 자격이 있어. 오, 화부리뜨! 내 이제 그대에게 반말하기를 멈추겠소. 내가 시에서 산문으로 건너가기 때문이오. 당신이 조금 전에 저의 이름에 관해 말씀하셨습니다. 그 말씀이 저를 감동시켰습니다. 하지만 우리가 누구이든 이름들을 경계합시다. 이름들이 오류를 범할 수 있습니다. 저의 이름이 휄릭스이지만 저는 행복하지 않습니다. 단어들이란 거짓말쟁이들입니다. 이름들이 우리들에게 제시하는 증거들을 맹목적으로 수락하지 맙시다. 병마개를 구입하기 위하여 리에주에 편지를 쓴다든가, 가죽 장갑을 구입하기 위하여 뽀에 편지를 보낸다면 그것은 큰 잘못입니다.[72] 미스 달리아, 제가 당신이라면, 저는 로사[73]라는 이름을 택하겠습니다. 꽃은 좋은 냄새를 발산해야 하고, 여인에게는 기지가 있어야 합니다. 팡띤느에 대해서는 아무 말도 하지 않겠습니다. 그녀는 몽상에 잠기고, 꿈꾸고, 생각에 잠기고, 감각에 예민한 사람입니다. 그녀는 뉨퍼의 형태와 풋내기 수녀의 수줍음을 겸비한 유령입니다. 그 풋내기 수녀는, 여직공 생활로 길을 잘못 들어섰으되, 공상들 속으로 피신하고, 노래하고, 기도하고, 자기가 무엇을 보고 무엇을 하는지도 모르면서 창공을 응시하고, 눈을 하늘로 향한 채, 실제 존재하는 것보다 더 많은 새들이 있는 정원에서 배회합니다! 오, 팡띤느, 이것만은 알아두오. 나는 하나의 환상이오. 그러나 헛된 상상의 딸인 금발의 처녀에게는 내 말이 들리지조차 않도다! 게다가, 그녀의 안에 있는 것은 온통 싱싱함과, 그윽함과, 젊음과, 아침나절의 부드러운 밝음뿐이로다. 오, 팡띤느, 데이지 혹은 진주라 불러야 할 처녀여, 당신은 가장 아름다운 동방에서 온 여인이오. 고귀하신 부인들, 두 번째 조언입니다. 절대 결혼하지 마십시오. 결혼이란 일종의 접목입니다. 접합이 잘 이루어질 수도 있고 잘못될 수도 있습니다. 그러한 위험을 피하십시오. 하지만 젠장! 내가 지금 무슨 소리를 읊어대고 있는 거야? 말문이 막히도다. 아가씨들은 결혼 짓거리라는 고질병을 영영 놓지 못하는지라, 우리와 같은 현자들이 무슨 말을 하건, 조끼 만드는 아가씨들이나 반장화 꿰매는 아가씨들이 다이아몬드로 치장한 남편을 꿈꾸는 것을 막지 못해. 여하튼 그렇다 치고, 하지만, 아름다운 이들이여, 이것만은 유념해 두시오. 아가씨들께서는 설탕을 과다하게 잡수십니다. 당신들이 가지고 계신 유일한 오점은, 오! 여인들이여, 설탕을 조금씩, 천천히, 갉아서 잡수신다는 것입니다. 오! 쏠기 좋아하는 여성 족속이여, 그대의 작고 귀엽고 하얀 치아가 설탕을 미친 듯이 좋아하오. 그런데, 잘 들으시오, 설탕도 일종의 소금입니다. 모든 소금은 건조시키는 성질을 가지고 있습니다. 특히 설탕은 모든 소금들 중 그러한 성질이 가장 강합니다. 그것이 모든 혈관에서 혈액 중에 있는 수분을 증발시킵니다. 혈액의 엉김 현상에 뒤이어 응고 현상이 나타남은 그러한 이유 때문입니다. 그 현상으로 인하여 허파 속에 결절이 생기고, 뒤이어 죽음이 닥칩니다. 또한 당뇨병이 폐결핵에 인접해 있는 것도 그러한 이유 때문입니다. 그러니 설탕을 깨물지 마시오, 당신들이 생존하실 것이로다! 이제 남자들께 말씀드리겠습니다. 신사들이여, 많은 정복을 감행하시오. 어떠한 가책감도 느끼지 마시고 서로의 연인들을 약탈하시오. 추격하고 겨루시오. 사랑에는 친구라는 것이 없습니다. 예쁜 여인이 있는 곳에서는 언제든지 적대 행위가 발생할 수 있습니다. 가차 없이, 무한정으로! 예쁜 여인은 하나의 카쑤쓰 벨리[74]입니다. 예쁜 여인은 곧 현행범입니다. 유사 이래 자행된 모든 침략 행위는 속치마에 기인하였습니다. 로물루스는 사비나 여인들을 납치하였고, 기욤은 작센 여인들을 납치하였으며, 카이사르는 로마 여인들을 납치하였습니다. 여인으로부터 사랑받지 못하는 남자는 다른 사람의 여인들 머리 위를 독수리처럼 선회합니다. 그리하여 저는, 모든 불운한 홀아비들에게, 보나빠르뜨가 이딸리아 원정군에게 내린 숭고한 포고문 중 한 구절을 던져드립니다. '용사들이여, 그대들에게는 모든 것이 결핍되어 있소. 적이 그것을 가지고 있소.'"

똘로미예스가 말을 중단하였다.

"숨 좀 돌려, 똘로미예스." 블라슈벨이 권하였다.

그러면서 동시에, 블라슈벨이, 리스똘리에와 화뙤이유가 합세한 가운데, 우연히 뇌리에 떠오르는 단어들로 꾸몄고 화려하게 운을 맞추었으되, 나무의 흔들림이나 바람 소리처럼 아무 의미도 없고, 담배 연기 속에서 생겨났다가 연기와 함께 흩어져 날아가 버리는 작업장의 노래들 중 한 편을, 하소연 조의 곡에 실어 부르기 시작하였다.

세 사람이 똘로미에스의 장광설에 응수하기 위하여 부른 노래는 이러하다.

> 칠면조[75] 아저씨들이
> 대리인에게 돈을 주었네
> 끌레르몽-또네르 씨가
> 성 요한 축일에 교황이 되도록.
> 그러나 끌레르몽은
> 교황이 되지 못하였네
> 사제가 아니었기 때문에.
> 그러자 대리인이 화를 내며
> 그들에게 돈을 돌려주었네.

그 노래가 똘로미에스의 즉흥 연설을 잠재우지는 못하였다. 그가 잔을 비우고 다시 가득 채운 다음 장광설을 다시 시작하였다.
"지혜로움을 타도합시다! 제가 드린 말씀은 모두 잊으십시오. 정숙하지도, 신중하지도, 정직하지도 맙시다. 저는 환희를 위하여 축배를 듭니다. 우리 모두 쾌활합시다! 우리의 법학 강의를 미친 짓과 음식으로 보충합시다. 소화 불량과 소화될 것으로.[76] 유스티니아누스는 수컷 역할을, 그리고 질탕한 연회는 암컷 역할을 맡게 합시다! 심오함 속의 즐거움! 목구멍이여, 오, 창조여! 세계는 하나의 거대한 다이아몬드! 나는 행복하도다. 새들은 정말 경이롭습니다. 사방에서 벌어지는 축제! 나이팅게일은 공짜 엘비우[77]입니다. 여름이여, 내 그대에게 경의를 표하오. 오, 뤽상부르 공원이여, 오, 마담 거리[78]와 옵세르바뚜와르 산책로[79]의 농경시여! 오, 몽상에 잠긴 삐우삐우[80]들이여! 오, 아이들을 돌보면서 아이들 만들 생각에 잠겨 즐거워하는 매력적이고 착한 하녀들이여! 나에게 오데옹[81]의 아케이드가 없다면 남아메리카의 대평원이 내 마음에 기꺼우련만! 나의 영혼은 처녀림과 사바나 위를 날아다니네. 모든 것이 아름답도다. 파리들이 햇살 아래에서 윙윙거리도다. 태양의 재채기에서 벌새들이 쏟아져 나오네. 키스해 줘, 팡띤느!"

그러면서 엉뚱하게 화부리뜨를 포옹하였다.

8. 어느 말의 죽음

"봉바르다 식당보다는 에동 식당이 나아." 제핀느가 내뱉듯 말하였다.

"나는 에동보다는 봉바르다를 택하겠어." 블라슈벨이 말하였다. "봉바르다가 더 화려해. 그리고 아시아 분위기가 있어. 아래층 방들을 봐. 벽에 거울들이 걸려 있어."

"나의 관심사는 내 접시에 담겨 있는 것이야." 화부리뜨가 말하였다.

블라슈벨이 다시 우겼다.

"나이프들을 봐. 봉바르다 식당의 나이프 손잡이는 은으로 만들었는데, 에동 식당의 것은 뼈로 만들었어. 그런데, 은이 뼈보다 더 귀해."

"턱이 은색으로 덮인 사람들에게는 반드시 그렇지도 않아." 똘로미에스가 한마디 던졌다.

그는 봉바르다 식당의 창문을 통해 보이는 앵발리드의 원형 지붕을 바라보고 있었다.

잠시 침묵이 흘렀다.

"똘로미에스." 화뫼이유가 소리쳤다.

"조금 전에 리스똘리에와 내가 토론을 하였어."

"토론은 좋은 것이지. 하지만 말다툼이 더 낫지." 똘로미에스의 대꾸였다.

"우리들은 철학에 관한 입씨름을 하고 있었어."

"그거 좋지."

"너는 데까르뜨와 스피노자 중 누구를 더 좋아해?"

"나는 데조지에[82]가 좋아."

그렇게 판정을 내린 다음, 한 차례 술을 들이켜고 그가 계속하였다.

"나는 사는 것에 동의해. 이 지상에서 모든 것이 끝나지는 않았어. 아직도 헛소리들을 지껄일 수 있으니. 그러한 사실에 대해 나는 불멸의 신들에게 감사드려. 사람들이 거짓말을 하지만 웃어. 단언하지만 의심해. 삼단논법으로부터 뜻밖의 것이 돌출하지. 멋있는 일이야. 이 지상에 아직도 역설의 마법 상자를 즐겁게 열었다 닫았다 할 줄 아는 사람들이 있어. 존귀하신 부인들, 지금 당신들께서 태평스러운 기색으로 들고 계시는 이 포도주는 마데이라 군도에서 온 것입니다. 잊지 마십시오, 해수면보다 317뚜와즈[83] 낮은 곳에 있는 꼬우랄 다스 후레이라스 포도원에서 생산된 것입니다! 드시면서 잊지 마십시오! 317뚜와즈를! 그런데, 인심 후한 식당 주인 봉바르다 씨께서, 겨우 4프랑 50쌍띰므에 이 317뚜와즈를 드립니다!"

화뫼이유가 다시 그의 말을 중단시켰다.

"똘로미에스, 너의 견해는 믿을 만해, 네가 좋아하는 작가는 누구야?"

"베르……."

"깽?"[84]

"아니, 슈."[85]

똘로미에스가 다시 연설을 이어갔다.

"봉바르다에게 영광을! 그가 나에게 알루마[86] 하나를 따다 줄 수 있다면 엘레판타[87]의 무노피스와 대등할 것이고, 나에게 헤타이레이아[88) 하나를 데려다 줄 수 있다면 카이로네이아[89)의 튀겔리온과도 대등할 것입니다. 오! 귀부인들이시여, 옛 그리스와 이집트에도 봉바르다들이 있었습니다. 아풀레이우스가 그러한 사실을 우리들에게 알려 줍니다.[90) 애석하도다! 항상 같은 것들뿐이고 새로운 것이 없도다. 창조주의 창조 속에 이전에 미간행된 것은 없습니다. '해 아래 새로운 것은 없도다.'[91) 솔로몬의 말입니다. '사랑은 모든 이에게 같도다.'[92) 비르길리우스의 말입니다. 아스파시아가 페리클레스와 함께 사모스 섬으로 향하는 함대[93)에 올랐듯이, 까라빈느가 까라뱅[94)과 함께 쌩-끌루에서 소형 운하선에 오릅니다. 마지막 한 말씀 더 드립니다. 부인들께서는 아스파시아가 어떤 사람인지 아십니까? 그녀가 비록 여인들에게는 영혼이 없다고들 생각하던 시절에 살았지만, 그녀 자체가 하나의 영혼이었습니다. 분홍색과 진주홍 색조가 어린, 불보다 더 이글거리고, 여명보다 더 신선한 영혼이었습니다. 아스파시아는 내면에서 여성의 두 극단이 접촉되어 있던 그러한 계집이었습니다. 다시 말해, 매춘부 여신이었습니다. 소크라테스에다 마농 레스꼬를 합쳐 놓은 것과 같은 존재였습니다. 아스파시아는 프로메테우스에게 갈보 하나가 필요하게 될 경우에 대비하여 창조되었습니다."

똘로미에스가 그렇게 돌진을 시작했던지라, 만약 그 순간, 말 한 필이 부두에서 쓰러지지 않았다면 그를 멈추게 하기가 어려웠을 것이다. 말이 쓰러지는 충격에, 웅변가도 마차도 동시에 문득 멈추었다. 늙고 야위어 백정에게 보내야 마땅할 보쓰 지방의 암말이었는데, 몹시 무거운 짐수레를 끌고 있었다. 봉바르다 식당 앞에 이르렀을 때, 지치고 기진한 말이 더 이상 가기를 거부하였다. 그러자 구경꾼들이 몰려들었다. 노한 마부가 욕설을 퍼부으며, 영험한 의식 용어 '개새끼'를 그 말에 어울릴 만큼 힘차게 내뱉는 동시에, 혹심한 채찍질을 가하자마자, 늙고 여윈 말이 즉시 쓰러져 더 이상 움직이지 않았다. 행인들의 웅성거리는 소리에, 똘로미예스의 즐거워하던 청중이 밖으로 고개를 돌렸다. 똘로미예스는 그 틈을 이용하여, 자기의 연설을 다음과 같은 구슬픈 한 소절로 마무리하였다.

이륜 합승마차와 사륜 포장마차가 같은 길을 가는 세상에 태어났도다.
그리고 노마(駑馬)는 다른 노마들처럼 '아침'[95] 한나절을 살았도다.

"가엾은 말!" 광띤느가 한숨을 지었다.
그러자 달리아가 언성을 높였다.
"광띤느가 말들을 동정하며 탄식하는 꼴 좀 봐! 저렇게 불쾌한 짐승이 있다니!"
그 순간, 화부리뜨가 팔짱을 끼고 머리를 뒤로 젖히더니, 단호한 기세로 똘로미예스를 바라보며 말하였다.
"이봐요! 그 뜻밖의 선물은?"
"그 말을 꺼낼 참이었는데." 똘로미예스가 대꾸하였다.
"신사 여러분, 이 귀부인들에게 놀라운 선물을 드릴 시각이 되었습니다. 숙녀 여러분, 잠시만 저희들을 기다려주십시오."
"키스로 시작해야지." 블라슈벨이 말하였다.
"이마에." 똘로미예스가 덧붙였다.
각자 자기 연인의 이마에 정중하게 키스를 하였다. 그리고 네 사람 모두 손가락을 입에다 댄 채, 출입문 쪽으로 줄을 지어서 갔다.
화부리뜨가 손뼉을 치며 말하였다.
"벌써 재미있어."
"너무 오래 지체하지 말아요." 광띤느가 나지막하게 말하였다.
"기다리고 있겠어요."

9. 기쁨의 즐거운 끝

자기들끼리만 남은 아가씨들은, 창틀 하나에 두 사람씩 기대어 서서, 머리를 밖으로 내밀어 숙인 채 재잘거리다가는, 옆 창틀을 향해 말을 건네기도 하였다.

젊은이들이 팔을 낀 채 봉바르다 식당을 빠져나가는 것이 그녀들에게도 보였다. 그들이 돌아서서 웃으며 그녀들에게 손짓을 하더니, 샹젤리제를 일요일마다 점령하는 먼지 뒤집어쓴 군중 속으로 사라졌다.

"너무 오래 지체하지 말아요!" 팡띤느가 외쳤다.

"그들이 우리에게 무엇을 가져올까?" 제핀느가 말하였다.

"틀림없이 멋진 것이겠지." 달리아의 말이었다.

"나는 그것이 황금으로 만든 것이면 좋겠어." 화부리뜨의 대꾸였다.

그녀들은 이내, 커다란 나무들의 가지 사이로 보이며 그녀들의 기분을 전환시켜 주는, 강변에서 일어나는 움직임에 넋을 빼앗겼다. 우편마차와 합승마차들의 출발 시각이었다. 그 시절, 프랑스 남부 지역과 서부 지역으로 떠나는 대부분의 역마차들은 샹젤리제를 경유하였다. 그것들 중 대부분은 강변을 따라서 가다가, 빠씨의 관문을 통해 도시를 빠져나갔다. 노란색과 검정색으로 칠하고, 짓눌리도록 짐을 싣고, 마구들이 요란스럽고, 보따리와 비막이 덮개와 여행용 가방들이 쌓여 형태가 기괴하고, 잠시 보였다가 사라지는 얼굴들로 가득한, 육중한 마차들이, 마찻길을 빻다시피하고 모든 포석들을 부싯돌로 만들며 군중을 헤치면서 매 순간 끊임없이 돌진하고 있었는데, 작열하는 불똥은 대장간의 화덕에서 튀는 것 같았고, 먼지는 화덕의 연기 같았으며, 그 기세는 어느 복수의 여신 같았다. 아가씨들은 그 야단법석을 바라보며 즐거워하였다. 화부리뜨가 탄성을 질렀다.

"무슨 소동이람! 쇠사슬 무더기들이 날뛰며 허공으로 날아간다고 하겠어."

그런데, 느릅나무의 우거진 가지들 때문에 잘 보이지는 않았지만, 그 마차들 중 한 대가 잠시 멈추었다가 다시 전속력으로 내달았다. 그 장면을 보고 팡띤느가 놀라워하였다.

"이상하네! 합승마차는 아무 데서나 멈추지 않는 줄 알았는데."

화부리뜨가 비웃듯이 어깨를 조금 으쓱하였다.

"팡띤느는 정말 놀라워! 내가 호기심에 이끌려 저 애를 관찰하게 된다니까. 저 애는 아무것도 아닌 일에 마음을 빼앗겨. 한번 생각해 봐. 내가 여행자인데, 마부에게 부탁하기를, 저 앞 선착장에서 기다릴 테니 태워달라고 하였다고 가정해 봐. 합승마차가 지나다가 나를 보면 즉시 멈추고 나를 태워줄 거야. 날마다 일어나는 일이야. 나의 귀여운 아가씨, 너는 아직 인생을 몰라."

그렇게 얼마간의 시간이 흘렀다. 문득 화부리뜨가 잠에서 깨어나는 사람의 몸짓을 보이며 말하였다.

"그런데, 그 뜻밖의 선물은?"

"그래, 그토록 떠들어대던 그 뜻밖의 선물은 어찌 된 걸까?" 달리아가 맞장구를 쳤다.

"너무 오래들 지체하는군!" 팡띤느의 말이었다.

팡띤느가 그 말을 하며 한숨을 짓는 바로 그 순간, 식사 시중을 들던 종업원이 방으로 들어섰다. 그는 편지로 보이는 것을 손에 들고 있었다.

"그것이 뭐예요?" 화부리뜨가 물었다.

"부인들께 전해 드리라고 하시며 신사분들께서 남기신 쪽지입니다." 종업원의 대답이었다.

"왜 즉시 가져오지 않으셨어요?"

"신사분들께서, 한 시간 후에 이것을 부인들께 드리라고 당부하셨기 때문입니다."

화부리드가 종업원의 손에서 쪽지를 빼앗듯이 받아 들었다. 정말 편지였다.

"이런! 주소가 없네. 하지만 겉봉에 이렇게 썼어."

　이것이 뜻밖의 선물입니다

그녀가 서둘러 봉인을 깨뜨리고 편지를 펴서 읽었다(그녀는 글을 읽을 줄 알았다).

　오, 우리의 연인들이여!

　우리들에게는 부모님이 계시다는 사실을 아시오. 부모라는 것에 대하여 그대들은 별로 아는 바가 없지요. 유치하고 정직한 민법전에서는 아버지들과 어머니들을 가리켜 부모라고 합니다. 그런데, 그 부모들이 애걸을 하고, 그 늙은이들이 어서 오라면서 보채고, 그 착한 남자들과 착한 여인네들이 우리들을 가리켜 탕아들이라 하고, 우리가 돌아오기를 간절히 희구하고, 우리를 위하여 송아지를 잡겠다고 합니다. 우리들은 덕성스러운지라 그들의 뜻에 복종합니다. 그대들이 이 편지를 읽을 때면, 기운찬 말들이 우리들을 아빠와 엄마 곁으로 데려가고 있을 것입니다. 보쒸에가 말한 것처럼 우리들은 진지를 철수합니다. 우리는 떠납니다. 이미 떠났습니다. 우리들은 라휘뜨의 팔에 안기고 까이야르의 날개 위에 앉아서[96)] 도망을 칩니다. 뚤루즈로 가는 합승마차가 우리들을 심연으로부터 끌어올립니다. 심연이란, 오, 우리의 아름다운 꼬마 아가씨들, 바로 그대들입니다! 우리들은 시속 30리의 속도로 질주하면서, 사회 속으로, 의무 속으로, 그리고 질서 속으로 돌아갑니다. 우리들 또한 다른 모든 사람들처럼, 도지사나, 가정의 아버지나, 전원 감시원이나, 참사원 의원 등, 어떤 역할을 맡는 것이 조국을 위해 매우 중요합니다. 그러니 우리들에게 경배하십시오. 우리는 우리들 자신을 흔쾌히 희생물로 바칩니다. 우리들을 애도하는 눈물은 신속하게 거두시고, 우리들의 계승자들을 지체하지 말고 찾으십시오. 혹시 이 편지가 그대들의 가슴을 찢으면, 편지에게 그대로 되갚아 주시오. 안녕.

거의 두 해 동안 우리는 그대들을 행복하게 해주었습니다. 그것에 대하여 원한을 품지 마시기 바랍니다.

블라슈벨
화뫼이유
리스똘리에
휄릭스 똘로미에스.

추신 : 식사비는 지불하였음.

네 아가씨는 서로를 멀뚱멀뚱 바라볼 뿐이었다.
화부리뜨가 먼저 침묵을 깨뜨렸다.
"좋아! 여하튼 재미있는 한 마당 익살극이야."
"매우 재미있어." 제핀느의 말이었다.
"그런 생각을 해낸 사람이 블라슈벨임에 틀림없어. 그에게 다시 반하도록 만드는군. 떠나기가 무섭게 사랑받지. 이야기는 바로 그거야."
"아니야, 이건 똘로미에스가 생각해 낸 거야. 뻔해." 달리아의 견해였다.
"그렇다면, 블라슈벨에게 죽음을! 그리고 똘로미에스 만세!" 화부리뜨가 외쳤다.

"똘로미예스 만세!" 달리아와 제핀느도 합세하였다.

그리고 세 아가씨가 폭소를 터뜨렸다.

팡띤느도 다른 아가씨들처럼 웃었다.

한 시간 후, 자기의 방에 돌아왔을 때, 그녀는 울었다. 이미 말한 바와 같이, 그녀의 첫사랑이었다. 그녀는 그 똘로미예스에게, 자신의 몸을 남편에게 하듯 내맡겼다. 그리하여 가엾은 아가씨에게는 아이 하나가 있었다.

4편 신뢰가 때로는 투항이다

1. 다른 엄마와 마주치는 어떤 엄마

금세기 초엽, 빠리 근처 몽휘르메이유에, 오늘날에는 더 이상 존재하지 않는 싸구려 식당 하나가 있었다. 그 싸구려 식당을 떼나르디에라고 하는 사람 내외가 경영하고 있었다. 식당이 있던 곳은 불랑제 거리였다. 출입문 위 벽에 널빤지 한 조각이 납작하게 못으로 고정되어 있었다. 그 널빤지에는 어떤 남자가 다른 남자를 등에 업은 듯한 형상이 그려져 있었는데, 업힌 남자는 장군의 금빛 견장과 커다란 은빛 별들을 달고 있었다. 붉은 얼룩들은 피를 뜻하는 듯하였다. 나머지 부분은 온통 연기뿐이었는데, 아마 전투 장면인 것 같았다. 그림 하단에 다음과 같은 구절이 보였다. '워털루의 하사관에게.'

여인숙 문 앞에 이륜 짐수레나 기타 짐마차 한 대가 서 있는 것은 지극히 일상적인 풍경이다. 하지만, 1818년 봄 어느 날 저녁, '워털루의 하사관' 식당 앞길을 가득 채우고 있던 수레, 아니 수레의 잔해는, 그 거대한 덩어리로 인하여, 혹시 어떤 화가가 그곳을 지나갔다면, 화가의 주의를 끌었음 직하였다.

그것은 산림 지역에서 두꺼운 널이나 통나무 등을 운반하는 데 사용하는 육중한 수레의 앞부분이었다. 그 앞부분은 굵은 철제 축(軸)과 그것에 맞물린 무거운 채, 그리고 그것들을 떠받치고 있는 거대한 바퀴 둘로 구성되어 있었다. 그 전체 모습은 땅딸막하고, 무엇이든 으스러뜨릴 듯하며, 기괴하였다. 거대한 포가(砲架)를 연상시켰다. 바퀴와 바퀴의 테, 바퀴통, 차축, 채 등에는 진흙 한 켜가 덮여 있었는데, 그것은 누르께하고 흉칙한 벽칠용 물감 같았고, 성당을 치장하는 데 즐겨 사용하는 것과도 유사하였다. 나무로 만든 부분들은 진흙에 덮여서, 그리고 쇠로 만든 부분들은 녹에 덮여서 잘 보이지 않았다. 차축 아래로는 골리앗 같은 도형수를 묶기에 좋을 만큼 굵은 쇠사슬이 휘장처럼 늘어져 있었다. 그 쇠사슬은, 그것에 묶여 운반되던 대들보들보다는, 그것으로 잡아맬 수 있음 직한 마스토돈들이나 맘몬[1]들을 뇌리에 떠올리게 하였다. 그것은 도형장을, 특히 외눈박이 거인 퀴클로페스들을 수용하는 도형장, 인간 이상의 존재들을 수용하는 도형장을 연상시켰고, 어떤 괴물로부터 떼어낸 것 같았다. 호메로스라면 그 쇠사슬로 폴뤼페모스[2]를 묶었을 것이고, 셰익스피어는 그것으로 캘리번[3]을 묶었을 것이다.

그 짐수레의 앞부분이 왜 그 자리에 있었을까? 우선 길을 혼잡스럽게 만들기 위해서였고, 그다음으로는 녹스는 과정을 완수하기 위해서였다. 낡은 사회질서 속에도, 그렇게 한데에 방치되어 통행을 방해하며, 존재 이유라고는 오직 그것밖에 가지고 있지 않은, 무수한 제도들이 있다.

쇠사슬의 가장 낮은 부분은 지표면 가까이로 처져 있었고, 그 굴곡진 부분 위에, 마치 그넷줄 위에 앉듯, 어린 여자아이 둘이, 그날 저녁나절에, 서로 다정하게 꼭 껴안고 앉아 있었다. 한 아이는 두 살 반쯤 되어 보였고, 다른 아이는 생후 십팔 개월쯤 된 것 같은데, 어린 아이가 더 큰 아이의 팔에 감싸여 있었다. 손수건 하나를 교묘하게 줄에 묶어 아이들이 떨어지지 않도록 해두었다. 어떤 엄마가 그 무시무시한 쇠사슬을 보고 이런 생각을 하였던 모양이다. '저것 좀 봐! 우리 아이들의 좋은 장난감이 되겠네.'

상당히 세심하게 또 한껏 우아하게 두 아이가 빛을 발산하고 있었다. 고철 더미에 피어난 장미꽃 두 송이라고 할 만하였다. 아이들의 눈은 승리의 여신처럼 반짝였고, 싱싱한 볼은 웃음을 머금고 있었다. 한 아이의 머리는 밤색이었고, 다른 아이는 갈색이었다. 아이들의 천진스러운 얼굴은 황홀한 두 경이였다. 근처 덤불에 핀 꽃들이 향기를 발산하는데, 행인들은 그 향기가 두 아이들로부터 오는 것이라 믿었다. 생후 십팔 개월 되어 보이는 아이는, 귀여운 배를 드러내 보이며 유년의 정숙한 무례를 범하고 있었다. 행복 속에서 빚어 빛 속에 담겼던 그 두 섬세한 얼굴 위와 둘레로는, 녹슬어 검고 무시무시하며 구불어진 것들과 사나운 모서리들이 엉클어진 수레 앞부분이, 동굴의 입구처럼 원형을 이루고 있었다. 몇 걸음 떨어진 곳, 여인숙 입구에는, 별로 붙임성 없어 보이지만 그 순간에는 감동을 주던 여인이, 즉 아이들의 엄마가, 문지방 위에 쭈그리고 앉아서 긴 줄을 이용하여 아이들을 그네 태워주듯 흔들어주고 있었는데, 모성에서만 발견되는 동물적이고 천상적인 표정으로, 혹시 무슨 사고라도 생길까, 두 눈으로 아이들을 품고 있었다. 쇠사슬이 좌우로 흔들릴 때마다 흉측스러운 고리들이 새된 소리를 토해 냈고, 그것은 노기 가득한 절규 같았다. 두 어린 여자아이들이 기쁨에 겨워하는데, 석양마저 그 기쁨에 합류하여 뒤섞였다. 거인들을 결박할 때에나 사용할 쇠사슬로, 케루빈들의 그네를 만든 우연의 변덕보다 더 매력적인 것은 없다.

두 어린것들을 그렇게 흔들어주면서, 엄마는 음조가 맞지 않는 목소리로, 그 시절 유행하던 연가를 나지막하게 부르고 있었다.

　　　어쩔 수 없소, 전사가 말하였노라······.

노래를 부르며 두 딸을 바라보는 데만 몰두한 나머지, 그녀는 길에서 일어나는 일들을 볼 수도 들을 수도 없었다.

실은 그녀 곁에 어떤 사람이 다가와 있었고, 그리하여 그녀가 연가의 첫 소절을 부르기 시작하던 순간, 그녀의 귀 가까이에서 들려오는 음성을 듣게 되었다.

"부인, 아이들이 무척 귀엽군요."

아름답고 다정한 이모진느에게.

노래를 하던 중이라, 아이들의 엄마는 그 인사에 노래 한 구절로 답례하게 되었고, 다음 순간에야 고개를 돌렸다.

어느 여인 하나가 그녀 앞 몇 걸음 떨어진 곳에 서 있었다. 그 여인 또한 아이 하나를 안고 있었다.

그 여인은 아이 이외에도 몹시 무거워 보이는 상당히 큰 여행 가방 하나를 들고 있었다.

여인의 아이는 사람이 만날 수 있는 가장 신성한 존재들 중 하나였다. 나이 두세 살쯤 되어 보이는 여자아이였다. 그 아이의 멋진 치장 역시 다른 두 아이와 겨루어 볼 만하였다. 올 고운 천으로 만든 모자 바볼레⁴⁾를 썼고, 소매에는 리본을 달았으며, 속모자에는 발랑스 지방풍의 고운 레이스가 달려 있었다. 주름진 치마가 올라가, 희고 통통하며 탄탄한 허벅지가 드러나 있었다. 아이는 찬탄을 자아낼 만큼 발그레하고 건강했다. 고 어린것의 사과 같은 볼을 깨물어 주고 싶은 충동을 느끼지 않을 수 없었다. 눈에 대해서는, 그것이 크고 속눈썹이 화려하다는 점 이외에, 다른 말을 할 수가 없었다. 아이는 잠들어 있었다.

아이는 그 나이에만 볼 수 있는 완벽한 신뢰 속에서 잠을 자고 있었다. 모든 엄마들의 팔은 자애로움으로 형성된지라, 아이들이 팔에 안겨 깊이 잠들 수 있는 것이다.

한편 아이의 엄마는 모습이 가난하고 슬퍼 보였다. 차림새는 도시 노동자 같았는데, 시골 아낙네의 모습을 방불케 하였다. 나이는 젊어 보였다. 아름다웠느냐고? 아마 그럴 수도 있었을 것이다. 하지만 그러한 차림 때문인지 그런 것 같지 않았다. 금발 한 꼭지만 보이는 머리숱은 실한 것 같은데, 그러나 볼품없고 꼭 조여졌으며 끈을 턱 밑으로 돌려 맨 베가르트 수녀의 모자 밑에 머리채가 엄하게 감추어져 있었다. 치아가 아름다울 경우, 웃을 때 그것이 보이기 마련이지만, 그녀는 전혀 웃지 않았다. 그녀의 눈에서 눈물이 마른 지 그리 오래된 것 같지 않았다. 안색이 창백하였다. 매우 지친 기색이었고, 병색이 감돌았다. 그녀는 자기의 품에서 잠들어 있는 아이를, 손수 젖을 먹여 키운 엄마 특유의 시선으로 들여다보곤 하였다. 불구자들이 코를 풀 때 사용하는 것과 같은 커다란 푸른색 수건을 숄 모양으로 접어 두르고 있었다. 두 손은 볕에 타고 온통 주근깨투성이인데, 집게손가락은 바느질로 인해 온통 찢기고 굳은살이 박혔으며, 거칠은 모직으로 지은 소매 없는 외투를 걸치고 아마포 치마를 입었으며, 투박한 신발을 신고 있었다. 팡띤느였다.

분명 팡띤느였다. 알아보기 어려울 지경이었다. 하지만 유심히 바라보면, 여전히 아름다움을 간직하고 있음을 알 수 있었다. 빈정거림의 초기 징후처럼 보이는 슬픈 주름 한 가닥이 그녀의 오른쪽 볼에 파여 있었다. 명랑함과 광기와 음악으로 이루어지고, 경쾌한 소리 내는 작은 방울들과 라일락 향기 가득했던 것 같던, 모슬린과 리본들로 꾸며진 그 공기처럼 가벼웠던 차림은, 햇빛을 받으면 다이아몬드로 착각할 만큼 아름다운 그 서리처럼, 이제 스러져버리고 없었다. 서리가 녹으면 검은 가지들만 남는다.

그 '멋있는 익살극' 이후 열 달이 흐른 때였다.

그 열 달 동안에 무슨 일이 있었던 것일까? 짐작할 수 있는 일이다.

버림받은 후에 닥친 것은 옹색함이었다. 화부리뜨와 제핀느와 달리아도 즉시 팡띤느의 시야에서 사라졌다. 남자들과의 관계가 끊기

자, 여자들 간의 관계 역시 무너졌다. 남자들이 떠난 지 보름 후에 혹시 누가 그녀들을 가리켜 친구 사이라 하였다면, 아마 그녀들이 먼저 놀랐을 것이다. 더 이상 그러한 관계의 존속 이유가 없었다. 팡띤느는 외톨이가 되었다. 아이의 아버지가 떠나자—애석하게도 그러한 이별은 돌이킬 수가 없다—그녀는 완전히 고립무원의 처지에 빠졌는데, 이미 어느덧 일을 덜 하는 습관과 더 많은 쾌락에 익숙해져 있었다. 똘로미에스와의 관계에 휩쓸려, 그녀는 자기가 할 줄 아는 그 소박한 일을 경시하게 되었고, 자기의 진로를 등한시하였다. 결국, 진로가 꽉 막혔다. 살아갈 방도가 없었다. 팡띤느는 글을 겨우 읽을 수는 있었으되 쓸 줄은 몰랐다. 어린 시절에 자기의 이름 쓰는 법을 배운 것이 전부였다. 그리하여 대서인에게 의뢰하여 똘로미에스에게 편지를 쓰게 하였다. 그리고 다시 두 번째, 세 번째 편지를 쓰게 하였다. 똘로미에스로부터는 아무 회답이 없었다. 어느 날 팡띤느의 귀에, 아낙네들이 자기의 딸을 바라보며 하는 말이 들려왔다. "누가 저런 아이들을 사람대접 해주나요? 무시할 뿐이지!" 그녀는, 자기의 아이를 무시하고, 무고한 어린것을 사람대접 해주지 않는 똘로미에스를 생각하였다. 그 남자를 생각하니 가슴이 더욱 암담해졌다. 하지만 어찌해야 한단 말인가? 누구에게 하소연해야 할지 막막하였다. 그녀가 비록 실수를 범하긴 했지만, 이미 보았듯이, 그녀의 천성 밑바탕은 정숙함과 미덕으로 이루어져 있었다. 그녀는, 자신이 절망에 빠져, 더 끔찍한 처지로 미끄러져 들어가기 직전의 상태에 놓여 있음을 어렴풋이나마 느꼈다. 용기를 내야 한다고 생각하였다. 그리고 즉시 자신을 다잡았다. 고향 몽트뢰이유-쉬르-메르로 돌아가야겠다는 생각이 떠올랐다. 그곳에 가면 누군가가 자기를 알아보고 일거리를 줄 것 같았다. 그렇다. 하지만 저지른 실수를 감춰야 했다. 그리하여 그녀는, 첫 이별보다 아마 더 고통스러울 이별의 필요성을 희미하게 예상하였다. 가슴이 조여들었다. 하지만 결단을 내렸다. 팡

팡띤느는, 차후 알게 되겠지만, 표독스러운 과감성으로 삶을 대하는 사람이었다.

그녀는 이미 과감하게 일체의 몸치장을 포기하고 거친 천으로 지은 옷만을 입었다. 그리고 가지고 있던 모든 비단과 장식품과 리본들과 레이스들은 딸을 위해서 썼다. 그녀에게 남은 유일한 허영, 하지만 그것은 성스러운 허영이었다. 그녀는 가지고 있던 물건들을 모두 팔았다. 200프랑을 손에 쥘 수 있었다. 자질구레한 빚들을 갚고 나니 80프랑가량이 남았다. 나이 스물둘이었던 그녀가, 어느 아름다운 봄날 아침, 아이를 등에 업고 빠리를 떠났다. 모녀가 그렇게 지나가는 모습을 누가 보았다면 깊은 연민을 느꼈을 것이다. 그 여인에게는 이 세상에 오직 아이밖에 없었고, 그 아이에게는 그 여인밖에 없었다. 팡띤느는 아이를 자기의 젖을 먹여 키웠다. 그리하여 앞가슴이 몹시 시달림을 받았고, 이제는 조금씩 기침도 하였다.

차후로는 휄릭스 똘로미예스 씨에 대하여 이야기할 기회가 없을 것 같다. 다만, 이십 년 후, 루이-필립 왕 치세기에, 영향력 크고 부유한 지방 소송 대리인으로서, 현명한 선거인이자 엄한 배심원으로 활동하며, 여전히 쾌락을 추구하는 사람이었다는 사실만을 이야기해 두자.

팡띤느는 가끔, 지친 다리를 쉬게 해주기 위하여, 당시 '빠리 외곽 소형 마차'라고들 하던 것을 요금 서너 쑤에 타기도 하며 길을 가고 있었는데, 한나절이 지나서, 몽훼르메이유의 불랑제 거리에 이르게 되었다.

그녀가 떼나르디에의 여인숙 앞을 지나는데, 괴물 그네 위에 앉아서 즐거워하는 어린 두 여자아이가 그녀의 마음을 사로잡았고, 그녀는 그 즐거움의 환영 앞에 걸음을 멈추지 않을 수 없었다.

사람을 호리는 마력들이 있다. 길을 가던 그 가엾은 어미에게는 두 여자아이가 곧 마력들 중 하나였다.

그녀는 몹시 감동하여 두 아이를 유심히 바라보았다. 천사들의 출현이 낙원이 있음을 알려 준다. 그녀에게는 여인숙 위에다 섭리가 '여기'라고 커다랗게 써놓은 신비한 글자가 보이는 듯하였다. 어린 두 아이가 그토록 행복하지 않은가! 그녀는 아이들을 응시하며 찬탄을 금치 못하였고, 어찌나 감동했던지, 엄마가 노래의 두 구절 사이에서 숨을 돌리는 사이에, 앞에서 우리가 읽은 그 말을 하지 않을 수 없었던 것이다.

"부인, 아이들이 무척 귀엽군요."

아무리 사나운 계집일지라도 누가 자기의 새끼를 쓰다듬으면 마음이 누그러지는 법이다. 아이들의 엄마가 고개를 쳐들어 그녀를 바라보며 고맙다고 하더니, 자기는 문지방 위에 앉았건만, 나그네 여인에게는 문 옆에 있던 긴 의자를 권하였다. 두 여인이 이야기를 시작하였다.

"저는 떼나르디에 부인이에요. 저희들이 이 여인숙 주인이에요."

두 아이의 엄마는 그러고 나서 다시 작은 소리로 연가를 부르기 시작하였다.

어쩔 수 없소, 나는 기사라오,
나는 팔레스타인으로 떠나오.

그 떼나르디에 부인은 적갈색 머리에 살집이 좋고 뼈대가 각진 여자였다. 전형적인 군인의 아내처럼 생겼고 용모가 우아하지 못하였다. 그러나 이상한 점은, 생각에 잠긴 듯한 표정을 짓고 있었는데, 소설을 읽어서 얻은 표정인 것 같았다. 남자처럼 생긴 여자이나 태깔을 갖추고 있었다. 싸구려 식당[5] 여주인들의 상상력을 만족시켜 주는 옛 소설들이 그러한 영향을 끼친다. 그녀는 아직 젊어 보였다. 나이 서른을 넘기지 않은 것 같았다. 쭈그리고 앉아 있던 여인이 만약 일어섰다면, 그녀의 큰 키와, 장터에나 어울릴 듯한 그 움직이는 거인상의 딱 벌어진 어깨가, 처음부터 나그네 여인을 질겁하게 하였을 것이고, 그녀의 신뢰를 뒤흔들었을 것이며, 앞으로 이야기할 그 일이 사그라지게 하였을 것이다. 서 있는 대신 앉아 있는 사람, 많은 운명들이 그것에 의해 좌우된다.

나그네 여인이 자기의 사연을 이야기하였다. 물론 조금 변형시킨 사연이었다.

자기는 직공이었고, 남편은 죽었고, 빠리에서 일거리를 찾지 못하였고, 그래서 다른 곳, 즉 고향으로, 일거리를 찾아가는 중이고, 그날 아침 걸어서 빠리를 떠났고, 아이를 업고 오느라 힘이 들었는데 빌몽블르로 가는 마차를 만나 그것을 탔고, 빌몽블르부터 몽훼르메이유까지 걸어서 왔고, 어린것도 조금 걸었지만 너무 어려서 많이는 걷지 못하였고, 그래서 다시 업었더니 자기의 보물이 잠들었다는 등의 사연이었다.

보물이라는 말을 하면서 그녀가 딸에게 열렬한 키스를 하였고, 그 바람에 아이가 잠에서 깨어났다. 아이가 눈을 떴다. 엄마의 눈처럼 크고 푸른 눈이었다. 그리고 바라보았다. 무엇을? 아무것도, 아니 모든 것을. 어린아이들 특유의 진지하고 때로는 냉정한 기색으로. 그 기색은, 황혼 녘에 들어선 우리들의 미덕과 마주 선 아이들의 반짝이는 순진무구함에서 발산되는 신비이다. 그 순간에는, 아이들이 자신들은 천사임을 감지하면서 우리 어른들은 인간임을 확연히 알고 있다고 할 수도 있을 것이다. 그러더니 아이가 웃기 시작하였고, 엄마가 붙잡고 있었건만, 뛰어가고 싶은 주체할 수 없는 힘을 발휘하여 땅바닥으로 미끄러져 내려왔다. 그리고 쇠사슬 그네 위에 있던 두 아이를 보더니, 문득 멈추어 서서 혀를 내밀었다. 감탄의 표시였.

떼나르디에 부인이 두 딸을 그네에서 떼어 내려놓으며 말하였다.

"셋이 함께 놀아라."

그 나이에는 서로 금방 친숙해진다. 잠시 후, 떼나르디에의 딸들은 새로 온 아이와 함께 땅바닥에 구멍을 파면서 놀았다. 아이들에게는 엄청난 즐거움이다.

　새로 온 아이는 무척 명랑하였다. 엄마의 착함이 아이의 명랑함 속에서 아른거렸다. 아이는 작은 나뭇조각 하나를 마치 삽인 양 주워 들고 열심히 구덩이를 팠다. 파리 한 마리 묻기에 좋을 구덩이였다. 무덤 구덩이 파는 인부의 일도 어린아이가 하면 즐거운 일로 변한다.

　두 여인은 이야기를 계속하였다.

　"아이의 이름을 뭐라 하지요?"

　"꼬제뜨예요."

　꼬제뜨를 외프라지로 읽으시라. 어린것의 이름은 외프라지였다. 그러나 외프라지를 엄마가 꼬제뜨[6]로 바꿔 불렀던 바, 그것은, 죠제파를 뻬삐따[7]로 혹은 프랑수와즈를 씨예뜨[8]로 바꾸어 부르는 엄마들의 자애롭고 다정한 본능에 이끌려서였다. 그런 것들 또한 파생어의 한 유형인 바, 그것들이 어원학자들의 학설을 몽땅 뒤흔들어 놓는다. 어떤 할머니는 '떼오도르'라는 아이의 이름으로부터 '농'[9]이라는 별칭을 도출해 내는 데 성공하기도 하였다.

　"아이가 몇 살이지요?"

　"이제 곧 세 살이 됩니다."

　"저의 큰아이와 같군요."

　그러는 동안 세 아이는, 몹시 근심스러워하면서 동시에 희열에 잠긴 듯한 모습이었다. 큰 사건이 생긴 것이다. 커다란 지렁이 한 마리가 흙에서 나왔다. 아이들은 무서워하면서도 희열에 사로잡혔다.

　세 아이의 눈부신 이마들이 맞닿아 있었다. 머리 셋이 하나의 아우레올라[10] 속에 들어가 있는 것 같았다.

　"아이들은 어쩌면 저렇게 금방 친해지는지! 세 자매라고 해도 믿겠어요!" 떼나르디에 부인이 감탄하며 말하였다.

그 말은 아마 다른 엄마가 무의식적으로 기다리고 있었을지도 모를 불꽃이었다. 그녀가 떼나르디에 부인의 손을 덥석 잡고 그녀를 뚫어지게 들여다보며 말하였다.

"제 아이를 맡아주시겠어요?"

떼나르디에 부인이 몹시 놀란 듯한 표정을 지었다. 동의도 거절도 하지 않는다는 표정이었다.

꼬제뜨의 엄마가 말을 계속하였다.

"보시다시피 아이를 고향으로 데리고 갈 형편이 못 됩니다. 일 때문에 그럴 수가 없어요. 아이가 딸리면 일자리를 구할 수가 없어요. 제 고향 사람들이 워낙 유별나서. 착하신 신께서 저를 댁의 여인숙 앞으로 인도하신 것 같아요. 저렇게 귀엽고 깨끗하며 만족스러워하는 댁의 따님들을 보는 순간, 제 마음이 크게 흔들렸어요. '정말 좋은 엄마구나!' 저는 속으로 그렇게 중얼거렸어요. 그리고 이렇게 생각하였어요. '바로 그거야. 세 자매.' 또한 그리 오래지 않아 아이를 찾으러 오겠어요. 제 아이를 맡아주시겠어요?"

"생각해 보아야겠어요." 떼나르디에 부인의 대답이었다.

"매월 6프랑을 드리겠어요."

그때 식당 안쪽에서 어느 남자의 목소리가 들려왔다.

"7프랑 아래로는 아니 됩니다. 그리고 육 개월 치를 선불해야 합니다."

"6 곱하기 7 해서 42프랑." 떼나르디에의 처가 화답하였다.

"그 금액을 모두 지불하겠어요." 아이의 엄마가 말하였다.

"그 이외에 초기 경비 조로 15프랑." 남자의 목소리가 덧붙였다.

"도합 57프랑이에요." 떼나르디에의 처가 말하였다. 그러면서 그 숫자들 사이로 다시 나지막하게 연가 한 구절을 읊었다.

어쩔 수 없소, 전사가 말하였노라.

"그 금액을 모두 지불하겠어요. 저에게 80프랑이 있어요. 고향으로 돌아가는 데 필요한 노자는 충분히 남겠어요. 물론 걸어서 가야지요. 그곳에서 돈을 벌어, 조금 모으면 즉시 사랑스러운 딸을 데리러 오겠어요."

남자의 목소리가 다시 들려왔다.

"어린것의 준비된 옷가지들은 있나요?"

"제 남편이에요." 떼나르디에의 처가 말하였다.

"물론 있어요. 가엾은 보물. 댁의 남편이시리라 생각했어요. 옷가지는 충분해요! 분에 넘칠 만큼. 모두 열두어 벌씩, 그리고 귀부인처럼 비단옷들도 있어요. 저의 여행 가방 속에 있어요."

"그것들도 함께 맡기셔야 하오." 남자의 목소리가 다시 들려왔다.

"물론 드려야지요!" 엄마가 즉시 대답하였다.

"제가 딸을 벌거숭이로 맡긴다면 그거야말로 우스운 일이지요!"

주인의 낯짝이 모습을 드러냈다.

"좋소." 그가 말하였다.

거래가 이루어졌다. 아이의 엄마는 그 여인숙에서 밤을 보냈다. 돈을 지불하고 아이를 맡긴 다음, 옷가지들을 꺼내고 나자 홀쭉하고 가벼워진 여행 가방을 다시 챙겨, 다음 날 아침, 곧 다시 돌아오겠노라 스스로에게 다짐하며 길을 떠났다. 그러한 떠남은 언제나 조용히 준비하건만, 언제나 비극이다.

떼나르디에 내외의 이웃 아낙 하나가, 우연히 아이의 엄마와 길에서 마주쳤는데, 그녀가 여인숙 주인 내외에게 와서 한 말은 다음과 같다.

"길에서 울고 있는 여자 하나를 우연히 보았어요. 저의 가슴이 찢어질 듯하였어요."

꼬제뜨의 엄마가 떠나자, 남자가 처에게 말하였다.

"덕분에 내일 만기가 되는 어음 110프랑을 틀어막을 수 있게 되었소. 50프랑이 부족했는데. 자칫 집달리와 어음 지불 거절 증서가 들이닥칠 판이었다는 사실을 아시오? 당신의 어린것들을 이용해 정말 멋있는 쥐덫을 놓았더군."

"전혀 그럴 생각은 아니었어요." 여인의 대꾸였다.

2. 수상한 두 모습의 최초 스케치

잡힌 생쥐는 몹시 가냘팠다. 그러나 고양이는 여윈 생쥐를 잡아도 기뻐한다.

떼나르디에 내외는 어떤 사람들이었을까?

그들에 대하여 지금부터 한마디 해두자. 완전한 소묘화는 후에 그리려고 한다.

그 사람들은, 벼락출세한 상스러운 사람들과 낙오한 지식인들로 구성된 계층, 중간이라고 하는 계층과 하급이라고 하는 계층 사이에 있는 계층, 하급 계층의 단점 몇몇과 중간 계층의 거의 모든 악습을 배합하여 가지고 있는 계층, 즉 노동자의 순후한 열정도 부르주와의 정직한 규율도 가지고 있지 않은, 그 얼치기 계층에 속하여 있었다.

그들은, 혹시 연기 섞인 불길 몇 가닥이 우연히 덮혀 주면 쉽사리 괴물 형상을 띠는, 난쟁이의 천성을 소유하고 있었다. 여자의 속에는 금수의 근성이 있었고, 남편의 속에는 거지의 바탕이 있었다. 두 사람 모두 악의 방향으로 추진되는 흉측스러운 진보에 최고조로 적응되어 있었다. 삶에 있어서 앞으로 나아가기보다는 뒤로 거슬러 올라가고, 축적된 경험을 자기들의 추함을 증대시키는 데 활용하고, 끊임없이 악화되고, 점점 증대되는 흉악함을 자신들의 얼굴에 각인

하면서, 암흑을 향하여 지속적으로 뒷걸음질하는 가재 영혼들이 존재한다. 그 남자와 그 여자가 그러한 영혼의 소유자들이었다.

특히 남편 떼나르디에는 관상가를 난처하게 만들 만한 사람이었다. 첫눈에 의구심을 불러일으키는 특이한 사람들이 있는데, 그들의 두 끝이, 즉 과거와 미래가 온통 암흑에 휩싸여 있기 때문이다. 그들의 과거는 불안스럽고 미래는 위협적이다. 그들의 속에는 미지의 존재가 있다. 그리하여, 그들이 장차 할 짓들에 대하여 예언하는 것보다, 그들의 과거지사에 대해 이야기하는 것이 결코 더 수월하지는 않다. 그들의 시선 속에 있는 그늘이 그들을 고발한다. 그들이 하는 말 한마디만 들어도, 그들의 동작 하나만 보아도, 그들의 과거 속에 있는 어두운 비밀과 그들의 미래 속에 있는 음산한 수수께끼가 언뜻 보인다.

그 떼나르디에가, 그의 말에 의하면, 군인이었다. 하사관이었다고 하였다. 1815년 전투에도 참가하였고, 상당히 용맹을 떨치기도 하였던 모양이다. 그것에 관한 진실은 뒤에 알게 될 것이다. 그의 선술집 간판은 자기가 세웠다는 전공에 대한 암시였다. 그는 그 간판을 손수 그렸다. 이것저것 모든 것을 할 줄 안다고 하는 사람이었기 때문이다. 하지만 솜씨는 무슨 일에서건 엉망이었다.

그 시절은, 『클렐리아』[11] 같은 작품이 『로도이스카』[12] 같은 부류로 변화하여, 여전히 고아한 취향은 간직하고 있으되 내용은 점점 더 상스러워져서, 스뀌데리가 바르텔레미-아도 부인[13]으로, 혹은 라화이예뜨 부인[14]이 부르농-말라름므[15] 부인으로 타락하여 마구 써대던, 소위 고전적이라고 하는 그 태곳적 소설이 빠리의 정다운 여자 문지기들의 영혼에 불을 지피던 때였고, 그 불길이 심지어 빠리 근교 일부 지역까지 휩쓸던 무렵이었다. 떼나르디에의 처는 그러한 부류의 소설들이나 겨우 읽을 수 있을 정도의 지적 자질을 갖춘 여자였다. 그녀는 그러한 소설들로부터 자양분을 섭취하고 있었다. 그녀는 얼마 아니 되는 자기의 뇌수를 그러한 소설들 속에 처박아 푹 적시고 있었다. 그러한 습관이, 그녀가 젊었던 시절에, 그리고 조금 후에까지도, 그녀로 하여금 남편 곁에서는 깊은 사념에 잠긴 듯한 태깔을 부리게 해주었는데, 상당히 악랄하고 약간의 교육을 받은 누룽지[16]였던 그녀의 남편은, 거칠면서 동시에 섬세한 면도 있었으되, 감상주의와 관련해서는 삐고-르브렁[17]의 작품들을 즐겨 읽었고, 여성과 관련된 일에서는, 스스로 정직하고 우직한 황소라고 자처하였다. 그의 처는 그보다 나이가 열둘이나 열다섯 살쯤 아래였다. 훗날, 소설 속 여주인공들의 머리처럼 수양버들 같던 머리채가 희끗희끗해지고, 파멜라[18]로부터 드디어 메가이라[19]가 모습을 드러내기 시작하자, 저질 소설들만 즐겨 읽던 떼나르디에의 처는 뚱뚱하고 심술궂은 여인에 불과하였다. 그러한 멍청한 이야기들을 읽으면 후유증이 남게 마련이다. 그녀의 큰 딸에게 에쁘닌느[20]라는 이름을 지어준 것도 그러한 독서의 결과이다. 작은 딸의 경우, 그 가엾은 어린것이 자칫 귈나르[21]라는 이름을 얻을 뻔하였다. 그 아이가 아젤마라는 이름을 갖게 된 것은, 다행히도 뒤크레-뒤미닐[22]의 어떤 소설 덕분이었던 것 같다.

지나는 길에 한마디 하거니와, 우리가 떠올리고 있는 그 기이한 세월, 또한 세례명의 무정부 상태라고 할 수 있는 그 세월에 일어난 일들이, 모두 우스꽝스럽고 피상적이지만은 않다. 앞에서 언급한 그 소설적 요소들 곁에는 사회적 징후들도 있다. 오늘날에는 소 치는 목동의 이름이 아르뛰르, 알프레드 혹은 알퐁스인 반면, 자작 작위를 가진 사람의 이름이—아직도 자작들이 있다면—토마스, 삐에르 혹은 쟈끄인 경우가 드물지 않다. '우아한' 이름들을 평민에게 부여하고, 촌스러운 이름들을 귀족에게 부여하는 그 이동 현상은 곧 평등의 소용돌이일 뿐이다. 새로운 숨결의 항거할 수 없는 침입이, 다른 모든 일에서와 마찬가지로 그 분야에서도 발견된다. 그 가시적인 무질서 밑에 위대하고 심오한 것 하나가 있으니, 그것은 프랑스의 대혁명이다.

3. 종달새

심보 사나운 것만으로는 번창할 수 없는 모양이다. 그 싸구려 식당이 기울고 있었으니 말이다.

나그네 여인이 지불한 57프랑 덕분에, 떼나르디에는 어음 지불거절 증서를 피하고, 자기가 한 서명의 체면을 지킬 수 있었다. 다음 달이 되자 다시 돈이 필요했다. 떼나르디에의 처가 꼬제뜨의 옷들을 가지고 빠리에 있는 몽-드-삐에떼[23)]에 가서, 그것들을 담보로 잡히고 60프랑을 빌렸다. 그 돈마저 다 없어지자, 떼나르디에 내외는 어린 여자아이를 마치 자기들이 자비심을 발휘하여 데리고 있는 아이 취급하였고, 따라서 대우도 그렇게 하였다. 꼬제뜨의 옷들이 몽땅 없어진지라, 아이는 떼나르디에의 딸들이 입던 낡은 옷들, 즉 넝마 조각들을 입었다. 그녀에게 먹이는 음식 또한 식구들이 먹다 남은 것이었는데, 개밥보다는 조금 나았고, 고양이 밥보다는 조금 못했다. 그녀는 또한 항상 고양이 및 개와 어울려 식사를 하였다. 그 짐승들과 함께 식탁 밑에서, 그것들과 마찬가지로 나무 식기에 담아주는 것을 먹었다.

후에 알게 될 일이지만, 몽트뢰이유-쉬르-메르에 자리를 잡은 아이의 엄마는, 아이의 소식을 듣기 위하여 매월 편지를 보냈다. 떼나르디에 내외의 답변은 항상 여일했던 바, 꼬제뜨가 아주 잘 지낸다는 것이었다.

여섯 달이 지나자, 아이의 엄마가 일곱째 달 위탁비 7프랑을 보냈고, 그 이후에도 매달 꼬박꼬박 송금을 계속하였다. 한 해가 채 다 가기도 전에 떼나르디에가 투덜거렸다. "그녀가 우리에게 대단한 은혜를 베푸는군! 그 7프랑을 가지고 뭘 어쩌라는 말이야?" 그러더니 즉시 아이의 엄마에게 편지를 보내어, 매월 12프랑을 지불하라고 요구하였다. 아이가 행복하게 '잘 지낸다'고 내외가 그녀에게 귀가 솔깃하도록 편지를 보냈던지라, 그녀는 그들의 뜻에 따라 12프랑씩을 보냈다.

한쪽을 증오하지 않고는 다른 쪽을 사랑할 수 없는 천성을 소유한 사람들이 있다. 떼나르디에의 처는 자기의 두 딸을 매우 사랑하였는데, 그로 인하여 굴러 들어온 아이를 몹시 미워하였다. 한 엄마의 사랑이 그토록 추한 측면을 가질 수 있다니, 슬픈 일이다. 꼬제뜨가 자기의 집에서 차지하는 공간이 그토록 작건만, 그녀는 자기의 공간이 그만큼 침탈당했다고 여겼으며, 그 어린것이 자기의 딸들이 호흡할 공기의 양을 감소시킨다고 생각하였다. 유사한 많은 여자들처럼, 그 여인 역시 매일 소모해야 할 일정량의 애정과 매질과 욕설을 가지고 있었다. 만약 꼬제뜨가 없었다면, 비록 엄마가 애지중지하였더라도, 그녀의 딸들이 그 모든 것을 다 받았어야 할 것이다. 그러나 남의 자식인 꼬제뜨가 매질만은 자기에게로 떨어지게 하여, 두 딸에게 큰 봉사를 하였다. 두 딸에게 돌아간 것은 오직 애정뿐이었다. 꼬제뜨가 꿈쩍만 하여도 그녀의 머리 위로 난폭하고 부당한 벌이 우박처럼 쏟아졌다. 이 세상에 대해서도 신에 대해서도 전혀 이해하지 못하는 그 유순하고 가냘픈 어린것이, 아침 햇살 속에서 사는 자기 또래의 두 소녀 곁에서 끊임없이 벌을 받고, 꾸지람 듣고, 학대받고, 매질을 당하면서, 그 두 소녀를 바라보아야 하다니!

떼나르디에의 처가 꼬제뜨에게 심보 사납게 굴었던지라, 에뽀닌느와 아젤마 또한 심보가 사나웠다. 그 나이 또래의 아이들이란 엄마의 견본에 불과하다. 규격이 조금 작을 뿐이다.

한 해가 지나고, 다시 한 해가 흘렀다.

마을에 이런 말이 돌았다.

"저 떼나르디에 내외는 참으로 착한 사람들이야. 살림도 넉넉지 않은데, 자기네 집에 누가 버리고 간 가엾은 아이를 저렇게 돌보다니!"

사람들은 꼬제뜨가 엄마에게 잊혀진 아이라고 믿었다.

한편 떼나르디에는, 어떠한 경로를 통해서였는지는 모르지만, 꼬제뜨가 아마 사생아이며, 따라서 엄마가 그 사실을 실토할 수 없을 것이라는 사실을 알아내었고, 그리하여 매월 15프랑씩을 요구하였다. '계집아이'가 날로 커져서 '먹어대기' 때문이라고 하였으며, 아이를 돌려주겠다는 협박도 곁들였다. "그 여자가 나를 귀찮게 하지 말아야지! 그녀가 숨어 있는 곳 한가운데에다가 그녀의 부스러기를 폭탄처럼 던져버리겠어! 양육비를 올려 받아야겠어!" 홀로 그렇게 언성을 높이곤 하였다. 아이의 엄마는 15프랑씩을 지불하였다.

해가 갈수록 아이가 커졌고, 아이의 비참한 처지도 그만큼 심화되었다.

꼬제뜨가 아주 어렸을 때에는 다른 두 아이의 대리 천덕꾸러기였다. 그러나 조금 자라자, 아직 다섯 살이 채 되기 전부터, 그 집의 하녀가 되었다.

다섯 살인데, 있을 수 없는 일이라고들 할 것이다. 하지만 애석하게도 사실이었다. 사회적 수난은 어느 나이에나 시작된다. 다섯 살 때부터 이 세상에 홀로 내던져져, '살기 위하여 일하고 도둑질하였다'는 사람, 고아로 시작하여 강도가 되었다는—공식문서에 기록된 사실이다—뒤몰라르라는 사람에 대한 재판을 우리 모두 최근에 보지 않았던가?

꼬제뜨에게 온갖 심부름을 시키는가 하면, 모든 방들과 안마당 및 집 앞길을 쓸게 하고, 설거지를 시키며, 심지어 무거운 짐을 나르게도 하였다. 몽트뢰이유-쉬르-메르에 있는 꼬제뜨의 엄마가 돈을 제때에 보내지 못하기 시작하자, 떼나르디에 내외는 아이를 그렇게 학대할 권리가 자기들에게 주어졌다고 생각하였다. 몇 개월 치 양육비가 밀렸다.

삼 년이 흐른 그 무렵, 그 엄마가 몽훼르메이유에 돌아왔다면, 그녀는 자기의 아이를 알아보지 못하였을 것이다. 그 집에 처음 왔을 때 그토록 귀엽고 싱싱하던 꼬제뜨가, 이제는 비쩍 야위고 창백해져 있었다. 그녀의 거동이 어딘지 모르게 불안해 보였다. "엉큼한 것!" 떼나르디에 내외가 그러한 모습을 보고 내뱉던 말이었다.

부당함이 그녀의 성미를 까다롭게 변화시켰고, 비참한 삶이 그녀의 용모를 볼품없게 만들어놓았다. 그녀에게 남은 것은 크고 아름다운 두 눈뿐이었는데, 그 눈을 보는 사람들의 가슴을 아프게 하였다. 눈이 크기 때문에 그 속에 어려 있던 더 많은 양의 슬픔이 보였기 때문일 것이다.

한겨울에, 아직 나이 여섯도 채 아니 된 그 가엾은 아이가, 구멍투성이 낡은 누더기를 입고 오들오들 떨면서, 커다란 두 눈 속에 고인 눈물을 닦지도 못한 채, 빨갛게 언 작은 손으로 커다란 비를 들고, 해가 뜨기 전부터 집 앞길을 쓸고 있는 모습을 바라보는 것은, 가슴이 찢어질 듯 비통한 일이다.

마을 사람들은 아이를 종달새라 불렀다. 비유하기를 좋아하는 사람들인지라, 항상 두려움에 사로잡혀 질겁한 기색으로 바들바들 떠는 새보다 더 크지 않고, 집에서도 마을에서도 매일 아침 가장 일찍 잠에서 깨어나며, 항상 해 뜨기 전에 길이나 밭에 모습을 드러내는 그 어린것을, 즐겨 그렇게들 부르곤 하였다.

다만 그 가엾은 종달새는 결코 노래를 부르지 않았다.

5편 추락

1. 검은 유리 세공 기술의 향상 이야기

자기의 아이를 버린 것 같다고 몽훼르메이유 사람들이 수군거리던 그 엄마는 어찌 되었을까? 어디에서 무엇을 하고 있었을까?

어린 꼬제뜨를 떼나르디에 내외에게 맡겨 둔 후, 그녀는 여정을 계속하여 몽트뢰이유-쉬르-메르에 도착하였다.

모두 기억하는 바와 같이 1818년의 일이었다.

팡띤느가 고향에 도착한 것은 그곳을 떠난 지 십여 년 만이었다. 몽트뢰이유의 모습이 많이 변해 있었다. 팡띤느가 서서히 비참한 지경으로 추락하고 있는 동안, 그녀의 고향은 번창하고 있었다.

대략 두 해 전부터 그곳에서 생산 기술의 향상 한 가지가 이루어졌는데, 그러한 일들이 작은 고장에서는 매우 큰 사건으로 여겨진다.

그 작은 일이 중요한지라 그 이야기를 상세히 하는 것이, 아니 부각시키는 것이, 좋을 것이라 생각한다.

아주 먼 옛날부터, 몽트뢰이유-쉬르-메르에는, 잉글랜드의 흑옥(黑玉)과 알라마니아의 검은 유리 세공품을 모조하는 특별한 산업이 대를 이어왔다. 하지만 그 산업이 항상 제자리걸음을 면치 못하였다. 원자재 가격이 너무 비쌌기 때문이었는데, 그것이 노임에까지 파급되었다. 팡띤느가 몽트뢰이유-쉬르-메르에 돌아왔을 때, 그 '검은 제품'을 생산하는 산업에 유례없는 변화가 이루어져 있었다. 1815년이 저물어갈 무렵, 낯선 사람 하나가 그 도시에 와서 자리를 잡더니, 그 제품을 만드는 공정에서, 수지(樹脂) 대신 라카[1]를 사용하고, 특히 팔찌를 만듦에 있어서는, 용접식 고리쇠 대신 양 끝을 단순히 근접시키기만 한 고리쇠를 만들 생각을 해내었다. 그 작은 변화가 엄청난 혁신의 시발점이 되었다.

그 지극히 작은 변화가 실제로 원자재 구입 비용을 엄청나게 줄여주었던 고로, 그 덕택에 우선 노임을 인상해 줄 수 있었으니, 그 고장에 끼친 바 크고, 두 번째로는 제품의 질을 개선할 수 있어 소비자의 득이 되었으며, 세 번째로는 상품을 종전보다 싸게 팔면서도 수익을 세 배로 늘일 수 있게 되었다. 그것은 생산업자에게 돌아가는 득이었다.

그렇게, 작은 생각 하나가 커다란 결과 셋을 가져왔다.

세 해가 지나지 않아, 그 공정을 고안해 낸 사람이 부자가 되었다. 좋은 일이다. 그리고 그 사람의 주변이 모두 부유해졌다. 더욱 좋은 일이다. 그는 그 지방 사람이 아니었다. 그의 출신에 대해서는 전혀 알려진 바가 없었으며, 그의 초기 인생에 대해서도 아는 사람이 없었다.

사람들 사이에 떠도는 소문으로는, 그가 처음 그 도시에 왔을 때 수중에 있던 돈이 매우 적어, 수백 프랑을 넘지 못하였다고 하였다.

하지만, 창의적인 발상을 동원하여 일사불란하고 치밀하게 증식시킨 그 빈약한 자본금으로부터, 그는 자신과 그 고장 전체의 부를 도출해 내었다.

그가 처음 몽트뢰이유-쉬르-메르에 도착하였을 때 가지고 있던 것이라곤, 옷가지 몇과 노동자의 모습 및 언사뿐이었다.

그가 12월 어느 날 저녁, 등에 배낭을 지고 손에 가시나무 막대기를 든 차림으로 작은 도시 몽트뢰이유-쉬르-메르에 아무 시선도 끌지 못한 채 들어서던 날, 시청에 큰 불이 났다. 그가 자기의 목숨을 돌보지 않고 불 속으로 뛰어들어 아이 둘을 구출하였는데, 그 아이들은 그 지역 헌병대장의 자식들이었다. 그리하여 아무도 그에게 통행증 제시를 요구할 생각조차 하지 않았다. 그때부터 사람들이 그의 이름을 알게 되었고, 그를 마들렌느 아저씨라 불렀다.

2. 마들렌느

그는 나이 오십쯤 되었고, 무언가에 몰두해 있는 듯하며 선량해 보이는 남자였다. 그에 관하여 할 수 있었던 말은 그것이 전부였다.

그가 그토록 놀랄 만하게 개선한 그 산업의 급속한 발전 덕분에, 몽트뢰이유-쉬르-메르는 중요한 사업 중심지가 되었다. 흑옥을 많이 소비하는 에스빠냐가 매년 그곳으로부터 엄청난 양을 수입해 갔다. 몽트뢰이유가, 흑옥 거래에 있어서는, 런던 및 베를린과 거의 경쟁할 수 있을 정도였다. 마들렌느 아저씨의 수익이 얼마나 좋았던지, 두 번째 해가 되자, 커다란 공장 하나를 지을 수 있게 되었고, 공장 안에 널찍한 작업실 둘이 있었는데, 하나는 남자들용이고 다른 하나는 여자들용이었다. 배고픈 사람이면 누구든 그곳 문을 두드릴 수 있었고, 일자리와 빵을 얻을 수 있었다. 마들렌느 아저씨가 남자들에게 요구하던 것은 착한 뜻이었고, 여자들에게는 정결한 풍습을 주문하였으며, 남녀 모두에게는 성실과 정직을 권하였다. 그가 작업장을 남녀 성별로 나눈 것은, 아가씨들과 아낙들의 방정한 품행을 위해서였다. 그가 그 점에 관해서만은 매우 엄격하였다. 그가 관용을 베풀지 않는 유일한 부분이었다. 몽트뢰이유-쉬르-메르가 군대 주둔지여서 타락의 기회가 많았던 만큼, 그의 그러한 엄격함에는 충분한 이유가 있었다. 뿐만 아니라, 그가 그곳에 온 것은 하늘이 내리신 은혜였고, 그곳에 산다는 것은 신의 가호였다. 마들렌느 아저씨가 오기 전에는 모든 것이 침체되어 있었는데, 이제는 모든 것이 노동의 건강한 활기로 넘쳤다. 힘찬 순환이 모든 것을 덮혀 주면서 사방으로 스며들고 있었다. 실업과 가난이 자취를 감추었다. 아무리 미미한 사람의 호주머니라도 몇 푼이나마 돈이 없는 경우는 없었고, 아무리 가난한 집이라도 약간의 기쁨이나마 누리지 못하는 집은 없었다.

마들렌느 아저씨는 모든 사람을 차별하지 않고 채용하였다. 그가 요구하던 것은 오직 한 가지였다. "정직한 남자가 되시오! 정직한 아가씨가 되시오!"

이미 말한 바와 같이, 마들렌느 아저씨는, 자기가 동인과 축이 되어 전개하던 그 산업 활동을 통하여 많은 재산을 얻게 되었다. 그러나, 단순한 기업인에게서는 흔히 발견되지 않는 특이한 점 하나가 있었던 바, 재산이 그의 주 관심사는 아닌 것 같았다. 그는 모든 생각을 다른 사람들에게만 집중하고, 자신에 대해서는 거의 관심이 없는 듯하였다. 라휘뜨 은행에 예치해 두었던 그의 돈이 1820년 기준 63만 프랑이었는데, 그 금액이 모이기 전에 그가 시와 빈곤한 사람들을 위하여 지출한 금액은 백만 프랑 이상이었다.

그곳 병원에 대한 재정 지원이 부실하였던지라, 그가 병상 열을 증설하였다. 몽트뢰이유-쉬르-메르 시는 고지대와 저지대로 나뉘어져 있었다. 그가 살고 있던 저지대의 학교 건물은 폐허와 다름없는 오막살이였다. 그가 학교 둘을 지었다. 하나는 남학교, 다른 하나는 여학교였다. 그는 두 교사에게 봉급의 두 배에 달하는 수당을 자기의 돈으로 지급하였다. 그리고 어떤 사람이 그 사실을 알고 몹시 놀라자, 그 사람에게 말하였다. "국가의 가장 중요한 두 공무원은 유모와 학교 선생님입니다." 또한 자기가 비용을 대어, 당시 프랑스에서는 거의 생소한 양로원을 하나 설립하였으며, 늙거나 불구가 된 노동자들을 위하여 공제 금고 하나를 개설하였다. 자기의 공장이 일종의 생활 중심지, 상당수의 가난한 가정들이 문득 빠른 속도로 그의 주위로 몰려드는 새로운 구역으로 변한지라, 그는 그곳에 무료 약국 하나를 개점하였다.

그가 처음 사업을 시작하던 무렵, 많은 착한 영혼들은 그를 보고 이렇게 말하였다. "부자가 되고 싶어 하는 호탕한 녀석이군." 그가 자기의 부를 축적하기에 앞서 그 고장의 살림을 윤택하게 만드는 것을 보고는, 그 같은 영혼들이 다시 이렇게 말하였다. "야심꾼이군." 그 사나이가 신앙심 깊고, 더구나 어느 정도까지는 종교의식에도 참가하니, 다시 말해, 당시에는 사람들의 호감을 살 수도 있는 짓까지 하니, 그만큼 야심꾼으로 보였을 것이다. 그는 일요일마다 정규적으로 약식 미사에 참가하고 있었다. 혹시 경쟁자가 있을까 하여 사방으로 코를 킁킁거리던 그 지역 국회의원이, 얼마 아니 되어 그 종교 때문에 근심하기 시작하였다. 제정 시절, 입법부의 일원이었던 그 국회의원은, 후세²⁾라는 이름으로 알려졌고 오트랑뜨 공작 작위를 가진, 어느 오라토리오 수도회 신부의 종교적 견해를 지지하고 있었으며, 일찍이 그의 앞잡이 노릇을 한 바 있고 또한 친구였던 적도 있었다. 그는 아무도 보지 않는 곳에서는 은밀히 신을 비웃는 사람이었다. 그러나, 부유한 사업가 마들렌느가 일곱 시 약식 미사에 정규적으로 참석한다는 사실을 알았을 때, 그는 마들렌느가 경쟁 후보가 될 수도 있다는 생각을 막연하나마 하였고, 따라서 종교적으로 그를 능가하기로 마음을 정하였다. 그리고, 예수회 사제 하나를 고해 사제로 정한 다음, 대미사와 저녁 미사에 꼬박꼬박 참석하였다. 그 시절에는, 정치적 야심이 곧, 말 그대로, 교회당의 종각을 향하여 달리는 경주였다. 국회의원의 그 근심이, 착한 신만큼이나, 가난한 사람들에게 끼친 바 있었으니, 그 존경스러운 국회의원께서 병원에 병상 둘을 더 들여놓은 것이다. 병상이 열둘로 늘었다.

그러는 동안, 1819년 어느 날 아침, 도지사가 주청을 드렸고, 또한 그 고장에 끼친 공로를 참작하여, 국왕이 마들렌느를 몽트뢰이유―

쉬르-메르의 시장으로 임명하리라는 소문이 퍼졌다. 그 새로 굴러 온 사람을 가리켜 '야심꾼'이라고 했던 사람들이, 신이 나서 그 기회를 놓치지 않고 소리쳤다. "봐요! 우리가 뭐라고 하였소?" 몽트뢰이 유-쉬르-메르 전체가 온통 웅성거렸다. 소문은 사실이었다. 며칠 후, 그 임명 사실이 관보《세계신보》에 게재되었다. 그리고 다음 날, 마들렌느 아저씨가 시장직을 사양하였다.

같은 해에, 즉 1819년에, 마들렌느가 고안한 새로운 공정으로 생산된 제품이 산업박람회에 출품되었다. 심사위원단의 보고서를 본 왕이, 고안자에게 레지옹도뇌르 기사장을 수여하겠노라고 하였다. 작은 도시가 다시 한 번 술렁거렸다. "그렇군! 훈장을 원했던 거야!" 다시 그렇게들 수군거렸다. 마들렌느 아저씨는 훈장도 사양하였다.

정말 그 남자는 하나의 수수께끼였다. 수군거리던 착한 영혼들은 이렇게 결론을 내렸다. "여하튼, 일종의 떠돌이야."

이미 말한 바와 같이 그 고장이 그로부터 많은 덕을 입었고, 가난한 사람들이 받은 혜택은 모두 그에게서 비롯되었다. 그가 하도 유익한 사람이었던지라 결국 그에게 존경심을 표하게 되었고, 하도 온화한 사람이었던지라 그를 좋아하지 않을 수 없게 되었다. 특히 그의 공장에서 일하는 노동자들은 그를 찬미하다시피 하였는데, 그 찬미에 그는 일종의 우수에 찬 엄숙함에 사로잡혔다. 그가 부유하다는 사실이 널리 알려지자, '지역 인사들'이라고 하는 사람들이 그에게 예를 표하였고, '마들렌느 씨'라는 경칭을 사용하기 시작하였다. 하지만 그가 고용한 노동자들이나 어린아이들은 여전히 '마들렌느 아저씨'라는 호칭을 사용하였는데, 그는 그 호칭에 가장 흐뭇해하였다. 그의 명성이 높아질수록 그에게 날아드는 초청장들이 빗발치듯 하였다. 소위 '사교계'라고 하는 것이 그를 불러댔다. 몽트뢰이유-쉬르-메르의 우쭐거리는 군소 응접실들이, 초기에는 그 일개 장색(匠色)을 아예 본 체도 하지 않더니, 이제는 문을 활짝 열어 그 백만

장자를 환영하였다. 그와 가까워지려고 온갖 제의를 해오기도 하였다. 그는 받아들이지 않았다.

그러자 이번에도 착한 영혼들이 입을 다물지 못하였다. "무지하고 배우지 못한 사람이야. 어떤 출신인지 아무도 몰라. 사교계에서는 버티지 못할 거야. 그가 글이나 읽을 줄 아는지 모르겠어."

그가 돈을 잘 버는 것을 보고는 이렇게들 말하였다. "장사꾼이야." 그가 돈을 뿌리자 '야심꾼'이라고 하였다. 그가 일체의 영달이나 명예에 솔깃하지 않자 '떠돌이'라고 하더니, 사교계를 멀리하는 것을 보고는 '교양 없는 사람'이라고 한 것이다.

그가 몽트뢰이유-쉬르-메르에 온 지 오 년 후, 즉 1820년에, 그가 그 고장에 공헌한 바가 하도 찬연하여, 그리고 온 고장 사람들의 뜻이 하도 간절한지라, 왕이 그를 다시 그곳 시장으로 임명하였다. 이번에도 그는 사양하였다. 그러나 도지사가 물러서지 않았고, 지역 인사들이 모두 그를 찾아와 간곡히 청하였으며, 일반 백성들이 길에서 그를 만나면 애원을 하는 등, 요구가 하도 간절하여, 그가 시장직을 수락하였다. 특히 그로 하여금 그러한 결단을 내리게 한 것은, 어느 노파 하나가 자기의 집 대문 앞에 나와서, 지나가는 그를 향해 거의 노기 어린 음성으로 던진 말 한마디였다고 한다. "좋은 시장 하나가 모든 사람들에게 유익합니다. 끼칠 수 있는 선을 마다하고 물러설 수 있는 것입니까?"

그것이 그의 상승 과정 중 세 번째 단계였다. 마들렌느 아저씨가 마들렌느 씨로, 그리고 다시 마들렌느 씨가 시장님으로 변하였다.

3. 라휘프 은행에 예치한 금액

하지만 그는 그곳에 도착하던 첫날과 다름없이 검박하였다. 그의 머리는 희끗희끗했고, 눈은 엄숙했으며, 피부는 볕에 그슬린 노동자의 피부였는데, 생각에 잠긴 얼굴은 어느 철학자를 연상시켰다. 그는 항상 챙이 넓은 모자를 쓰고, 올 투박한 천으로 지은 프록코트를 입었는데, 단추는 턱 밑까지 잠그고 다녔다. 시장직을 수행하였으되, 일과가 끝나면 홀로 지냈다. 그는 아무에게도 거의 말을 하지 않았다. 다른 사람들의 인사를 피하고, 누구와 마주치더라도 목례로 답하면서 얼른 지나쳤으며, 잡담을 피하기 위하여 미소를 지었고, 미소 짓는 것을 면하려고 적선금을 주었다. 여인들이 그에 대하여 말하곤 하였다. "참으로 착한 곰이에요!" 그의 즐거움은 들판을 산책하는 것이다.

그는 항상 홀로 식사를 하면서, 앞에 책 한 권을 펴놓고 읽었다. 그에게는, 작지만 정선된 책들로 채워진 도서실이 있었다. 그는 책들을 좋아하였다. 책이란 차갑지만 신뢰할 수 있는 벗들이다. 재산이 늘어 여가가 생기자, 그는 그 여가를 자기의 정신적 함양에 사용한 것 같다. 그가 몽트뢰이유-쉬르-메르에 온 이후, 해가 갈수록 그의 언사가 더욱 정중하고 더욱 세련되며 더욱 온화해짐을 누구나 느낄 수 있었다.

그는 산책을 나갈 때마다 즐겨 총을 휴대하였는데, 하지만 그것을 사용하는 경우는 아주 드물었다. 혹시 그것을 사용하는 일이 생길 경우, 그의 조준은 공포감을 야기할 만큼 정확하였다. 그가 해를 끼치지 않는 짐승을 죽이는 일은 절대 없었다. 작은 새를 향하여 총을 쏘는 일도 없었다.

그가 비록 더 이상 젊지는 않았으되, 그의 용력이 절륜하다는 소문이 돌았다. 누구든 도움이 필요한 사람을 보면 거들었는데, 쓰러진 말을 일으켜 세운다든가, 진창에 처박힌 수레바퀴를 밀어 꺼낸다든가, 혹은 도망쳐 나와 날뛰는 황소의 두 뿔을 잡아 제압하는 일 등도 서슴지 않았다. 집을 나설 때에는 주머니에 주화들이 가득하지만, 다시 돌아올 때에는 주머니가 항상 텅 비어 있었다. 그가 혹시 어떤 마을로 들어서면, 누더기를 걸친 코흘리개들이 기뻐하며 그의 뒤를 따라 달음박질을 하였고, 각다귀 떼처럼 그를 에워싸곤 하였다.

사람들은 그가 지난날 농촌에서 살았을 것이라고 추측들을 하였다. 그가 온갖 유용한 비법들을 농사꾼들에게 가르쳐주었기 때문이다. 그는, 보통 소금의 용액을 곳간 여기저기에 뿌리고 그것으로 바닥의 모든 틈을 흠뻑 적셔, 밀 등 곡식에 기생하는 좀을 박멸하고, 꽃이 만개한 오르비오를 집 안의 벽이나 천장에 매달아, 바구미와 같은 해충들을 쫓는 방법을 촌사람들에게 가르쳐주었다. 또한 경작지에서 살갈퀴, 선홍초, 가브롤, 강아지풀 등, 밀에 해를 끼치는 모든 잡초들을 근절시키는 '묘방'을 알고 있었다.[3] 뿐만 아니라, 토끼장 안에 작은 모르모트를 놓아두어, 그 냄새 때문에 쥐들이 접근하지 못하게 하는 방법도 알고 있었다.

어느 날 그 고장 사람들이 쐐기풀을 열심히 뽑아내고 있었다. 뽑혀서 무더기로 쌓여 마르기 시작한 그 식물을 물끄러미 바라보던 그가, 농사꾼들에게 말하였다. "다 죽었군요. 하지만 이 풀을 잘 이용할 줄 알면 좋을 것입니다. 쐐기풀이 어릴 때에는 그 잎이 아주 훌륭한 채소입니다. 또한 완전히 자라면 대마나 아마처럼 가는 실과 섬유를 제공합니다. 쐐기풀로 짠 직물이 대마로부터 얻은 것에 못지않습니다. 쐐기풀을 잘게 썰면 가금류의 좋은 모이가 되고, 곱게 빻으면 뿔 달린 가축들의 좋은 사료가 됩니다. 쐐기풀의 씨를 사료와 섞어 먹이면, 가축들의 털에 윤기가 돕니다. 또한 그 뿌리와 소금을 혼합하면 아름다운 노란색 염료를 얻을 수 있습니다. 뿐만 아니라, 한 해에 두 번 건초용으로 벨 수 있는 좋은 풀입니다. 쐐기풀에게 필요한 것이 무엇이냐고요? 약간의 흙만 있으면 족합니다. 정성 들여 가꿀 필요도 없습니다. 다만, 그 풀이 다 자라면 씨앗이 저절로 떨어지기 때문에, 씨를 모으기는 어렵습니다. 그것이 전부입니다. 약간의 수고만 하면 쐐기풀도 아주 유용한 풀이 될 수 있습니다. 그 풀을 소홀히 대하기 때문에 결국 해로운 잡초 대접을 받게 되었습니다. 또한 그리하여 사람들이 그 풀을 마구 죽입니다. 아! 쐐기풀을 닮은 사람들이 얼마나 많은가!" 그가 잠시 하던 말을 끊었다가 다시 한마디 더 하였다. "벗님들이시여, 이 세상에는 몹쓸 풀도 몹쓸 사람도 없습니다. 몹쓸 경작자가 있을 뿐입니다."

아이들이 그를 좋아하던 또 다른 이유는, 그가 지푸라기와 야자열매를 이용하여 매력적인 작은 물건들을 잘 만들었기 때문이다.

그는 교회당 정문에 검은 휘장이 걸려 있는 것을 보면 즉시 교회당 안으로 들어갔다. 다른 사람들이 즐겨 영세 의식에 가듯, 그는 장례식장을 찾았다. 배우자를 잃은 다른 이들의 불행이 그의 관심을 끌었는데, 그의 다정다감함이 그만큼 컸기 때문이다. 그는 상을 당한 친구들, 상복을 입은 여러 가정들, 관 주위에서 슬퍼하는 사제들과 어울렸다. 그러면서, 저세상의 광경으로 가득한 애도가에 기꺼이 자기의 사념을 합류시키는 것 같았다. 눈을 하늘로 향한 채, 무한이 내포하고 있는 모든 신비로 향한 일종의 열망에 사로잡힌 듯, 죽음의 어두운 심연 가장자리에서 들려오는 구슬픈 음성에 귀를 기울이곤 하였다.

그는 사람들이 못된 짓을 저지르며 자신들을 감추듯, 많은 선행을 하면서 자신을 감추었다. 저녁이면 남의 눈에 띄지 않게 사람들의 집에 잠입하여, 발소리를 죽이며 층계들을 오르곤 하였다. 어떤 가엾은 녀석 하나가 어느 날 저녁 늦게 자기의 허름한 거처에 돌아와 보니, 자기가 없는 동안에 문이 열려 있었다. 그 가엾은 사람이 놀라서 무심결에 내뱉듯이 소리쳤다. "어느 악당이 다녀갔어!" 그가 안으로 들어갔을 때 제일 먼저 그의 눈에 띈 것은, 어느 가구 위에 흘린 물건처럼 놓여 있던 금화 한 닢이었다. 다녀간 '악당'은 마들렌느 아저씨였다.

그는 친절하지만 동시에 구슬퍼 보였다. 사람들이 이렇게 말하곤 하였다. "부유한 사람인데 전혀 거만한 기색이 없어. 행복한 사람인데 만족스러워하는 기색이 없어."

어떤 사람들은 과장하여 말하기를, 그가 매우 신비스러운 사람이라고 하였다. 또한 아무도 그의 침실에는 들어갈 수 없는데, 가구라고는 날개 달린 모래시계 하나뿐이고, 십자가 형으로 놓인 사람의 정강이뼈 및 두개골이 장식품의 전부인 그 침실은, 마치 은거 수도사의 동굴과 같다고도 하였다. 그러한 말들을 어찌나 자주 하였던지, 몽트뢰이유-쉬르-메르의 젊은 멋쟁이 여인 몇이 어느 날 그의 집을 방문하여 그에게 말하였다. "시장님, 침실을 좀 보여 주세요. 동굴과 같다고들 하던데요." 그가 미소를 짓더니, 여인들을 즉시 자기의 '동굴'로 안내하였다. 호기심 가득했던 그녀들의 실망은 컸다. 침실에는 마호가니 가구들이 있었는데, 그런 종류의 가구들이 대개 그렇듯이 볼품이 없었고, 침실 내부는 열두 쑤짜리 싸구려 벽지로 도배되어 있었다. 침실에서 두 여인의 시선을 끈 것은, 벽난로 위에 놓여 있던 옛 형태의 촛대 둘뿐이었다. 순도 검증 '극인(極印)이 찍혀 있던' 것으로 보아 은촛대 같았다. 소도시 사람들의 전형적인 시각이 포착한 특징이었다.

하지만 아무도 그 침실에는 들어갈 수 없으며, 그것이 은거 수도사의 동굴이라느니, 꿈꾸는 곳, 구멍, 무덤이라느니 하는 등의 소문은 수그러들지 않았다.

또한, 그가 '엄청난' 금액을 라휘뜨 은행에 예치해 두었으되, 언제나 즉각 사용할 수 있도록 조치를 취해 두었을 것이라고들 수군거렸다. 뿐만 아니라 덧붙이기를, 마들렌느 씨가 어느 날 아침 불쑥 라휘뜨 은행에 나타나서, 영수증에 서명을 한 후, 단 십 분 만에 이삼백만 프랑을 챙겨 가지고 떠날 수 있을 것이라고도 하였다. 실제로는, 이미 말한 바와 같이, 그 '이삼백만 프랑'이 육십삼사만 프랑으로 줄어들어 있었다.

4. 상복 입은 마들렌느 씨

 1821년 초, 디뉴의 주교이며 '비앵브뉘 예하'라는 별명을 가진 미리엘 씨가, 향년 팔십이 세로, 신성함의 향기에 감싸여 타계하였다는 소식을 많은 신문들이 보도하였다.
 신문들이 누락시킨 작은 사실 하나를 여기에서 덧붙이자면, 디뉴의 주교는, 죽기 전 여러 해 동안 앞을 보지 못하였으되, 누이가 곁에 있었던지라, 오히려 소경 된 것을 만족스러워하였다.
 지나는 길에 그 이야기를 해두자. 소경이면서 사랑받는 것, 아무것도 온전하지 못한 이 세상에서는, 그것이 사실 가장 기이하게 그윽한 행복의 형태들 중 하나이다. 우리가 그녀를 갈망하고 그녀 또한 우리 없이는 살 수 없기 때문에 항상 그 자리에 있는 하나의 여인, 하나의 소녀, 하나의 누이, 하나의 매력적인 존재를 지속적으로 곁에 둔다는 것, 우리에게 필요한 사람에게 자신이 불가결한 존재라는 사실을 깨닫는 것, 그녀의 애정을 그녀가 우리에게 허락하는 시간에 끊임없이 비교 측정하면서, 그녀가 자기의 모든 시간을 나에게 바치고 있으니 내가 그녀의 가슴을 몽땅 차지하고 있다고 스스로에게 말할 수 있는 것, 얼굴은 보이지 않되 그 생각을 보는 것, 암흑 속으로 사라진 세상 속에서 한 존재의 한결같음을 확인하는 것, 날갯소리 같은 치마 스치는 소리를 감지하는 것, 그녀가 오가고 나가고 들어오고 말하고 노래하는 것을 듣는 것, 자신이 그 발걸음 소리와 그 말과 그 노래의 중심이라는 생각에 잠기는 것, 자신의 인력(引力)을 매 순간마다 발산하는 것, 불구이기 때문에 그만큼 자신이 더 강력하다고 느끼는 것, 암흑 속에서 또 암흑으로 인하여 천사가 그 주위를 선회할 수밖에 없는 하나의 별이 된다는 것 등, 그토록 지극한 유열에 비할 만한 행복은 없다. 인생에 있어서 최고의 행복은 자기가 사랑받고 있다는 확신이다. 가만히 있어도 사랑받는다는 확신, 아니 더 나아가, 자기의 뜻과는 상관없이 사랑받는다는 확신, 소경은 그 확신을 가지고 있다. 그러한 곤경 속에서 시중을 받는다는 것은 곧 애무를 받는 것이다. 그에게 부족한 무엇이 있을까? 없다. 사랑이 있는 한 빛을 상실한 것은 아니다. 게다가 그 어떤 사랑인가! 오직 미덕으로만 이루어진 사랑이다. 확신이 있는 곳에는 실명(失明)이라는 것이 없다. 영혼이 더듬거리며 다른 영혼을 찾으며, 또 그것을 발견한다. 그리고 발견되고 입증된 그 영혼이 하나의 여인이다. 손 하나가 우리를 부축해 주는데, 그것이 그녀의 손이다. 입 하나가 우리의 이마를 스치는데, 그것이 그녀의 입이다. 아주 가까이에서 숨소리가 들리는데, 그것이 그녀이다. 그녀가 결코 우리 곁을 떠나지 않는다는 것, 우리를 돕는 그 다정한 연약함을 우리가 가지고 있다는 것, 불요불굴의 그 갈대에 의지한다는 것, 그녀의 손에 있는 섭리를 촉지(觸知)하고 그녀의 품에서 그 섭리를 움켜쥔다는 것, 그것은 그녀의 신앙으로부터 연민까지, 그녀의 모든 것을 소유한다는 뜻이다. 손으로 촉지할 수 있는 신, 그 어떤 법열(法悅)인가! 그 순간, 천상의 어두운 꽃이라는 가슴은 신비하게 활짝 피어나기 시작한다. 우리는 그 어둠을 이 세상의 어떤 빛과도 바꾸려 하지 않을 것이다. 천사 같은 영혼이 우리 곁에 있다. 끊임없이 그곳에 있다. 잠시 떠나더라도 그것은 다시 오기 위함이다. 꿈처럼 자취를 감추었다가 현실처럼 다시 나타난다. 따스함이 우리에게로 다가오는가 싶은데, 그녀가 벌써 곁에 와 있다. 우리는 태평스러움과 기쁨과 황홀감으로 넘치고, 어느덧 어둠 속에서 반짝이는 빛이 된다. 그리고 수천 가지 작은 보살핌들. 그 텅 빈 공간에서는 거대해지는 하찮은 일들. 우리를 다독거리고, 우리에게 자취 감춘 세계를 대신해 주는, 여인의 음성에서 발산되는 형언할 수 없는 억양. 그것들은 영혼의 애무이다. 아무것도 보이지 않으나 자신이 열렬한 사랑에 감싸여 있음을 느낀다. 그것은 암흑 속에 있는 낙원이다.

비앵브뉘 주교는 그 낙원을 떠나 다른 낙원으로 간 것이다.

그 죽음에 관한 보도가 몽트뢰이유-쉬르-메르의 지역신문에도 게재되었다. 다음 날, 마들렌느 씨는 온통 검은 옷에, 모자에는 상장(喪章)을 달고 나타났다.

사람들이 그 상복 차림을 보았고, 그리하여 수다를 떨기 시작하였다. 그것이 마들렌느 씨의 출신을 말해 주는 희미한 빛으로 보였던 것이다. 그것을 보고 사람들은 그가 그 존경스러운 주교와 인척 관계일 것이라는 결론을 내렸다. "그가 디뉴의 주교를 위하여 상복을 입었어." 모든 응접실에서 그러한 말이 오고 갔다. 그것이 마들렌느 씨를 매우 돋보이게 하였고, 몽트뢰이유-쉬르-메르의 귀족들은 즉각 그리고 단번에 그에게 경의를 표하였다. 그 지역의 미세한 쌩-제르맹 구역⁴⁾은, 한 주교의 친척일 수 있는 마들렌느 씨에 대한 따돌림을 중단해야겠다는 생각을 하였다. 마들렌느 씨 또한, 늙은 여인들이 전보다 자기를 더 정중하게 대하고 젊은이들이 자기에게 더 친절해진 것을 보고, 자신이 상류사회로 한 걸음 더 나아갔음을 간파하였다. 어느 날 저녁, 그 시골의 미세한 사교계의 수장인 늙은 여자가, 호기심에 이끌려 그에게 무심코 물었다.

"시장님께서는 작고하신 디뉴의 주교님과 친척 간이시죠?"

"아닙니다, 부인." 그의 답변이었다.

"하지만, 상복을 입으셨잖아요?" 그녀가 다시 물었다.

"제가 젊었던 시절에 그 댁의 시종이었기 때문입니다."

또 다른 이야깃거리 하나는, 이곳저곳을 떠돌며 굴뚝 청소를 하는 사부와 지역 출신 젊은이가 지나갈 때마다, 시장님께서 그 젊은이를 불러 이름을 물은 다음, 그에게 돈을 주곤 한다는 소문이었다. 어린 사부와 출신 굴뚝 청소부들 사이에서도 그 소문이 퍼져 나갔다.

5. 지평선에 나타난 희미한 섬광

 차츰차츰, 세월이 흐름에 따라, 모든 적대적인 것들이 허물어졌다. 처음에는 마들렌느 씨를 겨냥한 욕설과 험담 등, 사회적으로 부상하는 이들이 예외 없이 감당해야 하는 적대적인 율법 같은 것이 그를 가로막고 있었다. 그러다가 얼마 후 단순한 심술궂음만 남더니, 그 이후에는 다시 악의적인 장난만 남았다가, 모든 것이 안개처럼 스러져 사라졌다. 그에 대한 존경이 온전하고 예외 없으며 다정한 것으로 변하였다. 그리하여 1821년 경에는, 몽트뢰이유-쉬르-메르에서 '시장님'이라고들 부르는 억양이, 1815년에 디뉴에서 사람들이 '주교님'이라고 부르던 억양과 같아졌다. 사방 백여 리 안에 사는 사람들은 모두 마들렌느 씨의 조언을 구하러 몰려들었다. 그는 각종 쟁의를 조정하여 송사가 벌어지지 않게 하였으며, 서로 적대적이었던 사람들을 화해시켰다. 모든 사람들이 그를 자기의 권리를 지켜줄 판관으로 여겼다. 자연의 법칙을 기록해 둔 책이 곧 그의 영혼인 것 같았다. 그에게로 향한 깊은 존경심이 마치 감염 현상처럼, 칠팔 년 만에, 조금씩 퍼져 나가 그 고장 전 지역으로 확산되었다.
 그 도시와 인근 지역을 통틀어 오직 한 사람만이 그러한 감염 현상을 완벽하게 피하였다. 그리고 마들렌느 아저씨가 무슨 일을 하든, 마치 부패할 수 없고 꿈쩍도 하지 않는 일종의 본능이 그를 일깨우며 괴롭히기라도 하는 듯, 완고하게 버티었다. 특정 부류의 사람들 속에는, 각종 반감과 호감을 생산하고, 하나의 천성을 다른 천성으로부터 숙명적으로 가려내고, 주저하지 않고, 동요하지 않고, 입을 다물거나 이미 한 말을 번복하지 않고, 자기가 처한 어둠 속에서도 명료하고, 어김없고, 거역할 수 없고, 지성의 모든 조언과 이성의 모든 교란 책동에 반항하며, 운명들이 어떤 식으로 엮였건 개의치 않고, 고양이-인간이 있음을 개-인간에게, 그리고 사자-인간이 있음을 여우-인간에게 은밀히 경고해 주는, 모든 본능이 그러하듯, 순수하고 흠잡을 데 없는 진정한 짐승적 본능이 존재하는 모양이다.

마들렌느 씨가 고요하고 다정한 태도로 모든 사람들의 축복에 둘러싸여 어떤 길을 지나갈 때, 키가 크고 회색 프록코트를 입었으며 챙이 내려진 모자를 쓴 채 굵은 지팡이를 무기처럼 든 남자 하나가, 그의 등 뒤쪽에서 문득 걸음을 멈추고 그를 향해 돌아서서, 그가 보이지 않을 때까지 시선으로 그를 따라가다가, 팔짱을 끼고 머리를 좌우로 천천히 흔들면서 아랫입술로 윗입술을 코 밑까지 밀어 올리곤 하던 일이 자주 있었는데, 그렇게 찡그린 그의 표정이 뜻하던 것은 다음과 같이 해석될 수 있을 것이다. '그런데 저 사람의 정체가 무엇이지?—난 분명 저 사람을 어디에선가 본 적이 있어.—여하튼 내가 언제까지나 속지는 않겠어.'

위협적으로 엄숙한 그 사람은, 언뜻 한 번 스쳐보기만 하여도, 본사람의 내면에 불안감을 야기시키는 그러한 사람들 중의 하나였다.

그의 이름은 쟈베르였고, 경찰청 사람이었다.

그는 몽트뢰이유-쉬르-메르에서 괴롭지만 유용한 감찰관직을 수행하고 있었다. 그는 마들렌느가 처음 사업을 시작할 때의 정황을 직접 보지 못하였다. 쟈베르가 당시 수행하던 직책을 얻은 것은, 재상 앙글레스 백작의 비서로 봉직한 바 있는 빠리 시경 국장 샹부이예 씨의 후원 덕분이었다. 쟈베르가 몽트뢰이유-쉬르-메르에 부임하였을 때에는 그곳 공장 주인이 이미 성공을 거두어, '마들렌느 아저씨'가 '마들렌느 씨'로 바뀌어 있었다.

어떤 부류의 경찰 간부들은 용모가 특이한데, 그 용모에는 비열한 기색이 권위적인 기색과 뒤섞여 있다. 쟈베르가 그러한 용모의 소유자였다. 하지만 비열함의 비율이 조금 적었다.

만약 영혼들이 눈에 보인다면, 인간의 각 개체가 짐승들의 어느 한 종(種)과 일치하는 기이한 현상을 선명히 볼 수 있을 것이다. 또한, 굴로부터 참수리에 이르기까지, 혹은 돼지로부터 호랑이에 이르기까지, 모든 짐승들이 인간 속에 있고, 그 짐승들 각각이 한 개인 속에 있다는 사실, 어떤 사상가에 의해 겨우 감지된 그 사실을 어려움 없이 시인하게 될 것이다. 때로는 여러 짐승이 한 개인 속에 함께 있는 경우도 있다.

짐승들이란 우리의 미덕과 악덕의 형상들에 불과하다. 그 형상들이 우리의 눈 앞에서 배회하는 바, 그것들은 곧 우리 영혼의 가시적인 유령들이다. 신이 그것들을 우리에게 보여 줌은, 우리로 하여금 숙고하도록 하기 위함이다. 다만 짐승들이란 그림자들에 불과한지라, 신이 그것들을 교육할 수 있는 존재로 만들지 않았을 뿐이다. 무슨 소용이 있겠는가? 반대로, 우리의 영혼은 엄연한 실체이고 또 고유의 목적을 가지고 있는지라, 신이 우리의 영혼에게 지적 능력을, 즉 교육될 수 있는 잠재력을 준 것이다. 그리하여, 훌륭하게 시행된 사회적 교육은, 어떤 영혼으로부터도, 그 영혼이 내포하고 있는 유익성을 이끌어낼 수 있다.

이상은 물론, 이 지상의 가시적인 삶에 국한된 관점에서, 그리고 인간이기 이전 혹은 이후 존재들의 본질에 관한 심오한 문제에 대하여 어떤 억측도 하지 않고 한 말이다. 가시적인 자아가 어떠한 경우에도 사상가로 하여금 잠재적인 자아를 부인토록 허락하지는 않는다. 이러한 유보 조항을 남기고 다음 이야기로 넘어가자.

이제, 어느 누구에게나 짐승 한 종류가 내재되어 있음을 잠정적으로나마 인정한다면, 쟈베르 경관이 어떤 사람이었는지를 말하기는 쉬울 것이다.

아스뚜리아스 지방 농부들은, 암늑대가 낳는 새끼들 중에 항상 개한 마리가 섞여 있으며, 어미가 개를 즉시 죽이는데, 그러지 않으면 개가 자라면서 다른 새끼들을 모두 잡아먹기 때문이라고 믿고 있다.

암늑대가 낳은 아들 개에게 인간의 얼굴을 하나 씌워보라. 그러면 쟈베르가 될 것이다.

쟈베르는 어느 감옥에서 태어났는데, 그의 어머니는 카드로 점치는 여자였고, 그 여인의 남편은 당시 도형장에 있었다. 그는 나이가 들면서 자신이 사회의 테두리 밖에 있으며, 사회 속으로는 영영 돌아갈 수 없을 것이라는 절망적인 생각을 자주 하였다. 그는 사회가 결코 용납하지 않고 사회의 외곽에 놓아두는 두 계층의 사람들이 있음을 간파하였다. 사회를 공격하는 사람들과 사회를 보호하는 사람들이었다. 그는 그 두 계층 중 하나를 선택할 수밖에 없었다. 동시에 그는, 자신 속에 곧고 규칙을 잘 지키고 청렴한 어떤 바탕이, 자기가 속해 있던 떠돌이 족속에 대한 이루 말할 수 없는 증오와 뒤얽혀 있음을 느꼈다. 그는 경찰의 길로 들어섰다.

그는 그 길에서 성공하였다. 나이 사십에 사복 형사가 되었다.

젊은 시절에는 남부 지방의 도형장에 근무한 적도 있었다.

다른 이야기로 넘어가기 전에, 조금 전 우리가 쟈베르에 씌워주었던 '인간의 얼굴'이라는 말을 조금 더 자세히 검토해 보도록 하자.

쟈베르에게 씌워진 인간의 얼굴에는 우선 납작코 하나가 있었는데, 깊숙한 두 콧구멍을 향하여 양쪽 뺨으로부터 엄청나게 실한 구레나룻이 뻗쳐 있었다. 누구든 처음으로 그 두 숲과 두 동굴을 보면 불안감에 휩싸였다. 쟈베르가 웃으면—드물고 무시무시한 웃음이지만—그의 얇은 입술들이 옆으로 벌어지면서 그의 치아들뿐만 아니라 잇몸들까지 드러났고, 동시에 그의 코 둘레에, 야수의 콧방울 위에 나타나는 납작하고 사나운 주름이 잡혔다. 쟈베르가 묵묵히 있을 때에는 영락없는 불도그였고, 웃을 때에는 한 마리 호랑이였다. 그 이외의 다른 부분을 보자면, 두개골이 작은 반면 턱이 실하였고,

이마를 가리는 모발은 눈썹까지 늘어져 있었다. 두 눈 사이 중앙에는 분노의 별처럼 항상 찌푸린 주름이 잡혀 있었고, 그 외에, 시선은 침울하였으며, 입은 꼭 다물어 무시무시한데, 기색은 사나운 명령을 내리는 것 같았다.

그 사람은, 매우 단순하고 또 자체로는 매우 좋은, 그러나 너무 과장하여 거의 못된 것으로 변질시키곤 하던, 두 감정으로 이루어져 있었다. 그것은 정부에 대한 존경과 반역에 대한 증오였다. 그의 눈에는, 절도나 살인 등 모든 범죄들이 반역의 다른 형태들로밖에 보이지 않았다. 그는 수상직으로부터 전원 감시인직에 이르기까지, 모든 국가적 직무에 대해서는 맹목적이고 깊은 신뢰를 가지고 있었다. 그는 악의 법적 한계를 넘어섰던 모든 것에 대해서는 경멸감과 혐오감 및 불쾌감을 품고 있었다. 또한 절대적이어서 예외를 인정하지 않았다. 그는 이렇게 말하곤 하였다. "공무원은 실수를 범하지 않는다. 국가의 관리는 결코 잘못을 저지르지 않는다." 그리고 다른 한편으로는 이렇게도 말하였다. "이 작자들은 구제 불능이야. 그들로부터는 어떤 유익한 것도 기대할 수 없어." 그는, 죄인들을 만들어내거나 혹은 누가 죄인임을 확인해 주는 권한을 인간의 율법에 부여하여, 사회의 밑창에 깊고 어두운 스틱스[5] 강을 파놓는 극단주의자들의 견해를 전적으로 받아들였다. 그는 극기적이었고 진지하였고 준엄하였고 구슬픈 몽상가였다. 광신도들처럼 겸손하면서 동시에 오만하였다. 그의 시선은 일종의 나사송곳이었다. 그것은 차가웠고 무엇이든 꿰뚫었다. 그의 전 생애는 다음 두 단어 속에 집약되어 있었다. '지킨다' 그리고 '감시한다'. 그는 이 세상에서 가장 굴곡 심한 것 속에 직선을 도입하였다. 그는 자신의 유용성을 의식하고 있었으며, 자기의 직무를 신앙으로 여겼고, 따라서 사제직 수행하듯 정탐꾼 역할을 하였다. 누구든 그의 손아귀에 걸려들면 불운을 면치 못하였다. 그는 자기의 아버지가 탈옥하더라도 체포하고, 어머니가 거주 지정령을 위반하더라도 고발할 사람이었다. 게다가, 그러한 짓을 하면서, 미덕이 가져다주는 일종의 내적인 만족감을 느꼈을 것이다. 뿐만 아니라, 궁핍하고 외롭고 헌신적이고 정결하며, 오락이라는 것을 모르는 삶을 영위하였다. 가차 없는 의무, 스파르타 사람들이 스파르타를 생각하듯 경찰을 생각하는 마음, 무자비한 감시, 완강한 정직성, 대리석처럼 차가운 정탐으로 점철된, 그리고 비도끄[6] 속에 뒤섞인 브루투스[7]의 삶이었다.

쟈베르라는 인물은 한마디로 엿보고 은신하는 인간을 표상하였다. 그 시절, 급진왕정복고주의자 편에 있던 신문들에게 숭고한 우주론으로 양념을 제공하던 죠제프 드 메트르[8]의 신비주의 학파는, 쟈베르가 하나의 상징이라고 하기를 서슴지 않았을 것이다. 그의 이마는 모자 밑으로 사라져 보이지 않았고, 그의 눈은 눈썹 밑으로 자취를 감춰 보이지 않았고, 그의 턱은 넥타이 속에 파묻혀 보이지 않았고, 그의 손은 소매 속으로 움츠러들어 보이지 않았으며, 지팡이는 그가 프록코트 자락으로 덮어 들고 다녔기 때문에 보이지 않았다. 그러나 계기가 닥치면, 각지고 좁은 이마와, 음산한 시선, 위협적인 턱, 거대한 손, 괴물같은 몽둥이가, 마치 잠복하고 있었던 듯, 그 모든 그늘로부터 불쑥 모습을 드러내곤 하였다.

흔치 않은 일이기는 하지만, 여가가 생길 경우, 그는 책을 혐오하면서도 책을 읽곤 하였다. 그리하여 그가 아주 무식하지는 않았다. 그의 말 속에 가끔씩 끼어드는 허풍을 보면 알 수 있었다.

이미 말한 바와 같이 그에게는 어떤 악벽(惡癖)도 없었다. 스스로에게 만족할 경우, 코담배 한 줌 즐기는 것이 고작이었다. 그가 인간과의 관계를 유지하는 것은 오직 그것을 통해서였다.

법무성이 매년 통계에서 '방랑자'라는 명칭으로 분류하여 발표하는 사람들에게는 쟈베르가 공포의 대상이었음을 이해하기 어렵지 않을 것이다. 쟈베르의 이름만 들어도 그들은 흩어져 달아났고, 그의 얼굴을 보면 그 자리에서 돌처럼 굳어버렸다.

그 무시무시한 사람의 됨됨이가 그러하였다.

쟈베르는 항상 마들렌느 씨에게 고정된 하나의 눈과 같았다. 의혹과 추측으로 가득한 눈이었다. 결국에는 마들렌느 씨도 그 사실을 알아차렸지만, 그것이 자기에게는 아무 뜻 없는 것으로 여겼다. 그는 쟈베르에게 질문 한마디 던지지 않았고, 구태여 그에게 접근하거나 그를 피하려 하지도 않았다. 그리고 쟈베르의 그 거북한, 때로는 짓누르는 듯한, 시선을 아무렇지도 않게 대하였다. 그는 쟈베르를 다른 모든 사람들과 다름없이, 자연스럽고 친절하게 대하였다.

쟈베르가 무심결에 한 말 몇 마디로 보아, 그는, 의지에 못지않게 본능이 작용하며 또 그와 같은 족속을 항상 따라다니는 호기심에 이끌려, '마들렌느 아저씨'가 다른 곳에 남겼을 이전의 모든 흔적들을 찾으려 애를 썼던 것 같았다. 그는 무엇인가를 알고 있는 것 같았다. 그가 가끔 넌지시 말하기를, 어떤 사람이, 어떤 고장에서, 사라진 어떤 가정에 대하여, 무엇인가를 알아냈다고 하였다. 한번은 홀로 이렇게 중얼거리기도 하였다. "내 손아귀에 들어온 것 같아!" 그러더니 사흘 동안 아무 말 없이 생각에만 잠겼다. 손아귀에 들어왔다고 믿던 실마리가 끊어졌던 모양이다.

어떤 어휘들의 의미가 지나치게 완벽한 것을 제시할 수도 있으리라는 생각이 들어, 일종의 완화제로 덧붙이거니와, 인간 속에는 진실로 완벽한 것은 존재할 수 없으며, 본능이라는 것의 속성 또한, 동요되고, 길을 잃을 수 있다는 것이다. 그렇지 않다면 본능이 지성보다 우월할 것이고, 짐승이 인간보다 더 밝은 지혜를 갖는 일이 생길 것이다.

쟈베르는 분명 마들렌느 씨의 자연스러운 거조와 태연함에 상당히 어리둥절하였을 것이다.

하지만 어느 날, 그의 이상한 행동이 마들렌느 씨에게 강한 인상을 남겼던 것 같다. 그 계기는 다음과 같다.

6. 포슐르방 영감

어느 날 아침 마들렌느 씨가 몽트뢰이유-쉬르-메르의 포장되지 않은 길을 걷고 있었다. 문득 얼마 떨어지지 않은 곳에서 웅성거리는 소리가 들렸고, 사람들이 모여 있는 것이 보였다. 그가 그곳으로 갔다. 포슐르방 영감이라고들 하는 노인이, 말이 쓰러지는 바람에 마차 밑에 깔렸다고 하였다.

그 포슐르방이라는 사람은, 그 무렵까지도 마들렌느 씨에게 적대적이던 몇 아니 되는 사람들 중 하나였다. 마들렌느가 처음 그 고장에 왔을 때, 일찍이 하급 재판소 서기로 일한 바 있고 상당히 유식했던 포슐르방은 장사를 하고 있었는데, 사업이 기울기 시작하고 있었다. 자기와 같은 재판소 서기 출신이 망해 가고 있는데, 그 평범한 노동자가 점점 부유해지는 것을 포슐르방이 두 눈으로 보았다. 그것으로 인하여 질투심이 그를 사로잡았고, 기회만 생기면 마들렌느에게 해를 끼치려 온갖 짓을 서슴지 않았다. 얼마 후 파산 사태를 맞았고, 가정도 자식도 없는 데다 몸은 이미 늙었는데, 그에게 남은 것이라고는 수레 한 대와 말 한 필뿐이었다. 그는 연명하기 위하여 짐마차꾼이 되었다.

말은 허벅지 둘이 모두 부러져 다시 일어설 수 없는 형편이었다. 노인은 바퀴들 사이에 끼어 있었다. 운수가 사나웠던지, 마차가 노인의 가슴팍을 짓누르고 있었다. 마차에 실린 짐도 상당히 무거워 보였다. 포슐르방 영감은 죽어가는 사람처럼 헐떡거리고 있었다. 그를 끌어내려 해보았지만 헛수고였다. 무질서하게 덤빈다든가, 서툴게 도우려 한다든가, 잘못 흔들어댔다가는, 그를 아예 죽일 수도 있는 어려운 처지였다. 마차를 밑에서부터 들어 올리기 전에는 노인을 끌어내기가 불가능하였다. 사고가 나던 순간 그곳에 도착한 쟈베르가 손 기중기를 가져오라고 사람을 보냈고, 그리하여 그를 기다리던 중이었다.

그때 마들렌느 씨가 도착한 것이다. 모두들 한 걸음 물러서며 그에게 예를 표하였다.

"도와주시오!" 늙은 포슐르방이 구슬프게 소리쳤다.

"이 늙은이를 구출해 줄 착한 젊은이가 누구이신가?"

마들렌느 씨가 둘러선 사람들을 돌아보며 물었다.

"손 기중기를 구할 수 있을까요?"

"찾으러 갔습니다." 어느 농사꾼의 대답이었다.

"시간이 얼마나 걸릴 것 같습니까?"

"대장간이 있는 가장 가까운 곳 홀라쇼로 가긴 했지만, 그렇더라도 십오 분은 족히 걸릴 것입니다."

"십오 분!" 마들렌느가 언성을 높였다.

전날 밤에 비가 내려 흙이 흠뻑 젖어 있었던지라, 마차가 매 순간 땅속으로 더욱 깊이 처박히며 노인의 가슴팍을 짓누르고 있었다. 단 오 분이 지나지 않아 그의 갈비뼈들이 부러질 것은 뻔하였다.

"십오 분 동안을 기다릴 수는 없습니다." 구경만 하고 있던 촌사람들에게 마들렌느가 다급히 말하였다.

"그 길밖에 없습니다." 촌사람들의 대꾸였다.

"하지만 너무 늦을 것입니다. 마차가 점점 깊이 처박히는 것이 보이지 않습니까?"

"세상에!"

"제 말씀 좀 들어보십시오. 아직 마차 밑에 사람 하나가 미끄러져 들어가 등으로 마차를 들어 올릴 만한 공간이 남아 있습니다. 한순간 동안만 마차를 쳐들고 있으면, 다른 사람들이 저 가엾은 분을 끌어낼 수 있을 것입니다. 튼튼한 허리와 뜻을 가진 분이 혹시 계십니까? 그분에게 금화 5루이⁹⁾를 드리겠습니다!"

모여 있던 사람들 중 아무도 움직이지 않았다.

"10루이!" 마들렌느가 다시 말하였다.

모두들 눈을 내리깔았다. 그들 중 한 사람이 중얼거렸다.

"마귀처럼 기운이 세야 하겠는걸. 게다가 몸뚱이가 으스러질 위험이 있는데!"

"자, 어서, 20루이!" 마들렌느가 다시 제안하였다.

역시 아무 대꾸가 없었다.

"이 사람들에게 없는 것이 의기는 아닙니다." 어떤 목소리 하나가 들려왔다.

마들렌느 씨가 고개를 돌려보니 쟈베르였다. 그곳에 도착하던 순간에는 미처 그를 보지 못하였다. 쟈베르가 말을 계속하였다.

"없는 것은 힘입니다. 저런 마차를 등으로 밀어 올리려면 무시무시한 남자 하나가 있어야 합니다."

그러더니, 마들렌느 씨를 뚫어지게 바라보며, 그리고 단어 하나 하나에 힘을 주면서 계속하였다.

"마들렌느 씨, 귀하께서 원하시는 그러한 일을 할 수 있는 사람은 평생 동안 단 한 번밖에 보지 못하였습니다."

마들렌느가 움찔하였다.

쟈베르가 무심한 기색으로, 그러나 마들렌느로부터 눈을 떼지 않은 채, 한마디를 덧붙였다.

"어느 도형수였습니다."

"아!" 마들렌느의 입에서 나온 소리였다.

"뚤롱의 도형장에 있던."

마들렌느의 안색이 창백해졌다. 그동안에도 마차는 서서히 주저앉고 있었다. 포슐르방 영감이 헐떡거리며 비명을 질러댔다.

"숨이 막혀! 갈비뼈가 부러져! 손 기중기! 무엇이든! 아!"

마들렌느가 주위를 둘러보며 다시 외쳤다.

"20루이도 벌고 이 가엾은 노인의 목숨을 구할 사람이 없단 말이오?"

아무도 움직이지 않았다. 쟈베르가 다시 말하였다.

"손 기중기를 대신할 수 있는 사람은 단 하나밖에 보지 못하였는데, 그 도형수입니다."

"아! 몸이 으스러지는구나!" 노인이 비명을 질렀다.

마들렌느가 고개를 쳐들었다. 자기를 계속 주시하고 있던 쟈베르의 매 눈과 마주쳤다. 꼼짝도 하지 않고 서 있던 촌사람들을 둘러보았다. 구슬픈 미소를 지었다. 그런 다음, 아무 말 없이 무릎을 꿇더니, 사람들이 놀라 비명을 지를 겨를도 주지 않고, 마차 밑으로 들어갔다.

기다림과 침묵 속에서 끔찍한 순간이 흘렀다.

마들렌느가 그 무시무시한 무게 밑에서 배를 깔고 엎드려, 자기의 두 팔꿈치와 두 무릎을 접근시키려 하였다. 두 번 시도하였으나 뜻을 이루지 못하였다. 사람들이 그에게 소리쳤다.

"마들렌느 아저씨! 어서 빠져나오세요!"

늙은 포슐르방조차도 그에게 말하였다.

"마들렌느 씨! 어서 나가세요! 보시다시피 제가 죽을 수밖에 없어요! 저를 내버려 두세요! 자칫 당신마저 다치시겠어요!"

마들렌느는 아무 대꾸도 하지 않았다.

바라보고 있던 사람들의 숨결이 가빠졌다. 그동안에도 바퀴들은 계속 깊이 박혀, 마들렌느가 마차 밑에서 빠져나오기가 거의 불가능해졌다.

문득 그 거대한 덩어리가 흔들리더니, 마차가 서서히 쳐들리고, 바퀴들이 진흙 골창으로부터 반쯤 솟아올랐다. 숨 막히는 소리가 들려왔다. "서둘러요! 도와줘요!" 마들렌느가 마지막 사력을 다하였다.

모두들 서둘러 달려들었다. 단 한 사람의 희생적 열정이 모든 이들에게 힘과 용기를 주었다. 팔 스물이 마차를 들어 올렸다. 늙은 포슐르방이 구출되었다.

마들렌느가 다시 일어섰다. 비록 땀을 흘리고 있었지만 얼굴은 창백하였다. 옷은 찢기고 진흙투성이었다. 모두들 눈물을 흘렸다. 노인이 그의 무릎에 입을 맞추며, 그를 착한 신이라고 불렀다. 그의 얼굴에는 행복한 그리고 천상의 고통이 서려 있는데, 그의 평온한 눈이 그를 여전히 주시하고 있던 쟈베르를 그윽히 바라보고 있었다.

7. 포슐르방이 빠리에서 정원사가 되다

포슐르방은 마차 밑으로 쓰러지면서 종지뼈가 탈구되는 부상을 입었다. 마들렌느 아저씨가, 자기의 공장 건물 안에 노동자들을 위하여 설치했고 자선단체 소속 수녀 두 사람이 운영하는 의무실로, 그를 즉시 데려가게 하였다. 다음 날 아침 노인이 보자니, 머리맡 협탁에 일천 프랑짜리 어음 한 장과, 마들렌느 아저씨가 자필로 쓴 다음과 같은 쪽지가 놓여 있었다. '댁의 마차와 말을 제가 사겠습니다.' 마차는 부서졌고, 말도 이미 죽었다. 포슐르방의 치료가 끝났으나 그의 무릎관절 경직은 풀리지 않았다. 마들렌느 씨가 수녀들과 교구사제로부터 추천장을 받아, 빠리 쌩-앙뚜완느 구에 있는 어느 수녀원의 정원사 자리를 노인에게 얻어주었다.

마들렌느 씨가 시장으로 임명된 것은 그 사건이 일어나고 얼마 후였다. 그 도시에 대한 전권을 부여하는 현장을 두른 마들렌느 씨를 처음 보는 순간, 쟈베르는, 자기 주인의 옷을 입고 있는 늑대의 냄새를 맡으며 한 마리 불도그가 느낄 수 있음 직한 경련을 느꼈다. 그 순간 이후 그는 가능한 한 그를 피하였다. 직무를 수행하기 위하여 어쩔 수 없을 경우, 그리하여 시장님을 마주 대할 경우, 그의 언사에는 깊은 존경심이 서려 있었다.

마들렌느 아저씨가 몽트뢰이유-쉬르-메르에 이루어놓은 번영은, 이미 대강 열거한 바 있는 가시적 현상들 이외에, 비록 눈에 보이지는 않지만 못지않게 의미심장한, 다른 징후 하나도 나타나게 하였다. 그러한 징후는 결코 사실과 어긋나는 법이 없다. 일자리가 부족하고 장사가 전혀 되지 않아 주민들이 고통을 받으면, 납세자들이 궁핍하여 세금을 내지 않거나 기한을 넘기는지라, 국가는 세금을 징수하기 위하여 많은 비용을 지출해야 한다. 반면, 일거리가 풍부하여 한 고장이 만족스러워하고 부유할 경우, 세금이 수월하게 걷히는지라 국가는 경비를 별로 지불하지 않는다. 백성의 가난과 부유함을 측정할 수 있는 정확한 온도계 하나가 있으니, 그것은 세금 징수 비용이다. 단 칠 년 만에, 몽트뢰이유-쉬르-메르의 세금 징수 비용은 사분의 삼이 줄었고, 그리하여 당시 재무성 장관이었던 빌렐르 씨는 그 지역을 자주 사례로 들곤 하였다.

지역의 사정이 그러할 때 팡띤느가 고향으로 돌아왔다. 그녀를 기억하는 이 아무도 없었다. 다행히 마들렌느 씨의 공장이 다정한 얼굴로 그녀를 맞았다. 그녀가 공장 문을 두드렸고, 여자들 전용 작업실에 받아들여졌다. 일이 팡띤느에게는 매우 생소했던지라 능란한 솜씨를 발휘할 수 없었고, 따라서 받는 일당은 얼마 되지 않았다. 하지만 그 금액이면 충분했고, 생활비를 버니 문제는 해결된 것이었다.

8. 빅뛰르니앵 부인이 윤리 교육을 위하여 35프랑을 지출하다.

자신이 생계를 꾸려갈 수 있게 되었음을 깨달았을 때, 그녀는 잠시 기쁨에 잠겼다. 일을 하여 정직하게 산다는 것, 하늘의 은총 아니겠는가! 일에 대한 취향이 그녀에게 정말로 되돌아왔다. 그녀는 거울 하나를 샀다. 그것에 비친 자신의 젊음과 아름다운 머리채와 아름다운 치아를 바라보며 기뻐하였다. 많은 것들을 잊고, 오직 꼬제뜨와 전개될 미래만을 생각하며 거의 행복감에 잠겼다. 그녀는 작은 방 하나를 세내어, 장차 할 일을 담보로 삼아 외상으로 가구도 들여놓았다. 허랑방탕하게 살던 습관의 잔재였다.

자신이 결혼을 했다고는 말할 수 없었던지라, 이미 짐작들 하다시피, 그녀는 자기의 어린 딸 이야기를 하지 않으려 조심하였다.

그렇게 일을 시작하던 무렵에는, 이미 말한 바와 같이, 그녀가 떼나르디에 내외에게 꼬박꼬박 어김없이 돈을 지불하였다. 글이라고는 서명밖에 할 줄 모르는지라, 대서인의 손을 빌려 그들에게 편지를 쓸 수밖에 없었다.

그녀는 자주 편지를 보냈다. 그 사실이 사람들에게 알려졌다. 팡띤느가 '편지를 자주 쓰며' 따라서 '수상하다'고, 여자들의 작업실에서 수군거리기 시작하였다.

타인의 행위들을 엿봄에 있어서는, 그 행위들과 아무 상관이 없는 이들만 한 사람이 없다.—그 남자분은 왜 항상 황혼 녘에만 나타나지? 아무개 씨는 왜 목요일마다 집을 비우지? 그는 왜 항상 좁은 길로만 다니지? 그 부인은 왜 항상 댁에 들어가시기 전에 마차에서 내리지? 그녀는 자기의 집에 '문방구점 못지않게' 잔뜩 종이를 쌓아두고 왜 편지지를 한 묶음이나 사 오라고 심부름을 시키지?—자신들과는 아무 상관이 없는 그러한 수수께끼의 답을 얻기 위하여, 열 가지 선행을 하는 데 필요한 것보다도 더 많은 돈을 지출하고, 더 많은 시간을 낭비하며, 더 많은 수고를 마다하지 않는 사람들이 있다. 그리고 그 짓을, 무료로, 오직 즐거움만을 위하여, 그 호기심의 대가로 오직 호기심만을 받으며, 거침없이 저지른다. 그들은 이 남자 혹은 저 여자의 뒤를 꼬박 여러 날 동안 밟고, 어느 길모퉁이에서 혹은 어느 통로 출입문 밑에서, 밤에도, 날씨가 추워도, 비가 와도 망을 보고, 자비를 들여 심부름꾼들을 고용하고, 마부들이나 시종들에게 술을 먹여 취하게 하고, 침실 하녀를 매수하고, 수위를 자기 수중에 넣을 것이다. 무엇 때문에? 맹목적이다. 보고 알고 침입하고자 하는 순수한 집념일 뿐이다. 그저 수다를 떨고 싶어 입이 근질근질할 뿐이다. 그런데, 그 알려진 비밀들과 공표된 기밀들과 백일하에 밝혀진 수수께끼들이, 대재앙과 결투와 파산과 가정의 몰락과 삶의 파괴 등을 유발하는 경우가 잦은데, 그것은 오직 아무 이해관계 없이 순수 본능에 이끌려 '모든 것을 밝혀낸' 이들의 커다란 즐거움을 위해서이다. 서글픈 일이다.

특정 부류의 사람들은 오직 말하고 싶은 욕구 때문에 몹쓸 사람들이 된다. 그들의 대화, 응접실에서의 한담, 대기실에서의 잡담은 마치 나무를 순식간에 소모하는 벽난로와 같다. 따라서 그러한 벽난로에게는 많은 연료가 필요한데, 그 연료가 바로 이웃이다.

사람들이 팡띤느를 주시하였다.

그러던 중 그녀의 금발과 하얀 치아를 시새움하게 된 여자들이 여럿 생겼다.

그녀가 공장 작업실에서, 다른 여인들과 함께 있을 때에도, 자주 고개를 돌려 눈물을 닦는 모습이 눈에 띄었다. 자기의 아이를 생각할 때였다. 또한 사랑하던 남자 생각도 하였을지 모른다.

과거의 어두운 인연을 끊는다는 것은 몹시 고통스러운 노고이다.

그녀가 매월 최소한 두 번 같은 주소로 편지를 쓰고 우편세를 선불한다는 사실이 사람들에게 알려졌다. 그리고 주소마저 그들이 알아냈다. '떼나르디에 씨, 여인숙 주인, 몽훼르메이유.' 선술집에서는 대서인의 입을 열어 그로 하여금 수다를 떨게 하였다. 자기가 간직해야 할 비밀의 주머니를 비우지 않고는 배를 적포도주로 채울 수 없는 늙은이였다. 결국, 팡띤느에게 아이 하나가 있다는 사실이 알려졌다. "놀아먹는 여자임에 틀림없어." 사람들이 주고받던 말이다. 어느 수다스러운 여자 하나가 직접 몽훼르메이유까지 먼 길을 가서 떼나르디에를 만났다. 그리고 돌아와서 이렇게 지껄여댔다. "35프랑을 들여서 속 시원히 밝혀냈어요. 아이를 내 눈으로 보았어요!"

그 짓을 한 수다꾼 여자는 빅뛰르니앵 부인이라고들 부르는 일종의 고르고[10]였는데, 모든 사람들의 덕행을 감시하는 파수꾼이며 문지기였다. 빅뛰르니앵 부인의 나이 그 당시 쉰여섯이었는데, 원래 추한 상판에 늙은 상판까지 가세하여, 용모의 추함이 배로 심해진 때였다. 그녀의 음성은 염소 울음소리처럼 떨렸고, 생각은 영양처럼 깡총거려 종잡을 수 없었다. 그 노파에게도 젊은 시절이 있었다니 놀라운 일이다. 그녀는 젊었을 때, 즉 1793년에, 수도원에서 나와 '붉은 모자'[11]가 된, 다시 말해 베르나르 수도회를 탈출하여 '야코부스 당원'[12]이 된, 어느 수도사와 결혼하였다. 그녀는 깡마르고, 성미 까칠하고, 거칠고, 뾰족하고, 가시 같고, 거의 독성까지 품고 있었다. 이미 세상을 떠났지만, 그녀를 제압하고 구부려 자기에게 복종시키던 그 수도사에 대한 추억 때문에 그런 것 같았다. 수도복이 구겨놓은 흔적 완연한 한 줄기 쐐기풀[13]이었다. 복고왕조가 들어서자 그녀는 열성 신도가 되었고, 그 열성이 어찌나 강력했던지, 사제들이 수도사와 혼인했던 그녀의 과거 행적을 용서하였다. 그녀는 자기의 변변찮은 재산을 어느 종교단체에 요란스럽게 유증하였다. 아라스[14]의 주교궁에서는 그녀를 매우 호의적인 눈으로 바라보았다. 그러한 빅뛰르니앵 부인이 몽훼르메이유에까지[15] 갔다가 돌아와 한 말이 이것이다. "아이를 내 눈으로 보았어요!"

그 모든 일이 진행되는 데에 시간이 걸렸다. 팡띤느가 공장에서 일한 지 한 해가 지난 어느 날 아침, 작업실의 여자 감독관이 그녀에게 50프랑을 건네면서, 이제는 더 이상 작업실 인원이 아니니, 그 돈을 가지고 즉시 그 고장을 떠나라고 하였다. 돈은 시장님이 주시는 것이고, 떠나라는 분부 또한 시장님이 내리신 것이라 하였다.

떼나르디에 내외가, 양육비를 6프랑에서 12프랑으로 올렸다가, 다시 15프랑을 요구한 것이 바로 그 달이었다.

팡띤느는 몹시 놀라 주저앉을 지경이었다. 방세도 밀리고 가구값도 갚지 못하여 그 고장을 떠날 수도 없었다. 그 빚을 갚으려면 50프랑으로는 부족하였다. 그녀는 몇 마디 우물거리며 애원을 하였다. 여자 감독관이 그녀에게 즉시 작업실을 떠나라고 경고하듯 말하였다. 게다가 팡띤느는 솜씨가 변변찮은 직공이었다. 절망감보다도 수치심에 더욱 짓눌려, 그녀는 작업실을 떠나 자기의 방으로 돌아왔다. 과거에 저지른 그녀의 실수가 이제 모든 사람들에게 알려진 것이었다!

그녀는 말 한마디 할 기운조차 없었다. 시장님을 찾아뵈라고 일러주는 사람이 있었지만, 그녀는 감히 엄두를 내지 못하였다. 시장님이 자기에게 50프랑을 주신 것은 그분의 심성이 착해서이고, 자기를 내쫓으시는 것은 의로운 분이기 때문이라고 생각하였다. 그녀는 그렇게 생각하며 순종하였다.

9. 빅뛰르니앵 부인이 거둔 성공

수도사의 미망인도 따라서 무엇인가에는 유용했던 것이다.

한편 마들렌느 씨는 그 모든 일에 대하여 아무것도 모르고 있었다. 인생은 그런 식으로 조합된 사건들로 가득 차 있다. 마들렌느 씨는 여자들 전용 작업실 출입을 매우 삼갔다. 대신 교구사제가 그에게 추천한 노처녀를 그 작업실 감독관으로 임명하였다. 그리고 그 여자 감독관을 전적으로 신임하였는데, 그녀는 정말 존경스럽고 단호하고 공평하고 자비심 가득한 사람이었다. 다만, 그녀의 자비심은 무엇을 주는 것에만 한정되어 있었고, 이해하며 용서하는 자비심은 아니었다. 마들렌느 씨는 모든 일을 그녀에게 맡겼다. 가장 탁월한 사람들이라 할지라도 자기들의 권한을 다른 이들에게 상당 부분 위임하는 경우는 흔하다. 그러한 절대적 재량권과 또 자신이 잘하고 있다는 확신으로, 여자 감독관이 팡띤느를 자신의 법정에 세우고, 심리하고, 판결하고, 선고한 다음, 그녀를 처형한 것이다.

50프랑은, 직공들이 어려움에 처했을 때 혹은 기부금으로 사용하라고, 마들렌느 씨가 그녀에게 맡긴 돈에서 그녀 임의로 준 것이며, 그 금액에 대해서는 결산보고서에 그 용처를 명기하지 않았다.

팡띤느는 그 고장에서 이 집 저 집을 전전하며 하녀 자리를 찾았다. 하지만 아무도 그녀를 받아주지 않았다. 그렇다고 그 도시를 떠날 수도 없었다. 그녀에게 그 형편없는 가구를 판 고물상 주인은 협박도 서슴지 않았다. "당신이 만약 줄행랑을 놓으면, 절도범으로 신고하여 체포되도록 하겠소." 그녀에게 방을 세놓은 집주인은 이런 말도 하였다. "당신은 젊고 예쁘니 방세 내는 데 아무 문제 없을 거요." 그녀는 50프랑을 집주인과 고물 장수에게 나누어 주고, 꼭 필요한 물건들을 제외한 가구의 사분의 삼은 상인에게 돌려주었다. 일거리도 직업도 없는데, 그녀에게 남은 것이라곤 침대 하나와 일백 프랑 가까운 빚뿐이었다.

그녀는 그 지역 기지에 근무하는 병사들의 투박한 셔츠들을 깁기 시작하여, 하루에 12쑤를 벌었다. 그런데 딸을 위해서 매일 10쑤씩을 지불해야 할 형편이었다.[16] 그녀가 떼나르디에 내외에게 아이 양육비를 제대로 보내지 못한 것은 그 무렵부터였다.

한편, 그녀가 저녁에 돌아오면 그녀를 위하여 자기의 양초에 불을 당기곤 하던 늙은 여인이, 가난 속에서 살아가는 방법을 그녀에게 가르쳐주었다. 적은 것만으로 살아가는 방법 뒤에는 아무것도 없이 살아가는 방법이 있다. 그것들은 두 개의 방인데, 하나는 침침하고 다른 하나는 캄캄하다.

팡띤느는, 겨울에 불 없이 지내는 방법과, 이틀에 1리야르어치 좁쌀을 먹어치우는 길들인 새를 포기하는 방법, 속치마를 덮개로 혹은 덮개를 속치마로 사용하는 방법, 그리고 맞은편 창문에서 발산되는 빛에 의지하여 식사를 함으로써 양초를 절약하는 방법 등을 배웠다. 궁핍과 정직함 속에서 늙은 힘없는 사람들이 1쑤에서 이끌어내는 모든 것을 알기란 매우 어렵다. 그것은 일종의 재능이다. 팡띤느는 그 숭고한 재능을 익혔고, 덕분에 약간의 용기를 회복하였다.

그 무렵 그녀는 자기 이웃에 사는 어느 여자에게 가끔 말하곤 하였다. "저는 이렇게 생각해요. 하루에 다섯 시간만 자고 나머지 시간 내내 바느질을 하면 그럭저럭 끼니는 이어갈 수 있을 것 같아요. 게다가 슬플 때에는 적게 먹어요. 그래서, 한편에 고통과 근심과 약간의 빵을, 그리고 다른 한편에 슬픔을 가지고 있으면, 그 모든 것들이 저를 먹여 살려요."

그토록 곤궁한 처지에, 딸을 곁에 둔다는 것이 매우 기이한 행복일 것 같았다. 그녀는 딸을 자기 곁으로 데려올 생각도 해보았다. 하지만 그 무슨 생각이란 말인가! 딸로 하여금 자기의 궁핍을 함께 감당케 하다니! 게다가, 떼나르디에 내외에게 지불해야 할 돈도 밀려 있었다! 어찌 그 돈을 지불한다는 말인가? 그리고 노자는! 그것을 어떻게 마련한다는 말인가?

그녀에게 삶의 교훈이라고도 할 수 있는 것을 준 늙은 여자는, 마르그리뜨라고 하는 일종의 성녀였다. 진정 경건한 믿음이 깊고, 가난하며, 가난한 사람들에게나 부자들에게나 여일하게 인자한 사람이었다. 글이라고는 '마르그리뜨'라고 쓸 줄 아는 것이 고작이었으되, 신을 믿었고, 그것이 그녀의 학문이었다.

낮은 곳에는 그러한 미덕들이 많은데, 언젠가는 그것들이 높은 곳에 처하게 될 것이다. 그러한 삶에는 내일이 있다.

팡띤느가 초기에는 너무 수치스러워서 감히 밖으로 나오지도 못하였다.

거리에 나서면, 지나가던 사람들이 자기 뒤에서 걸음을 멈추고 돌아서서 손가락질을 하는 것이 느껴졌다. 모든 사람들이 그녀를 바라볼 뿐, 아무도 그녀에게 인사를 하지 않았다. 행인들의 독하고 차가운 멸시가 삭풍처럼 그녀의 살과 영혼 속으로 파고들었다.

작은 도시에서는, 한 가엾은 여인이, 숱한 가시 돋친 빈정거림과 모든 사람들의 호기심 앞에 발가벗긴 채 내던져진다. 빠리에서는 적어도, 아는 사람이 전혀 없는지라, 그 익명성이 의복 역할을 해준다. 오! 그녀가 얼마나 빠리에 가고 싶어 하였으랴! 그러나 불가능한 일이었다.

궁핍에 익숙해진 것처럼 멸시에도 익숙해져야 했다. 그녀는 차츰 그것이 자기의 운명이라고 체념하며 묵묵히 받아들였다. 두세 달이 지난 후에는, 수치심을 흔들어 털어버리고, 아무 일도 없었다는 듯 다시 밖으로 나다니기 시작하였다.

"그것이 나와 무슨 상관이야." 그녀가 한 말이다.

그녀는 고개를 뻣뻣이 쳐든 채 씁쓸한 미소를 지으며 오갔고, 그러면서 자신이 뻔뻔스러워짐을 느꼈다.

빅뛰르니앵 부인은 가끔 자기의 집 창가에 서서 그녀가 지나가는 것을 보았고, 자기 덕분에 '자신의 자리를 다시 찾게 된' 그 '피조물'의 곤경을 발견하고는 그윽한 유열에 잠기곤 하였다. 심보 사나운 사람들에게는 그들 고유의 시커먼 행복이 있다.

지나친 노동에 팡띤느의 피로가 누적되었고, 그녀의 마른 잔기침이 더욱 잦아졌다. 그녀가 가끔 곁에 사는 마르그리뜨에게 말하였다. "저의 손이 얼마나 뜨거운지 좀 만져보세요."

하지만 아침이면, 부드러운 비단처럼 윤기가 도는 자기의 머리를 낡고 깨진 빗으로 빗을 때마다, 잠시나마 행복한 교태를 드러내기도 하였다.

10. 성공 뒤에 일어난 일들

그녀는 겨울이 끝나 갈 무렵에 해고되었는데, 어느덧 여름이 지나가고 다시 겨울이 돌아왔다. 해가 짧아 일거리도 적었다. 겨울에는 따스함도, 빛도, 정오도 없으며, 저녁이 아침에 맞닿아 있고, 안개와 황혼뿐, 창문은 회색으로 변하여 선명히 보이지도 않는다. 하늘은 지하실의 채광창이다. 한낮은 하나의 지하실이다. 태양은 어느 가난뱅이의 기색이다. 끔찍한 계절이다! 겨울은 하늘에서 떨어지는 물과 인간의 가슴을 돌로 변화시킨다. 채권자들이 그녀를 들볶아 댔다.

팡띤느가 버는 돈은 너무 적었다. 그녀의 빚이 점점 불어났다. 제때에 돈을 받지 못한 떼나르디에 내외가 뻔질나게 편지를 보내는데, 편지의 내용은 그녀의 가슴을 찢었고, 우편세는 그녀의 주머니를 털었다. 어느 날 그들이 편지에 쓰기를, 그 추운 날씨에 꼬제뜨가 벌거벗은 채로 지내고 있어, 모직 치마 하나를 사주어야겠으니, 엄마가 적어도 10프랑은 보내야 한다고 하였다. 그녀는 편지를 구겨서 온종일 손아귀에 쥐고 있었다. 그날 저녁, 그녀는 자기가 살고 있던 동네 길모퉁이에 있는 이발소로 들어가, 머리를 풀어 헤쳤다. 그녀의 아름다운 금발이 허리까지 늘어졌다.

"모발이 참으로 아름답군요!" 이발사가 감탄하였다.

"얼마나 주시겠습니까?" 그녀가 물었다.

"10프랑."

"자르세요."

그녀는 뜨개질하여 지은 치마 하나를 사서 떼나르디에 내외에게로 보냈다.

치마를 받고 떼나르디에 내외는 미친 듯이 화를 냈다. 그들이 원하던 것은 돈이었다. 그들은 치마를 에뽀닌느에게 주었다. 가엾은 '종달새'는 여전히 추위에 떨었다.

팡띤느는 홀로 생각에 잠기었다. '내 아이가 이제는 춥지 않을 거야. 나의 머리채로 감싸 주었으니까.' 그리고 자기는 동그란 모자로 삭발한 머리를 감추었다. 모자 덕분에 그녀의 모습이 더욱 귀여워 보였다.

팡띤느의 가슴속에서는 어두운 변화가 일어나고 있었다. 더 이상 머리치장을 할 수 없음을 깨닫는 순간, 그녀는 자기 주위에 있는 모든 것을 증오하기 시작하였다. 그녀는 다른 모든 사람들처럼 마들렌느 아저씨를 오랫동안 존경하였다. 하지만, 자기를 쫓아낸 사람이 그이고, 따라서 그가 자기 불행의 근원이라고 자주 생각하다 보니, 그녀는 어느덧 그마저, 특히 그를, 증오하게 되었다. 여직공들이 문 앞에 나와 있는 시각에 혹시 공장 앞을 지나가게 될 경우, 그녀는 짐짓 웃으며 노래를 부르는 척하였다.

언젠가 그녀가 그렇게 노래하며 웃는 모습을 본 늙은 여직공 하나가 중얼거렸다. "끝이 좋지 않을 여자야."

그녀는 연인 하나를 두었다. 사랑하지도 않고 그저 우연히 마주친 남자였는데, 가슴속에 맹렬한 노여움을 품은 채, 허세로 둔 것이었다. 몹시 가엾은 일종의 거지 악사, 아니 한가한 거지였는데, 툭하면 그녀를 때렸다. 그러다가, 그녀가 처음 그를 만났을 때처럼, 아무렇지도 않게, 싫증이 나서, 그녀 곁을 떠났다.

아이에게로 향한 그녀의 사랑은 더욱 열렬해졌다.

추락하면 할수록, 그리하여 주위의 모든 것이 음침해질수록, 그 다정한 어린 천사가 그녀의 영혼 깊은 곳에서 더욱 광채를 발산하였다. 그녀가 홀로 중얼거리곤 하였다. "부자가 되면 꼬제뜨와 함께 살

수 있을 거야." 그리고 큰 소리로 웃었다. 기침이 그녀를 떠나지 않았고, 등에 자주 식은땀이 흘렀다.

어느 날 떼나르디에 내외로부터 편지를 받았는데 다음과 같은 구절이 있었다.

꼬제뜨가 이 지역에 만연한 돌림병에 걸렸습니다. 흔히들 속립진이라고 하는 병입니다. 가격이 비싼 약이 있어야 합니다. 그것으로 인해 저희들 살림이 거덜 나게 생겼고, 더 이상 약값을 감당할 수가 없습니다. 일주일 이내에 40프랑을 보내지 않으시면 어린것은 죽은 목숨이나 다름없습니다.

그녀가 편지를 읽고 나서 깔깔대고 웃더니, 이웃 늙은 여자에게 말하였다. "아! 착한 사람들이에요! 40프랑이라니! 그 많은 돈을! 2나뽈레옹[17]이에요! 그 돈을 어디에서 구하란 말이에요? 바보들이에요, 그 촌놈들!"

그러면서도 층계에 있는 빛들이창 곁으로 가더니 편지를 다시 읽었다. 그런 다음, 층계를 우르르 달려 내려가더니 밖으로 나가, 웃음을 멈추지 않고 깡충거리며 마구 달음박질을 쳤다. 그녀와 마주친 어떤 사람이 물었다.

"무슨 일이 있길래 그토록 즐거워합니까?"

"촌사람들이 편지를 보냈는데, 그들이 하는 멍청한 소리가 재미있어서요. 40프랑을 보내라는군요. 그 촌것들이!"

그녀가 광장 옆을 지나며 보자니, 많은 사람들이 괴이하게 생긴 마차 주위에 둘러서 있고, 마차의 지붕 위 좌석에 붉은 옷을 입은 사람 하나가 서서 열변을 토하고 있었다. 떠돌이 어릿광대 치과 의사였는데, 틀니와 아편제, 가루약, 온갖 엘릭시르제 등을 사람들에게 권하고 있었다.

팡띤느도 사람들과 뒤섞여, 악당들에게 걸맞는 속어와 점잖은 사람들이 사용하는 은어가 혼합된 그 열변을 들으며 웃기 시작하였다. 이 뽑는 떠돌이가, 웃고 있던 아름다운 아가씨를 보더니, 문득 큰 소리로 외쳤다.

"거기에서 웃고 계신 아가씨, 치아가 매우 아름답습니다. 당신의 두 빨레뜨[18]를 파시겠다면, 빨레뜨 하나당 금화 1나뽈레옹을 쳐드리겠습니다."

"저의 빨레뜨라니, 그게 뭐예요?" 팡띤느가 물었다.

"빨레뜨란 앞니들 중 윗니 둘을 가리킵니다."

"무슨 그리도 끔찍한 말씀을!" 팡띤느가 소스라치듯 말하였다.

"2나뽈레옹이라! 운수 좋은 아가씨군!" 앞니 빠진 노파 하나가 중얼거렸다.

팡띤느는 자기를 향해 소리치는 남자의 쉰 목소리를 듣지 않으려고, 귀를 막은 채 도망쳤다. 하지만 목소리가 들려왔다.

"아름다운 아가씨, 잘 생각해 보아요! 2나뽈레옹이에요, 요긴하게 쓸 만한 금액이지요. 혹시 생각이 있으시다면 오늘 저녁 '띠약 다르쟝'이라는 여인숙으로 오세요. 제가 그곳에 있을 것입니다."

팡띤느는 거처로 돌아왔다. 그리고 몹시 노한 어조로 자기의 착하신 이웃 마르그리뜨에게 그 이야기를 하였다.

"그런 짓을 이해하실 수 있겠어요? 아주 못된 사람 아니에요? 그 따위 사람들이 마음대로 쏘다니도록 내버려 두다니! 저의 앞니 둘을 뽑겠다니! 꼴이 흉측해질 텐데! 머리야 다시 자란다지만, 치아는! 아! 괴물 같은 남자예요! 차라리 육 층에서 길바닥의 포석 위로 거꾸로 떨어지겠어요! 오늘 저녁 '띠약 다르쟝' 여인숙에 있겠다고 저에게 말했어요."

"그러면 얼마를 주겠다고 하던가요?" 마르그리뜨가 물었다.

"2나뽈레옹."

"40프랑이군요."

"예, 40프랑입니다."

팡띤느가 생각에 잠기는 듯하더니 다시 일거리를 집어 들었다. 십오 분 후, 바느질거리를 손에서 놓더니, 층계로 가서 떼나르디에가 보낸 편지를 다시 읽었다.

다시 돌아오더니, 곁에서 일하고 있던 마르그리뜨에게 물었다.

"속립진이라는 것이 무엇이에요? 혹시 아세요?"

"그래요, 질병 이름이에요."

"약을 많이 먹어야 하나요?"

"오! 엄청난 약이 필요해요."

"그 병에 왜 걸리나요?"

"그냥 우연히 걸리지요."

"아이들도 그 병에 걸리나요?"

"특히 아이들이 잘 걸린다오."

"그 병으로 죽기도 하나요?"

"그런 경우가 아주 흔하지요." 마르그리뜨의 대답이었다.

팡띤느가 방에서 나가더니, 다시 층계로 가서 편지를 또 읽었다.

그날 저녁 그녀가 밖으로 나갔고, 여인숙들이 있는 빠리 로 쪽으로 가는 그녀의 모습이 사람들 눈에 띄었다.

다음 날 새벽, 해가 뜨기 전 시각에, 마르그리뜨가 팡띤느의 방으로 들어갔다. 두 여자가 항상 일을 함께하였고, 그렇게 해서 양초 하나만으로 두 사람이 일을 할 수 있었기 때문이다. 팡띤느가 침대 위에 앉아 있었는데, 안색이 창백하고 몸이 얼음장 같았다. 밤새도록 자리에 눕지도 않은 것 같았다. 그녀가 쓰고 다니던 모자는 무릎 위에 떨어져 있었다. 양초는 밤새도록 켜져 있었던 듯, 거의 다 타버렸다.

온통 뒤죽박죽이었던 그 광경에 소스라치듯 놀란 마르그리뜨가 문간에 멈춰 선 채 소리쳤다.

"맙소사! 양초가 다 타버렸네! 큰일이 생긴 거야!"

그러더니, 삭발한 머리로 자기 쪽으로 얼굴을 돌린 팡띤느를 유심히 바라보았다.

팡띤느의 얼굴이 전날 저녁에 비해 십 년은 더 늙어 보였다.

"예수님!" 마르그리뜨가 외마디 소리를 질렀다.

"무슨 일이에요, 팡띤느?"

"아무 일도 아니에요." 팡띤느가 조용히 대꾸하였다.

"그 반대예요. 제 아이가 도움을 받지 못해 그 끔찍한 병으로 죽지는 않게 되었어요. 저는 만족스러워요."

그렇게 말하면서 그녀는, 탁자 위에서 반짝이고 있는 나뽈레옹 금화 두 닢을 노처녀에게 가리켜 보여 주었다.

"아, 예수 신이시여!" 마르그리뜨가 놀라움을 감추지 못하였다. "저것은 한재산이에요! 저 루이[19] 금화를 어디에서 구하셨어요?"

"제가 벌었어요." 팡띤느의 대꾸였다.

그 말을 하며 그녀가 미소를 지었다. 촛불이 그녀의 얼굴을 비췄다. 피투성이 미소였다. 불그레한 침이 입술 귀퉁이를 적시고 있고, 입 속에 검은 구멍이 뚫려 있었다.

치아 둘이 뽑혀 없어졌다. 그녀가 40프랑을 몽훼르메이유로 보냈다. 실은 돈을 뜯어내기 위하여 떼나르디에가 꾸민 수작에 불과하였다. 꼬제뜨는 병에 걸리지 않았다.

팡띤느는 자기의 거울을 창문 밖으로 던져버렸다. 삼 층에 있던 작은 방을 떠나, 출입문에 고리쇠 하나 달린 지붕밑방으로 옮긴 지도 오래되었다. 천장이 바닥과 각을 이루며 맞닿아 있어, 툭하면 머리가 천장에 부딪히곤 하는 초라한 고미다락이었다. 그런 방에 사는 가난한 사람은, 갈수록 몸을 구부리지 않고는 자기 운명의 끝에 도달할 수 없듯이, 그러지 않고는 자기의 방 안쪽 끝에 이르지 못한다.

그녀에게는 더 이상 침대도 없었다. 그녀가 이불이라고 부르던 넝마 한 조각과, 바닥에 펴놓은 매트 하나, 그리고 지푸라기가 다 빠져나 간 의자 등이 그녀에게 남았다. 그녀가 기르던 작은 장미 한 그루는 잊혀진 채 구석에서 말라버렸다. 다른 한구석에는 버터 단지에 물을 담아놓았는데, 겨울이면 물이 얼어, 층층이 얼음 테들이 오랫동안 남곤 하였다. 그녀는 수치심도 잊었고 멋 부리는 것도 잊었다. 그 극단적 징후가 나타났다. 그녀는 지저분한 모자를 그대로 쓰고 다녔다. 시간이 없어서인지 혹은 무관심 때문이었는지, 더 이상 내의류에 손질을 하지 않았다. 양말의 뒤꿈치가 닳아 뚫어지면 양말을 당겨 신발 속으로 넣어 신었다. 양말에 수직으로 접힌 주름을 보면 알 수 있었다. 낡고 닳은 코르셋은, 조금만 움직여도 찢어지는 옥양목 조각을 대어 기웠다. 빚을 받아내려는 사람들이 툭하면 찾아와 '난리'를 쳐, 그녀에게는 휴식이라는 것이 없었다. 길에서도, 건물 층계에서도, 그들과 수시로 마주쳤다. 눈물을 흘리며 혹은 몽상에 잠겨 자주 밤을 지새우곤 하였다. 그녀의 눈빛은 갈수록 형형해졌고, 어깨에, 왼쪽 견갑골 상단부에, 떠나지 않는 통증이 느껴졌다. 기침이 심해졌다. 마들렌느 아저씨에 대한 깊은 증오심을 품고 있었으나, 불평하는 말은 하지 않았다. 그녀는 하루에 열일곱 시간 동안 바느질을 하였다. 하지만 감옥에 수감 중인 여죄수들에게 싼 임금으로 일을 맡기던 어느 사업가가 임금을 인하하는 바람에, 각자 집에서 일하는 자유근로자들의 임금 또한 일당 9쑤로 인하되었다. 하루 열일곱 시간의 노동에 9쑤라니! 채권자들은 그 어느 때보다도 더욱 무자비해졌다. 그녀에게 팔았던 가구들을 이미 거의 다 회수해 간 고물상 주인이 그녀에게 자주 물었다. "이 악당 년아, 물건값은 언제 지불할 거야?" 맙소사, 도대체 그녀에게서 무엇을 더 원한단 말인가! 그녀는 자신이 사냥감 짐승처럼 몰리고 있음을 느꼈다. 그녀의 내면에서는 야수와 같은 그 무엇이 점점 고개를 쳐들고 있었다. 거의 같은 무렵, 떼나르디에가 그녀에게 편지를 보냈는데, 자기가 참을성 있게 오랫동안 기다렸지만, 이번에는 즉시 일백 프랑을 보내라고 하였다. 그러지 않을 경우, 중병을 앓다가 회복기에 들어선 꼬제뜨를 내쫓겠다고 하였다. 그러면 추위에 떨며 거리를 헤매다가 어찌 될지 모르는 일이며, 엄마의 뜻이 정 그렇다면 거꾸러질 수도 있다고 하였다. '일백 프랑이라니. 하루에 일백 쑤를 벌 수 있는 직업이 도대체 어디에 있단 말인가?' 팡띤느는 그러한 생각에 골몰하였다.

"그래! 남은 것을 팔자!" 그녀가 홀로 중얼거렸다.

가엾은 여인은 매춘의 길로 들어섰다.

11. 크리스투스 노스 리베라비트[20]

팡띤느의 그 이야기는 무엇인가? 사회가 여자 노예 하나를 매입하는 이야기이다.

누구로부터? 비참함으로부터.

배고픔과 추위와 고립과 저버림과 궁핍으로부터. 비통한 거래이다. 영혼 하나를 빵 한 조각과 바꾸다니. 비참함이 공급하고 사회가 인수한다.

구세주 예수의 신성한 율법이 우리의 문명을 지배하지만, 아직 그 속으로 깊숙이 침투하지는 못한다. 유럽의 문명에서 노예제도가 사라졌다고들 한다. 하지만 그것은 옳지 않은 견해이다. 노예제도는 여전히 존속하되, 오직 여인들만을 짓누르고 있으며, 그것을 가리켜 매춘이라고 한다.

그것이 여인을 짓누른다. 다시 말해, 우아함과 가냘픔과 아름다움과 모성을 짓누른다. 그것은 인간의 작은 수치가 아니다.

그 고통스러운 비극의 단계에 이르러서는, 지난날의 팡띤느 중 아무엇도 남아 있지 않았다. 그녀는 진흙덩이처럼 뭉개졌으되 대리석으로 변하였다. 누구든 그녀를 만지면 오싹해진다. 그녀는 묵묵히 감수하고, 그런 다음 지나가 버리며, 상대가 누구인지 모른다. 욕을 본 그러나 냉엄한 인물이다. 삶과 사회질서가 그녀에게 최후통첩을 하였다. 그녀에게 닥칠 것은 다 닥쳤다. 그녀는 모든 것을 느꼈고 감당했고 겪었고 괴로워하였고 잃었고 울었다. 그녀의 체념은 무관심과 유사하였다. 마치 죽음이 잠과 유사한 것과 같았다. 그녀는 아무것도 피하지 않는다. 더 이상 아무것도 두려워하지 않는다. 모든 구름 덩이들이 머리 위로 떨어지라지! 대양이 몽땅 몸뚱이 위로 지나가라지! 그녀에게 무슨 상관이란 말인가! 이미 물을 흠뻑 먹은 해면(海綿)인 것을!

그녀는 적어도 그렇게 믿고 있다. 하지만 자기의 운수를 고갈시키고, 어떤 것이 되었건, 그것의 밑바닥에 닿았다고 생각함은 착각이다.

애석한 일이다! 그렇게 뒤죽박죽 밀려가는 운명들, 그것들이 무엇이란 말인가? 그것들이 어디로 향할까? 왜 그러한 양상을 띨까?

12. 바마타부와 씨의 심심파적

모든 소도시에는, 그리고 몽트뢰이유-쉬르-메르가 특히 그러했지만, 연금 일천 오백 리브르를 한가하게 갉아먹는 젊은이 계층이 있다. 그러면서, 지방 소도시인지라, 빠리에서 자기들과 유사한 녀석들이 한 해에 이십만 프랑을 삼키면서 드러내는 것과 같은 기색으로 거들먹거린다. 그들은 생식능력이 없는 중성적 부류에 속하는 자들이다. 약간의 땅뙈기와 약간의 멍청함과 약간의 기지를 가진 일종의 거세한 말들 혹은 기생충 같은 하찮은 것들로서, 어떤 응접실에 들어서면 무지렁이 촌놈 취급을 받되, 선술집에서는 자기들이 귀족인 줄로 믿는 자들이다. 또한, 툭하면 '내 목초지', '내 숲', '내 소작인들'이라 지껄여 대고, 자기들이 고상한 취미를 가지고 있음을 증명하려는 듯, 극장에 가면 으레 여배우들에게 휘파람을 불어대고, 자기들이 전사임을 과시하려는 듯, 주둔군 장교들을 함부로 꾸짖고, 사냥을 하고, 담배를 피우고, 하품을 하고, 술을 마시고, 코담배 냄새를 킁킁거리며 맡고, 당구를 치고, 합승마차에서 내리는 여행객들을 바라보고, 까페에서 살고, 여인숙에서 점심 식사를 하고, 식탁 밑에서 뼈다귀를 갉아 먹는 개 한 마리와 식탁 위에 음식을 공손히 차리는 정부 하나를 거느리고, 돈 한 푼에 벌벌 떨고, 어줍지 않게 유행을 따르고, 비극을 찬미하고, 여인들을 멸시하고, 자기들의 낡은 장화를 닳아 떨어지게 하고, 빠리를 통하여 런던을 모방하며 뽕따무쑹을 통하여 빠리를 모방하고, 얼빠진 채 늙어가고, 일하지 않고, 아무짝에도 쓸모없으되 크게 해를 끼치지도 못하는 자들이다.

휄릭스 똘로미예스 씨가 자기의 촌구석에 처박혀서 빠리에 오지 않았다면, 그러한 남자들 중의 하나였을 것이다.

그들이 조금 더 부유하면 '멋쟁이들'이라 하고, 조금 더 가난하면 '게으름뱅이들'이라고 할 만한 자들이다. 한마디로 그들은 할 일이 없는 자들이다. 그 할 일 없는 자들 중에는, 귀찮게 구는 자들과, 귀찮아하는 자들과, 멍청한 생각에 잠긴 자들과, 몇몇 우스꽝스러운 자들도 있다.

그 시절, 소위 멋쟁이라고 하는 사람의 차림새는, 큰 깃과, 넓은 넥타이, 장식 줄에 매단 회중시계, 겹쳐서 입되 푸른색과 붉은색은 밑으로 넣어 입는 서로 색이 다른 조끼 셋, 허리가 짧고 대구 꼬리 모양이며 바싹 붙여 달아 어깨까지 올라간 은단추 두 줄로 장식한 올리브색 상의, 항상 홀수이며 한 개부터 열한 개까지 다양하되 열한 개는 절대 초과하지 않는 돋을줄무늬로 양쪽 솔기 근처를 장식한 밝은 올리브색 바지 등으로 구성되어 있었다. 그 이외에, 뒤꿈치에 징을 박은 반장화, 높직하고 챙이 좁은 모자, 수북한 머리, 굵은 지팡이, 뽀띠에[21]의 신소리로 격조를 높인 대화 등을 추가할 수 있을 것이다. 그리고 다시, 그 모든 것 위에 박차와 코밑수염을 더 얹어야 할 것이다. 그 시절에는 코밑수염이 도시 중산층이라는 표시였고, 박차는 걸어 다니는 사람을 의미했다.[22]

지방의 멋쟁이들은 더 긴 박차를 달고 다녔으며, 그들의 코밑수염은 더욱 사나워 보였다.

또한 남아메리카의 공화국들이 에스빠냐 국왕을 상대로, 즉 볼리바르가 모리요를 상대로 투쟁을 벌이던 시절이었다.[23] 챙이 좁은 모자를 쓰고 다니던 사람들은 왕당파였고, 그들의 모자를 가리켜 모리요라 했으며, 자유주의자(공화파)들은 챙이 넓은 모자를 쓰고 다녔는데, 그 모자를 가리켜 볼리바르라 하였다.

앞서 이야기한 일이 발생한 지 여덟 달인가 열 달 후, 1823년 1월 초순 어느 눈 내리던 날 저녁, 그 멋쟁이들 중 하나가, 즉 할 일 없는 자들 중 하나이며, 모리요를 쓴 것으로 보아 '생각 신중한 사람'[24]인 듯한 자 하나가, 추울 때에는 유행 품목에 추가되던 두툼한 외투로 몸을 따뜻하게 감싼 채, 어깨와 등이 드러나는 무도회복 차림에 꽃 한 송이를 머리에 꽂고 장교들 전용 까페 앞에서 오락가락하는 어느 여자 하나를 재미 삼아 들볶고 있었다. 그 멋쟁이 녀석은 담배도 피우고 있었는데, 그것 역시 유행이었기 때문이다.

여인이 자기 앞으로 지나갈 때마다, 녀석은 시가 연기를 한입 듬뿍 내뿜으면서, 제 딴에는 재치 있고 즐겁다고 여기는 듯한 소리를 지껄여 대고 있었다. "추하기도 하지!—안 보이게 숨는 것이 좋겠어!—이빨도 없잖아!" 그 남자는 바마따부와 씨라고들 하는 사람이었다. 눈 위를 오락가락하던 치장한 슬픈 유령은, 즉 그 여인은, 그의 말에 아무 대꾸도 하지 않았고, 그를 쳐다보지조차 않았다. 그러면서도, 묵묵히 그리고 음산하리만큼 규칙적으로 오락가락하기를 늦추지 않았고, 태형 처분을 받은 병사가 몽둥이 밑으로 들어오듯, 매 오 분마다, 그 빈정거리는 소리가 쏟아지는 곳으로 되돌아왔다. 반응이 신통치 않음에 마음이 상했던지, 한가한 녀석은 그녀가 자기 앞으로 왔다가 돌아서는 순간을 이용하여 살금살금 그녀에게로 다가가서, 웃음을 참으며 포석 위의 눈을 한 줌 집어, 드러난 그녀의 양어깨 사이로 불시에 깊숙이 밀어 넣었다. 여자가 울부짖듯 소리를 지르며 돌아섰다. 그리고, 표범처럼 껑둥 뛰어 남자에게 달려들어 손톱을 남자의 얼굴에 깊숙이 처박는데, 추잡한 파수대원들의 입에서나 나올 법한 무시무시한 욕설이 그녀의 입에서 터져 나왔다. 독주 때문에 쉰 목소리로 토해 내던 그 욕설은, 정말 앞니 두 대가 없는 입으로부터 흉측하게 나오고 있었다. 팡띤느였다.

그 소동에 장교들이 까페로부터 우르르 몰려나왔고, 행인들도 늘어나, 누가 남자이고 누가 여자인지 분간하기 어려울 만큼 어지러운 소용돌이를 이루고 있는 두 사람을 에워싸고, 웃고 야유하고 박수를 쳐대는데, 벗겨져 땅바닥에 구르는 모자는 돌볼 겨를도 없이 남자가 몸부림을 치는 동안, 역시 모자가 벗겨져 삭발한 머리가 드러났고, 노기에 창백해져 끔찍해진 얼굴로, 여자는 야수처럼 포효하며 남자를 발길질과 주먹으로 마구 때렸다.

문득 구경꾼들을 헤치고 키 큰 남자 하나가 불쑥 나서더니, 흙투성이가 된 여자의 새틴 블라우스 자락을 움켜잡으며 그녀에게 말하였다. "따라와!"

여자가 고개를 쳐들었다. 노호하던 그녀의 목소리가 즉시 잦아들었다. 눈빛 또한 순간적으로 흐릿해졌고, 납빛 같던 안색이 백지장처럼 변했으며, 두려움에 질린 듯 온몸을 떨었다. 그녀가 쟈베르를 알아본 것이다.

멋쟁이 녀석은 그 틈을 놓치지 않고 몸을 피하였다.

13. 지방경찰의 몇 가지 현안 해결

쟈베르가 구경꾼들을 헤치고, 가엾은 여자로 하여금 뒤를 따르게 한 다음, 광장 끝 구석에 있는 경찰서를 향해 성큼성큼 걸어갔다. 그녀는 기계적으로 응하였다. 그도 그녀도 아무 말 한마디 하지 않았다. 즐거움의 절정에 달했던 구경꾼 떼거리가 야유를 퍼부으며 두 사람의 뒤를 따라갔다. 극도의 참경이 외설스러운 언동을 유발한다.

난로 하나로 난방을 하고, 초병 하나가 앞에 서 있으며, 유리를 끼우고 철망을 씌운 출입문이 길 쪽으로 난, 나지막한 경찰서 건물 앞에 당도하여, 쟈베르가 문을 열고 팡띤느와 함께 들어간 다음 문을 닫았다. 호기심 많은 사람들이 실망한 기색으로, 발뒤꿈치를 쳐들고 고개를 잔뜩 늘여, 경찰서의 흐릿한 유리창 앞에 늘어서서 구경을 하려 안간힘을 썼다. 호기심이란 일종의 게걸스러운 식욕이다. 본다는 것은 곧 삼킨다는 뜻이다.

들어서자마자 팡띤느는 한구석으로 가서 털썩 앉아, 겁에 질린 암캐처럼 웅크린 채, 꼼짝도 하지 않고 입을 다물었다.

초소 담당 하사관이 양초 하나에 불을 붙여 탁자 위에 올려놓았다. 쟈베르가 탁자 앞에 앉아, 주머니에서 관인 찍힌 종이 한 장을 꺼내더니 무엇인가를 쓰기 시작하였다.

그런 부류의 여인들은 우리의 법에 의해 경찰의 손에 몽땅 맡겨졌다. 경찰은 그녀들을 멋대로 다루고 내키는 대로 처벌하며, 그녀들이 자기들의 산업이라고 하는 것과 자유라고 하는 것, 그 서글픈 두 가지를 임의로 압수한다. 쟈베르는 요지부동이었다. 그의 냉정한 얼굴에는 어떤 동요도 나타나지 않았다. 하지만 그는 엄숙하고 정중하게 자기의 일에 몰두하였다. 통제를 받지는 않지만, 엄정한 양심의 명령에 따라, 자기의 무시무시한 재량권을 행사하는 중이었다. 자신도 그러한 사실을 느끼고 있었지만, 그러한 순간에는 경찰관의 걸상이 곧 재판정이었다. 그가 재판하고, 그가 선고하였다. 그는 자기가 하고 있는 중대한 일 주변으로, 자기의 뇌리에 있는 생각이라고 할 만한 것은 모두 불러 모았다. 그 여자의 일을 상세히 검토하면 할수록 자신의 내면에서 노기가 치미는 것이 느껴졌다. 하나의 범행이 저질러지는 것을 자신이 목격한 것은 분명했다. 길 한복판에서, 투표권을 가진 유산층[25] 인물에 의해 대변되는 사회가, 일체의 권한 밖에 있는 한 계집에 의해 모욕당하고 공격당하는 것을 조금 전에 목격하지 않았는가! 매춘부 하나가 유산층 시민에게 위해를 가하였다. 그가, 다른 사람이 아닌 쟈베르가, 그 광경을 목격한 것이다. 그는 묵묵히 써 내려갔다.

쓰기를 마치자 서명을 하고, 종이를 접어 지구대 하사관에게 건네며 분부하였다. "호송대원 셋과 함께 이 여자를 감옥으로 데려가시오." 그리고 다시 팡띤느 쪽으로 돌아앉으며 말하였다. "자네에게 육 개월 형이 떨어졌네."

가엾은 여자의 몸이 소스라치듯 움찔하였다.

"여섯 달! 여섯 달 동안 감옥에!" 그녀가 절규하였다. "하루에 7쑤씩 벌면서[26] 여섯 달 동안이나! 그러면 꼬제뜨는 어찌 되는 거야? 내 딸! 내 딸! 하지만 아직도 떼나르디에 씨 내외에게 100프랑을 더 보내야 하는데, 형사님, 그 사실을 알고 계세요?"

그녀는 남자들의 장화에 묻어 들어온 진흙에 젖은 바닥에서 일어서지도 못하고, 두 손을 모은 채, 무릎으로 성큼 다가가며 애원하였다.

"쟈베르 씨, 당신께 용서를 빌어요. 제가 잘못을 저지르지 않았어요. 처음에 어떻게 시작되었는지 보셨다면 이해하실 거예요. 신의 이름으로 맹세하지만, 저의 잘못이 아니에요. 저와는 안면이 없는 그 시민이 저의 등에 눈을 넣었어요. 아무에게도 해를 끼치지 않고 얌전히 지나가는 사람의 등에 눈을 넣을 권리가 있나요? 저는 몹시 놀랐고 무서웠어요. 보시다시피 저는 몸이 조금 불편해요! 게다가 한참 전부터 그가 저에게 불쾌한 소리를 하였어요. 너는 못생겼어! 너는 이빨이 없어! 저에게 더 이상 이빨이 없다는 것을 저도 알아요. 저는 아무 짓도 안 했어요. 신사분이 장난을 친다고 생각하였어요. 저는 그분에게 불손하지도 않았고, 아무 대꾸도 하지 않았어요. 그러자 그가 저의 등에 눈을 처넣었어요. 쟈베르 씨, 너그러우신 형사님! 모든 것을 다 보았고, 그래서 제 말씀이 사실이라고 증언해 줄 사람이 없나요? 제가 화를 낸 것은 아마 잘못일지 모르겠어요. 잘 아시다시피, 누구든 처음에는 참지 못해요. 울화가 치밀지요. 게다가, 뜻밖의 순간에 차가운 것을 등에 밀어 넣었다고 생각해 보세요! 그분의 모자를 망가뜨린 것은 저의 잘못이에요. 그분이 왜 가버리셨을까요? 제가 용서를 빌 수도 있는데. 오! 그분에게 용서를 비는 것이 저에게는 아무것도 아니에요. 쟈베르 씨, 오늘만은, 이번만은, 저에게 은덕을 베풀어주세요. 제 말씀 좀 들어보세요. 잘 모르시겠지만, 감옥에서는 하루에 7쑤밖에 벌지 못해요. 그것이 정부의 잘못은 아니지만 여하튼 7쑤밖에 벌지 못해요. 그런데 생각해 보세요. 갚아야 할 빚 100프랑이 남았어요. 빚을 갚지 못하면 저의 어린 딸을 저에게 돌려보낼 거예요. 오! 맙소사, 제가 그 아이를 데리고 살 수는 없어요. 제가 하는 일이 너무 추해요! 오! 나의 꼬제뜨, 오! 성처녀께서 보내주신 나의 어린 천사, 그 가엾은 것이 어찌 되겠어요! 사실대로 말씀드리는데, 떼나르디에 내외, 여인숙 주인, 그 촌사람들은 막무가내예요. 그들에게 돈을 보내야 해요. 저를 감옥에 처넣지 말아요! 아시겠어요? 이 한겨울에 어린것을 거리로 내쫓아, 가고 싶은 곳으로 가도록 내버려 두겠다는군요. 너그러우신 쟈베르 씨, 불쌍히 여겨주세요. 아이가 더 크다면 자기의 밥벌이를 하겠지만, 그럴 수 있는 나이가 아니에요. 저도 속을 들여다보면 못된 여자는 아니에요. 제가 비겁하거나 탐욕스러워서 이렇게 된 것은 아니에요. 제가 독한 술을 마셨지만, 그것은 저의 비참한 처지 때문이에요. 술을 좋아하지 않지만, 고통과 슬픔을 잊게 해줘요. 제가 지금보다 더 행복하였을 때 저의 옷장을 들여다보았다면, 누구든 제가 행실 어지러운 여자가 아님을 알 수 있었을 거예요. 옷장에는 정숙하고 깨끗한 내의들뿐이었어요. 저에게 자비를 베풀어주세요, 쟈베르 씨!"

그녀는 극도로 낙심하여, 몸이 흔들리도록 흐느끼며, 눈물 때문에 앞을 보지 못하고, 앞가슴이 풀린 채, 두 손을 마주 잡아 꼬면서, 짧고 마른기침을 연신 하면서, 죽어가는 사람의 음성으로 나지막하게 웅얼거리듯, 그렇게 애원을 하였다. 커다란 슬픔은 가엾은 사람들을 변모시키는 신성하고 무시무시한 한 줄기 빛이다. 그 순간 팡띤느의 모습이 다시 아름다워졌다. 그녀는 이따금씩 말을 중단하고 형사가 입고 있던 프록코트 아랫자락에 부드럽게 입을 맞추었다. 그녀의 하소연에 화강암 심장이라도 녹았을 것이다. 그러나 목제 심장은 녹일 수 없다.

"자!" 쟈베르가 말하였다. "내가 자네의 이야기를 들어주었네. 더 할 말 없나? 이제 가! 자네는 육 개월을 살아야 하네. 영원하신 아버지가 몸소 이곳에 오신다 해도 어찌해 보실 도리가 없을 걸세."

'영원하신 아버지가 몸소 오신다 해도 어찌해 보실 도리가 없다'는 그 엄숙한 말을 듣고, 그녀는 돌이킬 수 없는 선고가 내려졌음을 깨달았다. 그녀가 무너지듯 주저앉으며 중얼거렸다.

"제발 용서해 주세요!"

쟈베르가 등을 돌렸다.

병사 둘이 그녀의 팔을 움켜잡았다.

어떤 남자 하나가, 아무도 눈치채지 못하게 그곳에 들어와 얼마 전부터 그곳에 서 있었다. 그는 들어와서, 문을 닫고 그것에 등을 기대고 서서, 팡띤느의 절망적인 하소연에 귀를 기울이고 있었다.

일어서려고 하지 않는 가엾은 여인의 몸에 병사들이 손을 댄 순간, 그 남자가 한 걸음 앞으로 나서며 모습을 드러냈다. 그리고 그들에게 말하였다.

"잠시 기다려주시오!"

쟈베르가 고개를 쳐들었고, 즉시 마들렌느 씨를 알아보았다. 그가 즉시 모자를 벗었다. 그리고, 화난 사람처럼 어색하게 인사를 하며 말하였다.

"죄송합니다, 시장님……."

'시장님'이라는 말이 팡띤느에게 이상한 반응을 일으켰다. 그녀가 땅속으로부터 솟아 나오는 유령처럼 벌떡 일어서더니, 양쪽 팔을 잡고 있던 병사들을 밀쳐 버리고, 미처 제지할 겨를도 없이, 마들렌느 씨를 향하여 곧장 걸어갔다. 그러더니, 정신 나간 사람의 기색으로, 그를 똑바로 쳐다보며 소리쳤다.

"아! 시장님이란 작자가 바로 너구나!"

그러더니 깔깔 웃으며 그의 얼굴에다 침을 뱉었다.

마들렌느 씨가 얼굴을 닦은 다음 조용히 말하였다.

"쟈베르 형사님, 이 여인을 풀어주시오!"

쟈베르는 자신이 미치려는 순간에 도달해 있다는 느낌을 받았다. 그는 그 순간, 평생 느껴본 적이 없는 격렬한 감정을 연속적으로, 그리고 거의 뒤섞인 상태로 느꼈다. 일개 매춘부가 시장의 얼굴에 침을 뱉는 광경을 본다는 것, 그 사실이 하도 기괴하여, 그가 아무리 무시무시한 상상을 한다 하여도, 그러한 일이 가능하리라고 생각하는 것 자체를 신성모독 행위로 여겼을 것이다. 그리고 다른 한편, 그는 자기의 사념 가장 깊숙한 곳에서, 그 여인의 실체와 그 시장의 실체임 직한 것을 어렴풋하게나마 접근시켜 보려 하였고, 그러자 여인이 감행한 엄청난 도발 행위 속에 자연스러운 그 무엇이 언뜻 보이는 듯하여 몸서리를 쳤다. 그러나 시장이, 그 고위 행정관[27]이, 태연히 얼굴을 닦으며 '이 여인을 풀어주시오'라고 하는 것을 보았을 때, 그는 너무나 놀라 현기증 비슷한 것을 느꼈고, 그 순간 그의 사유와 언어가 그 기능을 멈추었다. 그가 감당할 수 있는 놀라움의 총량이 초과되었기 때문이다. 그는 벙어리처럼 아무 말도 못하였다.

풀어주라는 말이 팡띤느에게 준 충격 역시 그보다 덜하지 않았다. 그녀는 맨살이 드러난 팔을 쳐들어 난로의 바람문 손잡이를 움켜잡았다. 마치 휘청거리는 사람 같았다. 그러면서 주위를 한 번 둘러보더니, 마치 자신에게 말하듯, 나지막한 음성으로 지껄이기 시작하였다.

"풀어주라고! 가게 내버려 두라고! 여섯 달 동안 감옥에 가지 않도록 하라고! 누가 그런 말을 하였을까? 그런 말을 누가 하였을 리 없어. 내가 잘못 들은 거야. 저 괴물처럼 흉악스러운 시장이 그런 말을 했을 리는 없어! 나의 착하신 쟈베르 씨, 저를 풀어주라고 하신 분이 당신이에요? 오! 그것 봐요! 내가 당신에게 전후 사정을 모두 이야기하면 당신이 저를 놓아주실 거라고 제가 말했지요. 이 괴물 같은 시장, 늙은 거렁뱅이 같은 시장, 이 작자가 모든 일의 원흉이에요. 생각해 보세요, 쟈베르 씨, 그가 저를 쫓아냈어요! 작업실에서 수다나 떠는 그 거지 년들 무더기 때문에. 끔찍한 짓 아니겠어요! 자기 몫의 일을 정직하게 하고 있는 가엾은 여자를 해고하는 것이! 그래서 제가 돈을 충분히 벌지 못하였고, 모든 불행이 닥친 거예요. 경찰에 몸담고 계신 나리들이 우선 고치셔야 할 일은, 감옥을 이용하는 사업가들이 가엾은 사람들에게 잘못을 저지르지 못하도록 하는 거예요. 어떤 일인지 설명해 드릴게요. 셔츠 한 벌에 12쑤 버는데, 그것이 9쑤로 줄어들면, 더 이상 살아갈 방도가 없어져요. 그러면 될 대로 되라고 손을 놓을 수밖에 없어요. 제 경우만 해도, 저에게는 어린 꼬제뜨가 있는지라 제가 행실 나쁜 여자로 변할 수밖에 없었어요. 저 거지 같은 시장이 모든 것을 망쳐놓았음을 이제 아실 수 있을 거예요. 제가 장교 전용 까페 앞에서 그 부르주와 나리의 모자를 짓밟게 된 것도 모든 것이 망가진 후에요. 하지만 그 부르주와도 저의 옷을 그 눈으로 못쓰게 만들어놓았어요. 저와 같은 여자들에게는 저녁에 입어야 할 비단옷 한 벌밖에 없어요. 보시다피, 쟈베르 씨, 정말이지, 제가 일부러 해를 끼치지는 않았어요. 그런데, 저보다 훨씬 심보 못되었으면서도 저보다 훨씬 행복한 여자들이 사방에 널려 있어요. 오! 쟈베르 씨, 저를 풀어주라고 하신 분이 당신이죠, 그렇지 않아요? 여기저기에 알아보세요. 저의 집주인과 얘기해 보세요. 제가 이제는 방세를 꼬박꼬박 내고 있어요. 정직한 여자라고들 할 거예요. 아! 맙소사, 용서하세요, 제가 그만 난로의 바람문을 건드렸군요, 그래서 연기가 나는군요."

마들렌느 씨가 그녀의 말에 주의 깊게 귀를 기울였다. 그녀가 말을 하고 있는 동안, 그는 조끼 주머니를 뒤져 돈주머니를 꺼내 조임줄을 풀었다. 비어 있었다. 그것을 다시 조끼 주머니에 넣은 다음, 그가 팡띤느에게 물었다.

"빚이 얼마라고 하셨지요?"

쟈베르만을 바라보고 있던 팡띤느가 그를 향해 돌아섰다.

"내가 너한테 얘기했어?"

그러더니 병사들에게 말하였다.

"제가 저 사람 얼굴에 보기 좋게 침 뱉는 것을 모두들 보셨지요? 아! 늙은 악당 시장, 나에게 겁을 주려고 여기에 왔다만, 내가 너 따위는 두려워하지 않아. 나는 쟈베르 씨가 두려워. 착하신 쟈베르 씨만 두려워해!"

그렇게 말하면서 그녀는 다시 형사를 향해 돌아섰다.

"형사님, 아시겠지요, 이 일에 있어서는 공정해야 해요. 저는 형사님께서 공정하시다고 생각해요. 사실 아주 명백한 사건이에요. 어떤 남자가 재미 삼아 어떤 여자의 등에 눈을 밀어 넣었는데, 그것을 보고 장교들이 웃었지요. 무슨 짓이든 하면서 무료함을 달래야 하는

데, 그런 사람들이 즐기라고 저희들 같은 여자들이 있는 거예요. 그게 아니라면 무엇이겠어요? 그런데 당신이 우연히 그곳에 오셨고, 질서를 잡으실 수밖에 없었으며, 잘못을 저지른 여자를 연행하셨어요. 하지만 당신이 착한 분이신지라, 심사숙고하신 끝에, 저를 풀어주라고 하셨어요. 저의 어린 딸을 위해서 그러셨어요. 제가 여섯 달 동안 감옥에 있으면 그 아이를 먹여 살릴 수 없으니까요. '못된 년, 다시는 그런 잘못 저지르지 마!' 다만 그렇게 말씀하시고 싶었을 거예요. 오! 다시는 그러지 않겠어요, 쟈베르 씨! 이제부터는 누가 저에게 무슨 짓을 하든 꼼짝도 하지 않겠어요. 다만 오늘은, 그것이 너무 괴로워서 소리를 질렀어요. 그분이 눈을 밀어 넣으리라고는 전혀 상상조차 못하였으니까요. 게다가, 이미 말씀드렸듯이, 저의 몸이 성치 않아요. 기침이 잦고, 배 속에 덩어리 하나가 있는데, 그것이 저의 온몸을 태우는 것 같아요. 의사가 저에게 말하지요. '건강에 유의하시오.' 봐요, 만져보세요, 손 이리 줘보세요, 겁내지 마세요, 여기에요."

그녀의 눈물이 어느새 멈추었고, 음성도 상냥해졌는데, 그녀는 쟈베르의 투박하고 거친 손을 잡아 이끌어, 자기의 희고 연약한 젖가슴 위에 얹으며 지그시 눌렀다. 그리고 미소를 지으며 그를 바라보았다.

문득 그녀가 옷매무새를 고쳤다. 또한 무릎으로 걷는 동안에 거의 무릎까지 치켜 올려졌던 드레스 자락을 다시 내려뜨렸다. 그러더니 출입문 쪽으로 가면서, 친근한 표정으로 병사들에게 속삭였다.

"아이들아, 형사님께서 나를 놓아주라 하셨으니, 이만 가보겠어."

그녀의 손이 출입문 고리쇠에 닿았다. 한 걸음만 내디디면 바로 길이었다.

쟈베르는 그 순간까지, 누가 어느 곳에든 치워주기를 기다리는 흩뜨려진 조각상처럼, 그 장면이 펼쳐지던 무대 한가운데에 비스듬히 놓여진 듯, 시선을 바닥에 고정한 채, 꼼짝도 하지 않고 서 있었다.

고리쇠 소리에 그가 비로소 정신을 차렸다. 절대적인 권위를 드러내는 표정으로 고개를 쳐들었다. 실제로 부여된 권능이 낮을수록 그만큼 더 무시무시하기 마련인 그러한 표정이었다. 야수의 경우 그 표정이 사납고, 하찮은 사람일수록 표정이 더욱 잔인하다.

"하사관." 그가 소리를 질렀다. "저 우스꽝스러운 여자가 나가려 하는 것이 보이지 않나! 누가 저 여자를 놓아주라고 했나?"

"나요." 마들렌느가 대답하였다.

쟈베르의 음성에 팡띤느가 몸을 떨었고, 붙잡힌 절도범이 훔친 물건을 손에서 놓듯이, 고리쇠에서 얼른 손을 뗐다. 마들렌느의 음성이 들리자 그녀가 그를 향해 고개를 돌렸고, 그 순간부터는 단 한 마디 말도 못 함은 물론 숨조차 감히 자유롭게 쉬지 못하면서, 마들렌느와 쟈베르가 말을 할 때마다 번갈아 그들 각자를 향해 고개를 돌렸다.

팡띤느를 풀어주라는 시장의 권유가 있었음에도 불구하고 감히 하사관에게 호령하여 그녀를 제지하다니, 분명 쟈베르가, 흔히들 말하듯, '돌쩌귀에서 튕겨져 나와' 있었음에 틀림없다. 시장님이 그곳에 계시다는 사실을 혹시 깜빡 잊었던 것일까? 진정한 '권한 행사자'라면 그따위 명령을 내렸을 리 없고, 따라서 틀림없이 시장님께서 자신의 뜻과는 상관없이 사안을 혼동하셨을 것이라고, 스스로 판단하였던 것일까? 그 두 경우가 아니라면 혹시, 두 시간 전부터 벌어지던 엄청난 일들을 자신이 직접 목격했던지라, 이제 최후의 결단을 내려야 하고, 나아가, 작은 것이 커지며, 사복형사가 고위 관리로 변신하고, 경찰관이 사법관으로 변하는 것이 필요할 뿐만 아니라, 그 기막힌 극단적 상황에서는, 질서와 법과 윤리와 정부와 사회 전체가, 쟈베르라고 하는 자신의 모습으로 구현되었다고 생각한 것일까?

여하튼, 마들렌느 씨가 '나요'라고 말하자, 사복형사 쟈베르가 시장님을 향해 돌아서는데, 안색이 창백하며 차갑고, 입술이 푸르스름

하고, 시선은 절망적이고, 온몸이 동요되어 보이지 않게 떨렸으며, 그 순간 전대미문의 일이 벌어졌으니, 그가 눈을 내리깐 채 그러나 단호한 음성으로 이렇게 말한 것이다.

"시장님, 그렇게는 할 수 없습니다."

"뭐라고?" 마들렌느 씨가 소리쳤다.

"이 가련한 여자가 시민 한 사람을 모독하였습니다."

"쟈베르 형사." 마들렌느 씨가 타협적이며 잔잔한 어조로 말하였다. "내 말 좀 들어보시오. 당신은 정직한 사람인지라 당신에게 나의 견해를 밝힘에 있어 조금도 주저하지 않소. 사실은 이러하오. 당신이 이 여인을 연행할 때 나는 광장에 있었소. 그때까지도 사람들이 모여 있었던지라 내가 그들에게 물어 사건의 전모를 알게 되었소. 잘못을 저지른 사람은 그 시민이고, 따라서 경찰권이 제대로 행사되었다면, 그 사람이 체포되었어야 했소."

쟈베르가 그 말에 답변하였다.

"이 가련한 여자가 조금 전에 시장님을 모독하였습니다."

"그것은 나의 일이오." 마들렌느 씨가 말하였다. "나에게 가해진 모욕은 아마 나의 몫일 것이오. 그러니 그것은 나의 뜻에 따라 처리하겠소."

"먼저 시장님께 용서를 빕니다. 그러나 시장님께서 받으신 모욕은 시장님의 몫이 아니라 사법의 몫입니다."

"쟈베르 형사." 마들렌느 씨가 반박하였다. "최우선의 사법은 양심이오. 내가 이 여인의 진술을 다 들었소. 나는 내가 하는 일을 알고 있소."

"하지만 저는, 시장님, 저의 목전에서 벌어지는 일을 이해하지 못하겠습니다."

"그렇다면 복종하는 것으로 만족하시오."

"저는 저의 의무에 복종합니다. 저의 의무는 이 여인이 육 개월 동안 감옥살이하는 것을 원합니다."

마들렌느 씨가 부드럽게 대답하였다.

"내 말 잘 들으시오. 이 여인은 단 하루도 감옥살이를 하지 않을 것이오."

그 단정적인 말에 쟈베르가 감히 시장을 정면으로 쏘아보며 대꾸하는데, 하지만 그의 음성에는 깊은 존경심이 배어 있었다.

"시장님의 명령을 거역하게 되어 가슴이 아픕니다. 제 평생 처음 있는 일입니다. 하지만 굽어살피시어, 제가 제 권한의 한계에 처해 있음을 일깨워 드리도록 허락해 주십시오. 시장님께서 원하시니, 저는 그 시민에 관련된 일에 대해서만 말씀드리겠습니다. 제가 사건 현장에 있었습니다. 바마따부와 씨에게 달려든 사람은 저 계집입니다. 바마따부와 씨는 선거인이며, 광장의 모서리를 이루고 있는 사층 석조 건물, 발코니가 있는 그 아름다운 건물의 소유주입니다. 이 세상에서는 항상 기이한 일들이 벌어집니다! 여하튼, 시장님, 이 사건은 거리의 치안 유지에 관련된 것이고, 따라서 저의 소관인지라, 제가 팡띤느라는 여인을 억류하겠습니다."

그러자 마들렌느 씨가 서서히 팔짱을 끼더니, 아직까지 그 도시에서 아무도 들어보지 못한 엄한 음성으로 말하였다.

"당신이 말하는 그 사건은 지방경찰 소관의 사건이오. 형사소송법 제9조, 제15조, 그리고 제66조에 의거, 내가 판사요. 이 여인의 석방을 명령하는 바이오."

쟈베르가 마지막 시도를 해보려 하였다.

"하지만, 시장님……."

"나는 당신에게, 특히 당신에게, 불법감금에 관한 1799년 12월 13일 자 법률 제81조를 상기시켜 드리겠소."

"시장님, 허락하신다면……."

"더 이상 아무 말씀 하지 마시오."

"하지만……."

"이곳에서 나가시오." 마들렌느 씨가 명령을 내렸다.

쟈베르는 러시아 병사처럼 꼿꼿이 선 채, 정면으로, 가슴팍 한가운데에 일격을 당하였다. 그는 이마가 바닥에 닿도록 시장에게 예를 표한 다음 밖으로 나갔다.

팡띤느는 문 옆으로 비켜서며, 자기 앞으로 지나가는 그를 멍하니 바라볼 뿐이었다.

하지만 그녀 역시 기이한 대혼란에 휩쓸려 있었다. 그녀는 자기를 놓고 다투는 상반된 두 세력을 본 것이다. 자기의 눈앞에서 두 남자가 자기의 생명과 영혼과 자기의 아이를 움켜쥐고 싸우는 모습을 본 것이다. 두 남자들 중 하나는 자기를 어둠 쪽으로 끌고 가는데, 다른 하나는 자기를 다시 빛을 향해 이끌어 가려 하였다. 증폭되는 두려움 속에서 언뜻 본 그 격렬한 싸움에 휩쓸린 두 남자가, 그녀에게는 두 거인처럼 보였다. 한 거인은 자기를 데리러 온 악마처럼 말하였고, 다른 하나는 착한 천사처럼 말하였다. 천사가 악마를 제압하였다. 그런데 그녀를 머리끝부터 발끝까지 전율케 한 것은, 그 천사, 그 해방자가 바로, 그녀가 몹시 미워하던 남자, 그녀가 그토록 오랜 기간 동안 자기의 모든 불행의 장본인으로 여기던 시장, 그 마들렌느였다는 사실이었다! 그리고, 그녀가 그를 그토록 흉측하게 모독하던 바로 그 순간에 그가 그녀를 구출해 내었다는 사실이었다! 자기가 잘못 알고 있었단 말인가? 그리하여 영혼을 몽땅 바꾸어야 한단 말인가……? 그녀는 도무지 갈피를 잡을 수가 없어, 그저 전율할 뿐이었다. 그녀는 넋을 잃은 채 그의 말을 들었고, 두려움 가득한 눈으로 그를 바라보고 있었는데, 마들렌느 씨의 말 한마디를 들을 때마다, 그녀는 자신의 내면에서 증오의 끔찍한 암흑이 녹아내리고, 자신의 심장에서 기쁨과 신뢰와 사랑이 뒤섞인 따뜻하고 형언할 수 없는 그 무엇이 태동함을 느꼈다.

쟈베르가 나간 다음, 마들렌느 씨가 그녀를 향해 돌아서더니, 눈물을 보이지 않으려는 근엄한 사람처럼 말을 하기가 어려운 듯, 느릿느릿한 음성으로 그녀를 향해 입을 열었다.

"하시는 말씀을 다 들었습니다. 당신이 말씀하신 것들을 저는 아무것도 모르고 있었습니다. 저는 그것들이 사실이라고 믿으며, 사실임을 느낍니다. 저는 당신이 저의 공장을 떠나신 사실조차 모르고 있었습니다. 왜 저를 찾아와 그 사실을 알리지 않으셨습니까? 하지만 지금이나마 다음과 같은 조치를 취하겠습니다. 제가 당신의 빚을 모두 갚아드리고, 사람을 보내어 당신의 아이를 데려오도록 하겠습니다. 혹은 당신이 아이를 만나러 가실 수도 있습니다. 당신은, 이곳이든 빠리든, 원하시는 곳에서 사실 것입니다. 제가 당신의 아이와 당신을 돌보겠습니다. 원하시면 차후로는 일을 하지 않으셔도 좋습니다. 필요하신 돈은 제가 전액 부담하겠습니다. 당신은 행복을 되찾으시면 다시 정숙한 분이 되실 것입니다. 뿐만 아니라, 잘 들으십시오, 모든 것이 말씀하신 바와 같다면, 물론 저는 추호도 의심하지 않지만, 당장이라도 저는, 당신이 신 앞에서 미덕을 지키며 경건하게 살기를 멈추지 않았노라고 선언합니다. 오! 가엾은 여인이여!"

 팡띤느가 감당하기에는 너무 벅찬 일이었다. 꼬제뜨를 곁에 두다니! 그 추악한 삶에서 빠져나오다니! 꼬제뜨와 함께, 자유롭게, 부유하게, 행복하게, 정직하게 살다니! 비참의 극치 한가운데서 낙원의 모든 현실들이 활짝 피어나는 것을 보다니! 그녀는 자기에게 말을 하고 있던 사람을 얼빠진 여자처럼 쳐다보았고, 겨우 두세 번 오! 오! 오! 하는 흐느낌 소리만을 내었다. 그녀의 오금이 스스로 접혀 그녀는 마들렌느 씨 앞에 무릎을 꿇었고, 그가 미처 만류할 겨를도 없이, 그녀가 그의 손을 잡았고 그녀의 입술이 손에 와 닿는 것을 느꼈다.

 그다음 순간 그녀가 기절하였다.

6편 쟈베르

1. 휴식의 시작

　마들렌느 씨는 자기의 공장에 설치된 진료소로 팡띤느를 옮기게 하였다. 수녀들이 그녀를 침대에 눕혔다. 극심한 신열이 그녀를 휩쌌다. 그녀는 그날 밤 한동안 헛소리를 하고 큰 소리로 지껄였다. 그러다가 결국 잠들었다.
　다음 날 정오쯤 팡띤느가 잠에서 깨었는데, 침대 곁에서 사람의 숨소리가 들렸다. 그녀가 침대의 커튼을 젖혔다. 마들렌느 씨가 그곳에 서서 자기 머리 위쪽에 있는 무엇인가를 주시하고 있었다. 그의 시선은 연민과 괴로움으로 가득하였고, 애원하는 듯하였다. 그녀가 그의 시선이 향하는 곳을 보니 벽에 못으로 고정시킨 십자가 하나가 있었다.
　팡띤느의 눈에는 마들렌느 씨의 모습이 변화되어 있었다. 그가 온통 빛에 감싸여 있는 것처럼 보였다. 그는 일종의 기도에 전념하고 있었다. 그녀는 혹시 방해가 될까 하여 그를 한동안 바라보기만 하였다. 이윽고 그녀가 조심스럽게 말을 건넸다.
　"거기서 무얼 하고 계세요?"
　마들렌느 씨는 한 시간 전부터 그곳에 있었다고 하였다. 팡띤느가 잠에서 깨기를 기다리던 중이라고 하였다. 그가 그녀의 손을 잡고 맥을 짚어보더니 대답하였다.
　"좀 어떠시오?"

"아주 좋아요. 잘 잤더니 훨씬 좋아진 것 같아요. 별일 아닐 거예요."

그는 그녀의 첫 질문을 마치 그때서야 들었다는 듯 뒤늦게 대꾸하였다.

"저 높은 곳에 계신 순교자를 위하여 기도하고 있었다오."

그러면서 속으로 생각하였다. '이 지상에서 순교당한 여인을 위해서.'

마들렌느 씨는 지난밤부터 그날 아침나절까지 진상 파악에 몰두하였다. 이제 그는 모든 것을 알게 되었다. 팡띤느의 사연들 중 비통한 사항들까지 알게 되었다. 그가 말을 계속하였다.

"고초가 심하셨소, 가엾은 엄마여! 오! 불평은 하지 마시오. 당신은 이제 선택받은 이들의 지참금을 받으셨소. 사람들은 그러한 식으로 천사들을 만든다오. 그것은 그들의 잘못이 아니오. 다른 방법을 모르기 때문이오. 아시겠소? 당신이 빠져나온 그 지옥이 하늘의 초기 모습이라오. 그 지옥으로부터 시작할 수밖에 없었던 것이오."

그가 깊은 한숨을 지었다. 하지만 그녀는 그에게 그녀 특유의 숭고한 미소를 보내고 있었다. 그 미소에는 치아 두 대가 결여되어 있었다.

쟈베르는 같은 날 밤 편지 한 장을 썼다. 그는 다음 날 아침 몽트뢰이유-쉬르-메르 우체국에 가서 손수 그 편지를 부쳤다. 빠리로 가는 편지였다. 겉봉에는 이렇게 쓰여 있었다. '시경 국장님의 비서관 샤부이예 씨 귀하.' 경찰서에서 있었던 일이 밖으로 새어 나가 소문이 퍼졌던지라, 여자 우체국장 및 몇몇 직원 등, 편지를 발송하기 전에 그것을 보았고 또 겉봉의 글씨가 쟈베르의 필체임을 알아본 사람들은, 그가 우송한 것이 그의 사직서라고 생각하였다.

마들렌느 씨는 서둘러 떼나르디에 내외에게 편지를 보냈다. 팡띤느가 그들에게 지불해야 할 금액은 120프랑이었다. 그는 300프랑을 보내면서, 그 금액에서 빚을 제하고, 아이를 즉시 몽트뢰이유-쉬르-메르로 데려오라고 하였다. 병든 엄마가 아이를 무척 보고 싶어 한다고 하였다.

그 편지를 받고 떼나르디에는 황홀해졌다. 녀석이 자기의 처에게 말하였다. "젠장! 아이를 놓아주지 맙시다. 이 통통하게 살 오른 종달새가 이제 젖소로 변할 모양이야. 짐작이 돼. 어느 멍청이가 종달새 어미에게 반한 모양이야."

그는 오백 몇 프랑 상당의 나무랄 데 없는 계산서로 화답하였다. 일종의 반격이었다. 그 계산서에는 이의를 제기할 수 없을 만큼 명백한 항목 둘이 있었고, 금액은 300프랑이 넘었다. 에뽀닌느와 아젤마가 오랫동안 앓았을 때, 그 아이들을 치료한 의사와 약을 대던 약사에게 지불한 금액이었다. 이미 말한 바와 같이, 꼬제뜨는 앓지도 않았다. 영수증에 있는 이름만 바꾸면 되는 간단한 일이었다. 떼나르디에가 계산서 밑에다가 덧붙여 적었다. '300프랑을 정히 영수하였음.'

마들렌느 씨가 즉시 300프랑을 더 보내며 다시 독촉하였다. '서둘러 꼬제뜨를 데려오시오.'

"쳇! 아이를 절대 놓아주지 않을 것이다." 떼나르디에가 편지를 받고 한 말이다.

팡띤느는 그동안에도 몸을 추스르지 못하였다. 그녀는 계속 진료소에 머물렀다.

처음 수녀들은 그 '거리의 여자'를 받아들이고 치료하는 것을 매우 못마땅하게 여겼었다. 랭스의 대성당 저부조를 본 사람이라면, 무절제한 처녀들을 바라보고 있는 참한 처녀들의 아랫입술이 뿌루퉁하게 부어 있음을 기억할 것이다. 암부바이아이[1]들에 대한 베스탈리스[2]들의 유구한 경멸이 여성적 존엄성의 가장 깊숙한 본능들 중 하나이다. 진료소 수녀들이 처음에는 그러한 경멸감을 느꼈는데, 종교로 인하여 그것이 한층 더 심하였다. 그러나 단 며칠이 지나지 않아, 팡띤느가 그녀들을 누그러뜨렸다. 그녀가 하는 모든 말이 겸허하고 온화하였으며, 그녀의 내면에 있던 모성이 그녀들을 감동시켰다. 어느 날 그녀가 신열에 시달리며 하는 말을 두 수녀가 들었다.

"저는 죄인이었어요. 하지만 저의 아이가 저의 곁으로 돌아온다면, 그것은 신께서 저를 용서하셨다는 뜻일 거예요. 제가 악의 구렁텅이에 빠져 있을 때에는 저의 꼬제뜨를 곁에 두지 않으려 했을 거예요. 그 아이의 놀라고 슬픈 눈을 감당할 수 없었을 거예요. 하지만 제가 악을 행한 것은 그 아이를 위해서였어요. 신께서 그러한 이유로 저를 용서하실 거예요. 꼬제뜨가 제 곁으로 돌아오는 순간, 저는 자비로운 신의 축복을 느낄 수 있을 거예요. 저는 그 아이를 마음껏 바라볼 것이고, 그 순진무구한 아이를 보기만 하여도 몸이 나을 것 같아요. 아이는 아무것도 몰라요. 하나의 천사예요, 아시겠어요? 수녀님들. 그 나이에는 아직 (천사의) 날개들이 떨어져 나가지 않았지요."

마들렌느 씨는 하루에 두 번씩 그녀를 보러 갔고, 그때마다 그녀가 묻곤 하였다.

"저의 꼬제뜨를 곧 볼 수 있을까요?"

그럴 때마다 그가 이렇게 대답하였다.

"아마 내일 아침이면. 아이가 언제라도 곧 올 것 같아 기다리고 있다오."

그러면 그 엄마의 창백한 얼굴에 찬연한 빛이 돌았다.

"오! 그러면 얼마나 행복할까!"

그녀가 몸을 추스르지 못하였다는 이야기를 앞에서 한 바 있다. 그녀의 건강은 한 주 한 주가 지날수록 더욱 악화되었다. 두 견갑골 사이의 맨살에 닿은 눈 뭉치가 발한(發汗) 작용을 급작스럽게 중단시켰고, 그로 인하여 그녀의 몸에 여러 해 전부터 잠복해 있던 병이 맹위를 떨치며 양성화된 것이다. 그 무렵, 폐병의 연구 및 치료를 위하여, 라에넥의 멋진 진료 방법을 따르기들 시작하였다.[3] 의사가 팡띤느를 청진하더니 고개를 갸우뚱하였다.

마들렌느 씨가 의사에게 물었다.

"그래, 어떠하오?"

"환자가 보고 싶어 하는 아이가 있지 않습니까?" 의사가 되물었다.

"그렇소."

"서둘러 아이를 데려오도록 하십시오."

마들렌느 씨가 움찔하였다.

팡띤느가 그에게 물었다.

"의사가 뭐라고 하던가요?"

마들렌느 씨가 애써 미소를 지었다.

"당신의 아이를 얼른 데려오라고 하더이다. 그러면 당신의 건강이 호전될 것이라 하였소."

"오! 그분의 말씀이 맞아요! 그런데 떼나르디에 그 사람들이 도대체 왜 저의 꼬제뜨를 내놓지 않는지 모르겠군요! 오! 하지만 곧 오겠지요. 드디어 행복이 제 곁으로 다가오는 것이 보여요!"

하지만 떼나르디에는 '아이를 놓아주지' 않고 수백 가지 좋지 않은 핑계만 늘어놓았다. 꼬제뜨가 몸이 좀 불편하여 겨울 날씨에 길을 떠나기가 어렵다고 하는가 하면, 어서 갚으라고 아우성치는 소소한 빚들이 널려 있다고 하면서 계산서들을 보내기도 하였다.

"사람을 보내어 꼬제뜨를 데려오도록 하겠소." 마들렌느 아저씨가 말하였다.

"필요하다면 내가 직접 가겠소."

팡띤느가 구술하는 대로 그가 받아 적은 다음, 그녀로 하여금 서명토록 하였다.

떼나르디에 씨,

이 편지를 가지고 가시는 분에게 꼬제뜨를 맡겨 주십시오. 그분이 모든 소소한 비용을 다 지불하실 것입니다.
정중한 인사를 드립니다.

팡떤느

그러는 동안에 중대한 일 하나가 발생하였다. 우리의 삶을 구성하고 있는 돌덩이를 우리가 아무리 정성스럽게 깎고 갈아도 소용없으니, 운명의 검은 돌결이 끊임없이 나타나기 때문이다.

2. 쟝이 샹으로 변한 사연

어느 날 아침, 마들렌느 씨는 자신이 몸소 몽훼르메이유에 갈 경우에 대비하여, 집무실에서 몇 가지 급한 사안을 처결하느라고 일에 몰두해 있었다. 그때 쟈베르 형사가 면담을 요청한다는 전갈이 왔다. 그 이름을 듣는 순간, 마들렌느 씨는 불쾌한 느낌을 지울 수가 없었다. 경찰서의 그 일이 있은 후로는 쟈베르가 그 어느 때보다도 그를 피하였고, 그리하여 마들렌느 씨는 그를 다시 볼 수 없었다.
"들여보내요." 그의 대꾸였다.
쟈베르가 들어섰다.
마들렌느 씨는 벽난로 곁에 앉아서 손에 펜을 들고 어떤 서류를 뒤적거리며 무엇인가를 간략하게 쓰곤 하였는데, 서류는 교통 단속에 걸려든 위반 사항들에 관한 조서들이었다. 그는 쟈베르가 들어왔음에도 일손을 멈추지 않았다. 가엾은 팡떤느에 대한 생각을 지울 수 없었고, 따라서 그를 냉랭하게 대하는 것이 도리에 맞다고 여겼다.

쟈베르는 자기에게로 등을 돌리고 있는 시장님께 정중히 인사를 드렸다. 시장님은 그를 쳐다보지도 않은 채, 서류에다 무엇인가를 계속 쓰고 있었다.

쟈베르가 집무실 안을 두세 걸음쯤 걷다가 멈추어 섰다. 그러나 아무 말도 하지 않았다.

쟈베르의 천성을 잘 알고, 문명에 봉사하던 그 야만인을, 로마인과 스파르타인과 수도사와 육군 하사와 거짓말할 줄 모르는 스파이와 때 묻지 않은 밀정 등이 뒤섞인 그 괴상한 복합체를 오래전부터 연구해 왔으며, 그의 비밀과 마들렌느 씨에 대한 지난날의 그의 혐오감 및 팡띤느로 인하여 그가 시장과 겪었던 분규를 잘 아는 어떤 관상가가 있었다면, 그리고 그 관상가가 그 순간에 쟈베르를 유심히 살폈다면, 그는 이러한 질문을 스스로에게 던졌을 것이다. '무슨 일이 있었던 것일까?' 그의 올곧고 투명하고 진실하고 청렴하고 근엄하고 표독스러운 양심을 잘 아는 사람이 그 순간에 그를 보았다면, 쟈베르가 커다란 내적 동요를 겪었음에 틀림없다고 생각하였을 것이다. 쟈베르의 영혼 속에 있는 것들 중 어느 것 하나 그의 얼굴에 드러나지 않는 것은 없었다. 그는, 기질 격렬한 사람들이 그렇듯이, 문득 돌변하는 사람이었다. 일찍이 그의 용모가 그 순간처럼 기이하고 뜻밖인 적은 없었다. 그는 들어서면서, 원한도 노여움도 불신도 없는 시선으로, 마들렌느 씨를 향하여 허리를 굽혔고, 시장의 안락의자 뒤 몇 걸음 되는 곳에서 멈추어 섰다. 그리고, 거의 징계를 받는 자세로, 또 단 한 번도 부드러운 적 없고 항상 인내만 하던 사람의 우직하고 냉정한 딱딱함을 견지한 채, 그곳에 우뚝 서 있었다. 그는 아무 말 없이, 어떠한 움직임도 없이, 진실한 겸손함과 태연한 체념 속에서, 시장님께서 돌아앉으시기를, 조용히, 진지하게, 모자를 벗어 손에 들고, 눈을 내리깐 채, 장교 앞에 불려 온 병사와 판사 앞에 선

죄인의 중간쯤 되는 표정으로, 기다리고 있었다. 그가 가지고 있었음 직한 모든 감정들과 모든 추억들도 자취를 감추었다. 화강암처럼 침투할 수 없고 단순한 그 특유의 얼굴에는, 음울한 슬픔 이외의 다른 아무것도 없었다. 그의 몸 전체에서, 실의와 굳셈과 용기 있는 낙담 같은 것이 감돌고 있었다.

드디어 시장님이 펜을 놓고 반쯤 돌아 앉았다.

"좋아요! 무슨 일이오, 쟈베르?"

쟈베르가 깊은 생각에 잠긴 듯 잠시 침묵을 지키더니, 일종의 구슬픈 엄숙함 감도는 음성으로 말을 하기 시작하는데, 그 엄숙함 때문에 음성에서 소박함과 정직성이 퇴색되지는 않았다.

"시장님, 단죄받아야 할 행위 하나가 저질러졌습니다."

"그것이 무슨 행위요?"

"하급 관리 하나가 고위 관리에게 매우 중대한 결례를 범하였습니다. 저의 의무를 이행해야 하는지라, 그 사실을 보고드리러 왔습니다."

"그 하급 관리가 누구요?" 마들렌느 씨가 물었다.

"저입니다." 쟈베르의 대답이었다.

"당신?"

"예."

"그러면 하급 관리를 탓할 고위 관리는 누구요?"

"시장님이십니다."

마들렌느 씨가 안락의자에서 상체를 벌떡 일으켜 세웠다. 쟈베르가 준엄한 기색으로, 그러나 눈을 아래로 향한 채, 말을 계속하였다.

"시장님, 저의 파면을 상부에 요청해 주십사 시장님께 간청드리러 왔습니다."

마들렌느 씨가 아연실색하여 무슨 말을 하려 하였다. 하지만 쟈베르가 그에게 기회를 주지 않았다.

"시장님께서는, 제가 사표를 제출하면 되지 않겠느냐고 말씀하실 겁니다. 하지만 사표만으로는 충분치 않습니다. 사표를 제출하는 것은 명예로운 일입니다. 저는 잘못을 저질렀습니다. 따라서 처벌을 받아야 합니다. 저는 쫓겨나야 합니다."

그리고 잠시 멈추었다가 덧붙였다.

"시장님, 지난번에는 저를 대하심에 있어서 부당하게 준엄하셨습니다. 하지만 오늘은 저를 대하심에 있어 정당하게 준엄하십시오.[4]"

"아, 그 일! 무엇 때문에?" 마들렌느 씨가 언성을 높였다. "도대체 알아들을 수 없는 그 횡설수설은 무엇인가? 무슨 뜻인가? 당신이 무슨 단죄받을 짓을 나에게 저질렀다는 것이오? 당신이 나에게 무슨 짓을 하였소? 나에게 무슨 잘못을 저질렀다는 것이오? 당신은 스스로를 규탄하며 경질되기를 바라는데……."

"축출되기를 바랍니다." 쟈베르가 고쳐 말하였다.

"축출이라고 합시다. 좋소. 하지만 나는 도무지 이해할 수 없소."

"곧 이해하시게 될 것입니다, 시장님."

쟈베르가 깊이 한숨을 지은 다음, 여전히 냉정하고 구슬프게 말을 계속하였다.

"시장님, 육 주 전에, 그 여자 문제로 다투고 난 후, 저는 몹시 노하여 시장님을 고발하였습니다."

"고발하였다고!"

"빠리 경찰국에."

쟈베르 못지않게 웃음이 적은 마들렌느 씨이건만, 이번에는 큰 소리로 웃기 시작하였다.

"시장 주제에 경찰의 권한을 침해하였다고?"

"옛날의 도형수로 고발하였습니다."

시장의 안색이 납빛으로 변하였다.

단 한 번도 눈을 처들지 않은 쟈베르가 말을 계속하였다.

"저는 그렇게 믿고 있었습니다. 오래전부터 저는 의혹을 품고 있었습니다. 비슷한 용모, 시장님께서 화브롤에서 모으도록 하신 정보들, 늙은 포슐르방이 사고를 당하였을 때 시장님이 보여 주신 허리의 힘, 시장님의 정확한 사격 솜씨, 조금 질질 끌리는 듯한 시장님의 다리, 제가 뭘 안다고! 멍청이 같은 소리를 늘어놓고 있습니다, 하지만 여하튼 저는 시장님이 쟝 발쟝이라고 하던 그 사람이라고 생각하였습니다."

"누구라고? 그 이름이 뭐라고 하셨소?"

"쟝 발쟝입니다. 이십 년 전에 제가 뚤롱에서 교도관 보조로 복무하던 시절에 본 적이 있는 도형수입니다. 그 쟝 발쟝은, 도형장에서 석방된 직후 어느 주교의 거처에서 도둑질을 하였고, 대로상에서 무기를 손에 들고 어느 사부와 출신 소년을 상대로 강도짓을 저질렀던 모양입니다. 팔 년 전에 그가 자취를 감추었는데, 무슨 수단을 부렸는지 아무도 모르며, 그래서 그를 찾고 있었습니다. 제가 상상하기를……. 여하튼 그런 연유로 제가 그런 짓을 저질렀습니다! 노여움이 저로 하여금 결단을 내리게 하였고, 결국 제가 시장님을 경찰국에 고발한 것입니다."

조금 전부터 서류들을 다시 집어 들고 있던 마들렌느 씨가, 지극히 무관심한 억양으로 다시 물었다.

"그래, 어떤 회답을 받으셨소?"

"제가 미쳤다는 회신이었습니다."

"그래서?"

"그들이 옳았습니다."

"당신이 그 사실을 인정하니 다행이오!"

"인정할 수밖에 없습니다. 진짜 쟝 발쟝이 발견되었으니까요."

마들렌느 씨의 손에 들려 있던 서류가 스르르 미끄러져 떨어졌다. 그가 고개를 쳐들어 쟈베르를 유심히 바라보더니 형언할 수 없는 억양으로 답했다.

"아!"

쟈베르가 이야기를 계속하였다.

"일의 진상은 이러합니다, 시장님. 아이이-르-오-끌로셰 근처에, 사람들이 샹마튜 영감이라고 부르던 늙은이 하나가 있었던 모양입니다. 매우 가난한 사람이었습니다. 아무도 그를 거들떠보지 않았습니다. 그러한 사람들은 무슨 짓을 해서 연명해 가는지 아무도 모릅니다. 최근에, 즉 지난가을에, 그 샹마튜 영감이 사과주 양조용 사과를 훔친 혐의로 체포되었습니다. 누구의 것이라 하였더라……. 여하튼 그랬습니다! 절도 행위가 이루어졌고, 담장을 넘었으며, 사과나무 가지가 부러졌습니다. 그래서 샹마튜를 붙잡았습니다. 체포될 당시에 그는 아직도 사과나무 가지를 손에 쥐고 있었습니다. 그 우스꽝스러운 늙은이를 궤짝에 처넣었습니다.[5] 이상 말씀드린 것은 경범죄 사건에 불과합니다. 그런데 전혀 예상치 못하던 일이 생겼습니다. 감옥이 허술했던지라, 예심판사님께서 샹마튜를 도경 구치소가 있는 아라스[6]로 이감시키는 것이 좋겠다고 생각하셨습니다. 아라스의 구치소에, 어떤 혐의로 수감되었는지는 모르나, 브르베라고 하는 지난날 도형수였던 자 하나가 있었는데, 모범수였던 그는 창구에 앉아서 교도관들의 일을 도왔습니다. 시장님, 그런데 그 샹마튜가 도착하자, 브르베가 큰 소리로 외쳤습니다. '저게 누구야! 내가 저 사람을 잘 알지. 저 녀석은 나뭇단[7]이야.' 그러더니 다시 샹마튜에게 말하였습니다. '이봐, 늙은이! 당신이 쟝 발쟝이야!' '쟝 발쟝이라니! 쟝 발쟝이 누구인데?' 샹마튜가 놀란 척하며 물었습니다. '생브르[8]인 척하지 말게. 자네는 쟝 발쟝이야! 자네는 뚤롱의 도형장에 있었어. 이십 년 전에 우리가 그곳에 함께 있었지.' 샹마튜는 아니라고 잡아뗐습니다. 당연하지요, 이해하시겠지요? 조사에 착수하였습니다. 사건을 파헤쳤습니다. 결국 다음과 같은 사실을 발견하였습니다. 그 샹마튜가 삼십 년 전에 이 고장 저 고장을 전전하며 나무의 곁가지 치는 일을 하였는데, 특히 화브롤에 장시간 머물곤 하였답니다. 그런데 문득 자취를 감추었답니다. 한동안 세월이 흐른 후, 오베르뉴 지방에 잠시 나타나더니, 다시 빠리에 나타났고, 수레 만드는 목수 노릇 하며 빨래꾼 여자와 함께 산다고 하였으나, 입증된 이야기는 아닙니다. 그리고 다시 사라졌다가, 드디어 이번에 이 고장에 나타난 것이라고 합니다. 그런데 절도죄를 범해 도형장으로 가기 전, 쟝 발쟝의 직업이 무엇이었습니까? 나무 곁가지 치는 사람이었습니다. 어디에서? 화브롤에서였습니다. 다른 사실 하나가 더 밝혀졌습니다. 그 발쟝의 세례명은 쟝이었고, 모친의 성씨는 마뜌였습니다. 그가 도형장에서 나오면서 자신의 정체를 감추기 위하여 모친의 성씨를 사용하였고, 스스로를 쟝 마뜌라고 하였을 것임은 생각하기 어려운 일이 아닙니다. 그가 오베르뉴로 갔던 것입니다. '쟝'이 그 지방의 발음 습성 때문에 '샹'으로 바뀌었고, 사람들이 그를 샹 마뜌라 부르게 된 것입니다. 그는 사람들이 부르는 대로 내버려 두었고, 그리하여 결국 샹마뜌로 변한 것입니다. 시장님, 제 말씀 이해하시죠? 그다음 화브롤에 조회를 요청하였습니다. 쟝 발쟝의 가족은 그곳에서 완전히 자취를 감추었습니다. 어디로 갔는지 아무도 모릅니다. 시장님께서도 아시다시피, 그런 계층 사람들은 가족 전체가 문득 안개처럼 스러져버리는 경우가 빈번합니다. 아무리 찾아도 헛일입니다. 그런 사람들은 진흙이나 먼지와 같습니다. 게다가, 이 사건이 시작된 것이 삼십 년 전이라, 화브롤에는 쟝 발쟝을 직접 본 사람이 아무도 없습니다. 그리하여 뚤롱에 조회를 요청하였습니다. 쟝 발쟝을 본 적이 있다는 사람은 브르베 외에 둘뿐이었습니다. 종신형을 언도받은 꼬슈빠이유와 슈닐디으라는 사람이었습니다. 그 둘을 도형장에서 끄집어내 데려왔습니다. 그리고 자기가 샹마뜌라고 주장하던 사람과 대면시켰습니다. 그들은 잠시도 머뭇거리지 않았습니다. 브르베의 경우처럼 그들 역시 그가 쟝 발쟝이라고 하였습니다. 나이도 쉰넷, 같은 나이였고, 같은 체구, 같은 기색, 한마디로 같은 사람, 즉 쟝 발쟝이었습니다. 제가 빠리 경찰국에 고발장을 보낸 것은 조사가 그 단계에 이르렀을 때였습니다. 저에게 회신하기를, 제가 미쳤으며, 쟝 발쟝은 아라스의 사법 당국 수중에 들어가 있다고 하였습니다. 그 쟝 발쟝을 제가 여기에서 수중에 넣고 있는 줄 믿었는데, 생각해 보십시오, 제가 얼마나 놀랐겠습니까! 제가 아라스의 예심판사님께 서신을 보냈습니다. 그분이 저를 부르셨고, 샹마튜를 저에게 데려왔습니다……."

"그래서?" 마들렌느 씨가 그의 말을 끊으며 물었다.

쟈베르가 그의 청렴한 얼굴에 슬픈 기색을 띠며 대답하였다.

"시장님, 틀림없는 사실이었습니다. 저로서는 매우 유감스러웠으나, 그 사람이 틀림없는 쟝 발쟝이었습니다. 저 또한 그가 쟝 발쟝임을 알아보았습니다."

마들렌느 씨가 아주 나지막한 음성으로 다시 물었다.

"확신하실 수 있소?"

쟈베르가 미소를 짓기 시작하였다. 깊은 확신에서 발산되는 고통스러운 미소였다.

"오! 확신합니다."

그는 탁자 위에 놓여 있던, 잉크 말리는 데 사용하는 나무 공기에서, 목재 가루 한 줌을 기계적으로 집어 만지작거리며 잠시 생각에 잠기는 듯하였다. 그러더니 다시 덧붙였다.

"그리고, 진짜 쟝 발쟝을 보고 난 지금, 제가 어떻게 엉뚱한 생각을 할 수 있었는지 이해할 수가 없습니다. 용서를 빕니다, 시장님."

불과 육 주 전, 수비대 병사들이 보는 앞에서, 자기에게 '나가시오!'라고 호령을 하며 자기를 모욕한 사람에게 애원조의 엄숙한 말을 하는 쟈베르, 그토록 오만하던 그 사람이, 자신도 모르는 사이에

순박하고 의연한 모습으로 변해 있었다. 마들렌느 씨는, 용서해 달라는 그 간청에 불쑥 다음과 같은 질문으로 응답하였다.

"그래, 그 사람이 무슨 말을 하였소?"

"아, 젠장! 시장님, 일이 이상하게 꼬였습니다. 만약 그 사람이 쟝 발쟝으로 판명되면 그의 행위는 재범(再犯)으로 간주됩니다. 담장을 넘는다든가, 나뭇가지를 꺾고 사과 몇 개를 훔친다든가 하는 짓은 당사자가 아이일 경우, 하나의 장난에 불과합니다. 하지만 당사자가 어른일 경우에는 경범죄에 해당합니다. 그리고 당사자가 도형수일 경우에는 중죄가 됩니다. 월장과 절도 행위가 중죄를 구성합니다. 그러한 경우 경범 재판소의 일이 아니고 중죄 재판소로 가야 합니다. 며칠간의 구류가 아니고 종신징역입니다. 게다가 어린 사부와 지방 소년과 관련된 사건도 있는데, 그 사건도 함께 밝혀지기를 바랍니다. 젠장, 녀석이 필사적으로 발버둥 쳐야 할 일입니다. 그렇지 않습니까? 그렇습니다, 쟝 발쟝 아닌 다른 녀석이라면 그럴 것입니다. 그러나 쟝 발쟝은 음흉한 자입니다. 그 음흉하다는 특징 덕분에 제가 그자를 알아볼 수 있었습니다. 다른 녀석이었다면 그것이 뜨겁다는 것을 감지하여, 몸부림을 치고 고함을 지르며, 불 앞에 놓인 주전자처럼 노래를 부르며, 자기는 쟝 발쟝이 아니라고 생야단을 할 것입니다. 하지만 그는 아무 영문도 모르겠다는 기색으로 이렇게 말하였습니다. '나는 샹마튜야, 나는 거기서 나오지 않았어!' 그는 놀란 척하였고, 짐승처럼 무지한 사람 시늉을 했습니다. 그것이 훨씬 유리했겠지요. 오! 그 우스꽝스러운 녀석은 정말 노련하였습니다. 하지만 소용없습니다. 증거들이 있습니다. 네 사람이 그를 알아보았고, 따라서 늙은 악당은 처벌을 면치 못할 것입니다. 사건은 아라스의 중죄 재판소로 이첩되었습니다. 저도 증언을 하러 그곳에 가야 합니다. 증인으로 소환되었습니다."

마들렌느 씨는 책상 앞에 다시 앉아 서류를 집어 들었다. 서류를 태연히 한 장씩 넘기며, 일에 열중하는 사람처럼 읽거나 그 위에 무엇을 쓰곤 하였다. 그가 쟈베르를 바라보며 말하였다.

"그만하면 되었소, 쟈베르. 사실 그 모든 세부 사항들에는 관심이 없소. 시급한 일들이 쌓여 있는데, 우리가 지금 시간을 낭비하고 있소. 쟈베르, 지금 당장 쌩-소브 로 모퉁이에서 야채를 파는 여인 뷔조삐에를 찾아가 보시오. 그녀에게 마차꾼 삐에르 셰늘롱을 상대로 소송을 제기하라고 하시오. 그 사람은 매우 난폭한 자로서, 그 여인과 그녀의 아이를 자칫 마차로 덮칠 뻔하였소. 그 사람은 처벌을 받아야 하오. 그런 다음, 몽트르-드-샹삐니 로에 사는 샤르쏠레 씨 댁으로 가보시오. 이웃집의 빗물받이 홈통 하나가 그의 집으로 빗물을 쏟아내어, 그의 집 토대가 침식당한다는 탄원서가 들어와 있소. 그리고 기부르 로에 있는 미망인 도리스의 집과 가로-블랑 로에 있는 르네 르 보쎄 부인의 집으로 가서, 나에게 신고가 들어온 위반 사항들을 확인한 후 조서를 작성해 주시오. 그런데 내가 당신에게 너무 많은 일을 안기는 것 같소. 자리를 비워야 한다고 했지요? 그 사건 때문에 어드레에서 열흘 이내에 아라스에 갈 예정이라고 하지 않으셨소?"

"훨씬 앞서 가야 합니다, 시장님."

"그러면 언제요?"

"공판이 내일 열리며, 따라서 저는 오늘 밤 합승마차로 떠나야 한다고 시장님께 이미 말씀드린 것으로 알고 있습니다."

마들렌느 씨의 몸이 보이지 않을 만큼 조금 움찔하였다.

"그 일이 얼마나 걸리겠소?"

"길어야 하루일 겁니다. 늦어도 내일 밤에는 판결이 내려질 것입니다. 하지만 저는 판결까지 기다리지 않겠습니다. 어차피 내려질 것이니까요. 저는 증언이 끝나는 대로 즉시 이곳으로 돌아올 것입니다."

"좋소." 마들렌느 씨가 말하였다.

그리고 손짓으로 쟈베르에게 물러가라고 하였다.

하지만 쟈베르는 물러가지 않았다.

"죄송합니다, 시장님." 그가 말하였다.

"또 무슨 일이오?"

"시장님, 상기시켜 드려야 할 일이 아직 한 가지 남아 있습니다."

"그것이 무엇이오?"

"제가 파면당해야 한다는 것입니다."

마들렌느 씨가 벌떡 일어섰다.

"쟈베르, 당신은 명예를 존중하는 사람이고, 따라서 나는 당신을 존경하오. 당신은 지금 당신의 잘못을 과장하고 있소. 그것이 또한 나와 관련되어 있으니 나에 대한 무례이기도 하오. 쟈베르, 당신은 승진할 자격이 있을지언정, 내려가야 할 사람이 아니오. 나는 당신이 당신의 지위를 지켜야 한다고 생각하오."

쟈베르가 마들렌느 씨를 빤히 쳐다보았다. 그의 순진한 눈동자 깊숙한 곳에, 별로 정체가 밝혀지지는 않았으되 경직되고 순결한 양심이 보이는 듯하였다. 그가 태연한 음성으로 대꾸하였다.

"시장님, 저는 그 뜻에 따를 수 없습니다."

"반복해 말하지만, 그 일은 나와 관련된 것이오."

하지만 쟈베르는 오직 자기의 생각에만 주의를 기울인 채 말을 계속하였다.

"과장한다고 하시지만, 저는 전혀 과장하지 않습니다. 저의 생각은 이러합니다. 저는 시장님을 부당하게 의심하였습니다. 그것은 물론 별일 아닙니다. 자기의 윗사람을 의심하는 것이 비록 너무하다 할지라도, 누구를 의심하는 것은 모든 사람들의 권리이기 때문입니다. 그러나, 증거도 없이, 노여움이 폭발하여, 복수할 목적으로, 저는 존경할 만하며 시장이시고 고위 관리이신 분을 도형수라고 고발하였습니다. 그것은 중대한 일입니다. 매우 중대합니다. 제가, 정부의 일개 관리인 제가, 시장님께서 대리하고 계신 정부에 무례를 범한 것입니다! 만약 저에게 종속된 어떤 사람이 제가 저지른 것과 같은 짓을 저질렀다면, 저는 그에게 직무를 수행할 자격이 없음을 천명한 다음, 그를 축출하였을 것입니다. 어찌 생각하십니까? 그리고 시장님, 한 말씀 더 드리겠습니다. 저는 평생 동안 자주 엄격하였습니다. 다른 사람들에게. 그것이 옳았습니다. 제가 잘한 일입니다. 그런데 만약 지금 제가 저에 대하여 엄격하지 못하다면, 제가 옳다고 생각하며 행한 모든 것이 부당해질 것입니다. 제가 다른 사람들보다 저를 더 용서해야 합니까? 아닙니다. 도대체! 제가 다른 이들 처벌하는 데에만 쓸 만하고, 저 자신은 처벌하지 않다니! 그러면 저는 비참한 놈이 될 것입니다! 저에게 손가락질을 하며 거지 녀석 쟈베르라고 욕을 하는 사람들이 옳을 것입니다! 시장님, 저는 시장님께서 저를 관대하게 대하시는 것을 원치 않습니다. 시장님께서 다른 사람들에게 관용을 베푸실 때, 그 관용이 이미 저에게 충분한 근심을 안겨 주었습니다. 저를 위한 어떠한 관용도 원치 않습니다. 하나의 정상적인 시민에게 맞서는 매춘부를 지지하고, 시장에게 저항하는 일개 경찰관을 지지하며, 상급자에게 불복하는 하급자를 지지하는 관용, 그것을 저는 저질 관용이라 여깁니다. 그러한 관용으로 인하여 사회가 와해됩니다. 아! 신이시여! 관대하기는 아주 쉽습니다. 어려운 일은 의로운 것입니다. 서슴지 마십시오! 만약 시장님께서 제가 생각하던 그 사람이었다면, 저는 결코 시장님에게 관용을 베풀지 않았을 것입니다. 시장님께서는 제가 무슨 짓을 했을지 똑똑히 보셨을 것입니다! 시장님, 저는 제가 다른 사람들 대하듯 저 자신을 대해야 합니다. 악당들을 제압할 때나 불량배들을 소탕할 때마다, 저는 저 자신에게 자주 이렇게 말하곤 하였습니다. '너, 만약 네가 발을 헛디디면, 만약 내가 너의 비행을 발견하면, 그때는 각오하고 끽소리도 내지 마라!' 그런데 제가 발을 헛디뎠고, 잘못을 저지르다 현장에서 저에게 잡혔습니다. 애석하나 어찌할 수 없습니다! 그러니 해고되고, 부러지고, 쫓겨나는 것이 옳습니다. 저에게 두 팔이 있으니 땅을 일구며 살겠습니다. 저에게는 아무렇지도 않습니다. 시장님, 제가 봉직하는 부서를 위하여 저를 본때로 삼아주십시오. 제가 요청하는 것은 단지 쟈베르 형사의 파면뿐입니다."

그 모든 말이 겸허하되 의연하고, 절망하였으되 확신에 찬 억양에 실려 나왔으며, 그 억양이 그 기이하게 정직한 사람에게 무엇인지 모를 이상한 위대함을 부여하였다.

"생각해 봅시다." 마들렌느 씨가 대꾸하였다.

그러면서 손을 내밀어 악수를 청하였다.

쟈베르가 뒤로 물러서며 퉁명스러운 음성으로 말하였다.

"죄송합니다, 시장님. 그러나 있을 수 없는 일입니다. 시장이 밀정에게 악수를 청하는 법이 아닙니다."

그러더니 작은 소리로 중얼거리듯 덧붙였다.

"밀정, 그렇습니다. 저에게 부여된 경찰권을 잘못 행사한 순간부터, 저는 일개 밀정에 불과합니다."

그리고 나서 고개를 깊숙이 숙여 예를 표한 다음, 출입문 쪽으로 향했다.

문에 도달하여 다시 돌아서더니, 여전히 고개를 숙인 채 말하였다.

"시장님, 제가 다른 사람으로 대체될 때까지는 복무를 계속하겠습니다."

그가 밖으로 나갔다. 마들렌느 씨는, 복도의 포석 위에 떨어져 울리는 단호하고 흔들림 없는 발걸음 소리가 점점 멀어져 가는 것에 귀를 기울이며, 꿈꾸는 사람처럼 앉아 있었다.

7편 샹마튜 사건

1. 쌩쁠리스 수녀

　여기에서 이야기할 자질구레한 사건들이 모두 몽트뢰이유-쉬르-메르에 알려지지는 않았으나, 그것들 중 새어 나간 얼마 아니 되는 것들이 그 도시에 지워지지 않을 흔적을 남겼던지라, 그것들을 상세히 서술하지 않는다면 이 책에 중대한 공백이 남게 될 것이다.
　그 상세한 이야기들 속에서 독자는 있음 직하지 않은 정황 두셋을 만날 것인데, 진실을 존중하려는 뜻에 이끌려 그 정황도 빠뜨리지 않는다.
　쟈베르의 방문을 받은 날 오후, 마들렌느 씨는 평소와 다름없이 팡띤느를 보러 갔다.
　팡띤느의 병실로 들어가기에 앞서 그는 쌩쁠리스 수녀를 불렀다. 모든 간호 담당 수녀들처럼 라자루스 수도회 소속 수녀들이며, 그곳 진료소에서 봉사하고 있던 두 수녀의 이름은 각각 뻬르뻬뛰와 쌩쁠리스였다.
　뻬르뻬뛰 수녀는 촌에서 흔히 볼 수 있는 여자로, 거칠기 짝이 없는 간호 담당 수녀인데, 남의집살이 들어가듯 신의 집에 들어간 여자였다. 그녀는 부엌데기 되듯 수녀가 되었다. 그러한 유형은 드물지 않다. 수도회들은 카푸치노나 우르술라[1] 형태로 빚은 그런 유의 둔중한 시골 질항아리들을 즐겨 받아들인다. 그 촌스러운 산물들은 경건한 사업에서 거친 노역에 사용된다. 소몰이꾼이 카르멜회 수도

사로 변신하는 과정에는 어떠한 장애물도 없다. 이것이 아무 힘 들이지 않고 저것으로 변한다. 시골 마을과 수도원의 공통적인 무지가 이미 완성된 준비 작업인지라, 그것이 무지한 촌 녀석과 수도사를 평행으로 잇대어 놓는다. 농사꾼의 헐렁한 작업복 상의를 조금 더 헐렁하게 만들면 수도사의 벙거지 달린 외투가 된다. 뻬르뻬뛰 수녀는 뽕뚜와즈 근처 마린느 출신의 억센 여자로, 항상 기도문을 읊조리고, 사투리를 사용하고, 투덜거리고, 환자가 열성 신도나 위선자이면 탕약에 설탕을 가미해 주고, 환자들을 거칠게 다루고, 죽어가는 사람들에게는 몹시 무뚝뚝하여 그들의 얼굴에 거의 신(神)을 던지다시피 하고,[2] 숨넘어가는 사람에게 유대인들이 간음한 여자 돌로 쳐 죽이듯 성난 기도를 퍼부어 대는, 과감하고 정직하며 안색이 붉은 여자였다.

쌩쁠리스 수녀는 양초처럼 희었다. 그녀가 뻬르뻬뛰 수녀와 나란히 있으면, 촛대 옆에 세워놓은 양초와 같았다. 뱅쌍 드 뽈[3]이, 자유분방함과 굴종이 뒤섞인 아름다운 말 속에, 간호 담당 수녀의 모습을 기가 막히게 묘사해 놓았다. '그녀들의 수도원이란 곧 병원이고, 수도원 독방이란 곧 셋방 한 칸이며, 수도원 예배소라는 것이 고작 소교구 교회당이다. 도시의 거리나 병원의 병실들이 그녀들의 수도원 안뜰이고, 복종을 수도원 울타리로, 신에 대한 두려움을 쇠창살 문으로, 겸손함을 수녀의 너울로 삼는다.' 그 이상적인 모습이 쌩쁠리스 수녀에게 생생히 살아 있었다. 아무도 쌩쁠리스 수녀의 나이를 짐작할 수 없었을 것이다. 그녀는 젊은 적이 없었으며, 또한 영영 늙을 수도 없을 것 같아 보였다. 그녀는 고요하고, 엄숙하고, 좋은 가정 교육을 받았고, 냉정하며, 단 한 번도 거짓말을 해본 적이 없는 사람—감히 여자라는 단어는 사용하지 못하겠다—이었다. 그녀는 어찌나 온화한지 여리게 보였다. 그러나 화강암보다 단단하였다. 그녀는 섬세하고 순결한 매력적인 손가락으로 불행한 이들을 어루만졌다.

그녀의 말 속에는 고요함이 있었다. 그녀는 꼭 필요한 말만 하였고, 음성은 고해소를 감화시키고 살롱을 매료시킬 만하였다. 그 섬세함이 거친 모직으로 지은 옷을 달게 받아들였는데, 그 거친 접촉이 하늘과 신을 끊임없이 상기시켜 주었기 때문인 듯하다. 세부적인 이야기를 조금 더 해두자. 결코 거짓말을 한 적이 없다는 사실, 무엇을 위해서건 혹은 무심히라도, 진실이 아닌 것, 신성한 진실이 아닌 것은 결코 입에 담지 않았다는 사실, 그것이 쌩쁠리스 수녀 고유의 특징이었으며, 그녀의 미덕을 증언하는 억양이었다. 그 흔들릴 수 없는 진실성으로 인하여 그녀는 수도회 내에서 명성이 자자할 지경이었다. 씨까르 사제가 귀머거리이며 벙어리였던 마씨으에게 보낸 편지에서 쌩쁠리스 수녀에 대해 언급하고 있다.

    우리가 아무리 진지하고 신의 깊으며 순수하다 할지라도, 우리 모두의 솔직함에는 뜻 없이 한 작은 거짓말이 갈라진 금처럼 어려 있다. 그녀의 경우, 그것이 전혀 없다. 작은 거짓말이라든지 무고한 거짓말이라는 것이 존재한다는 말인가? 거짓말을 한다는 것은 악의 변할 수 없는 본질이다. 거짓말을 조금만 한다는 것은 불가능한 일이다. 거짓말을 하는 사람의 말은 몽땅 거짓이다. 거짓말을 하는 행위 그 자체가 악마의 얼굴이다. 사탄에게는 이름이 둘 있으니, 하나는 사탄이고 다른 하나는 거짓말이다.[4]

그녀의 생각이 그러하였다. 또한 그녀는 생각하는 대로 실행하였다. 앞에서 말한 그녀의 흰빛은 그것에서 비롯되었고, 그 순백의 빛이 그녀의 입술과 눈까지 덮고 있었다. 그녀의 미소도 희었고, 시선도 희었다. 그 양심의 유리창에는 거미줄 한 가닥, 먼지 한 알갱이 없었다. 뱅쌍 드 뽈 성자 수도회에 들어가면서 그녀는 특별히 쌩쁠리스라는 이름을 택하였다. 시칠리아의 씸플리키타스는 주지하는 바와 같이, 시라쿠사 출신인 자기가 세게스타 출신이라고 대답하느니 차라리 젖가슴이 뽑히는 형벌을 택한 성녀인데, 그녀가 그 작은 거짓말만 하였어도 그러한 고초를 면하였을 것이다.[5] 그 수호 성녀가 그녀의 영혼에 합당하였기 때문이다.

쌩쁠리스 수녀가 그 수도회에 들어갈 무렵, 그녀에게 두 가지 나쁜 버릇이 있었는데, 식도락을 즐기고 편지 받는 것을 좋아하던 습성이었다. 하지만 수도회에 들어간 후 차츰 버릇을 고쳤다. 그녀는 굵은 글자로 인쇄된 라틴어 기도서 이외의 다른 책은 절대 읽지 않았다. 라틴어를 해독하지 못했으나 그 책은 이해하였다.

그 경건한 처녀가 팡띤느에게 각별한 정을 품게 되었다. 아마 그녀의 잠재적인 미덕을 느꼈던 모양이며, 그리하여 그녀를 돌보는 데 정성을 기울였다. 마들렌느 씨가 그 쌩쁠리스 수녀를 한 길체로 데리고 가서, 기이한 어조로 팡띤느를 특별히 당부하였는데, 수녀가 그 어조를 훗날 기억하였다. 수녀와 헤어져 그가 팡띤느에게로 다가왔다.

팡띤느는 마치 따스함과 기쁨의 햇살 기다리듯 매일 마들렌느 씨가 나타나기를 기다렸다. 그녀가 수녀들에게 자주 말하곤 하였다.

"시장님이 와 계실 때에만 제가 살아 있는 것 같아요."

그날, 그녀의 신열이 심하였다. 마들렌느 씨를 보자 그녀가 물었다.

"그런데 꼬제뜨는?"

그가 미소를 지으며 대답하였다.

"곧 올 거요."

마들렌느 씨는 평소와 다름없이 팡띤느 곁에 머물렀다. 다만 다른 날과는 달리 반 시간이 아닌 한 시간 동안을 머물렀다. 팡띤느에게는 커다란 기쁨이었다. 그는 환자에게 부족한 것이 없게 해달라고 모든 사람들에게 간곡히 당부하였다. 그의 얼굴이 어느 순간 몹시 어두워졌고, 그것이 사람들의 눈에 띄었다. 하지만, 의사가 그의 귀에 대고 소곤거리며, 그녀가 몹시 쇠약해지고 있다는 말을 하였다는 사실을 알고서야 그 의미를 이해하였다.

그런 다음 그가 시청으로 돌아갔다. 그리고, 벽에 걸려 있던 프랑스의 도로망 지도를 유심히 들여다보는 그의 모습이, 그의 집무실 심부름꾼 소년의 눈에 띄었다. 그가 연필로 무엇인가를 쪽지에 적었다고 하였다.

2. 스꼬플레르 씨의 통찰력

시청을 나선 다음 그는 시가지 끝자락에 있는 플랑드르 사람 스코플라에르 씨의 집으로 향했다. 프랑스식 이름 스꼬플레르로 개명한 그는 말들과 '고객의 뜻에 맞는 까브리올레'[6]를 대여해 주는 사람이었다.

그 스꼬플레르의 집으로 가기 위해서는, 마들렌느 씨가 사는 소교구의 사제관이 있으며, 사람들의 통행이 적은 길로 접어드는 것이 가장 빨랐다. 사람들 말로는 그곳에 사는 주임사제가 품위 있고 존경할 만하며 유익한 조언을 해주는 사람이라고 하였다. 마들렌느 씨가 사제관 앞에 당도했을 때 길에 행인 하나가 있었는데, 그 행인이 본 장면은 이러했다. 시장님은 사제관을 지나 한동안 걷다가 문득 멈추더니, 꼼짝도 하지 않고 서 있다가 발길을 돌려 사제관 문까지 되돌아왔다. 그 문은 쇠망치 하나가 걸려 있는 협문이었다. 그는 얼른 그 망치를 집어 치켜들었다. 그러더니 손을 멈추고 우두커니 서서 잠시 생각에 잠기는 듯하다가, 망치로 요란하게 두드리는 대신 그것을 가만히 다시 내려놓은 다음, 가던 길로 바삐 다시 걷기 시작하였는데, 전에는 볼 수 없던 서두는 모습이었다.

마들렌느 씨가 스꼬플레르 씨 댁에 도착하였을 때, 그는 마구들을 수리하고 있었다.

"스꼬플레르 씨, 좋은 말 한 필 있습니까?" 그가 물었다.

"시장님, 제가 가지고 있는 말들은 모두 좋습니다." 플랑드르인의 대꾸였다.

"좋은 말이라니, 어떤 말을 두고 하시는 말씀입니까?"

"하루에 이백 리 길을 갈 수 있는 말을 뜻합니다."

"젠장! 이백 리 길이라!"

"그렇습니다."

"까브리올레를 달고요?"

"그렇습니다."

"그 거리를 간 다음, 말이 쉴 수 있는 시간은 얼마나 됩니까?"

"늦어도 다음 날 아침에는 다시 출발할 수 있어야 합니다."

"같은 거리를 가기 위해서요?"

"그렇습니다."

"젠장! 젠장! 또 이백 리요?"

마들렌느 씨가 연필로 숫자들을 적어두었던 쪽지를 주머니에서 꺼냈다. 그가 플랑드르인에게 숫자들을 보여 주었다. 숫자들은 5, 6, 8½이었다. 그러면서 그의 말에 대꾸하였다.

"보십시오. 도합 십구와 반이니, 스물이라 할 수 있습니다.[7)]"

"시장님, 제시하신 요건에 맞는 것이 있습니다. 저의 작은 백마입니다. 시장님께서도 그것이 지나다니는 것을 가끔 보셨을 것입니다. 남부 불로네 지방에서 태어난 작은 짐승입니다. 아주 기운찹니다. 처음에는 안장을 얹어 타고 다니려 했지요. 그랬더니! 녀석이 몸부림을 치면서, 올라타는 사람은 누구나 땅바닥으로 내던져 버렸습니다. 녀석의 성질이 못된 줄로만 알고, 모두들 쓸모없는 말이라 생각하였습니다. 제가 그 말을 샀습니다. 그리고 녀석을 까브리올레에 달았습니다. 시장님, 녀석이 원했던 것은 그것이었습니다. 녀석은 처녀처럼 얌전해졌고, 바람처럼 달립니다. 아! 등에만 올라타지 말라는 것입니다. 안장 없은 말이 되기는 싫다는 것이 녀석의 생각입니다. 누구에게나 각자의 야심이 있는 법이지요. 끄는 것은 좋아, 그러나 지고 다니는 것은 싫어. 녀석이 아마 자신에게 그렇게 말하였을 것입니다."

"여정 내내 달릴 수 있겠습니까?"

"시장님이 가실 길이 이백 리라면, 속보로 달려 여덟 시간 이내에 주파할 수 있습니다. 하지만 조건들이 있습니다."

"말씀하십시오."

"첫째, 여정의 반쯤 가셨을 때 말에게 한 시간쯤 숨 돌릴 시간을 주십시오. 그동안에 먹이를 주시되, 말이 먹는 동안 곁을 지키셔서, 여인숙에서 일하는 녀석이 귀리를 훔치지 못하도록 하십시오. 제가 여러 곳 여인숙에서 보자니, 말들이 먹는 귀리보다는 외양간지기 녀석들이 마시는 귀리가 더 많더군요."

"망을 보겠습니다."

"둘째…… 까브리올레를 시장님이 타실 예정입니까?"

"그렇습니다."

"시장님께서 마차를 몰 줄 아십니까?"

"예."

"그렇다면, 말에게 부담을 주지 않기 위해서 여행 보따리를 싣지 마시고, 혼자 타시지요."

"이의 없습니다."

"하지만 시장님, 아무도 대동하지 않으시니, 귀리를 지키는 수고를 몸소 감당하셔야 할 것입니다."

"이미 이야기된 사항입니다."

"하루 임대료는 30프랑입니다. 쉬는 날도 물론 임대료를 지불하셔야 합니다. 단 1리야르도 에누리는 없습니다. 그리고 말의 사료값은 시장님이 부담하셔야 합니다."

마들렌느 씨가 나뽈레옹 금화 세 닢을 꺼내어 탁자 위에 놓았다.

"이틀분 선불해 드립니다."

"네 번째, 그러한 여정이라면 까브리올레는 너무 무거워서 말이 지칠 수 있습니다. 저에게 자그마한 틸버리[8]가 있으니, 시장님께서는 그것으로 여행하시는 것이 좋을 듯합니다."

"좋습니다."

"가볍긴 하나, 반면 포장이 없습니다."

"상관없습니다."

"시장님께서는 지금이 겨울철이라는 점을 고려하셨습니까?"

마들렌느 씨는 아무 대꾸도 하지 않았다. 플랑드르인이 계속하였다.

"몹시 춥다는 점을?"

마들렌느 씨가 침묵을 고수하였다. 스꼬플레르 씨가 계속하였다.

"비가 내릴 수 있다는 점도?"

마들렌느 씨가 고개를 쳐들며 말하였다.

"틸버리와 말이 새벽 네 시 반에 저의 집 문 앞에 와 있어야 합니다."

"알겠습니다, 시장님."

스꼬플레르는 그렇게 대답하더니, 집게손가락 손톱으로 탁자의 목재 부분에 있던 티를 긁으면서 대수롭지 않은 기색으로 다시 물었다. 플랑드르 지방 사람들은 그러한 기색으로 자기들의 예리함을 잘 감춘다.

"참, 이제야 생각이 미치는군요. 시장님께서는 어디에 가신다는 말씀을 하지 않으셨습니다. 어디에 가십니까?"

그는 대화가 시작되던 순간부터 오직 그 생각뿐이었건만, 왜 감히 그 질문을 하지 못했는지 자신도 이해할 수가 없었다.

"당신의 말은 앞다리가 튼튼합니까?" 마들렌느 씨가 물었다.

"예, 시장님. 내리막길에서는 고삐를 조금 당겨주십시오. 가시는 길에 언덕이 많습니까?"

"새벽 네 시 반에 정확히 저의 집 문 앞에 대기시키는 것 잊지 마십시오."

마들렌느 씨는 그렇게 대꾸한 다음 나가 버렸다. 플랑드르인은 얼마 후 스스로에게 말했듯이, '멍청히' 앉아 있었다.

시장님이 나가신 지 이삼 분쯤 지났을 때 문이 다시 열렸다. 시장님이었다. 그는 여전히 냉정하고 무엇에 골몰하는 기색이었다. 그가 말하였다.

"스꼬플레르 씨, 저에게 임대하시는 말과 틸버리를 '포개면' 가격이 모두 얼마나 되겠습니까?"

"하나를 다른 것에 '매어야' 겠지요, 시장님." 플랑드르인이 큰 소리로 웃으며 말하였다.

"그렇다 합시다. 그러면?"

"시장님께서 그것들을 저에게서 사려 하십니까?"

"아닙니다. 어떠한 일이 닥치더라도 보장만은 확실히 해드리고 싶습니다. 제가 돌아온 후에 보장금을 저에게 돌려주시면 됩니다. 까브리올레[9]와 말을 합쳐 시세가 얼마나 되겠습니까?"

"500프랑쯤 됩니다, 시장님."

"여기 있습니다."

마들렌느 씨가 은행권 한 장을 탁자 위에 놓고 나갔다. 이번에는 다시 돌아오지 않았다.

스꼬플레르 씨는 천 프랑이라고 하지 않은 것을 몹시 후회하였다. 실은 말과 틸버리를 합친 가격이 백 에뀌[10]에 불과하였다.

플랑드르인이 자기의 처를 부르더니 그 이야기를 하였다. 도대체 시장님이 어디엘 가신단 말인가? 내외간에 구수회의가 열렸다.

"빠리에 가시는 거예요." 여자의 말이었다.

"나는 그리 생각하지 않소." 남편의 대꾸였다.

마들렌느 씨가 숫자들이 적힌 쪽지를 벽난로 위에 놓은 채 잊고 그냥 돌아갔다. 플랑드르인이 그것을 집어 들고 유심히 살폈다. 다섯, 여섯, 여덟과 반? 역참(驛站)을 표시한 것이 틀림없었다. 그가 자기의 처에게 말하였다.

"드디어 알아내었소."

"어떻게?"

"여기서부터 에댕까지가 50리이고, 에댕으로부터 쌩-뽈까지가 60리, 그리고 쌩-뽈부터 아라스까지가 85리라오. 아라스에 가시는 거요."

그동안 마들렌느 씨는 자기의 집에 돌아와 있었다.

스꼬플레르 씨 댁으로부터 돌아올 때에는, 사제관의 문이 어떤 유혹이기라도 한 듯 그것을 피하려고, 길을 멀리 돌아서 왔다. 그는 자기의 방으로 올라가 다시는 밖으로 나오지 않았다. 지극히 자연스러운 일이었다. 일찍 잠자리에 드는 것이 그의 습관이었으니 말이다. 하지만 마들렌느 씨의 유일한 하녀이기도 했던 여자 수위가, 그의 방 불이 여덟 시 반에 꺼지는 것을 보았고, 마침 돌아오던 공장 회계원에게 그 이야기를 하며 한마디 덧붙였다.

"시장님이 어디 편찮으신가요? 오늘은 기색이 조금 이상하세요."

회계원의 방은 마들렌느 씨의 방 바로 밑에 있었다. 그는 여자 수위의 말을 대수롭지 않게 듣고 흘려버렸으며, 평소와 다름없이 잠자리에 들었다. 자정쯤에 그가 문득 잠에서 깨었다. 자기의 머리 위로부터 들려오는 소리를 잠결에 들은 것이다. 그가 귀를 기울였다. 위층 방에서 누가 걸어 다니는 듯, 왔다 갔다 하는 발걸음 소리가 들렸다. 더욱 신경을 곤두세워 귀를 기울였다. 마들렌느 씨의 발걸음 소리임을 알아차렸다. 매우 이상해 보였다. 마들렌느 씨가 일어나는 시각 이전에는 그의 방에서 아무 소리도 들리지 않는 것이 보통이었다. 잠시 후, 옷장 여닫는 소리와 유사한 소리가 회계원의 귀에 들렸다. 그러더니 가구 옮겨 놓는 소리가 들렸고, 한동안 조용하더니, 발걸음 소리가 다시 시작되었다. 회계원이 잠자리에서 벌떡 상체를 일으켜 세웠다. 잠이 완전히 달아났다. 사방을 살폈다. 맞은편 벽에 불 밝힌 창문 하나가 불그레하게 반사되는 것이 그의 창문을 통해 보였다. 빛의 방향으로 보아 마들렌느 씨의 방 창문임에 틀림없었다. 벽에 반사된 빛이 어른거렸다. 단순한 빛이 아닌 활활 타오르는 불에서 발산되는 빛 같았다. 또한 창틀의 그림자도 나타나지 않았다. 창문이 활짝 열려 있다는 증거였다. 추운 날씨에 창문을 열어놓았다는 사실이 놀라운 일이었다. 회계원은 다시 잠 속으로 빠져들어 갔다. 한두 시간쯤 후 그가 다시 잠에서 깨어났다. 여전히 같은, 느리고 규칙적인 발걸음 소리가 그의 머리 위에서 왔다 갔다 하였다.

맞은편 벽에는 아직도 반사광이 어려 있었다. 하지만 이제는 등불이나 촛불의 반사광처럼 희미하고 잔잔하였다. 창문은 여전히 열려 있는 것 같았다.

마들렌느 씨의 방에서 일어난 일은 이러하다.

3. 두개골 밑에서 인 폭풍우

독자들께서는 마들렌느 씨가 다름 아닌 쟝 발쟝이라는 사실을 짐작하셨을 것이다.

우리는 이미 그 의식의 심층부를 들여다본 적이 있다. 그곳을 다시 들여다볼 때가 도래하였다. 그 일을 걱정과 두려움 없이는 할 수 없다. 그곳을 응시하는 것보다 더 무시무시한 것은 없다. 오성의 눈이 인간의 내면에서보다 더 많은 눈부심과 암흑을 발견할 수 있는 곳은 없다. 오성의 눈이 응시할 수 있는 그 어느 것도, 인간의 내면보다 더 무시무시하고 복잡하고 신비하고 무한하지는 않다. 바다보다 더 거창한 광경을 펼치는 것이 있으니 그것은 하늘이다. 하늘보다 더 거창한 광경을 펼치는 것도 있는 바, 그것은 인간의 내면이다.

인간의 의식을 소재로 노래를 짓는다는 것, 그것이 비록 한 사람에 대한 노래라 할지라도, 인간들 중 가장 보잘것없는 사람에 대한 노래일지라도, 그 작업은 곧 영웅들이나 신들을 노래한 기존의 모든 긴 노래들을 융합하여 그것들보다 더 월등하고 결정적인 노래를 만들어내는 일이다.[11] 의식이란 환상과 욕망과 유혹이 뒤섞여 돌아가는 대혼돈이고, 꿈들이 들끓는 도가니이며, 수치스러워하는 사념들이 숨어 있는 동굴이다. 그것은 온갖 궤변들의 팬더모우니엄[12]이고, 온갖 격정이 어우러져 싸우는 전장이다. 어떤 순간에, 숙고하고 있는 한 인간의 납빛 얼굴을 뚫고 들어가, 그 이면을, 그 속에 있는 영혼[13]을, 그 속의 어둠을 들여다보라. 고요한 외관으로 덮여 있는 그 밑에서는, 호메로스의 작품 속에서처럼 거인들이 싸움질을 벌이고, 밀턴의 작품에서처럼 용들과 휘드라들과 구름떼 같은 유령들이 백병전을 벌이며, 단떼의 작품에서처럼 나선형으로 구불구불 괴이한 풍경이 펼쳐진다.[14] 모든 사람들이 각자 자신 속에 간직하고 있는 그 무한은 참으로 음침한 물건이니, 인간은 자기 뇌수 속의 의지와 자기의 행적을 절망감에 사로잡힌 채 그 무한에 견주어본다!

알기에리가 어느 날 음산한 문 하나와 마주쳐 그 앞에서 머뭇거렸다.[15] 그러한 문이 우리 앞에도 있어, 그 문지방에서 우리가 머뭇거린다. 하지만 들어가 보자.

쁘띠-제르베 사건 이후 쟝 발쟝에게 일어난 일들 중, 독자들이 이미 알고 계신 것 이외에 추가할 것은 별로 없다. 그 순간 이후에는, 이미 보았다시피, 그가 전혀 다른 사람이 되었다. 주교가 그를 통해 실현하고자 했던 것을 그는 단호히 실천하였다. 그것은 변모 이상이었다. 예수의 기적적이고 찬연한 자태의 출현이었다.

그는 잠적하는 데 성공하였고, 기념으로 은촛대 둘만 간직한 채 나머지 주교의 은식기들을 팔았고, 이 도시 저 도시로 잠입하며 프랑스를 종단하여 몽트뢰이유-쉬르-메르에 왔고, 우리가 말한 그러한 생각을 품었고, 역시 우리가 이미 이야기한 일들을 이루어냈고, 자신을 쉽게 붙잡을 수도 접근할 수도 없는 사람으로 만들기에 이르렀고, 이제 몽트뢰이유-쉬르-메르에 자리를 잡은 후, 자신의 양심이 과거로 인하여 슬퍼지거나 자기의 초기 반평생이 후기 반평생에 의해 부인됨을 느끼고 행복해하면서, 오직 두 생각에만 골몰하며 확신과 희망 속에서 평화롭게 살고 있었던 바, 그 두 생각이란, 자기의 이름을 감춘 채 자신의 삶을 신성한 경지까지 승화시키는 것과, 인간들로부터 탈출하여 신에게로 돌아가는 것이었다.

그 두 생각이 그의 뇌리에서 어찌나 밀접하게 섞여 있었던지, 그 둘이 하나의 생각을 형성하고 있었다. 그 두 생각 모두 흡입력 강하고 거역할 수 없어, 그것들이 그의 작은 행위들까지 통제하였다. 일반적으로 그 두 생각이 그의 생활 규범을 설정하는 데 뜻이 맞았다. 그리하여 두 생각 모두 그를 어두운 곳으로 이끌었고, 그를 호의적이고 순박한 사람으로 만들었으며, 그에게 같은 것을 권하였다. 하지만 가끔 그 둘 사이에 갈등도 있었다. 그러한 경우, 모두들 기억하다시피, 몽트뢰이유-쉬르-메르 전 지역 사람들이 마들렌느 씨라고 부르던 그 사람은 두 번째 생각을 위하여 첫 번째 생각을, 즉 덕행을 위하여 자신의 안전을 희생하는 데 조금도 주저하지 않았다. 그리하여, 그토록 조심성 많고 신중한 사람임에도 불구하고, 그는 주교의 촛대를 계속 간직하였고, 주교의 타계 소식을 접하자 상복을 입었고, 지나가는 모든 사부와 출신 소년들을 일일이 불러 이것저것을 물었고, 화브롤 지역에 사는 가문들에 관한 정보를 수집하였으며, 쟈베르의 변죽을 울리는 말이 그에게 커다란 불안을 안겨 주었으련만, 늙은 포슐르방의 목숨을 구출하게 되었다.

　하지만, 솔직히 말해서, 그것에 비할 만한 일은 아직 없었다. 우리가 이야기하고 있는 온갖 고난의 당사자인 그 불운한 사람을 지배하고 있던 두 생각이, 일찍이 그토록 심각한 갈등에 휩싸인 적은 없었다. 쟈베르가 그의 집무실로 들어서면서 하던 말의 첫 마디를 듣는 순간부터, 그는 그 심각성을 막연히 그러나 깊숙이 간파하였다. 그가 그토록 두꺼운 층으로 덮어 묻어버린 그 이름이 그토록 기이하게 발음되던 순간, 그는 경악에 사로잡혔고, 자기 운명의 음산한 기괴함에 취해 버린 듯했으며, 그 경악에 사로잡혀 있는 동안, 대지진에 앞서 나타나는 전율을 느꼈다. 그는 폭풍우가 접근했을 때의 떡갈나무처럼, 혹은 적의 돌격대가 접근하였을 때의 병사처럼, 자신의 몸을 구부렸다. 그는 벼락과 번개를 잔뜩 지닌 먹구름이 자신의 머리 위로 몰려옴을 느꼈다. 쟈베르의 말을 듣는 동안 제일 먼저 그의 뇌리에 떠오른 생각은, 달려가서 스스로를 고발하고, 샹마튜를 감옥에서 꺼내 준 다음, 자신이 그 자리에 들어가야 한다는 것이었다. 그것은 살을 베어내는 것만큼이나 고통스러웠다. 그다음 순간 그가 자신에게 말하였다. "두고 보자! 조금 기다려보자!" 그는 최초의 그 고결한 충동을 억누르며 영웅적 행위로부터 한 걸음 물러섰다.

　물론, 주교의 그 신성한 가르침을 받았고, 그토록 여러 해 동안을 참회와 헌신으로 일관하였으며, 그토록 아름답게 시작된 고행의 중간에 도달해 있던 그 사람이, 그토록 무시무시한 처지에서도, 단 한 순간도 발을 헛디디지 않고, 그 밑바닥에 하늘이 있는 깊은 심연 위의 벼랑을 향하여 흔들림 없는 걸음으로 계속 갔다면, 그것이야말로 아름다웠을 것이다. 하지만 그렇게 되지 않았다. 그의 영혼 속에서 일어난 일들을 정확히 보고해야 하는 바, 그 속에 있던 것만을 말할 수밖에 없다. 제일 먼저 그를 지배한 것은 보존 본능이었다. 그는 서둘러 자기의 생각들을 연합시켰고, 자기의 심정적 동요를 억눌렀고,

커다란 위험인 쟈베르의 거조를 유심히 살폈고, 급작스러운 공포감에서 비롯된 단호함으로 일체의 결단을 유보하였고, 자기가 해야 할 바를 찾느라 정신을 차리지 못하였으며, 결국, 검투사가 자기의 방패를 집어 들듯이, 냉정을 되찾았다.

내면에서는 거센 소용돌이가 일고 있었으되 밖으로는 깊은 평온을 드러낸 채, 그날의 나머지 시간을 보냈다. 그는 '안전 대책'이라고 할 만한 것만을 강구하였다. 그의 뇌수 속에서는 모든 것들이 어지럽게 서로 부딪치고 있었다. 그 속의 혼란이 어찌나 심했던지, 그는 어떠한 생각의 형태도 선명히 구분할 수 없었다. 그리하여, 자신이 커다란 충격을 받았다는 사실을 제외하고는, 자신에 대해서조차 아무것도 말할 수 없었을 것이다. 그는 착한 본능에 이끌려 평소와 다름없이 팡띤느의 병상 곁으로 갔고, 다른 날보다 그곳에 더 오래 머물렀다. 그렇게 해야 된다고 생각하였고, 혹시 자기가 없을 경우에 대비하여 수녀들에게 당부를 해두기 위해서였다. 그는 아마 자기가 아라스에 가야 할 것이라고 막연히 느꼈으며, 그 여행을 하겠노라 아무런 단안도 내리지 않았지만, 어떠한 의심도 받을 위험이 없으니, 그곳에서 일어날 일들을 직접 보는 데 아무 문제가 없을 것이라 생각하였고, 어떠한 결단을 내리게 되든, 그것에 대비하여 스꼬플레르의 틸버리를 예약해 두었다.

그는 저녁을 상당히 달게 먹었다.

자기의 침실로 돌아와 깊은 생각에 잠겼다.

자기가 놓인 처지를 곰곰이 짚어보았다. 전대미문의 일이었다. 너무나 기막힌 일인지라, 깊은 생각에 잠겨 있다가도, 설명하기 어려운 어떤 충동적 불안감 때문에 의자에서 벌떡 일어서서 출입문의 빗장을 질렀다. 그러고도, 혹시 무엇이 들어오지 않을까 불안해하였다. 모든 가능성으로부터 자신을 차단하려 하였다.

잠시 후 촛불을 껐다. 불빛이 마음에 걸렸기 때문이다.

누가 자기를 볼 수 있을 것 같았다.

누구란 말인가?

애석한 일이었다! 그가 문밖으로 내치려 하던 것이 이미 들어와 있었다. 그가 눈을 멀게 하려던 것이 그를 바라보고 있었다. 그의 의식이었다.

그의 의식, 다시 말해 신이었다.

하지만 처음에는 스스로를 속였다. 그러면서 자기가 안전한 곳에 홀로 있다는 한 가닥 감회에 젖기도 하였다. 빗장을 질러두었으니 아무도 그에게 손을 댈 수 없을 것 같았다. 촛불이 꺼졌으니 자기가 보이지 않을 것 같았다. 그제서야 자신을 다잡았다. 팔꿈치를 탁자 위에 올려놓고 손으로 얼굴을 감싼 채 어둠 속에서 생각하기 시작하였다.

'내가 지금 어떤 처지에 있는 것일까? 꿈을 꾸고 있는 것은 아닐까? 나에게 무슨 말을 했던 것일까? 내가 그 쟈베르를 보았고 그가 나에게 그런 말을 했다는 것이 정말 사실일까? 그 샹마튜라는 사람은 어떤 자일까? 그토록 나를 닮았단 말인가? 그것이 가능한 일일까? 어제는 내가 그토록 평온하고 아무것도 예상치 못하였는데! 어제 이 시각에는 내가 무엇을 하고 있었을까? 이 뜻밖의 사건에 무엇이 숨겨진 것일까? 이 사건이 어떻게 마무리 지어질까? 내가 어찌해야 할까?'

그를 휩싸고 있던 혼돈이 그러했다. 그의 뇌수는 생각들을 제어할 힘을 상실하여 생각들이 물결처럼 마구 일렁거렸으며, 그 생각을 멈춰 세우려고 그는 두 손으로 자기의 이마를 잔뜩 움켜쥐었다.

그의 의지와 이성을 무너뜨리고 있던 그 대혼돈으로부터 하나의 명확성과 하나의 결단을 이끌어내려 노력하였건만, 그것으로부터는 극도의 불안만이 스스로 모습을 드러냈다.

그의 머리가 타는 듯이 뜨거웠다. 창가로 가서 창문을 활짝 열었다. 하늘에는 별들이 보이지 않았다. 다시 돌아와 탁자 앞에 앉았다.

초기 몇 순간은 그렇게 흘러갔다.

그러나 한편 희미한 윤곽이 조금씩 잡혀 그의 사념 속에 들어서기 시작하였고, 그는 전반적 상황은 아니더라도, 현실적 구체성을 띤 몇몇 세부 사항들을 언뜻 볼 수 있게 되었다.

그러한 상황이 아무리 특이하고 위험하다 할지라도, 그것의 절대적인 주체가 자신임을 우선 깨닫게 되었다.

그 순간 그의 경악이 증대될 뿐이었다.

자기가 실천해 온 행위들이 스스로에게 설정해 주었던 준엄하고 종교적인 목표들과는 상관없이, 그가 그날까지 해오던 모든 행위가, 실은 자기의 이름을 묻어버리기 위한 구덩이를 파는 작업에 불과하였다. 스스로를 돌아볼 때나, 불면증에 시달리던 밤에, 그가 항상 가장 두려워하던 것은, 혹시 누군가의 입에서 그 이름이 튀어나오지 않을까 하는 것이었다. 그러한 일이 생길 경우 모든 것이 끝장이라고 생각하곤 하였다. 그 이름이 다시 나타나는 날, 그것으로 인하여 자기의 새로운 삶이 안개 걷히듯 자취를 감추고, 아마, 내면의 새로운 영혼도 함께 사라질 것이라고 생각하였다. 그는 그러한 일이 가능하다는 생각만으로도 몸서리를 쳤다. 물론, 어떤 사람이 그 순간 그에게 말하기를, 그 이름이 그의 귀에 굉음처럼 들려오고, 쟝 발쟝이라는 그 흉측한 이름이 문득 어둠으로부터 불쑥 솟아올라 그의 앞을 막으며, 그를 감싸고 있던 신비를 거두어버리기 위해 준비된 엄청난 빛이 순식간에 그의 정수리 위에서 휘황하게 빛날 시각이 도래할 것이라고 하면서, 그러나 그 이름이 그에게 위협이 되기는커녕, 더욱 두꺼운 어둠만을 그 빛이 만들어줄 것이고, 찢어진 그 너울이 오히려 신비를 증대시켜 줄 것이고, 그 지진이 그의 축조물을 더욱 공고히 해줄 것이고, 그 뜻밖의 엄청난 사건이 그의 삶을 투명하면서 동시에 헤아릴 수 없는 것으로 만들어주는 결과만을 낳을 것이고, 쟝 발쟝이라는 유령과의 대질 후에는 착하고 당당한 시민 마들렌느 씨가 그 어느 때보다도 더욱 존경을 받게 되고 평온해질 것이라고 하는 등, 만약 어떤 사람이 그 순간에 그에게 그러한 말을 하였다면, 그는 고개를 가로저으며 그러한 말을 분별없는 소리 취급하였을 것이다. 그런데! 그 모든 일들이 실제로 일어났고, 그 모든 불가능한 것들의 더미가 현실이었으며, 그 터무니없는 것들이 사실로 변하기를 신께서 허락하신 것이다!

그의 몽상이 계속하여 명료해지고 있었다. 그는 점점 더 분명하게 자기의 처지를 깨닫고 있었다.

그는 자신이 어떤 잠에서 막 깨어난 것 같았다. 또한 자신이 캄캄한 밤중에, 심연의 가장자리 끝자락 비탈진 지점에 서서, 덜덜 떨며 물러서려 부질없이 애를 쓰지만, 계속 미끄러지는 것 같았다. 또한 운명이 그로 착각하고 잡아서 심연으로 처박으려 하는 그 미지의 인물, 그 낯선 사람의 모습이, 어둠 속에서 언뜻 그러나 선명하게 보이기도 하였다. 그 심연의 아가리가 다시 닫히기 위해서는, 그 자신이건 다른 사람이건, 누군가 하나는 그 속으로 떨어져야 했다.

그로서는 되어가는 대로 내버려 두면 그만이었다.

명료함이 완벽해졌다. 그는 자신에게 다음 사실을 고백하였다.

'도형장에 있는 나의 자리는 현재 비어 있는 상태, 내가 무슨 짓을 해도 부질없으리니, 그 자리가 나를 계속 기다릴 것이고, 쁘띠-제르베를 상대로 저지른 절도 행위가 나를 그 자리로 데려갈 것이며, 그 빈자리가 나를 기다리며 내가 갈 때까지 나를 잡아당길 거야. 불가피하고 숙명적인 일이야.' 그런 다음 이렇게 생각하였다.

'지금 나에게는 대리자가 있어. 샹마튜라는 사람이 그 액운에 걸려든 모양이야. 하지만 나는 샹마튜라는 사람을 빌려 도형장에 있으면서 마들렌느 씨라는 이름으로 사회 속에 있어. 사람들이 그 샹마튜라는 사람의 머리 위에, 묘지석처럼 한 번 놓이면 영영 다시 치우

지 않는 치욕의 돌을 쌓도록, 방해하지 말고 내버려 두기만 하면, 나는 아무 근심할 것이 없어.'

그 모든 생각이 어찌나 격렬하고 기이하였던지, 그의 내면에서 문득, 어떤 사람도 평생 동안에 두세 번 이상 느껴보지 못할 형언할 수 없는 동요가 일어났다. 심정 속에 있는 모든 의심스러운 것을 휘젓는, 그리고 빈정거림과 기쁨과 절망으로 구성되었으며, 내면의 폭소라고도 명명할 수 있는, 의식의 발작이었다.

그가 불현듯 촛불을 다시 켰다. 그리고 생각에 잠겼다.

'도대체 뭐야! 내가 무엇을 두려워하고 있지? 무엇 때문에 이렇게 생각에 잠겨 있지? 나는 이렇게 안전해. 모든 것이 끝났어. 나의 과거가 나의 삶 속으로 난입할 수 있도록 살짝 열린 문 하나가 있었는데, 이제 그 문마저 벽으로 메워졌어! 영원히! 그토록 오래전부터 나를 불안케 하던 그 쟈베르, 나의 정체를 짐작하는 것 같은, 아니 알아낸, 맙소사! 그리고 어디엘 가든 나를 따라다니던 그 무시무시한 본능, 항상 나를 감시하던 그 끔찍한 사냥개가, 드디어 길을 혼동하여 엉뚱한 곳에 정신을 팔고 족적을 완전히 잃었어! 그가 이제부터는 만족하여 나를 조용히 살게 내버려 둘 것이며, 자기의 그 쟝 발쟝이나 잡고 있겠지! 또 누가 아나, 그가 이 도시를 떠나고 싶어 할지도 몰라! 게다가 그 모든 일들이 나와는 상관없이 이루어졌어! 따라서 나는 그 일에 아무 책임이 없어! 아, 그런데! 이번 일에 무슨 불행한 것이 있지? 사람들이 내 모습을 보면 나에게 틀림없이 대재앙이 닥쳤다고 생각하겠어! 여하튼, 어떤 사람에게 이번 일이 해악을 끼친다 해도, 그것은 내 잘못이 아니야! 모든 일은 섭리가 주관했어. 섭리가 그것을 바랐던 것처럼 보여! 섭리가 정돈해 놓은 것을 흐트러뜨릴 권리가 나에게 있는가? 내가 지금 무엇을 요구하고 있는가? 도대체 내가 무슨 일에 끼어들려 하는가? 나와는 상관없는 일이야. 아니! 내가 만족스러워하지 않다니! 도대체 나에게 무엇이 더 필요해? 내가 그토록 여러 해 전부터 열망하던 목표, 밤마다 꿈속에서조차 찾던 것, 하늘에 기도하며 간구하던 그것, 그 안전을 이제 수중에 넣게 되지 않았나! 그것은 신의 뜻이야. 내가 신의 뜻을 거슬러서 할 일은 아무것도 없어. 그리고 신은 왜 일이 이렇게 되기를 원하지? 내가 시작한 일을 계속하도록 하기 위해서, 내가 선을 행하도록 하기 위해서, 내가 언젠가는 위대하고 모든 이들의 용기를 돋우는 표본이 되라고, 내가 당한 고초와 내가 되찾은 덕행에 드디어 약간의 행복이 곁들여졌다고들 말하도록 하기 위해서야! 정말 이해할 수가 없어. 도대체 왜, 오늘 저녁, 그 착한 주임사제의 집으로 들어가, 고해 신부에게 털어놓듯, 그에게 모든 것을 이야기하며 조언 청하기를 두려워했단 말인가! 그가 틀림없이 나에게 조언을 해주었으련만! 이제 단안은 내려졌어. 모든 일들이 흘러가도록 내버려 두자! 착한 신께서 하시는 대로 내버려 두자!'

그는 자신의 심연이라고 할 수 있는 것의 가장자리에 기대어 그 속을 들여다보면서, 의식의 깊숙한 곳에서 그렇게 말하고 있었다. 그는 의자에서 벌떡 일어나 방 안을 걷기 시작하였다.

'그래, 더 이상 생각하지 말자. 결단은 내려진 거야!'

하지만 전혀 기쁘지 않았다. 그 반대였다.

생각이 하나의 사념으로 되돌아오는 것을 막을 수 없음은, 바닷물이 해변으로 되돌아오는 것을 막을 수 없음과 같다. 선원들은 그것을 가리켜 조수라 하고, 죄인의 내면에서 생기는 그 현상을 가리켜 가책이라고 한다. 신은 대양의 물결 솟구치게 하듯 인간의 영혼을 뒤흔든다.

아주 짧은 순간이 흐른 후, 그는 조금 전에 하던 그 음울한 대화를 다시 시작하였다. 그가 하지 않으려 해도 스스로 시작된, 그가 말하고 그가 귀기울이는 대화였다. 그 대화에서는 함구하고 싶었을 것을 말하고, 듣고 싶지 않았을 것에 귀를 기울였는데, 그에게 "생각해!"

라고 명령하던 신비한 힘에 이끌려서였다. 그 신비한 힘이란, 이천 년 전에, 다른 또 하나의 유죄 선고를 받은 사람에게 "걸어가!"라고 명령하던 그 힘이었다.

이야기를 더 전개하기 전에, 그리고 이해를 더욱 충실히 하기 위해, 필요한 사항 하나만 강조해 두자.

누구든 스스로에게 말을 하는 것은 분명하다. 생각하는 존재 치고 그것을 경험하지 않은 이 없을 것이다. 말이라는 것이, 인간의 내면에서, 생각으로부터 의식으로 갔다가 의식으로부터 생각으로 돌아갈 때에만, 오직 그럴 때에만 기막힌 신비라고까지 말할 수 있을 것이다. 이 장(章)에서 자주 사용되는 '그가 말했다' 혹은 '그가 외쳤다'라는 말들은 오직 그러한 뜻으로만 이해되어야 할 것이다. 누구든 자신에게 말하고 자신과 대화하며 자신 속에서 외치는데, 그러면서도 외면상의 침묵은 깨뜨리지 않는다. 우리의 내면에서 큰 소동이 일어나 모든 것들이 말을 하지만 오직 입만은 굳게 닫혀 있다. 영혼 속에 있는 실체들이 비록 보이지도 않고 촉지할 수도 없지만, 그렇다 하여 실재성(實在性)이 적은 것은 아니다.

그는 자기가 어디에 와 있는지 스스로에게 물었다. 또한 그 '내려진 결단'에 대하여 자신에게 따져 물었다. 그리고, 자신의 뇌리에 정돈해 놓은 모든 것들이 흉측스러우며, '일들이 흘러가도록 내버려 둔다'든가 '착한 신께서 하시는대로 내버려 둔다'는 것이, 그저 소름끼치는 짓일 뿐이라고 자신에게 고백하였다. 운명과 인간들의 실수가 완성되도록 내버려 둔다는 것, 그것을 막지 않고 침묵하며 받아들인다는 것, 즉 아무 조치도 취하지 않는다는 것, 그것은 곧 무슨 짓이든 가리지 않는다는 것과 같아 보였다! 위선적인 비굴함의 밑바닥처럼 보였다! 천하고 비열하고 음험하고 더럽고 흉측한 범행처럼 보였다!

팔 년 만에 처음으로, 그 가엾은 남자가 못된 짓의 쓴맛을 본 것이다.

그가 몹시 불쾌한 듯 그것을 도로 뱉었다.

그는 계속하여 자신을 문초하였다. '나의 목표를 달성했어!'라고 한 말의 뜻이 무엇이냐고 자신을 준엄하게 추궁하였다. 그는 자신에게 선언하기를, 자기의 삶이 실제로 하나의 목표를 가지고 있다고 하였다. 하지만 어떤 목표인가? 자기의 이름을 감추는 것? 경찰을 속이는 것? 그토록 하찮은 것을 위하여 그 모든 일을 하였단 말인가? 그에겐 더 크고 더 진실한 목표가 있지 않았던가? 그것은 자기의 몸뚱이가 아니라 영혼을 구출하는 것이었다. 다시 정직하고 선량해지는 것이었다. 의로워지는 것이었다! 그가 항상 원하였고, 주교가 그에게 명령했던 것이, 무엇보다도, 아니 유일하게, 그것 아니었던가? ─그의 과거로 통하는 문을 닫는 것이었을까? 하지만 그는 그 문을 닫지 못하였다. 맙소사! 수치스러운 행위를 함으로써 그것을 다시 열었을 뿐이다. 게다가 다시 하나의 도둑, 모든 도둑들 중 가장 혐오스러운 도둑이 되어가고 있었다! 그는 다른 사람의 생존과 생명과 평화와 햇볕을 쬘 수 있는 자리를 훔치고 있었다! 살인자가 되어가고 있었다! 그는 죽이고 있었다. 가엾은 사람 하나를 정신적으로 죽이고 있었다. 그에게 그 끔찍한 살아 있는 죽음을, 흔히들 도형장이라고 부르는, 하늘이 열린 무덤을 안겨 주려 하고 있었다! 반대로, 사직 당국에 자수하고, 그토록 음산한 오류의 희생물로 전락할 사람을 구출하고, 자기의 이름을 되찾고, 의무에 충실하여 다시 도형수 쟝발쟝이 되는 것 등이, 진정 자기의 부활을 완수하고 자기가 빠져나온 지옥의 문을 영원히 닫는 길이었다! 겉보기에는 지옥으로 다시 떨어지는 것 같지만, 그것이 실제로는 지옥으로부터 나오는 길이었다! 그 일을 해야 했다! 그것을 실행하지 않는다면 아무것도 하지 않은 것과 마찬가지였다! 그의 전 생애가 부질없고, 모든 고행이 허사가 될 것이며, 할 말은 다음 한마디뿐일 것이다. "무슨 소용이란 말인가?" 그는 주교가 그곳에 와 있고, 죽었으되 산 사람 못지않게 현존하고, 그를 주시하고, 차후로는 어떤 덕행을 펼친다 해도 마들렌느 시장이 주교의 눈에는 가증스럽게 보이는 반면, 도형수 쟝 발쟝이 주교 앞에서는 아름답고 순결할 것이라고 느꼈다. 또한 사람들이 그의 가면을 보지만 주교는 그의 얼굴을 본다고 생각하였다. 뿐만 아니라 사람들이 그의 생활을 보는 반면, 주교는 그의 의식을 본다고 생각하였다. 그러니 아라스로 가서 그 가짜 쟝 발쟝을 해방시킴과 동시에 진짜 쟝 발쟝을 고발해야 했다! 애석한 일이다! 그것은 희생들 중 가장 큰 것이었고, 승리들 중 가장 고통스러운 승리였으며, 넘어야 할 마지막 한 걸음이었다. 하지만 회피할 수 없는 일이었다. 고통스러운 운명이었다! 인간들이 보기에 치욕스러운 것으로 다시 돌아가지 않으면, 신이 보기에 성스러운 것 속으로 들어갈 수 없는 처지였다!

"그래, 이편을 택하자! 내 의무를 이행하자! 그 사람을 구출하자!" 그가 홀로 중얼거렸다.

그는 큰 소리로 그 말을 하면서도 그 사실을 깨닫지 못하였다. 장부들을 꺼내어 확인하며 정리하였다. 형편이 옹색한 소상인들로부터 받은 어음 뭉치를 불 속으로 던져버렸다. 편지 한 통을 썼고, 그때 누가 그의 방에 있었다면 겉봉에 쓴 다음 주소를 읽을 수 있었을 것이다. '은행가 라휘드 씨 귀하, 아르뚜와 로, 빠리.'

그는 은행권 몇 장과 그해에 투표할 때 사용한 통행증이 들어 있는 지갑을 책상 서랍에서 꺼냈다. 심각한 생각에 잠긴 모습으로 그 일련의 행동을 거침없이 하고 있는 것을 누가 보았다면, 그의 내면에서 진행되고 있던 것이 무엇인지 확신할 수 있었을 것이다. 다만 그의 입술이 가끔 움직일 뿐이었다. 그러다가는 고개를 쳐들어 벽면의 어떤 지점을 응시하곤 하였는데, 마치 그곳에 자기가 밝혀내고 싶은, 혹은 추궁하고 싶은 것이 있는 듯한 기색이었다.

라휘뜨 씨에게로 보낼 편지를 다 쓴 다음, 그는 편지와 지갑을 호주머니에 넣었다. 그리고 다시 걷기 시작하였다.

그의 몽상은 조금도 그 궤도를 벗어나지 않았다. 그는 반짝이는 글자들로 쓰여져 눈앞에서 활활 타오르며 그의 시선을 따라 움직이는 자기의 의무를 지속적으로 명료하게 보고 있었다. '가라! 너의 이름을 밝히라! 너를 고발하라!'

또한 마찬가지로, 그때까지 그의 삶을 지탱해 준 이중의 법칙이었던 두 생각, 즉 자기의 이름을 감추고 자기의 영혼을 신성하게 만들겠다는 그 두 생각이, 마치 촉지할 수 있는 형태로 자기 앞에 와서 움직이는 듯 선명하게 보였다. 그 두 생각이 처음으로 완벽하게 구별되어 그의 앞에 나타났다. 그 둘을 갈라놓는 차이가 선명하게 보였다. 그는 그 두 생각 중 하나가 필연적으로 좋은 반면, 다른 하나는 나쁘게 변질될 수 있음을 깨달았다. 하나가 헌신임에 반해 다른 하나는 아욕(我慾)이어서, 하나가 '이웃'을 말할 때 다른 하나는 '나'를 말하며, 하나가 빛으로부터 오는 생각임에 반해 다른 하나는 어둠으로부터 온다는 사실을 깨달았다.

그 두 생각이 투쟁을 벌이고 있었으며, 싸우는 장면이 선명히 보였다. 그가 몽상을 계속함에 따라 그의 오성의 눈앞에서 두 생각이 점점 더 커졌다. 두 생각이 마침내 거대한 체구를 갖게 되었다. 그리고 자기의 내면에서, 앞서 말한 그 무한 속에서, 어둠과 어렴풋한 빛이 뒤섞인 곳에서, 하나의 여신과 하나의 여자 거인이 뒤엉켜 싸우고 있는 모습이 보였다.

그는 두려움에 사로잡혔다. 하지만 착한 생각이 승리를 거두는 것 같았다. 그는 자기 의식과 운명의 또 다른 결정적 순간에 자신이 도달하고 있음을 느꼈다. 즉, 주교가 그의 새로운 삶의 첫 단계를 제시해 주었다면, 그 샹마튜라는 사람은 두 번째 단계를 제시해 주는 것 같았다. 커다란 위기 다음에 커다란 시험이 닥친 것이다.

그러는 동안, 잠시 가라앉았던 신열 같은 혼란이 조금씩 다시 시작되고 있었다. 수천 가지 생각들이 그를 관통했다. 하지만 그것들이 그의 결심을 지속적으로 공고하게 다져주었다.

어떤 순간에는 그가 자신을 향해 이렇게 말하기도 하였다.

"내가 어쩌면 일을 너무 심각하게 받아들이는지도 몰라. 여하튼 그 샹마튜가 중요한 사람은 아니잖아. 한마디로 그는 도둑질을 했어."

그러자 즉각 그의 내면에서 이러한 대꾸가 들려왔다.

"비록 그 사람이 정말 사과 몇 개를 훔쳤다 하더라도, 그것은 구류 한 달감이야. 도형장과는 천양지차야. 게다가 누가 알아? 그가 정말 훔치기나 한 걸까? 그것이 증명되었나? 쟝 발쟝이라는 이름이 그를 압도하여 증거조차 필요 없게 된 거야. 예심판사들이 통상적으로 그렇게 일을 처리하지 않는가? 그가 도형수임을 알기 때문에 그가 절도범이라고 생각하는 거야."

또 어떤 순간에는, 그가 비록 자수를 한다 해도, 그 행위의 의기(義氣)와, 칠 년 전부터 영위해 온 정직한 생활, 그가 지역을 위해 한 일 등을 고려하여, 그를 사면할 것이라는 생각도 떠올랐다.

하지만 그러한 가정은 즉시 신기루처럼 자취를 감추었고, 그는, 쁘띠-제르베로부터 40쑤를 훔친 행위가 그를 재범자로 만들었고, 그 사건이 틀림없이 다시 불거져 나올 것이며, 법에 구체적으로 규정된 대로 종신 강제 노역 형에 처해질 것이라는 등의 생각을 하면서, 쓴웃음을 지었다.

그는 일체의 환상에 등을 돌리고 이 지상으로부터 점점 멀어져 가면서, 위안과 힘을 다른 곳에서 찾았다. 그는 자기의 의무를 이행해야 한다고 스스로에게 강변하였다. 의무를 이행한다 해도 그것을 회피하는 것보다 아마 더 불행하지는 않을 것이라고 하였다. 일이 '되어가는 대로 내버려 두고' 그대로 몽트뢰이유-쉬르-메르에 머문다면, 그에게 표하는 경의, 그의 명성, 그의 봉사, 그에게로 향하는 공경과 숭경, 그의 자비, 그의 부, 그의 인기, 그의 덕행 등에 범죄라는 양념이 가미될 것이며, 그 흉측한 것과 뒤섞인 그 모든 신성한 것들의 맛이 어떻겠느냐고 하였다! 반면 그가 자신을 희생하면, 도형장과, 죄수 매다는 말뚝과, 죄수의 목에 거는 쇠고리와, 죄수의 초록색 모자와, 휴식 없는 노동과, 무자비한 수치에, 천국의 사념이 섞일 것이라고 하였다!

결국 그는 자신에게 이르기를, 그것은 필연적인 일이고, 자기의 운명은 그렇게 정해졌으며, 저 높은 곳에서 정돈해 놓은 것을 자기가 흐트러뜨릴 수는 없다고 하였다. 따라서 어떠한 경우이든, 속에 가증스러운 짓을 감추고 덕행을 겉으로 드러내든가, 혹은 속에 성스러움을 감추고 치욕을 겉으로 드러내든가, 둘 중 하나를 택할 수밖에 없다고 하였다.

그토록 많은 음산한 사념들을 뒤적거리고 있었건만 그의 용기는 쇠약해지지 않았다. 하지만 그의 뇌수가 지쳐가고 있었다. 그는 자신도 모르게 다른 많은 것들을, 그와 무관한 하찮은 것들을 생각하기 시작하였다.

그의 양쪽 관자놀이 속에서 동맥들이 격렬하게 욱신거렸다. 그는 계속 왔다 갔다 하였다. 소교구 예배당에서 먼저 자정을 알리는 시계 소리가 들리더니, 뒤이어 시청에서도 들렸다. 그는 두 벽시계에서 들리는 열두 번의 종소리를 헤아렸고, 두 종의 음색을 비교해 보았다. 그러면서, 며칠 전 철물점에서 본 낡은 종을, 팔려고 내놓았는데 그 위에 '앙뚜완느 알뱅 드 로맹빌르'라고 새긴 종을, 무심히 뇌리에 떠올렸다.

그는 한기를 느꼈다. 불을 조금 피웠다. 그러면서도 창문 닫을 생각을 하지 않았다. 그러는 동안 다시 망연자실한 사람처럼 되었다. 자정을 치기 전까지 자기가 무슨 생각을 하고 있었는지, 그것을 다시 뇌리에 떠올리기 위하여 애를 썼다. 드디어 성공하였다.

"아! 그래, 내가 자수하기로 결심하였지." 그가 중얼거렸다.

그런데 문득 팡띤느 생각이 났다. 그가 다시 중얼거렸다.

"저런! 그러면 그 가엾은 여인은!"

그 순간 새로운 발작이 일어났다.

그의 몽상 속에 불현듯 나타난 팡띤느가, 뜻밖에 나타난 어떤 빛의 한 가닥처럼 보였다. 그를 둘러싸고 있던 모든 것들의 면모가 바뀌는 것 같았다. 그가 자신에게 강변하였다.

'아! 젠장! 지금까지 나는 오직 내 생각만 하였어! 나의 편의만 고려하였어! 내가 침묵을 지키든 혹은 자수하든, 나의 정체를 감추든 혹은 나의 영혼을 구출하든, 경멸스럽되 존경받는 고위 관리로 살든 혹은 치욕스러운 도형수이되 숭앙받으며 살든, 그 선택은 나에게 달려 있으며, 어찌하건 그것은 여전히 나만의 문제야! 하지만, 맙소사! 그것은 모두 이기주의의 소산이야! 이기주의의 여러 형태이지만, 여하튼 이기주의야! 내가 조금이나마 다른 사람들 생각을 해야 하지 않을까? 성스러운 덕의 시작은 다른 이를 생각하는 것이야. 어디 좀 보자. 숙고해 보자. 내가 제거되고 지워지고 망각된다면 결국 어떤 일이 초래될까? 내가 자수를 하면? 나를 체포하고, 그 샹마튜라는 사람을 석방한 다음, 나를 다시 도형장으로 보내겠지. 그건 좋아. 하지만 그다음에는? 여기에서 어떤 일이 생길까? 아! 여기에는 한 고장, 한 도시, 공장들, 하나의 산업, 노동자들, 남자들, 여자들, 늙은 할아버지들, 아이들, 가엾은 사람들이 있어! 여기에 있는 모든 것을 내가 창안하였고, 그 모든 것들이 생동하게 만들었어. 굴뚝에서 연기가 피어오르는 곳은 어디든 내가 그 불씨를 제공하였고, 그 집 냄비에 내가 고기를 넣어주었어. 내가 이곳에 넉넉함과 순환과 신용을 정착시켰어. 내가 오기 전에는 아무것도 없었어. 내가 다시 일으켜 세우고, 활기를 주고, 고무하고, 풍요롭게 하고, 자극하여 이 고장 전체를 부유하게 만들었어. 나 하나 없어지면 사람 하나 줄어드는 것이야. 하지만 내가 물러가는 순간, 모든 것이 죽을 거야. 그러면 그토록 많은 고초를 겪었고, 많은 공덕을 쌓으며 추락한 여인, 내가 뜻하지 않게 모든 불행을 안겨 준 그 여인은 어찌 된단 말인가! 그리고 내가 찾으러 가려 했던 그 아이, 내가 엄마에게 약속했던 아이는! 내가 그녀에게 끼친 해악을 배상해 주는 것이 나의 의무 아닌가? 만약 내가 사라진다면 어떤 일이 생길까? 그 엄마는 죽을 거야. 아이는 그대로 내버려질 테지. 내가 자수하면 일이 그렇게 돌아갈 거야. 하지만 내가 자수하지 않으면? 내가 자수하지 않으면 어찌 될지 더 자세히 검토해 보아야겠군.'

자신에게 그러한 질문을 던진 후 그는 문득 멈추어 섰다. 잠시 망설이며 전율하는 것 같았다. 하지만 그러한 순간은 얼마 지속되지 않았고, 그는 태연하게 다음과 같은 답변을 내놓았다.

'좋아, 그 사람은 도형장으로 가게 되어 있어. 여하튼, 젠장! 그가 절도죄를 저지른 것은 사실이야! 그가 훔치지 않았다고 내가 아무리 강변해도 소용없는 일이야! 그가 훔친 것은 사실이니까! 반면 나는 이곳에 남아서 계속하는 거야. 십 년 이내에 내가 천만 프랑을 벌어 그것을 이 고장에 뿌리고 나를 위해서는 아무것도 남기지 않겠어. 그것이 나에게 무슨 소용 있겠어? 내가 하는 일은 나를 위해서가 아니야! 모든 사람들의 번영이 증대되고, 온갖 산업이 깨어나 활기를 띠고, 각종 제조소와 공장들이 늘어나고, 가정들이, 수백 수천의 가정들이 행복을 구가할 거야! 이 고장의 인구가 증가하여, 몇몇 농가가 띄엄띄엄 흩어져 있던 곳에 커다란 마을들이 들어서고, 아무것도 없던 황무지에 농가들이 생길 거야. 가난이 사라지면, 그것과 함께 방탕과 매춘과 절도와 살인 등 모든 악벽들, 모든 범죄가 함께 사라질 거야! 그러면 그 가엾은 엄마가 자기의 아이를 키울 것이고! 결국 이 고장 전체가 부유하고 정직해질 거야! 아! 정말 내가 미쳤었어! 분별을 잃었던 거야. 자수를 하다니 내가 도대체 무슨 소리를 지껄인 거야? 조심해야겠어, 정말이지, 허겁지겁 달려들 일이 아니야. 뭐라고! 위대하고 용맹한 일을 하는 것이 좋아서라고! 하지만 그것은 결국 한 편의 멜로드라마일 뿐이야! 나만을, 오직 나만을 생각했기 때문이야! 조금 지나치긴 하지만 본질적으로는 정당할지도 모를 형벌로부터, 누구인지도 모르는 일개 절도범을, 분명 우스꽝스러운 자임에 틀림없는 자를 구출하기 위하여, 한 고장 전체가 파멸해야 하다니! 가엾은 한 여인이 구호소에서 비참하게 죽어야 하다니! 가엾은 어린 소녀 하나가 길바닥에서 시들어 죽어가야 하다니! 개들처럼! 아! 정말 끔찍한 일이야! 엄마가 자기의 아이를 다시 보지도 못한 채! 아이가 엄마를 거의 알지도 못한 채! 게다가 그 모든 일을, 그 늙은 거렁뱅이 사과 도둑을 위하여, 그 사건이 아니더라도 분명 다른 죄 때문만으로도 도형장으로 가야 할지도 모를 사람을 위하여 감수해야 하다니! 죄인 하나를 구출하기 위하여 무고한 많은 사람들을 희생시켜야 하다니, 따져보면 살 날이 불과 몇 년 남짓하고 도형장에 있다 해도 자기의 오두막에 있는 것보다 더 불행하지도 않을 어느 늙은 떠돌이를 구출하기 위하여, 엄마들과 여인들과 아이들을 비롯한 주민들 전체를 희생시켜야 하다니, 꼴불견의 가책감이야! 이 세상에 의지할 곳은 나밖에 없으며, 지금쯤 틀림없이 추위에 파랗게 질려 그 떼나르디에라는 자의 누추한 집구석에서 오들오들 떨고 있을 꼬제뜨까지 희생시키면서! 떼나르디에 내외 또한 악당들인데! 그러면 내가 그 모든 가엾은 사람들에 대한 의무를 저버리게 되는 것이야! 그런데도 내가 내 발로 가서 자수하다니! 꼴불견의 멍청이짓이야! 최악의 경우를 가정해 보자. 이 일에서 내가 하는 것들 중 악행이 있다 치자, 그래서 언젠가는 나의 양심이 그 행위를 들어 나를 나무랄 것이라고 가정해 보자. 하지만, 다른 이들의 행복을 위하여, 오직 나만을 짓누르는 그 나무람과, 오직 나의 영혼만을 위태롭게 하

는 그 악행을 회피하지 않는 것, 그것이 진정한 헌신이며 진정한 덕행 아닌가!'

그가 의자에서 일어나 다시 걷기 시작하였다. 이번에는 그의 마음이 흡족한 것 같았다.

다이아몬드는 땅속 깊숙한 곳에 있는 암흑 속에서만 발견할 수 있다. 마찬가지로 진실은 사념의 심층부에서만 발견할 수 있다. 그는 그 심층부로 내려간 후에야, 그 암흑의 가장 어두운 경지에서 오랫동안 더듬거린 후에야, 드디어 다이아몬드들 중 하나를, 진실들 중 하나를 발견하여 수중에 넣은 것 같았으며, 그것을 바라보며 황홀감에 잠겼다. 그러면서 생각에 잠겼다.

'그래, 바로 그거야. 나는 진실에 도달했어. 해결책을 찾았어. 무엇엔가에는 결국 만족해야 해. 이제 결심이 섰어. 되어가는 대로 내버려 두자! 더 이상 흔들리지도, 물러서지도 말자. 이 결단은 모든 사람들을 위한 것이지, 나를 위한 것이 아니야. 나는 마들렌느이고, 마들렌느로 남겠어. 불행은 쟝 발쟝이라는 사람의 몫이야! 그것은 더 이상 내가 아니야. 나는 그 사람을 모르며, 그것이 무엇인지도 몰라. 지금 쟝 발쟝이라는 사람이 있다면, 그가 알아서 할 수밖에 없어! 나와는 무관한 일이야. 그것은 어둠 속에서 둥둥 떠다니는 숙명적인 이름이야. 그 이름이 문득 멈추어 어떤 사람의 머리 위로 떨어진다 해도, 그 사람이 불운한 것뿐이야!'

그는 벽난로 위에 놓여 있던 작은 거울을 들여다보며 생각하였다.

'정말이야! 결심을 하고 나니 내 얼굴이 편안해졌군! 전혀 다른 사람이 되었어.'

그는 다시 몇 걸음 걷다가 문득 멈추었다. 그리고 다시 생각에 잠겼다.

'그래! 내려진 결단으로부터 어떤 결과가 초래되든, 그 앞에서 머뭇거리지 말아야 해. 아직도 나를 그 쟝 발쟝에게 붙잡아 매는 실들이 있어. 그것들을 다 끊어버려야 해! 여기에, 이 방 안에도, 나를 규탄할 수 있는 물건들, 증인 역할을 할 수 있는 말 못 하는 물건들이 있어. 결단이 내려졌으니 그것들도 사라져야 해.'

그는 자기의 호주머니를 뒤져 작은 돈주머니를 꺼낸 다음, 그것을 열어 작은 열쇠 하나를 꺼냈다. 그는 벽지의 문양들 중 가장 검은 부분에 뚫어놓은 자물쇠 구멍에 그 열쇠를 밀어 넣었다. 은닉처 하나가 열렸다. 벽 모서리와 벽난로 굴뚝 사이의 벽면을 파서 만든 일종의 장롱이었다. 그 은닉처에는, 푸른색 천으로 지은 작업복 상의 하나와 낡은 바지 하나, 낡은 배낭 하나, 양쪽 끝에 쇠를 씌운 굵직한 가시나무 막대기 하나 등, 하잘것없는 물건들밖에 없었다. 쟝 발쟝이 1815년 10월, 디뉴 시가지를 가로질러 걷던 모습을 본 사람이라면, 그 초라한 치장물들 하나하나를 어렵지 않게 알아보았을 것이다.

그는 은촛대를 간수하듯 그것들도 간수하고 있었는데, 그것은 언제까지라도 자신의 출발점을 기억하기 위함이었다. 다만 도형장에서 가져온 것들은 감추어두었으되, 주교로부터 받은 은촛대들만은 사람들의 눈에 띄도록 내놓고 살았다.

그는 힐끔 출입문을 바라보았다. 비록 빗장을 질러두었지만, 그것이 혹시 열리지 않을까 염려하는 듯하였다. 그러더니 신속하고 우악스러운 동작으로, 그토록 오랜 세월 동안 정성스럽게 또 위험을 무릅쓰고 간수해 오던 물건들에게 눈길 한 번 던지지 않고, 누더기 옷이건 막대기건 배낭이건, 모두 휩쓸어 안더니 불 속으로 던져버렸다.

그는 은닉처의 문을 다시 닫은 다음, 이제는 그 속이 텅 비어 구태여 조심할 필요도 없건만, 커다란 가구 하나를 그 벽면으로 밀어서 세워, 은닉처의 문을 가렸다.

잠시 후, 맞은편 건물의 벽면과 창문에, 붉고 떨리는 거대한 반사광이 어른거렸다. 모든 것이 타고 있었다. 가시나무 막대기는 탁탁 소리를 내면서 탔고, 불똥이 방 한가운데까지 튀었다.

속에 있던 초라한 넝마 조각들과 아울러 타고 있던 배낭으로부터 반짝이는 것 하나가 재 속으로 뒹굴렀다. 어린 사부와 소년으로부터 훔친 40쑤짜리 은화임에 틀림없었다.

그는 불을 바라보지 않고 걷기만 하였다. 같은 걸음으로 계속 왔다 갔다 하였다. 문득 그의 눈이 벽난로 위에서 불빛을 받아 희미하게 빛을 발산하고 있던 두 촛대 위에 멈추었다.

'저런! 쟝 발쟝이 몽땅 저 속에 아직도 남아 있어. 저것도 없애 버려야 하겠어.' 그의 뇌리를 스친 생각이었다.

그가 두 촛대를 움켜잡았다. 그것들을 녹여 형체를 알아볼 수 없는 덩어리로 변형시키기에 충분한 불이 남아 있었다.

그는 벽난로의 아궁이 쪽으로 상체를 숙여 잠시 불을 쬐었다. 정말로 아늑하였다.

'좋은 열기군!' 그렇게 생각하였다.

촛대 하나를 집어 그것으로 숯덩이들을 뒤적거렸다. 한순간 후면 촛대들이 불 속으로 들어갈 찰나였다.

그 순간 그의 내면에서 고함을 지르는 소리가 들리는 것 같았다.

"쟝 발쟝! 쟝 발쟝!"

그의 머리카락들이 곤두섰다. 그는 무시무시한 말에 귀를 기울이는 사람처럼 변하였다. 음성이 계속 들리는 것 같았다.

"그래! 바로 그거야! 마무리를 지어! 네가 하는 일을 완수해! 그 촛대들을 없애 버려! 그 추억을 지워버려! 주교를 잊어! 모든 것을 잊어! 그 샹마튜를 파멸시켜! 계속해, 잘하고 있어. 기뻐해! 그렇게 합의되고 결정되고 선언되었어. 그 사람, 사람들이 자기에게 무슨 짓을 하려는지조차 모르는 늙은이, 아무 잘못도 저지르지 않았을지도 모를, 아마 무고한 사람일지도 모를 그 늙은이, 너의 이름이 그의 모든 불행을 만들고 범죄처럼 짓누를 그 사람, 너를 대신해 잡혀서 선고를 받고, 수치와 끔찍함 속에서 생을 마감할 그 사람은 내버려 두어! 그렇게 되는 것이 좋아. 반면 너는 정직한 사람으로 남아 있어. 시장님으로 남아서, 명망 높고 존경받는 시장님으로 남아서, 도시를 부유하게 만들고, 궁핍한 사람들을 부양하고, 고아들을 기르며, 행복하고 고결하며 칭송받는 사람으로 살아! 그러면, 네가 이곳에서 기쁨과 밝은 빛 속에서 사는 동안, 다른 한 사람은 도형장에서 너의 붉은색 작업복을 입고, 수치 속에서 너의 이름을 달고 다니며, 너의 쇠사슬을 발목과 목에 걸고 있을 거야! 그래, 잘된 일이야! 아! 불쌍한 것!"

그의 이마에 식은땀이 흘렀다. 그는 초점 잃은 눈으로 촛대들을 물끄러미 바라보고 있었다. 그동안에도 그의 내면에서 들려오던 말은 멈추지 않았다. 목소리가 계속되었다.

"쟝 발장! 너의 주위에서 소란을 피우고, 큰 소리로 말하며, 너를 축복하는 많은 음성들이 있을 거야. 그리고 아무에게도 들리지 않지만, 암흑 속에서 너를 저주하는 음성 하나가 있을 거야. 그러니! 잘 들어, 파렴치한 자야! 그 모든 축복은 하늘에 이르기 전에 다시 떨어질 것이며, 오직 저주만이 신에게까지 올라갈 거야!"

처음에는 아주 약하게 그의 의식 가장 희미한 곳에서 일어난 음성이, 차츰 찌렁찌렁 울리며 요란해지더니, 이제는 그의 귀에도 들렸다. 그 음성이 그의 몸 밖으로 나간 것 같았고, 밖에서 그를 향해 말하고 있는 것 같았다. 마지막 몇 마디는 어찌나 선명히 들리는 것 같던지, 그는 일종의 두려움에 휩싸여 방 안을 두리번거렸다.

"여기에 누가 있소?" 그가 큰 소리로 물었다. 그리고 넋을 잃었다.

그리고 백치의 웃음을 흘리며 다시 중얼거렸다.

"내가 멍청하기도 하지! 이곳에 누가 있을 리 없어."

그곳에는 누군가가 있었다. 하지만 그곳에 있던 이는 인간의 눈이 볼 수 있는 이가 아니었다.

그는 두 촛대를 벽난로 위에 올려놓았다.

그런 다음 그 단조롭고 음산한 걸음을 다시 시작하였다. 그의 몽상을 방해하고, 또한 아래층에서 자고 있던 사람이 소스라쳐 깨어나게 하던 걸음이었다.

그 걸음이 그의 마음을 누그러뜨려 주고 동시에 그를 도취경으로 몰아넣었다. 극단적인 처지에서는 사람들이 몸을 움직이는 경우가 가끔 발견되는데, 아마 그렇게 이동하면서 마주치는 모든 것에게 조언을 구하기 위함인 모양이다. 잠시 후 그는 자기가 어떤 처지에 있는지조차 모르게 되었다.

그는 자기가 연속적으로 내렸던 두 결단 앞에서 동일한 두려움을 느끼며 이제는 뒷걸음질을 치고 있었다. 그에게 조언을 해주던 두 생각 모두가 그에게는 비통할 뿐이었다. 무슨 숙명이란 말인가! 자기로 오인된 그 샹마튜, 그 무슨 우연이란 말인가! 섭리가 자기를 확고히 해주기 위하여 동원한 수단으로 보이던 것에 의하여 까마득한 심연 속으로 처박혀야 하다니!

그는 잠시 동안 자기의 미래를 곰곰이 들여다보았다. 자수를 하다니, 맙소사! 자신을 넘겨주다니! 그는 엄청난 절망감에 사로잡힌 채, 자기가 버려야 할 모든 것들과 다시 감수해야 할 모든 것들을 정면으로 직시해 보았다. 그토록 좋고 순수하며 찬연한 삶과 모든 사람들의 존경, 명예, 자유에 영별을 고해야 할 형편이었다! 더 이상 들판을 소요할 수도 없고, 아름다운 5월이 되어도 새들의 노래를 더 이상 들을 수 없으며, 어린아이들에게 돈을 나누어 줄 수도 없을 것이다! 그에게로 향하는 감사와 사랑의 따스한 시선을 느낄 수도 없을 것이다! 그가 지은 그 집, 그 방, 그 작은 방을 떠나야 할 것이다! 그 순간, 모든 것이 매력적으로 보였다. 더 이상 자기의 책 속으로 침잠할 수도 없고, 작은 전나무 책상 위에서 글을 쓸 수도 없을 것이다! 그가 부리는 유일한 하녀, 그 늙은 여자 수위가 더 이상 아침마다 자기의 방으로 커피를 올려다 주지도 않을 것이다. 맙소사! 도형수 떼거리,

목에 걸린 쇠고랑, 붉은색 작업복 상의, 발목의 쇠사슬, 피곤, 지하 감방, 수용소 침대, 이미 겪어본 그 끔찍한 것들이 지금의 모든 것을 대신할 것이다! 자기의 나이에! 게다가 이렇게 살다가! 아직 젊기라도 하면 모르려니와! 그런데, 다 늙어서 이 사람 저 사람으로부터 반말을 듣고, 간수로부터 몸수색을 받으며, 하급 장교로부터 몽둥이질을 당해야 하다니! 맨발로 그 투박한 징 박힌 구두를 신어야 하다니! 쇠고랑을 검사하는 순찰꾼의 망치 아래로 아침과 저녁마다 다리를 들이밀어야 하다니! 낯선 사람들의 호기심 가득한 시선을 감내하면서 그들이 지껄이는 말을 들어야 하다니! '저 친구, 저게 몽트뢰이유-쉬르-메르의 시장이었던 그 유명한 쟝 발쟝이야!' 저녁이면, 땀에 흠뻑 젖고 녹초가 되어, 초록색 모자[16]를 푹 눌러쓰고, 하사관의 채찍 세례를 받으며, 둘씩 짝을 지어 물에 떠 있는 감방으로 이어진 사다리 계단을 올라야 하다니! 오! 비참함이여! 운명[17]이라는 것이 지성을 가진 존재[18]처럼 심술 사나울 수 있고, 인간의 심정처럼 괴물로 변할 수 있단 말인가!

그리하여, 무슨 짓을 하여도, 그는 자기의 몽상 밑바닥에 있는 진퇴유곡의 궁지로 끊임없이 다시 떨어질 수밖에 없었다. 낙원에 머물면서 악마가 되느냐, 혹은 지옥으로 다시 돌아가 천사가 되느냐!

맙소사, 어찌해야 할까! 어찌해야 된단 말인가?

그토록 힘들여 겨우 혼란을 벗어났는데, 그 혼란이 다시 그의 속에서 맹위를 떨쳤다. 그의 생각들이 다시 뒤섞이기 시작하였다. 그 생각들은 절망의 속성인 아연실색하고 기계적인 측면을 가지고 있었다. 그가 전에 들은 적 있는 어느 노래의 두 구절과 함께 로맹빌르라는 이름이 끊임없이 그의 뇌리에 떠올랐다. 그는 로맹빌르가 빠리 근처에 있는 작은 숲이며, 4월이면 젊은 연인들이 그곳으로 라일락 꽃을 꺾으러 간다는 생각에 잠겼다.

그의 내면처럼 그의 몸도 비척거렸다. 그는 홀로 걷도록 내버려 둔 어린아이처럼 걸었다.

어떤 순간에는 덮쳐 오는 나른함에 맞서 싸우면서 정신을 차리려고 애를 썼다. 그는 자신을 지쳐 쓰러지게 한 그 문제를 마지막으로, 또 결정적으로, 자신에게 부과하려고 노력하였다. 자수해야 할까? 입을 다물어야 할까? 하지만 선명한 것은 그 무엇도 보이지 않았다. 그의 몽상에 의해 시도된 사유의 희미한 모습들이 파르르 떨리며 하나하나 연기가 되어 흩어졌다. 다만, 자기가 어느 쪽을 택하든, 필연적으로 또 도피할 가능성 없이, 자기의 무엇이 죽을 것이라는 점만은 느끼고 있었다. 좌우 어느 쪽으로 가든 무덤 속으로 들어갈 것이고, 행복의 임종이건 덕행의 임종이건 둘 중 하나의 임종을 맞아야 한다는 것만은 느끼고 있었다.

애석한 일이다! 그는 그 혼란스러운 머뭇거림에 다시 사로잡혔다. 출발점에서 단 한 걸음도 나아가지 못하고 있었다.

그 불운한 영혼이 고뇌 속에서 그렇게 몸부림치고 있었다. 그 불운한 사람보다 천팔백 년 앞서, 인류의 모든 성스러움과 모든 고초를 축약하여 간직하고 있던 그 신비로운 존재 역시, 무한으로부터 불어오는 사나운 바람에 올리브 나무들이 파르르 떨고 있을 때, 어두운 그림자 철철 흐르고 암흑 넘치는 무시무시한 잔이 별들 가득한 심연으로부터 자기 앞에 나타났을 때, 그 잔을 한동안 멀찌감치 둔 채 잡지 않은 적이 있다.[19]

4. 꿈속에서 본 고통의 형태

새벽 3시를 치는 소리가 들렸다. 거의 멈추지 않고 그렇게 오락가락하기 시작한 지 다섯 시간이 지났을 때, 그는 의자에 털썩 주저앉았다.

그렇게 잠이 들었고 꿈을 꾸었다.

대부분의 꿈들이 그렇듯이, 그 꿈 또한 음산하고 괴로운 측면에서만 그의 처지와 연관되어 있었으되, 그에게 강한 인상을 남겼다. 그 악몽이 어찌나 충격을 주었던지, 그가 훗날 그 꿈을 기록하였다. 그의 손으로 쓴 문서들 중 어느 쪽지 하나에 그것이 기록되어 있었다. 그것을 원문 그대로 여기에 옮겨 적어야 할 듯하다.

그 꿈이 어떤 것이든, 그 꿈을 누락시키면, 그날 밤 이야기가 불완전할 수밖에 없을 것이다. 그것은 병든 영혼의 어두운 이야기이다.

그 꿈은 이러하다. 겉봉에는 이렇게 쓰여 있었다. '그날 밤에 내가 꾼 꿈'.

나는 어느 들판에 있었다. 풀 한 포기 없는 광막한 들판이었다. 낮도 아니고 밤도 아닌 것 같았다.

나는 나의 형제들 중 하나와 함께 거닐고 있었다. 어린 시절을 함께 보낸 형제인데, 고백하거니와, 나는 그의 생각을 단 한 번도 하지 않고 또 그에 대해서는 거의 아무것도 기억하지 못한다.

우리는 잡담을 하고 있었으며 행인들과 마주치기도 하였다. 우리는, 한때 우리의 이웃이었고, 길 옆집으로 이사한 후에는 항상 창문을 열어놓은 채 일을 하던 어느 여자 이야기를 하고 있었다. 이야기를 하면서 우리는 그 열어놓은 창문 때문에 추위를 느꼈다.

들판에는 나무가 없었다.

어떤 남자 하나가 우리들 곁으로 지나갔다. 그 남자는 알몸이었는데 온통 잿빛이었고, 흙색 말을 타고 있었다. 머리카락이 하나도 없어 두개골이 드러났는데, 혈관들이 두개골 위로 퍼져 있었다. 그는 포도 넝쿨의 햇가지처럼 나긋나긋하고 쇠처럼 무거운 회초리 하나를 손에 들고 있었다. 그 기사는 우리의 곁을 지나며 아무 말도 하지 않았다.

"움푹 팬 길로 들어서자." 형이 나에게 말하였다.

움푹 팬 길이 하나 있었는데, 그곳에는 덤불도 이끼 한 가닥도 보이지 않았다. 온통 흙색이었고, 하늘도 그랬다. 몇 걸음 더 갔을 때, 내가 하는 말에 아무도 대꾸를 하지 않았다. 나는 형이 더 이상 나와 함께 있지 않음을 깨달았다.

마을 하나가 보이길래 그 마을로 들어섰다. 그곳이 로맹빌르임이 틀림없다고 생각하였다(왜 로맹빌르일까?).[20]

내가 처음 들어선 길에는 아무도 없었다. 두 번째 길로 들어섰다. 두 길이 만들어놓은 모퉁이 뒤에 어떤 사람 하나가 벽에 기대어 서 있었다. 내가 그 사람에게 물었다. "이 고장의 이름이 무엇입니까? 제가 와 있는 곳이 어디입니까?" 그 사람은 아무 대꾸도 하지 않았다. 어느 집 문이 열려 있길래 그 집으로 들어갔다.

첫 번째 방에는 아무도 없었다. 두 번째 방으로 들어갔다. 그 방 출입문 뒤에, 어떤 남자 하나가 벽에 기대어 서 있었다. 내가 그 남자에게 물었다. "이 집의 주인이 누구입니까? 제가 어디에 와 있는 것입니까?" 남자는 아무 대꾸도 하지 않았다. 그 집에는 정원 하나가 있었다.

나는 집에서 나와 정원으로 들어갔다. 정원에는 아무도 없었다. 내가 본 첫 번째 나무 뒤에 어떤 남자가 서 있었다. 내가 그 사람에게 물었다. "이것은 어떤 정원입니까? 제가 어디에 와 있는 것입니까?" 남자는 아무 대꾸도 하지 않았다.

나는 마을 이곳저곳을 배회하였다. 그런데 보자니 그곳은 하나의 도시였다. 모든 길들에 인적이 끊겼고, 모든 집들의 출입문이 열려 있었다. 거리를 지나가거나 방에서 오가거나 정원에서 산책하는 생명체는 단 하나도 보이지 않았다. 하지만 모든 건물 모퉁이와 모든 문과 모든 나무들 뒤에 남자 하나씩이 서 있었고, 그들은 아무 말도 하지 않았다. 사람은 언제나 하나씩밖에 보이지 않았다. 그 사람들이 내가 지나가는 것을 바라보고 있었다.

나는 도시를 벗어나 들판을 걷기 시작하였다.

한동안을 걷다가 뒤를 돌아보니, 사람들이 큰 무리를 지어 내 뒤를 따라오고 있었다. 내가 도시에서 본 사람들임을 알아차렸다. 그들의 머리가 한결같이 기이하였다. 그들이 서두는 것 같지는 않았으나, 나보다 빠른 속도로 걷고 있었다. 그들은 걸으면서 아무 소음도 내지 않았다. 어느 순간, 그 무리가 나를 따라잡았고, 나를 에워쌌다. 그 사람들의 얼굴은 모두 흙색이었다.

그러자, 내가 도시로 들어가면서 최초로 만나 말을 건넸던 남자가 나에게 물었다. "어디로 가십니까? 당신이 이미 오래전에 죽었다는 사실을 모르십니까?"

내가 대꾸를 하려고 입을 열었다. 하지만 그 순간, 내 주위에 아무도 없다는 사실을 깨달았다.

그가 잠에서 깨어났다. 그의 온몸이 얼음장처럼 차가웠다. 새벽바람처럼 차가운 바람 한 가닥에, 열려 있던 창문들이 빙글빙글 돌고 있었다. 벽난로 속의 불은 이미 꺼져 있었다. 촛불이 꺼지려고 깜박거리고 있었다. 아직 밖은 캄캄한 밤이었다.

그가 의자에서 일어나 창가로 갔다. 하늘에는 여전히 별들이 보이지 않았다.

창틀에 기대어 서니 집의 안뜰과 길이 보였다. 땅바닥에 부딪쳐 울리는 건조하고 딱딱한 소리가 문득 들려왔고, 그 소리에 그가 아래를 바라보았다.

저 아래에 붉은 별 둘이 보이는데, 그 빛줄기가 괴이하게 어둠 속에서 길어졌다 짧아졌다 하였다.

그의 사념은 아직도 반쯤 꿈이라는 안개 속에 잠겨 있었던지라 이렇게 중얼거렸다.

"저런! 하늘에는 없더니, 이제 땅 위로 내려와 있네."

그 순간 혼란스러움이 걷히고, 첫 번째 들은 것과 같은 두 번째 소음이 그를 완전히 깨어나게 하였다. 그가 유심히 살펴보니, 두 별들은 어느 마차 앞에 매단 초롱이었다. 그 초롱들이 발산하는 빛 덕분에 그는 마차의 형태를 알아볼 수 있었다. 작은 백마 한 마리를 단 틸버리였다. 그가 들은 소리는 말의 발굽이 포석 위에 닿으면서 낸 소리였다.

"저 마차의 정체가 무엇인가?" 그가 스스로에게 물었다. 이토록 이른 새벽에 누가 왔단 말인가?

그 순간 누가 그의 방 출입문을 조심스럽게 두드렸다.

그의 머리끝부터 발끝까지 온몸이 전율하였다. 하지만 무시무시한 소리로 물었다.

"누구요?"

대답하는 소리가 들려왔다.

"저예요, 시장님."

공장 여자 수위인 늙은 여인의 음성이었다.

"그래, 무슨 일입니까?"

"시장님, 잠시 후면 아침 다섯 시예요."

"그것이 저와 무슨 상관입니까?"

"시장님, 까브리올레가 도착했어요."

"무슨 까브리올레가?"

"틸버리 말씀이에요."

"무슨 틸버리?"

"시장님께서 틸버리 한 대를 부르지 않으셨나요?"

"부르지 않았습니다."

"마부가 말하기를, 시장님을 모시러 왔다고 해요."

"어떤 마부가?"

"스꼬플레르 씨의 마부라는군요."

"스꼬플레르 씨?"

그 이름을 듣자, 마치 번개 한 가닥이 얼굴을 스치며 지나가기라도 한 듯, 그가 몸서리를 쳤다.

"아, 그래요! 스꼬플레르 씨."

만약 늙은 여인이 그 순간에 그의 얼굴을 보았다면, 그녀는 두려움에 사로잡혔을 것이다.

상당히 긴 침묵이 흘렀다. 그는 멍청한 기색으로 촛불의 불꽃을 바라보다가, 심지 둘레의 뜨거운 밀랍을 손가락으로 잡고 돌돌 말았다. 늙은 여인은 문밖에서 기다리고 있었다. 그녀가 용기를 내어 다시 물었다.

"시장님, 뭐라고 할까요?"

"좋다고 하세요, 그리고 곧 내려간다고 하세요."

5. 바퀴에 낀 막대들[21]

아라스와 몽트뢰이유-쉬르-메르를 오가는 우편마차들은 그 무렵에도 제정 시절에 사용하던 작은 것들이었다. 그 우편마차들은 내부를 황갈색 가죽으로 감싸고, 차체를 원통형 용수철 위에 얹은 이륜 까브리올레였는데, 좌석은 모두 둘, 하나는 우편물 배달꾼의 자리이고, 다른 하나는 여행객의 자리였다. 바퀴는 아주 공격적으로 만들어진 긴 바퀴통으로 무장되어 있어서, 다른 마차들이 접근을 꺼려하며, 아직도 그러한 마차들을 알라마니아의 도로에서는 자주 볼 수 있다. 크고 길쭉한 우편물 함은 까브리올레의 뒷부분에 놓여 마차와 일체를 이루었다. 우편물 함은 검은색으로 칠하였고, 까브리올레는 황색으로 칠하였다.

오늘날에는 그것들을 닮은 것을 더 이상 구경할 수 없지만, 그 마차들은 어딘지 모르게 기형이고 꼽추를 닮은 듯하였으며, 그것들이 멀리 지나가는 것이나 지평선으로 뻗은 도로에서 기어가는 것을 바라보면, 작은 동체(胴體)로 거대한 뒷부분을 끌고 다니는 흰개미라고 하는 곤충을 닮기도 하였다. 하지만 그 마차들의 속도는 매우 빨랐다. 그 우편마차는 매일 밤, 빠리에서 오는 우편마차가 지나간 후, 아라스에서 새벽 한 시에 떠났는데, 새벽 다섯 시가 채 못 되어 몽트뢰이유-쉬르-메르에 도착하곤 하였다.

그날 밤, 에댕을 지나 몽트뢰이유-쉬르-메르로 이어지는 도로를 따라 내려오던 우편마차가 시내로 들어서려는 찰나, 길모퉁이에서 백마 한 필이 끄는 작은 틸버리와 가볍게 스치듯 충돌하였다. 그 틸버리는 반대 방향에서 오던 것으로, 외투로 온몸을 감싼 사람 혼자 타고 있었다. 틸버리의 바퀴가 상당히 거친 충격을 받았다. 우편마차꾼이 그 남자에게 멈추라고 소리를 쳤으나, 틸버리를 탄 나그네는 못 들은 체하고 서둘러 말을 급히 몰았다.

"더럽게 바쁜 사람이군!" 우편마차꾼이 중얼거렸다.

그렇게 길을 서둘러 가던 사람은, 발작 상태에서 몸부림치던, 보는 이의 연민을 자아내기에 충분한 그 사람이었다.

그가 어디로 가고 있었을까? 그 자신도 대답할 수 없었을 것이다. 왜 그리 서둘렀을까? 자신도 곡절을 모르고 있었다. 그는 무작정 앞만 바라보고 가던 중이었다. 어디로? 의심할 여지 없이 아라스로. 그러나 아마 다른 곳을 향했을지도 모른다. 가끔 자신도 그것을 느끼면서 몸서리를 쳤다.

그는 마치 깊은 구덩이 속으로 뛰어들듯 그 어둠 속으로 질주하고 있었다. 무엇인지 모를 것이 그의 뒤를 떠밀었고, 그를 끌어당기고 있었다. 그의 내면에서 일어나고 있던 현상을 아무도 명료하게 규정할 수는 없었을 것이로되, 누구나 이해할 수 있었을 것이다. 적어도 한 번쯤은, 그러한 미지의 어두운 동굴 속으로 들어가 보지 않은 사람이 어디 있겠는가?

　게다가 그는 아직 어떤 결심도 하지 않았고, 어떤 결정도 내리지 않았으며, 어떤 방안도 확정하지 않은, 즉 아무것도 하지 않은 상태였다. 그의 의식에서 비롯된 어느 행위도 결정적인 것은 없었다. 그는 그 어느 때보다도 갓 태어나 처음으로 세상을 대하는 사람 같았다.

　그가 왜 아라스로 가고 있었을까?

　그는 스꼬플레르의 까브리올레를 예약하면서 스스로에게 하던 말을 되씹고 있었다.―결과가 어찌 되건 자기의 눈으로 직접 보고 모든 것을 자기가 판단하는 것이 나쁠 것은 없다. 그것이 더 신중하리니, 어떤 일이 벌어지는지 알아야 한다. 직접 관찰하고 세심하게 훑어보지 않고는 어떤 단안도 내릴 수 없다. 멀리서 볼 때에는 모든 것을 태산처럼 여기는 법, 그 샹마튜를 직접 보고 나면, 그가 아무리 불쌍할지라도, 그를 자기 대신 도형장으로 가도록 내버려 두더라도 자신의 의식이 훨씬 가벼워질 것이다. 물론 쟈베르와 그 브르베라고 하는 사람, 슈날디으, 꼬슈빠이유 등, 그를 본 적이 있는 지난날의 도형수들이 재판정에 출석할 것이지만, 분명 그들은 그를 알아보지 못할 것이다. 젠장, 무슨 근심이야! 쟈베르는 천 리 밖에 있는 사람이나 마찬가지였다. 모든 가정과 추측이 그 샹마튜에게 고정되어 있는데, 추측과 가정만큼 고집스러운 것이 이 세상에는 없다. 따라서 아무 위험도 없다. 의심할 여지 없이 어두운 순간이긴 하지만, 결국 그곳으로부터 빠져나올 것이다.―여하튼, 자기의 운명이 아무리 악화되려 할지라도, 그 운명은 자신의 손아귀에 있고 자기가 운명의 주인이다.

　그는 그러한 생각에 매달려 있었다.

　톡 털어놓고 말하자면, 그는 기실 아라스에 가고 싶지 않았을 것이다.

　하지만 그곳으로 가고 있었다.

그러한 생각에 잠겨 그는 말에게 채찍질을 가하였고, 말은 한 시간에 이십오 리를 갈 만큼 고르고 안정된 속보로 달리고 있었다. 까브리올레가 앞으로 나아갈수록, 그의 내면에서 무엇인가가 자꾸만 뒷걸음질 치려 하는 것을 느낄 수 있었다.

먼동이 틀 무렵, 그는 허허벌판에 와 있었다. 몽트뢰이유-쉬르-메르가 그의 뒤로 상당히 멀어져 가고 있었다. 그가 하얗게 밝아오는 지평선을 바라보았다. 겨울날 새벽의 차가운 형체들이 그의 눈앞으로 스치는 것에 시선을 던졌으되, 실은 아무것도 보지 못하였다. 아침 또한 저녁처럼 자기 고유의 유령들을 가지고 있다. 그가 그 유령들을 보지는 못하였으되, 그 자신도 모르는 사이에, 그리고 일종의 생리적 침입에 가까운 형태로, 나무들과 구름들의 검은 윤곽들이 그의 격렬해진 영혼에 침울하고 음산한 무언가를 주입해 주고 있었다.

길 옆에 띄엄띄엄 있는 외딴집 앞을 지날 때마다, 그는 속으로 중얼거리곤 하였다. "하지만 저 속에서 지금도 잠을 자고 있는 사람들이 있겠지!"

말의 빠른 걸음걸이, 마구에 달린 방울들, 포석 위로 구르는 바퀴들, 그 모든 것들이 부드럽고 단조로운 소음을 내고 있었다. 그 모든 것들의 소리가, 즐거울 때 들으면 매력적이지만, 슬플 때 들으면 음산하다.

그가 에댕에 도착했을 때에는 날이 환하게 밝아 있었다. 말이 숨을 돌리게 하고 또 말에게 귀리도 먹일 겸, 어느 여인숙 앞에서 마차를 세웠다.

스꼬플레르가 이미 말한 바와 같이, 그 말은 머리와 복부가 지나치게 큰 반면 목덜미가 실하지 못하지만, 가슴팍이 딱 벌어지고 엉덩이가 펑퍼짐하며, 다리는 깡마르고 날렵한데 발은 튼튼한, 불로네 지역 특산의 체구 작은 종자였다. 볼품없으되 기운차고 건강한 말이었다. 그 탁월한 짐승이 단 두 시간 만에 오십 리를 주파하였건만, 엉덩이에 땀 한 방울 보이지 않았다.

그는 틸버리에서 내리지 않고 그대로 앉아 있었다. 귀리를 가지고 온 외양간 담당자가 문득 상체를 숙이더니, 왼쪽 바퀴를 유심히 살폈다.

"이런 상태로 멀리 가실 생각입니까?" 그 남자가 물었다.

그는 자기의 몽상에서 아직 미처 빠져나오지도 못한 채 건성으로 대꾸하였다.

"왜 그러시오?"

"멀리서 오시는 길입니까?" 외양간 담당이 다시 물었다.

"오십 리 되는 곳에서 왔소."

"아!"

"아! 라니, 그게 무슨 뜻이오?"

외양간 담당이 다시 상체를 숙이고 한동안 바퀴를 들여다보며 아무 말이 없더니, 상체를 다시 벌떡 세우며 말하였다.

"저 바퀴가 오십 리를 굴러왔다고 하시는데, 혹시 그럴 수 있었다 하더라도, 이제는 사분의 일 리도 더 구르지 못할 것입니다."

그가 틸버리에서 즉각 뛰어내렸다.

"여보게, 그 무슨 말씀인가?"

"손님과 말이 대로변 구렁텅이에 처박히지 않고 오십 리 길을 무사히 오신 것이 기적이라 말씀드리는 것입니다. 직접 보시죠."

바퀴가 정말 큰 손상을 입었다. 우편마차가 스치며 준 충격에 바퀴살 두 개가 쪼개졌고, 바퀴통을 심하게 할퀴고 지나가는 바람에 암나사들이 건성으로 붙어 있었다.

"이보시게, 이곳에 수레 만드는 목수가 있는가?" 그가 외양간 담당에게 물었다.

"물론이죠, 손님."

"그 사람을 불러주실 수 있겠소?"

"저기, 두 걸음 되는 곳에 계십니다. 저기! 부르가이야르 아저씨!"

수레장이 부르가이야르는 마침 자기 집 문간 앞에 나와 있었다. 그가 와서 바퀴를 들여다보더니, 부러진 다리를 진찰하고 난 외과 의사처럼 얼굴을 찡그렸다.

"이 바퀴를 즉시 고치실 수 있겠소?"

"예, 손님."

"내가 언제쯤 다시 출발할 수 있겠소?"

"내일이오."

"내일이라니!"

"꼬박 하루가 걸리는 일입니다. 손님께서는 가실 길이 바쁘신가요?"

"매우 바쁘오. 늦어도 한 시간 후에는 출발해야 하오."

"불가능한 일입니다, 손님."

"비용은 요구하시는 대로 얼마든지 드리겠소."

"불가능합니다."

"그렇다면! 두 시간 후에 출발할 수 있도록 해주시오."

"오늘 해 안으로는 불가능합니다. 바퀴살 둘과 바퀴통을 다시 만들어야 합니다. 내일 이전에는 출발하실 수 없습니다."

"내가 처리해야 할 용무가 내일까지 기다릴 수 있는 것이 아니오. 바퀴를 수리하는 대신 아예 교체하면 어떻겠소?"

"어떻게 말씀입니까?"

"수레장이라 하셨지요?"

"그렇습니다, 손님."

"나에게 팔 바퀴 하나 없습니까? 그러면 즉시 출발할 수 있을 터인데."

"교체용 바퀴 말씀입니까?"

"그렇소."

"손님의 까브리올레에 맞는 바퀴 하나는 없습니다. 바퀴 둘이 짝을 이루는 법입니다. 바퀴 둘이 우연히 맞는 것은 아닙니다."

"그렇다면 나에게 바퀴 한 쌍을 파시오."

"손님, 모든 바퀴들이 모든 차축에 맞는 것은 아닙니다."

"그렇더라도 한번 끼워나 보시오."

"부질없는 짓입니다, 손님. 제가 팔 수 있는 것은 짐수레 바퀴들뿐입니다. 이곳은 궁벽한 시골입니다."

"혹시 대여할 까브리올레 한 대 가지고 계시오?"

수레장이는 첫눈에 텉버리가 빌린 것임을 알아보았다. 그가 어이없다는 듯이 어깨를 으쓱하였다.

"빌리신 까브리올레를 잘 다루시는군요! 설사 저에게 그것이 있다 할지라도 손님에게는 빌려드리지 않겠습니다."

"그러시다면, 나에게 파는 것은 어떻겠소?"

"저에겐 그것이 없습니다."

"아니! 작은 시골 짐수레[22] 한 대가 없다니? 보시다시피 나는 까다로운 사람이 아니오."

"이곳은 궁벽한 시골입니다." 그러더니 수레장이가 한마디 덧붙였다.

"저쪽 차고에 낡은 깔레슈[23] 한 대가 있긴 한데, 시내에 사시는 분이 저에게 잘 보관하라고 맡기신 것이며, 거의 사용하지 않는 것입니다. 그것은 기꺼이 빌려드릴 수 있습니다. 그런다고 무슨 일 생기겠습니까? 하지만 마차가 지나가는 것을 그분이 보셔서는 아니 됩니다. 그런데, 깔레슈인지라 말 두 필이 있어야 합니다."

"역참에서 말 두 필을 빌리겠소."

"손님께서는 어디로 가시죠?"

"아라스로 가오."

"그런데 손님께서는 그곳에 오늘 도착하시려 하시나요?"
"그렇다니까."
"역참의 말들을 빌려서?"
"아니 될 이유라도 있소?"
"오늘 밤, 새벽 네 시에 도착하셔도 상관없습니까?"
"절대로 아니 되오."
"말씀드릴 것이 있는데, 아시겠지만, 역참의 말들을 빌리시면…… 참, 통행증은 가지고 계신가요?"
"그렇소."
"역참의 말들을 빌리시면, 손님께서 내일 이전에는 아라스에 도착하실 수 없습니다. 이곳을 지나가는 길은 통행이 적습니다. 역마의 교체가 거의 이루어지지 않습니다. 말들이 모두 들판에 나가 있습니다. 밭갈이가 시작되는 계절인지라, 쟁기에 맬 말이 무한정 필요하고, 따라서 역참의 말이건 그 어떤 말이건 가리지 않고 동원합니다. 손님께서는 어느 역참에 도착하시건, 말을 교체하시기 위하여 서너 시간씩은 기다리셔야 하실 것입니다. 게다가 속도가 아주 느립니다. 언덕길이 많기 때문입니다."

"할 수 없군, 말을 타고 가야겠소. 까브리올레에서 말을 좀 떼어내 주시오. 여기에서 안장은 하나 살 수 있겠소?"
"물론입니다. 하지만 이 말이 안장을 견딜까요?"
"옳은 말씀이오, 당신이 일깨워 주셨소. 이 말이 안장을 견디지 못하오."
"그러면……."
"마을에서 임대할 말을 찾아보면 아니 되겠소?"
"단숨에 아라스까지 달려갈 수 있는 말을!"
"그렇소."
"이곳에서는 구경조차 할 수 없는 말이어야 합니다. 우선 그것을 사셔야 할 것입니다. 손님께서 누구이신지, 아무도 모르니까요. 하지만 팔 말이건 대여할 말이건, 오백 프랑 아니 일천 프랑을 내신다 해도, 이곳에서 그러한 말은 구하실 수 없을 것입니다!"

"어찌하면 좋겠소?"

"최선책은, 솔직히 말씀드려, 제가 바퀴를 수리해 드리고, 손님께서는 내일 길을 떠나시는 것입니다."

"내일이면 너무 늦소."

"젠장!"

"아라스로 가는 우편마차는 없소? 그것이 언제쯤 지나가오?"

"오늘 밤에나 있습니다. 올라가는 것과 내려가는 것 둘 모두 밤에 지나갑니다."

"도대체 무슨 말씀이오! 이 바퀴 하나 수리하는 데 하루나 걸린다고?"

"하루, 그것도 꼬박 하루입니다!"

"두 사람이 일을 함께하면 어떻겠소?"

"열 사람이 함께해도 마찬가지입니다!"

"바퀴살들을 밧줄로 묶으면 어떻겠소?"

"바퀴살은 그럭저럭 가능할지 모르겠습니다. 하지만 바퀴통은 아니 됩니다. 게다가 바퀴테 또한 상태가 좋지 않습니다."

"이 마을에 혹시 마차를 대여하는 사람이 있소?"

"없습니다."

"당신 말고 다른 수레장이가 있소?"

외양간 담당자와 수레장이가 동시에 고개를 좌우로 저으며 대답하였다.

"없습니다."

그는 엄청난 기쁨을 느꼈다.

섭리가 개입한 것이 분명했다. 틸버리의 바퀴를 망가뜨려 그를 중도에 멈추게 한 것이 섭리임에 틀림없었다. 그는 그러한 형태의 최초 경고에 굴복하지 않았고, 여행을 계속하려고 가능한 모든 노력을 기울였으며, 떳떳하고 정직하게 모든 수단을 강구해 보았을 뿐만 아니라, 추운 날씨와 피로와 금전적 부담 앞에서도 물러서지 않았다. 따라서 그가 자신을 나무랄 아무 이유도 없었다. 그가 더 멀리 가지 않는다 해도 그가 상관할 바가 아니었다. 더 이상 그의 잘못이 아니었다. 그것은 그의 양심상 문제가 아니라 섭리의 소관이었다.

그는 안도의 한숨을 내쉬었다. 쟈베르의 방문을 받은 이래 처음으로, 자유롭게 또 깊숙이 쉬어보는 한숨이었다. 스무 시간 전부터 그의 심장을 죄고 있던 무쇠 손아귀가 드디어 풀린 것 같았다.

이제는 신이 그의 편이며, 그러한 사실을 신께서 선언하신 것처럼 보였다.

그는, 자신이 할 수 있는 일은 모두 시도해 보았으며, 따라서 이제 편안히 발걸음을 돌리는 일밖에 남지 않았다고 생각하였다.

그가 수레장이와 나눈 대화가 만약 여인숙의 어느 방에서 이루어졌다면, 그것을 들은 사람이 없어서, 일이 그러한 상태로 머물렀을 것이며, 따라서 다음의 이야기도 아마 할 필요가 없어졌을 것이다. 하지만 그 대화는 길에서 이루어졌다. 길 한복판에서의 토론은 불가피하게 구경꾼들을 주위로 불러 모으기 마련이다. 구경꾼들이 되기를 마다하지 않는 사람들이 항상 있다. 그가 수레장이에게 이런저런 질문을 하는 동안, 오가던 사람들이 그들 주위에서 걸음을 멈추었다. 어린 소년 하나가 잠시 그들의 대화를 듣더니, 구경꾼 무리에서 이탈하여 어디론가 달려갔다. 물론 아무도 그 아이에게는 신경을 쓰지 않았다.

나그네가, 앞에서 이야기한 그러한 생각을 하며 여행을 중단한 채 발길을 돌리기로 결심한 바로 그 순간, 그 아이가 되돌아왔다. 어느 노파 한 사람을 데리고 왔다.

"나리." 노파가 말하였다. "제 아이가 말하기를 나리께서 까브리올레를 빌리려 하신다고 하더군요."

아이와 함께 온 노파가 한 그 단순한 말에 그의 허리가 땀으로 흥건해졌다. 그를 놓아주었던 손이, 그의 뒷덜미 어둠 속으로부터, 그를 다시 붙잡을 기세로 나타난 것 같았다.

"그렇습니다, 착하신 여인이여, 빌릴 만한 까브리올레를 찾고 있습니다." 그가 노파에게 대꾸하였다.

그러면서 서둘러 덧붙였다.

"하지만 이곳에는 그것이 없더군요."

"천만에요." 노파의 말이었다.

"그것이 도대체 어디 있단 말이오?" 수레장이가 물었다.

"우리 집에." 노파가 대꾸하였다.

그는 몸서리를 쳤다. 숙명적인 손아귀가 그를 다시 움켜잡은 것이다.

노파의 집 헛간에 정말 고리버들로 엮은 짐수레 비슷한 것 하나가 있었다. 수레장이와 여인숙 외양간 담당 녀석은, 나그네가 자기들의 손아귀를 벗어날까 초조해져, 즉각 참견을 하고 나섰다.

춤추듯 껑충거리는 고물 수레라느니, 차축에 건성으로 올려놓았다느니, 좌석을 밑에서 가죽끈으로 비끌어 매달았다느니, 비를 피할 수 없다느니, 바퀴들이 녹슬고 습기 때문에 부식되었다느니, 따라서 망가진 틸버리보다 더 멀리 가기는 틀렸다느니, 한마디로 형편없는 고물 범선과 같아서, 그따위 물건을 타고 출발하신다면 나리께서 큰 실수를 저지르는 것이라느니, 이런저런 소리들을 지껄여 댔다.

그 모든 것이 사실이었다. 하지만 그 껑충거리는 고물, 그 고물 범선, 그 형편없는 물건이 무엇이었건, 그것은 두 바퀴 위에서 굴러 아라스까지 갈 수 있을 듯한 물건이었다.

그는 요구하는 대로 삯을 지불하고, 틸버리는 돌아오는 길에 찾아가겠다며 수레장이에게 수리를 의뢰한 다음, 백마를 작은 짐수레에 달게 하였다. 그리고, 그것을 타고, 새벽부터 달려온 길을 따라 다시 나섰다.

짐수레가 덜컹거리며 움직이기 시작하는 순간, 그는 자신이 조금 전에, 가고 있던 곳으로 가지 못하게 되었음을 생각하며 기뻐하고 있었다는 사실을 자신에게 고백하였다. 그는 일종의 노여움에 사로잡혀 그 기쁨을 면밀히 관찰하였고, 그것이 어처구니없다고 생각하였다. 되돌아가는 것이 왜 기뻤단 말인가? 여하튼 그는 그 여행을 그의 자유로운 뜻에 따라 시작하였다. 아무도 그것을 강요하지 않았다. 그리고, 그가 원하는 것 이외의 다른 일은 생기지 않을 것이 분명했다.

그가 에댕을 벗어나려는데 그를 향해 외치는 소리가 들려왔다. "멈추세요! 멈추세요!" 그가 짐수레를 급작스럽게 세웠는데, 그 동작에는 아직도 열에 들뜬 듯하고 발작적인 그 무엇이 있었으며, 그것은 희망과 유사한 것이었다.

노파를 데리고 왔던 소년이었다.

"나리." 소년이 말하였다.

"짐수레를 나리께 구해 드린 사람은 저입니다."

"그래서!"

"나리께서는 저에게 아무것도 주시지 않았습니다."

모든 사람들에게, 그리고 선선히, 무엇이든 베풀던 그였건만, 소년의 요구가 지나치고 밉살스럽게 여겨졌다.

"아! 너냐? 우스꽝스러운 녀석! 너에게는 아무것도 주지 못하겠다!"

그는 말에게 채찍질을 가하여 서둘러 떠났다.

에댕에서 많은 시간을 허비하였기 때문에 그 시간을 벌충하고 싶었다. 작은 말은 아주 당찼고, 수레를 끄는 것이 마치 두 마리가 끄는 듯하였다. 하지만 때는 2월, 비가 온 데다가 길이 좋지 않았다. 게다가 마차는 틸버리가 아니었다. 시골 짐수레는 몹시 둔중하였다. 뿐만 아니라 오르막길이 자주 나타났다.

에댕을 출발하여 쌩–뽈까지 가는 데 거의 네 시간이나 걸렸다. 오십 리를 가는 데 네 시간이나 걸린 것이다.

쌩–뽈에 당도하여, 눈에 띄는 첫 여인숙에서 말을 외양간으로 끌어 들이게 하였다. 스꼬플레르에게 약속한 대로, 말이 사료를 먹는 동안 내내 구유 곁에 서 있었다. 그러면서 구슬프고 혼란스러운 일들을 생각하였다.

여인숙 주인의 아내가 외양간으로 들어왔다.

"손님께서는 점심 식사를 하시지 않나요?"

"참, 그렇군요." 그가 대꾸했다. "마침 출출하던 참이오."

그는 얼굴이 싱싱하고 명랑한 그 여인을 따라갔다. 그녀는 그를 천장이 낮은 식당으로 안내했다. 식탁들은 모두 방수포로 만든 식탁보로 덮여 있었다.

"서둘러주시오." 그가 부탁하였다. "즉시 출발해야 하오. 몹시 바쁜 일이 있다오."

뚱뚱한 플랑드르 지방 출신 종업원 여자가 서둘러 식탁을 차렸다. 그는 편안한 기분으로 그 여자를 바라보았다.

'그래, 바로 그거였어, 내가 조반을 먹지 않았어.' 그의 뇌리를 스친 생각이었다.

음식이 나왔다. 그는 급히 빵을 집어 들고 한 입 베어 물었다. 그러더니 그것을 다시 식탁 위에 천천히 내려놓았고, 더 이상 그것에 손을 대지 않았다.

짐마차꾼 하나가 다른 식탁에서 식사를 하고 있었다. 그가 그 사람에게 말하였다.

"이 집 빵은 왜 이리 쓰지요?"

짐마차꾼은 독일 사람이었던지라 그의 말을 알아듣지 못하였다. 그는 외양간에 있는 말 곁으로 돌아갔다.

한 시간 후, 그는 쌩-뽈을 출발하여 땡끄로 향하고 있었다. 땡끄로부터 아라스까지는 오십 리밖에 되지 않는다.

그 여정 동안에 그는 무엇을 하고 있었을까? 무슨 생각을 하고 있었을까? 아침에 그랬던 것처럼, 그는 나무들과 초가의 지붕들과 경작지들이 스쳐 지나가는 모습을, 그리고 길모퉁이를 돌아설 때마다 흩어져 자취를 감추는 풍경들을 바라보고 있었다. 그것이 때로는 영혼에게 충분한 관조이며, 영혼의 사유 작용을 거의 대신해 준다. 수천 가지 사물들을 처음이자 마지막으로 본다는 것, 그보다 더 구슬프고 심오한 것이 있으랴! 여행한다는 것, 그것은 매 순간 태어나고 매 순간 죽는 것이다. 아마 그의 오성 가장 희미한 구석에서, 그는 끊임없이 변하는 그 지평선과 인간의 삶을 근접시켜 대조해 보고 있었을지 모른다. 우리가 살면서 마주치는 모든 것들은 끊임없이 우리 앞에서 도망을 친다. 어두움과 밝음이 뒤섞인다. 눈부신 빛 다음에 캄캄한 어둠이 닥친다. 우리는 주시하고, 서두르며, 지나가는 것을 잡으려고 손을 뻗는다. 각 사건은 하나의 길모퉁이이다. 그리고 문득 자신이 늙었음을 깨닫는다. 일종의 진동을 느끼게 되는데, 모든 것이 까맣고, 희미한 문 하나가 보이며, 우리를 이끌어 가던 인생의 말이 문득 멈추면, 너울 쓴 낯선 이가 암흑 속에서 말을 수레에서 떼어낸다.

학교에서 나오던 아이들이 땡끄로 들어가는 그 나그네를 바라보던 때에, 황혼이 내려앉고 있었다. 아직 해가 짧은 계절이었다. 나그네는 땡끄에 머물지 않았다. 그가 마을을 가로지른 다음 반대쪽으로 벗어났을 때, 도로에 포석을 깔던 도로 보수 인부가 고개를 쳐들며 말하였다.

"말이 몹시 지쳤군요."

가엾은 짐승은 보통 걸음으로 가고 있었다.

"아라스로 가십니까?" 인부가 한마디 덧붙여 물었다.

"그렇소."

"이런 속도로 가시면 이른 시각에 도착하시기는 어려울 것입니다."

그가 말을 멈춰 세우고 인부에게 물었다.

"예서 아라스까지의 거리가 얼마나 되오?"

"칠십 리는 족히 됩니다."

"그 무슨 말씀이오? 역참 지도에는 오십 리 남짓하다고 표시되어 있던데."

"아!" 인부가 대답하였다.

"도로 보수 공사가 진행되고 있는 것을 모르신단 말씀입니까? 십오 분 정도만 더 가시면 길이 끊겨 있을 것입니다. 더 이상 앞으로 가실 방도가 없습니다."

"참말이오?"

"까랑씨로 이어지는 길이 왼쪽에 있으니, 그 길로 들어서신 다음 개울을 건너십시오. 그리고 깡블랭까지 가신 다음, 그곳에서 오른쪽 길로 접어드십시오. 그것이 몽-쌩-엘르와로 가는 길인데, 아라스로 이어집니다."

"하지만 날이 어두워지는데, 내가 자칫 길을 잃을까 염려되오."

"이 고장 분이 아니십니까?"

"아니오."

"게다가 전부 샛길들입니다. 제가 조언 한 말씀 드려도 좋겠습니까? 댁의 말이 몹시 지쳤습니다. 그러니 땡끄로 다시 들어가십시오. 그곳에 좋은 여인숙이 있습니다. 그곳에서 주무시고, 내일 아라스로 가십시오."

"오늘 저녁에 그곳까지 닿아야 한다오."

"그건 다른 이야기군요. 그렇더라도 그 여인숙으로 가서서 예비 말 한 필을 빌리십시오. 마부 소년이 지름길로 안내해 드릴 겁니다."

그는 인부의 조언에 따라 오던 길을 되돌아갔고, 반 시간 후 같은 장소를 다시 지나갔다. 하지만 이번에는 좋은 예비 말을 마차에 매어 속보로 달렸다. 외양간에서 일하는 소년 하나가, 역마차의 마부인 양 수레의 채 위에 걸터앉아 있었다.

그는 많은 시간을 허비하였다고 생각하였다. 날이 완전히 어두워졌다.

그들은 지름길로 들어섰다. 길이 몹시 험했다. 마차가 자주 깊게 파인 바큇자국 속으로 빠지곤 하였다.

그가 마부에게 말하였다.

"계속 속보로 가게, 팁은 배로 주겠네."

마차가 심하게 흔들리며 끌이막대가 부러졌다.

"나리." 마부가 말하였다. "끌이막대가 부러졌습니다. 말을 어떻게 다시 수레에 달아야 할지 모르겠습니다. 게다가 이 길이 밤에는 다니기가 몹시 어렵습니다. 땡끄로 돌아가 주무시고 내일 아침 일찍 아라스에 가시지요."

그 제안에 그가 물었다.

"밧줄 한 가닥과 칼을 가지고 있는가?"

"예, 나리."

그가 나뭇가지 하나를 꺾어 끌이막대를 만들었다.

그러느라고 다시 이십여 분을 지체하였다. 하지만 다시 출발하여서는 말로 하여금 굽을 모아 질주케 하였다.

평원은 암흑천지였다. 구릉 위에 낮게 깔린 검은 안개 덩이들이 마치 연기처럼 피어오르고 있었다. 구름 덩이들 속에는 희끄무레한 미광(微光) 가닥들이 퍼져 있었다. 바다로부터 불어오는 거센 바람이 지평선 여기저기에서 가구들 밀치는 소리를 내고 있었다. 언뜻언뜻 보이는 모든 것들이 공포에 떠는 듯한 자세를 취하고 있었다. 밤에 몰아치는 거대한 질풍 아래에서 얼마나 많은 것들이 전율하는가!

추위가 그를 파고들었다. 그는 전날 저녁 이후 아무것도 먹지 못하였다. 디뉴 근처 광막한 평원에서 어둠 속을 질주하던 때를 어렴풋이 뇌리에 떠올렸다. 벌써 팔 년이 흘렀건만, 그에게는 어제의 일 같았다.

멀리 어느 종각에서 시각을 알리는 종소리가 들려왔다. 그가 마부 소년에게 물었다.

"몇 시를 알리는 소리냐?"

"일곱 시입니다, 나리. 여덟 시에는 아라스에 닿을 수 있을 것입니다. 삼십 리만 더 가면 됩니다."

그 순간 처음으로 그는 다음과 같은 상념에 잠겼다. 그러면서 그러한 상념이 더 일찍 떠오르지 않은 것을 이상하게 여겼다. 즉, 그가 감당하고 있는 수고가 아마 모두 부질없을 것이고, 자기는 재판이 시작되는 시각조차 모르며, 따라서 적어도 그것만은 미리 알아두었어야 했는데, 결국 자기가 하는 짓이 무엇에 도움이 될지 알지도 못하면서 그렇게 앞만 보고 내닫는 것이 정상을 벗어난 짓일 거라는 상념이었다.

다음 순간, 그의 뇌리에서 몇 가지 계산이 윤곽을 잡고 있었다. 즉, 중죄 재판은 보통 오전 아홉 시에 시작되는데, 이번 사건의 경우, 재판이 오래 걸리지 않을 것이다. 사과를 훔친 사건이니 금방 끝날 것이다. 그다음 피의자를 확인하는 절차만 남는데, 너댓 사람의 증언 앞에서는 변호인도 별로 할 말이 없을 것이며, 결국 자기가 도착했을 때에는 모든 것이 끝나 있을 것이라는 계산이었다!

마부가 채찍을 힘차게 휘둘렀다. 그들은 개울을 건너 몽-쎙-엘르와를 뒤로하고 계속 달렸다.

어둠이 점점 짙어지고 있었다.

6. 시험대에 놓인 쌩쁠리스 수녀

한편, 바로 그 무렵, 팡띤느는 기쁨에 잠겨 있었다.

전날 밤 그녀는 몹시 시달렸다. 끔찍한 기침과 극심한 신열뿐만 아니라 어수선한 꿈도 그녀를 괴롭혔다. 아침이 되어 의사가 와보니 그녀는 정신착란 증세를 나타냈다. 의사가 당황한 기색을 드러내며, 마들렌느 씨가 오시면 즉시 자기에게 알려 달라고 하였다.

아침나절 내내 그녀는 침울한 표정으로 거의 아무 말도 하지 않았으며, 나지막한 음성으로 무슨 계산을 하면서, 덮고 있던 이불자락에 주름 여럿을 잡았다. 거리를 계산하고 있는 것 같았다. 그녀의 두 눈은 움푹 들어가 한곳만 주시하고 있었다. 빛이 거의 꺼진 듯 보였지만, 가끔 깊은 하늘 속 별들처럼 다시 반짝이며 광채를 발산하곤 하였다. 지극히 암담한 순간이 다가올 경우, 지상의 빛이 버리고 떠난 사람들을 천상의 빛이 채워주는 모양이다.

쌩쁠리스 수녀가 좀 어떠냐고 물을 때마다 그녀는 변함없는 대답으로 일관하였다.

"괜찮아요. 마들렌느 씨를 뵈었으면 좋겠어요."

몇 달 전, 팡띤느가 자기의 마지막 수줍음, 마지막 수치심, 마지막 기쁨을 상실하던 때에, 그녀는 자신의 그림자였는데, 이제는 그녀가 자신의 유령으로 변해 있었다. 육체적인 병이 정신적인 병에 보충된 것이다. 나이 스물다섯밖에 아니 된 여인이건만, 주름진 이마, 힘없이 푹 꺼진 볼, 좁혀진 콧구멍, 뿌리 드러난 치아, 납빛 안색, 뼈만 앙상한 목, 툭 불거진 빗장뼈, 가느다란 팔과 다리, 흙빛 감도는 피부, 회색 머리카락 섞인 금발 등이 그녀의 모습이었다. 애석한 일이다! 병이 어쩌면 그리도 신속하게 늙음을 즉석에서 만들어낸단 말인가!

정오에 의사가 다시 와서 몇몇 주의 사항을 일러주고, 시장님이 진료소에 다녀가셨는지 알아본 다음, 고개를 좌우로 흔들었다.

마들렌느 씨는 평소 오후 세 시에 그녀를 보러 오곤 하였다. 정확함이란 착함의 소산인지라, 그는 약속된 시각을 어기는 법이 없었다.

두 시 반쯤 되자, 팡띤느가 동요하기 시작하였다. 불과 이십 분도 아니 되는 동안에, 그녀는 열 차례도 넘게 반복하여 수녀에게 물었다.

"수녀님, 지금 몇 시예요?"

세 시를 치는 소리가 들렸다 세 번째 종소리가 들리자, 평소에는 침대 속에서 몸을 뒤척이는 것조차 힘들어하던 그녀가, 벌떡 상체를 일으켰다. 그리고, 뼈만 앙상한 누렇게 뜬 두 손을, 격렬히 포옹하는 사람들처럼 발작적으로 마주 잡았는데, 짓누르고 있던 것을 들어 올리는 듯한 깊은 한숨이 그녀의 가슴에서 힘들게 나오는 소리가 수녀의 귀에까지 들렸다. 그러더니 팡띤느가 고개를 돌려 출입문을 바라보았다.

아무도 들어오지 않았다. 문은 열리지 않았다.

그녀는 눈을 출입문에 고정시킨 채, 꼼짝도 하지 않고, 숨도 제대로 쉬지 못하면서, 그렇게 십오 분 동안이나 앉아 있었다. 수녀는 감히 아무 말도 못하였다. 예배당에서 세 시 십오 분을 알리는 종소리가 들려왔다. 팡띤느가 베개 위로 무너지듯 다시 쓰러졌다.

그녀는 아무 말 없이 다시 이불에 주름을 잡기 시작하였다.

반 시간이 지나고, 한 시간이 지났다. 아무도 오지 않았다. 벽시계 소리가 들릴 때마다 팡띤느는 상체를 일으켜 출입문 쪽을 살폈고, 그런 다음 다시 털썩 누웠다.

그녀가 무슨 생각을 하고 있는지 분명했다. 하지만 그녀는 어떤 이름도 입에 올리지 않았고, 불평도 하지 않았으며, 아무도 나무라지 않았다. 다만 음산하게 기침을 할 뿐이었다. 무엇인지 모를 어두운 것이 그녀 위로 내려앉는 것 같았다. 그녀의 안색은 납빛이었고, 입술이 파랗게 변해 있었다. 그러나 가끔 미소를 지었다.

다섯 시를 치는 소리가 들렸다. 그때, 아주 나지막하고 부드럽게 속삭이는 그녀의 음성이 수녀의 귀에 들렸다.
"하지만 내가 내일 떠나는데, 그가 오늘 오지 않는 건 잘못이야!"
쌩쁠리스 수녀 또한 마들렌느 씨가 늦어지는 것에 크게 놀랐다.
그동안 팡띤느는 자기 침대의 닫집을 물끄러미 바라보고 있었다. 무엇인가를 기억해 내려고 애를 쓰는 기색이었다. 문득 그녀가 미풍처럼 약한 음성으로 노래를 부르기 시작하였다. 수녀는 말없이 귀를 기울였다. 다음은 팡띤느가 부른 노래이다.

우리는 예쁜 것들을 살 거야
성 밖 변두리를 따라 걸으며.
수레국화는 하늘빛, 장미꽃은 분홍빛,
수레국화는 하늘빛, 내 연인들을 사랑해.

처녀 마리아 수놓은 외투 입고
어제 내 난로 곁으로 와서 말했지,
"여기 내 너울 밑에 감춰두었어,
네가 어느 날 달라고 하던 아기를."
성안으로 달려가 천을 구해요,
실을 사고, 골무를 사요.

우리는 예쁜 것들을 살 거야
성 밖 변두리를 따라 걸으며.

착하신 성처녀여, 내 난로 곁에
리본으로 장식한 요람 하나 있어요.
신께서 아름다운 별 주신다 해도,
당신이 주시는 아기가 더 좋아요.

"부인, 그 천으로 무엇을 만들려고?"
"저의 아기 위해 옷들을 만들어요."

수레국화는 하늘빛, 장미꽃은 분홍빛,
수레국화는 하늘빛, 내 연인들을 사랑해.

"이 천을 빨아요." "어디에서?" "개울에서."
천을 손상시키지도 더럽히지도 않고,
조끼 달린 예쁜 아기 치마 만들어
꽃을 가득 수놓을 거예요.
"아이가 없는데, 부인, 그걸 무엇에 쓰나요?"
"나를 덮을 수의를 만들겠어요."

우리는 예쁜 것들을 살 거야
성 밖 변두리를 따라 걸으며.
수레국화는 하늘빛, 장미꽃은 분홍빛,
수레국화는 하늘빛, 내 연인들을 사랑해.

 그 노래는 아기를 재울 때 부르는 옛 노래인데, 전에 어린 꼬제뜨를 재우며 그녀가 자주 부르던 것으로, 아이가 곁에 없던 지난 오 년 동안에는 그녀의 뇌리에 떠오르지 않았었다. 그녀가 그 노래를 어찌나 슬픈 음성으로, 또 어찌나 부드러운 곡조로 부르던지, 듣는 이로 하여금, 심지어 수녀까지도, 눈물을 짓게 하였다. 엄숙한 것에만 익숙한 수녀였건만, 눈물이 고이는 것을 억제하지 못하였다.
 벽시계가 여섯 시를 쳤다. 팡띤느는 그 소리를 듣지 못하는 듯하였다. 그녀는 주위에서 일어나는 일들에 더 이상 주의를 기울이지 않는 것 같았다.

쌩쁠리스 수녀가 진료소에서 일하는 여자 하나를 공장의 여자 수위에게로 보내어, 혹시 시장님께서 돌아오셨는지, 그리고 곧 진료소에 올라오실 겪인지 등을 알아보게 하였다. 심부름 갔던 여자가 몇 분 후에 돌아왔다.

팡띤느는 미동도 하지 않고 자기의 어떤 생각에만 몰두하고 있는 것 같았다.

심부름꾼 여자가 아주 나지막한 음성으로 쌩쁠리스 수녀에게 자기가 들은 이야기를 전하는데, 시장님은 날씨가 추운데도 새벽 여섯 시 전에, 홀로, 마부도 대동하지 않고, 백마 한 필이 끄는 틸버리를 타고 떠나셨고, 어느 쪽으로 가는 길로 들어서셨는지는 모르겠으나, 어떤 사람들은 시장님께서 아라스로 향하는 길로 접어드시는 것을 보았다 하고, 또 다른 사람들은 빠리로 이어지는 길에서 시장님과 마주쳤다고들 한다는 것이었다. 또한, 떠나실 때에도 평소와 다름없이 무척 부드러운 기색이셨으되, 다만 여자 수위에게 말씀하시기를, 그날 밤에는 당신을 기다리지 말라고 하셨다는 것이다.

두 여인이 팡띤느의 침대 쪽으로 등을 돌린 채, 수녀는 묻고 심부름꾼 여자는 온갖 추측을 해가며 소곤거리고 있는 동안, 팡띤느는, 죽은 사람처럼 끔찍하게 앙상해진 몸이 건강을 되찾은 듯 자유롭게 움직이게 해주는, 특정 병리 현상에서 발견되는 열에 들뜬 듯한 활기를 띤 채, 침대 위에 무릎을 꿇고 앉아서, 꼭 쥔 두 주먹으로 긴 베개를 짚고, 침대 커튼 자락 사이로 얼굴을 내밀어, 두 여인의 대화에 귀를 기울이고 있었다. 그러더니 문득 그녀가 소리쳤다.

"지금 마들렌느 씨 이야기를 하고 계시지요! 왜 그렇게 소곤거리시지요? 그분은 지금 무얼 하고 계세요? 왜 오시지 않죠?"

그녀의 음성이 어찌나 퉁명스럽고 탁했던지, 두 여인은 어떤 남자의 음성인 줄 알았다. 그녀들이 질겁을 하며 고개를 돌렸다.

"대답 좀 해보세요!" 팡띤느가 소리쳤다.

심부름꾼 여자가 더듬거리며 대답하였다.

"여자 수위가 저에게 말하기를, 그분이 오늘은 오시지 못할 거래요."

"나의 아가." 수녀도 한마디 하였다. "진정하고 어서 다시 누워요."

팡띤느가 조금도 자세를 바꾸지 않고, 격앙된 음성으로, 또 명령적이되 비통한 억양으로 대꾸하였다.

"오실 수 없을 거라구요? 도대체 왜? 당신들은 이유를 알고 있어. 그 이야기를 하면서 속삭인 거야. 그것을 알고 싶어요."

심부름꾼 여자가 서둘러 수녀의 귀에다 대고 말하였다.

"시의회 일로 바쁘시다고 대답하세요."

쎙쁠리스 수녀의 얼굴이 가볍게 붉어졌다. 심부름꾼 여자가 자기에게 제안한 것은 거짓말을 하라는 것이었기 때문이었다. 그러나 다른 한편으로 생각해 보면, 환자에게 진실을 알려 준다는 것은 곧 그녀에게 무시무시한 충격을 가하는 행위이며, 팡띤느의 병세에 위중한 타격이 될 수도 있을 것 같았다. 수녀의 얼굴에 나타났던 홍조는 얼마 가지 않았다. 그녀가 고요하고 슬픈 눈으로 팡띤느를 바라보며 말하였다.

"시장님은 떠나셨어요."

팡띤느가 다시 몸을 일으키더니 쪼그리고 앉았다. 그녀의 두 눈이 번쩍거렸다. 고통에 시달리던 그녀의 얼굴에 일찍이 전례가 없던 환희의 빛이 돌았다.

"떠나셨다고!" 그녀가 소리쳤다.

"꼬제뜨를 찾으러 가셨어!"

그러더니 그녀가 두 손을 하늘을 향해 쳐들었다. 그녀의 얼굴이 형언할 수 없는 모습으로 변하였다. 그녀의 입술이 움직였다. 그녀는 나지막한 음성으로 기도를 하고 있었다.

기도가 끝나자 그녀가 다시 말하였다.

"수녀님, 다시 눕겠어요. 무엇이든 원하시는 대로 하겠어요. 조금 전에는 제가 못되게 굴었어요, 그토록 언성을 높인 것에 대하여 용서를 빌어요, 큰 소리로 말하는 것은 아주 나빠요, 저도 잘 알아요, 친절하신 수녀님, 하지만 아시지요, 저는 이제 무척 만족스러워요. 선량한 신께서는 착하세요, 마들렌느 씨도 착하세요, 그분이 저의 어린 꼬제뜨를 찾으러 몽훼르메이유에 가셨다는 것을 생각해 보세요."

그녀가 다시 누워, 베개를 정돈해 주려는 수녀를 도왔고, 쌩쁠리스 수녀가 자기에게 선물한, 그리하여 목에 걸고 있던, 작은 은제 십자가에 입을 맞추었다.

"아가." 수녀가 타일렀다. "이제 푹 쉬도록 노력하고, 더 이상 말을 하지 말아요."

팡띤느가 축축히 젖은 손으로 수녀의 손을 잡았고, 수녀는 그 손의 땀을 느끼며 괴로워하였다.

"그분은 오늘 아침 빠리로 떠나셨어요. 사실 그분이 빠리까지 가실 필요도 없어요. 몽훼르메이유는 빠리에 이르기 전 조금 왼쪽에 있어요. 제가 어제 꼬제뜨 이야기를 꺼내자 그분이 하시던 말씀 기억하세요? '곧! 오래지 않아!'라고 하셨어요. 저에게 뜻밖의 선물을 안겨 주시려는 거예요. 알고 계세요? 떼나르디에로부터 제 딸을 다시 찾아오시기 위하여, 그분이 저에게 위임장을 써달라고 하셨어요. 그 사람들이 더 이상 고집을 피울 수 없을 거예요. 그렇지 않아요? 그들이 꼬제뜨를 돌려줄 거예요. 돈을 다 받았으니까. 돈을 다 지불하였는데도 아이를 붙잡고 있는 것을 당국이 용서하지 않을 거예요. 수녀님, 말을 하면 아니 된다고 자꾸 눈치 주지 마세요. 저는 지금 무척 행복하며 아주 편안해요. 전혀 아프지도 않아요. 이제 곧 꼬제뜨를 다시 보게 되었어요. 심지어 시장기까지 느껴요. 그 아이를 못 본지 다섯 해나 되었어요. 수녀님은 상상조차 못하실 거예요, 아이들이 얼마나 우리 마음을 차지하고 있는지! 그리고 제 딸은 무척 예쁠 거예요, 보시면 아실 거예요! 그 아이의 발그레한 작은 손가락들이 얼마나 귀여운지, 수녀님도 아신다면! 제 딸의 손이 무척 예쁠 거예요. 한 살 때에는 손이 무척 우스꽝스러웠어요. 그런 거예요!

지금은 많이 자랐을 거예요. 나이 일곱 살이 되었어요. 아가씨가 되었겠군요. 제가 그 아이를 꼬제뜨라 부르지만, 실제 이름은 외프라지예요. 제 말씀 좀 들어보세요. 오늘 아침, 벽난로 위에 쌓인 먼지를 바라보고 있는데, 오래지 않아 꼬제뜨를 다시 볼 수 있으리라는 생각이 들었어요. 맙소사! 여러 해 동안이나 자기의 아이들을 못 보다니, 얼마나 큰 잘못이에요! 인생이 영원하지 않다는 사실을 심각하게 생각해야 하는데! 오! 그렇게 떠나시다니! 시장님께서 얼마나 좋은 분이세요! 정말이에요, 날씨가 무척 추운데! 외투나 입고 떠나셨을까요? 내일이면 이곳에 돌아오실 거예요, 그렇잖아요? 내일은 축제일이 될 거예요. 수녀님, 내일 아침에, 제가 레이스 달린 모자 쓰는 것 잊지 않게 꼭 말씀해 주세요. 몽훼르메이유는 먼 곳이에요. 전에 저는 그 길을 걸어서 왔어요. 저에게는 무척 멀어 보였어요. 하지만 합승마차들은 무척 빨리 달리지요! 시장님은 내일 꼬제뜨를 데리고 이곳에 당도하실 거예요. 여기서 몽훼르메이유까지는 얼마나 되지요?"

그곳까지 얼마나 되는지 전혀 모르는 수녀가 그 말에 대꾸하였다.

"오! 그분이 내일이면 이곳에 당도하리라고 저도 굳게 믿어요."

"내일이야! 내일!" 팡띤느가 말하였다. "내일이면 꼬제뜨를 볼 수 있을 거야! 아시겠어요, 선량한 신의 착한 수녀님, 저는 이제 아프지 않아요. 저는 미쳤어요. 누가 시키면 춤이라도 추겠어요."

그녀를 십오 분 전에 본 사람이라면, 도저히 이해할 수 없었을 것이다. 그녀의 안색은 발그레했고, 말하는 음성 또한 활기 넘치고 자연스러웠으며, 얼굴은 미소로 가득했다. 그녀는 이따금씩 자신에게 속삭이며 큰 소리로 웃었다. 엄마의 기쁨이란 아이의 기쁨과 거의 유사하다.

"자, 이제 행복해지셨으니 내 말대로 해요. 더 이상 말씀하시지 말아요."

팡띤느가 머리를 베개 위에 눕히더니 나지막한 음성으로 중얼거렸다.

"그래, 이제 다시 누워야지. 현명히 굴어야 해, 곧 내 아가를 볼 테니까. 쌩쁠리스 수녀님 말씀이 옳아. 여기에 계신 모든 분들의 말씀이 옳아."

그러더니, 더 이상 움직이지 않고, 머리조차 까딱하지 않고, 크게 뜬 눈으로 또 즐거운 기색으로 사방을 주시하기 시작하더니, 아무 말도 하지 않았다.

수녀는 그녀가 다시 잠들기를 기대하며 침대의 커튼을 닫아주었다.

저녁 일곱 시와 여덟 시 사이에 의사가 다시 들렀다. 아무 소리도 들리지 않는지라 그는 팡띤느가 자고 있는 것으로 믿었다. 그가 병실 안으로 조용히 들어와 발끝으로 걸어 침대 곁으로 다가갔다. 그리고 커튼을 살짝 젖혀 보았다. 야등 불빛 아래에서, 팡띤느의 크고 고요한 눈이 자기를 바라보고 있었다. 그녀가 의사에게 말하였다.

"선생님, 그 아이가 제 옆 작은 침대에서 자도록 허락하시겠지요. 그렇지 않아요?"

의사는 그녀가 정신착란을 일으킨 줄로 생각하였다. 그 순간 그녀가 한마디 더 하였다.

"보세요, 작은 침대 하나 놓을 만한 자리가 있어요."

의사가 쌩쁠리스 수녀를 한구석으로 불렀고, 그녀가 일의 실상을 설명해 주었다. 즉, 마들렌느 씨가 하루나 이틀 예정으로 여행을 떠나셨는데, 환자는 시장님께서 몽훼르메이유에 가셨다고 믿는지라, 비록 미심쩍은 점이 있기는 하나, 구태여 환자에게 깨우쳐줄 생각이 없다고 하였다. 뿐만 아니라 환자의 짐작이 맞을 수도 있다고 하였다. 의사도 그 말에 동감하였다.

그가 다시 팡띤느의 침대 곁으로 다가갔다. 그녀가 다시 말하였다.

"그러면, 아시겠어요? 아침에 그 아이가 잠에서 깨어나면 제가 고 귀여운 고양이에게 아침 인사를 할 거예요. 그리고 밤에는, 제가 잠을 자지 않으니, 아이가 자는 소리를 들을 거예요. 그 아이의 그토록 부드럽고 가냘픈 숨소리를 들으면 무척 행복할 것 같아요."

"손을 좀 내미시지요." 의사가 그녀에게 말하였다.

그녀가 손을 내밀었다. 그러더니 웃으며 큰 소리로 말하였다.

"아! 참! 그렇군요, 선생님은 아직 모르시겠네! 저는 다 나았어요. 꼬제뜨가 내일 와요."

의사가 깜짝 놀랐다. 그녀의 병세가 호전되어 있었다. 긴장이 완화되어 있었고, 맥박이 활력을 되찾았다. 문득 돌아온 일종의 생명력이, 기진한 그 가엾은 몸에 활기를 주고 있었다.

"의사 선생님." 그녀가 다시 말하였다. "시장님께서 저의 귀여운 아기를 찾으러 가셨다는 이야기를 수녀님께서 하셨나요?"

의사는 수녀에게 환자가 조용히 쉴 수 있도록 해주라고 하며, 특히 흥분하지 않도록 조심하라고 당부하였다. 그리고 기나(금계랍)나무 껍질 달인 물과, 혹시 밤에 신열이 심할 경우에 대비하여, 진정제를 처방해 주었다. 그가 돌아가며 수녀에게 말하였다.

"병세가 호전되고 있습니다. 다행히 내일 시장님께서 아이와 함께 돌아오신다면, 누가 압니까? 병세가 놀랄 만큼 급변하는 경우가 있습니다. 큰 기쁨이 병을 문득 멈추게 한 예가 실제 있습니다. 물론 이 환자의 경우, 그것이 생리 기관의 질환이고 또 많이 악화되긴 하였지만, 병이라는 것이 모두 하나의 커다란 신비 아니겠습니까! 혹시 그녀의 생명을 구할 수도 있을 것입니다."

7. 도착한 나그네의 출발 준비

어두운 길을 달리던 촌 짐수레가 아라스의 역참 정문 안으로 들어섰을 때에는 이미 저녁 여덟 시가 가까워지고 있었다. 우리가 줄곧 따라오던 남자가 마차에서 내렸다. 그는 환대하는 여인숙 종업원들의 인사에 건성으로 답례하고, 빌렸던 예비 말을 돌려보낸 다음, 작은 백마는 자기가 손수 외양간까지 끌어다 두었다. 그리고 1층에 있는 당구장 출입문을 밀고 들어가 탁자 앞에 팔꿈치를 괴고 앉았다. 여섯 시간 걸릴 것으로 예상했던 길을 오는 데 열네 시간이나 걸렸다. 그는 그것이 자기의 잘못이 아니라고 스스로를 변호하였다. 하지만 내심으로는 불쾌하지 않았다.

여인숙 여주인이 들어왔다.

"숙박하실 겁니까? 저녁 식사도 하실 생각이십니까?"

그가 고개를 가로저었다.

"외양간 담당자가 그러는데, 나리의 말이 몹시 지쳤다고 합니다!"

그 말에 그가 침묵을 깨뜨렸다.

"그 말이 내일 아침에는 다시 출발할 수 있지 않겠소?"

"오! 나리, 적어도 이틀은 쉬어야 해요."

그가 다시 물었다.

"여기가 우체국 아니오?"

"예, 나리."

여인숙 여주인이 그를 사무실로 안내하였다. 그는 통행증을 제시한 다음, 우편마차를 이용해 그날 밤 안으로 몽트뢰이유-쉬르-메르에 돌아갈 수 있는지를 물었다. 우편배달꾼 옆자리가 마침 비어 있다고 하였다. 그는 즉시 그 좌석을 예약하고 요금을 지불하였다.

"정확히 새벽 한 시에 출발하니 늦지 않도록 하십시오." 우체국 직원이 일러주었다.

그런 다음 그는 역참 건물에서 나와 시내를 걷기 시작하였다.

아라스의 지리를 모르는 데다 길들도 어두워 그는 무작정 걸었다. 하지만 행인들에게 길을 묻지 않으려는 고집이 그의 내면에서 고개를 쳐들고 있는 것 같았다. 그는 크랭숑이라는 작은 개천 하나를 건너, 좁은 골목들이 미로처럼 얽혀 있는 구역으로 들어가 결국 길을 잃었다. 어느 시민 하나가 초롱불 빛에 의지하여 걷고 있었다. 잠시 머뭇거리다가 그는 그 시민에게 길을 묻기로 작정하였다. 하지만, 누가 자기의 묻는 말을 들을까 저어하는 기색으로 먼저 앞뒤를 두리번거리며 살폈다.

"재판소가 어디에 있습니까?"

"이곳 분이 아니신 모양이지요?" 시민이 대답하는데, 나이 지긋해 보이는 사람이었다. "그러면 저를 따라오시죠. 마침 저도 재판소 근처로 가는 길입니다만, 실은 도청 근처지요. 재판소 건물이 현재 수리 중이라, 재판은 도청 건물에서 이루어집니다."

"중죄 재판도 그곳에서 이루어집니까?" 그가 물었다.

"틀림없이 그럴 것입니다. 지금 도청 건물로 사용하고 있는 것이 혁명 전에는 주교궁이었습니다. 82년에[24] 주교였던 꽁지에 씨가 그 건물 안에 큰 홀을 꾸미게 하였는데, 요즈음 그곳에서 공판이 열립니다."

길을 가면서 그곳 시민이 다시 말하였다.

"혹시 재판을 참관하러 오셨다면, 조금 늦으신 것 같습니다. 보통 여섯 시면 재판이 끝납니다."

그러나 두 사람이 넓은 광장에 도착하였을 때, 그와 동행하던 시민이 거대하고 음산한 건물 전면 벽에 불이 밝혀진 긴 창문 넷을 가리키며 말하였다.

"너무 늦게 오신 것 같지는 않습니다. 운이 좋으십니다. 저 창문 넷 보이는 곳이 중죄 재판소인데, 불이 켜져 있군요. 재판이 끝나지 않은 모양입니다. 재판이 지연되어 저녁에도 계속하는 것 같습니다. 이번 사건에 관심을 가지고 계십니까? 혹시 형사재판입니까? 혹시 증언을 하러 오셨나요?"

"사건과는 아무 상관이 없습니다. 어느 변호사 한 사람 만나러 온 것뿐입니다."

"아! 전혀 다른 일이군요. 보십시오, 저기 문이 있습니다. 보초가 있는 곳에. 큰 계단으로 올라가시면 됩니다."

그는 동행해 준 시민이 일러준 대로 하였고, 잠시 후 많은 사람들이 모여 있는 커다란 홀 안으로 들어섰는데, 법복 차림의 변호사들이 섞인 여러 무리가 여기저기에서 수군거리고 있었다.

검은 옷을 입은 사람들이 각 재판정의 입구에 모여서 자기들끼리 나지막한 음성으로 웅성거리고 있는 것을 바라보노라면, 언제나 가슴이 조마조마하다. 그들이 나누는 말에서 자비와 연민이 비롯되는 경우는 극히 드물다. 그것에서 가장 빈번히 나오는 것은 미리 정해진 단죄들이다. 지나가면서 그리고 몽상에 잠겨 바라보는 관찰자의 눈에는, 그 모든 무리들이 어두운 벌집들처럼 보이며, 그 속에서, 붕붕거리는 종족들이 온갖 종류의 암흑과 같은 기념물들을 축조하고 있는 것처럼 보인다.

널찍하건만 램프 하나밖에 켜놓지 않은 그 홀은, 옛날 주교궁의 대기실로서, 알현을 기다리던 사람들이 하염없이 오락가락하던 곳이었다. 그 홀과 중죄 재판정 사이에 문짝 둘로 이루어진 출입구가 있는데, 문이 굳게 닫혀 있었다.

홀 안이 매우 침침한지라, 그는 거리낌 없이 아무 변호사에게나 말을 건넸다.

"재판이 어찌 되어가고 있습니까?"

"끝났습니다." 변호사의 대답이었다.

"끝났다구요!"

그렇게 중얼거리는 그의 억양이 어찌나 특이했던지, 변호사가 그에게로 고개를 돌리며 물었다.

"죄송합니다만, 혹시 친척 되시는 분입니까?"

"아닙니다. 이곳에는 제가 아는 사람이 없습니다. 그런데, 선고가 내려졌습니까?"

"물론이죠. 다른 가능성은 거의 없었습니다."

"강제 노역인가요?"

"종신징역입니다."

그가 다시 물었다. 하지만 그의 음성에 하도 기운이 없어 겨우 들릴 정도였다.

"그렇다면 신원이 확인되었나요?"

"무슨 신원 말씀입니까? 확인할 신원도 없었습니다. 사건은 아주 단순했습니다. 그 여인이 자기의 아이를 죽였고, 영아 살해 혐의가 입증되었으며, 배심원들이 계획적인 범행이 아니라 판단하여, 종신형을 선고하였습니다."

"한 여인의 사건이란 말씀입니까?"

"물론이죠. 리모쟁이라는 여자입니다. 도대체 어떤 사건 말씀입니까?"

"아무것도 아닙니다. 하지만 재판이 끝났는데, 재판정에 아직도 불이 밝혀져 있으니 어찌 된 연유입니까?"

"다른 사건에 대한 재판 때문인데, 약 두 시간 전에 시작하였습니다."

"그것은 무슨 사건입니까?"

"오! 그 사건 역시 명백합니다. 일종의 거렁뱅이 재범자이며 지난

날 도형수였던 자가 절도죄를 범했습니다. 그의 이름은 기억이 안 납니다. 여하튼 인상이 강도 같습니다. 저라면 그 상관만 보고도 도형장으로 보낼 것입니다."

"재판정 안으로 들어갈 방법이 있겠습니까?"

"어림도 없을 것입니다. 방청인들이 가득합니다. 하지만 공판이 잠시 중단되었습니다. 그사이에 나온 사람들이 있을 테니, 공판이 재개될 때 한번 시도해 보시지요."

"어디를 통해 들어갑니까?"

"저 큰 문으로 들어갑니다."

변호사가 그의 곁을 떠났다. 그 잠시 동안에 온갖 걱정이 거의 동시에, 뒤죽박죽 섞여서, 그를 뒤흔들었다. 아무 상관 없는 사람의 말이 그의 심장을 얼음 바늘처럼, 그리고 곧이어 이글거리는 칼날처럼 꿰뚫고 지나갔다. 문제의 사건이 종결되지 않았음을 깨닫는 순간 그는 깊은 한숨을 내쉬었다. 하지만 그 자신도, 자기가 느끼고 있던 것이 만족감이었는지 혹은 괴로움이었는지, 선뜻 단언할 수 없었을 것이다.

그는 군데군데 모여 있던 사람들에게 다가가서 그들이 하는 이야기에 귀를 기울였다. 이번 개정기(開廷期)에는 사건이 너무 많아서, 재판장이 비교적 단순하고 긴 심의를 요하지 않는 두 사건을 같은 날에 배정하였다고들 했다. 먼저 영아 살해 사건부터 다루었고, 지금은 지난 날의 도형수, 그 재범자, 그 '돌아온 말'[25]의 사건을 다루는 중이라고 하였다. 그 남자가 사과를 훔쳤다는 혐의를 받았는데, 범행이 입증되지 않은 것 같고, 입증된 것은 오직 그가 툴롱의 도형장에 있었다는 사실뿐이라고들 하였다. 그 사실이 사건에 불리하게 작용할 것이라고 하였다. 피의자 신문과 증인들의 증언은 끝났지만, 아직 변호사의 변론과 검사의 논고가 남아 있어, 자정 전에는 마치기 어려울 것이라고들 하였다. 피의자는 아마 유죄판결을 받을 것인데, 검사가 매우 능력 있는 사람이고, 피의자들을 놓치는 법이 없는 사람이기 때문이라는 것이다. 또한 시를 짓기도 하는 재주꾼이라고 하였다.

재판정으로 통하는 문 곁에 문지기 하나가 서 있었다. 그가 문지기에게 물었다.

"문이 곧 열립니까?"

"열리지 않을 겁니다." 문지기의 대꾸였다.

"어찌 그럴 수가! 공판이 재개되는데 문을 열지 않습니까? 공판이 중단되지 않았었던가요?"

"공판은 지금 막 재개되었습니다. 그러나 문은 열리지 않을 것입니다."

"무슨 이유로?"

"방청석이 만원이기 때문입니다."

"아니! 더 이상 한 자리도 없다는 말씀입니까?"

"하나도 없습니다. 문이 닫혀 더 이상 아무도 들어갈 수 없습니다."

잠시 후 문지기가 덧붙였다.

"재판장님 뒤에 좌석이 두셋쯤 있긴 합니다. 그러나 재판장님은 그 자리들을 오직 관리분들에게만 허락하십니다."

그 말을 마치며 문지기가 그에게로 등을 돌렸다.

그는 고개를 숙인 채 물러서서 대기실을 가로질러 천천히 층계를 내려갔다. 계단 하나를 밟을 때마다 멈칫거리는 것 같았다. 자신과 숙의를 하고 있는 중이었을 것이다. 전날 밤부터 그의 내면에서 시작된 격렬한 싸움이 아직 끝나지 않았던 것이다. 그리하여 매 순간 그는 전황의 급변을 겪고 있었다. 층계참에 도달하여 난간에 등을 기대고 서서 팔짱을 끼었다. 별안간 그가 프록코트에서 지갑을 꺼내 들더니, 꽂혀 있던 연필을 뽑고 쪽지 한 장을 찢어내어, 희미한 가로 등 불빛을 이용해 쪽지에 다음과 같이 서둘러 썼다. '몽트뢰이유-쉬르-메르 시장, 마들렌'. 그런 다음 층계를 성큼 올라가, 사람들을 헤치고, 문지기를 향하여 곧장 걸어가더니, 그에게 쪽지를 건네며 위압적으로 말하였다.

"이것을 재판장님께 전하시오."

문지기가 쪽지를 받아 흘낏 보더니 즉시 분부를 받들었다.

8. 특혜 입장

자신도 모르는 사이에 몽트뢰이유-쉬르-메르 시장은 상당히 유명해져 있었다. 그의 덕행에 관한 소문이 불로네 남부 지역에 퍼져 나가기 시작한 지 칠 년이 지나자, 그 소문은 그 작은 고장의 경계를 넘어 인근 두세 개 도에까지 퍼졌다. 검은 유리 산업을 되살려 군청 소재지에 크게 이바지한 것은 물론, 몽트뢰이유-쉬르-메르 군의 일백마흔두 개 읍·면 중 그 덕을 입지 않은 곳이 없었다. 그는 더 나아가 다른 군들의 산업에도 도움을 주어 융성케 할 방도를 찾기도 하였다. 그 일환으로, 그는 자기의 신용과 자본을 동원하여, 불론뉴(쉬르-메르)의 얇은 명주 망사 제조업과, 후레방의 기계화된 아마 제사공업 및 부르브-쉬르-깡슈의 수력을 이용한 직조 공업을 돕기도 하였다. 어디엘 가든 마들렌 씨라는 이름에 사람들이 경의를 표했다. 아라스와 두에[26]가 그 시장님 때문에 몽트뢰이유-쉬르-메르라는 행운의 작은 도시를 부러워하였다.

이번 개정기에 아라스 중죄 재판소의 재판을 담당한 두에 지방법원 판사 역시, 다른 사람들과 마찬가지로, 어디에서나 만인의 깊은 존경을 받는 그 이름을 알고 있었다. 문지기가, 회의실에서 재판정으로 통하는 문을 조심스럽게 열고, 재판장의 안락의자 뒤로 상체를 숙여, 우리가 이미 읽은 쪽지를 재판장에게 건네며 속삭였다. "이분이 방청을 원하십니다." 쪽지를 보자 재판장이 문득 몸가짐을 공손히 하며 쪽지 하단에 몇 마디를 급히 적더니, 쪽지를 다시 문지기에게 주며 말하였다. "들어오시도록 하시오."

우리가 이야기하고 있는 그 가엾은 사람은, 문지기가 자리를 비운 순간부터 같은 자리에 꼼짝도 하지 않고 서 있었다. 깊은 몽상에 잠겨 있는데, 누가 자기에게 하는 말이 어렴풋이 들려왔다. "삼가 아뢰거니와, 수고로우시더라도 저를 따라오시겠습니까?" 조금 전 자기에게 감히 등을 돌리던 그 문지기였는데, 그가 이제는 이마가 땅에 닿도록 공손히 예를 표하고 있었다. 문지기가 동시에 쪽지를 그에게 바쳤다. 그가 쪽지를 받아 폈고, 가까이에 램프가 있었던지라 쉽게 읽을 수 있었다.

'중죄 재판소 재판장이 마들렌느 씨께 삼가 경의를 표합니다.'

그는 쪽지를 손아귀에 쥐고 구겼다. 그 몇 마디가 기이하고 씁쓸한 뒷맛을 그에게 남기는 것 같았기 때문이다.

그가 문지기의 뒤를 따라갔다.

잠시 후 그는, 벽을 장식 돌로 감쌌고, 초록색 융단을 덮은 탁자 위에 촛대 둘이 놓여 있으며, 매우 엄숙해 보이는 일종의 집무실 같은 곳에 자신이 홀로 있음을 깨달았다. 그의 곁을 떠나며 문지기가 하던 마지막 말이 아직도 귓속에서 울리고 있었다. "여기가 회의실입니다. 저 문의 동그란 구리 손잡이를 돌리시면 재판장님의 안락의자 뒤에 이르실 것입니다." 그 말이 그의 기억 속에서, 그가 조금 전에 거쳐 온 좁은 복도 및 어두운 층계 등과 어렴풋이 뒤섞였다.

문지기가 그를 홀로 남겨 두었다. 결단의 순간이 닥친 것이다. 그는 마음을 가다듬으려 애를 썼으나 여의치 않았다. 사념의 모든 실갈래들을 생의 절박한 현실들에 붙들어 매야 할 순간에, 그 가닥들이 뇌수 속에서 끊어지는 경우가 특히 빈번하다. 그는 재판관들이

논의하고 선고를 준비하는 바로 그 장소에 와 있었다. 그는 이미 무수한 삶들이 부서졌고, 잠시 후에는 자기의 이름이 울려 퍼질 것이며, 현재 자신의 운명이 통과하고 있는 그 방을, 평온해 보이지만 무시무시한 그 방을, 바보처럼 태연하게 바라보고 있었다. 그는 벽을 바라보다가 자신을 바라보면서, 그 방이 그러한 방이며 그곳에 와 있는 사람이 자신이라는 사실에 놀랐다.

요기를 하지 못한 지 스물네 시간이나 되었고, 마차에 시달려 온 몸이 부서질 지경이 되었건만, 그는 전혀 그 사실을 느끼지 못하였다. 모든 감각이 마비된 것 같았다.

그는 벽에 걸려 있는 검은 액자 곁으로 다가갔다. 빠리의 시장이었고 재상을 지낸 쟝-니꼴라 빠슈의 오래된 자필 편지 한 장이 유리 밑에 있었다. 틀림없이 실수로 공화국 2년 '6월' 9일이라는 날짜를 표시했을[27] 그 편지에서, 빠슈는 가택 연금 상태에 있던 재상들과 국회의원들의 명단을 그 지역에 통보하고 있었다. 그 순간에 그를 보았고 또 그를 유심히 관찰한 사람이 있었다면, 그 편지가 그에게 매우 기이하게 보였던 모양이라고 할 것이다. 그가 편지에서 눈을 떼지 않은 채, 그것을 두세 번이나 반복하여 읽었기 때문이다. 하지만 그는 별로 편지에 주의를 쏟지 않았고, 무의식적으로 그것을 읽었을 뿐이다. 그의 생각은 팡띤느와 꼬제뜨에게 가 있었다.

그렇게 몽상에 잠긴 채 그가 돌아섰고, 그와 재판정을 갈라놓고 있는 문의 구리 손잡이가 그의 눈에 포착되었다. 그는 그 문을 거의 잊고 있었다. 처음에는 고요하던 그의 시선이 그곳에 멈추었고, 구리 손잡이에 고정되었으며, 그다음 질겁한 듯 꼼짝도 하지 않더니, 조금씩 두려움을 머금기 시작하였다.

머리칼 사이에서 땀방울들이 솟더니, 이내 관자놀이 위로 질펀히 흘렀다. 어느 순간 그는, 반항성이 섞인 그러나 묘사할 수 없는, 권위적인 몸짓을 하였다. 그 몸짓은 정확히 다음과 같은 말을 하려는 것 같았다. '젠장! 누가 나에게 강요하지?' 그러더니 몸을 휙 돌렸다. 그가 들어온 문이 보였다. 그는 그곳으로 가서 문을 열고 밖으로 나갔다. 그는 더 이상 그 회의실 안에 있지 않았다. 밖으로 나와 복도에 있었다. 길고, 좁고, 계단들과 창구들이 군데군데 있고, 온갖 종류의 모퉁이들이 있고, 환자들을 위해 켜놓은 야등처럼 여기저기서 빛을 발하고 있는 등불들이 밝혀 주는 복도, 그가 따라서 들어왔던 복도였다. 한 차례 호흡을 하고 나서 귀를 기울였다. 뒤에서도 앞에서도 들리는 소리가 전혀 없었다. 그는 누가 쫓아오기라도 하는 양 도망치기 시작하였다.

복도의 굴곡부 여러 곳을 서둘러 지난 다음 다시 귀를 기울였다. 그를 에워싸고 있는 것은 여전히 같은 정적과 어둠뿐이었다. 숨이 가빴고, 몸이 휘청거렸다. 몸을 벽에 기대었다. 돌은 차가웠고, 흐르던 땀이 이마에서 식어 있었다. 오들오들 떨면서 몸을 다시 곧추세웠다.

그리고, 어둠 속에 홀로 서서, 추위에, 또한 아마 다른 것 때문에, 덜덜 떨면서, 그는 다시 생각에 잠겼다.

그는 이미 밤새도록, 그리고 온종일, 생각하였다. 그러나 그의 내면에서 들려오는 소리는 이제 단 하나뿐이었다. "애석하도다!"

그렇게 약 십오 분이 흘렀다. 드디어 그가 머리를 푹 숙이며 고통스러운 한숨을 내쉬더니, 두 팔을 축 늘어뜨리고 발길을 돌려 되돌아가기 시작하였다. 그는 천천히 그리고 무엇에 짓눌린 듯이 걸었다. 도망치는 그를 누가 붙잡아 다시 끌고 오는 것 같았다.

그가 회의실로 다시 들어갔다. 그가 제일 먼저 본 것은 문의 손잡이였다. 둥글고 반들반들 길이 든 그 손잡이가 그에게는 마치 무시무시한 별처럼 빛을 발산하고 있었다. 그는 암양이 호랑이의 눈을 바라보듯 그 손잡이를 바라보았다. 눈을 그것에서 떼지 못하였다.

가끔 한 걸음씩 내디뎌 문 가까이로 다가갔다.

그가 만약 귀를 기울였다면, 일종의 모호한 웅얼거림처럼 옆방으로부터 들려오던 소음을 들었을 것이다. 하지만 그는 귀를 기울이지 않았고, 따라서 아무 소리도 듣지 못하였다.

어느 순간, 자신도 어찌 된 영문인지 모른 채, 그가 문 앞에 와 있었다. 그가 발작적으로 손잡이를 잡았다. 문이 열렸다.

그가 재판정에 들어와 있었다.

9. 확증이 점차 형성되는 곳

그는 한 걸음을 내디뎠다. 기계적으로 뒤에 있는 문을 다시 닫았다. 그리고 눈에 들어오는 것들을 살피며 우뚝 서 있었다.

소음이 가득했다가는 다시 정적만 가득하고, 불이 희미하게 밝혀진 상당히 넓은 곳이었는데, 그곳에서 형사재판의 온갖 장치들이 군중에 둘러싸여 비천하고 음산한 기세로 펼쳐져 있었다.

그 방의 한쪽 끝, 즉 그가 서 있던 곳에는, 낡은 법복을 입은 재판관들이 멍한 기색으로 앉아서 손톱을 질근질근 씹거나 눈꺼풀을 아예 닫고 있었다. 다른 쪽에는 누더기를 걸친 군중들이 있었다. 변호사와 검사의 태도는 각양각색이었다. 얼굴이 정직하고 굳어 있는 병사들도 보였다. 얼룩투성이의 낡은 목재 장식들, 때가 덕지덕지 낀 천장, 초록색이 바래 노랗게 변한 거친 모직 천으로 덮은 탁자들, 손때가 묻어 까맣게 된 문들도 보였다. 벽의 판자에 못을 박아 걸어놓은, 선술집에서 흔히 볼 수 있는 램프들은 빛보다 연기를 더 많이 배출하고 있었다. 탁자들 위에는 구리 촛대에 촛불을 켜놓았다. 한마디로 침침함과 추함과 구슬픔뿐이었다. 그 모든 것으로부터 엄격하고 엄숙한 인상이 피어오르고 있었다. 그것에서, 법률이라고 하는 인간의 대단한 일과, 정의라는 신의 대단한 일이 풍기는 냄새를 맡을 수 있었기 때문이다.

그 많은 사람들 중 그에게 관심을 쏟는 이는 아무도 없었다. 모든 시선들이 오직 한곳으로만 집중되고 있었다. 재판장석 왼쪽 벽에 있는 작은 문에 기대어 있는 긴 나무 의자가 시선들을 끌고 있었다. 촛불 여러 개가 밝히고 있는 그 긴 의자에, 어떤 남자 하나가 헌병 두 사람 사이에 앉아 있었다.

그 남자가 문제의 그 사람이었다. 구태여 찾은 것은 아니지만 그의 눈에 띄었다. 그 얼굴이 어디에 있는지 미리 알고 있었기라도 한 듯, 그의 눈이 자연스럽게 그쪽으로 향하였다.

그는 늙은 자신의 모습을 보는 것 같았다. 물론 얼굴이 완전히 유사하지는 않았다. 그러나, 도형장의 포석 위에서 십구 년이나 걸려 모은 끔찍한 사념들의 흉측한 보물을 영혼 속에 감추고, 증오로 가득한 채 디뉴 시내로 들어서던 자신처럼, 야수적이며 불안한 눈동자와 삐죽삐죽 곤두선 머리털에 작업복을 걸친, 그 자세나 모습만은 비슷하였다. 그는 몸서리를 치면서 스스로에게 말하였다.

'맙소사! 내가 다시 저 꼴이 되어야 하나?'

그 사람은 나이 육십쯤 되어 보였다. 그에게서는 무엇인지 모를 거칠고 우둔하며 질겁한 듯한 것이 느껴졌다.

문 열리는 소리에 사람들이 그에게 자리를 권하였고, 재판장이 고개를 돌려, 막 들어선 인사가 몽트뢰이유-쉬르-메르 시장님이라는 것을 깨닫고 그에게 예를 표하였다. 공무 수행차 몇 번 몽트뢰이유-쉬르-메르에 왔다가 마들렌느 씨를 만난 적 있던 차장 검사 또한, 그를 알아보고 인사를 하였다. 하지만 그는 그 모든 것을 겨우 감지할 수 있을 뿐이었다. 일종의 환각에 사로잡혀 그저 바라보기만 하였다.

재판관들, 서기 하나, 헌병들, 잔인하게 호기심 가득한 군중 등, 그는 일찍이, 이십칠 년 전에, 이미 그 모든 것을 본 적이 있다. 그 불길한 것들을 그가 다시 대하고 있었다. 그것들이 그의 목전에서 꿈 실거리며 엄연히 존재하고 있었다. 그의 기억이 되살려 놓은 것도, 그의 사념 속에 나타난 신기루도 아니었다. 실제의 헌병들, 재판관들, 군중 등, 정말 살과 뼈가 있는 살아 있는 사람들이었다. 그가 겪은 과거의 모습들이, 그 끔찍한 모든 현실들과 함께, 그의 주위에 다시 나타나 활기를 되찾는 것이 엄연히 그의 눈에 보였다.

그 모든 것이 그의 앞에서 아가리를 딱 벌리고 있었다. 소름이 끼쳤다. 그는 두 눈을 질끈 감고 속으로 외쳤다. '절대 안 돼!'

게다가, 그의 모든 사념들을 두려움에 떨게 하고 그를 거의 미칠 지경으로 만들고 있던 운명의 비극적 장난이었던지, 심판대에 끌려온 사람은 또 다른 하나의 자기였다! 사람들이 심판하고 있던 사람을 가리켜 모두들 쟝 발쟝이라고 하였다!

그의 목전에서, 그의 유령이 주연을 맡은, 그의 생애 중 가장 무시무시한 순간을 재연하는, 전대미문의 공연이 펼쳐지고 있었다.

모든 것이 빠짐없이 동원되어 있었다. 법률이라는 소품들, 같은 밤 시간, 재판관들과 병사들과 관객들, 모두 같은 것이었다. 다만 이번에는 재판장의 머리 위 벽에 십자가 하나가 걸려 있었다. 그가 선고를 받던 시절의 재판정에는 없던 것이었다. 사람들이 그를 심판하던 시절에는 신이 자리를 비웠었다.[28]

그의 뒤에 의자 하나가 있었다. 혹시 누가 자기를 볼 수도 있으리라는 생각에, 질겁하여 털썩 그 위에 앉았다. 그렇게 앉은 다음, 재판관들의 책상 위에 쌓여 있던 서류 뭉치들을 이용해, 자기의 얼굴이 방청석에서 보이지 않게 하였다. 이제 그는 다른 이들의 눈에 띄지 않는 상태에서 볼 수 있게 되었다. 그가 조금씩 안정을 되찾았다. 그리고 현실감각을 완전히 회복하였다. 즉, 사람의 말에 귀를 기울일 수 있는 단계의 평온을 되찾았다.

바마따부와 씨도 배심원들 중 하나였다.

샤베르를 찾았지만 그는 보이지 않았다. 증인들 자리가 서기의 책상에 가려 있었다. 게다가, 이미 말한 바와 같이, 재판정의 조명이 어두웠다.

  그가 들어섰을 때 피의자 변호인은 이미 변론을 마쳤다. 모든 사람들의 관심이 최고조에 달해 있었다. 재판이 세 시간 전부터 계속되고 있었기 때문이다. 세 시간 전부터 그 군중은, 한 사람이, 낯선 한 사람이, 지극히 멍청하거나 지극히 꾀바른 가엾은 사람이, 무시무시한 진실임 직한 것의 무게에 짓눌려 조금씩 구부러지는 것을 바라보고 있었다. 이미 알다시피 그 사람은, 삐에롱의 과수원이라고들 부르는 울타리 친 밭에서 꺾여 나온 것으로 보이는, 익은 사과 몇 개가 달린 가지 하나를 들고 인근에 있다가 발견된 떠돌이였다. 그 사람은 누구였을까? 조사가 이루어졌다. 증언도 청취하였다. 증인들의 말이 일치하였다. 그때까지 진행된 공판 과정에서 많은 진실들이 분출하였다. 검사는 이렇게 말하였다.

  "우리가 지금 단지 경작지에 침입했던 과일 절도범 하나만을 수중에 넣고 있는 것이 아닙니다. 우리는 지금 여기에, 우리 손아귀에, 하나의 강도를, 거주 지정령을 위반한 재범자를, 지난날의 도형수를, 가장 위험한 악당들 중의 하나를, 사법이 오래전부터 뒤를 쫓고 있었으며, 팔 년 전에 뚤롱의 도형장에서 나오기가 무섭게 쁘띠-제르베라고 하는 사부와 지방 소년을 상대로 무기를 들고 노상강도 짓을 자행한 쟝 발쟝이라는 악당을, 움켜쥐고 있습니다. 형법 제383조를 위반한 그 범행에 대해서는, 그가 동일인임이 사법적으로 판명된 다음에 기소하겠습니다. 그는 최근에 다시 절도죄를 저질렀습니다. 재범에 해당합니다. 최근의 범행에 대해서만 선고를 내려주십시오. 과거의 범행에 대해서는 추가로 재판을 받음이 마땅할 것입니다."

  그러한 비난 앞에서, 증인들의 일치된 증언 앞에서, 피의자는 특히 놀라는 기색이었다. 그는 사실이 아니라는 뜻으로 온갖 몸짓을 하다가 천장을 물끄러미 올려다보았다. 힘들여 말하고 당황한 듯 더 듬거리며 답변하였지만, 머리끝부터 발끝까지, 그의 온몸이 부인하였다. 그는 마치, 싸움을 벌이려고 그를 에워싸고 전열을 가다듬는 모든 지성들을 대하고 있는 하나의 백치, 혹은 그를 붙잡고 있는 사회의 한가운데에 있는 이방인과 같았다. 하지만 그에게는 더욱 위협적인 미래가 걸려 있었고, 그럴듯함이 매 순간 증대되고 있었으며, 그리하여 모든 구경꾼들이, 그 본인보다 오히려 더 조마조마한 마음으로, 그 사람 위로 기울고 있던 대재앙 가득한 판결에 촉각을 곤두세우고 있었다. 또한, 도형장뿐만 아니라, 동일인임이 확인되고 쁘띠-제르베 사건이 추후에 또 다른 단죄로 귀결될 경우, 사형까지 언도될 가능성도 엿보였다. 그 남자는 어떤 사람일까? 그가 보이는 무관심의 정체가 무엇일까? 우둔함일까 혹은 교활한 술책일까? 너무 잘 알고 있는 것일까 혹은 전혀 모르는 것일까? 구경꾼들의 견해가 양분되었고, 배심원들의 견해 또한 두 편으로 나뉘었다. 그 재판에는 두려움을 야기시키는 것과 호기심을 자극하는 것이 있었다. 그 비극은 음울할 뿐만 아니라 모호하기도 하였다.

변호인의 변론은 상당히 그럴듯했다. 그의 언어는, 오랫동안 변호사석의 웅변으로 여겨졌고 옛날에는 빠리에서건 로모랑땡이나 몽브리종에서건 모든 변호사들이 사용하던 언어, 그러나 오늘날에는 이미 고전이 되어버려, 그 준엄한 낭랑함과 위엄 어린 어태(語態) 때문에 재판정의 판사석에서나 들을 수 있는, 그 촌스러운 언어였다. 그러한 언어에서는 남편을 '가약인(佳約人)',[29] 아내를 '가약녀(佳約女)', 빠리를 '예술과 문명의 중심지', 국왕을 '유일 명령권자',[30] 주교 예하를 '신성한 다리 건설꾼',[31] 검사를 '처벌[32]의 구변 좋은 해설꾼', 변론을 '지금 막 들은 억양', 루이 14세 치세기를 '위대한 세기', 극장을 '멜포메네[33] 신전', 왕족을 '우리 국왕들의 거룩한 혈통', 연주회를 '음악적 성전(盛典)', 각 도의 사령관인 장군을 '찬연한 전사', 신학교 학생들을 '풋풋한 레위족[34] 자손', 신문들에 전가한 오류들을 '독소를 증류시켜 지면에 바르는 협잡'이라고 한다. 변호사는 사과 절도 혐의에 대한 자기의 의견 개진으로 시작하였다. 화려한 화법을 구사하기에는 그리 적합하지 않은 사안이었다. 하지만, 베니뉴 보쉬에 같은 사람도 한창 추도사를 하던 중 어느 암탉에 대해 언급하지 않을 수 없는 처지에 빠졌다가, 그 난관을 화려하게 타개한 바 있다. 변호사는 사과 절도 혐의에 물증이 없음을 확증하였다. 그는 변호인의 자격으로 자기의 의뢰인을 시종일관 샹마튜라고 호칭하면서, 그 의뢰인이 담장을 기어오르거나 사과나무 가지를 꺾는 것을 본 사람이 없다고 하였다. 그가 그 가지를 소지하고 있는 것만 보고 그를 체포하였다는 것이다(그는 '잔가지'라는 말을 즐겨 사용하였다). 하지만 피의자는 그 가지가 땅에 떨어져 있길래 주웠다고 말했다는 것이다. 그러면서 피의자가 한 말을 뒤집을 만한 증거가 있느냐고 반문하였다. 물론 그 가지가 과수원에 침입한 절도범에 의해 꺾였고, 발각될까 두려워 그것을 절도범이 땅바닥에 던져 버린 것은 분명하다고 하였다. 하지만 그 절도범이 샹마튜라는 것을 무엇이 입증할 수 있느냐고 하였다. 오직 한 가지뿐이라고 하였다. 피의자가 과거에 도형수였다는 사실뿐이라고 하였다. 변호사는 그 사실이 불행하게도 확인된 것 같다는 점을 부인하지 않았다. 피의자는 화브롤에 거주한 적이 있다. 피의자가 그곳에서 나무의 곁가지 치는 일을 하였다. 샹마튜라는 이름이 쟝 마뜌에서 유래하였을 가능성이 농후하다. 그 모든 것들이 사실이었다. 그리고 증인 네 사람 모두, 샹마튜가 곧 도형수 쟝 발쟝이라고 서슴지 않고 주장하였다. 그러한 정황들과 증언에 대해, 변호사는 의뢰인의 부인밖에, 즉 당사자가 반복하던 부인밖에 내세울 것이 없었다. 하지만 그가 비록 도형수 쟝 발쟝이라 할지라도, 그것이 곧 그가 사과 절도범이라는 증거가 될 수 있느냐고 반문하였다. 그것은 기껏 하나의 추정일 뿐, 증거가 아니라고 하였다. 피의자는 '좋지 않은 방어책'을 택하였다. 그것은 사실이었던 바, 변호사도 '솔직히' 그 점만은 시인한다고 하였다. 피의자는 절도 혐의와 과거에 도형수였다는 사실 모두를 고집스럽게 부인하였다. 도형수 전력만이라도 시인하는 것이 분명 그에게 유리하였을 것이다. 그랬더라면 재판관들의 관용도 기대할 수 있었을 것이다. 변호사가 그렇게 하라고 조언을 해주기도 하였다. 하지만 피의자는 고집스럽게 그것을 거부하였다. 아무것도 실토하지 않음으로써 모든 혐의를 벗을 수 있으리라 믿었던 모양이다. 그것은 분명 과오였다. 하지만 그 지능의 단순성을 고려해야 하지 않았을까? 그 사람은 누가 보더라도 숙맥이었다. 긴 세월 동안 도형장에서 겪은 불행과 도형장 밖에서 감수한 오랜 가난 등이 그를 바보로 만들었을 것이다. 그가 비록 자신을 방어하지 못한다 할지라도, 그것이 그를 단죄할 이유가 되느냐고 변호사가 반문하였다. 쁘띠-제르베 사건에 대해서는 할 말이 없다고 하였다. 그것은 자기의 변론과 무관하다고 하였다. 그리고 변호사는, 배심원들과 판사들에게 간청하기를, 비록 피의자가 쟝 발쟝과 동일인이라는 확신이 서더라도, 그가 거주지정령을 위반한 사실에 대한 죄를 물을 뿐, 재범을 저지른 도형수에게 가해지는 그 무시무시한 형벌만은 면하도록 해달라고 하면서 변론을 마쳤다.

  검사가 변론에 응수하기 시작하였다. 그의 어조는 격렬하고 화려하였다. 검사들의 어조가 대개 그러하다.

  그는 변호인의 '성실성'을 칭찬한 다음, 그 성실성을 교묘하게 이용하였다. 그는 변호사가 양보한 모든 사항들을 무기로 삼아 피의자를 공격하였다. 변호사의 언급 중에 피의자가 쟝 발쟝임을 시인하는 듯한 부분이 있었다. 검사는 그 부분을 법석으로 인정된 사실로 삼았다. 따라서 그에게는 피의자가 곧 쟝 발쟝이었다. 그것은 곧 기정사실이 되어 더 이상 이론의 여지가 없게 되었다. 그 부분에서 검사는 능란한 솜씨로 공격 대상을 슬쩍 바꾸어, 그 범죄행위의 근원과 원인으로 거슬러 올라가더니, 당시 《깃발》 및 《일간지》라는 잡지[35]의 평론가들이 '사탄의 유파'라고 헐뜯던 유파, 이제 겨우 여명기에 있던 로망티즘 유파를 향하여 천둥처럼 일갈하였다. 그는, 샹마튜의, 아니 쟝 발쟝의 범행이 그 타락한 문학에 기인한다고 그럴듯하게 주장하였다. 그렇게 고찰한 다음 쟝 발쟝 당사자에게로 옮겨 갔다. 쟝 발쟝의 본질이 무엇이냐고? 그런 전제 질문을 던진 다음 쟝 발쟝을 묘사하였다. 누가 토해 놓은 괴물이라는 등의 용어도 동원되었다. 그런 유형의 묘사는 테라메네스의 이야기 속에 그 전형이 있는 바, 비극 작품에는 별로 유용하지 않으나, 사법적 웅변에는 날마다 커다란 공헌을 한다.[36] 방청객들과 배심원들은 그 이야기를 듣고 몸서리를 쳤다. 피의자를 상세히 묘사한 다음, 검사는 다음 날 아침 그 지방 일간지의 열광을 최고조로 야기시키기에 손색이 없는 웅변으로 논고를 계속하였다.

"이 사람이 그러합니다……. 떠돌이이며 거지이며 생계 수단이 없는……. 지난 세월의 삶으로 인하여 범죄적 행위에 익숙해져 있고, 쁘띠-제르베를 상대로 저지른 범행이 증명해 보이듯, 도형장 생활도 그 버릇을 고쳐주지 못하였습니다……. 여전히 그러한 사람인 바, 자기가 기어 올라갔던 담장으로부터 불과 몇 걸음 아니 되는 지점에서, 훔친 물건을 손에 들고 있다가, 그 대로상에서 절도 현행범으로 발각되었건만, 그 범행을, 그 절도 행위를, 월장 행위를, 모든 것을, 심지어 자기의 이름까지, 자신의 정체성까지 부인합니다! 다시 언급할 필요조차 없는 수백 가지 증거들은 차치하더라도, 쟈베르와, 그 청렴하고 공정한 형사 쟈베르와, 불명예스러운 그의 옛 동료세 사람, 즉 도형수들이었던 브르베와 슈닐디으 및 꼬슈빠이유도 그가 쟝 발쟝임을 시인합니다. 그 벼락같은 일치된 견해 앞에 그가 내세우는 것이 무엇입니까? 그는 막무가내로 부인합니다. 그 무슨 고집입니까! 배심원 제위께서 공정히 판별해 주시기 바랍니다……."

검사가 논고를 계속하는 동안 피의자는 입을 벌린 채 유심히 듣고 있었는데, 놀라움에 사로잡힌 그의 모습에는 찬탄하는 기색마저 섞여 있었다. 사람이 그렇게 말할 수 있다는 사실에 놀랐던 것이 분명했다. 가끔, 검사의 논고가 가장 '강력하던' 순간, 웅변이 스스로를 제어하지 못하여, 모욕적인 형용어들이 밀물을 이루어 폭풍우처럼 피의자를 뒤덮곤 하던 순간에는, 피의자가 머리를 오른쪽에서 왼쪽으로 혹은 왼쪽에서 오른쪽으로 천천히 흔들곤 하였는데, 그것은 일종의 슬픈 무언의 항변이었으며, 그는 공판이 시작되던 순간부터 그러한 항변으로 그치곤 하였다. 그로부터 가까운 좌석에 앉아 있던 방청객들의 귀에, 그가 나지막하게 중얼거리는 소리가 두세 차례 들려왔다.

"발루 씨를 부르지 않아 일이 이렇게 되었어!"

검사는, 배심원들에게 피의자의 그러한 얼빠진 태도를 지적하여 가리키며, 그것이 계산된 행동임에 틀림없다고 하였다. 또한 그러한 태도가, 그의 저능함을 입증하기는커녕, 능란함과 교활함과 사법을 속이던 습성 및 그의 평생을 '심각한 패륜적 행위들로' 일관케 한 버릇을 명백히 드러낼 뿐이라고 하였다. 그는, 쁘띠-제르베 사건은 보류해 둔다고 하면서, 엄한 단죄를 요구하는 것으로 논고를 마쳤다.

모두 기억하다시피, 그 죄목만으로도 종신징역이 구형되었다.

변호사가 다시 일어섰다. 그는 먼저 '검사님'의 '아름다운 말씀'에 찬사를 보낸 다음 반박 변론을 시작하였다. 그러나 그는 기력을 잃고 있었다. 그의 입지가 흔들리고 있었다.

10. 부인하는 방법

어느덧 공판을 마무리할 순간이 도래하였다. 재판장이 피의자에게 일어서라고 한 다음, 의례적인 질문을 하였다.

"본인을 변호하기 위하여 덧붙일 말씀이 있습니까?"

남자는 일어서서 보기에도 끔찍한 낡은 모자를 만지작거릴 뿐, 아무것도 듣지 못한 사람 같았다. 재판장이 질문을 반복하였다.

이번에는 들은 것 같았다. 질문의 뜻을 이해한 듯한 기색이었다. 그는 잠에서 막 깨어난 사람의 몸짓을 하더니, 주위를 천천히 둘러본 다음, 방청인들과 헌병들, 자기의 변호사, 배심원들, 재판관들을 차례로 바라보더니, 자기 앞에 놓여 있던 목제 소품 위에 기형으로 변한 두 손을 짚고 다시 한 번 훑어본 다음, 문득 검사를 쏘아보면서 말을 하기 시작하였다. 마치 용암이 분출하는 것 같았다. 조리가 맞지 않고 맹렬하며, 서로 부딪혀서 뒤섞인 채, 그의 입으로부터 탈출하듯 튀어나오는 것으로 보아, 그 말들이 입속에 일제히 집결해 있다가 동시에 나오는 듯하였다. 그가 말을 시작하였다.

"할 말이 있소. 나는 빠리에서 수레 만드는 일을 했는데, 발루 씨 댁에서였소. 아주 힘든 일이지. 수레장이 일이라는 것이, 항상 한데서, 마당에서 일을 해야 하지요. 좋은 주인을 만나면 헛간에서 하는 경우도 있지만, 닫힌 작업실에서는 불가능하지요. 공간이 있어야 하니까. 아시겠어요? 겨울에는 하도 추워서 자기의 팔을 두들겨서 열을 내기도 하지만, 주인들이 싫어해요. 그러면서 우리가 시간을 낭비한다나! 길바닥 포석 사이에 얼음이 박히는 날씨에 쇳덩이 연장을 다루는 일이 여간 고되지 않아요. 그래서 사람이 금방 낡아버리지. 그 일을 하면 젊은 나이에 늙어버려요. 나이 사십만 되어도 장정이 끝장나지. 그 시절 내 나이 쉰셋이었는데, 일하기가 무척 힘들었소. 게다가 일꾼들이라는 것들이 어찌나 심보 사나운지! 그것들은 젊음이 한물간 사람을 늙은 멍청이 혹은 늙은 짐승이라고 부르지! 나는 하루에 30쑤밖에 벌지 못하였소. 내 나이가 많다고 제일 적게 주었지. 주인들이 내 나이 많은 것을 한껏 이용한 거야. 내게 딸이 하나 있었는데 개천에서 빨래를 해주는 일을 하였어. 그렇게 그 애도 벌었지. 두 사람이 그럭저럭 살아갈 수 있었소. 그 애도 고생이 많았지. 비가 오나 눈이 오나, 살을 에는 바람이 얼굴을 사정없이 후려치는 날에도, 물이 허리까지 올라오는 나무통 속에 들어갔지. 얼음이 얼 때에도 빨래를 해야 했지. 빨랫감이 많지 않아서 빨래를 미뤄두는 사람들도 있어서 일거리가 없을 때도 있었어. 널빤지들이 제대로 물리지 않아서 틈새로 물방울들이 마구 떨어지지. 그러면 치마가 겉이고 속이고 할 것 없이 흠뻑 젖어. 속까지 파고들어. 내 딸은 앙팡-루즈 빨래터에서도 일했는데, 그곳에는 수도꼭지에서 물이 나오지. 그래서 나무통에는 들어가지 않아. 앞에 있는 수도꼭지 물로 빨아서 뒤에 있는 대야에 헹구면 되니까. 닫힌 곳이라 몸은 덜 추워. 하지만 뜨거운 물에서 김이 솟구쳐 앞이 안 보여. 내 딸은 저녁 일곱 시에 돌아와 일찍 잠자리에 들었지. 너무 피곤했던 거야. 남편이 그 아이를 자주 때렸어. 그 아이는 죽었어. 우리 부녀는 행복하지 못했어. 무도장에도 아니 가고 얌전한 착한 딸이었는데. 어느 참회 화요일, 모처럼 쉬는 날이라 그 아이가 저녁 여덟 시에 잠자리에 든 적이 있어. 지금도 생각나. 이게 전부요. 모두 사실이오. 사람들에게 물어보면 알 것이오. 아, 참, 물어보라니! 내가 참으로 멍청하지! 빠리라는 곳은 깊은 구렁이야. 그곳에서 누가 샹마튜 영감을 알겠소? 하지만 발루 씨는 다르지. 발루 씨 댁에 가서 알아보시오. 이게 전부인데, 내게서 뭘 더 원하는지 모르겠군."

그가 입을 다물고 서 있었다. 그는 그 모든 일들을 크고 빠르고 거칠고 쉰 음성으로, 조금 역정이 난 듯하며 사나운 어조로 늘어놓았다. 그는 말을 하다가, 군중 속에 있는 어떤 사람에게 인사를 하려는 듯 한 번 중단하기도 하였다. 그가 간간이 딸꾹질하듯 자기 앞을 바라보며 단언 조로 말을 하였는데, 그때마다 장작을 패는 나뭇꾼의 동작을 취하곤 하였다. 그가 말을 마치자 청중석에서 웃음이 터져 나왔다. 그가 방청인들을 물끄러미 바라보더니, 그들이 웃는 것을 보고, 아무 영문도 모르는 채 자기도 웃기 시작하였다.

딱한 정경이었다.

사려 깊고 관대한 재판장이 어조를 가다듬었다.

그는 우선 배심원들에게, 피의자를 고용했었다는 수레 제조업자 발루 씨를 호출하였으나 그가 출두하지 않았으며, 파산한 후 자취를 감추었다는 사실 등을 인지시켰다. 그런 다음, 피의자를 향하여, 자기의 말을 유의해 들어야 한다고 타이르면서, 다음과 같이 덧붙였다.

"당신은 지금 신중히 생각해야 할 처지에 놓여 있습니다. 가장 중대한 추정적 사실인정이 당신을 위협하고 있으며, 그것이 심각한 결과를 초래할 수도 있습니다. 피의자의 권익을 위하여 마지막으로 촉구하거니와, 다음 두 사실에 대하여 명확히 해명해 주시오. 첫째, 당신이 삐에롱의 과수원 담장을 넘어가서 과수의 가지를 꺾고 사과를 훔쳤소? 다시 말해, 월장하여 절도죄를 범하였소? 둘째, 당신이 석방된 도형수 쟝 발쟝이오?"

피의자가, 질문을 잘 이해하였고 답변할 말이 있는 사람처럼, 자신 있는 기색으로 고개를 가로저었다.

그가 재판장을 향하여 돌아서더니 입을 열었다.

"우선……."

그런 다음, 자기의 모자를 바라보고, 다시 천장을 올려다보더니, 입을 다물었다.

"피의자." 검사가 엄한 음성으로 말하였다. "주의하시오. 당신은 질문에 아무 답변도 하지 않았소. 당신의 당황한 태도가 당신을 단죄하고 있소. 당신의 이름이 샹마튜가 아니고, 당신이 도형수 쟝 발쟝이되 모친의 성씨를 빌려 쟝 마뜌라는 이름 속에 숨었고, 당신이 오베르뉴 지방에 갔었고, 당신이 나무의 곁가지 치는 일을 하던 곳, 즉 화브롤에서 태어났다는 것 등은 모두 명백한 사실이오. 당신이 삐에롱의 과수원 담장을 넘어 익은 사과를 훔친 것도 명백한 사실이오. 배심원들께서도 인정하실 것이오."

피의자는 자리에 주저앉아 있었다. 검사가 말을 마치자 그가 벌떡 일어서더니, 큰 소리로 외쳤다.

"당신은 아주 고약한 사람이야! 이게 내가 하고 싶었던 말이야. 처음에는 생각이 나지 않았어. 나는 아무것도 훔치지 않았어. 나는 거르지 않고 매일 식사를 하는 사람이 아니야. 내가 아이이[37]로부터 오고 있었는데, 소나기가 한차례 퍼부은 뒤라 사방이 온통 누렇게 변했고, 늪들이 넘쳐 길가에도 모래가 쌓여 풀들도 그 끝만 보이는데, 그렇게 걷다가 사과 달린 가지 하나가 땅바닥에 떨어져 있길래, 그것이 내게 이 고생을 시킬 줄 모르고 주워 들었지. 내가 감옥에 들어가 들볶이며 이리저리 끌려다닌 지 석 달이야. 그리고, 나는 말을 할 줄 몰라. 모두들 나를 몰아세우며 이러지. '대답하시오!' 착한 헌병 녀석이 팔꿈치로 나를 툭툭 치면서 작은 소리로 말하지. '어서 대답하세요.' 나는 설명할 줄 몰라. 배우지도 못했고, 가난한 사람이야. 그걸 모르니 잘못이지. 나는 훔치지 않았어. 땅바닥에 있는 것을 주웠어. 당신은 쟝 발쟝이니 쟝 마뜌니 하는데! 나는 그 사람들이 누구인지 몰라. 어느 마을 사람들이겠지. 나는 오삐딸 대로에 있는 발루씨 댁에서 일했어. 내 이름은 샹마튜야. 내가 어디에서 태어났는지 아는 것을 보니 당신은 마귀만큼이나 용하군. 나는 그것을 모르는데. 모든 사람들에게 태어날 집이 있는 것은 아니지. 그러면 과분하게 편한 거지. 내가 생각하기에는, 내 아버지와 어머니 모두 이리저리 떠돌던 사람들이었던 것 같아. 여하튼 잘 모르겠어. 어렸을 때는 사람들이 나를 꼬마라고 부르더니 지금은 늙은이라고 불러. 그것들이 내 세례명이야. 그러니 당신 뜻대로 골라서 가져. 나는 오베르뉴에도 갔었고 화브롤에도 갔었지, 젠장! 그래서 어떻다는 거야? 도형장에 간 적이 없으면 오베르뉴에도 화브롤에도 갈 수 없다는 거야? 당신에게 분명히 말하는데, 나는 훔치지 않았어. 그리고 나는 샹마튜 영감이야. 나는 발루 씨 집에서 일했고 빠리에서 살았어. 당신은 그 멍청한 소리들만 지껄이면서 나를 괴롭히는군! 도대체 왜 사람들이 나에게 이토록 악착스럽게 들러붙는 거야!"

검사는 그동안 줄곧 서 있었다. 그가 재판장을 향해 말하였다.

"재판장님, 스스로 백치 행세 하려는 피의자의 모호하지만 매우 교묘한 거듭된 부인에 임하여—물론 그에게 경고하는 바 성공할 수 없겠지만—재판장님과 재판부에 정중히 허락을 요청하는 바, 세 죄수 브르베와 꼬슈빠이유 및 슈닐디으, 그리고 형사 쟈베르를 이 재판정에 다시 출석시켜, 피의자가 도형수 쟝 발쟝과 동일 인물인지 여부를 마지막으로 확인할 수 있도록 해주십시오."

"검사님께 환기시켜 드릴 사실은, 형사 쟈베르가 인근 군청 소재지에 있는 자기 임지의 업무 때문에, 증언이 끝난 직후, 이 재판정을 나선 다음 이 도시를 떠났다는 사실입니다. 재판부는 검사님과 변호인의 동의를 얻어 그에게 그것을 허락하였습니다." 재판장이 말하였다.

"틀림없는 사실입니다, 재판장님." 검사가 대꾸하였다. "쟈베르 씨가 이 자리에 아니 계시니, 저는 그가 불과 몇 시간 전에 이 자리에서 한 말을 배심원 제위께 상기시켜 드림이 마땅하다고 생각합니다. 쟈베르는, 하위직이되 중요한 자기의 직분을 철두철미 성실하게 수행하여, 많은 이들의 존경을 받는 사람입니다. 그는 이렇게 증언하였습니다. '피의자가 부인하는 바를 반박하기 위하여 저는 심정적 추정이나 물질적 증거를 필요로 하지 않습니다. 저는 그가 누구인지를 잘 압니다. 그 사람의 이름은 샹마튜가 아니라, 쟝 발쟝이라는 성질 사납고 공포감 야기시키는 지난날의 도형수입니다. 형기가 만료되어 그를 석방하였으되, 모두들 유감스러워하였습니다. 그는 중대한 절도죄를 저질러 십구 년 동안 복역하였습니다. 그동안 대여섯 번 탈옥을 시도하였습니다. 쁘띠-제르베와 뻬에롱을 상대로 벌인 절도 행각 이외에, 제가 추측하는 바, 그는 작고하신 디뉴의 주교 예하 댁에서도 절도죄를 범한 것 같습니다. 저는 뚤롱의 도형장에서 간수 보좌역으로 근무하던 시절, 그를 자주 볼 수 있었습니다. 반복 천명하거니와, 그는 쟝 발쟝입니다.'"

그토록 구체적인 증언이 방청인들과 배심원들에게 강한 인상을 남긴 것 같았다. 검사는, 쟈베르가 결장하였으니, 브르베와 꼬슈빠이유 및 슈닐디으 등 세 증인을 다시 불러, 엄숙하게 신문한 다음 그들의 증언을 듣자고 주장하였다.

재판장이 정리(庭吏)에게 명령을 하달하였고, 잠시 후 증인 대기실의 문이 열렸다. 헌병 한 사람의 호위를 받으며 정리가 죄수 브르베를 데리고 들어섰다. 방청석은 숨을 죽였고, 모든 심장들이 마치 단 하나의 영혼에 의해 지배되는 듯 일제히 두근거렸다.

지난날의 도형수 브르베는 검정색과 회색이 섞인 중앙 형무소 죄수복을 입고 있었다. 브르베는 나이 육십여 세쯤 되어 보이고, 얼굴은 교활한 건달 기색 섞인 사업가의 얼굴과 유사하였다. 물론 사업가의 얼굴과 교활한 건달의 얼굴이 함께 어우러지는 경우는 드물지 않다. 다른 범죄를 저질러 다시 복역하던 감옥에서 그는 교도관을 돕는 일을 하고 있었다. 그는 윗사람들이 다음과 같이 평하는 사람이었다. "타인에게 유익한 사람이 되려고 노력하지." 감옥의 전속 사제들도 그의 신앙생활에 대하여 호의적인 증언을 하였다. 이 사건이 복고왕조 시절에 일어났다는 사실을 잊지 말아야 할 것이다.[38]

"브르베." 재판장이 말하였다. "당신은 수치스러운 단죄를 받은 사람이라 선서를 할 수는 없습니다……."

브르베가 고개를 숙였다. 재판장이 말을 계속하였다.

"하지만, 법률에 의해 품위가 손상된 사람일지라도, 신성한 자비가 그것을 허락할 경우, 그 사람 속에는 명예와 공평성의 감정이 잔존할 수 있습니다. 이 중대한 순간에 제가 도움을 호소하는 것은 그 감정을 향해서입니다. 그 감정이 아직도 당신 속에 존재한다면, 또한 저는 그러리라 기대합니다만, 저의 질문에 답변하시기에 앞서 신중히 생각하시고, 당신의 말씀 한마디가 파멸시킬 수 있는 저 사람을 세심하게 살피시는 한편, 당신의 말 한마디가 환하게 밝힐 정의에 대해서도 숙고해 주십시오. 지금은 엄숙한 순간입니다. 또한 당신이 이전에 잘못 판단했다 생각하시면 앞서 하신 증언을 철회하실 수 있습니다.

피의자, 일어서시오.

브르베, 피의자를 세심히 살펴보시고 당신의 기억을 신중히 추스르신 다음, 당신의 영혼과 양심에 입각하여, 저 사람이 당신의 옛 도형장 동료 쟝 발쟝이라고 주장하실 수 있는지, 우리들에게 말씀해 주시오."

브르베가 피의자를 바라보고 나서 재판부를 향해 돌아섰다.

"예, 재판장님. 제가 저 사람을 처음으로 알아보았으며, 저의 증언을 고수합니다. 저 사람이 쟝 발쟝입니다. 뚤롱 도형장에 1796년에 들어왔다가 1815년에 출소하였습니다. 저는 다음 해에 출소하였습니다. 그가 지금은 바보처럼 보이는데, 아마 나이가 그를 바보로 만들어놓은 것 같습니다. 하지만 도형장에 있던 시절에는 그가 무척 음흉하였습니다. 저는 틀림없이 그 사람이라고 생각합니다."

"자리에 가 앉으시오." 재판장이 말하였다. "피의자는 서 계시오."

슈닐디으를 입장시켰다. 그의 붉은색 외투와 초록색 모자가 종신 도형수임을 말해 주었다. 그는 뚤롱의 도형장에서 복역 중이었는데,

이번 사건 때문에 잠시 끄집어내었다. 나이 마흔가량의 키가 작은 사람이었는데, 성마르고 주름이 많고 가냘프고 안색이 노랗고 뻔뻔스럽고 열광적이었으며, 그의 수족과 온몸에는 일종의 병적인 허약함이 감돌고 있었으되, 그의 시선에서는 엄청난 힘이 발산되고 있었다. 도형장 동료들이 그에게 '쥬-니-디으'[39]라는 별명을 붙여 주었다.

재판장이 브르베에게 한 것과 거의 유사한 말을 그에게도 하였다. 그의 수치스러운 범죄가 그로부터 선서권을 박탈한다는 사실을 환기시켜 주던 순간, 슈닐디으는 고개를 바짝 쳐들고 방청인들을 한차례 노려보았다. 재판장이 그에게 심사숙고하기를 권한 다음, 브르베에게 한 것과 마찬가지로, 그가 아직도 피의자가 누구인지를 안다고 주장하느냐고 물었다.

"젠장! 누구인지 아느냐고! 우리들은 다섯 해 동안이나 같은 쇠사슬에 엮여 있었습니다. 이봐 늙은이, 자네 토라진 거야?"

"가서 자리에 앉으시오." 재판장이 말하였다.

정리가 꼬슈빠이유를 데려왔다. 슈닐디으처럼 붉은색 옷차림으로 도형장으로부터 온 그 종신수는, 루르드 출신의 농사꾼으로, 피레네 지방의 곰 같은 사람이었다. 그는 산중에서 가축 떼를 돌보다가, 목부 신분을 버리고 산적질에 발을 들여놓았다. 꼬슈빠이유 역시 누구 못지않게 야만스러웠으며, 피의자보다도 오히려 더 멍청해 보였다. 자연이 야수 상태로 대강 빚어놓은 것을 인간 사회가 도형수 형태로 완결시킨, 그 불운한 사람들 중 하나였다.

재판장이 비장하고 엄숙한 어조로 그의 말문을 열려고 애를 쓰면서, 앞서 출두했던 두 증인에게처럼, 그의 앞에 서 있는 사람이 쟝 발쟝이라고 서슴지 않고 또 가책감 없이 계속 주장할 수 있느냐고 물었다.

"저 사람이 쟝 발쟝이야." 꼬슈빠이유가 말하였다. "그를 쟝-르-

크릭이라고 부르기도 했어. 하도 힘이 세서."

틀림없이 진지하고 정직한 세 사람의 확인 증언 하나하나가, 방청석에서 피의자에게 불리한 전조처럼 보이는 웅성거림이 일어나게 하였는데, 그 웅성거림은, 새로운 증언이 앞의 증언에 와서 합세할 때마다, 더욱 증폭되고 연장되었다. 그러는 동안 피의자는 놀란 표정으로 그들의 증언을 듣고 있었으며, 검사의 논고에 의하면, 그 표정이 피의자의 주요 방어 수단이라는 것이었다. 첫 번째 증언이 끝났을 때, 피의자 양쪽에 있던 헌병들 귀에 그가 이빨 사이로 웅얼거리는 소리가 들려왔다. "아, 좋아! 한 녀석 나타났군!" 두 번째 증언이 끝나자 이번에는 조금 더 큰 소리로, 또 거의 만족한 기색으로 웅얼거렸다. "좋아!" 세 번째 증언이 끝나자 그가 소리쳤다. "굉장하군!"

재판장이 그에게 큰 소리로 물었다.

"피의자, 당신은 증언을 모두 들었습니다. 하실 말씀 없습니까?"

피의자가 대꾸하였다.

"굉장하군!"[40)]

방청인들이 요란스럽게 웅성거렸고, 배심원들까지도 거의 동요하였다. 피의자가 파멸의 구렁텅이로 들어갈 것이 뻔하였다.

"정리." 재판장이 소리쳤다. "소란을 멈추게 하시오. 공판을 마무리해야겠소."

그 순간, 재판장 바로 곁에서 누가 움직였다. 뒤이어 절규하는 듯한 소리가 들려왔다.

"브르베, 슈닐디으, 꼬슈빠이유! 이쪽을 보시오!"

그 음성을 들은 사람들은 모두 자기들의 몸이 오싹함을 느꼈다. 그 음성이 하도 비장하고 무시무시하였기 때문이다. 모든 눈들이 그 음성이 들리던 쪽으로 일제히 향하였다. 재판부 뒤쪽 특별 참관석에 앉아 있던 남자 하나가 조금 전에 벌떡 일어나, 재판부와 재판정 사이에 있는 가슴팍 높이의 문을 열고, 이미 재판정 한가운데에 나와 있었다. 재판장, 검사, 바마따부와 씨, 그리고 다른 스무 사람 모두 그를 알아보았고, 동시에 외마디 소리를 질렀다.

"마들렌느 씨!"

11. 점점 더 놀라는 샹마튜

정말 그였다. 서기의 책상 위에 있던 램프의 불빛에 그의 얼굴이 환하게 드러났다. 그는 손에 모자를 벗어 들고 있었으며, 옷차림에는 조금도 흐트러진 구석이 없었고, 프록코트의 단추들도 정갈하게 채워져 있었다. 안색이 창백했고 온몸이 가볍게 떨리고 있었다. 아라스에 도착하던 순간까지도 아직 희끗희끗하던 그의 머리가, 이제는 완전히 하얗게 변해 있었다. 한 시간 전, 그곳에 도착한 순간 이후 그렇게 변한 것이다.

모든 얼굴들이 일제히 그를 향하였다. 모두 형언할 수 없는 느낌에 사로잡혔다. 방청석이 한순간 머뭇거렸다. 음성이 어찌나 폐부를 찌르는지, 그곳에 나타난 사나이의 기색이 어찌나 고요한지, 그 첫 순간에는 모두들 갈피를 잡지 못하였다. 누가 그렇게 소리를 질렀는지 모두들 의아해하였다. 그토록 고요해 보이는 사람이 그토록 무시무시한 절규를 토했으리라고는 아무도 믿지 못하였다.

그러한 머뭇거림은 단 몇 초밖에 지속되지 않았다. 재판장과 검사가 어떤 말 한마디를 꺼내기도 전에, 헌병들과 정리들이 어떤 동작을 취할 겨를도 주지 않고, 그때까지도 마들렌느 씨라고 호칭되던 사나이가 꾀슈빠이유, 브르베, 슈닐디으 등 세 증인 앞으로 나섰다.

"나를 모르시겠소?" 그가 말하였다.

세 사람 모두 어리둥절한 표정으로, 고개를 가로저어 모르겠다는 뜻을 표하였다. 꼬슈빠이유는 주눅이 들어, 그에게 얼떨결에 군례를 올렸다. 마들렌느 씨가 배심원들과 재판장을 향해 돌아서며 부드러운 음성으로 말하였다.

"배심원님들, 피의자를 풀어주도록 하십시오. 재판장님, 저를 체포하라 명령을 내리십시오. 여러분들이 찾으시는 사람은 피의자가 아니고 저입니다. 제가 쟝 발쟝입니다."

숨소리 하나 들리지 않았다. 놀라움의 첫 충격에 무덤 속 적막이 뒤따랐다. 어떤 엄청난 일이 이루어질 때 군중을 사로잡는 일종의 종교적 공포감이 재판정에 감돌았다.

그동안 재판장의 얼굴에는 동정과 슬픔의 흔적이 역력하였다. 그가 검사와 재빨리 눈짓을 주고받은 다음 배석판사들과 나지막한 음성으로 몇 마디를 나누었다. 그리고 방청석을 향하여, 누구나 그 뜻을 알아들을 수 있는 억양으로 물었다.

"여러분들 중 혹시 의사분이 계십니까?"

검사가 이어서 말하였다.

"배심원 여러분, 공판에 혼란을 야기시킨 이토록 기이한 뜻밖의 사고가, 여러분에게와 마찬가지로, 저희들에게도 구태여 표현할 필요조차 없는 감정을 안겨 줍니다. 여러분 모두, 적어도 소문으로나마, 몽트뢰이유-쉬르-메르 시장이신 마들렌느 씨를 잘 아십니다. 방청하시던 분들 중에 혹시 의사분이 계시면, 재판장님의 뜻을 받들어 간곡히 요청하는 바, 마들렌느 씨를 보살피신 다음 그분의 댁으로 모셔주시기 바랍니다."

마들렌느 씨는 검사가 말을 끝낼 때까지 내버려 두지 않았다. 그는 너그러움과 위엄 넘치는 억양으로 검사의 말을 중단시켰다. 다음은 그가 한 말이다. 그 광경을 목격한 사람들 중 하나가 공판 직후에 가감 없이 그대로 기록한, 지금으로부터 거의 사십 년 전에 그것을 들은 사람들의 귓전에서 아직도 쟁쟁히 들리는 말이다.

"감사합니다, 검사님, 그러나 저는 미치지 않았습니다. 이제 곧 확인하실 수 있을 것입니다. 검사님께서는 중대한 실수를 범하실 뻔하였습니다. 저 사람을 풀어주십시오. 저는 하나의 의무를 이행할 뿐입니다. 제가 그 불행한 단죄받은 사람입니다. 여기에 모인 사람들 중 오직 저만이 일의 내막을 명확히 알고 있습니다. 그리고 여러분께 진실을 말씀드립니다. 지금 제가 하는 모든 것을 저 높은 곳에 계시는 신께서 바라보시는 바, 그것으로 족합니다. 제가 이렇게 나타났으니 저를 체포하십시오. 하지만 저는 최선을 다하였습니다. 다른 이름 밑에 제 자신을 감추며 부유해졌고 시장이 되었습니다. 정직한 사람들 축으로 돌아가고 싶었기 때문입니다. 하지만 이루어질 수 없는 일 같습니다. 여하튼 제가 말할 수 없는 많은 것들이 있으며, 저의 생애에 대해서는 말씀드리지 않겠습니다. 언젠가는 모두들 알게 될 것입니다. 제가 주교님의 물건을 훔쳤습니다. 사실입니다. 쁘띠-제르베의 물건을 훔쳤습니다. 역시 사실입니다. 쟝 발쟝이 몹시 심보 고약한 운수 사나운 놈이라고들 말할 만합니다. 하지만 모든 잘못이 아마 그의 탓만은 아닐 것입니다. 재판관님들, 저의 말씀을 경청해 주십시오. 저처럼 천하게 추락한 사람이 섭리를 향하여 아뢸 것이 있을 수 없고, 사회에 해줄 조언 또한 있을 수 없을 것입니다. 그러나, 제가 떨쳐 버리려고 발버둥 치던 그 치욕은 분명 해로운 것입니다. 도형장들이 도형수들을 만들어냅니다. 그 점을 잊지 마시기 바랍니다. 도형장으로 보내지기 전에는 제가 지능이 거의 없는 가엾은 촌사람이었습니다. 일종의 백치였습니다. 그러나 도형장이 저를 바꾸어 놓았습니다. 바보였던 제가 악의적으로 변했습니다. 장작이 불똥으로 변한 것입니다. 그리고 훨씬 후에, 저를 파멸시켰던 가혹함과는 달리, 너그러움과 어짊이 저를 구출해 주었습니다. 하지만, 죄송합니다, 여러분들은 제가 지금 하는 말을 이해하실 수 없을 것입니다. 여러분께서는 저의 거처에 있는 벽난로의 재 속에서, 제가 칠 년 전에 쁘띠-제르베로부터 훔친 40쑤를 발견하실 수 있을 것입니다. 더 이상 드릴 말씀이 없습니다. 저를 체포하십시오. 맙소사! 검사님께서는 고개를 가로저으십니다. 그러면서 '마들렌느 씨가 미쳤다'고 속으로 말씀하십니다. 즉, 검사님께서는 저를 믿지 않으십니다! 절망적인 것은 그러한 사실입니다. 적어도 이 사람만은 단죄하지 마십시오! 아니! 저 사람들이 나를 몰라보다니! 쟈베르가 이 자리에 있다면 좋았을 것입니다. 그 사람이라면 저를 알아볼 수 있을 것입니다!"

그러한 말을 하던 순간에 그의 억양을 감싸고 있던 관대하고 어두운 우수는, 그 무엇으로도 표현할 수 없었을 것이다.

그가 세 도형수를 향하여 돌아섰다.

"좋아, 나는 당신을 알아보겠소! 브르베! 기억하십니까?"

그러더니 문득 말을 중단하고 잠시 머뭇거리다가 계속하였다.

"자네가 도형장에서 가지고 있던, 장기판 무늬로 뜨개질한 멜빵 기억하겠나?"

브르베가 심한 충격을 받은 듯 놀라면서, 두려운 기색으로 그를 머리끝부터 발끝까지 훑어보았다. 그가 말을 계속하였다.

"슈닐디으, 자네는 스스로 자신에게 쥬-니-디으라는 별명을 붙여 주었지. 자네의 오른쪽 어깨를 심하게 불에 데었지. 어깨에 낙인한 세 글자 T. F. P.[41]를 지우려고, 어느 날 숯불 이글거리는 난로에 그 어깨를 기대었기 때문이지. 하지만 그 글자들이 여전히 남아 있지. 대답해 보게, 그렇지 않은가?"

"정말이야." 슈닐디으가 대답하였다.

그가 이번에는 꼬슈빠이유에게 말을 건넸다.

"꼬슈빠이유, 자네의 왼쪽 팔오금 근처에, 화약을 태워 푸른색 글자로 날짜 하나를 새겨 둔 것이 있지. 그 날짜는 황제께서 깐느에 상륙하신 1815년 3월 1일이지. 소매를 걷어보게."

꼬슈빠이유가 소매를 걷어 올렸고, 모든 시선이 맨살 드러낸 그의 팔로 집중되었다. 헌병 한 사람이 램프 하나를 팔 가까이로 가져갔다. 날짜가 있었다.

그 불운한 사나이가 미소를 지으며 방청인들과 재판관들을 향해 돌아섰다. 그 미소를 본 사람들은 아직도 그 시절을 생각할 때마다 처연한 감회에 사로잡힌다. 그것은 승리의 미소였다. 그러나 또한 절망의 미소였다.

"보시다시피 제가 쟝 발쟝입니다." 그가 다시 말하였다.

재판정 안에는 더 이상 재판관도 검사도 헌병도 없었다. 한곳으로 집중된 눈들과 감동한 심정들밖에 없었다. 아무도 각자가 수행해야 할 임무를 상기하지 못하였다. 검사는 구형하기 위하여 자신이 그곳에 있다는 것을, 재판장은 재판을 주재하기 위하여 그곳에 있다는 것을, 변호사는 변론하기 위하여 그곳에 와 있다는 사실을 잊었다. 놀라운 일이었으니, 어떤 질문도 나오지 않았고, 어떤 관권도 개입하지 않았다. 숭고한 장면의 특성이란, 모든 영혼들을 사로잡고 모든 증인들을 관객으로 바꾸어놓는다는 것이다. 아마 그들 중 아무도 자기가 느끼고 있던 것을 깨닫지 못하였을 것이다. 의심할 여지 없이, 아무도 자기가 위대한 빛이 발산하는 것을 바라보고 있다고는 생각하지 않았을 것이다. 모두들 자신이 무엇엔가 매료되어 있다는 것만은 내면으로 느끼고 있었다.

목전에 쟝 발쟝이 있었던 것은 분명했다. 찬연한 빛이 발산되고 있었다. 그 사람의 출현이, 조금 전까지 그토록 모호하던 사건을 밝은 빛으로 채우기에 충분하였다. 그 순간 이후에는, 어떠한 설명도 필요 없이, 그 모든 사람들이 일종의 전격적인 계시를 받은 듯, 한 사람이 자기 대신 단죄받지 않도록 하기 위하여 자수하는 사람의 단순하되 찬연한 사연을, 즉각 그리고 단번에 이해하였다. 자질구레한 사항들, 머뭇거림들, 온갖 저항들이, 그 거대한 빛 속에서 스스로 소멸되었다.

신속히 지나가는, 그러나 그 순간에는 도저히 항거할 수 없는 강력한 인상이었다.

"더 이상 법정을 어지럽히고 싶지 않습니다." 쟝 발쟝이 말을 계속하였다. "저를 체포하지 않으니, 저는 이만 돌아가겠습니다. 제가 해야 할 일이 여러 가지 있습니다. 검사님께서, 제가 누구인지 또 지금 어디로 가는지 잘 알고 계시니, 원하실 때 언제라도 저를 체포토록 하실 수 있을 것입니다."

그가 출구 쪽으로 향하였다. 명령을 내리는 음성도 들리지 않았고, 그를 막으려는 팔 하나 없었다. 모두들 뒤로 물러서며 길을 열었다. 그 순간 그에게는 무엇인지 모를 신성한 것이 있어서, 그것이 군중으로 하여금 그 사람 앞에서 일제히 물러서며 스스로 정렬케 하였다. 그가 군중 한가운데를 천천히 가로질러 갔다. 누가 그랬는지는 아무도 모르나, 그가 출입구에 도달했을 때 문이 열려 있었다. 그곳에 도달하여 그가 돌아서더니 다시 말하였다.

"검사님, 저를 검사님의 처분에 맡깁니다."

그런 다음 방청인들에게 말하였다.

"여기에 계신 모든 분들께서는 제가 불쌍한 놈이라고 생각하실 겁니다. 그렇지 않습니까? 맙소사! 그러나 제가 자칫 저지를 뻔한 그 짓을 돌이켜 생각하면, 지금의 저는 부러움을 살 만하다고 여겨집니다. 하지만 이 모든 일들이 생기지 않았으면 더 좋았으리라 생각합니다."

그가 밖으로 나갔다. 그러자 문이, 열릴 때처럼 스스로 닫혔다. 숭고한 일을 하는 사람을 위해서는 항상 군중 속에 봉사자가 예비되어 있기 때문이다.

한 시간이 지나지 않아, 배심원들의 판결이 샹마튜라는 사람의 모든 혐의를 벗겨 주었다. 그리고 샹마튜는 즉시 석방되었는데, 그는 어리둥절한 채 그곳을 떠나면서 모든 사람들이 미쳤다고 생각하였으며, 자기가 본 환영(幻影)들을 끝내 이해하지 못하였다.

8편 반격

1. 마들렌느 씨는 어떤 거울에 비친 자기의 머리카락을 들여다보는가

먼동이 트기 시작하였다. 팡띤느는 신열과 불면증에 시달리며 그 밤을 지새웠으나, 행복한 광경들이 끊임없이 그녀 앞에서 어른거렸다. 그녀는 새벽이 되어서야 잠이 들었다. 밤새도록 그녀 곁을 지키던 쌩쁠리스 수녀는, 그녀가 잠든 틈을 타서 기나나무 물약을 다시 준비하러 갔다. 그 고결한 수녀가 진료소의 조제실에서, 새벽녘의 으슴푸레함 때문에 약품들과 약병들을 가까이에서 보려고 잔뜩 고개를 숙이고 있었다. 그러다 잠시 후, 그녀가 별안간 고개를 돌리며 약한 비명 소리를 냈다. 마들렌느 씨가 그녀 앞에 와 있었다. 그가 조금 전에 발걸음 소리를 죽이며 그곳에 들어온 것이다.

"시장님이시군요!" 그녀가 놀라며 말하였다.

그가 나지막한 음성으로 대꾸하였다.

"가엾은 여인은 좀 어떻소?"

"지금은 그만합니다. 하지만 저희들 모두 무척 근심하였어요."

그녀가 그동안 있었던 일을 설명하였다. 즉, 팡띤느의 병세가 전날 밤에는 매우 위중했으나, 시장님께서 자기의 아이를 찾으러 몽훼르메이유에 가신 것으로 믿어서인지, 지금은 많이 나아졌다고 하였다. 수녀는 감히 시장에게 묻지 못하였으나, 그의 기색으로 보아, 그가 그곳에서 오는 것이 아님을 충분히 간파하였다.

"모두 잘하신 일이오. 그녀의 잘못된 생각을 깨우쳐주지 않으신 것은 잘하신 일이오." 그가 말하였다.

"예, 하지만 시장님, 이제 곧 그녀가 시장님을 뵈면서 자기의 아이가 없음을 알게 될 텐데, 그녀에게 뭐라고 하지요?"

그가 잠시 꿈꾸는 사람처럼 생각에 잠겼다.

"신께서 우리에게 영감을 주실 것이오." 그의 대답이었다.

"하지만 거짓말을 할 수는 없을 것입니다." 수녀가 조용히 속삭였다.

진료소 안이 환해졌다. 마들렌느 씨의 얼굴이 더욱 선명히 보였다. 수녀가 우연히 그를 쳐다보았다.

"맙소사!" 그녀가 놀라며 물었다.

"시장님, 도대체 무슨 일이 있었던 것입니까? 머리가 온통 하얗게 변했어요!"

"하얗게!" 그가 중얼거렸다.

쌩쁠리스 수녀에게는 아예 거울이 없었다. 그리하여 그녀가 의료 기구 가방을 뒤져, 작은 거울을 꺼냈다. 환자가 절명하였는지, 그래서 호흡이 멈추었는지를 확인할 때, 진료소 의사가 사용하는 것이었다. 마들렌느 씨가 그 작은 거울을 받아 들고 그 속에 자기의 머리를 비춰보며 말하였다. "이런!"

하지만 무심결에 튀어나온 말일 뿐, 그는 다른 생각에 골몰해 있는 것 같았다.

수녀는 그 모든 것에서 언뜻 발견된 무엇인지 모를 것에 의해 자신이 오싹해짐을 느꼈다. 그가 물었다.

"그녀를 좀 볼 수 있겠소?"

"시장님께서 그녀에게 아이를 데려다 주시지 않을 겁니까?" 수녀가 겨우 그렇게 물었다.

"물론 데려올 거요. 하지만 적어도 이삼 일은 걸릴 거요."

"만약 그녀가 그때까지 시장님을 뵙지 못한다면, 시장님께서 돌아오셨다는 사실을 알지 못할 것이고, 그러면 더 참고 기다리라고 말하기가 훨씬 수월할 것이며, 그러다가 아이가 이곳에 도착하면, 그녀는 시장님께서 아이와 함께 돌아오신 것으로 믿을 거예요. 그러면 거짓말을 할 필요가 없을 거예요."

수녀가 조심스럽게 말하자 마들렌느 씨는 잠시 생각에 잠기는 듯하였다. 그러더니 침착하면서 엄숙한 어조로 대답하였다.

"아니오, 수녀님, 그녀를 봐야겠소. 저에게 아마 시간이 없을지도 모르오."

수녀는 시장님의 말씀에 모호하고 기이한 의미를 첨가해 주던 '아마'라는 말을 간파하지 못한 듯하였다. 그녀가 시선을 떨구며 정중한 음성으로 대답하였다.

"그러시다면 병실로 들어가 보십시오."

그는 문이 틀에 잘 맞지 않아 그 소음이 환자를 깨울 수도 있다고 지적한 다음, 팡띤느의 방으로 들어갔다. 그리고 침대로 다가가서 커튼을 살짝 젖혔다. 그녀는 자고 있었다. 그녀의 숨결이 폐부로부터 나오고 있었고, 그러한 병에 걸렸을 때 들리는 특유의 소리를 내고 있었다. 치유될 가망 없는 아이가 잠들었을 때, 그 곁에서 밤을 지새우는 엄마들을 절망시키는 비극적인 소리였다. 하지만 그 힘들어 보이는 호흡도 잠 속에서 그녀의 모습을 바꾸어놓으며 얼굴에 퍼져 있는, 형언할 수 없는 평온을 깨뜨리지는 못하였다. 그녀의 창백함은 깨끗한 순백으로 변해 있었고, 볼에는 홍조가 어려 있었다. 그녀의 순결과 젊음 중에서 유일하게 남은 아름다움이었던 긴 금빛 속눈썹이, 감은 눈 아래로 가지런히 쓰러져 팔딱거리고 있었다. 활짝 펼쳐져 그녀를 실어갈 준비가 되어 있는, 전율하는 것을 느낄 수는 있으되 보이지 않는, 미지의 날갯짓에 그녀의 온몸이 엷게 떨리고 있었다. 그러한 모습만을 보았다면, 그녀가 거의 가망 없는 환자라고는 믿을 수 없었을 것이다. 그녀는 곧 죽을 그 무엇보다는 날아갈 그 무엇과 더 흡사하였다.

꽃을 따려고 손이 다가가면, 가지가 도망치되 동시에 자신을 내맡기려는 듯 파르르 전율한다. 죽음의 신비한 손가락들이 영혼을 거둘 순간이 다가오면, 인간의 육체 또한 그렇게 전율한다.

마들렌느 씨는 그 침대 곁에 한동안 꼼짝도 하지 않고 서 있었다. 그리고, 두 달 전에 처음으로 그녀를 보러 왔던 날처럼, 환자와 십자가를 번갈아 바라보았다. 두 사람 모두 이번에도 역시 같은 자세였으니, 한 사람은 잠들어 있고 다른 한 사람은 기도하고 있었다. 다만, 두 달이 지난 이제, 그녀의 머리는 회색이었고 그의 머리는 백색이었다.

수녀는 그와 함께 들어오지 않았다. 그는 침대 가까이에 서서, 마치 누군가에게 조용히 하라는 신호를 보내듯, 손가락을 자기의 입술에 얹어놓고 있었다.

그녀가 눈을 떴다. 그를 보더니 미소를 지으며 평온한 어조로 물었다.

"그리고 꼬제뜨는?"

2. 행복한 팡띤느

그녀는 놀라는 기색도 기뻐하는 기색도 나타내지 않았다. 그녀가 기쁨 그 자체였다. "그리고 꼬제뜨는?" 그 단순한 질문을 던지는 그녀의 믿음이 어찌나 깊었던지, 그녀의 확신이 어찌나 컸던지, 그리고 불안과 의혹은 그 자취조차 없어, 그는 할 말을 찾지 못하였다. 그녀가 계속하였다.

"저는 시장님이 와 계신 것을 알고 있었어요. 제가 비록 자고 있었으나 계속 보고 있었어요. 저는 밤새도록 눈으로 시장님을 따라다녔어요. 시장님은 영광의 한가운데에 계셨고, 온갖 천상의 얼굴들이 시장님을 에워싸고 있었어요."

그가 십자가를 쳐다보았다.

"하지만." 그녀가 다시 말하였다. "꼬제뜨가 어디에 있는지 말씀해 주세요. 왜 제가 잠에서 깨어날 때에 맞춰 그 아이를 제 침대에 눕히지 않으셨어요?"

그는 기계적으로 대꾸하였고, 자기가 무슨 말을 하였는지, 훗날에 다시는 기억해 내지 못하였다. 다행히, 통보를 받고 의사가 달려왔고, 그가 마들렌느 씨를 도와주었다.

"아가." 의사가 말하였다. "진정해요. 당신의 아이는 이곳에 와 있어요."

팡띤느의 두 눈이 빛났고, 그 빛이 그녀의 얼굴을 온통 뒤덮었다. 그녀는 기도 속에 있을 수 있는 가장 격렬하고 가장 부드러운 모든 것을 내포한 표정으로 두 손을 모았다.

"오!" 그녀가 서둘러 말하였다. "어서 아이를 이리로 안아 오세요."

엄마의 감동적인 착각이었다! 꼬제뜨가 그녀에게는 여전히 '안아 와야' 할 어린 아기였다.

"아직은 안 돼요." 의사가 나섰다. "지금은 좋지 않아요. 아직도 신열이 남았어요. 아이를 보면 흥분할 것이고, 그러면 몸에 해로워요. 먼저 병부터 고쳐야 해요."

그녀가 맹렬한 기세로 의사의 말을 끊었다.

"하지만 저는 다 나았어요! 다 나았다니까요! 이 의사, 당나귀잖아![1] 아! 나는 내 아기를 보고 싶단 말이야!"

"그거 봐요." 의사가 다독거렸다. "그렇게 흥분하잖아요. 당신이 그러면, 나는 당신이 아이와 만나지 못하게 할 거예요. 아이를 보는 것만으로는 충분치 못해요. 아이를 위해서 목숨을 보전해야 해요.

당신이 진정되면 내가 직접 아이를 데려다 주겠어요."

가엾은 엄마가 고개를 숙였다.

"의사 선생님, 용서해 주세요, 진정으로 용서를 빌어요. 전 같으면 조금 전에 한 말은 입에도 담지 않았으련만, 숱한 불행을 겪고 난 후에는 가끔 제가 무슨 말을 하는지조차 몰라요. 이해할 수 있어요. 선생님께서는 지나친 격정을 두려워하시죠. 원하신다면 기다리겠어요. 하지만 맹세코 말씀드리는데, 딸을 본다고 해서 저의 병이 악화되지는 않을 거예요. 저는 그 아이를 보고 있어요. 어제저녁부터 줄곧 아이에게서 눈을 떼지 않았어요. 아시겠어요? 지금 당장 그 아이를 이리로 안고 온다 할지라도, 저는 아이에게 아주 부드럽게 말을 건넬 수 있어요. 그게 전부예요. 몽페르메이유로 애써 찾으러 간 아이를 제가 보고 싶어 하는 것은 당연하지 않은가요? 제가 화를 내는 것은 아니에요. 저는 제가 행복하리라는 것을 잘 알아요. 밤새도록 저는 하얀 것들과 저에게 미소 짓는 사람들을 보았어요. 의사 선생님께서 때가 되었다고 생각하시면 저의 꼬제뜨를 저에게로 안고 오실 거예요. 이젠 신열도 없어요. 다 나았으니까요. 더 이상 아프지도 않아요. 하지만 아픈 사람처럼 가만히 있고, 여기 계신 숙녀분들의 뜻에 따라 움직이지도 않겠어요. 제가 안정을 되찾으면 이렇게 말씀하시겠지요. '그녀에게 아이를 돌려주어야겠어.'"

마들렌느 씨가 침대 곁에 있던 의자에 앉았다. 그녀가 그를 쳐다보았다. 그녀가 안정된 것처럼 그리고 '얌전하게' 보이려고 애를 쓰고 있는 기색이 역력했다. '얌전하게'라는 말은, 병약해져서 아이처럼 변한 그녀가 자주 쓰던 말이었다. 자기가 그토록 평온해진 것을 보고, 꼬제뜨를 자기에게 데려오는 것을 사람들이 문제 삼지 않도록 하기 위함이었다. 하지만, 그렇게 자신을 억제하면서도, 마들렌느 씨에게 어쩔 수 없이 무수한 질문을 던졌다.

"시장님, 여행길은 편안하셨나요? 오! 저를 위하여 아이를 찾으러 가시다니, 참으로 친절하십니다! 아이가 어떤지, 그것만이라도 말씀해 주세요. 여행을 잘 견디던가요? 아! 그 아이가 저를 알아보지 못할 거예요! 가엾은 것, 헤어진 이후 저를 잊었을 거예요! 아이들이란 기억하는 것이 없어요. 새들과 같지요. 그날그날 보는 것들을 그냥 스쳐 보내지요. 그리고 더 이상 아무것도 생각하지 않아요. 아이가 깨끗한 옷이나마 입고 있던가요? 그 떼나르디에 내외가 아이를 정결하게 돌보던가요? 먹이는 것은 어떻던가요? 오! 제가 얼마나 괴로워하였는지! 시장님께서 그걸 아신다면! 제가 극도로 가난할 때 그러한 생각을 하면서! 이제 그 모든 것이 끝났어요! 저는 무척 기뻐요! 오! 그 아이가 무척 보고 싶어요! 시장님, 그 아이가 보시기에 예뻤어요? 예쁘지 않아요, 제 딸이? 합승마차를 타고 가시느라고 무척 추우셨겠어요! 아이를 아주 잠시만이라도 저에게 데려다 주실 수 없을까요? 그런 다음 즉시 데려갈 수도 있을 텐데. 말씀해 주세요! 시장님께서 이곳의 주인이시니까 원하기만 하신다면!"

그가 그녀의 손을 잡았다.

"꼬제뜨는 예뻐요." 그가 말했다. "꼬제뜨는 건강해요, 곧 그 아이를 보게 될 거요. 그러니 우선 진정해요. 말을 너무 열렬하게 하고, 팔을 이불 밖으로 내놓으니 기침을 하는 거예요."

사실 팡띤느가 한마디 할 때마다 발작적인 기침이 말을 막았다.

팡띤느는 불평을 하지 않았다. 그녀는, 자기의 지나치게 열렬한 하소연으로 인해, 자기가 얻으려 하던 신뢰를 위태롭게 하지나 않았을까 근심하였고, 그리하여 대수롭지 않은 일들에 대하여 이야기하기 시작하였다.

"몽훼르메이유의 경치가 상당히 아름답지요, 그렇지 않아요? 여름에는 사람들이 그곳으로 들놀이를 가지요. 떼나르디에 그 사람들의 사업은 잘되어 가나요? 그곳으로 지나가는 사람들이 많지는 않아요. 그 여인숙이라는 것이 일종의 싸구려 식당이지요."

마들렌느 씨는 그녀의 손을 잡은 채, 그녀를 근심스럽게 살피고 있었다. 그가 무슨 이야기를 하러 왔으나 머뭇거리고 있었음에 틀림없었다. 검진을 마친 의사가 물러갔다. 두 사람 곁에는 쌩쁠리스 수녀만 남아 있었다.

그런데, 그 정적 속에서, 팡띤느가 소리쳤다.

"들려요! 어머나! 들려요!"

그녀는 팔을 뻗어 휘 돌리며 사람들에게 입을 다물라고 하더니, 숨을 죽이고, 황홀한 듯 귀를 기울이기 시작하였다.

아이 하나가 마당에서 놀고 있었는데, 여자 수위나 어느 여직공의 아이인 것 같았다. 항상 있는, 그리고 비통한 사건의 신비한 연출에서 한 부분을 담당하는 우연들 중의 하나이다. 아이는 어린 소녀였는데, 왔다 갔다 하며 뛰기도 하고, 웃다가는 큰 소리로 노래를 부르기도 하였다. 아! 이 세상에 아이들의 장난이 끼어들지 않는 일 있으랴! 팡띤느가 들은 것은 그 소녀의 노래였다.

"오!" 그녀가 다시 말하였다. "저의 꼬제뜨예요! 그 아이의 목소리를 저는 알아요!"

아이는 올 때처럼 차츰 멀어져 갔고, 그 음성도 함께 잦아들었다. 팡띤느는 한동안 더 귀를 기울였고, 그녀의 얼굴이 어두워졌다. 마들렌느 씨의 귀에 나지막하게 중얼거리는 그녀의 음성이 들려왔다.

"내 딸을 만나지 못하게 하다니, 의사가 참으로 못된 사람이야! 그 남자, 인상이 좋지 않아!"

하지만 심중에 깔려 있던 즐거운 생각들이 다시 표면으로 떠올랐다. 그녀는 머리를 베개에 기댄 채 혼잣말을 계속하였다.

"우리들은 무척 행복할 거야! 우선 작은 정원을 갖게 될 거야! 마들렌느 씨가 나에게 약속하셨어. 내 딸이 그 정원에서 놀 거야. 그 아이가 지금쯤은 글을 읽을 수 있을 거야. 철자를 외워보라고 해야지. 그 아이가 풀밭에서 나비를 쫓아 뛰어다닐 거야. 나는 그러한 모습을 바라보고. 또 그 아이가 처음으로 성찬식에 참가하겠지. 아, 참! 최초 영성체 의식은 언제 치르지?"

그녀는 손가락을 꼽아 헤아리기 시작하였다.

"……하나, 둘, 셋, 넷……. 그 아이 나이가 일곱 살이야. 그리고 다섯 해만 지나면, 하얀 너울을 쓰고 살이 비치는 스타킹도 신겠지. 그러면 꼬마 숙녀처럼 보이겠지. 오! 수녀님, 제가 얼마나 바보인지 모르실 거예요. 제 딸의 최초 영성체 의식을 이렇게 생각한다니까요!"

그러더니 큰 소리로 웃기 시작하였다.

그가 팡띤느의 손을 놓았다. 그는, 두 눈을 바닥으로 향한 채, 끝없는 상념에 잠겨, 바람결에 귀 기울이듯 그녀의 말을 듣고 있었다. 문득 그녀가 말을 끊었다. 그는 기계적으로 얼굴을 쳐들었다. 팡띤느의 모습이 무시무시해졌다.

그녀는 더 이상 말을 하지 않았고, 숨도 쉬지 않았다. 그녀가 상체를 반쯤 일으켰는데, 슈미즈 자락 사이로 야윈 어깨가 드러났고, 조금 전까지 찬연하던 안색이 창백해졌는데, 그녀는 공포감 때문에 더욱 커진 눈으로, 병실의 반대쪽 끝에 있는 어떤 엄청난 것을 노려보는 것 같았다.

"아니!" 그가 놀란 듯 소리쳤다. "무슨 일이에요, 팡띤느?"

그녀는 그 물음에 대꾸하지 않았고, 그녀의 눈에 보이는 듯한 어떤 것에서 눈을 떼지 않은 채, 한 손으로 그의 팔을 툭툭 치며, 다른 한 손으로는 뒤를 좀 보라는 신호를 하였다.

그가 고개를 돌렸고, 쟈베르가 그곳에 와 있었다.

3. 만족스러워진 쟈베르

경위는 이러하였다.

마들렌느 씨가 아라스의 중죄 재판정을 나섰을 때는 밤 열두 시 반이었다. 그는 우편마차 편으로 다시 떠나기 위하여 겨우 약속 시간에 대어 여인숙에 도착하였다. 모두들 기억하다시피 그는 우편마차에 좌석 하나를 예약해 두었다. 새벽 여섯 시 조금 못 미쳐 몽트뢰이유-쉬르-메르에 도착한 그는, 먼저 라휘뜨 씨에게 보내는 편지를 우체통에 던져 넣은 다음, 팡띤느를 보러 진료소로 갔다.

한편, 그가 중죄 재판정을 떠난 지 얼마 아니 되어, 최초의 놀라움을 떨쳐 버리고 정신을 수습한 검사가 발언권을 요청하여, 우선 몽트뢰이유-쉬르-메르의 존경스러운 시장이 행한 미친 짓을 개탄한 다음, 그 기이한 사고의 실체가 물론 추후에 밝혀지겠지만, 그 사고로 인하여 자기의 확신이 변한 것은 아니라고 천명하였다. 또한, 진짜 쟝 발쟝임에 틀림없는 샹마튜에 대해 우선 단죄를 내려달라고 요청하였다. 검사의 주장은 누가 보아도, 방청인들이나 재판부, 배심원단 등, 모든 사람들의 감정과 상반되는 것이었다. 변호사는 그러한 주장을 어렵지 않게 반박하였고, 마들렌느 씨의, 즉 진짜 쟝 발쟝의 폭로가 사건을 밑바닥까지 뒤집어 놓았으며, 따라서 재판관들 앞에 서 있는 사람은 무죄라고 주장하였다. 변호사는 유감스럽게도 그 유리한 입장에서 사법적 오류에 대해서는 신통치 못한 감탄적 종결어 몇 마디 끄집어내는 데 그쳤으되, 재판장이 그의 주장에 동의하였고, 잠시 후 배심원단은 샹마튜의 무죄를 선언하였다.

하지만 검사에게는 쟝 발쟝 하나가 필요했고, 샹마튜가 손아귀에서 빠져나간지라, 마들렌느에게 들러붙었다.

샹마튜를 석방한 직후 검사는 재판장과 밀담을 나누었다. 두 사람은 '몽트뢰이유-쉬르-메르의 시장의 신병(身柄)의 확보의 필요성'

에 대해 상의하였다. '의'가 많이 들어가 구성된 그 구절은, 그가 검찰총장에게 올린 보고서에 자필로 쓴 것이다.[2] 최초의 놀라움이 가라앉은지라, 재판장 또한 별로 이의를 제기하지 않았다. 여하튼 사법이 정상적인 흐름을 유지해야 한다고 생각했던 것이다. 뿐만 아니라, 톡 털어놓고 말하자면, 재판장이 비록 선량하고 사리 분명한 사람이긴 하지만, 동시에 거의 열렬한 왕당파이기도 하였던지라, 몽트뢰이유-쉬르-메르 시장이 깐느 상륙 사건을 이야기하면서 '부오나빠르떼'라 하지 않고 '황제'라고 한 것에 충격을 받은 것도 사실이다.[3]

그리하여 체포 영장이 발부되었다. 검사가 그것을 특사를 시켜, 전속력으로 몽트뢰이유-쉬르-메르로 보내어, 쟈베르 형사에게 집행을 위임하였다.

쟈베르는 모두 알다시피, 증언을 마친 후 즉시 몽트뢰이유-쉬르-메르에 돌아와 있었다.

쟈베르가 막 잠자리에서 일어났을 때, 특사가 도착하여 체포 영장과 압송 위임장을 그에게 건넸다. 특사 또한 매우 기민한 경찰관이었던지라, 그동안 아라스에서 있었던 일을 두어 마디로 쟈베르에게 설명해 주었다. 검사가 서명한 체포 영장의 문맥은 대강 이러하였다. '형사 쟈베르는, 오늘 재판정에서 과거의 도형수 쟝 발쟝으로 판명된 몽트뢰이유-쉬르-메르의 시장 마들렌느 씨의 신병을 확보할지어다.'

쟈베르를 겪어보지 못한 사람이, 그가 진료소의 안내실로 들어서는 것을 보았다면, 어떤 일이 생겼는지 아무것도 짐작하지 못하였을 것이며, 그의 기색이 지극히 평범하다고 생각하였을 것이다. 그의 모습은 냉정하고 조용하고 정중했으며, 희끗희끗한 머리는 완벽하게 정돈되어 관자놀이 위에서 매끈거렸고, 그는 평소의 습관대로 천천히 층계를 올라왔다. 하지만 그를 잘 아는 이가 그 순간에 그를 유심히 관찰하였다면, 그 사람은 아마 오싹 소름이 끼치는 것을 느꼈을 것이다. 그의 가죽칼라 버클이 목덜미에 가지런히 놓여 있지 않고, 왼쪽 귀를 가리고 있었다. 그가 전례 없이 격동되어 있음을 나타내는 징표였다.

쟈베르는, 자기의 의무에도 정복에도 주름 하나 남기지 않으려 하는, 완벽을 추구하는 성격의 소유자였다. 악당들은 한 치 어긋남 없이 주도면밀하게 다루고, 복장의 단추들은 경직된 사람처럼 빠뜨리지 않고 채우는 사람이었다. 그가 자기의 옷 칼라를 단정하게 가다듬지 못하였다는 것은, 내면의 지진이라 할 만큼 격렬한 동요를 겪었다는 뜻일 수 있었다.

그는 태연히 홀로 와서, 근처에 있는 수비대에 들러 하사 한 사람과 병사 넷을 차출한 다음, 그들을 밖에 대기시켜 놓고, 여자 수위에게 팡띤느의 병실이 어디에 있느냐고 물었다. 그녀는 평소에 무장한 사람들이 시장님을 찾아오는 것을 자주 본 터라, 그의 물음에 아무 경계심 없이 응했다.

팡띤느의 병실 앞에 이르자, 그는 간호인처럼 혹은 경찰의 정보원처럼 문의 손잡이를 살그머니 돌린 다음, 소리 없이 문을 열고 안으로 들어섰다.

엄밀히 말해 그는 병실 안에 완전히 들어와 있지는 않았다. 모자를 쓴 채, 턱밑까지 단추를 채운 프록코트 주머니에 왼쪽 손을 찔러 넣고, 살짝 열린 문과 문설주 사이에 서 있었다. 그의 팔꿈치 안쪽에는, 그의 뒤에 감춰져 보이지 않는 굵은 지팡이의 납으로 만든 두구(頭球)가 삐죽 나와 있었다.

그렇게 일 분 가까이 서 있었건만, 아무도 그가 와 있다는 사실을 알아채지 못하였다. 그런데 문득 팡띤느가 얼굴을 쳐들어 그를 보았고, 마들렌느 씨로 하여금 고개를 돌리게 한 것이다.

마들렌느의 시선이 쟈베르의 시선과 마주치는 순간, 쟈베르가 손

끝 하나 까딱하지 않고 다가오지도 않았건만, 쟈베르는 문득 무시무시한 모습으로 변했다. 인간의 어떤 감정도 기쁨만큼 두려움을 주는 데 성공하지는 못할 것이다.

그것은 자기가 지옥으로 데려갈 사람을 이제 막 되찾은 악마의 얼굴이었다.

쟝 발쟝을 수중에 넣었다는 확신이, 그의 영혼 속에 있던 모든 것으로 하여금 얼굴 표면에 모습을 드러내게 하였다. 휘저어진 바닥이 수면 위로 올라왔다. 종적을 잠시 놓쳤고 몇 분 동안이나마 그 샹마튜를 잘못 짚었다는 자괴감이, 처음에 그토록 정확히 짐작하였으며 그토록 오랫동안 정확한 본능을 견지했다는 자긍심 앞에, 스스로 자취를 감추고 있었다. 쟈베르의 만족감이 그의 당당한 태도 속에 활짝 피어났다. 승리의 기형적 추함이 그 좁은 이마 위에 만개하였다. 만족한 얼굴이 드러낼 수 있는 모든 흉측함의 전시장이었다.

그 순간 쟈베르는 하늘에 있었다. 명료하게 의식하지는 못했으되, 자기의 긴요성과 성공을 모호하게나마 직감한 그가, 그 쟈베르가, 악의 박멸이라는 천상의 직무 속에서 정의와 빛과 진리의 화신이 되고 있었다. 그는 자신의 뒤와 둘레에, 한없이 깊은 곳에, 권한, 이성, 판결된 것, 합법적 양심, 공소(公訴) 등, 온갖 별들을 거느리고 있었다. 그는 질서를 보호하고, 법률로부터 벼락이 나오게 하며, 사회를 위하여 복수를 할 뿐만 아니라, 절대[4]에 협력하고 있었다. 그는 영광 속에 우뚝 서 있었다. 그의 승리 속에는 도발과 결투의 잔재가 있었다. 오만하게 일어서서 눈부신 빛을 발산하며, 어느 사나운 천사장의 초인적인 수성(獸性)을 창공에 한껏 펼치고 있었다. 그가 수행하던 행위의 무시무시한 그림자가, 불끈 쥔 그의 주먹에 사회적 검의 희미한 불길이 어른거리게 하였다. 행복하되 분개한 그는, 자기의 발뒤꿈치로 범죄와 악습과 반란과 퇴폐와 지옥을 짓누르고, 빛을 발산하고, 박멸하고, 미소 짓고 있었는데, 그 괴물 같은 미카엘 성자

속에는 누구도 부인할 수 없는 하나의 위대함이 있었다.

쟈베르가 무시무시하기는 했지만, 그에게 비열한 점은 전혀 없었다.

청렴함, 성실함, 솔직함, 신념, 의무감 등이 오해를 할 경우에는 흉측스러워질 수가 있다. 그러나 흉측해지더라도 그것들은 여전히 위대하다. 인간의 속성이기도 한 그것들의 장엄함은, 흉측함 속에서도 끈질기게 존속한다. 그것들은 오류라는 악습을 가진 미덕들이다. 한창 참혹한 짓을 자행하고 있는 어느 광신도의 무자비하고 정직한 기쁨은, 무엇인지 모를 음산하게 존경스러운 광채를 간직하고 있다. 자신은 짐작조차 못하였겠으나, 쟈베르는, 자기의 그 엄청난 행복 속에 있었으되, 승리자가 된 모든 무지한 이들처럼, 연민을 자아낼 만큼 불쌍한 사람이었다. 선 속에 있는 모든 악이라고 지칭할 수 있을 법한 것이 모습을 드러내는 얼굴, 그러한 얼굴만큼 우리의 폐부를 찌르며 동시에 무시무시한 것은 없다.

4. 당국이 권한을 다시 행사하다

팡띤느는 시장님이 그녀를 쟈베르의 손아귀로부터 구출해 주시던 날 이후, 그 사람을 다시는 보지 못하였다. 그녀의 병든 뇌수가 아무것도 파악하지 못하였지만, 그녀는 그가 자기를 찾으러 왔다는 사실만은 의심치 않았다. 그녀는 그 소름 끼치는 얼굴을 견디지 못하였다. 숨이 넘어갈 것 같았다. 그리하여 두 손으로 자기의 눈을 가리고 고통스러운 비명을 질렀다.

"마들렌느 씨, 저를 구해 주세요!" 쟝 발쟝은—차후로는 그를 더 이상 다른 이름으로 부르지 말자—이미 일어서 있었다. 그가 팡띤느에게 가장 부드럽고 평온한 음성으로 말하였다.

"진정해요. 그가 당신 때문에 온 게 아니에요."

그런 다음 쟈베르에게 말하였다.

"당신이 원하는 것을 알고 있소."

쟈베르가 그 말에 대꾸하였다.

"서둘러 갑시다!"

그 두 단어를 발음하는 억양 속에 무엇인지 모를 야수적이고 광란적인 것이 있었다. 쟈베르는 엄밀히 말해 '알롱 비드!(서둘러 갑시다!)'라고 하지 않고 '알로누에뜨!'라 하였다. 어떠한 철자법에서도 그러한 억양을 가진 소리는 나오지 않을 것이다. 그것은 더 이상 인간의 언어가 아니고 일종의 포효였다.

그는 평소의 방법대로 하지 않았다. 용건은 꺼내지도 않았다. 압송 영장도 내보이지 않았다. 그에게는 쟝 발쟝이 신비하고 손아귀에 들어오지 않는 적수, 오 년 전부터 조였으되 넘어뜨리지 못한 레슬러였다. 이번의 체포는 시작이 아니라 하나의 끝이었다. 그리하여 그는 단순히 한마디 말만 하였다. "서둘러 갑시다!"

그렇게 말하면서도 그는 단 한 걸음도 다가오지 않았다. 쟝 발쟝을 향해 쇠갈고리 같은 시선을 던질 뿐이었다. 그것으로 불쌍한 녀석들을 난폭하게 잡아당기는 것이 그의 버릇이었다. 팡띤느가 두 달 전, 자기의 골수 깊숙이까지 파고드는 것을 느낀, 바로 그 시선이었다.

쟈베르의 호령에 팡띤느가 다시 눈을 떴다. 그러나 시장님이 그곳에 계셨다. 그녀가 무엇을 두려워하였겠는가? 쟈베르가 병실 가운데로 썩 나서며 언성을 높였다.

"여봐! 가야지?"

가엾은 여인이 주위를 둘러보았다. 수녀와 시장님 이외에 아무도 없었다. 그 상스러운 반말을 누구에게 하였단 말인가? 자기에게 하였음이 틀림없다고 생각하였다. 그녀가 오들오들 떨었다.

그 순간, 상상할 수조차 없는, 가장 극심한 신열에 휩싸여 꾸던 악몽 속에서조차 볼 수 없었던, 끔찍한 장면이 그녀의 눈앞에서 펼쳐졌다. 그 파리[5] 쟈베르가 시장님의 외투 깃을 움켜잡은 것이다. 그러자 시장님이 고개를 숙이시는 모습도 보였다. 그녀에게는 온 세상이 사라지는 것 같았다.

쟈베르가 정말 쟝 발쟝의 목덜미를 잡고 있었다.

"시장님!" 퐝띤느가 외마디 소리를 질렀다.

쟈베르가 웃음을 터뜨렸다. 그의 모든 치아가 그 뿌리까지 드러나는 끔찍한 웃음이었다.

"여기에 더 이상 시장님이라는 것은 없어!"

쟝 발쟝은 자기의 프록코트 깃을 잡고 있던 손을 떨쳐 버리려 하지 않았다. 그런 상태로 그가 말하였다.

"쟈베르……."

쟈베르가 그의 말을 끊었다.

"나를 형사님이라고 불러."

"형사님, 당신에게 조용히 드릴 말씀이 있습니다."

"크게! 큰 소리로 말해! 나에게는 누구나 큰 소리로 말하는 법이야!"

쟝 발쟝이 음성을 낮추며 계속하였다.

"당신에게 드릴 부탁인데……."

"큰 소리로 말하라니까."

"하지만 오직 당신 홀로 들어야 할 말인지라……."

"나와 무슨 상관이야? 듣지 않겠어!"

쟝 발쟝이 그를 향해 돌아서더니, 빠르게 또 나지막한 음성으로 말하였다.

"나에게 사흘의 말미만 주시오! 저 가엾은 여인의 아이를 찾으러 갈 수 있도록 사흘만! 필요한 경비는 내가 지불하겠소. 원하신다면 당신이 나와 동행하셔도 좋소."

"너 지금 농담하고 싶은 모양이군!" 쟈베르가 소리쳤다. "여봐! 나는 네가 이따위 멍청이라고는 생각하지 않았어! 꺼져버리려고 사흘 말미를 달라고 하다니! 저 계집의 아이를 찾으러 가겠다고! 아! 아! 좋지! 정말 좋은 일이야!"

팡띤느가 부들부들 떨었다.

"내 아이를!" 그녀가 절규하였다. "내 아이를 찾으러 가시다니! 그렇다면 아이가 지금 이곳에 없어! 수녀님, 대답해 보세요, 꼬제뜨가 어디에 있어요? 제 아이를 보고 싶어요! 마들렌느 씨! 시장님!"

쟈베르가 발을 굴렀다.

"이제 다른 것이 시작하는군! 닥쳐, 우스꽝스러운 계집아! 도형수들이 고위 관리직에 임명되고 매춘부들이 백작 부인들처럼 보살핌을 받다니, 거지 같은 고장이군! 아, 하지만! 그 모든 것이 바뀔 거야, 때가 이르렀어!"

그가 팡띤느를 노려보더니, 쟝 발쟝의 넥타이와 셔츠와 깃을 한꺼번에 움켜잡으며 덧붙였다.

"너에게 분명히 말하는데, 마들렌느 씨도 시장님도 없어. 도둑놈 하나, 강도 하나, 쟝 발쟝이라는 도형수 하나가 있을 뿐이야! 내가 잡고 있는 것이 그자야! 여기에 있는 것은 바로 그것뿐이야!"

팡띤느가 펄쩍 뛰듯 두 손과 뻣뻣한 팔을 짚고 상체를 벌떡 일으키더니, 쟝 발쟝을 바라보다가는 쟈베르를 바라보고, 다시 수녀를 바라보았다. 그녀가 무슨 말을 하려는데, 목구멍 깊숙한 곳으로부터 헐떡거리는 소리가 들렸고, 치아들이 마구 부딪쳤다. 그러면서 고통스러운 듯 두 팔을 쭉 뻗어, 경련을 일으키듯 두 손을 펴고, 물에 빠져 허우적대는 사람처럼 주위를 더듬으며 휘젓더니, 문득 베개 위로 무너지듯 주저앉았다. 그녀의 머리가 침대 머리맡에 심하게 부딪힌 다음 가슴팍 위로 푹 고꾸라졌는데, 입은 휑하게 벌려져 있고, 눈은 감기지 않았으되 빛이 꺼져버렸다.
 숨을 거둔 것이다.
 쟝 발쟝이 자신을 잡고 있던 쟈베르의 손 위에 자기의 손을 조용히 얹더니, 어린아이의 손 다루듯 아귀를 풀었다. 그리고 나서 쟈베르에게 말하였다.
 "당신이 이 여인을 죽였소."
 "끝내자구!" 쟈베르가 노한 음성으로 소리쳤다. "내가 여기에 입씨름하러 온 것이 아니야. 쓸데없는 소리 집어치워! 경비대원들이 기다리고 있어. 즉각 움직여. 웅하지 않으면 두 엄지손가락을 죄어서 고문을 가하겠어."
 병실 한구석에 낡은 철제 침대 하나가 있었는데, 수녀들이 밤샘을 하며 환자를 간호할 때 사용하는 것이었다. 쟝 발쟝이 그 침대로 다가가더니 눈 깜짝할 사이에 침대 머리를 뜯었다. 그의 완력으로는 아주 쉬운 일이었다. 그런 다음 가장 굵은 가로 막대를 움켜쥐더니 쟈베르를 노려보았다. 쟈베르가 출입문 쪽으로 뒷걸음질을 하였다.
 쟝 발쟝이 쇠막대를 든 채 팡띤느의 침대로 천천히 걸어갔다. 그곳에 도착한 다음 돌아서더니, 겨우 들릴 만큼 나지막한 음성으로 쟈베르에게 말하였다.
 "지금 나를 방해하라고 당신에게 조언하지는 않겠소."
 분명한 사실은 쟈베르가 떨고 있었다는 것이다.
 그는 경비대원들을 부르러 갈 생각도 해보았으나, 쟝 발쟝이 그 틈을 타서 도주할 수도 있을 것 같았다. 그리하여, 지팡이의 끝을 살짝 잡은 채 문틀에 등을 기대고 서서, 쟝 발쟝에게서 눈을 떼지 않았다.
 쟝 발쟝은 침대 머리의 둥근 목재 부분에 팔꿈치를 괴고 머리를 손 위에 얹은 채, 누워 있는 팡띤느를 응시하기 시작하였다. 그는 그렇게 골똘히, 아무 말 없이 머물러 있었는데, 분명 이승의 일은 더 이상 아무것도 생각하지 않는 듯하였다. 그의 얼굴과 그러한 자세에서 발견되는 것은 형언할 수 없는 연민밖에 아무것도 없었다. 그렇게 한동안 깊은 명상에 잠겨 있더니, 팡띤느에게로 상체를 숙여 무슨 말을 속삭였다.

그가 무슨 말을 하였을까? 이 세상으로부터 버림받은 그 사나이가 죽은 여인에게 무슨 말을 할 수 있었겠는가? 그것이 무슨 말이었을까? 지상에 있던 그 누구도 그 말을 듣지 못하였다. 죽은 여인은 들었을까? 숭고한 실체일 수도 있을 감동적인 환상들이 있다. 다만 의심할 여지가 없는 것은, 그때 일어난 일을 목격한 유일한 증인이었던 쌩쁠리스 수녀가 훗날 자주 이야기하기를, 쟝 발쟝이 팡띤느의 귀에다가 무슨 말을 속삭이자, 죽음의 경악감으로 가득 차 있던 그녀의 납빛 입술과 텅 비어 있던 눈동자에, 형언할 수 없을 만큼 아름다운 미소가 어렸다는 것이다.

쟝 발쟝이 팡띤느의 머리를 두 손으로 감싸 잡아, 엄마가 아이에게 해주듯 베개 위에 반듯이 눕힌 다음, 그녀의 슈미즈 끈을 다시 매어주고, 흩어진 머리채를 가지런히 모자 밑으로 모아주었다. 그런 다음 그녀의 눈을 감겨 주었다.

그 순간 팡띤느의 얼굴은 기이한 빛을 받고 있는 것 같았다. 죽음이란 위대한 빛 속으로의 입장이다.

팡띤느의 손이 침대 밖으로 늘어져 있었다. 쟝 발쟝이 그 앞에 무릎을 꿇고 앉아, 부드럽게 손을 들어 올려 그것에 입을 맞추었다.

그런 다음, 다시 벌떡 일어서더니, 쟈베르를 향해 돌아서며 말하였다.

"이제 당신 처분에 맡기겠소."

5. 합당한 무덤

쟈베르가 쟝 발쟝을 그 도시의 감옥에 맡겼다. 마들렌느 씨가 체포되었다는 소식이 몽트뢰이유-쉬르-메르에 떠들썩한 소문을, 아니 엄청난 동요를 야기시켰다. '도형수였다'는 말 한마디에 거의 모든 사람들이 그를 외면하였다는 사실을 감출 수 없음이 슬프다. 채 두 시간이 지나지 않아 그가 베푼 모든 것이 잊혀졌고, 그는 '도형수에 불과한' 사람으로 전락하였다. 아라스에서 있었던 일을 사람들이 아직 자세히는 알지 못하고 있었다는 사실도 말해 둠이 옳을 것이다. 온종일 도시의 이 구석 저 구석에서 오가던 대화는 다음과 같았다.

"모르셨어요? 석방된 도형수였대요!"

"누가?"

"시장이요."

"젠장! 마들렌느 씨가?"

"그래요."

"정말?"

"그의 이름이 마들렌느가 아니래요. 진짜 이름은 아주 끔찍한데, 베쟝, 보쟝, 부쟝······. 비슷한 무엇이에요."

"아! 맙소사!"

"체포되었다더군요."

"체포되었다!"

"이감될 때까지 이 도시의 감옥에 가두어둔다는군요."

"이감한다구요? 어디로?"

"그가 전에 저지른 노상강도 짓 혐의 때문에 중죄 재판소로 보낸다더군요."

"그래요! 저도 짐작은 하고 있었어요. 그 사람이 지나치게 착하고, 지나치게 완벽하고, 지나치게 부드럽더군요. 그가 훈장을 거절하고, 애 녀석들만 만나면 누구에게나 푼돈을 주었지요. 틀림없이 몹쓸 사연이 숨겨져 있을 거라고 생각하였어요."

소위 '살롱'이라고 하는 곳에서는 그러한 식의 대화가 더욱 풍성했다. 《백색 깃발》의 정기 구독자였던 어느 늙은 귀부인은, 그 의미의 깊이를 거의 짐작할 수 없는 다음과 같은 말을 하였다.

"나는 조금도 유감스럽지 않아요. 부오나빠르떼 추종자들에게는 따끔한 일침이 될 테니까!"

마들렌느 씨라고들 부르던 그 유령이 몽트뢰이유-쉬르-메르로부터 그렇게 안개 걷히듯 사라졌다. 그 도시의 모든 주민들 중 오직 서너 사람만이 그를 잊지 못하였다. 그의 시중을 들던 여자 수위도 그들 중 하나였다.

같은 날 저녁, 그 신의 깊은 노파는 질겁한 가슴을 쓸어내리며 구슬픈 생각에 잠긴 채 수위실에 앉아 있었다. 공장은 온종일 닫혀 있었고, 마차가 드나드는 정문에는 빗장이 질러져 있었으며, 그 앞으로 지나가는 길에는 행인이 끊겼다. 건물 안에는, 뻬르뻬뛰 수녀와 쌩쁠리스 수녀 두 사람만이 남아서, 팡띤느의 시신을 지키고 있었다.

마들렌느 씨가 평소 거처로 돌아오는 시각이 되자, 심덕 착한 수위 노파는 여느 때와 마찬가지로 자리에서 기계적으로 일어나 마들렌느 씨의 방 열쇠와 촛대를 서랍에서 꺼내어, 열쇠는 못에 걸어놓고 촛대는 그 옆에 놓아두었다. 마치 그가 돌아오기를 기다리는 것 같았다. 그러고 나서 다시 의자에 앉아 이런저런 생각에 잠기었다. 가엾은 노파는 무의식적으로 그렇게 하였다.

두 시간이 지나서야 그녀가 몽상에서 깨어났고, 문득 소스라치듯 놀라며 중얼거렸다. "이런! 예수님 맙소사! 내가 열쇠를 못에 걸어놓았군!"

바로 그 순간, 수위실의 협창 유리가 열리더니, 손 하나가 창문 틈으로 들어와, 열쇠와 촛대를 움켜잡았고, 곁에 있던 램프를 이용하여 양초에 불을 붙였다. 수위 노파는 목구멍을 넘으려는 비명을 눌러 참으며, 넋을 잃은 듯 쳐다볼 뿐이었다. 그녀는 그 손과 팔과 프록코트의 소매를 잘 알고 있었다.

마들렌느 씨였다.

그녀는 한동안 아무 말도 못하고 '사로잡혀' 있었다. 훗날 그 이야기를 회고하면서 그녀가 사용한 표현이다.

"맙소사, 시장님." 이윽고 그녀가 입을 열었다. "저는 시장님이……."

노파가 말을 중단하였다. 그다음 부분을 입에 담는 것이 결례라고 생각했기 때문이다. 쟝 발쟝이 그녀에게는 여전히 시장님이었다.

그녀가 마치지 못한 말을 그가 끝맺음해 주었다.

"감옥에 있었다오." 그가 다시 말하였다. "그곳에 있었다오. 쇠창살 하나를 뜯고 지붕에서 뛰어내린 다음 이렇게 왔다오. 나는 방으로 올라갈 테니, 급히 가서서 쎙쁠리스 수녀를 데려오세요. 틀림없이 그 가엾은 여인 곁에 있을 거예요."

노파가 서둘러 분부를 받들었다.

그는 그녀에게 조심하라는 어떠한 말도 하지 않았다. 그녀가 오히려 그 자신보다도 더 조심할 것임을 잘 알고 있었기 때문이다.

그가 정문을 열어달라고 하지 않은 채 어떻게 내정으로 들어섰는지는 영원한 비밀로 남게 되었다. 작은 협문까지 열 수 있는 곁쇠를 그가 항상 몸에 지니고 다닌 것은 사실이다. 하지만 그가 수감되기 전에 그의 몸을 샅샅이 뒤져 그것을 압수하였을 것이다. 그 점 역시 끝내 밝혀지지 않았다.

그가 자기의 방으로 이어지는 층계를 따라 올라갔다. 층계 끝에 도달하자 촛대를 마지막 계단에 놓은 다음, 자기의 방 출입문을 소리 없이 열었다. 그리고 창문과 덧창을 닫고 나서야 다시 돌아와 촛대를 가지고 방으로 들어갔다.

그러한 예방 조치가 필요했던 바, 모두들 기억하다시피, 그의 방 창문이 길에서도 보였기 때문이다.

그는 의자와 탁자 및 사흘 전부터 손도 대지 않은 침대 등을 한차례 둘러보았다. 이틀 전 밤 이후에 흐트러진 것이 없었다. 수위 노파가 방을 청소했을 뿐이다. 다만 그녀가, 벽난로 속 재에서, 타다 남은 막대기의 쇠로 감싼 두 끝 부분과, 불에 그슬려 검게 변한 40쑤짜리 은화를, 깨끗하게 재를 털어 탁자 위에 가지런히 놓아두었을 뿐이다.

그가 종이 한 장을 집어 그 위에 다음과 같이 적었다. '내 막대기의 쇠를 씌운 두 끝 부분과, 내가 중죄 재판소에서 말한 쁘띠-제르베에게서 훔친 40쑤 은화입니다.' 그런 다음 은화와 두 쇳조각을, 방 안으로 들어서는 순간 눈에 띄도록, 종이 위에 올려놓았다. 그리고, 옷장에서 자기의 낡은 셔츠를 꺼내어 찢었다. 그 천 조각들로 두 은 촛대를 정성스럽게 감쌌다. 그러면서 그는 서둘지도 동요된 기색을 보이지도 않았으며, 주교의 촛대를 천 조각으로 감싸면서 검은 빵 한 조각을 입에 넣고 씹었다. 감옥에서 주는 그 빵을 탈옥하면서 가지고 왔던 모양이다.

그러한 사실은, 후에 가택수색을 진행하던 중, 사법관들이 바닥에 떨어져 있던 빵 부스러기를 보고 확인한 것이다.

누가 출입문을 가볍게 두 번 두드렸다.

"들어오시오." 그가 말하였다.

쌩쁠리스 수녀였다.

그녀의 안색은 창백하였고, 두 눈이 붉게 충혈되어 있었으며, 손에 들고 있던 양초가 떨리고 있었다. 우리가 아무리 완벽한 경지에 도달해 있고, 따라서 아무리 냉정할지라도, 운명의 격렬함은, 우리의 오장육부 깊숙한 곳으로부터 인간의 천성을 이끌어내어 표면에 나타나게 하는 특성을 가진 듯하다. 그날의 격렬한 일을 겪으면서 수녀는 한 여인으로 변해 있었다. 그녀는 이미 많은 눈물을 흘렸고,

아직도 그녀의 몸이 떨리고 있었다.

쟝 발쟝은 쪽지에 무엇인가를 몇 줄 써서 들고 있었으며, 그것을 수녀에게 내밀면서 말하였다.

"수녀님, 이것을 주임사제님께 전해 주세요."

종이는 접혀 있지 않았다. 그녀가 쪽지를 잠시 바라보았다.

"읽으셔도 괜찮습니다." 그가 얼른 말하였다.

그녀가 읽은 내용은 다음과 같았다.

'사제님께 간청하옵거니와, 제가 이곳에 남기는 일들을 보살펴 주십시오. 저의 재판비용과 오늘 타계한 여인의 장례 비용을 사제님께서 주관하여 지불해 주시고, 나머지 돈은 가난한 이들을 위하여 써주십시오.'

수녀가 무슨 말을 하고자 하였으나, 알아듣지 못할 소리만 우물거릴 뿐이었다. 그러다가 겨우 한마디 하였다.

"시장님께서 마지막으로, 그 가엾은 여인을 마지막으로 한 번 더 보시지 않으시렵니까?"

"아니요, 사람들이 내 뒤를 쫓고 있으니, 그 방에서 내가 잡힐 경우, 그녀의 마음이 불편해질 것이오."

그가 그 말을 겨우 마쳤을 때, 층계로부터 소란스러운 소리가 들려왔다. 층계를 올라오는 요란한 발걸음 소리와, 한껏 목청을 높여 날카로운 소리로 외치는 수위 노파의 음성이 동시에 들렸다.

"착하신 나리, 착한 신의 이름으로 맹세하거니와, 온종일 그리고 저녁 내내, 아무도 들어오지 않았어요. 제가 단 한순간도 자리를 비우지 않았어요!"

어떤 남자의 음성이 들려왔다.

"하지만 방에서 불빛이 새어 나왔소."

두 사람은 그것이 쟈베르의 음성임을 알아차렸다.

그 방의 출입문을 밖에서 안쪽으로 밀어 열면, 문이 오른쪽 벽 귀퉁이를 가리게 되어 있었다. 쟝 발쟝은 수녀가 들고 올라온 촛불을 훅 불어 끈 다음 그 귀퉁이에 가서 섰다.

쌩뻴리스 수녀가 탁자 곁에 주저앉듯 무릎을 꿇었다.

문이 열렸다. 쟈베르가 들어섰다.

복도에서는 남자 몇이 음성을 낮춰 무슨 말을 주고받고, 수위 노파의 항의하는 듯한 말소리가 들려왔다. 수녀는 얼굴을 쳐들지 않았다. 그녀는 기도를 하고 있었다.

벽난로 위에 켜놓은 촛불은 별로 밝지 않았다.

쟈베르가 수녀를 발견하고 움찔 멈추어 섰다.

쟈베르의 밑바탕과 그를 형성하고 있던 근본 요소 및 그가 살고 있던 사회의 특징은, 이미 말한 바와 같이, 권위에 대한 맹목적인 존경이었다. 그는 추호의 거짓도 모르는 사람이었고, 권위 앞에서는 어떠한 저항이나 제한도 자신에게 허용하지 않았다. 그에게는 물론 교회의 권위가 모든 다른 권위에 우선하였다. 그는 신앙인이었고, 다른 면에서와 마찬가지로 피상적이되 철저한 사람이었다. 그의 눈에는, 사제란 결코 오류를 범하지 않는 영혼이었고, 수녀란 결코 죄를 저지르지 않는 여인이었다. 그에게는 그들이 이 세상과 완전히 벽을 쌓고 사는 사람들이었고, 이 세상으로 향한 문이 열리는 경우, 오직 진실만을 내보내기 위한 것이라고 믿었다.

수녀를 발견한 순간에 그가 보인 첫 몸짓은 흠칫 뒤로 물러서는 것이었다.

하지만 또 다른 의무 하나가 그를 억제하면서, 그를 반대 방향으로 거세게 밀었다. 그의 두 번째 몸짓은, 그 자리에 멈추어 선 채 그녀에게 몇 마디나마 질문을 던지는 것이었다.

그의 앞에 있던 사람은 평생 단 한 번도 거짓말을 하지 않은 쌩뻴리스 수녀였다. 쟈베르도 그 사실을 잘 알고 있었으며, 그러한 점 때문에 그녀를 각별히 존경하였다.

"수녀님, 지금 이 방에 홀로 계십니까?"

끔찍한 순간이 흘렀고, 가엾은 수위 노파는 그동안 자칫 실신할 지경이 되었다. 수녀가 이윽고 얼굴을 쳐들며 대답하였다.

"그래요."

"그러시면." 쟈베르가 다시 물었다. "제가 거듭 여쭙는 것을 용서하십시오. 저의 의무인지라. 오늘 저녁에 어떤 사람을, 한 남자를 못 보셨습니까? 그가 탈출하여 저희들이 찾고 있는데, 쟝 발쟝이라고 하는 그자를 못 보셨습니까?"

"못 보았어요."

그녀가 거짓말을 하였다. 두 번을 연속하여, 멈칫거리지도 않고, 헌신하듯 서둘러 거짓말을 하였다.

"용서하십시오." 쟈베르가 말하였다. 그런 다음 허리를 깊숙이 숙여 인사를 올린 다음 물러갔다.

오! 성처녀여! 그대 이 세속을 떠난 지 여러 해 되었도다! 그대는 광명 속에서 그대의 처녀 자매들과 천사 형제들을 만났도다! 그 거짓말이 낙원에서 그 보상을 받기 바라노라!

수녀의 답변이 쟈베르에게는 결정적인 그 무엇이었던지라, 그는 조금 전에 불어 꺼져 아직도 탁자 위에서 연기 한 가닥을 피어오르게 하던 양초의 이상한 점을 간과하고 말았다.

한 시간 후, 어떤 남자 하나가 나무들과 안개 사이로 부지런히 걸어서, 몽트뢰이유-쉬르-메르를 벗어나 빠리 방향으로 멀어지고 있었다. 그 남자는 쟝 발쟝이었다. 그와 마주친 짐마차꾼 두세 사람의 증언에 따르면, 그 남자는 보따리 하나를 들고 있었으며, 작업복을 입고 있었다 한다. 그 작업복을 어디에서 구했을까? 그것은 아무도 알아내지 못하였다. 한편, 늙은 노동자 한 사람이 며칠 전 그의 공장 진료소에서 세상을 떠났는데, 유품이라곤 작업복 한 벌밖에 없었다. 아마 그 작업복이었을 것이다.

팡띤느에 대하여 마지막으로 한마디만 더 해두자.

우리들 모두에게는 어머니 하나가 있는 바, 그것은 대지이다. 사람들이 팡띤느를 그 어머니에게 돌려주었다.

사제는, 쟝 발쟝이 남긴 돈 중에서 가장 큰 몫을 가난한 사람들을 위해 쓰는 것이 좋으리라 생각하였고, 아마 잘한 일일 듯하다. 결국 어떤 사람들의 일이었던가? 도형수와 매춘부의 일이었다. 그러한 이유 때문에 사제는 팡띤느의 장례식을 극도로 간소하게 치렀고, 시신을 공동 묘혈(墓穴)이라고들 부르는 곳에 안치하는 것으로 그쳤다.

그리하여 팡띤느는, 모든 사람들의 것임과 동시에 그 누구의 소유도 아니며, 가난한 사람들을 망각 속으로 떠나보내는 묘지의 한구석, 무료로 사용하는 그 귀퉁이 땅에 묻혔다. 다행히 신께서는 어디에서 영혼을 다시 만날 수 있는지를 알고 계시다. 팡띤느를 처음 드러난 유해들 사이에 눕혔다. 그녀의 몸은 다른 유해들과 뒤섞이는 모욕을 감당하였다. 그녀의 시신이 공동의 묘혈 속에 던져졌다. 그녀의 무덤은 그녀의 침대와 유사하였다.

(2권으로 이어집니다.)

옮긴이 주

1부 1편 의인

1) 루이 16세 및 왕비 마리 앙뚜와네뜨의 처형 등 일련의 비극적 사건을 가리키는 듯하다.
2) 나뽈레옹 1세의 황제 대관식은 1804년 12월 2일 빠리 대성당(Notre-Dame de Paris)에서 거행되었다.
3) Joseph Fesch(1763~1839). 나뽈레옹 1세의 외숙부. 아작시오의 부주교, 리용의 대주교직을 거쳐 1803년에 추기경이 되었으며, 교황청 주재 대사로 임명된 후, 교황 피우스 7세가 나뽈레옹의 대관식을 집전케 하는 데 결정적인 역할을 하였다 한다.
4) 디뉴의 영주라는 뜻이다. 옛날에는 주교나 대주교가 영주의 반열에 있었으며, 그들이 세속적 영주 역할을 겸하는 경우도 허다했다.
5) 작가는 리브르(livre)와 프랑을 혼용하고 있는데, 옛 금화 1프랑은 1리브르와 같은 값어치를 가졌다.
6) 제1공화국 3년 헌법에 따라 원로원(Conseil des Anciens)과 함께 창설된 입법기관으로, 1795년 9월부터 1799년 11월까지 존속하였다.
7) '무월'은 프랑스 제1공화국 시절에 제정했던 새로운 책력에서 안개의 달(Brumaire)을 가리키는데, 10월 23일부터 11월 21일까지의 기간에 해당한다. 따라서 '무월 18일'은 태양력의 11월 9일에 해당하는데, 1799년(제1공화국 8년) 11월 9일, 이집트 원정에서 돌아온 나뽈레옹 보나빠르뜨가 5인 집정관 정부를 무너뜨렸다. 다음 날, 5인 집정관 정부의 해산을 원로원과 오백인 의회의 소수 의원들이 의결하였고, 나뽈레옹과 씨에예스 및 뒤꼬 세 사람이 새로운 집정관이 되었다. 흔히들 '공화국 8년 무월' 사건 혹은 꾸데따라고 칭한다. 오백인 의회 또한 얼마 후 해산되고, 나뽈레옹은 1804년 5월까지 제1집정관 자격으로 국가의 전권을 행사하다가 황제로 즉위하였다.
8) Bigot de Préameneu(1747~1825). '비고'가 일반명사로 사용되면 '열성 신도'를 의미한다. 실존했던 인물이고 또한 제1제정 치하에서 종교성 장관을 역임했다니, 기이한 우연이다. 사실과 허구를 접합시키는 위고의 탁월한 재능이 엿보인다.

9) 카톨릭 사제들을 가리킨다.
10) 작가가 삽입한 언급일 듯하다.
11) 로마 제국에서 황제들에게 부여했던 호칭이다. 물론 이 작품에서는 나뽈레옹 1세를 가리킨다.
12) '지출 계획을 보니 정말 난처하다'고 한 주교의 말을 염두에 둔 표현이다. 즉, '드디어 난처함에서 벗어나게 되었다'는 의미를 내포하고 있다.
13) 프랑스어 'Monseigneur'를 옮긴 것이다. 그런데 이 단어의 원의는 '나의 주인'이며, 중세의 영주들에 대한 호칭이기도 하였다. 주교 및 대주교들이 영주들과 동급으로 간주되었기 때문에 그러한 호칭을 부여한 듯하며, 따라서 '예하'보다는 '나리'라는 번역어가 원래의 의미에 더 가까울 듯하다.
14) 비앵브뉘(Bienvenu)는 '때맞춰 온 사람', 즉 '환영받는 사람' 또는 '고마운 사람'을 뜻한다. 따라서 동시에 구세주(예수)를 암시할 수도 있다. 반면 '예하(나리)'는 세속적 권위나 계급을 내포한 말이다. 결국, 구세주가(혹은 자신이) 나리들의 못된 버릇을 고쳐준다는 뜻이다.
15) '그랑되르(grandeur)'의 원의는 '크기' 혹은 '신장'이다. '보트르 그랑되르(votre Grandeur)'는 '예하'나 '각하'를 의미하지만, '나의 그랑되르'는 '나의 키'라는 뜻만 갖는다. 미리엘 주교가 그러한 호칭을 넌지시 야유하고 있다. 자기가 주교라 한들 어찌 감히 크다고(혹은 높다고) 할 수 있겠느냐는 뜻이다.
16) pairie. '귀족 신분'을 뜻하는 pair(동배, 짝)에서 파생한 말이다. 중세의 작품들 속에서는 '중신(重臣)'이나 '지근 신료' 등의 의미로 사용되었으나, 근대에 이르러서는 실속 없는 호칭에 불과하게 되었다. 중세 프랑스어 per(peer)가 잉글랜드에서도 peer 형태로 14세기부터 사용되기 시작하였다.
17) 서지나 까디 모두 거친 모직물이나, 가스께라는 말의 어원이나 용례는 밝히지 못하였다.
18) 1쑤(sou)는 1/20리브르이다.
19) 볼떼르가 왕정 체제에 적대적이었음은 주지하는 바이다.
20) '다양성'이나 '변화' 등을 의미하기도 하는 'variété'를 번역한 것이다.
21) 5인 집정관 정부 시절인 1798년 11월에 제정되었다가 1926년 폐지된 직접세이다. 당시에는 토지세, 동산(動産)세, 영업세 등과 함께 4대 직접세 중 하나였다. 주택의 실제 소유주에게만 부과하였으며, 국민의 건강을 저해하는 세금이라 하여 논란이 끊이지 않았다고 한다. 비슷한 시기에 그레이트 브리튼 및 에스빠냐에도 같은 제도가 있었으며, 고대 로마에서 주택의 출입문과 기둥에 부과하던

세금 오스티아리움과 같은 것이라 한다.
22) 프랑스 동남부의 이딸리아 접경지역들이다. 이 작품에 등장하는 도시 디뉴는 '낮은 알프스'에 있으며, 브리앙송은 '높은 알프스'에 있다. '북쪽 알프스'와 '남쪽 알프스'라는 뜻이다.
23) "그러면, 선생, 당신은 현명하오?"
24) "어디에 다녀오나?"
25) "지방질 풍부한 치즈와 함께 좋은 양 한 마리 가져왔소."
26) Joseph de Maître(1753~1821). 프랑스의 정치가, 문인, 철학자. 프랑스 대혁명에 정면으로 맞서다가 1793년에 망명하였다.
27) Cesare Bonesana Beccaria(1738~1794). 이딸리아의 법률학자이며, 『범죄와 처벌론』이라는 저술을 통하여 형법의 완화를 주장하였다고 한다.
28) vindicte. 범죄의 소추 및 처벌을 가리킨다. 하지만 뱅딕뜨의 어원인 라틴어 빈딕타(vindicta)는 '처벌'이라는 의미를 가지고 있으며, '보복한다'는 의미의 파생어도 발견된다.
29) 카톨릭 사제들이 입는 긴 드레스 같은 평상복. 앞에 여러 개의 단추가 달려 있다. '수단'이라는 엉거주춤한 표기를 사용하는 이들도 있으나, 어원(sottana)대로 적는다.
30) 소따나를 입은 것처럼 보이기 위함이다. 카톨릭 사제들의 소따나는 그 직위에 따라 색깔이 다른데, 교황은 백색, 추기경은 붉은색, 주교는 보라색, 일반 사제는 검은색 소따나를 입는다.
31) 이야기의 무대인 디뉴 지역의 여름철 한낮 기온은 섭씨 40도가 넘는다.
32) 트라쁘 수도원은 원래 씨또 수도원에 속해 있었으나, 1664년에 랑쎄에 의해 개혁이 단행되었고, 기도와 노동과 고행과 침묵 등을 수도의 원칙으로 삼았다. 그 수도사들은 절제의 상징으로 간주되었다.
33) 출판사의 주소이다.
34) 「예레미아」, 36장. 예레미아의 제자이다.
35) 「요한의 복음서」를 가리킨다.
36) 「창세기」를 가리키는 듯하다.(1장 2절)
37) 성 아우구스띠누스의 기도(「고백」, 11권)를 연상시킨다. 일종의 모작처럼 보인다. 작가는, 미리엘 주교가 읽던 책의 여백에 몇 줄 긁적거려 놓은 글이 그 책과 아무 관련 없다고 하였으나, 그 책을 출간한 출판사의 주소가 빠리의 '께 데 오귀스땡(quai des Grands-Augustin)'이니, 주교는 그 주소를 보는 순간 성 아우구

스티누스와 그의 「고백」을 뇌리에 떠올릴 수 있었을 것이다.
38) 프랑스의 옛 농지 면적 단위. 지방에 따라 차이가 컸는데, 대략 2천~5천 제곱미터에 해당한다.
39) 'solidisme'이라는 말을 전후 문맥에 입각하여 번역한 것이다. 용례가 드문 말이다.
40) Tournefort(1656~1708). 프랑스의 식물학자. 「식물학의 기초 혹은 식물 연구 방법」(1694) 등 많은 저술을 남겼다.
41) Corl von Linné(1707~1778). 스웨덴의 자연과학자로서, 특히 식물학에서의 종(種)의 분류 원칙을 제시한 것으로 유명하다. 뚜른느포르가 그의 이론적 영향을 많이 받았다고 한다.
42) Jussieu. 17세기부터 19세기까지 많은 식물학자와 의사를 배출한 프랑스의 가문 이름이다. 앙뚜완느 드 쥐씨유(1686~1758)를 비롯하여, 베르나르(1699~1777), 죠제프(1704~1779) 등 삼형제가 크게 명성을 떨쳤으며, 이 작품에서 말하는 쥐씨유는 '자연적 분류 방법'의 기초를 제시했다는 그들의 조카 앙뚜완느 로랑(1748~1836)을 가리킨다.
43) '빈민 구호소'로 읽어도 무방하다.
44) 1편, 2.
45) Pigault-Lebrun(1753~1835). 배우, 극작가, 군인 등 여러 직업을 편력하다가 다시 문필가로 활동하며 많은 작품을 남겼다. 볼떼르의 작품 경향을 따른 그의 작품들이 당시에는 많이 읽혔다고 한다.
46) 에피쿠로스(B.C. 341~270)의 저서는 모두 사라졌고, 그의 학설을 찬양하여 루크레티우스(B.C. 98~55)가 지은 「자연에 대하여」가 그의 학설을 짐작하게 해준다. 특히 에피쿠로스의 원자론을 상세히 소개하여, 볼떼르를 비롯한 많은 문인들과 학자들에게 커다란 영향을 끼쳤다. 반종교적 세계관을 피력한 문인들에게 이론적 근거를 제공한 책이다. 위고가 루크레티우스를 뇌리에 떠올린 듯하다.
47) 서로를 세심하게 살핀다는 뜻이다.
48) 신탁이나 징조 등을 가리킨다. 희생물의 배를 갈라 내장을 세밀히 살펴 신의 뜻을 헤아리거나 미래의 일을 예측하던 종교 의식을 염두에 둔 말이다.
49) 왕권이나 추기경의 직, 그리고 부와 고귀함을 상징하던 색깔이다.
50) '피차간에 서글서글하게 대하다.' 주교의 답변을 고려하여 직역한다.
51) marquis d'Argens(1704~1771). 프로방스 출신이나, 홀랜드(네덜란드의 별칭)로 물러나 예수교를 비판하는 글들을 썼다고 한다. 퓌론(B.C. 365~275)은 회의론자

로 널리 알려졌으며, 그 역시 에피쿠로스나 많은 스토아 철학자들(세네카, 마르쿠스 아우렐리우스, 에픽테투스 등)처럼, 아타락시아(ataraxia, 일체의 불안감에서 해방된 상태)를 철학의 목표로 삼았다고 한다. 홉스(1558~1679)는 그의 기계론적 유물론을 염두에 두고 인용한 듯하다. 네종(Naigeon, 1738~1810)은 디드로의 친구이며, 특히 홀바하(baron de Holbach, 1723~1789)의 『보편적 윤리 입문 혹은 자연의 교리 문답』을 1790년에 펴냈다고 한다. 네 사람의 공통점은 신(들)을 부정하였다는 사실이다.

52) 니드험(J. T. Needham, 1713~1781)이 자연 발생론의 주창자인데 볼떼르가 그의 『철학사전』(1769)에서 '뱀장어의 자연 발생론'을 조롱하였다고 한다. 니드험은 생물체의 자연 발생(번식) 현상과 종교적 신앙 현상의 유사성을 입증하려 하였다고 한다.

53) "빛이 있으라!"(「창세기」, 1장 3절) 야훼 내지 예수를 그리고 성체(떡)를 환유하는 듯하다.

54) 'le grand Tout'를 직역한 것이다. 일반적으로 소문자(tout)로 적어 '우주'나 '자연'과 같은 뜻으로 사용하나, 이 작품에서는 대문자(Tout)로 적은 것으로 보아 '절대자'를 가리키는 듯하다.

55) 화쓰는 '신성한 율법과 자연법이 허용하는 것'을 뜻하고, 네화쓰는 그것들이 허용하지 않는 것을 뜻한다. '정의'와 '불의'로 각각 옮길 수도 있다.

56) 프랑스 대혁명 시기에(1789년 11월 24일) 국민의회의 소식을 알리기 위하여 창간한 신문.

57) '술꾼들끼리' 혹은 '친근한 사람들끼리'라는 말이다. 앞의 말에 덧붙인, 같은 의미를 가진 라틴어 표현일 뿐이다.

58) 루크레티우스의 핵심적인 주장이다.(「자연에 대하여」, 3권)

59) Panthéon. 어원적 의미는 모든(pan) 신들(theos)을 모시는 신전이다. 빠리에 있는 이 건물은 애초 예배당으로 사용하기 위해 짓기 시작하였으나(1764년), 대혁명과 제1제정, 제2제정 등 정치적 변혁에 따라 그 용도가 오락가락하다가, 1885년에 빅또르 위고의 유해를 그곳에 안치하면서부터 '위인들에게 헌정된 신전'으로 확정되었다.

60) '끝'이라는 말을 반복한 라틴어이다.

61) 에피쿠로스, 루크레티우스, 마르쿠스 아우렐리우스, 세네카 등이 주장하던 바를 연상시키는 언급이다. 즉, 우리가 살아 있는 한 우리는 아직 죽지 않았고, 죽은 후에는 죽음이라는 것을 모르기 때문에, 우리는 어떠한 경우에도 죽음과 무

관한다는 것이다. 다시 말해, 우리가 죽는 순간 죽음이라는 개념 자체가 사라진 다는 것이다. 일체의 불안으로부터 해방된 경지 아타락시아에 도달하기 위한 명상의 결정체이다.

62) 옛 아씨리아의 전설적인 왕이다. 폭군.

63) 생전에 구호 사업에 진력하던 프랑스의 사제이다.(1581~1660).

64) 설교사들을 환유하는 말이다.

65) 율리우스 카이사르에 맞서 싸우던 폼페이우스가 화르살라 전투에서 패한 후, 그는 소수의 공화파 군대를 이끌고 아프리카로 건너가서 카이사르의 군대를 상대로 결전을 벌일 준비를 하였다. 결국 일이 뜻대로 되지 않아, 영혼 불멸을 다룬 플라톤의 「화이돈」을 읽으며 명상에 잠기곤 하다가, '자유를 잃고 살아남기는 싫다'고 하며 자살하였다. '추방당했다'는 말은 그가 아프리카로 떠난 사실을 가리키는 듯하다.

66) 한국에서는 '스테파노'라고 하는 스테파누스(라틴어) 혹은 스테파노스(그리스어)를 가리킨다. 최초의 순교자이며, 그를 돌로 쳐 죽일 때 파울루스가 앞장섰다고 한다.(「사도행전」, 6~7장)

67) 프랑스의 옛 길이 측정 단위이며 0.324m에 해당한다. 우리의 자(尺)나 잉글랜드의 피트와 같은 개념이다. 11세기부터 사용된 듯하다.

68) 호메로스 등의 작품들이 전하는 신화적 사건들과는 동떨어진 이야기이다. 중세 이후 프랑스 문인들이 번안한 작품 속의 이야기일 듯하다.

69) 프랑스 대혁명 과정에서, 입헌군주체제 제헌국민의회와 입법의회를 거쳐, 1792년 9월 21일 공식적으로 입법의회를 승계하고 군주제를 폐지시킨 새로운 제헌의회를 가리킨다. 실권을 5인 집정관 정부로 넘길 때(1795년)까지 절대 권력을 행사하던 의회로, 그 기간이 프랑스 대혁명 과정에서 가장 피로 얼룩진 비극적 시기이다. 루이 16세와 왕비 마리 앙뚜아네뜨, 로베스삐에르, 당똥, 마라 등이 모두 그 시기에 목숨을 잃었고, 공안(公安)이니 공포정치니 하는 어휘들도 그 시기의 산물이다. 물론 제1공화국이 선포된 것 또한 그 시절이다(1792년 9월 21일).

70) 어원적 의미는 '시민'이며, 근대에 이르러 '공화국 내의 일원'을 가리키는 말(국민)이 되었다. 프랑스인들이 자신들을 가리켜 '국민'이라고 하면서, 영국인들은 신민(臣民, sujet)이라고 하는 것은 그러한 개념을 염두에 두었기 때문이다. 공포정치로 대변되는 제헌국민의회 시절(제1공화국 시절)에는 모든 존칭(Monsieur, Madame, Mademoiselle 등)을 없애고, 신분이나 나이 관계 등과 상

관없이 서로를 씨뚜와이앵(citoyen)이라고 불렀다. 혁명 초기(1789~1790)에 혁명파 내지 혁명에 우호적인 사람을 가리키던 빠트리오프(애국자)나, 러시아 혁명 이후에 유행하던 까마라드(동무) 등 그 발생의 사회심리적 근저가 같은 말이다. 인간의 질투와, 과장과, 복수심, 비루함, 파렴치, 경솔함 등이 어른거리는 단어들 중의 하나이다.

71) 루이 16세는 1792년 8월에 체포되어 같은 해 12월 3일에, 로베스삐에르나 당똥 등의 주도하에 사형 언도를 받았으나, 혁명의회 의원들 중 사형 언도에 찬성한 사람들의 수가 반대한 사람들의 수를 약간 상회하였다고 한다.

72) 주교나 대주교에 대한 일상적인 호칭이다(예하). 어원적 의미는 '나리' 혹은 '주(인)님'이다. 봉건 체제의 산물인지라 노인이 끝내 그 단어 사용을 거부한 것이다.

73) 루이 16세와 아르뚜와 백작(훗날의 샤를르 10세)의 동생이며 루이 15세의 손자였던 루이 18세가 나뽈레옹의 폐위 및 엘바 섬으로의 유배 뒤, 1814년 6월 4일, 루브르 궁에 돌아온 사실을 가리키는 듯하다. 즉, 구왕조의 복귀를 가리킨다. 그 사건을 가리켜 1차 왕정복고(1814년 6월 ~ 1815년 3월)라 하며, 1815년 3월, '백일천하'가 시작되면서 루이 18세는 다시 망명길에 오른다.

74) 'Christ'를 의미 그대로 옮긴 것이다. '그리스도'라는 말이 널리 사용되고 있으나, 그것은 번역어도 아니고 표기 자체도 어정쩡하다. 의미 전달 기능도 없고, 일본인들의 불완전한 발음 및 표기의 유산인 듯하여, 이 책에서는 사용하지 않는다.

75) 천오백 년 동안 누적된 먹구름이 무엇을 가리킬까? 인간의 생래적(천부의) 권리를 박탈해 오던 신권(교회)을 가리키는 듯하다. 더 구체적으로 말하자면, 콘스탄티누스 황제가 예수교를 국교로 선포한(312년) 이후, 인간의 감성과 지성이 신 모시는 자들에 의해 억압되기 시작한 사실을 가리키는 듯하다. 고대 그리스 학자들의 무수한 저작물들이 그 무렵에 대부분 자취를 감춘 듯한데, 그것이 우연이었을까? 빛이 사라지고 먹구름이 세상을 뒤덮기 시작한 시기 아니겠는가?

76) 루이 16세의 둘째 아들(1785~1795)로, 1789년에 세자로 책봉되었다. 1792년, 성당 기사단 본부의 탑에 가족과 함께 유폐되었다가, 그곳에서 죽은 것으로 추측된다(1795). 어린 왕손들의 애틋한 이야기들 중 전형적인 한 예이다.

77) Cartouche(1693~1721). 빠리와 그 인근 지역을 휩쓸고 다니던 유명한 강도 집단의 두목 루이 도미니끄의 별명이다. 그레브 광장에서 거열형(車裂刑)에 처해졌다고 한다.

78) 루이 17세는 루이 15세의 증손자이다.

79) "Sinite parvulos venire ad me(아이들이 나에게 가까이 오도록 내버려 두라)." 『신약』이 전하는 예수의 말 중 첫 두 단어인데, 라틴어 속담으로 사용된다.
80) J-P. Marat(1743~1793). 의사이며 정치가, 언론인. 당똥 등과 함께 성 프란체스코회 클럽의 일원이었으며, 소위 '민중의 적들'에 대한 극단적 조치를 주장하던 그는, 1792년 9월의 학살 사건에 연루되었다는 의혹을 받았는데, 아마 그러한 일들을 염두에 둔 언급인 듯하다.
81) 앙리 4세에 의해 1598년에 반포되었던 낭뜨 칙령의 철회(1685년) 시기를 전후하여 신교도들에게 가해졌던 박해를 가리킨다. 처음 뿌와뚜 지역에서 마리약이라는 자에 의해 고안된 것으로, 용기병들로 하여금 신교도들의 집에 거주하면서, 그들을 멋대로 학대하게 하여 개종을 강요하였다. 그 '장화 신은 선교사들'이 단 몇 개월 사이에 신교도 38,000명을 개종시켰다고 한다. 뒤에 루브와라는 자가 그러한 조치를 프랑스 전역으로 확대하였다고 한다.
82) J. B. Bossuet(1627~1704). 고위 사제이며 신학자이고 문필가였다. 신교도들을 상대로 치열하게 투쟁한 사람으로, 세속적 권력(왕권)과 가까웠던 사제들 중 대표적인 인물이다. 'Te Deum'이라 시작되는 감사의 노래는 그 작자가 알려져 있지 않다. "Te Deum laudamus(신이여, 당신에게 우리의 찬양을!)"
83) 1793년 낭뜨에서 반혁명 용의자들을 총살하거나 익사시킨 것으로 유명하다.
84) 랑그도끄 지방의 신교도들을 박해한 사람이라고 한다.
85) 빠리 혁명재판소의 검사로, 많은 사람들을 단두대로 보낸 것으로 유명하다.
86) 몽르벨처럼 랑그도끄 지방 신교도들을 박해한 사람이다.
87) 혁명 경찰을 조직한 사람이라고 한다.
88) 프랑스의 대원수였고, 바르톨로메오 성자 축일 전야의 신교도 학살(1572년 8월 23~24일)을 책동한 자들 중 하나라고 한다.
89) 에베르가 주필이었던 격렬하고 상스러운 신문으로, 1792년 9월 학살 사건의 주요 책동 집단으로 간주된다.
90) 예수회파 사제였고, 루이 14세의 마지막 영신 지도자였으며, 얀센파의 본거지였던 뽀르-루와얄 수녀원의 악착스러운 적이었다고 한다.
91) 마뜌 쥬브(1749~1794)의 별명이다. '머리 자르는 쥬르당'이라는 뜻이다. 1791년 10월 16~17일, 아비뇽에서 대학살을 주도한 혐의를 받아 1794년에 처형되었다.
92) 용기병들에 의한 신교도 박해를 조정했다는 혐의를 받은 사람이다.
93) 루이 16세와의 결혼 전 작위이다(오스트리아).
94) 깔뱅파 신교도들에게 17~18세기 프랑스 카톨릭 교도들이 붙여 준 경멸적인 별

명이다.
95) 십일조 폐지, 카톨릭의 국교 지위 박탈, 교회 재산 환수 등, 대혁명 기간 중에 취해졌던 일련의 조치들을 암시한다.
96) 추기경의 빵모자를 연상할 수 있으나, 1791년에 급진파 혁명가들이 쓰던 모자를 가리킨다. 여인은 주교에게 '언제쯤 추기경으로 승차할 것이냐'고 묻는 척하며, 동시에 '언제쯤 급진 혁명가가 될 것이냐'고 야유적으로 물은 것이다.
97) '대단한', '위험한' 등으로도 읽을 수 있다.
98) 나뽈레옹 1세의 황제 대관식을 집전한 249대 교황 피우스 7세(1742~1823)를 가리킨다.
99) 나뽈레옹이 엘바 섬을 탈출하여 본토에 상륙한 지점은 깐느 인근 동쪽 해안의 포구이다(1815년 3월 1일).
100) 1812년 9월 14일에 나뽈레옹의 60만 대군이 모스끄바에 당도했으나, 러시아 군의 청야전술(淸野戰術)에 말려들어, 프랑스 군사 40만이 전사하고 10만이 포로가 된다.
101) 당시의 상원을 가리키는 듯하다.
102) 나뽈레옹의 매제이고 나뽈리 왕에 봉해졌으며, 모스끄바로부터 퇴각할 때 프랑스 잔여 병력의 총지휘권을 위임받았던 뮈라 대원수(Joachim Murat, 1767~1815)가 그 대표적인 인물이다.
103) 나뽈레옹의 폐위를 선언하고 재빨리 루이 16세의 아우(루이 18세)를 옥좌에 앉힌 상원의 행각을 가리킨다.
104) 나뽈레옹이 엘바 섬을 탈출하여 깐느 인근 해안에 상륙하던 순간부터 프랑스 국민들과 병사들이 그에게 보낸 환호를 암시하는 듯하다.
105) 체코. 프랑스에서는 오스떼를리츠(Austerlitz)라는 이름으로 유명하며, 1805년 12월 2일에 나뽈레옹이 오스트리아-러시아 연합군을 그곳에서 격파하였다. '세 황제의 전투'라고도 하며, 나뽈레옹을 유명하게 만든 전투이다. 그곳에서, 전투 직후, 레지옹도뇌르 훈장을 나뽈레옹이 사졸들에게 수여하였다고 한다.
106) 루이 18세가 1차 왕정복고 직후(1814년 6월 4일) 반포한 헌장을 가리키는 듯하다.
107) 중세부터 사용해 오던 프랑스 왕실의 가문을 가리킨다. 남색 바탕에 황금색으로 그려진 창(槍) 모양을 닮은 백합꽃 세 송이가 개구리나 두꺼비처럼 보이기도 한다. 그런데 두꺼비는 전통적으로 마녀와 가까운 짐승으로 간주되어 혐오의 대상이었다. 그러한 이유에서인지, 왕실 문양인 백합꽃을 약간 변형시켜 개구리

모양으로 그린 옛 그림도 발견된다.

108) 루이 18세가 1807년부터 1814년까지 잉글랜드에 망명한 사실을 암시하는 말이다.

109) 가발 끝의 긴 머리꼭지를 가리킨다. 리본으로 동여매는 것이 일반적이었다.

110) 아직 부리가 단단해지지 않은 어린 새라는 뜻이다.

111) 어린아이의 얼굴에 날개가 달린 모습으로 묘사되던 천사.

112) 세력 큰 주교.

113) 어원적 의미로는 '외투'이다. 백색 양의 모피에 검은색 십자가를 수놓은 치장물이며, 교황을 비롯한 고위사제들이 목에 두른다.

114) 교황 선출 투표의 결과를 연기의 색깔로 사람들에게 알리는 교황청의 관행을 가리킨다. 그 연기 한 가닥이 교황을 결정한다는 뜻이다.

115) 교황의 삼중관(三重冠)을 가리키는 라틴어이다. '빵모자'는 모든 사제들이 일상적으로 쓰는 모자이기도 하다.

116) 우유 파는 여자 뻬레뜨가 우유 한 단지를 머리에 이고 읍내로 가면서, 우유를 팔아 계란을 사고, 그것들을 부화시켜 키워 팔아서 돼지를 사고, 돼지를 팔아 암소를 사면 아울러 송아지도 생길 것이라는 계산을 한다. 그 순간, 자기의 가축 떼가 뛰노는 장면을 생각하며 자신도 펄쩍 뛰니, 이고 있던 우유 단지가 떨어져 그녀의 꿈이 순식간에 연기처럼 사라진다. 라퐁뗀느, 「우화」, 10. 「우유 파는 여인과 그녀의 우유 단지」.

117) 자기가 살던 시대의 부패상을 격렬하게 야유한 로마 제국의 풍자 문인이다.

118) 특히 그의 『연대기』에 황제들의 복잡하고 숨겨진 특성들이 날카롭게 묘사되어 있다.

119) 「띠리다뜨」라는 비극 작품을 쓴 깡뻬스트롱(1656~1723)을 가리킨다고 한다.

120) 어원적 의미는 '전문가'이다. 앙리 모니에가 그의 판화들 및 희곡 작품들(「죠제프 프뤼돔 씨의 영광과 퇴락」, 「죠제프 프뤼돔의 회고록」) 속에 등장시킨 인물이다. 시류에나 편승하면서 마치 자기에게 지혜가 있는 듯 우쭐대는, 프랑스 신흥 유산층 사람들의 전형이다.

121) 1794년(공화국 2년)에 창설되었으며, 프랑스 혁명군 중 가장 유명했던 부대이다.

122) 『삼총사』에 등장하는 호전적이고, 거칠며, 심성 착하되, 섬세함이 결여된 인물이다. 뽀르또스의 시종이다.

123) 클라우디우스 황제의 흉상들을 보면 그 목이 길고 울퉁불퉁하다. 그의 됨됨이

에 대해서는 평가가 분분하지만, 그의 풍채에서 존엄성이 풍긴다고 한 사람은, 하드리아누스 황제의 서한 담당 비서였으며 인물전을 남긴 수에토니우스인 듯하다. 타키투스의 『연대기』에서도 그러한 묘사는 발견되지 않는다.

124) 'Credo in Patrem.' '아버지를 믿나이다'. 니카이아 공의회에서(325년) 채택된 신앙 고백의 첫마디이다. 'Credo in Patrem, Credo in Filium, Credo in Spiritum Sanctum(아버지를 믿사오며 아들을 믿사오며 성령을 믿나이다)' 이라는 말을 반복하는 단조로운 노래이다.

125) '머리통'은 얼굴의 윤곽과 표정 등을 아울러 가리키는 통속적인 표현이다.

126) 원자론에 입각한 우주관인데, 루크레티우스 및 볼떼르 등의 시각이 어른거리는 언급이다. 세네카나 마르쿠스 아우렐리우스 등 스토아 학파 학자들의 시각도 발견된다.

127) 원전에는 보통명사 형태(l'apocalypse)로 되어 있다.

128) 'la religion directe'를 직역한 것이다.

129) 스베덴보리는 과학적 인식에 맞서 천계론(天啓論)을 주장한 사람으로, '새로운 예루살렘 교회'라는 종파를 만든 것으로 유명하다. 그와 빠스깔이 정신착란증에 빠졌다는 것은 위고의 견해인 듯하다. 볼떼르 또한 빠스깔을 가리켜 어느 책에선가 '저질 형이상학자'라고 하였다.

130) 습관이 생기지 않도록 하였다는 말이다. 엘리야는 「구약」에 등장하는 인물들 중 대표적인 예언가이다. 「신약」의 어떤 부분(「마르코」, 6장)에서는 예수가 곧 그라고도 한다. 예언가(즉 점쟁이)들에 대한 위고의 시각이 엿보이는 언급이다.

131) 예수가 하였다고 전하는 말 그대로의 형태로.

132) 세상을 차례로 다스렸다는 일곱 신인(神人)들에게 붙여졌다는 별명인데, 그들 중 첫 번째 마누에게 브라마가 법전을 전하였고, 그것이 『마누 법전』이다. '법전'이라고는 하나, 천지개벽으로부터 영혼의 윤회라는 이야기에 이르기까지, 각종 종교의식과 윤리적 문제 및 형이상학적 사념들을 포괄하고 있는 책이다. 제정(祭政)이 분리되지 않던 시절의 유산들 중 대표적인 예이다. 기원전 1280년~880년 사이에 기술된 것으로 추정하고 있다.

1부 2편 전락

1) 나뽈레옹이 엘바 섬을 탈출하여 쥐앙 포구에 상륙한 것은 1815년 3월 1일이고, 빠리에 입성한 것은 3월 20일이다.

2) 나뽈레옹 1세를 끝까지 보필한 장군. 엘바 섬에는 물론, 마지막 유배지인 세인트

헬레나 섬까지 황제를 따라가 그의 곁을 지켰으며, 1840년 그곳으로 다시 돌아가 황제의 유해를 모셔 왔다. 그의 무덤 또한 황제의 무덤 곁에 있다.
3) 1812년부터 주조하기 시작했던, 나뽈레옹의 흉상이 조각된 금화를 가리킨다. 20프랑에 해당한다.
4) 야훼가 호렙 산에서 처음으로 모쉐 앞에 나타났을 때의 모습이다(「출애굽기」, 3장).
5) '도둑 고양이'를 뜻하는 프랑스령 알프스 지역 방언이다.(원주)
6) 'Monsieur'를 옮긴 것이다. 오늘날에는 남성에 대한 의례적인 존칭으로 향용되며, 그 어원적 의미(주공, 상공, 주인님 등)가 많은 사람들의 뇌리에서 사라진 상태이지만, 그 변질된 존칭에 합당한 우리말이 없어, 어원적 의미를 참작하여 '공'이라고 옮긴다. 벼슬길에 나아가지 않았거나 작위가 없는 이들 사이에서도, 존경심을 표하기 위하여 그러한 존칭을 사용하시던 우리 선조들의 어법이기도 하다. 미리엘 주교의 지극한 심정을 담을 수 있는 표현이기도 하니 더욱 다행이다.
7) 세네갈로 향하던 프랑스 선박 메뒤즈가 아프리카 연안으로부터 40해리 되는 지점에서 1816년 7월 2일 난파되었는데, 승객 149명이 길이 20미터 폭 7미터 되는 뗏목을 타고 표류하던 중, 12일 후에 발견되었다고 한다. 그들 중 생존자는 겨우 15명이었고, 나머지는 바다에 던져졌거나 생존자들에게 먹혔다고 한다.
8) 프랑스 쥐라 지역과 보주 지역에서 생산되는 치즈를 그뤼예르라 하는데, 그 명칭에서 유래한 말이 아닌지 모르겠다.
9) 'Voilà Jean(저기 쟝이 오네)'라는 말이 촌사람들이나 아이들의 일상 대화에서는 'V'là Jean(블라 쟝)'의 형태로 사용되기도 한다.
10) 13세기부터 사용되던 프랑스의 옛 단위이다. 0.93리터에 해당한다. 잉글랜드의 파인트는 이 말에서 유래한 것이다.
11) 제1집정관 정부 시대가 시작된 해이다. 혁명정부와 나뽈레옹의 치세기 사이에 있던 과도기(1795~1799)로서, 경제적, 재정적, 사회적 위기가 최고조에 달했고, 극빈 상태에서 허덕이던 대다수 국민과, 부를 향유하던 극소수 투기꾼들이 극명한 대조를 보이던 기이한 시절이다.
12) 나뽈레옹이 1796년 4월 12일 몬떼노떼에서 오스트리아 군을 격파하였다.
13) 1796년 4월 22일.
14) Buona-Parte. 나뽈레옹의 코르시카식 성씨이다. '보나빠르뜨'는 프랑스식 변형 표기이다.
15) 빠리의 악명 높던 감옥 비쎄트르에서, 죄수들을 긴 쇠사슬에 엮어 정기적으로

도형장으로 보낸 모양이다. 구슬프고 비참한 그 정경을 위고가 그의 다른 작품 『어느 사형수의 마지막 날』에 생생하게 묘사하고 있다.
16) 빠리의 가난한 노동자로, 어느 해 겨울 배고픔과 추위에 떠는 아내와 딸을 위하여 도둑질 한 번 한 죄로 오 년 동안 옥살이를 한 인물인데, 위고의 다른 작품『끌로드 그』의 주인공이다. 그(Gueux)는 '거지'를 뜻하는 말이다.
17) 쌩-쟝-드-디유 교단의 수도사들이 자신들을 낮추어 지칭하던 말이다.
18) 『신성한 희극』, 「지옥」편 3장. "이곳에 들어오는 이들이여, 모든 소망을 버리라."
19) 잭(jack)을 가리킨다.
20) 하나의 물체가 다른 물체들과 접촉하여 균형을 이루면서 그것들로부터 받는 힘을 연구하는 기계공학의 한 분야이다.
21) 「요한계시록」, 8~11장.
22) 「창세기」, 19장 26절.
23) 약용 식물로, 잎이 숟가락이나 주걱 모양으로 휘어진 식물이어서, 그 명칭이 '숟가락'을 뜻하는 라틴어 코클레아리스에서 유래하였다고 한다. '물레나물'로 번역하는 이들도 있으나 합당치 않은 듯하여 그 번역어를 취하지 않는다. 한편 기용은 쥐라 산맥 지역에 있는 그랑-보 호수 근처의 지명이라 하는데, 주교가 한숨을 지은 것은 대혁명 시절에 자신이 같은 지역에 있는 뽕따를리에서 노동을 하며 살았던 사실을 회상하였거나, 자기가 쟝 발장에게 그곳 치즈 제조소 이야기를 해준 사실을 상기했기 때문인 듯하다.
24) 중세로부터 유랑 악사 겸 이야기꾼들이 가지고 다니며 연주하던 현악기로, 바이올린의 전신이라고 한다.
25) '꼬마 제르베'라는 뜻이다.

1부 3편 1817년에

1) 루이 16세의 아우이며 프로방스 백작이었던 루이 스딴이슬라스 자비에(1758~1824)는, 1795년에 세자 루이 17세가 죽자, 망명지에서 스스로 왕을 칭하였고(루이 18세), 나뽈레옹의 실각 후에야(1814년) 정식으로 옥좌에 올랐다. 그러한 사실들을 비아냥거리는 말이다. '1817년'이라는 본장(本章)의 이야기는 당시의 신문·잡지 기사의 제목이었음 직한 문구들을 모자이끄식으로 나열하여 시대상을 스케치하고 있다. 따라서 주석을 최소한으로 줄인다.
2) 조르슴 남작은 기지 넘치고 유식한 사람이었으되, 명성에 무관심하였고, 셰익스

피어의 작품 몇 편을 번역하였다고 한다.
3) 구왕조 시절의 유행이었다.
4) 프랑스 왕실의 문양이다.
5) 반어법이며 야유이다.
6) 앙굴렘므 공작을 대동하고 보르도에 입성하는 잉글랜드 군대를 환영했던 사실을 가리킨다.
7) 열거한 사람들 모두 가수, 무희, 곡예사, 배우들이다.
8) 혁명의회 시절에 반혁명주의자였다.
9) 미미했던 소규모 비밀결사('애국자 연합')의 구성원들이었다.
10) 나뽈레옹 시절에 근위대 장교였던 뚜께 대령이 볼떼르 선집을 15권으로 출간한 사실을 가리킨다. 출간 연도가 실제로는 1821년이며, 뚜께는 복고왕조에 반대하는 입장이었다고 한다.
11) 난파선 메뒤즈 호의 선장이었고, 제일 먼저 구조된 사람들 중의 하나였다고 한다.
12) 그가 1819년 전람회에 「메뒤즈 호의 조난」을 전시하였다.
13) 나막신 제조인의 아들로, 자신이 옥중에서 죽었다고 하는 루이 17세라고 사람들에게 떠들고 다녔다 한다.
14) 지금은 잊힌 작가이다.
15) 앙굴렘므는 내륙에 있는 도시이다.
16) 나이 16세에 군문에 들어가 나뽈레옹의 휘하에서 무수한 공을 세운 사람이다.
17) J. L. David(1769~1851). 「소크라테스의 죽음」, 「쌩-베르나르에 도달한 보나빠르뜨」 등을 그린 화가이다.
18) 1792년 혁명의회에서 루이 16세의 사형 언도에 찬성표를 던진 사람들.
19) '부활'이라는 뜻이다.
20) 훗날의 샤를르 10세인 아르뚜와 백작(1757~1836)을 가리키는 듯하다.
21) 오늘날에도 오데옹이라 불리운다.
22) 철학자이며 경제학자였던 쌩-시몽 백작(1760~1825)을 가리킨다. 「회고록」을 쓴 쌩-시몽 공작의 증손 되는 사람이다.
23) 'lord Baron'. 바이런 경(lord Byron)의 오기(誤記)이다.
24) Félicité Robert de Lamennais(1782~1854).
25) 워털루 근처의 지명들이다.
26) Arthur. '아더' 혹은 '아서'로 표기하는 것이 일반적이지만, 프랑스 현지의 유행

에 관한 이야기인지라 프랑스인들의 발음대로 적는다. 한편 '오스까르'는 당시에 유행하던 노래의 제목이다.
27) 켈트족 영웅들의 행적을 노래한 3세기의 켈트 문인이라 하나, 전설적인 인물이다. 맥퍼슨이라는 사람이 1760~1763년 사이에 그의 작품이라고 알려진 것들을 번역하여 전 유럽에서 엄청난 반향을 일으켰다. 월터 스콧, 괴테, 바그너, 슈베르트 등 무수한 예술가들이 그 작품들의 영향을 받았다고 한다.
28) 스코틀랜드의 라틴식 명칭이다.
29) 영어 favorite를 favourite로 변형시킨 것이다. 프랑스어 또한 영어의 형태와 같으나, 프랑스어에서는 그 단어가 여성형으로 사용될 경우 '애첩'이라는 뜻이다. 그러한 점을 감안한 변형일 듯하다. 혹은 잉글랜드인들의 발음에 따른 것일지도 모르겠다.
30) Yungfrau. '젊은 여인' 즉 순결한 여인을 뜻하는 알프스의 한 봉우리이다.
31) 쌩뜨-쥬느비에브 동산을 가리킨다. 빵떼옹이 그 동산의 정상에 있기 때문에 그렇게 칭한 것 같다. 빵떼옹을 중심으로 주위에 쏘르본느를 비롯한 많은 학교들이 있는데, 그 지역 일대를 가리켜 까르띠에 라땡(라틴 구역)이라고 한다.
32) 물론 아니다. '모르는 척하며 질문하는 행위'를 뜻하는 고대 그리스어 에이로네이아(eironeia) 혹은 라틴어 이로니아(ironia)에서 온 말이다.
33) 야누아리우스는 나뽈리의 주보 성자인데, 그에게 헌정된 나뽈리 대성당에, 그의 피라고들 믿는 붉은 물질이 작은 유리병 속에 담겨 있다. 주요 축제 때마다(5월, 9월, 12월) 그 물질이 스스로 액체로 변한다고 한다. 하지만 '기적'이 일어나지 않는 경우도 빈번하다고 한다.
34) 다음과 같이 써야 했다. "C'est un bonheur de sortir de bonne heure."
35) 라부이쓰(Labouîsse-Rochefort, 1778~1852)가 지극히 사랑하던 어린 식민지 태생 소녀로, 매우 아름답고 우아하였다고 한다.
36) 아버지 이카리오스가 목동들에 의해 살해되자, 딸 에리고네는 부친의 시신 곁에 있던 나무에 스스로 목을 매어 자살한다. 그녀를 연모하던 디오뉘소스가 재앙을 내려, 아테네의 처녀들이 모두 목을 매어 자살하는 일이 생긴다. 에리고네를 기리어, 사람의 얼굴을 조각한 원반을 나무에 거는 의식을 거행하였다고 한다.
37) 마르세이유에서 가장 번화한 거리 이름이다. 이 글에서는 마르세이유를 가리킨다.
38) Cette. 1927년 이전까지는 쎄뜨(Sète)를 그렇게 칭하였다.
39) 잎의 가장자리가 톱니 모양인 풀 일체를 가리키는 프랑스어 achillée의 번역어

를 찾지 못하여 그 어원을 적는다(데이지, 민들레 등).
40) 바또가 그린 유명한 그림의 제목이다.
41) 랑크레는 바또와 친교가 있었고, 그의 영향을 받기는 했으되, 여배우들의 초상화 및 다양한 풍속도를 주로 그렸다. 그의 「그네」라는 화폭의 바탕색은 맑은 푸른색이다. 하지만 그네에 앉은 여인은 평민 같지 않다.
42) 디드로의 『입 가벼운 보석』을 염두에 둔 언급인 듯하다.
43) 위르페의 『아스트레』에 실제로 드루이드교 사제들이 등장한다.
44) 디오뉘소스와 아프로디테 사이에서 태어난 다산(多産)의 신이다. 그는 음경이 큰 것으로 유명하며, 때문에 그를 당나귀와 나란히 조각하기도 하였다.
45) 금융업자들에 대한 신랄한 풍자인 르싸쥬의 『뛰르까레 혹은 금융업자』라는 작품의 주인공이다.
46) 프랑스의 화가이다.
47) 에스빠냐의 바스꼬 지방에 있는 읍 이름이다. 두 지명의 음가가 유사한 점도 고려한 언급인 듯하다.
48) 「덤벙거리는 녀석」(5막 5장)에서 마스까리유가 하는 말이다.
49) 루이 15세 광장이 대혁명 발발 이후 '혁명의 광장'으로 개칭되었다가, 1795년에 '꽁꼬르드 광장'으로 다시 바뀌었으나, 워털루 전투(1815년) 이후 '루이 15세 광장'이라는 명칭을 되찾았다. 그러나 1830년 혁명 이후 다시 '꽁꼬르드 광장'으로 개칭되어 오늘날까지 이어진다.
50) 페이라이에우스는 아테네 시의 관문이 되는 항구이다. 그곳에 고대 아테네인들이 날개 없는 아테나 상을 세웠다 하는데, 당시 아테네 사람들은 아테나와 승리의 여신 니케를 동일시하였다고 한다. 빅또르 위고가 말하는 아테나 여신은 승리의 여신 니케를 가리키며, 그 여신이 아테네를 떠나지 못하도록 날개 없는 여신상을 세웠다고 전해진다. 한편, 아테네가 그리스의 맹주였던 시절, 아테네와 스파르타 사이에서 시달림을 받던 도시국가는 코린토스였다.
51) 바르베와 블랑끼 등이 이끄는 비밀결사 쎄종(les Saisons)이 1839년 5월 12일에 반란을 일으켰다가 그 길에서 완전히 제압당하였다. 쌩-마르땡 로와 몽또르괴이유 로를 잇는 좁은 길이다.
52) 기원전 321년에 후르쿨라이 카우디나이(Furculae Caudinae) 협곡에서 로마군 사만 명이 카이우스 폰티우스가 이끄는 삼니움(Samnium) 군대에게 전원 생포되었다. 그 포로들로부터 다시는 삼니움족을 향해 무기를 들지 않겠다는 서약을 받은 다음, 폰티우스가 그들을 모두 로마로 돌려보냈다. 로마의 역사상 가장 치

욕스러운 패전으로 간주된다.
53) "구르는 돌에는 이끼가 생기지 않는다."는 프랑스 속담을 우스꽝스럽게 변형시킨 것이다.
54) 딸레랑이 어느 젊은 외교관에게, 가장 중요한 행동 준칙이라고 하며, 어떠한 경우에도 열광하지 말라고 일러주었다고 한다. 레니에르는 유명한 식도락가였다고 한다.
55) Montcalm. 'mon calme(나의 고요함)'과 같은 음이다. 따라서, '고요함의 후작'이라는 똘로미예스의 말은, 몽깔름프 후작의 이름과 같은 음인 '나의 고요함'을 비꼰 것이다.
56) "베드로, 너는 돌이니라. 따라서 그 돌 위에 내가 나의 교회를 세우겠노라."(「마태오」, 16장 18절)
57) 나이 아흔이 넘은 사라가 아이를 낳을 것이라는 말에 아브라함이 엎드려 웃음을 참지 못하였고, 그러한 연유로 아들이 태어나면 이사악(히브리어 '이샥'은 '웃는 사람'이라는 뜻이라 한다)이라는 이름을 주라고 신이 명령했다고 한다 (「창세기」, 17장 21절).
58) 오이디푸스와 이오카스테 사이에서 태어난 아들로, 그의 이름 중 폴뤼(Poly-)는 '많음' 혹은 '빈번함'을 뜻하는 접두사이고, 네이케스(neikes)는 '입씨름'이나 '다툼'을 의미한다. 그가 친형제인 에테오클레스(테베의 왕)를 치려고, 아르고스의 왕에게 도움을 청하여 일곱 장군과 함께 테베 침공을 준비하던 일을 가리키는 듯하다. 즉, 그가 그의 이름이 말해 주듯 싸움꾼이라는 뜻인데, 아이스퀼로스의 「테베에 맞선 일곱 사람」에 등장한다.
59) 현재의 화뢰고를 가리킨다고 한다. 고대 그리스어의 보통명사 토뤼네는 '나무 숟가락'을 뜻하지만, 위고의 표현 '국자'를 그대로 사용한다. 옥타비우스가 토뤼네를 점령하였다는 소식에 안토니우스가 불안해하자, 클레오파트라가 말하기를, 옥타비우스(황제)가 토뤼네(국자 혹은 숟가락)에 있는데, 즉 요리나 하고 있는데, 무슨 걱정이냐고 하였다고 한다. 한편, 안토니우스가 악티움 전투에서의 패배 이후에 파멸한 것은 주지의 사실이다.
60) 출중한 용기와 신중함으로 명성 높던 아르고스의 무사이며 점쟁이였다고 한다. 아르고노테의 일원이었다고 한다.
61) 호라티우스, 「풍자」, 1장, 106.
62) 앞의 문장을 라틴어로 반복한 것이다.
63) 네로 황제를 가리킨다.

64) felix. 모든 일에 성공하고 또 행복한 사람을 가리킬 때 사용하는 라틴어 형용사이다.
65) 술라(Cornelius Sulla, B. C. 138~78). 종신 집정관 지위를 부여받고, 자신도 스스로를 휄릭스라 칭할 만큼 순탄한 통치자의 길을 가고 있었으나, 기원전 79년에 모든 것을 버리고 한적한 곳으로 물러나, 모든 사람들이 놀랐다고 한다.
66) 그노시스 학파의 비조로 알려진 그가, 알렉산드리아의 주교 데메트리우스와 다투다가 팔레스타인 지역으로 이주한 사실을 가리키는 듯하다(231년).
67) 역시 라틴어이나 프랑스식 발음대로 적는다.
68) 로마 시민들이여!
69) 기사(신사)들이여!
70) "이제, 오! 바쿠스, 당신께 노래를 바치리다!" 비르길리우스, 「농경시」, 2권 2절. 에스빠냐 말이 아니고 라틴어이다.
71) 상대를 자주 바꾸라는 뜻일 듯하다.
72) 벨기에 동부 지방에 있는 도시 리에주가 '코르크'를 뜻하는 보통명사 '리에주'와 동음이고, 프랑스 남서부에 있는 도시 뽀가 '가죽'을 뜻하는 단어와 동음이다.
73) '장미꽃'을 뜻하는 라틴어이다.
74) 두 가지 의미를 가지고 있는 라틴어 표현이다. '양국 간에 선전포고가 무르익어 가는 상황' 혹은 '전쟁의 원인'.
75) 얼간이.
76) "Indigestion et digeste"를 직역한 것이다. 의미가 모호한 듯 보이나 그것을 라틴어로 환원하여 읽으면 조금 더 명료해진다. "indigestus et digesta" 즉 '무질서(혼돈)와 법령집', 특히 유스티니아누스 법령집을 뜻한다. 유스티니아누스 법령집은 상대 로마 시절부터 내려진 판례들을 광범위하게 수집하여 정리한 판례집이다.
77) 유명한 가수이다. 그의 출연료가 몹시 비쌌던 사실을 암시하며 비아냥거리는 말이다.
78) 뤽상부르 공원 서쪽 울타리와 길 하나 건너서 평행을 이루고 있는 좁은 길이다.
79) 뤽상부르 공원과 빠리 기상관측소 옵세르바뚜와르가 지금은 직선 대로로 연결되어 있다.
80) 병아리 소리를 흉내 낸 의성어이다. '나이 어린 보병'이라는 파생적 의미도 있다.
81) 극장을 가리킨다.

82) 술집에서 노래 부르던 어느 가수인 듯하다.
83) 프랑스의 옛 척도. 1뚜와즈=6삐에=약 2미터.
84) Berquin(Arnaud, 1747~1791). 「아이들의 친구」, 「청소년들의 친구」 등 윤리적인 작품들을 쓴 프랑스 문인. '무미건조한 작품'을 뜻하는 'berquinade'라는 단어는 그의 이름에서 유래하였다.
85) 죠제프 드 베르슈를 가리킨다. 『식도락』이라는 시집을 발간했다.
86) almée. 흔히들 '무희'라고 옮기나, 알루마(aluma)의 어원적 의미(학식 깊은 여인)를 고려하여 '무희'라는 번역어 대신 그 어원을 적는다.
87) 인도 서해안에 있는 작은 섬이다. 그 섬이 이집트와 무슨 관련이 있는지 모르겠다. 또한 음식점(주점)의 명칭 '무노피스'는, 그 음가를 보건대 인도에 있을 것 같지 않다.
88) '알루마'의 경우처럼 번역상의 문제가 있어서, 프랑스어 hétaïre의 어원을 그대로 적는다. 흔히들 그 말을 '창녀'나 '갈보' 등으로 옮기지만, 고대 그리스어 'hetaireia'는 기껏 '친목회', '비밀 정치단체' 혹은 '우정'이라는 뜻밖에 가지고 있지 않다. 뒤에 언급되는 아스파시아나 조선의 황진이를 창녀나 갈보라는 단어로 선뜻 지칭할 수 있겠는가?
89) 그리스 베오티아 지방에 있던 고대 도시의 이름이다.
90) 아풀레이우스의 『변신』(「황금 당나귀」)을 염두에 둔 언급인 듯하다.
91) 「전도서」, 1장 10절.
92) 「농경시」, 3권, 244행.
93) 페리클레스는 사모스 섬을 기원전 479년에 아테네에 복속시켰다.
94) 평범하고 시시한 불특정인을 가리키는 말이다.
95) 개새끼(mâtin)와 아침(matin)은 동음이의어이다. 똘로미예스는 mâtin을 사용하였으나 '아침'으로 옮긴다. 물론 '개새끼의 한나절'로 옮길 수도 있다.
96) 라휘뜨와 까이야르가 경영하던 운송 회사의 역마차를 타고.

1부 4편 신뢰가 때로는 투항이다

1) mammon. 어떤 동물을 지칭하는지 밝히지 못하였다.
2) 「오뒷세이아」에 등장하는 외눈박이 거인 퀴클로페스로, 포세이돈의 아들이다.
3) 「폭풍우」에 등장하는 인물로, 악마와 마녀 사이에서 태어난 난쟁이이다. 통제할 수 없는 질료적 힘의 상징이다.
4) 머리의 양쪽 옆과 뒤통수만을 감싸는 시골 여인들의 모자이다. '낮은 덧창'이 그

명칭에 내포된 의미이다.
5) '여인숙'과 '싸구려 식당'이 혼용되는 것은, 여인숙들이 식당을 겸하던 관례 때문일 듯하다.
6) Cosette. 가벼운 잡담을 뜻하는 'causette'와 같은 음이다. 한편 '외프라지'는 제우스와 어느 해양 여신 사이에서 태어난 아름다운 세 딸(카리테스, 즉 '우아한 세 여인') 중 하나인 '외프로쉬네'의 프랑스식 호칭 '외프로진느'의 변형일 듯하다.
7) Pepitta. '죠제파'는 죠제프의 여성형인데, '죠제프'가 에스빠냐에서는 '호세'로 통칭되며, '호세'의 애칭이 '뻬뻬또'이다. 따라서 '뻬뻬따'는 '죠제파'의 애칭일 뿐이다. 한편 '뻬뻬따'는 '재잘거린다'는 뜻을 가진 동사 뻬뻬에(pépier)를 연상시키기도 한다.
8) Sillette. '배가 파도를 헤치고 나아가다'를 뜻하는 동사 'siller'를 연상시키는데, 동시에 '속눈썹을 깜박거리다'를 뜻하는 동사(ciller=siller)도 연상된다. 즉, '씨에뜨'는 '억세고 깜찍하며 영리한' 소녀를 뜻하는데, 그러한 모습이 바로 많은 문인들(죠르주 쌍드, 미슐레, 아나똘 프랑스, 프루스트, 꼴레뜨 등)이 애정 어린 어조로 그린 프랑스 여인('프랑수와즈'는 곧 '프랑스 여인'이라는 뜻이다)의 모습이다.
9) Gnon. '양파'를 뜻하는 'oignon'에서 앞의 철자를 떼어낸 것으로, 일종의 애칭으로 들린다. 즉, '어린 양파'라는 뜻인데, '어린 양파'가 '괄목할 만한' 혹은 '탁월한' 등의 의미를 갖는 표현을 구성하는 데 사용된다. 한마디로 '특이한 녀석' 혹은 '엉뚱한 녀석'이라는 뜻이다. 한편, 일상어에서는 '뇽'이 '매를 맞아 부은 상태'를 뜻한다. 그리고 떼오도르는 4세기경에 살았던 병사들의 주보 성자이다.
10) 옛 종교화 속에서 예수나 성자들의 머리를 감싸고 있는 황금빛 테. 황금관이라는 뜻이다.
11) 스뀌데리(Madelaine de Scudéry, 1607~1701)가 쓴 역사소설이다. '로마의 역사'라는 부제가 붙어 있는 작품이다.
12) 루베(Louvet de Couvray, 1760~1797)가 쓴 『포블라 기사의 사랑들』이라는 소설이 1806년~1884년간에 여러 차례에 걸쳐 『로도이스카와 로브진스키』(부제, '헝가리 이야기')로 개작 출판되었다. 로도이스카와 로브진스키는 『포블라 기사』에 등장하는 인물들이다.
13) 많은 역사소설을 썼다고 한다.
14) 『끌레브 대공 부인』(1678)을 쓴 사람이다.

15) 『산적 두목 니랄니쓰』(1800)라는 소설이 유명했다고 한다.
16) 기둥서방, 뚜쟁이.
17) 음탕하고 반종교적인 언사를 즐겨 사용하고, 볼떼르의 경향을 모방하여 글을 쓴 사람이라고 한다.
18) 리처드슨의 소설 『파멜라 혹은 보상받은 미덕』에 등장하는 여주인공의 이름이다.
19) 복수의 세 여신들 중 하나이다(메가이라, 티시포네, 알렉토).
20) 로마 제국에 대항하여 조국 갈리아의 독립을 쟁취하려 반란을 도모했던(69년) 갈리아 출신의 로마군 장교 사비누스의 아내이다. 두 사람 모두 로마로 끌려가 처형당하였다(79년).
21) 니꼴라 달레이락이 작곡하고 엘비우가 노래한 유명한 대중가요의 제목이라고 한다.
22) 『코일리나 혹은 신비의 아이』라는 작품을 쓴 사람이라고 한다.
23) 가난한 사람들이 고리대금업자의 마수에 걸려드는 것을 막기 위해 그들에게 담보대출을 해주던 일종의 금융기관으로, 빠리에는 17세기부터 설치되었으며, 그 명칭의 의미는 '자비의 동산'이다.

1부 5편 추락

1) 어떤 사전에서는 '랙'이라 표기하고 있으나, 한국에서 통용되지 않는 말일 뿐만 아니라 부자연스러운 영미식 발음일 뿐이다.
2) J. Fouché(1759~1820). 혁명의회 의원으로, 루이 16세의 사형 언도에 찬성표를 던졌고, 리용에서 벌어진 왕당파 학살 사건을 주도하여 '리용의 기관총 사수'라는 별명을 얻었으며, 1799년에는 나뽈레옹의 꾸데따를 준비하였던, 반종교적인 사람이었다. 오트랑뜨 공작 작위를 받은 것은 나뽈레옹 치하에서였다(1808년).
3) 오르비오(orviot)와 가브롤(gaverolle)은 그 용례가 이 작품에서만 발견되며, 어떤 식물들인지 확인할 수 없다. 아마 어느 특정 지역에서만 사용되던 명칭인 듯하다.
4) 19세기 이후 빠리의 상류 사교계를 지칭하는 말이다.
5) 저승에 있는 강들 중 하나이다(헤시오더스, 『신통계보』).
6) Vidocq(1775~1857). 다른 사람의 허위 진술로 인하여 8년간의 강제 노역형을 받았으나, 도형장을 탈출하였다가 사면되고 1808년에 경찰이 되었다. 1827년에 사직서를 내고 제지 공장을 차렸으나 사업이 여의치 않자 1832년에 다시 경찰이

되었으나, 얼마 아니 되어 절도미수 혐의를 받고 퇴임하였다.
7) Brutus. 로마의 왕 타르키니우스의 횡포가 두려워 오랜 세월 동안 백치(혹은 광인) 흉내를 내며 은신해 살다가, 자기의 누이 루크레티아가 왕의 아들 섹스투스에 의해 겁간당한 후 자살하자, 민중 봉기를 일으켜 왕정의 종식을 가져왔다는 전설적인 인물(기원전 500년경)을 가리키는 듯하다.
8) 프랑스 대혁명에 정면으로 맞서던 정치가이며 철학자. 그는 인간의 이성보다는 신앙과 직관을 중시하던 신비주의자로서, 그의 우주론은 고위 사제 보쒸에의 우주론과 유사하였다고 한다.
9) 이 무렵의 1루이는 20프랑에 해당하였다.
10) 그리스 신화에 등장하는 세 여자 괴물을 가리키는데, 흔히 그 셋 중 가장 유명한 메두사를 일컬어 고르고라고 한다. 머리카락 하나하나가 모두 뱀이고, 특히 시선이 날카로워, 누구든 그 시선을 보기만 하면 즉시 돌로 변한다.
11) 1791년경의 급진혁명가를 가리킨다.
12) 흔히 '쟈꼬뱅 당'이라고 하는 급진민주주의자들을 가리킨다. 어원대로 표기한다.
13) 피부가 그 풀에 닿으면 몹시 따가우나 통증은 그리 오래가지 않는다.
14) 빠-드-깔레의 중심 도시인데, 몽트뢰이유-쉬르-메르는 그곳으로부터 80여 킬로미터 떨어진 서북쪽 해안에 있다.
15) 몽트뢰이유로부터 빠리(몽훼르메이유)까지의 거리는 200km가 넘는다.
16) 20쑤가 1프랑이다. 따라서 그녀가 딸을 위해 송금해야 할 액수는 월 300쑤이다.
17) 제1제정 말엽(1812)에 주조되었던 금화로, 나뽈레옹 1세의 흉상이 양각되었으며 20프랑 가치에 해당하였다.
18) Palette. 노의 끝 납작한 부분을 가리키는 말 '빨(pale)'의 지소형(指小形)이다. 원의는 '작은 노'이고, 어원 또한 '삽'을 뜻하는 라틴어 'pala'이다.
19) 1803년부터 주조되던 20프랑 상당의 금화이다. 따라서 많은 작품에서 나뽈레옹과 혼용된다.
20) Christus nos liberavit(구세주께서 우리들을 해방하셨도다).
21) 당시 빠리의 흥행 극장에 출현하던 익살 배우인 듯하다.
22) 17세기 초엽 소설(『프랑시옹의 우스꽝스러운 행적』)에도 비슷한 풍정이 나타나는데, 말 타고 다니는 사람임을 자처 혹은 과시하고 싶어 너도나도 박차 달린 장화를 신었다고 한다.
23) 프랑스 대혁명, 특히 「인권 및 시민권 선언」(1789)에 자극받은 남아메리카의 여러 나라들(볼리비아, 뻬루, 베네수엘라, 꼴롬비아 등)이 1790년대 초부터 독립운

동을 벌였는데, 그 대표적인 지도자가 볼리바르이고, 그들을 토벌하라고 에스빠냐 국왕이 파견한 장군이 모리요이다. 볼리바르의 본명은 호세 안또니오인데, 그가 볼리비아를 해방시켰다 하여 그러한 별명을 지어주었다 한다.

24) 시류에 영합하는 사람.

25) 일정한 자격을 갖춘 사람들(유산 계층)에게만 투표권을 부여하던 것은 고대 그리스나 로마 민주주의의 전통이다. 최하층 계급(프롤레타리아)에게는 납세의 의무도 투표권도 부여하지 않았다. 즉, 납세의 의무를 지고 투표권을 행사하는 사람만이 사회의 진정한 구성원이라는 시각이다.

26) 재소자들의 일당이다.

27) 그 시절에는 사법관의 역할도 겸하여 수행하였다.

1부 6편 쟈베르

1) 고대 로마의 기생 내지 창녀.

2) 가정의 불(부엌의 불)을 주관하는 베스타 여신을 모시는 여사제들로, 정결함의 상징이다.

3) 라에넥은 폐병 진단에 있어 청진법을 도입한 사람이다. 그가 청진기를 발명하였다.

4) 자기를 준엄하게 다루어도 이번에는 정당하다는 뜻이다. 소크라테스가, 그의 죽음이 부당하다며 슬퍼하는 어린 제자를 위로하며, '내가 부당하게 죽지 않고 정당하게 죽기를 바라느냐?'고 한 농담을 원용한 듯하다(『소크라테스의 변론』, 크세노폰).

5) 감옥에 가두었습니다.

6) 아라스는 빠-드-깔레 지방의 수도이다. 이 사건의 무대인 아이이-르-오-끌로셰는 쏨므 지방에 있으며, 따라서 그 지방 경찰청 구치소는 당연히 아미앵에 있어야 마땅하다. 빠-드-깔레와 쏨므 지방이 인접해 있어서, 혹은 대혁명 이전의 광역 지방 개념에 익숙해진 탓에 생긴 지리적 혼동인 듯하다.

7) 과거의 도형수(원주).

8) 순진한 사람(원주). 술에 취한 사람이 쌩쁠르(단순한 사람)란 단어를 발음하면 그러한 소리가 나온다. 입술 및 여타 구강 근육이 이완되어 된소리 [P]가 [V]로 그리고 [L]음이 [R]음으로 바뀌었다. 된소리가 사라지거나 거센소리로 변형되는 현상(빠리→파리, 쎈느→세느 혹은 센 등)은 프랑스 술꾼들의 언어에서 자주 발견되는 바, 브르베 역시 술꾼이거나 알코올중독자였던 모양이다. 상습적 음주에

기인한 생리적·정서적 이완 현상에서 비롯된 발음이다. 쟝 마뜌(Jean Mathieu)의 경우 역시, '쟝'이 '샹'으로 바뀌는 순간, 그리고 그것이 '마뜌'와 합쳐지는 순간, '마뜌'는 운율의 흐름상 '마튜'로 발음되기 쉽다.(옮긴이)

1부 7편 상마튜 사건

1) '카푸치노'는 수도사, '우르술라'는 수녀 일반을 가리킨다.
2) '욕설을 퍼붓다시피 한다'는 뜻인 듯하다.
3) 라자루스 자선수도회를 설립한 프랑스의 사제이다. 성자로 추존되었으며, 축일은 9월 27일이다.
4) 원전에는 인용부호 없이 본문과 혼용되어 있는 구절이다. 옮긴이가 짐작하여 본문으로부터 떼어놓았다.
5) 성자(녀) 열전에서 발견할 수 없는 일화이다. 위고가 만들어낸 전설일 듯하다. 쌩 쁠리스는 라틴어 씸플리키타스(simplicitas, 순박함, 올곧음)의 프랑스어 형태이다.
6) 포장을 달았다 떼었다 할 수 있는 1두(頭) 이륜마차. 깡총거리며 뛴다는 의미를 가진 동사(cabrioler)에서 비롯된 명칭이다.
7) 프랑스의 옛 거리 측정 단위 1리으(lieue)는 우리의 10리에 해당한다. 앞서 나온 20리을 편의상 200리로 옮겼으며, 이 번역본에서는 우리의 '리'와 프랑스의 '리으'를 경우에 따라 겸용한다.
8) 포장이 없는 1두 이륜마차. 1820년대부터 프랑스에서 사용되기 시작한 명칭으로, 영국식 까브리올레이다. '틸버리'는 그 마차를 고안한 사람의 이름이라고 한다. 런던 근처에 있는 도시명이기도 하다.
9) 당연히 '틸버리'라 해야겠으나 원전대로 옮긴다.
10) 3프랑 상당의 옛 은화(17세기 이전에는 6프랑에 상당하는 시기도 있었다).
11) '노래'는 'poème'를, '긴 노래'는 'épopée'를 옮긴 것이다. '서정시'나 '서사시' 등의 번역어는 그 개념조차 모호할 뿐만 아니라 애초부터 잘못된 번역이다. '서정'과 '서사'가 별개로 병립한단 말인가?
12) '모든(Παν)' '악마들(δαίμων)'이라는 그리스어를 조합하여 밀턴이 만든 말이다. 그의 『잃어버린 낙원』(1667)에 등장하는 마귀들의 수도(首都)를 가리킨다.
13) 인간의 감각 및 사유 작용을 통틀어 가리키는 듯하다. 혹은 어원적 의미인 '생명'으로 읽어도 좋을 듯하다. 하지만 개념이 모호하기는 마찬가지이다.
14) 『일리아스』, 『잃어버린 낙원』, 『신성한 희극』 등 세 작품을 가리킨다.
15) 알기에리는 단떼의 성씨이다(Dante Alghieri). 『신성한 희극』의 「지옥」편 2장.

단떼가 지옥의 문 앞에 이르러 용기를 잃고 머뭇거리자, 안내를 맡은 비르길리우스가 그를 격려한다.
16) "옛날에는 파산 선고를 받은 사람에게 초록색 모자를 씌웠다."(프랑스 한림원 사전, 1762). 용례를 찾아보기 어려운 말이다.
17) '섭리'와 같은 말이다. 볼떼르와 싸드의 작품들을 일관하는 큰 주제이다. 절대신.
18) 인간을 가리킨다.
19) 「마태오」, 26장 39절, 「마르코」, 14장 35~36절, 「루가」, 22장 42절 등을 암시한다. "아버지! 아버지께서는 무엇이든 다 하실 수 있으니 이 잔을 저에게서 거두어주소서. 그러나 제 뜻대로 마시고 아버지의 뜻대로 하소서."
20) 쟝 발쟝이 괄호 속에 넣어 쓴 것이다(원주).
21) 장애물이나 훼방꾼들을 뜻한다.
22) 'carriole'. 원전대로 옮긴다.
23) 접는 포장이 달린 사륜마차로, 마부석이 높직하다.
24) 1782년.
25) '누범자'를 뜻하는 속어이다.
26) 아라스와 두에는 이미 중세부터 섬유산업과 기타 문물이 융성하던 곳이다. 그리하여 많은 떠돌이 문인들이 그 지역에서 활동하였으며, 『캔터베리 이야기』를 면밀히 검토해 보면, 쵸서 또한 그 지역 문인들의 영향을 받았을 것이라는 생각을 지울 수 없다.
27) 빠슈는 열렬한 공화주의자로서, 제1공화국의 전쟁상(戰爭相)과 빠리 시장을 역임하였고, 모든 공공건물에 '자유, 평등, 박애'라는 글귀를 새기게 한 사람이다. 그러한 사람이 편지에 혁명력의 아홉 번째 달인 목월(牧月, prairial) 대신 '6월'이라고 날짜를 썼으니, 실수라 아니할 수 없다. 제224대 교황 그레고리아 13세 때 정비된 책력을 폐지하고 혁명력을 제정했던 그 절박한 동기를 망각했으니 매우 중대한 실수로 간주될 수도 있다.
28) 쟝 발쟝이 선고를 받은 것은 제1공화국 시절(1795년)이고, 현재는 복고왕조 시절이기 때문이다.
29) 'époux'를 그 어원적 의미(fiancé, 약혼자)대로 옮겼다. '가약녀' 또한 마찬가지이다.
30) '군주'를 뜻하는 프랑스어 'monarque'는 그리스어 'monos(유일한)'와 'arkhein(명령하다)'의 합성어이다.
31) 주교나 대주교를 뜻하는 'pontife'는 라틴어 'pontifex(다리 건설꾼)'에서 온 말

이다.
32) 공소의 어원은 '처벌'을 뜻하는 라틴어 'vindicta'이다.
33) 무사이들 중 하나로, 그녀의 이름은 그리스어 $μελπω$(melpô, 노래하다)에서 유래하였으며, 비극을 관장하는 여신이다. 세이레네스들이 그녀의 딸들이다.
34) 신전에 바쳐진 레위족 사람들을 가리킨다.
35) 《l'Oriflamme》 및 《la Quotidienne》를 옮긴 것이다. 두 잡지 모두 급진왕당파적 성격을 가지고 있었다고 한다.
36) 라씬느의 비극 작품 「화이드라」(「훼드르」) 5막 6장에서 히폴뤼토스의 사부 테라메네스는 테세우스에게 히폴뤼토스의 죽음에 대하여 길게 이야기한다. 그런데, 그 이야기 속에 길게 묘사된 사연이나 장면들은 기실 불필요한 것들로, 포세이돈에게 자기의 아들 히폴뤼토스를 죽여 달라고 부탁한 테세우스가 그 사실들을 이미 짐작할 수 있었기 때문이다. 뻔한 사실을 중언부언하는 꼴인 바, 라씬느의 그러한 단점이 법정에서 자주 활용된다는 뜻이다.
37) 북부 노르망디 외르 도 앙들리 군에 있는 소읍이다. 아라스로부터 직선거리로 도 150km 되는 지점에 있다.
38) 위선과 탐욕이 짝짓기 하던 시절, 스땅달과 메리메가 '치사하다'고 규정한 시절이다. 그 두 작가를 비롯하여, 발자끄, 플로베르, 아나톨 프랑스, 바르베 도르비이, 뮈쎄 등, 대부분의 주요 작가들 작품에서 일관되게 발견되는 시각이다.
39) '나는 신을 부정한다'는 뜻이다. '쟝'이 '상'으로 변한 것과 같은 발음상의 단순 변형으로 볼 수도 있으나, 그의 이름이 '개집 신'(chenil: 개집, dieu: 신)이라는 의미를 내포한다는 점에서는, 원명이나 별명이 유사한 뜻을 가지고 있다.
40) '터무니없어!'라고 읽을 수도 있다.
41) '종신 강제 노역'의 약자일 듯하다.

1부 8편 반격

1) '멍청이'라는 뜻이다.
2) 보고서를 작성하던 순간에 검사가 느꼈음 직한 조급함과, 그러한 경황에서 발견되는 사유의 경직성 혹은 유연성의 결여를 넌지시 비꼬는 언급이다. 그러한 형태로 쓴 부자연스러운 글은 우리나라 학자들의 많은 논문에서도 자주 발견되는데, 유사한 심정적 원인에 기인하는 듯하다.
3) '부오나빠르떼'는 나뽈레옹의 고향 코르시카식 발음인데, 그렇게 말함으로써 그가 '코르시카 출신 촌놈'이라는 뜻을 담으려고들 하였던 모양이다. 왕정복고 직

후에는 심지어 '부오나빠르떼 병장'이라고 부르기도 하였다 한다(하지만 '병장'이 코르시카에서는 일종의 호민관이나 지역 사령관을 뜻하는 말이라고 한다).
4) 관행적 혹은 통상적 관념에 따른다면 당연히 '절대자'(l'Absolu)라는 말이 적합한 자리이나, 작가는 '절대'(l'absolu)를 사용하였다. 원전대로 옮긴다.
5) 경찰의 끄나풀이나 염탐꾼 혹은 밀고꾼을 뜻하는 'mouchard'(파리 흉내 내는 자)를 어원적 의미대로 옮긴다. 쟈베르가 정식 경찰이건만 그러한 단어를 사용한 심적 정황을 고려한 번역이다.
6) 1819~1827년 사이에 발행되던 열렬한 왕당파 잡지였다고 한다.